紫庐文集

（第七册）

魏际昌 著 ◎ 方 勇 主编

人民出版社

目　録

魏際昌傳

吳占良

1983 年,魏先生留影於紫庵

寫在前面

　　紫庵老人魏際昌先生,字紫銘、子銘、子明,號紫庵,光緒三十四年(1908)二月二十二日生於吉林,1999 年 6 月 1 日逝世於保定市中心醫院(原地區二醫院),享年 92 歲。先生待人熱忱,尤其重視獎掖後進,每有當面或來書求教者,無論大小,莫不傾囊相授,惟恐求教之人不解。除了大學校園内的學者,許多社會上的文學愛好者也多往問學。而先生博通經史,廣涉歷代,又能詩善書,凡求學之人,莫不滿載而歸,有所進益。後學之生也晚,有緣於 1993 年至 1999 年從先生問學。先生對我多有提攜,鼓勵我多寫文章。1996 年,我與先生合寫了《桐城古文學派與蓮池書院》一文,刊於《文物春秋》,時桐城派研究遠不如現在受重視,材料搜輯不易,此稿一手資料多是我家藏和保定圖書館的藏書,在先生指點下方得成文。文章雖簡括,還是頗有一些新意,可視為先生《桐城古文學派小史》的補充和延續。

　　先生生前,惟《桐城古文學派小史》得由河北教育出版社出版發行,晚年時曾想要出版文集,然未獲支持,終未能辦。二十餘年後,先生門人方勇教授不忘師恩,攜門下博士後、博士、碩士數十人,遍海内外搜輯先生遺稿,成《紫庵文集》六百萬言,於是先生之學術,終得光大於天下。先生晚年談及其青少年時所作,已不可得,而今《紫庵文集》猶能輯得大部分遺稿,實可寶貴。想先生與于月萍先生泉下有知,定會頷首於傳法得人矣。

　　起初拜謁先生,是緣於先生在《保定文史資料》上發表的《記胡適之先生逸事一束》一文和專著《桐城古文學派小史》。時張中行等先生寫了許多民國時期北京大學的舊事，我很感興趣。先生是胡適之的研究生，又傳是傅作義的少將秘書，於是上門拜謁，想聽先生談一談他的見聞。六、七年間，先生夫婦為我講述了許多不常說的舊事。後來我跟友人崔自默學長談起，他當時在工人出版社做編輯（整理出版了《王朝聞全集》），遂建議我採訪魏先生，以先生所保存的照片為軌跡，上下繫聯，寫一本《紫庵老人畫傳》。我聞言非常高興，遂約崔自默學長與二老見面，二老也應允下來。在徵得二老同意後，我選了近 40 張照片，暇日即上門採訪。于先生不讓錄音，採訪持續了半年之久。一日，于先生突然要把照片收回，說："不作了，沒意思。現在是淨身的時候，書都沒用了，出版不出版也沒用，再者涉及的一些人都還活著。"我理解先生，他們一生經歷，看似富於傳奇色彩，而實則艱難坎坷，也吃過虧、受過罪，其中酸楚憂慮，非常人所能想象，於是也不再堅持，此事也就此擱淺。所幸當時已寫有部分記錄，如先生之家世、與胡適諸先生之交往、北強學社之情況、參加"華北剿總"之緣由等等，頗能存先生生平之梗概。方勇教授整理先生文集，又囑我重加整理，以備先生之事跡，以存先生之風骨。因此我不揣鄙陋，因舊錄而成文，以報師恩，庶幾世人能有以了解先生，亦有助於後之研究先生者也。

保定吳占良謹識
2021 年 6 月 30 日

第一章　魏、于家世

一、魏家

先生祖籍河北省秦皇島撫寧縣(區)榮莊,儒素之家。祖父魏化純,生員。清光緒初年攜妻劉氏,子獻廷、獻瑞、獻來至吉林市,遂落籍。獻廷娶某氏,生子世昌;繼娶劉宗瑞,生子際昌、運昌,長女魏媛(原名毓貞,字菲巖)、次女毓賢。

化純公一生以教家館為業,不事生產,極喜孫際昌。魏先生伊呀學語,即得祖父授以《四書》《五經》,先生直至晚年能背誦全部《論語》《孟子》,並於《論》《孟》有研究成果,此祖父教育之功。魏先生少年時有詩贊祖父:

余從祖父化純公學習《千家詩》和《唐詩三百首》時,即知吟詠而不能工。後又熟讀《詩經》,頗識"四言",而不惜"古韻",格律往往似是而非,因之成篇甚少。年代既久,事過境遷,僅就記憶所及,錄出下列二首:

化純公禮贊
紀念先祖父之作二首
一

隆眉俊目立亭亭,威而不怒處士風。
青衿早領才稱雋,下吏常充志已盈。

生子樸訥未跨灶,教孫廣智擬宗功。

音容宛在時追慕,獨秀異鄉一老松。

二

世業農桑居撫寧,族人繁衍到關東。

能文羞比相如賦,非賈卻友陶朱公。

敵前廉守民族節,病後退食子孫中。

光耀豈必學干祿,義行鄉黨亦蜚聲。

　　祖父二十歲在撫寧入學為秀才,一生不仕,只充塾師、文牘。諸孫中獨以我為穎慧,偏教《詩》《書》。商鋪中之鄉親老板,頗多摯友。庚子亂時,俄人入掠吉林銀元局,祖父備受淩辱而守庫房,不交鑰匙。

　　父獻廷,以在舊機關當雇員、庶務終世。但鼓勵際昌努力讀書,以不為人驅役。母劉宗瑞,能操持家務,勤儉自立。舅父劉忠漢,字雲卿,藥店學徒出身,刻苦自勵終成名醫,民國初年為吉林省議會議員,新中國成立後,行醫哈爾濱,為市政協委員。魏先生求學吉林、北京,舅父於經濟資助最多。魏先生一生感激舅父,忠漢先生孫女劉振鐸求學輔仁大學時,多出援手,並主持了劉振鐸、趙永璧的婚禮。魏先生夫婦晚年,親戚聯繫最多的就是劉振鐸一家。今《紫庵文集》中收有近三十通與劉振鐸劄,既有家長里短,又有學術之探討,情深感人。

　　魏先生鄉土觀念很強,雖生於吉林,籍貫還是寫河北撫寧。1982年夏,至撫寧師範學校講學,承學校書記郝連第聯繫,得以回榮莊祭祖、訪找族人、得識族長輩魏金聲等。魏金聲孫女玉紅讀書於河北大學外文系,多得魏先生幫助。1988年夏,又去撫寧,捐著作19種與撫寧縣圖書館。並與老友傅振倫先生為《撫寧縣誌》作序,以盡邑人之義務。《紫庵詩集》詩云:

重返祖籍撫寧縣榮莊

我有家族兮在撫寧,農耕負販兮五世紀。秫米為粥兮蔬菜羹,短衫敝屣兮謀朝夕。關東漂流兮祖與父,孩提傾慕兮船廠地。教以掃灑兮學詩書,青青子衿兮由是起。回首前塵兮七十載,皚皚白頭兮返故里。老淚盈眶兮思親人,舊屋蟲聲兮猶唧唧。遂享膏腴兮飲旨酒,親友依依兮送不已。碧桃一筐兮祝壽考,行行屢顧兮心悒悒。燈下恍惚兮熱中腸,似夢實真兮何自疑。

注:八二年秋七月於撫寧師範客舍,書記郝連第同志鄉人也,主動為我聯繫,並偕同回縣,備蒙縣委常委李運午等同志關懷招待,親如家人。

二、于家

相較魏家,夫人于月萍先生家族要顯赫得多。于家為吉林榆樹縣太平川人,官宦世家。據《皇清誥授光祿大夫頭品頂戴前河南巡撫吉林于公墓誌銘》,即于月萍先生祖父輩于蔭霖之墓誌,賜進士出身、刑部主事榮成孫葆田撰文。志云:"先世文登人,明初遷居濰縣。公曾祖諱居安,當嘉慶時山東大饑,攜家再遷至吉林之伯都訥廳,遂占籍焉。祖諱龍川,以公叔父通政公貴,誥贈資政大夫。父諱凌奎,貤贈資政大夫,及公貴,祖、父皆贈光祿大夫,妣則贈一品夫人。通政公諱凌辰,性嚴重,為咸豐朝直臣,於諸子中獨愛公。公舉咸豐八年鄉試,會是年科場通弊事發,主司及同考多獲譴,而公覆試列高等,人無間言。明年會試,成進士,改庶起士,教館授編修。……配孫夫人,子一翰篤,分省補用知府,女五,皆適士族,孫男一澤世,尚幼。"于先生告訴我蔭霖是她

9

的三叔祖,兄弟7人,但隨他赴安徽任的是她的父親于源璟。上世紀九十年代初,有吉林文史單位訪詢于家情況,于月萍先生與二兄于勳治曾有交流,說:"不知道老家墳塋哪麼大,家產那麼多,家中祖父、曾祖輩多是科舉出身,我父原來是在太平川管理家產,清末家裏蓋房子,臺階多了,越制,被人舉報。1924年,才搬到吉林市北關。至於親祖父好像是蔭霖之長兄若霖。"于源璟,以字行,派字為翰,名不得知,後為于蔭霖嗣子。娶季氏,生子于咸治(朝陽學院畢業,吉林省立女中國文教師)、于勳治(中俄工業大學畢業,曾任偽滿內府修繕科長,新中國後為黑龍江省人大代表)、于汪治,女于月萍(原名慕蓮,生於1915年農曆11月26日,卒於2005年10月8日);繼夫人某氏,生子于洋治、女于月波。近吉林榆樹多有研究于氏家族者,謹列出。

三、與于月萍先生的愛情

1929年,魏先生在吉林一師畢業,到吉林女師附屬小學實習,在五年級聽語文教師衣鳳章講課。魏先生他們在教室後站了一排,衣先生組織于月萍(原名慕蓮)等學生回答問題。于先生口齒清晰,乾淨俐落,一派大家閨秀氣質,吸引了魏先生,就這樣認識了。于先生未讀六年級,拿著假畢業證考入吉林女子中學初中班,與魏先生的妹妹魏媛同班,教語文的是魏先生吉林一師的同學。因同住吉林北關的原因,于先生經常與魏媛同路回家,也時常到魏先生家玩。于寫文章,常常找魏先生批改,時魏先生在讀吉林大學中文系。魏先生應于先生的要求,在吉大為于借讀《第四十一個》《愛的分野》《山城》等。"九一八"後,魏先生就入關北平求學了。

1932年夏,哈爾濱水災,學生發起演劇募捐、演講。冬,于先生考入吉林女師高中班,演《眯眼的沙子》裏虛偽的闊太太,聲情並茂,引起了吉林憲兵大隊長張某的注意。此人找到學校的系主任,向于要劇本,于無劇本,張某就死皮賴臉地拉關係。當時傳言是給軍閥張宗昌找女人,不聽話就搶人。于先生膽小,就到姐姐家住。姐夫王朴山(曾留日,與周恩來總理是同學)的朋友吉林西天醫院院長孫少堂(宗堯),與張某是日本士官學校同學,孫與于先生家是表親,孫院長大罵了張某,于先生才安然無事。

1933年1月,魏先生贈于先生肖像照

1933 年 1 月,魏先生自北平給于先生寄去 2 寸肖像照,在照片背後寫詩一首,此照片"文革"中被抄去,後退回,字跡多汙損:

地角天涯兩參商,相期□如不見長。
夢繞雞塞悵□□,□□燕京意茫茫。
歲去□□歲□□,春降稽□口春降。
可憐□□□片影,□□阿蓮作榜樣。

廿二年一月廿五夜草成

1970 年,全家合影

　　1933 年 5 月,于先生因與陸平等參加愛國學生運動,兩次被捕,由家人和謝雨天等吉林名人積極營救出來。1934 年 4 月,于先生至北平與魏先生相會結婚,租住北京西城臭水河(綏水河)附近。夏,于先生考入北京師範大學。1935 年 11 月生子鐵華。魏鐵華(1935—2005)1959 年畢業於北京工業學院火炮系,分配至太原機械學院任教,1982 年調入保定華北電力大學機械系任教授,在山西娶妻李蘭芝,生兩女一男,長女彩霞、次女彩虹、子曉東,今皆學有所成。

第二章 求學期間的師友

魏先生在吉林市上了小學、中學,後進入吉林第一師範學校文科廿九班,1929 年夏天考入吉林大學,1932 年春考入北京大學中文系二年級,1935 年夏本科畢業,1937 年 7 月北大研究生畢業。魏先生很少談及他在吉林一師以前的學習情況,晚年應請寫過《回憶二十年代在吉林的讀書生活》。今所記以 1929 年至 1937 年的大學教育為多。他的一生交遊多在師友範圍內,文中所述評價、語調出自魏先生,非筆者臆書。

一、吉林一師時期

1. 吉林省立第一師範

魏先生《雜憶》"記述吉林省立第一師範",略為:

它是吉林全省資格最老的一所學校,遠在清季末年光緒維新以後(一九零五年光緒三十一年)便以吉林優級師範學堂(直到一九二零年我們入學時,這個老字型大小還嵌在凹字形課室樓正門頂上的門額上邊呢,刻磚泥金頗為醒目)的名義,開辦在省城東郭舊名東局子的土圍牆以內了。

這個土圍子在松花江北岸(與庚子年被毀於沙俄松花江的南岸老機械局殘址遙遙相對),佔地五六百畝,是個古堡(牆高三丈,厚可一丈,上有女牆,還修得有炮垜)。一師在土城的西首,出入南門(門額似為篆文"紫氣東來"四字,其左側為滿文),中為老銀元局(後改軍械廠),東頭是甲種農業學校(後改為省立第五中學)。

學校大門面對土城南門,係舊式起脊的前廊後廈,帶有小獅子上馬石的磚門樓,左右各有門房一大間。左手有號房,右手為儲藏室,後充學生小賣部(文、墨、紙張、本子等零用物品,早晚也賣燒餅果子,全系學生自己辦的)。入門正廳五大間,中為接待室,東係校長室,西係為教務主任室方磚甬路,出廊出廈。

校門兩面的廂房則是文牘室、庶務室等辦公地點了。天井中花木扶疏,有老柳樹、丁香花壇、榆樹梅、天竹花,幽靜宜人。正廳後的廣場西側為學生宿舍和飯廳,飯廳後是學生大廚房,東側舊為空場,後闢為排、籃球場(網球場在土城南門外校園內,足球及田徑在南門裏課室樓前,校園蒔花刈草,有涼亭一個)。

課室樓硬磚到頂帶有油漆走廊,上層為教室,下層自修室按年級高下輪流派用,待升到正面樓五年級時,便將畢業離校了(老班頭的學生最有勢力)。樓院內也有花、木、草,環境美麗。課室樓對過順排起來是學監室、教員休息室、走廊通道、閱報室、勤務人員室、教員住室;再後一排,左為大教室,右為理化教室;最後一排左右亦為教室,迎面為禮堂,業已背靠後土城了。

課室樓西側與東側一樣,也是長排的學生宿舍(一號四間,對面土炕,一炕四人,兩面八人,宿舍中間一個小暖閣,迎門為小堂屋單炕四人),宿舍西南是教員宿舍(單人的),東北為新建的學生宿舍八間,宿舍前是網球場、音樂教室(係舊廟,泥像已無,聞為火神),大廁所在北邊城根後城門前。

因為它是一個官費學校(不交食宿費),伙食又比較好(最初曾四、六、八碟地吃細糧——白米蒸饃,每日兩餐,後來也是豆包饅頭、炒鹹菜、大米粥、應時蔬菜、豆乾飯。五月節、八月節還要殺豬宰羊,另辦伙食),有"吃飯學堂"及"老豆包"之稱,而學生卻是各縣保送的地主子弟居多,餘額憑考取。這個學校的教員幾乎全部是畢業於關內大專院校的老一輩的學生(北大、師大出身的多,也有少數是留學東、西洋的)。

我在這個學校前後共讀了六年半書,經過的校長凡五個:吳獻芝(後來轉任縣知事)、王希禹(賓縣人,北高師出身,是學教育的,由教務主任薦升)、楊維周(長春私立中學的一個校長,不到半年便被學生趕掉)、王甲第(也是賓縣人,對學生採取了高壓手段,動不動就講開除學籍)、傅貴雲(扶餘縣人,先為國文教員,後升省督學,轉任校長,他是個開明人士,業務也不錯,所以頗受學生歡迎)。

這個學校很有幾個特點:入學及學期考試都列榜(他們叫"貼榜"),講究爭取第一名(前五名算最優等),名次下面寫著學期總分(各科總平均,採取百分制),報名工讀生的學生必須名列前茅,總分在八十以上的才有份兒(工讀生免除雜費,每學期永大洋八元)。教室及自修室也按榜次排列,"考第一的"學校另眼看待,頗為光榮。

體育活動很有名:足球、網球、排球聯賽常得錦標。特別是開全省運動會時,田徑總分沒有一次不是冠軍(全省也只有師範、中學,各五個,球賽只是省城的幾個學校:一中、五中、毓文和一師參加,獨獨籃球不行,這是一中的拿手)。這是因為學校重視,場地方便,學生也蔚成風氣,起早貪晚地練。球類則班級之間經常比賽,體育老師前有高史占,後有傅秉鑒,都是關內體校(上海體專和北高師體育系)出身的。一中的體育主任李香谷(後為吉林大學體育主任,並負責市內通俗教育館體育部,主辦球類比賽),資格最老。

它的作文成績也最好,民國十三年吉林教育廳于廳長(源浦)搞了一次國文會考(題為《漢武帝論》和"七絕一首"半日交卷),一、二名和前十名,一師佔了五、六個。于廳長親作批語,傳見、領獎,廿一班的王克仁得了"狀元",成為于廳長的門生;二十班的馬某(忘其名)也不差,算是榜眼;我們班(廿三班)的侯封祥大概是七、八名(他沒念小學,私塾出身,吉林雙陽縣人);我自己雖也未落孫山,卻在十名以外了。

帶便應該談談這個學校的國文教員:那就是老學究居多,以教過我的老師而論,祁之采只曉得選讀清代古文如《書魯亮儕》之類,我們也早起晚上地讀讀《古文觀止》《東萊博議》,搖頭晃腦地之乎者也,直到讀後期師範以後,才碰到兩位比較博學的老師:高亨(晉生,原名仙超,一師十四班畢業生,後入清華國學專修館,是梁任公啟超的高足,小學底子深,我國有數的箋注學家,《周易古經今注》《老子正詁》是其名著,歷任東北大學、河南大學、北京大學中文系主任及教授),另一位便是前面提過的傅貴雲(仲霖,其後改名傅魯,他綽號小傅,是吉林文教界的一員"福將"——督學、校長、大學講師、教育廳科長地扶搖直上。他的業務比較新,《文學概論》《中國文學史》等科目都是他開蒙的,為人靜默寡言溫柔敦厚,頗得學生歡心)。他們兩位對我的影響都不小,後來還在大學同過事(東北中正大學中文系、遼寧女子文理學院中文系)。

另外的國文教員記得還有季繩吾、傅伯雨以及周某等,或因沒有直接聽過課,或因相處的時間短,印象便不很深了(有一位數學老師綽號吳幾何的倒還不曾忘記,雖然我的數學成績很糟,僅能及格,代數尚能湊合。因為這位老先生公式熟、板書好、愛教高材生,又是一師的前輩教師之故)。

2. 師範師友

校長傅貴雲,號仲霖,改名傅魯,吉林扶餘縣人,北大哲學系出身,由一師國文教師升任校長,並歷任國民黨教育廳督學科長,吉林大學講師,東北中正大學中文系教授,長春大學文學院院長,後為北京師範學院中文系教授。他跟魏先生的關係,歷史淵源較長,先係師生,後為同事、朋友,解放前在吉林、北京見面較多,文化大革命前還曾在北京來今雨軒聚會。

教務主任張壽昌,字乃仁,吉林省賓縣人(現屬黑龍江),留日,兼教育課程。國民黨員,"九一八"事變前也曾升任一師校長。日本投降後,魏先生與其在長春見過,以後沒消息。

訓育主任林萃庭,北大出身,肺病患者,後為省立女中校長、教育部科員,"七七"事變後,在南京、重慶等地都與魏先生見過,日本投降前死於重慶。

唐祝三,北高師出身,兼歷史教師,久無來往。

體育主任侯鏡如,天津人,北高師出身,任職不及三年即去。

教師:

趙春慶,吉林賓縣人,留日,教育教員,後為吉林省立第二師範學校校長,"九一八"事變後,死於關內。

高仙翹,字晉生,後改名高亨,吉林雙陽人,第一師範本科 14 班畢業,入清華國學專修館,長於文字學。魏先生在後期師範文科時,高亨開文字學課,不准寫簡體字,不准作白話文。後為東北大學、河南大學、東北中正大學中文系主任、教授,解放後轉山東大學與陸侃如、馮沅君合作,文化大革命中進中華書局,編審古籍,1948 年與魏先生瀋陽分手後未再見。

謝雨天,吉林人,留日,心理學教員,後去長春二師,因地下黨組織關係入獄,與楚圖南同監。解放後,為商業部駐東北工作幹部,文化大革命前與魏先生在北京見過一面。

胡體乾,字筠巖,吉林人,留美,社會學教授,後為吉林大學、河南大學,中山大學教授、主任兼代院長,日本投降後,為國民黨吉林省政府教育廳長。吉林解放,入東北大學教會計學,又因與廈門大學校長舊在中山大學同事,被聘為教授,兼圖書館主任,退休後在北京生活。"文化大革命"前與魏先生有通信往來,並曾聚會。

劉元功,字寰凱,吉林五常人,西洋哲學教員。後為吉林省立圖書館館長。日寇投降後,也是接受專員之一。"文化大革命"前在北京與魏先生見過面,他也到天津看過魏先生一次。

同學:

侯封祥,字銳之,吉林雙陽人,後期一師文科 29 班同班,古典詩文頗有功力,畢業後為吉林女中國文教員。"九一八"事變後,與魏先生在北京大學中文系同班,本科畢業後又一起考入北大研究院,但他未入學,去北京東北中山中學任訓育員,"七七"事變前南去。魏先生在南京青戰班行軍武漢時和他見面,分發湖南時,他還請魏先生吃廣東風味的三元酒家。武漢淪陷前搭船去西北,在長江遇敵機轟炸,全家三口(夫人馬敬一,兒子大偉)慘死。

張麟生,字少齋,吉林省扶餘縣人,後期一師理科 30 班學生,未及卒業而去留日。"七七"事變前在平津兩地工作,日本投降後,為國民黨合江省省黨部主任委員,與魏先生在北京、長春都見過。新中國後無消息。

牟鴻遠,吉林人,後期一師理科 30 班學生。精於猜謎、漫畫,與當時的吉林教育廳廳長劉芳浦為至親，他的妹妹係劉的兒媳。後為吉林女中國文教師，又入吉林大學法律系，因肺病死去。

呂樹人，吉林賓縣人，後期一師文科29班學生，後入吉林大學法律系一年即去北平。"九一八"事變後，與魏先生曾在北平見面，後被日寇殺害。

孫常敘，字曉野，吉林人，後期一師文科29班同學，精於語言文字，是高亨的得意門生，畢業後入吉林大學教育系，並兼吉林省立圖書館圖書部主任。"八一五"日本投降後，由一師同學孫勳濤介紹，充當吉林省社會處的主任秘書，解放後為吉林大學中文系教授。

鄭廣蔭，字月潭，吉林人，初中畢業於省立一中，後期一師文科29班同學，畢業後去北平考入了北平大法學院，"七七"事變前分發鄭州地方法院學習推事。抗日軍興，魏先生轉至河南，曾去找他，已經不在，始終下落不明。

韓嘯天，又名來聲，吉林人，由毓文中學轉至後期一師文科29班，對魏先生相當尊重。日寇投降，魏先生回吉林市曾見面，推薦他為敦化中學校長。

趙玉振，字佩聲，吉林人，長於書法，球類運動也好，在後期一師文科29班，魏先生常常為他考試捉刀。後為吉林縣立模範小學教員。日寇投降後，魏先生回吉林，推薦他當了教育廳的體育督學。

劉守光，字剛中，吉林省扶餘縣人，一師專修科畢業，曾充吉林女中訓練主任。"九一八"入關後，為東北黨務辦事處常委。他是吉林留平同鄉成立的北強學社的理事長，"七七"事變逃至武漢，因肺病死去。魏先生青戰班行軍到武漢時還見過一面。

二、吉林省立大學時期

1. 吉林省立大學

魏先生是吉林大學第一批學生,入教育系。其《雜憶》記述"吉林省立大學",略為:

說來也夠神氣,在十九世紀二十年代的末期,僻處東北邊陲,向稱"山高皇帝遠"的吉林省,居然也設立了自己的大學(吉林士紳這樣得意地說),這不能不算是一個"奇跡"。因為那時東北軍閥張氏父子(作霖、學良)統治的晚期(張作霖已被日本人炸死在皇姑屯車站,其子張學良繼承了父業,成為東北保安總司令),奉天早已有了名貫三省的"東北大學"。人家有人(校長由張學良兼,教授都是挖的北京大學牆角,如國學專家黃侃(季剛)、古代散文家林損(公鐸)等,全是高價特聘的名教授。這還說的只是中文系的),有錢(在瀋陽北陵新建的大樓,文、法、理、工、農五個學院佔地五千餘畝,實習工廠、農場、現代化的體育館俱全),又有學生(不限東北籍的,關內的學生也招收,待遇優厚以廣招徠。高等教育嘛,還能分地區?其實是張學良為自己統治東北培養人才),貧乏的船廠哪裏比得上,真是"小巫見大巫"啦。

但是,"哀兵必勝"、"有志者事竟成",吉林人不甘落後,管它"三七廿一"的,到底把大學辦起來啦。具體到這一點上說,應該算是吉林幫對奉天幫鬥爭的勝利。然而也煞費苦心了,首先是鑽了"文教的事由吉林人自己辦"的空子;其次是抬出來吉林督辦兼省長張作相,讓他當大學校長,"以子之矛,陷子之盾"。第三是就地取材、因陋就簡,把公立法政專門學校戴上帽子,擴大一下(行政上也是舊班子,再加上一中、一師和教育廳的某些老人),便撐起了門面,掛上了招牌。學生呢?更好辦了,應屆畢業的吉林省中學、師範的高中和後期師範的學生,還有高等小學的教師(同等學歷也行)。"百年之計在於樹人",既然這個大學的開辦是為了培養當地的人才的,豈不應該廣事搜羅、多多益善。對於那些沒有經濟力量,沒有政治後門進關升學、出洋留學的青年來說,這自然是近水樓臺,終南捷徑,求之不得的事。

這個大學成立於一九二九年(民國十八年)八月,它的臨時校址在吉林省西城財神廟胡同(原公立法政專門學校舊址),只有一個小院子,二樓的四合樓一座(這是校本部和文法學院的所在地,別有理工學院,附設在新開門里吉林省立第一中學院內,佔地方也不大)。為什麼叫它做臨時校址?因為代校長李錫恩(舒蘭縣人,德國留學生,原法專校長,是個政客,待人處事很有一套辦法),通過張作相向省庫請得了二十五萬元現洋作為建築費,另在西郊歡喜嶺下八百壟,購地五百餘畝,建起用吉林特產大青灰石修蓋新樓房,但須五年落成,直到"九一八"事變吉林淪陷以後還不曾竣工。新大樓樣子可真漂亮,巍峨壯麗,前後掩映,是由清華大學建築系名教授梁思成設計的(設計費現洋兩千元),工程主任董潔忱(舊為吉林市政公廳工程師,日本投降後,是國民黨遼寧瀋陽市的第一任市長)住在工地監修,有一定的建築經驗,人也很能幹。

這個大學先設兩院(文法、理工)三系(教育、法律、采冶)一個專門部(法律)和預科,男女生兼收,都須經過考取。教職員計有:代校長李錫恩,文法學院院長董宣猷(名其政,賓縣人,美國留學生,教授法律,後為國民黨立法委員)、理工學院院長張翼(扶餘縣人,法國留學生,教授數學,兼一中校長,"七七"事變前一度為國立長春大學校長)、教務主任董其政(兼)、訓育主任劉迪康(原為省立五中、省立女師校長。德惠人,北高師出身,教史地)、總務主任王甲第(賓縣人,吉林優級師範出身,原為一師校長,教育廳科長)、體育主任李香谷(北高師出身,原為一中體育主任、省通俗教育館體育部主任)、圖書館主任胡體乾(後為吉林省教育廳廳長)、政治學教授傅堅白(扶餘縣人,英國留學生,教育廳二科科長,傅貴雲的叔父)、國文講師穆木天(榆樹人,東京帝大出身,作家,翻譯了許多西洋名著,如《窄門》《豐饒之城塔什干》等)、兼任講師傅貴雲(教授教育系國文組的"中國文學史"),可以說,當時吉林教育界的精英,幾乎全薈萃到這裏了。

2. 吉大師友

校長李錫恩,字綸三,吉林省舒蘭縣人,留德,歸國後,吉林法政專門學校校長,繼為吉林大學校長,張學良的德文秘書,吉林省政府教育廳廳長,"九一八"入關為國民黨參政員,教育部東北青年教育處副主任,兼任北平東北中山中學校長。"七七"事變逃亡武漢、重慶,歷充國民黨中央政校訓育主任,設計委員會委員。與段錫朋、傅斯年等相識,為老北大"五四運動"時候的舊交,與留德同學遼寧人齊世英(字鐵生)為至交。日本投降後為吉林省黨部主任委員。

文學院院長董其政,字宣猷,吉林省賓縣人,留美,回國後先為"法專"教務主任,後為吉林大學文法學院院長。"九一八"事變前夕,選為國民黨立法院立法委員。日寇投降後回東北,兼瀋陽南滿醫大校長。魏先生為吉林大學學生會主席時,因帶頭反對劉姓教授(南方人,留美),曾欲開除魏先生的學籍。1948年,魏先生離開瀋陽之後未再聯繫。

理工學院院長張翼軍,字令聞,吉林省扶餘縣人,留法,吉林大學理工學院院長,兼任省立第一中學校長。"九一八"事變後入關,為中法大學教授。日寇投降後,長春大學內遷天津市,他被派為校長。魏先生有前任黃如今校長中文系教授的聘書,未就任,傅貴雲為文學院院長。解放後，張為北京工業大學工業學院數學教授。

訓育主任劉迪康，舊為省立第五中學、省立女師校長，吉大成立後任此職，對學生甚嚴。

總務主任王甲第，字敏南，吉林省賓縣人，優級師範學校畢業，原為一師校長，吉林省教育會副會長。日本投降後，與魏先生在長春見過，後不知所終。

圖書館主任胡體乾兼任，因為魏先生申請為工讀生，每周一、三、五晚上到館值班，給永恆大洋八元紙票子，這是胡體乾照顧的結果。

教授慈連炤，字丙如，山東人，留美，哲學博士。他教授哲學和心理學，態度謙虛，所以得到學生好評。"九一八"事變後，他入關為山東齊南大學教授，每暑假回北平休息，魏先生在北大念書，曾請魏先生去他的寓所吃飯。"七七"事變後，在濟南遇見魏先生，依然是做東道主。後居美國，他的愛人王女士也是山東人，留美，學家政。

羅敦厚，湖南長沙人，留美，教生物學。"七七"事變後，魏先生轉至湖南教育廳工作，他打聽到了，1943年秋，堅邀魏先生去長沙兼任他作董事長的私立岳麓中學校長，後因日寇南下沖散，遂斷消息。

穆木天，吉林榆樹人，留日，創造社老作家之一，精通日文、法文，翻譯了許多外國作品，教授法文。又是個黨的地下工作者，頗為預科學生歡迎。魏先生由於工讀生的關係，經常為他抄寫實驗講義。1944年春，魏先生逃難桂林市，與魏先生曾見面。新中國成立後，在他從革大調北師大之初，再見於北京。

傅貴雲，以吉林省教育廳第三科科長兼任吉林大學的講師，教授中國文學史。

同學：

孫家驤，字錫侯，吉林省城人，省一中畢業，吉林大學教育系高材生,博聞強記,相當樸實,不作政治活動。"九一八"事變後,在北大又與魏先生同學三年,他念歷史系,東北中山中學同事兩年。文化大革命中,他在人民大學教歷史,跟尚鉞合作,與魏先生在北京東安市場中路遇一次,立談片刻即別。

盧乃緒,字延叔,吉林長春人,省一中畢業,讀吉林大學教育系,愛好文學。日本投降後,魏先生回長春接收時重見,與董其政到他家裏做過客。隨後胡體乾派他為長春市圖書館館長,魏先生把妹妹魏毓賢也送到他那裏當職員。

初鎮華,吉林扶餘人,英語不錯,不管什麼時候,總捧著原文本子念。北平解放前,他帶著老婆孩子逃到北平與魏先生見過一面,後不知下落。

杜宅人,吉林人,老英語教員,重新進入的大學教育系,人非常世故,與魏先生共同辦過寒假補習班,他教英語,魏先生講語文。日寇投降後,魏先生回吉林,他因胡體乾的關係當上了吉林縣立中學校長。魏先生把侄子魏鐵英送去做了初中插班生,後未再見面。

曹鵬祥,又名翰飛,吉林人,一師出身,又住這個大學的教育系。"九一八"後,他也逃亡關內,比魏先生晚兩年考入北大教育系。解放後在貴州師範學院教書。

陳化權,原籍安徽,一師出身,縣立模範教員,也是半路再讀大學。"九一八"事變後,與魏先生一道逃往北平。還有陳湘帆,民國學院學生。陳比魏先生晚一年考入北大教育系,"七七"事變後,彼此分散。

張聲華,吉林人,政客張潛華的弟弟,功課常不及格,人倒豪爽。"九一八"事變後,不知所在。

路英達,遼寧人,"九一八"後不明下落,他給人的印象是不聲不響,不著急,總是笑嘻嘻的。

李中楷,吉林人,是一個運動員,和魏先生很要好,後與預科女生

25

唐鉞結婚,不久病死。

蕭輔仁,字達三,吉林扶餘人,性格安靜沉著,是魏先生在學生會中的好搭檔。魏先生對外是吉林大學學生聯合會主席,他對內處理宣傳、體育、衛生、游藝等項工作將近兩年。"九一八"後,他也入關,未考大學,在教育部東北青年教育救濟處做小職員。"七七"事變後到青戰班受訓,"八一五"日本投降後回東北,不知所終。

鄭璞,吉林人,法政專科二年級生,也是同魏先生搞學生會活動,人很老練,國民黨黨員,"九一八"後,不明下落。

陳德山(女),吉林人,女師出身,念法律系,與省督學遲文恒結婚。北平解放前夕,曾與魏先生在北平見面。

王桂雲(女),吉林人,女師出身,讀法律系,吉大學生會的同事。人開朗,無女人扭捏之態,但只入學一年,即因與女中教員陳著常(四川人)戀愛,被開除學籍。抗日戰爭後期,魏先生夫人于月萍曾到那裏的曙光中學教史地,就是這一對夫婦約去的。解放後她在四川自流井從事教育工作。

傅昆元,又名餗,吉林扶餘人,傅貴雲的侄子,預科學生,做學生會工作,想把大學的教育行政權力從學閥們手中奪過來,當然辦不到,結果被開除了,即使是他的叔父傅貴雲也無力挽回。

三、北京大學時期

1. 北京大學

魏先生"九一八"後由吉林流亡到北京的過程,及考取北大之情形,其《雜憶》記云:

我是一個血性青年，國家民族觀念特別強烈，這種環境教我如何忍得下去！可是走嗎？我不過是個廿三歲的青年，大學還沒有畢業（我時肄業吉大教育系二年級），而且阿兄遠遊（長兄華甫糊口延邊），家貧親老，怎麼割捨得了！不走嗎？便須找職業（書是無從讀起了），然而像我這樣不安分的學生（我之好談革命和在學生會裏活活動動是盡人皆知的），又誰敢用呢？此時我真是憂心如焚，寢食俱廢。一天夜裏，我已經睡到炕上（東北人多睡土炕），矇矓間覺著母親摸著我的周身，一面歎息著對父親道："這孩子瘦剩一把骨頭了，再不讓他走，不是要白白的糟塌了嗎？"接著聽到父親唉了一聲說："叫他去吧。"（因為父親的"中風"病還沒全好，而且他是最愛我的）天明之後，母親便做打發我遠行的準備——先叫我找好同伴（同學陳嘯天、蘊章兩君），又給我整理好行李（一個提箱、一個被包），在起程的時候，給了我一百二十元路費，我便叩別雙親，含淚走向入關之路。

途中——大連、海上、塘沽、北平給我的處女印象

因為關上不通，我們行前決定走大連、塘沽之線，所以先搭吉長車到長春，沒有多停，即換乘長大急行車走向大連，於當晚四時到達。一路上瀏覽風景，看到日寇經營的南滿鐵路，道是雙軌，線桿鋼製，已經佩服人家的建設。及入大連，則棟廈櫛比，馬路平闊，綠陰之中汽車穿梭，丘陵以上電炬掩映，真是一個絕好的近代都市，更覺得人家之能向外發展不是偶然的了。是晚我們住在碼頭附近的悅來客棧，三個人開了一個房間，只用日洋一元二角。大連的水菓也特別便宜，尤其是香蕉，八分錢就可以買一斤，我們吃到作嘔才罷。

第二天的清早，我們搭了長平丸走向塘沽，長平丸載重八百噸，是一條小型的客運船，設備倒還不差，只是客艙裏中日分界，日本的一邊，一人一舖，非常舒適，中國的一邊，男女混雜，擠得要命，相形之下，

未免令人氣惱。唉！連逃難都得用敵人的交通工具，這個仇可怎樣報？是日海上無風，波平如鏡，遠遠處白鷗斜飛，落照灑紅，美麗得很，而"天海空闊"之蒼茫境界，遂亦首次令我獲到參驗。

第三日午前七時抵塘沽，塘沽簡陋不堪，比起大連來，恰可發人深省，可是無論如何我們是又投到祖國的懷抱了，當我們看到塘沽車站的國旗向我們飄搖時，我們幾乎歡喜得跳起來！停了不久，搭用塘特別快車回馳北平，當日黃昏時候到達，我們的旅程宣佈告終了。

北平這可愛的故都，使我嚮往了十幾年了，那高大的前門，巍峨的宮殿，如飛的人力車，舊式的舖店，都和我似曾相識。是晚我們宿在太平湖國學院旁邊一個公寓裏，鄉人劉向之君(榆樹人，嘯灣兄的學友)招待得我們很親切，我至今不忘——可惜的是抗戰軍與劉君在南京犧牲於敵機下面了。

客舍——準備入學試驗

北平的公寓，房價廉，來去便，是一種有特殊風味的平民旅舍，它的住客多半是學生、小商人和低級公務人員，也有准帶家眷的。這個時候，北平的生活也便宜，六塊半錢便可以包一個月的伙食，有時高興了我們還可以自己來作，只要一個煤球爐子、一把菜刀、幾個油醬瓶子，和盆、盌、鍋、罐就辦得了(最有趣味的是，油鹽店和肉鋪，前者用一個銅板可以打醋、醬，還能澆一點兒香油，後者三五個銅板便可以挑肥揀瘦，還可以叫他收拾好，又公道，又和氣，真是"大邦之地")。我每天除了準備功課以外，便是逛逛三海，遊遊故宮，溜溜書攤，聽聽小戲，生活倒也恬適，只是有時候想起了家鄉，不免要悵惘一會子。

此時的國立院校，有北大、清華、師大、平大(法、醫、工、農，女子文理)和交大鐵路管理學院，私大有燕京和天津的南開。我因為想學國學，自然是北大文學院的中國文學系最為理想，於是便以此為爭取的目標,而專精的準備著——東大、馮庸大的學生可以借讀北大等校,吉大因為成立未久,學生無此資格,同為陷區青年待遇竟有偏差,記得我們當時非常的不平。

投考——清華落榜,登龍北大

我本未決定專考北大二年級中國文學系,可是清華試期在前,遂先報名試了一試,不想都考了一肚皮悶氣——我考的是社會人類學系三年編級專門科目的題,多是鑽"牛角尖"倒也罷了,可笑的是國文題竟出了"夢遊清華園記",清華縱然了不起,也至於教人家"夢遊"嗎?而且還大出其對子,甚麼"孫行者"啦,"人比黃花瘦"啦,不知道是"返古"呢,還是"變今"?於是草草終場,自然沒有希望。北大的編級生試驗比清華晚了一個月,我果然考了國文系,記得國文題是"作一篇一千二百字的自傳",英文只有兩大段潘譯,專門科目如文字學、文學史等也都出的是堂皇大題,只要你有本事答,所以結果是相當的滿意——可是也沒有勇氣去看榜,直到報上登了出來,才一塊石頭落了地(北大、清華的新生,平均都是十幾個人才取一個,所以不大好考)。

北大讀書時期

(民國廿一年九月——"七七"事變)　入學——母校鳥瞰

北大,這中國新文化的搖籃地,這中國最古老的高等教育機關,她曾領導過"五四運動",她曾啟蒙過"白話文學",她有各式各樣的建築物作校舍——北河沿的譯學館(三院),馬神廟的公主府(二院),沙灘的紅樓(一院),松公府的圖書館、新宿舍和地質館,舊是舊得雕欄玉砌、紅磚綠瓦,新則新得鋼骨水泥、煖氣水道,也有國內一流的學者作教授——胡適之、錢玄同、劉半農、馬敍倫、劉文典、沉兼士諸先生均在主講,在人事上她有相容並包的精神,在學術上她有自由研究的風氣,有多少文化先鋒民族鬥士是她孕育出來的呢——北大此刻共有三院十二系,校長為蔣夢麟先生,教職員約有百人,學生一千三百餘名——報到後,我住在靠著一院的索齋,房頭是荒字八號,和鄉友熊民旦君同室(後來搬到黃字五號,與杜紹甫兄同房,以迄畢業)。每天抱著講義和筆記本跟著鐘聲跑來跑去。

1934 年,北京大學中文系本科時照

東北學生救濟食堂

東北淪陷以後,中央以東北學生經濟來源斷絕,特派員在平津等地組設救濟食堂免費供給東北學生伙食(其設置地方多為學校附近),北大一院後面就有一個,我自然前往就食——一日兩餐憑飯證入食,伙食倒還不壞(白飯饅頭,蔬菜,時或也有肉吃),可是辦來辦去便有流弊了……

2. 北大師友

校長蔣夢麟,浙江人,留學美國,是國民黨元老蔡元培(字子民,孫中山的教育部部長,老北大校長,時為國民黨中央研究院院長)的文教繼承人。

文學院院長胡適,字適之,安徽績溪人,留美,家學淵源,是杜威博士的高足,他大兒子名字就叫胡思杜。胡先生有"白話文聖人、桃李滿天下"的美譽。魏先生本科聽他的中國哲學史,考入研究院後,又請他充當導師,研究桐城古文學派,到他家裏米糧庫胡同一號查過書,接受過招待。但是他不給魏先生研究院每年 320 元的研究費,原因是魏先生在中山中學兼課有收入。當時,胡先生"多研究問題,少談些主義"的話,魏先生是深受影響的。"七七"事變後,胡適放了駐美大使,魏先生到南京時,還到傅厚崗他的臨時住所看過他。日寇投降,他出任北大校長。1948 年夏,魏先生於東北中正大學立案無望後,到北大找他要過鐘點教課,沒有成功,最後卻是魏先生親傳教育部的電令,在中南海勤政殿送胡先生、師母江氏,上汽車去西郊搭飛機南去的,以後遂無聯繫。

　　法學院院長周炳林,江蘇人,與魏先生在學校時不熟(因為隔院)。
"七七"事變後,魏先生到南京教育部找過他,周時為教育部次長。北
平解放前,他是北大的三個招集人(湯用彤,鄭天挺和他)之一,出席過
幾次焦實齋、傅作義召開的四院校負責人(此外為師大、清華、燕大)座
談會才多了接觸。魏先生代表傅作義給他送過麵粉和賀年信,也到北
大教授住宅西老胡同看望過他。

　　理學院院長張景鉞,魏先生只聽過"科學概論"中他所擔任的兩節
課,此外無聯繫。

　　課業長樊際昌,浙江人,留美,在教育系有課。魏先生聽過他的心
理學,另外就是學年注冊時,找他簽字了。

　　秘書長鄭天挺,北京人,北大出身,"七七"事變前無來往。北平解
放前,魏先生常通知他參加在華北"剿總"的大學院校負責人座談會,
鄭送給魏先生一枚北大成立 50 周年紀念章。新中國後,他調南開大
學歷史系,在一次剪伯贊的學術報告會上與魏先生打招呼,還有就是
反右初期,曾在天津民進擴大會上,他為魏先生的言論,會下頗多
贊許。

　　中文系主任馬裕藻,字幼漁,浙江人。魏先生選過他的"經學史",
教書不叫座,人頗厚道,每學年選課單,魏先生找他簽字時,沒有提過
什麼不同的意見,所以"幼漁先生"實在是好好先生的代名詞。抗日戰
爭時逝世於北平。

　　教授:

　　錢玄同,原名夏,在大學裏講"音韻沿革",上課就講,下課即走,
三年多的光景,沒有聽他說過一句業務以外的閒話,而且不帶講稿,
只寫提綱,說起來如數家珍,頭頭是道,真可以說是滾瓜亂熟,給人
印象最深刻的地方是"尊師重友",提章炳麟必曰"太炎先生",提黃

侃則稱"我的同門",恰如他每課總在左手上戴一隻白手套一樣,絕未差過。

劉復,字半農,留法,大家背後都叫他劉博士,教語言學以發音善用輔助工具(製造簡單)著稱,但他看試卷給分數很苛刻,頂多六七十分,及格就好,魏先生還在他手裏補過一回考。當時他愛做打油詩,好寫小品文,常在林語堂、陶亢德主辦的《論語》刊上投稿。1934 年暑假,他從內蒙考察回來,得回歸熱逝世。魏先生參加了他的追悼會,在北大二院禮堂,胡適先生主祭。

沈兼士,大家多稱沈三先生(尹默老大,志遠行二),教"右文研究",即形聲字的分析,偏重得聲的音符,其人非常自負,課後有什麽研究的問題請他幫助,也很少理會,魏先生的《爾雅集釋》就碰過壁。日本投降後,當了教育部華北特派員,不久就病歿了。

黃節,字晦聞,廣東人,箋注專家,講課念講義。魏先生聽過他的"漢魏詩選""三百篇選注"。其實他的課領到講義也就夠了,抗日戰爭中死於敵佔區。

林損,字公鐸,恃才傲物,專罵胡適,被逐出北大。魏先生聽過他的"漢唐文選",背的真熟,連小注都記得,卷數更不在話下。魏先生給他提過暖壺,以示崇敬。

羅庸,字膺中,教"中古文學史",材料豐富,條理清楚,很能招到聽眾,只是不發講義,上課記錄太累。魏先生選他的課可不少,而且在本科畢業時跟他有過約會,吃了飯,照了相。抗日時為西南聯大國文系主任,死前盡焚講稿。

鄭奠,字介石,是與羅庸齊名的講師。魏先生聽過他的"國學要籍解題",上課就寫,寫完就念,也是弄得人手忙腳亂,因為他也不印講義。上面說的約會中也有介石先生。

傅斯年,字孟真,國民黨語言歷史研究所所長,所謂五四健將者,留美,回來以後西裝不離身,做學生時穿的是藍布大褂,可是古書的句子不絕於口,也是一個表示自己博聞強記與眾不同的人物。他與胡適互相欣賞。

唐蘭,字立庵,教"鐘鼎文",接容庚的課,而且常提丁山,高亨跟他的關係不錯。他講課,魏先生筆記最多。日本投降後,魏先生路過北平時還看了他幾次,當然是執弟子之禮的。

劉文典,字叔雅,教"文選"和"校勘學",後者以《太平御覽》為據校《莊子》,而自謂不如馬敘倫《莊子義疏》的佔先。

羅常培,字莘田,劉復死後,他由中央研究院調到北大中文系教語言學,但講得是瑞典中國語言學家高本漢的本子,因此他雖然也口齒清利,北京腔十足,聽的人並不起勁兒。他常被說為中國有數的三個語言學家之一,那就是趙元任的耳朵,李方桂的舌頭和他的腦子。日本投降後,北京解放前,魏先生見過羅先生多次,也代表傅作義、焦實齋招待過他。

魏建功,字天行,講"古音系研究",講義發得特別多,兩大厚本。"七七"事變前,魏先生做學生時同他沒有課堂以外的接觸。北京解放前,他準備應臺灣大學之邀,啟程前,魏先生曾去看過他。

周作人,字豈明,魏先生做學生時,聽過他的《新文學源流》。本科畢業論文《袁中郎評傳》是由他指導的,參考書目的提供、文章初稿的審查也歸他負責。他給魏先生突出的印象有三:一在魯迅先生逝世追悼會上,北大三院禮堂,1936年10月20日。他不但面無淒容,並在要求他講話時,說身為家屬不好講話,接著卻從事了指摘,列舉許多缺點、錯誤,引起與會學生的不滿;二是塘沽協定前,說中國有什麼資格談抵抗?反而還害了老百姓,與胡適表態大致相同;三是日本投降後,魏先生在北平舊高等法院院內親眼看到他垂頭喪氣地掛著名條被押上汽車,送往別地,另外還有奸伶李憶蘭等人。

同學:

孫震奇,字大可,黑龍江人,黨的地下工作者。魏先生後來得知他業務水準極高,政治活動也多。因為都是東北人,又係同班同學的關係,與魏先生來往相當密切。本科畢業時與胡適、羅庸、鄭奠等先生,徐芳、陶維多等同學在玉華臺飯莊的會餐、攝影留念就是他發起的。1938年春,魏先生由南京青戰班分發鄭州市,碰到了他,也是穿上軍裝了。解放後,天津師大副校長、北大同學溫宗祺告訴魏先生:"大哥孫震奇因肺病死在東北農學院了。"

徐芳,女,江蘇人,喜作白話詩,是魏先生的老同桌,但不大交談。包括魏先生進研究院,她留校做助教,整理民間歌謠時期在內。日本投降前夕,在重慶的北大同學會中重見,那時她已同國民黨高級官員徐培根結婚,她還帶這個徐某到會向大家做了介紹。

陶維多,女,黑龍江人,人異常老實,與魏先生同學多年,連一次閒聊也沒有過,但她同孫震奇、徐芳較熟。後來知她也有地下組織關係,新中國後,擔任了省一級的領導幹部。

李菊田,河北人,雖是同班同學,但在學校時並無來往。日本投降後,魏先生路過天津,聽說他當了天津市社會局第二科科長,去找他談了一次。解放後,魏先生重至天津,知道他是河北師範學院中文系主任,又主動訪問了他,並曾一度想到那裏任教,後來這個學院遷去北京,就未再相過從。

徐錫九,河北人,魏先生跟他的來往情況與李菊田差不多。文化大革命時,他到天津公幹時,魏先生在家裏招待了他一次。

田鳳章,吉林榆樹人,吉林第五中學出身。魏先生已經進了北大研究院,他才考入中文系一年級。他喜歡寫作,思想左傾,很久以後才知道,他早已有党的進步地下活動。解放後,在吉林、瀋陽等地分別擔任過教育行政和東北文聯的領導工作,並無來往。

蘆荻(即陸平,原名劉蟄),吉林長春人,他考入北大的年代,跟田鳳章相差無幾,在此以前,魏先生常在他小舅父崔殿甲(北大數學系學生)的房裏見到他。曾與于月萍先生在吉林組織愛國學生運動。

閻崇璩,與魏先生同榜考入研究院,但他住了不到一年就考取了宋哲元冀察政務委員會的縣長,當官去了,僅與魏先生有泛泛的同學關係。

朱文長,和魏先生同期做的研究生,是搞歷史科學的,在二年結業考試時,方才開始親近。"七七"事變後,魏先生到湖南教育廳,在他的父親朱經農廳長屬下做事,知他去西安工作,和他通了兩封信,並認識了他的愛人邵柳青。

另外尚有侯封祥、孫家驤、王玉琳、杜紹甫、何壽昌、周季韜、劉文彬、熊民旦、吳應東、馬振圖、崔殿甲、龔貴霖、李曉慧、岳希新等吉林同學。

3. 三冊北大講義

魏先生自入北大至研究院畢業,選課甚多,所存聽課講義亦多,歷經近 90 年風雨,今仍有選修俞平伯《詞選》、余嘉錫《目錄學發微》、唐蘭《殷虛文字研究》劄記留存。謹簡介,以紀魏先生求學之刻苦、精嚴。

《俞平伯〈詞選〉講義》劄記

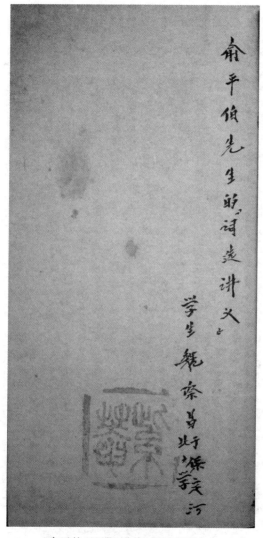

《俞平伯〈詞選〉講義》劄記書影之一

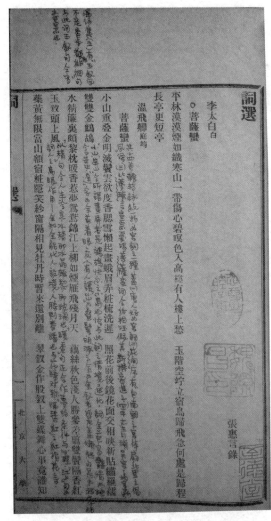

《俞平伯〈詞選〉講義》劄記書影之二

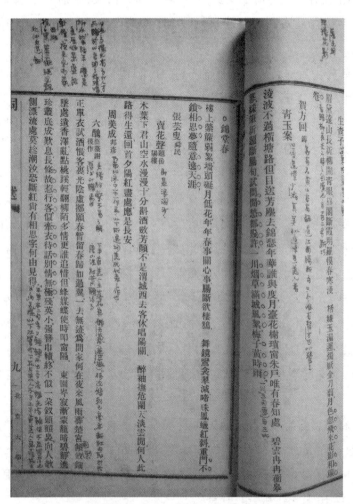

《俞平伯〈詞選〉講義》劄記書影之三

《詞選講義》一冊,是1932年魏先生讀書北京大學,選修俞平伯(1900—1990)先生課所存。前印張惠言録《詞選》,白文;中為俞先生《讀詞偶得》;後印周邦彦《片玉集》十卷,白文,附俞先生論文《論清真荔枝香近第二有無脱悮》;尾印《南唐二主詞》,有無錫劉健增校箋。

魏先生於扉頁題:"俞平伯先生的'詞選講義',學生魏際昌於保定河北大學。"鈐朱文"紫庵"方印。首頁鈐朱文"至德堂、魏際昌印、心要在腔子裏"三印。《詞選》每首都有魏先生校箋和釋意,間有眉批。如對溫庭筠《菩薩蠻》,校箋為:"共十四首,輾轉詠敘一物,為宫詞之一種。蓋(一)唐人好為宫調;(二)《花間序》有'自南朝之宫體,扇北里之倡風'語;(三)《北夢瑣言》宣宗愛唱《菩薩蠻》詞,令狐相國假其新撰密進之;(四)本文青瑣、吳宫均宫中物;(五)溫《詩集》有'玉釵風不定,香步卻徘徊'句,與此詞玉釵句全,寫春景也。"於第二首"水精簾裏頗黎枕,暖香惹夢鴛鴦錦。江上柳如煙,雁飛殘月天。藕絲秋色淺,人勝參差剪。雙鬢隔香紅,玉釵頭上風。"釋意為:"'水精'句令人生冷意,水精即水晶,頗黎即玻璃也;'暖香'句正合作夢的條件與心理;'江上'句,詞人鳥眼作用,全知全能代人設境,人勝則春旛也,與花勝對稱;'隔香紅'之'紅'指花言。"《片玉集》只釋意卷一至卷五。

釋意言必有據,當是魏先生於講堂中認真筆記,後細心核對、補充、整理而成,其中俞先生、魏先生之理解兼有之。俞平伯《唐宋詞選釋》中收有"水精"詞,注釋與魏先生所記有別。(人民文學出版社,1979年10月第1版,第20頁)

據魏先生回憶,俞先生每次上課,發講義數頁,整個課講完,學生可得到全部講義,最後裝製成冊,故上、下天地筆記或被切掉,此冊也有這種情況。北大教師有持白文印本講課的傳統。1979年,魏先生在天津為河北大學青年教師詹福瑞等講《莊子》，也是手持白文本，一句一句地串講。

俞先生家學淵源，自其曾祖曲園公至其父階青（陛雲）公於詩詞皆有精深的造詣，階青先生著有《小竹里館吟草》《樂靜詞》《詩境淺說》等。我家藏俞階青先生七十五歲時書自作詩金箋扇面，曾呈魏先生鑒。先生讀至最後一首"三朝三暮送行人，靈跡黃牛入望頻。更有山顛方外士，萬年滄海看揚塵"，說："真好，詩好，字好，俞先生也是這個味!"怎麼好，就是其中的用典，我也不懂。扇面小行書與平伯先生的書法極近，平伯先生書法透逸清勁，得自其父，我甚至以為階青先生晚年的應酬多是平伯先生代筆，包括這個扇面。

1985 年 11 月，魏先生通過俞平伯先生的外甥徐家昌先生向俞先生轉達問候。1986 年 1 月 20 日，中國社會科學院文學研究所慶賀俞平伯先生從事學術活動 65 周年在北京舉行，魏先生應邀攜弟子方勇參加。魏先生以《俞平伯先生學術活動六十五周年》詩為賀。

《余嘉錫〈目録學發微〉》劄記

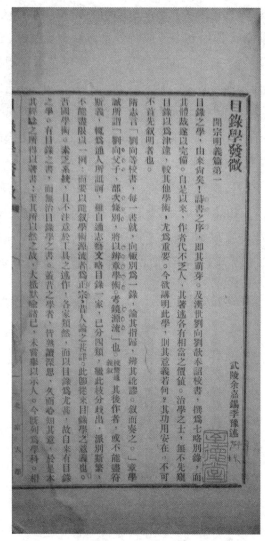

《余嘉錫〈目録學發微〉》劄記書影之一

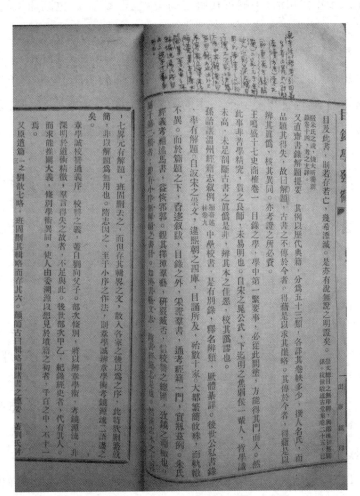

《余嘉錫〈目錄學發微〉》劄記書影之二

魏先生是余嘉錫(1884—1955)先生的學生,受教於 1934 年秋,余先生兼課北京大學講授《目錄學發微》時。魏先生舊藏《目錄學發微》講義一冊,冊中計有 52 頁魏先生劄記。因先生夫人于月萍先生二十世紀八十年代初治《中國古代圖書簡史》也曾參考,紅色圓珠筆題記、圈點,即為于先生所遺。

魏先生夫婦極欽佩余先生,以為余先生治目錄學淩越前人。魏先生考證傅山批崇禎版《唐詩紀事》、李鴻章批明版白文《史記》,于先生日常講課、著述都可見到余先生的影響。于先生講古籍版本時,多用家藏明清版本書,另有數頁清版本 (包括殿本)殘書裱成的鏡心,上課時讓學生直觀、對比,後先生贈後學 3 頁,作為紀念。

魏先生劄記多是對本頁所說內容的補充。如第三頁記:"朱氏名學勤,字修伯,同光時人,《結一廬書目》有《崇文總目》六十六卷,自注謂全書皆有序釋,其本今未見,不知其言之信否?"又第六頁記宋鄭樵語:"《通志序》,學術之苟且,由源流之不分。書籍之散亡,由編次之無紀。《易》雖一書,而有十六種學:有傳學,有注學,有章句學,有圖學,有數學,有讖緯學,安得總言《易》類乎?《詩》雖一書,而有十二種學:有訓詁學,有傳學,有注學,有圖學,有譜學,有名物學,安得總言《詩》類乎?道家則有道書,有道經,有科儀,有符籙,有吐納內丹,有爐火外丹,凡廿五種,皆道家,而渾為一家,可乎?醫方則有脈經,有灸經,有本草,有炮炙,有病源,有小兒,凡廿六種,皆醫家,而渾為一家,可乎?故作《藝文略》。"如此者,書中比比皆是,可知當時魏先生讀書之細。

1999 年 9 月 8 日,魏先生逝世三月後,由好友崔子默兄引薦,我至京拜訪魏先生北大本科同班同學張中行(1909—2006)先生。先生說:"魏先生是我的老學長,上學時他就有名氣,又是胡適之得力門生,那時我沒名。"談到余嘉錫先生,張先生云:"余先生是來北大兼課的,講

《目錄學》，學問真是大，魏先生學得比我好。"說著要我接通于月萍先生電話，表達慰問。二老互提相識的老熟人。張先生說，上學時見過于先生到北大找魏先生，旁聽北大的課。我說："魏先生的著作《桐城古文學派小史》以後可能再版，請先生題個簽如何?"先生很高興，用元書紙題："桐城古文學派小史，張中行敬題。"

對《目錄學發微》，余先生女婿周祖謨先生在《余嘉錫先生傳略》評為："其《目錄學發微》則是在撰寫《四庫提要辨證》的基礎上升華了的有獨特風格的目錄學理論專著。他對中國目錄學的巨大貢獻在於繼承並總結了一千六百多年來，自漢劉向父子一直到清代紀昀的目錄之學，建立了自己的目錄學理論體系，以'辨章學術'為核心。認為'目錄一家，派別斯繁，不能盡限以一例，而要以能敘述學術源流者為正宗，昔人論之甚詳，此即從來目錄學之意義也'。"(《余嘉錫文史論集》第六百七十二、六百七十三頁，岳麓書社出版社，一九九七年五月第一版)

《目錄學發微》講義，因有魏先生筆跡，更感珍貴，研究北大校史，也是珍貴之史料。

《殷虚文字研究》《商周彝器文字研究》劄記

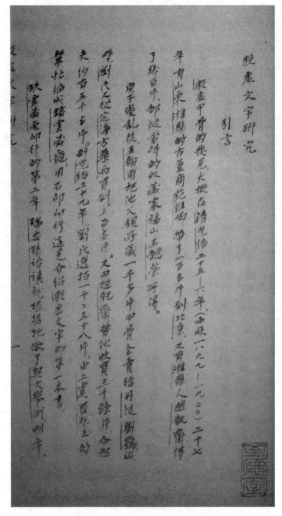

《殷虚文字研究》《商周彝器文字研究》劄記書影之一

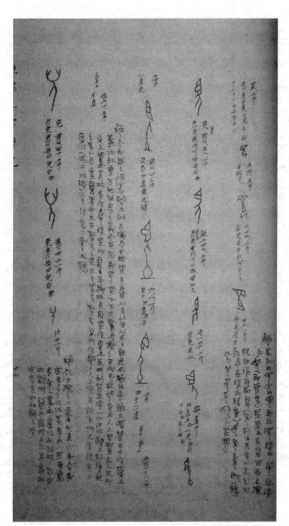

《殷虛文字研究》《商周彝器文字研究》劄記書影之二

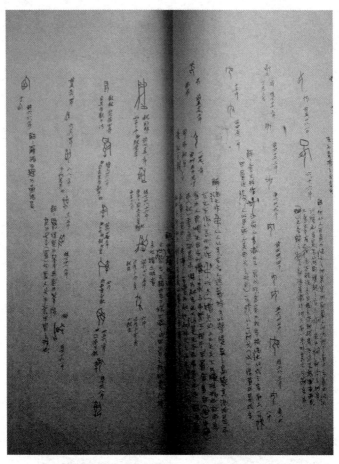

《殷虛文字研究》《商周彝器文字研究》劄記書影之三

　　魏先生讀書寫字是由祖父化純公開蒙的。先始學書,就像啟功先
生從祖父毓隆寫字一樣,先由祖父寫出字樣,一字一紙。因化純公為
清末生員,參加過原籍直隸撫寧縣的縣試及府試、院試,所作八股文、

試帖詩用字皆為正字,即顏真卿《干祿字書序》中所說"所謂俗者,例皆淺近,唯籍帳、文案、券契、藥方,非涉雅言,用亦無爽,儻能改革,善不可加。所謂通者,相承久遠,可以施表奏、箋啟、尺牘、判狀,固免詆訶。所謂正者,並有憑據,可以施著述、文章、對策、碑碣,將為允當(進士考試,理宜必遵正體,明經對策,貴合經注本文,碑書多作八分,任別詢舊則)"中之正體,此就楷書而言。唐以後至清末之科舉中是不允許用俗字、通字的。故魏先生少時所學是從正體字入手的。附讀《文字蒙求》《字學舉隅》《續三十五舉》等,這都是科舉時代的必修書。魏先生說:"這些書看似基礎,實一生皆可研讀。"

魏先生就讀吉林第一師範文科二十九班時(1926—1929 年暑假前),由一師十四班畢業、後畢業於清華國學專修館的高亨(1900—1986)先生回校任教。高先生原名仙翹,字晉生,後改名高亨,吉林雙陽人,著有《文字形義學概論》《金石甲骨文字通箋》等。魏先生從之受文字學,以許慎《說文解字》為教材,不准寫簡體字,不准作白話文。魏先生研究文字學自高先生始,曾有志一生治文字學。

1932 年,魏先生考入北京大學中文系二年級,曾選修沈兼士(1887—1947)先生的"右文研究"課。魏先生說:"沈先生是沈尹默先生三弟,學問非常好,他的右文研究,即對形聲字的分析,偏重得聲的音符,有開拓性,人非常自負,課後有什麼研究的問題請他幫助,也很少理會。"魏先生作《爾雅集釋》就曾碰壁。又魏先生曾上馬衡(1881—1955)先生的金石課。馬先生字叔平,治古文字,工篆刻,繼吳昌碩後為西泠印社社長。也正因此師生關係,1949 年 1 月,魏先生服務於傅作義"華北剿總司令部"時,曾協助故宮博物院院長馬衡先生撤出景山國民黨駐軍,以免因戰爭對故宮造成危害。而對魏先生文字學影響最大的是時任北大教授唐蘭(1901—1979)先生。

魏先生晚年回憶:"唐先生,字立庵,講鐘鼎文,接容庚的課,常提丁山，高亨先生跟他的關係不錯。先生講課，我做筆記最多。日本投降後，我路過或住北平，都去看望先生，雖長我幾歲，學問太大。”在北大教書時，唐先生印過《古文字學導論》講義，《自敘》中說：

　　這本書在很短的時期內居然寫成了。蒙馬叔平、沈兼士兩先生的好意，都答應替我做序，我自己已想不寫序文了，但因還有些話須交代，所以重提起筆來做這照例的題目。

　　這書本是唐氏《古文字學七書》裏的一種，七書的名稱是：一《古文字學導論》、二《殷虛甲骨文研究》、三《殷周古器文字研究》、四《六國文字研究》、五《秦漢篆研究》、六《名始》、七《說文解字箋正》。
　　唐先生在《自敘》中講了他的寫作計劃及諸書中的先後關係。談到其據收集的明義士、劉晦之及中央研究院發佈的小部分甲骨，先寫出一部分，約百餘字，名為《殷虛文字記》，以後繼續寫出，以至十記，成一整部的《殷虛文字研究》。時為民國二十四年（1935），唐先生 34歲，志向何其大哉！
　　魏先生藏唐蘭先生《古文字學導論》和《殷虛文字研究》《商周彝器文字研究》合裝本講義。《古文字學導論》上不存魏先生一字劄記，而合裝本，魏先生則是密密麻麻，逐字作解，或對甲骨、金文作釋，鋼筆小行楷，清晰可讀，以《說文解字》、鐘鼎文、籀文、琅琊刻石等作校補，知識涵量大，顯見為整理後之作。後學在先生晚年侍座時，先生說：“那時除完成學分、兼東北中山中學課外，就是喜歡古文字，成天在北大圖書館，三年輯成《說文解字集釋》四大本，八十萬字。又根據唐先生講課的筆記，查相關書，對唐先生講的每個字作‘解’，並不成熟。與陳祖謨先生對桌三年查書，相見一笑，沒說過一句話，那時是書呆子。學古文字，最得高亨、唐蘭兩先生的好處。1942 年在廣東文理學院還教過文字學課。後不停地經歷運動,也未再深入。但我讀書沾了懂點文字學的光。惜《說文解字集釋》在文革中被抄了,再沒找回來!"

《唐蘭全集》,2015 年已由上海古籍出版社出版,知唐先生全部的《殷虛文字研究》並未完成,集中所收為《殷虛文字記》,與魏先生所作"解"之《殷虛文字研究》體例少別,且這個版本流傳很少,影印唐先生、魏先生師生文墨,可窺上世紀文字學研究一角,更是此書的價值所在。《唐蘭全集》前言說:"唐先生在古文字學上,所用的有兩個方法,一個是自然分類法,一個是偏旁分析法。這兩個方法是由唐先生所發現,前者打破了許慎《說文解字》所用的分類方法,後者對於文字的認識是一個很大的進步。由這一個方法,許多不認識的字都可以認識,而其準確性亦極大。"魏先生的字解,可看到對唐蘭先生的學術繼承。

這部合裝本,是魏先生在北京大學由散頁裝成,當時北大有專事裝書的業務。七七事變後,魏先生流亡後方,夫人于月萍先生隨其流亡,書稿等委托杜姓親戚保管,直至抗戰勝利才回到魏家。建國後,雖經抄家,幸得留存。

四、國立東北中山中學時期

校長李錫恩,魏先生是兼任教員,月薪開始 47 元,後為 60 元。

教務主任傅貴雲。

訓育主任王先清,黑龍江人,他是國民黨軍校出身的一個中校軍官,因為腿瘸了才來,對學生完全是法西斯的管理手法。

事務主任韓春暄,黑龍江人,是這個學校掌握經濟安排、物質分配大權的人,因為這裏的人事是按照遼、吉、黑、熱老東北四省分配的,所以這一方面的工作校長也很少過問。

教員、職員:程國士,字沐寒,吉林人,第一師範初中教員講習班出身,曾為吉林女中國文教員,也是魏先生在吉林省立模範小學讀書時的級任老師。"九一八"事變後很久才到的北平,人很平易,是這裏的訓育員。"七七"事變前,他隨學校南遷,未幾病逝。傅瑤琴,字揮五,岳希文的夫人,擔任管理女生的工作。日本投降後,任吉林省立女子師範校長、國民黨監察院監察委員。其他有訓育員侯封祥,教育員史國雅,教員崔殿魁、王玉琳、孫家驥、周季韜、李湘岱等。

第三章　國民黨學生的被捕

一、老國民黨員

魏先生在吉林市第一師範讀書時就加入了國民黨,其於 1926 年後幾年的吉林市黨務活動,記憶深刻。

組織名稱:中國國民黨吉林省黨務指導委員會。地點:吉林省城牛馬行附近某胡同中的一個民宅,簡稱"三號"。有委員張惠民、劉耕一、朱晶華(北京高等師範學生)、朱一士(吉林五中圖畫教員)、劉不同、王誠。秘書任重(後升委員)、侯某、王某(吉林新報社社長)。

主要活動:

辦小型講習班

傳播三民主義、五權憲法。參加者都是吉林省各個中學的國民黨學生。有第一師範的侯封祥、張治安、魏際昌,女子中學的曲少卿、宿玉蘭,毓文中學的王逢春等,總共十幾人。時間是每隔一周的星期六晚上 7 至 9 時,由委員、秘書們主講,約有二個月的時間結束。從這買到了《中山全書》,時常翻讀。

成立區分部

第一師範成員有趙誠義(負責人)、張治安、張麟生、牟鴻遠、魏際昌。教師有傅貴雲(校長)、張壽昌(教務主任),都是直接受"三號"的指揮。打賣國賊、反對吉敦路延長以及易幟運動都是這個區分部根據它的命令搞起來的。

創刊《吉林新報》

此報是 1927 年冬天辦的，社址在吉林省城新開門里魁星樓對過，有自己的印刷機，職工三四人，總編輯由社長兼任。分全國、地方、新聞和文藝副刊四版。因報紙內部消息多，又敢說話，比老的《吉長日報》（吉林督辦公署的機關報）響亮，發行量好，發行半年多就被封閉了。魏先生是校對和第一師範的訪員，義務職，有時在報社便飯。

領導易幟運動

為了表示擁護國民黨的統一政權，督促張學良改變東北獨立的局面，1928 年春，搞了一次把代表北洋軍閥的五色旗換為代表國民黨的"青天白日滿地紅"旗，由各校學生脅迫四法團（工、農、商、教育會長）和省議會議長到大街遊行，更換紙製小旗。在督辦署被張作相派軍警趕散，拘捕了全部代表，魏先生是第一師範的糾察隊長。

張作相發現了"三號"和《吉林新報》的作用，就一併查封了。國民黨在吉林的地下活動亦隨之結束。

二、1934 年暑假的被捕

1934 年暑假，魏先生因不滿國民黨北平憲兵三團到北大抓學生，與借宿在東齋的武漢大學學生張顯豐等學生痛打了兩名特務，同樊畿（北大課業長樊際昌弟弟，物理系三年級學生）及董姓的政治系學生被抓進市黨部，慘遭毒打。原因是北平憲兵三團晚上來東齋抓共產黨，被魏先生等持棍棒堵在傳達室,挨了打,第二天就把魏先生等人抓走了。此事件很轟動,上了北平《晨報》。為什麼沒有幾天就放出來呢?這是因為特務們看錯了人,頭天晚上趕跑他們的帶頭者是借住在魏先生房子裏的武漢大學學生張顯豐,吉林同鄉,到北平休暑假,事後他知道不好就不辭而別了。等到把魏先生抓入北平國民黨黨部拷問時,當晚被打傷撞跑的那個特務,一看就說:"不是他,那是一個黑臉的,說話公鴨嗓的。"打了魏先生一頓就擱在了一邊。魏先生在人群裏,他們沒瞧清楚。第二次又問,魏先生亮出來是老國民黨員,有東北辦事處的吉林委員劉守光可以證明。他們就不打了,罰魏先生跪在孫中山的像前,說:"既是國民黨,為什麼那時候不保護我們? 這是對總理不忠實。"跟著就允許魏先生打電話找劉守光保釋。出來後,劉守光埋怨魏先生,說:"這是什麼時候,你這樣冒失,只此一次,下回我也不管了。"胡適等也是同樣的態度。歷史學者何茲全(1911—2011)《愛國一書生-八十五自述》記載了此事(《愛國一書生-八十五自述》第67頁,華東師範大學出版社,1997年12月第一版)。我曾寫信致何先生,先生2001年2月12日復劄:"信及魏際昌先生文章收到。我也是1935年北大畢業,我是歷史系,魏先生是中文系。我們是同年同學。張中行先生我認識,是近幾年才認識的。當年北大風氣,同屋數年有沒交一次談的。"(我在致何先生信中提到了魏先生北大同學張中行)

在《胡適日記全編》(安徽教育出版社,2001年10月版,第308頁)中的1934年1月29日中,胡適記錄了選修"哲學史"課學生的成績,共三十九人,魏先生在六十一分至七十分之間,何茲全在70分以上,80分以下。魏、何二先生是同時選胡適課的。

三、畢業於北大研究院

四年大學生活,魏先生對北大課程自由選修了胡適的"中國哲學史"、錢玄同的"說文"、劉半農的"語言學"、周作人的"日本文學課"、孟森的"上古史"、沈兼士的"古文字研究"、范文瀾的"文心雕龍"、劉文典的"校勘學"等。魏先生認為,諸先生都是學問淵雅,各有千秋。尤其是對胡適先生的課,"那時真是肅然起敬、洗耳恭聽、手腦並用、點滴入神,已屆於欣賞的境界了"。其他如林損、劉文典、馬衡、馬裕藻、顧頡剛、傅斯年、魏建功、熊十力、俞平伯等先生也時常請教,受益多多。

魏先生是埋頭讀書的學生。為完成本科畢業論文,1934年秋,請胡適作論文指導。北大有規定,畢業論文必須有兩位教授指導,於是胡先生又推薦了周作人。鑒於明代公安派的中堅人物尚無人關注,胡建議魏先生研究袁宏道(字中郎)。周作人為其開參考書目《袁中郎全集》《白蘇齋類集》《隱秀軒集》《懷麓堂集》和李贄《焚書》《徐文長文集》等,並約略指出重要篇目。論文定名《袁中郎評傳》,15萬字,9個月後,1935年5月完成,胡適先生對論文做了認真的評點。因論文後附了年譜,胡適說,這樣可以互相參照,相得益彰。此照片攝於1935年春夏之交,前排左起為陶維多(北大中文系同學)、羅庸、胡適、鄭奠、徐芳(魏先生本科同班同桌);後排左起孫振奇(黑龍江人,北大中文系同學)、序列三人為廣東中山大學學生、魏際昌、某姓(山東人,北大中文系學生)、侯封祥(北大中文系同學,抗戰中被敵機炸死)。照片中人,除徐芳隨夫到了臺灣外,其餘師友,解放後,魏先生明哲保身和免於影響他人都未能聯繫。原照片已於1998年北大百年校慶時,通過學生方勇捐給了北京大學。

1935 年,與胡適先生等留影(前排中為胡適先生,後排右三為魏先生)

　　1935 年前的胡適給魏先生留下了深刻的印象:一是跟胡適學作白話文;二是對胡適"九一八"事變後捐款不積極有意見;三是胡適對學生葉青在《二十世紀》雜誌上開專欄"胡適批評",坦然處之,絕不反感;四是胡適治學嚴謹,寬厚待人。

　　1935 年夏初,魏先生於北京大學中國語言文學系本科畢業,與原吉林省同學及其個別學友的愛人合影於北大馬祖廟三院(理科),以為紀念。前排右至左:魏際昌、周季韜(哲學系)、侯封祥(中文系)、顧麟生(經濟系)、于月萍(魏先生夫人)、沈晶瑩、孫滕忠、孫家馬(歷史系)、馬振圖(1933 年畢業於北大地質系)、熊民旦(1934 年畢業於北大某系,湖南湘鄉人)、龔貴霖(北大數學系)等。

1935 年,北大中文系本科畢業與諸同鄉合影(前排右一為魏先生,右五為夫人于月萍)

　　魏先生北大本科畢業，深知畢業後，如無門路，只有失業。適逢北大研究院中國文學部招生，考取以後，每年可有 360 元研究費，胡適先生是研究院導師，便動了念頭去應試。來自全國的 50 餘人應考，考取四名。除魏先生外，還有侯封祥、閻崇璩（清華出身，河北人）、李棪（中山大學高材生，廣東人）。今《北京大學史料》（北京大學出版社，2000 年版第二卷）收有《研究院文科研究所佈告》，係文科研究所委員會第十六次會議，准許受初試之各研究生姓名及應考科目。魏先生應試時間為 1937 年 7 月 5 日、6 日之上午 9 時至 12 時；科目分別為"中國近世文學史""近三百年散文專籍"；地址為國文系研究室；主試導師為周作人、胡適。關於此，魏先生有真切的回憶：

　　侯封祥沒有報到，去東北中山中學做訓導員了，胡先生很是惋惜，侯的成績比我好，閻崇璩也只研究了一個學期，便考取了冀察政務委員會的縣長，受訓去了，後來當了河北省某縣的縣長。李棪同我念到了底，不過聽課不在一起，指導各有專業，也不常碰頭。後來胡先生指定我寫《桐城文學派小史》時說："桐城謬種，選學妖孽，人家都這樣講，你同意嗎？既稱為'學派'而不曰'文派'，便不單純是文章上的事兒了，'文章韓歐'以外，還有'學行程朱'呐，密斯特魏，你應該把它徹底探討一下。"

　　桐城古文學派，雖有曾國藩師生及後來馬其昶、林紓等人的弘揚，但至民國初年已被人排斥，林紓被迫離開北大講壇，正基於此。而胡適為安徽績溪人，方苞諸人為其鄉賢，使學生在論文中研究此課題，除科研外，還有更深的尊重鄉賢學術意義。

　　1935 年夏至 1937 年 5 月將近兩年時間，魏先生完成了論文，計 20 萬字。《桐城古文學派小史》於 1988 年 4 月由河北教育出版社出版，魏先生成為當代系統研究桐城古文學派的第一人。正如胡適所說："你拈著題目做文章，交代清楚了學行和文章的關係了，而且材料比較豐富，有的為人所不經見，足證下了不小的功夫。"

研究生期間，尚著有《說文解字彙釋》，80萬字，稿本"文化大革命"中被抄，一直未退回，又多方尋找未得。如此書稿尚存於世間，願後世得此者善護之。魏先生曾回憶說："我研究《說文》，與周祖謨先生在北大圖書館對桌三年，未交談一句。"

以上可見魏際昌《胡適之先生逸事一束》，此文發表於1998年《保定文史資料》《河北文史資料》，文章對北大及胡適研究有較高的史料價值，也從另一方面反映了深厚的師生情誼。

1937年5月23日，為慶祝《桐城古文學派小史》完成，魏先生一家三口特約于月萍北師大同學武尚仁遊中山公園，並請武尚仁為他們攝影留念。武是薄一波同鄉，一起參加抗日，加入犧盟會。解放後，在山西太原師範學院教書，退休後隨子定居北京。

1937年，與學友武尚仁合影於中山公園（立者為魏先生）

第四章　關於北強學社

一、學社及宗旨

"九一八"事變以後,逃往北平升學就業的吉林省青年和部分社會人士,為了聯絡感情、砥礪學術,藉以反滿抗日,復土還鄉,共同成立了這麼一個避名(抗日)責實(救國)的學術團體,人數不多,團體卻很堅固。為什麼叫做"北強"呢? 它是斷章取義於《中庸》,"南方之強與? 北方之強與? 抑爾強與?""靭金革死而不厭,北方之強也,而強者居之"。顧名思義,就知道它並不單純是一個學術團體的,是已故的骨幹社員,北大學生侯封祥所定名。

二、組織與人事

1933 年左右,北強學社的組織人事。

這個社有理事會的組織機構,它是由社員大會通過選舉產生出來的,但理事會並不負執行社務的責任。理事長和少許有實際職責的理事才是其中的骨幹,理事、理事長任期一年,連選得連任。

理事長:劉守光,東北黨務辦事處吉林籍委員。

常務理事:崔殿魁,清華研究生,《北強月刊》編委,後為吉林省政府秘書長,東北教育處處長。

萬異,清華研究生,留英,《北強月刊》編委,後為中長鐵路局理事。

侯封祥,北大學生,《北強月刊》編委,東北黨務骨幹。

何壽昌,北大學生,《北強月刊》編委,後為長春大學訓導長。

理事:顧麟生,北大學生,解放後為湖南師範學院黨委書記兼院長。

高景之,女,燕大學生,解放後為遼寧省委婦女部長。

吳景芳,清華學生,後為汞業管理處重慶辦事處主任。

李文瀛,清華學生,後為某省財政廳長。

馬振圖,北大學生,後為東北地質學院教授。

王玉琳,北大學生,後為遼寧大學教師。

熊民旦,北大學生,後為東北工學院教師。

崔殿甲,北大學生,崔殿魁之弟。

龔貴霖,北大學生。

賈玉鈞,北平農學院學生,後為某農大教授。

李湘岱,中法大學學生。

杜紹甫,北大學生。

岳希文,北大學生,後為國民黨吉林黨部書記長。

岳希新,北大學生,解放後為全國人大代表。

傅瑤琴,北平大學法學院學生,後為國民黨監察委員。

周志遠,北大學生。

周季韜,北大學生。

還有就是魏際昌先生。

名譽理事:李錫恩,吉林大學校長,吉林教育廳廳長,國民黨吉林省黨部主任委員,北強學社的主要支持者。

董其政,立法委員,原吉林大學文學院院長。

胡體乾,中山大學法學院院長,吉林省教育廳廳長。

傅貴雲,長春大學文學院院長,國大代表,後為北京師範學院中文系教授。

高亨,學術權威,國大代表,後為山東大學教授。

這些名譽理事都是不出面的幕後支持者,可見這個學社是個藏龍臥虎的組織。1935 年"何梅協定"後解散。

《北強月刊》封面

三、活動和影響

北強學社代表了吉林在北平學人的學術水平,與遼寧省在京組織的行健學社一樣,都有相近的目的。遼寧在京的行健學社主持人卞宗孟也是國民黨東北黨務辦事處的遼寧籍委員。兩個學社的會員,可以互相交流,互相參加大會,交換刊物,一團和氣,起到了凝聚人心和交流學術的作用。

魏先生"文化大革命"中向河北大學中文系交待問題,並未提到在《北強月刊》上發表論文。待平反後,談到自己學術,列出《北強月刊》發表的論文,因月刊不易找到,並未得到重視。近年國家圖書館可數字檢索,因方勇帶領學生編輯《紫庵文集》,方才搜輯到如下文章:《明代公安文壇主將——袁中郎先生詩文論輯》(《北強月刊》1934 年第 1 卷 6 期)、《爾雅學》(《北強月刊》1935 年第 2 卷 1 期)、《先秦諸子論學拾零》(《北強月刊》1935 年 2 卷 3 期)、《明清小品詩文研究》(《北強月刊》1935 年 2 卷 5 期),皆是北大中文系本科時所作,頗得時譽。

第五章　從湖南到重慶

一、"青年戰地服務訓練班"參訓

　　魏先生北京大學研究院學習剛剛結束,盧溝橋事變爆發,時局越來越壞。魏先生決定南行,1937 年 8 月 6 日,在北平西城浸水河寓所,子魏鐵華三歲,家裏只有大洋 60 元,與妻于月萍各分一半,淒淒話別。魏先生有詩紀事:

> 變後生路絕,俯仰無著落。
> 九城空蕩蕩,舉目異類多。
> 株守徒自苦,不走待如何。
> 乃與月萍議,先行應是我。
> 相累以幼子,歉仄心諾諾。
> 前途當有望,切勿淚婆婆。
> 月萍默無言,黯然易水歌。

　　魏先生乘車至天津,住法租界悅來棧,與避難的老師傅仲霖相遇,五日後同傅一起到濟南。為濟南人民的抗日熱情感染,與流亡學生在街上合唱《流亡曲》《大刀進行曲》。由山東省主席韓復榘指定備流亡學生專列車廂七節,在山東得吉大校長李錫恩、教授慈連炤(字丙如)接待。火車至徐州轉車,遭轟炸。至南京,住在南京二中,與其他平津流亡學生遊行募捐,並作為流亡學生代表到淞滬前線慰問國軍,得駐守真茹的廣西某師長接見。又到南京傅厚崗拜見胡適先生,胡先生說:"國家打仗了,還讀書幹什麼? 投筆從戎吧!"當時胡先生已經無暇過問北京大學事,並已被發表為駐美大使。

魏先生詩云:

北寧綫上日寇兵車銜尾

這個仗可怎麼打! 調兵遣將任敵發。客車逢站必停靠,紛紛兵馬亂如麻。車中敵寇橫槍走,兇神惡煞示鎮壓。不期而遇仲霖師,暗打招呼未對話。逮及東站下車時,我遇麻煩被檢查。幸得故人代說解,鬼門關上竟溜煞。用錢買過法國橋,熙來攘往好繁華。對比倭賊屠殺場,天堂地獄一般差。

老火車頭車站鬼影幢幢

寇兵橫槍詰問:"你的什麼的幹活? 北京大學學生? 共產黨的是麼? 撒謊死啦死啦。"刺刀挑破包裹,上下翻攬乙過。"畢業民國學院,小學教員幹活,天津探望親戚,別的沒有什麼。"翻譯旁邊搭話,嘰哩咕嚕代說,面孔似曾相識,揮手令我通過。東站夜無燈火,屍臭到處散播。勉強擠入旅館,敵憲攪擾難臥。

八一三,滬上開戰

八一三開火,號外連聲喊。總算打響了,這番不簡單。舍此無出路,但願持久戰。飯也吃得香,覺也睡得甜。急盼去南方,同樣幹一番。人人都興奮,個個在騰歡。同仇與敵愾,才是男子漢。且莫管成敗,只要保江山。

嶽州九上

逃難須坐日本船，嶽州九上睡甲板。蜷伏人叢三尺地，
面面相覷只微歎。任敵縱橫陸海空，中華兒女何以堪！河山
破碎人飄零，七載光陰已塗炭。攜我同行有傅師，水旱兩番
共患難。先生老矣也拋家，泛舟南去渤海灣。寇艦七艘正環
伺，舉首蒼蒼實汗顏。

到濟南後的新生活

濟南多名勝，嚮往非一朝。孰料流亡到，遊興已全消。
悵對大名湖，千佛山不眺。所談惟救國，如何去京兆。暇則
學合唱，抗敵曲更好。也搞街頭劇，殺賊志氣高。須知六合
中，到處有創作。士子既同仇，安能廢趕超！

徐州車站旁遭遇敵機轟炸

膏藥旗飛機，沖向車叢地。轟轟先投彈，噠噠狂射起。
硝煙迷漫處，哭叫聲慘悽。警報解除後，方知災禍遺。火焰
猶未定，車頭響汽笛。繼續南行路，碧野望無極。祖國真廣
大，吞象蛇妄急。創傷終須愈，徒死是倭鬼。念此信心足，拭
淚止餘悲。

初到南京

間關到浦口，輪渡已停開。市井嫌冷落，疏散正安排。
學會有辦法，接應汽船來。再搭小火車，直達西門外。住進

市二中,隊員始放懷。未料午夜後,附近遭禍害。敵機大轟炸,八府塘燒壞。斷瓦殘垣裏,慘慘橫殘骸。見此極驚詫,防空何所在?後方無保障,抗戰將不逮。輾轉難入睡,悼對東方白。

丙如師召宴惜別

山東丙如師,訥訥仍如昔。召宴吉大人,脈脈有深意。即將出洋去,撫膺長歎息:國事不可為,雖然抗戰起,勝利知何日,且自好將息。單獨語我曰:吾頗有才氣,諸般應努力,但願再見時,茁壯成大器。舉箸勸佳餚,雞魚海味齊,流亡到今日,始得真激勵。

宣傳、募捐到秦淮河

秦淮河畔黴氣生,笙鳴管奏醉太平。清唱小樓多粉項,起舞大廳有妖星。"敵寇侵淩由他去,燈紅酒綠且縱情。"軍裝革履官家子,禮帽華服巨賈丁。宣傳隊到眉頭縐,募捐聲動錢袋驚。全無心肝真是矣,不如禽獸非固定。逮及連袂出門後,喧笑盈庭更忘形。

淞滬前綫慰勞國軍

炮火連天湧,硝煙彈橫飛。京杭國道上,吶喊聲如雷。戰壕犬牙錯,士兵面黧黑。三八大蓋槍,竟以禦強敵。延入掩蔽部,師長話筒催:"急語眾代表,慰勞意甚美。所缺在藥物,擔架亦不備。救護難及時,傷患最可悲。"離去陣中地,悵然心慘淒。血肉築長城,堪稱好部隊。傷殘猶坐視,何以對健兒?

69

南京傅厚崗客舍見胡適先生

　　先生鎖雙眉，諄諄告誡說："國家打仗了，讀書做什麼！投筆從戎吧，班定遠可學。我也要出去，不是為官樂。對美辦外交，有利於合作。"聞言遂了了，胡博士推託。其心已外□，毋庸再囉嗦。去找陳部長，看他怎定奪。

　　後在南京二中，新任教育部長陳立夫會見流亡大學生，魏先生被分配到南京戰地服務訓練班學習，校址在紅紙廊原中央政治學校所在地。汪精衛、陳果夫、陳立夫、余井塘、陳禮江等人曾到班講話、授課，班主任陳立夫兼任，副主任黃琪翔代行。學員採用部隊編制，設大隊部以掌握軍訓，班本部為最高領導機構。本部分置教務、政訓、總務三處。大隊下轄五個區隊，區隊各有小隊三或四個。區隊有隊長、教官各一人，小隊長由學員擔任，第五區隊係女生。魏先生隸屬於第二區隊第一小隊，隊長戴謙，教官魏希文。南京淪陷，訓練班自蕪湖轉銅陵，入牙山修整，又過皖、贛，過鄱陽湖到達南昌、武漢，親眼目觀武漢空戰。

　　從青戰班結業到鄭州參加訓練，由程潛簽名為第一戰區民眾運動指導員，政訓處長李世璋中將是魏先生北大校友，照顧分到河南禹縣三個月。武漢撤退前，又在教育部社會教育督導員訓練班學習，時間一個月，地點在江漢中學，被陳禮江司長分配到湖南省教育廳，同行者有江蘇王泳、江西王振峰，流亡學生得此正式職事很少見。

　　青戰班是國民黨政府組織的平津流亡愛國大學生迅速進入抗戰工作崗位的軍事教育機構，開辦於 1937 年 9 月初，結束於 1938 年 10 月。班主任是由 cc 首領陳立夫兼任，並不直接管事，副主任是由黃埔系統的黃仲翔擔任。從班裏的處、主任、大隊長到隊長教官的分配情況看,是國民黨中央軍官學校出身的管軍事訓練,而國民黨中央政治學校出身的管政治思想。由於國共聯合,沒有國民黨的公開活動。常見的是有一個戰鬥青年壁報,有一個編輯委員會,由梁思懿、王望等負責,多用筆名,以宣傳抗日為主要內容。

魏先生詩云:

流亡大學生會見陳立夫部長記

兒哭抱給娘,約見陳部長。二中禮堂內,學生氣軒昂。部長逡巡入,衛士站兩旁。神情似忐忑,開口江浙腔:"南京正疏散,停留不可長。學生應讀書,待命且還鄉。"聞言學生問:"無家去何方? 戰火正紛飛,我們要救亡。"部長忙答言:"此事非尋常,難自作主張,請示委員長,始可見端祥。"諸般近搪塞,學生意未償,一時騷動起,口號震天響。"打回老家去",《流亡曲》高唱。部長頓驚慌,踉蹌退後廂。衛士挾護去,不歡而散場!

在南京青年戰地服務訓練班學習

紅紙廊中軍號響,編隊受訓悲流亡。五百平津大學生,矢志報國去沙場。抗敵歌曲聲洋溢,座談形勢亦昂揚。教學科目《典範令》,文化課程更多樣。各部官吏來主講,將校督練在外堂。使築掩體防空洞,模擬野戰爬山崗。耳目清新精神好,緊張刺激不尋常。投筆從戎今是矣,何日始能到前方?

二、去河南的情況

1938 年春 2 月,青年戰地服務訓練班在漢口舊日租界山崎街宣佈結業,魏先生隨隊分發鄭州,去了 100 多人,由教官褚柏思帶隊,他把人交給國民黨第 11 戰區司令部長官所在地的鄭州,由政訓處接管,又辦了一個月的短期培訓班,才又重新分配工作。

這個訓練班的教官是鄭州憲兵隊的連排長,沒有幾個能講課的教官,而且警報頻頻。只說了點兒動員民眾、訓練壯丁少許內容。期滿以後,由政訓處處長李世璋(中將銜)親自點名分發派令,魏先生分配許昌專區的禹縣,任務是協助縣長搞所謂地方自衛武裝,沒有軍銜,月給生活費 20 元,情況直接向政訓處呈報。

魏先生是一個人到禹縣的,時在 1938 年的 4 月初。縣長看魏先生一個人來,無經費,遂表面上客氣,骨子裏不理睬。只同王桓武到禹縣中部及西部巡視了一下民眾武裝的情況,到過幾個寨子。河南省立汲縣師範,疏散到了這裏,校長劉某是魏先生北大同學,受邀對全體師生做過一次講演,內容是《保衛大武漢的意義與現狀》。國民黨湯恩伯部隊的政治宣傳隊也在這裏駐紮,隊長邊振芳上尉也是先生的北大同學,一起參與了俘獲日寇誤降飛行員井田一夫。六月間,政訓處又派來一個劉姓青年來視察指導,調派先生到中牟縣。離開禹縣後,先到桐鄉去看了馮光華,到中牟縣見了李德全,到開封拜望了在河南當教授的高亨。之後回到鄭州,集中回武漢。

魏先生詩云:

哀南京淪陷

兵家勝敗雖常事,失落首都卻可哀!哀哀諸公誠匪人,禍延百姓被屠宰。祖國幅員縱廣大,日蹙千里亦無涯。抗戰到底究何恃,半壁河山早易色。俯仰絕望哭不得,暗對東海招魂來。伏波定遠終有在,搏鬥一生是吾儕。定必打回老家去,陰霾驅盡彩霞開。

牙山休整,何時出動?

銅陵入牙山,越離前方遠。局促大廟內,學員不耐煩。本欲作劉琨,卻走為謝安。群起問主任,訓練何日完?銳氣消磨盡,豈是男子漢!主任辭閃爍,云正待機緣,西去漢口後,始可有派遣。聞言無奈何,且吃安閒飯。既已不下操,可以動筆硯。圍著丘陵轉,亞賽活神仙。

池州過包希仁先哲大塚

宋相包孝肅,笑比黃河清。佐治仁宗朝,剛正莫與京。庶政稱全才,外使不辱命。遺愛在人民,千古有令名。國難今方重,士子徒請纓。僕僕征塵裏,一事尚無成。回首望大墓,愧對老先生。

行經皖贛某舊蘇區

斷瓦殘垣多,荒蕪人寥落。標語猶醒目,貧竇是生活。婦孺藍縷見,依依問誰何。"紅白哪家軍,此來幹什麼?"聞言難解答,漫應以喏喏。忽要大槍看,板機一聲破。憨態原可喜,不欲斥走火。大隊蜿蜒過,隱隱轉山坡。野兔驚跳裏,悵觸悲民瘼。望望然去之,天地誠廣闊。

73

途次瓷城景德鎮

瓷都景德鎮,贛南舊有名。今日浮梁縣,市街冷清清。旅社三五家,餐館不興隆。多次瓷器店,寥寥人問津。當是抗戰故,脫銷難經營。學校正暑假,四顧也空空。我隊來入駐,意亦在休整。無事觀瓷廠,慨歎工藝精。長板貼白胎,轉模器成形。彩繪浮花鳥,栩栩俱如生。窯火發高熱,炎炎煉晶瑩。累累倉庫裏,琳琅滿目盈。

放眼南昌有感

南昌故郡,鄱陽巨□。山光水色,莫此麗都。茶香魚肥,橘甘梨脯。行軍至此,情緒安堵。已自邊區,來至大埠。朝遊市街,夕臥長鋪。祖國美矣,誰敢荼毒。誓執干戈,衛我漢華族。不唱《流亡曲》,只思"破陣舞"。血肉化長城,壯志吞倭虜。火速轉前綫,不惜拋頭顱。生為男子漢,死不作鬼哭!信公在前,日月與同步。

山崎街日租界

漢口山崎街,日僑舊所佔。樓臺毗連立,華美使人歎。室內尤精緻,壁上櫻花燦。枝形燈高懸,窗帷垂金□。吾隊得駐入,頗有勝利感。□處沙發牀,臥睡厚址氈。祖國不抗戰,空入寶山還。

武漢看空戰

保衛大武漢,空軍最慓悍。一日警報來,走避長江岸。

74

砰砰槍炮鳴,仰首看雲端。俄而有火團,零落似星散。鼓掌遂歡呼,敵機完了蛋。蠢爾入侵者,安冀豕狼竄。中華多英雄,時時懲兇殘。空戰亦如此,飛龍鎮天關。

侯銳之學友餞別我於漢口

三八年秋天,得職去湖南。這個前程好,朋輩都欣羨。老友侯銳之,餞我"大三元"。舉杯稱魏弟:"我為你喜歡,同學多不見,□零非一般。從茲江漢別,再會知何年!"聞言心內酸,淚滴盤中餐。愛念弱□時,吉林讀師範。劫後入燕京,學文在沙灘。荏苒二十載,息息常相關。君實多才藝,俊逸使人贊。相待如昆仲,有時也抗顏。今雖暫有違,悵失小白山。

鄭州專訪廣蔭鄭月潭鄉友

鄭州中原地,兵家所必爭。寤生春秋初,小霸東周城。今日仍繁庶,往來多精英。我來尋老友,月潭推事庭。相見各唏噓,持杯久無聲。伶丁勤公職,茫茫憫孤窮。臨別贈行儀,大洋三十整。舉手勞勞去,前方任縱橫。

再受訓後,得職為第一戰區民眾運動指導員

第一戰區裏,入隊又受訓。地點是鄭縣,久仰中州郡。車站尚宏敞,街道亦清順。縣立小學中,管地卻狹緊。設備既簡陋,操場尤湮遜。較之紅紙廊,可以天壤論。沒有防空壕,遇警奔鄉村。遂令大轟炸,死傷近千人。市容殘毀後,結業始批准。分發各縣去,任務搞民運。

禹縣十二州藥材市

藥材集散地,人稱小禹州。市隱韓康多,醫說扁鵲流。苦口利於病,救死乃國手。大廟牌場下,羅列供君求。神農□百草,軒轅內經修。此道獨我早,豈可自言陋?對日正抗戰,宜求供應周。土法亦上馬,保健第一籌。

禹縣民眾運動指導

鄭州重受訓,第一戰區管。依舊老法門,跑步聽操典。適逢大轟炸,屍骨幾不完。奉命禹縣去,民運指導員。月薪二十塊,領章無軍銜。官衙所輕視,只能吃閒飯。結友成三人,聊以卒宵旰。燕燕終飛去,利劍違我顏。

禹縣保衛團

禹縣抗日有武裝,光怪陸離好看象。曾隨縣長作視察,哭笑不得實難忘。土山上,寨門敞,便衣英雄站兩廂。盒子炮,紅纓槍,搖搖擺擺亂開腔。呼兄喚弟說黑話,不下操場□□□。兇神惡煞誰敢惹,龍頭大哥本姓王。這些家伙能打仗?魚肉鄉民卻在行。歸來策馬暗心傷,動員群眾枉思量。決計棄擲許昌道,重握筆桿作文章。

俘獲井田一夫

一架敵機落,郊區電話急。馳驅出北門,遙聞槍聲飛。沖入包圍圈,抄襲其後翼。用英語喊話:"交槍不殺你!"遂使舉手降,爬露敵機體。短胖灰日賊,瑟縮汗水滴。自云偵察機,故障迫降的。此際嗡嗡嗡,又一敵機至。盤旋低空裏,似欲毀前機。小賊亦狂嘴,幻想被救起。我軍奮力戰,上下彈紛紛。惜無高射炮,難以禁施為。終被炸燒去,只牽俘虜歸。

承審員刑訊人民

司法不獨立,承審作威福。訊問用刑具,逼供真慘酷:使坐老虎凳,鼻灌辣椒糊。大掛也時上,還有夾棍出。直是閻王殿,狼號與鬼哭。何求而不得,草菅人命毒。十八世紀式,哀哉吾民苦。莫怪老百姓,怕官如見虎。始者未之信,今朝親目覩。客舍鄰法庭,遷避曾屢圖。

中牟縣探視李德全

平漢轉隴海,中牟縣停站。白沙滾滾中,獲見李德全。破損關廟裏,伊正忙宣傳。工作熱情高,使我心讚歎。縣長關某曰:"此地太貧寒。衣食皆不周,百姓已星散。老日都難進,無人怕前綫。"聞言感觸多,如此對抗戰。寸土猶必爭,況是大鄉縣!眼望拴馬椿,再拜辭三官。昔演捉放曹,陳宮是好漢。

三、社會教育督導員訓練班受訓和分發湖南

魏先生從鄭州重回漢口,已是 1938 年 7、8 月。這時青戰班的黃仲翔已發表為國民黨四川省黨部主任委員,還不曾離開。由馮光華代為請求,魏先生得到送往國民黨教育部主辦的社會教育督導員訓練班受訓的機會。

班主任又是陳立夫兼,陳是國民黨的教育部部長,副主任陳禮江(教育部社會教育司司長),教務主任甘豫源(教育部督導室主任)。學員都是蔣管區西南、西北、兩廣、兩湖現任的國民黨教育廳第四科科長和民眾教育館長,帶職受訓青戰班學員有魏先生和王又鍔,學員共計30多人。課程有"民眾教育""圖書館管理""社會教育行政及法令",沒有軍事訓練。講師除陳禮江、甘豫源外,都是教育部的行政官,如總務司司長張益之,部長陳立夫也來講過《唯生論》。訓練時期只有一個月,供食宿,結業後帶職學員回原單位。魏先生與王又鍔、江蘇人王泳被分發到湖南省教育廳,同行的還有湖南省立民眾教育館館長段輔堯和到廣東去的江蘇人皮禹。湖南省教育廳廳長朱經農是北京大學教育系的老教授,他的兒子朱文長又和魏先生在北京大學研究院同學,對魏先生頗為青目,先生得任湖南省立民眾教育館館長、湖南省立第八中學校長和省督學等。魏先生在湖南停留近六個年頭。

四、在湖南省教育廳
(1938 年以後)

1. 社會督導員

1938 年 9 月從教育部社教督導員訓練班結業,即分發湖南,魏先生同另外的兩個學員王又鍔、王泳從漢口到長沙,面見廳長朱經農。他皺著眉頭看了公文,說:"不定出薪金數目,又未指出款項來源,這裏無法接受。"向教育部請示,定為工薪 60 元,由教育部發給各省的社會教育補助費項下開支,這才解決了問題,住長沙北門外的省民教館宿舍。朱經農關心魏先生,安排魏先生代表教育廳參加抗日自衛總團部第一行政區的視察工作,組長是總團部的谷某,民、財、教、建廳各出一人。共計看了長沙、湘潭、瀏陽、醴陵、平江、寧鄉等六個縣的縣自衛團訓練情況,還是長矛大刀,且老弱不堪,普遍缺額。

2. 戰地政務處

此處是省主席張治中搞的,處長夏維海。民、財、教、建廳各出科長、科員一人。魏先生被派為教育科科員,科長楊熙靖。剛派下即發生長沙大火,自湘潭方坐上湖南省公路局的客車,到了寶慶,還沒有兩天又回長沙,在二里牌的一座大宅子裏辦公,四廳廳長和張治中也都在這裏。

長沙已經燒得烏煙瘴氣,臭不可聞。午夜,人睡熟才放的火,死人極多。這是國民黨焦土抗戰的樣板,敵人還在百里之外。魏先生出去查看學校被燒毀的情況,長郡、湘雅、妙高峰、岳雲等有名的男女私立中學,很少有不被破壞的。魏先生云:"真是恨煞人也。"

1939 年春,廳長朱經農來找魏先生,說:"這半年來你辛苦了,總也沒一個合適的職務,現在省立民眾教育館館長辭職了,你去試試吧。"魏先生心裏當然明白,他是看在舊北大師生的關係,他兒子朱文長與自己同在北大研究同學的原因。另外此館在長沙大火前,已經遷出湘西沅陵,還要繼續深入八區永順去開辦,這個地區少數民族較多,山窮水惡,土匪橫行,願意去幹的人不多,可以免去競爭。

3. 湖南省立民眾教育館

湖南省立民眾教育館後改省立第一民眾教育館,是由長沙遷至沅陵,再遷至國民黨第八行政區的首府永順的,魏先生是在沅陵任館長的。

79

1942年元旦,湖南省第一民眾教育館同人合影(前排右五為魏先生,身前為兒子魏鐵華)

　　前館長段輔堯是魏先生在漢口教育部社教督導員訓練班時的同學,去當縣長了。他只留下一屋子亂七八糟的圖書,其它什麼也沒有。魏先生先找職員,後申請經費,設法搬家,從頭做起,在沅陵組成了一個流亡大學生的班子:

　　總務主任吳壯達,廣東人,中山大學學生,被疏散的民政廳科員。教導主任潘炳皋,河北人,北師大學生流落湖南。康樂主任陳石真,江蘇人,上海醫專學生,後來接手館長。研究主任陳受謙,湖北人,湖北教育學院學生。其他職員有:會計幹事余煌、事務幹事曹子平、教育幹事金振華、藝術幹事王英霞以及助理幹事陳漱芳、陳玉、黃文淵(地下工作者)等。工作除日常借閱書報、簡單醫療、民眾夜校、婦女識字班外,還舉辦過抗日畫展、抗敵電影放映(教育廳巡迴)、湘西土物展覽,出版了《湘西民教》。

　　教育館辦的具體工作有聲有色,雖然各方勢力盤根錯節,費力多多。省館內沒有國民黨區分部一類的基層組織,雖然吳壯達、陳受謙和魏先生都是國民黨員,有的時候到縣黨部坐坐,也是拜訪性質,而非參加什麼內部活動。

　　魏先生尚有其他職責:

　　一是兼任著教育廳社會教育督導員,負責代管永、保、龍、桑四縣的中山民眾院校,每年必須出去視察一次。此外,湘西各縣的民眾教育館也經常需要去看看。1941 年夏,還陪同教育部社教督導員張國禎視察了湘西社教。

　　二是講學。1940 年春,同湖南省立永順鄉村師範學校校長丁超(南京人,辦過燕子磯小學)到桑植、大庸兩縣講學,受到縣長岳德威(湖南寧鄉人)、程為箴(浙江蕭山人)的招待。魏先生講《民眾教育的回顧與前瞻》,丁超講《鄉村師範與小學教育的關係》,歷時一月。溪口國民黨某師長王育瑛佩服魏先生的學識,邀至家中做客。1939 年秋、1940年冬,以湖南省教育廳廳長之命,先後到湖南省舉辦的"瀘溪""漵浦"民眾教育講習班,調訓各縣民眾教育館館長,講授社會教育課,為期一月、三周不等。

三是帶隊。1940年秋,湖南省第八區行政專員兼保安司令仇碩夫派魏先生帶領八區運動員,一個排球隊,幾個田徑運動員(以長郡中學為主力)到當時湖南省政府所在地的來陽參加湖南全省運動會。這時湖南省的主席是薛岳。

魏先生詩云:

永順赴沅陵途中有見

說甚窮山惡水,實則景色奇妙。峭壁連嶂西走,仿佛蒼龍飛躍。西江澎湃下注,險灘使人驚叫。小船顛簸往來,梢公習慣微笑。欸乃幾聲槳動,綠遍上下飄搖。左岸野草叢中,馬楚銅柱光耀。飯罷斜臥後艙,埋頭去睡午覺。夢裏敵寇襲來,逃避戰火沖霄。醒後暮靄沉沉,舍舟上岸長嘯。鬱鬱羊腸道內,王村步步登高。

素描永順萬壽宮省民教館館址

永順萬壽宮,建築頗崇宏。地處縣東街,矗立山城中。未派好用場,寂寞對秋風。省館遷入後,佈置得從容。前樓圖書處,下設閱覽庭。診療室左列,翼然第一重。石鋪大落院,露天康樂廳。可以演話劇,便於放電影。中殿是會場,兩旁去辦公。不必用話筒,消息即靈通。後庭為宿舍,男女上下層。天井小池裏,碧落水溶溶。又有東跨院,高臺一寬廳。成人識字班,夜校最安寧。荒遠區得此,額首應稱頌。十五位同事,工作興沖沖。

月萍南歸喜而有記

攜兒間關到湘西,月萍遂賦《南歸記》。相見有期果踐言,燈下恍然不勝喜!千里尋夫豈易事,備嘗艱苦草淒迷。黃泛區中曾遇寇,劍閣道上少人跡。遂驚永順之仕女,紛紛設宴請話奇。僕僕風塵淨未幾,即入鄉師為教習。

稱為永順的"人才館"

幾個流亡大學生,同到此斬棘披荊。創辦了省民教館,全憑著毅力熱情。壯達君細緻穩妥,炳皋兄開拓主敬。受謙弟溫溫恭人,陳石公藝術足稱。因團結友愛互助,使工作振振有聲。宣傳抗戰無已時,開發民智不稍停。被稱為才士薈萃,亦得到上峰垂青。這就是吾輩成果,三年來頗感光榮。

五、重慶中央訓練團受訓
(1939 年 8 月至 9 月)

1939 年 7 月,魏先生在湖南永順任省民教館館長時,教育部派其到重慶參加第十期中央訓練團黨政訓練班,為期一月。同往者督學劉臥南。當時中央訓練團的機構人事及訓練內容如下:

1. 機構人事及訓練目的

這是蔣介石國民黨政府在抗日戰爭間組織各省的大小文武官員集中受訓的一個最高訓練機關。它分為:高教班,各省廳長、省政府國

民黨委員;普通班,各省科長、秘書、校長、教授等。後者每期都有 500
多人,魏先生參加的是後者,採用軍事管理與編制。團長蔣介石,教育
長王東原(後為湖南省主席),訓委會主任段錫朋。大隊長,每期二、三
人不等,都是中將軍長調到團裏受訓時擔任的職務。第二大隊長是宋
希濂。大隊副若干人,也大半是現役的高級軍官,魏先生那期有梁華
盛中將。中隊長若干人,是少將一級的軍官。訓育員,每中隊一個,都
是各省市的教育廳局長。

2. 受訓內容

主要是聽國民政府五院院長及各部會長的施政報告。行政院院
長翁文灝,此人其貌不揚,語言遲鈍。監察院院長于右任,講書法救
國,直淌淚水,不停地擦拭。軍委會副委員長馮玉祥,他讓戰士不要怕
炮彈、飛機,有幾個老鴰屎掉在腦袋上的? 還講在歌樂山抓賭的事兒。
總參謀長何應欽,他在報告中說,國民黨軍官兵已經損失 200 多萬人,
要求大家守秘密。中央秘書長甘乃光,談蔣介石領導抗戰有功,大智、
大仁、大勇。國民政府秘書長葉楚傖,聽不懂他的話,個頭不高,很茁
壯。財政部部長孔祥熙,說他是財政部長也不能隨便印鈔票,別人都
說他有錢,他的錢在哪裏? 內政部部長張厲生,講新生活運動行之有
效,可以強國強種,打敗敵人。教育部部長陳立夫還是在講他的唯生
哲學,說"生生不已,日積月將,民可以富,國可以強,大同世界也有希
望。"兵役部部長鹿鍾麟,抱怨壯丁不壯,又多逃亡,希望大家協助徵集
工作。兵工署署長俞大猷,人很年輕,是個少將,談中正式步槍的性能
可以洞穿鐵板,還當場試射。衛生署署長金寶善,談中國人民衛生習
慣不好,致使瘟疫流行,說應該勤洗衣服,多喝冷開水,以免病菌氾濫,
預防重於治療。

蔣介石出臺幾次,講《中國之命運》,潘公展、谷正綱站在旁邊,替他念上幾段。又談北伐,痛恨西安事變等。

3. 當時的重慶

將校滿街走,尉官不如狗。1939 年的國民黨陪都霧重,除了不斷地挨轟炸以及跑警報外,沒有什麼戰時景象,反而是熙熙攘攘,商鋪林立,發國難財的下江人、跑單幫帶黃魚的投機商多如過江之鯽,口雖不言,心裏未免失望。魏先生自言開了眼界,沒白跑一趟。拜會了吉林師友國民黨參政會參政員李錫恩、國民黨參政會參議員董其政、立法委員傅貴雲、大同銀行秘書萬異(外交部專員)等人,為魏先生 1945 年回東北接收開拓了線索,打下了基礎。

4. 湖南省立第八中學

校址保靖,這是個新建校,前校長余超凡只辦了兩班初中,魏先生接手後擴充到四班初中、二班高中。組織人事為:教務主任陳受謙、訓育主任吳清茂、事務主任吳保民。陳受謙走後換成劉燊薈,湖南沅陵人,民國學院畢業,魏先生青年戰地服務訓練班受訓時的同學。會計王成,湖南長沙人,教育廳派的,在魏先生走後,貪污了一大批款子。魏先生辦這個學校跟其他蔣管區的中學一樣,也是升學預備班,初中為了升高中,高中為了升大學,偏重數、理、英、化,課程管理者是封建家長式的,對於男女同學交往防範極嚴。有一個高中學生行為不軌,魏先生打了他一頓手板,開除了學籍。

魏先生只幹了三個學期,這是由於保靖縣縣長田植的拆臺與威脅。直接插手中學,派教員,他的秘書查雍玠教國文,建設科科長周邦綸教博物,軍事科員當訓育主任,親戚宋大炳作文書。送學生,開榜前,書信打通關節,他的學生不能不取,猶以為未足,非把校長換成當地人不行,強龍難壓地頭蛇,魏先生只好一走了之。省督學文亞文到校視察時對魏先生說:"你要快走,否則很難脫身,這是朱廳長的意思。"

5. 督學

1942年暑假後,魏先生重回湖南省教育廳,為省督學。教育廳的組織人事:廳長朱經農,江蘇寶山人。主任秘書周調陽,湖南邵陽人,北師大研究所出身。第一科科長王某某,湖南長沙人,管總務。二科科長夏開權,湖南人,東南大學出身,管各縣教育。三科科長余先礦,湖南湘潭人,管中等教育。四科科長楊熙靖,湖南長沙人,朱經農的學生,管社會教育。督學:劉臥南,湖南醴陵人,北師大出身。樊國延,湖南漵浦人。王德華,湖南零陵人,北師大出身。還有魏際昌先生。

督學代廳長視察全省教育,分例行視察和專案視察兩種。前者照章於每學期開學後,也就是春、秋兩季出發,其內容都是宣傳國民黨教育部的政策、法令。期間,魏先生曾為地方用祠堂、學田開辦的私立中學核實立案,如東安唐生智的東安中學、醴陵劉建緒的蘭陵中學等。

魏先生詩云:

保靖省立第八中學

延陵古郡雅麗山,省立八中踞其顛。莘莘學子苗區來,
朝乾夕惕好喜歡。夫婦同館職教事,廓然大公敢犯顏。男

女兼收已突破,高初兩等均設班。粗具規模人刮目,循序漸近可奠安。孰料土劣竟滋擾,為奪校權呈凶頑。迫我襆被來陽去,既歎省方竟容奸。月萍留後辦交待,備受欺淩與刁難。

督學工作有述

廳長酬庸授督學,是個官兒須奔波。經常奉命去視察,南楚見聞獨豐富:平江老區陳跡多,標語殷然"打地主"。汨羅前方尤奇特,戰壕縱橫使人悚。湘西本我舊遊地,茲亦多匪人罕入。桃源曾尋淵明洞,岳陽登眺洞庭湖。最是長沙好風景,嶽麓山上黃蔡墓。數典從來難忘祖,屈子賈誼有奇廬。

6. 兼任岳麓中學校長

地點長沙湘江左岸嶽麓山下。魏先生在吉林大學讀書時生物學教授羅敦厚,湖南長沙人,辦的一個私立高中。他辦不下去,讓魏先生代撐一下。這時魏先生已接受廣東省立文理學院中文系教授的聘書,不能更改,所以只能答應兼任。間月從長沙到韶關附近的仙人廟文理學院跑上一趟,那時這一段粵漢鐵路尚在通車。

1942 年,與羅敦厚合照(左一為魏先生)

這個學校的主要人事組織:董事長羅敦厚、校長魏際昌、教務主任于月萍、訓育主任段念祖、事務主任王冰(江蘇鹽城人,湖南教育廳社教督導員,魏先生教育部社教督導員訓練班受訓時同學)、軍訓主任藺萬和(湖南瀏陽人,原為某縣抗日自衛團副團長),此外,還有體育主任周某,國文教員朱某、羅某,以及其他教職員 11 人。經費完全依靠學生交納的穀物(高中半年兩擔,初中一擔)。這個學校共有高中學生三班,初中學生四班,以長沙四鄉的富家子弟為多,其次是市內的官僚和資本家的後人,學生流里流氣,不正經讀書,經常起哄,很不容易管理。魏先生在這個學校不到一年,於管理頗見成效。為羅敦厚還了 200 擔穀子的積欠,另有 900 擔穀子存在朱莊。日寇突然進攻長沙,打通粵漢路,損失了約 300 擔。

魏先生詩云:

兼辦長沙岳麓高中

迎著炮火前進,長沙再辦中學。嶽麓山下局促,人才物力兩薄。利用清華舊址,課室相當殘破。少數東鄉教師,全靠學穀過活。設備既然簡陋,工作未免湊合。我因兼職常出,月萍獨力負荷。五百員生紛擾,許多問題囉嗦。最是當局欺騙:大軍勝利在握。敵人一觸即潰,四民倉慌失措。學校遂亦解散,半載妄費張羅。

7. 廣東省立文理學院教授

院址在廣東韶關附近,粵漢鐵路南段,一個站名叫仙人廟的南郊。

89

院長黃顯聲,廣東人。魏先生是由當時中山大學社會學系主任兼代法
學院院長胡體乾先生介紹來到這裏教書的。所開課為中文系 3、4 年
級的"中國文學史""漢唐散文選"和"文字聲韻概要",是北大所學朴
學、漢學系統。先生不懂廣東話,又須間月回湖南,頗為勞累。學院的
熟人有吳壯達(地理系講師)、學院秘書皮禹(教育部社教督導員訓練
班的同學),他們對魏先生相當熱情。此際中山大學也疏散在坪石,也
在鐵路線上,因而常和胡體乾見面。粵漢鐵路被日寇打通前近一年的
時間,特別是 1942 年下半年到 1943 年,一個流亡異地的知識分子,竟
然能督學(尚未辭掉,只是不領薪金)、中學校長、大學教授身兼三職,
魏先生是很知足和幸運的。

　　魏先生詩云:

廣東省立文理學院教授

　　播遷在砰石,竹籬伴草棚。圖書本殘缺,儀器少補充。
　　常有流言至,師生多虛驚。戰時大學校,此實其特徵。
　　對於北人說,鴃舌語難明。幸賴皮與吳,諸般代疏通。
　　荏苒半載裏,談笑每風生。舉箸茶寮中,糕點味馨馨。

六、從西南到漢中
(1944 年 5 月至 1945 年 9 月)

　　日寇南進後,魏先生至桂林,投靠妹妹魏媛,她跟她的丈夫胡松巖
在桂林中學任教,桂林跟著也宣佈疏散,便轉至貴陽。魏先生在廣西
南部的蒼梧找了幾個同鄉幫忙,也都愛莫能助。恰巧于月萍碰上了她

北師大同學王景佑約去都勻中學,中學是國民黨 38 師的子弟學校,師長孫立人,王景佑是這個學校的教務主任,于月萍在學校教歷史,魏先生便去了重慶,寄住汞業管理處重慶辦事處吳景芳處。過了兩月,由吉林同鄉周郁文(教育部訓育委員會副主任委員)介紹去陝西南鄭國立西北醫學院任國文教授兼院長辦公室秘書。同行者有此院新聘的內科教授周海日、陳閱明夫婦等。于月萍也從都勻至重慶同行,循西北公路,坐汽車,逾劍閣,入南鄭。

西北醫學院院長侯宗濂(1900—1992)是遼寧人,留德,生理學家,書生氣十足,是個好好先生,在教育行政上完全外行,對於派系鬥爭一籌莫展,聽任學生散漫、教師賦閒,只希望魏先生來協助解決。魏先生新來乍到,又不熟悉醫學業務,加上一仔細調查,這個所謂英美和德日兩大學派矛盾的後面,實際上是隱藏著河北人(留學英美的多)與山東人(留學德日的多)間的權力之爭。教職工不團結,自然要影響學生,他們也就罷學、罷課,弄得這個學校烏煙瘴氣,一塌糊塗。因而先生深悔來此,除了教課,調解說和,積極給學生跑糧食,找經費,勉強維持了一個多學期。1945 年"八一五"日本投降,西醫師生鼓吹復原,它的前身是北京大學醫學院,"七七"事變後成為西北聯大的一個單位,抗戰勝利前夕獨立。侯宗濂派魏先生到重慶去找教育部部長朱家驊,正式申請復原,順便為出國進修的病理學教授毛宏志辦理去美國的手續,毛宏志同行。但是朱家驊說這不是醫學院一個學校的事兒,復原北平目前還談不上。適逢東北九省二市的主席、市長在報上發佈,留渝的吉林同鄉李錫恩、傅貴雲、霍戰一等邀魏先生回吉林搞教育工作。先生遂向侯宗濂辭職,不再返南鄭。

魏先生詩云:

湘桂大潰退目擊

秋風掃落葉,日麼圍百里。幅員再廣闊,難以屬強敵。將兵者喪心,競侈言勝利。災及我人民,昊天其罔極!衡陽月臺上,行李積如山。車到爭蟻附,已不顧安全。攜妻將幼雛,某亦拼命鑽。南下逃難去,可憐說抗戰。

匆匆過戰時桂林

桂林山水甲天下,此際無心作旅遊。七星巖內逃警報,獨秀峰前訪舊友。得見木天老作家,栢思教官已高就。本欲覓得一枝棲,爭奈疏散又臨頭。民心惶惶無寧日,學人漸次去渝州。遂亦準備再西行,川黔路上蕩悠悠。六甲山中幾蒙難,鄉音站長解吾憂。

貴陽小住懷陽明先生

貴陽地高曠,氣候宜北人。鄉友三五輩,天涯益相親。把酒話先賢,並尊王守仁。龍場為驛丞,只因忤劉瑾。苗僚雖雜居,化行俗美勤。吾輩卻無似,"小乘"了自身。不及東洋客,知行合一論。文化亦興國,推陳可出新。

困居渝州有言

重慶小山城,戰時充上京。衙門如叢林,權貴穿梭行。街道雖狹窄,店鋪廣經營。毛肚常開堂,舞廳最火紅。朝天門內多大賈,海棠溪畔有潛龍。世路無奇錢作馬,愁顏易破酒為兵。我來住入中二路,巷小樓低頗安靜。主人鄉親吳景芳,秉業駐渝辦事廳。日間訪戚友,夜裏打地鋪。廚房備便餐,價廉可羨稱。衣物常當賣,工作久無成。志氣消磨盡,此豈是人生!

城固西北醫學院之秘書工作

西北醫學院,附麗漢水頭。員生多北人,粗獷而好鬥。常不滿現狀,攘臂問教授:"英美重管理,德日講搜求。老師竟分派,吾輩何所守?"爰謂諸青年:"樂群始無憂。岐黃貴實踐,救死為國手。寇入已深矣,幸勿自咻咻。"

第六章　回東北接收的前前後後
(1945 年 11 月至 1946 年 7 月)

一、教育接收專員

魏先生在八年抗戰勝利後,是以國民黨政府雙銜接收專員回東北的。即吉林省政府接收專員、教育部東北院校接收專員。

吉林省政府主席鄭道儒,天津人,政學系,十月間在吉林留渝同鄉會所召集的大會上保證說:"大家不必擔心,都能夠回家,都有事兒做,有飯吃。"魏先生當場上臺指出:"抗戰勝利,我們當然能夠復土還鄉,這倒用不著你保證,所以我們根本不是來找工作、找飯吃的,而是將要聽聽你打算怎麼治理吉林,救民於水火之中的。"此言一出,四座訝然,不料鄭不但不怪罪,反而說,我最喜歡這樣的青年,敢說敢幹,所以經霍戰一等推薦,他便派魏先生為省政府的接收專員,代替尚未到渝的吉林省教育廳廳長胡體乾,以主任秘書主持工作,此時胡尚在廣東中山大學。

當時吉林省政府各廳處的負責人有:

委員兼秘書長吳志恭,湖北人,北大出身。

委員兼民政廳廳長尚傳道,浙江人,清華出身。

委員兼財政廳廳長王寧華,吉林人,北大出身。

1946年,與胡體乾先生合照於吉林(右一為魏先生)

委員兼教育廳廳長胡體乾,吉林人,留美博士。

委員兼建設廳廳長某。

委員兼吉林市市長張默揆,吉林人。

會計長胡景大,遼寧人。

警務處處長谷炳侖,河北人。

社會處處長孫心超,吉林人,第一師範出身。

長春市市長趙君邁,湖南人。

接收專員則有初又潔、費漢昭、喬璞、崔子馥、郭鳳五、魏際昌等,俱係吉林人,從重慶起飛。肖汝綸、王希禹、王伯廉等吉林人是在北平、長春就地補充的。

教育部東北院校接收專員,是教育部訓育委員會副主任委員周郁文給魏先生爭得的。他說:"咱們來個一馬雙跨吧,看事兒做事兒,地方教育要管,大學院校也要管。"這個院校接收專員是歸教育部東北特派員臧啟芳負責,臧是遼寧人,國立東北大學校長。將來準備接收作為大學院長的有董其政(南滿醫科大學校長)、方永蒸(後來的長白師範學院院長)則是專任委員。董其政是國民黨立法院立法委員,此乃兼職。教育部政務次長朱經農也予以贊助,讓跟他在部裏辦事的劉受祺送給魏先生整套的國民黨教育法規,以為回到吉林遵照執行的準繩。

蘇聯紅軍這時還駐守著東北,雖然國民黨政府派往東北的軍政大員均已陸續飛抵當地。

軍事委員會東北行轅主任熊式輝,駐長春。

東北經濟委員會主任張嘉璈,駐長春。

東北保安司令長官杜聿明,駐瀋陽。

中長鐵路局理事劉哲、萬異在長春辦公。

此外,省市一級正式的接收官員有:遼寧省政府主席徐梁,在瀋陽。瀋陽市市長董文琦,在瀋陽。

魏先生就是以前述的職事,在這種政治環境下,第一次回長春接收的。

魏先生詩云:

日寇無條件投降

鑼鼓喧天,滿地花炮。載歌載舞,相互擁抱。喜極而泣,

幸福來到。十五年中,曾無下梢。倭寇投降,仇恨始消。漫捲
衣物,還鄉及早。省視雙親,拜我父老。白山黑水,重入懷抱。
不悶此生,為國宣勞。

勝利後重返北平城

　起飛重慶府,白雲即悠悠。降落北京城,我心亦休休。別
來無恙否,蒙塵非一秋。故宮夕照呈,市井陳如舊。住入接待
處,候機再東投。刷鍋東來順,京劇程尚優。頗有優越感,一
時講享受。八年南北走,始終抗日寇。七七事變後,未肯作楚
囚。痛定方思痛,誰曾與同仇?

二、第一次接收
(1945 年 12 月至 1946 年 1 月)

　1945 年 11 月底,魏先生和其他九省二市的接收大員 20 多人,搭
美國軍用運輸飛機,從重慶起飛,經河南新鄉、北平(修整三日,治裝)
而至長春(偽滿新京),集體住入東北行轅所在地滿炭大廈。發給每人
新做棉鋪蓋一份,蘇聯軍用票 50 元,吃這裏的大伙食,雞鴨魚肉,頓頓
成席。魏先生的接收工作:

　(1)與吉林省教育廳廳長胡體乾舉辦了長春市的中學教師冬季講
習會,宣揚國民黨政府的教育宗旨及其法令;(2)接見並視察了偽滿法
政大學的學生代表和他們的校舍,以為安撫;(3)與"中長路"理事萬
異、教育廳長胡體乾接收了偽滿大陸科學院,命令日本研究人員聽候
安排;(4)幫助內兄于勳治校長接管長春市高級職業學校,這個學校當

時已破爛不堪,不能招生;(5)與來訪的偽滿文教人員談話,瞭解過去被奴化教育情況,並促使他們歸向國民黨政府。

開展活動未及一月,即因解放軍近郊合圍,倉皇坐飛機經錦州回北平。這時的吉林省主席鄭道儒也託病回了北平,委財政廳廳長王寧華代行職務。東北行轅主任熊式輝同樣撤至內地,攜帶了120多件行李,佔了兩架飛機。

魏先生在北平度過了1946年的春節,住址為西長安街石碑胡同某大宅院,妻兒俱在。

魏先生詩云:

乍到長春的見聞

一

皚皚天地雪,久矣違故鄉。長春稱新京,父老苦災殃。十四年奴化,咽菜吃糟糠。協和語滿口,混合布衣裳。喏喏兮音聲,卑卑其形狀。此豈似國人,愴然心憂傷!

二

棟廈起連雲,街道亦堂皇。標準日本式,櫻花飾廳堂。巡迴市容時,恍如在東洋。倭人雖式微,蠕動不尋常。攤販舊衣物,店鋪貨羹湯。少婦與長女,出賣其色相。

三

蘇聯佔領者,軍車馳廣場。女兵作指揮,紅旗擺動忙。所有大機器,拆卸已裝箱。云是戰利品,搬走理氣壯。偶有小戰士,凌辱日販商。謾罵不離口,餘威猶蕩漾!

國民黨接收

五子登科信有之,此輩早已不知恥!人民塗炭十四年,
未加撫恤反齮齕。吸血嗜殺何以異,喪心病狂指天斥。旅進
旅退大勢去,為淵驅魚竟無知。倭寇投降才幾日,黔首乞討
太平時。鰍生對此徒悲歎,只濡禿筆去寫詩!

三、第二次接收
(1946 年 3 月至 4 月)

1946 年 2 月初,魏先生搭飛機至瀋陽。吉林省主席鄭道儒因病辭
職,改由新一軍副軍長兼吉長地區警備司令梁華盛繼任。吉林省政府
官吏在瀋陽南滿站演了一出迎、送話劇。酒席宴前,代表致歡迎辭的
是魏先生。先生對這兩個家伙吹捧了一番,說:"鄭某見機而作,不失
明智,對吉林父老頗有去後之思,梁某舊本相識,今番主長我鄉,不勝
歡迎。"散後,鄭道儒囑咐魏先生:"要小心和梁某相處,他是軍人,不同
於我。"

梁華盛也拉攏魏先生,讓先生同他一道給流落瀋陽的吉林籍青年
學生散發冬服,從美國善後救濟總署東北分署領出來的舊衣服,每人
一件,都是寬大的西裝。但是一到長春準備把省會挪到吉林市,在接
收建制之前,魏先生與梁某就鬧崩了。

原因是梁華盛在長春市頭道溝原大和旅館大開宴會,叫一些日本
妓女在席前唱歌跳舞,同國民黨新軍的廖耀湘、鄭洞國吃酒歡笑。魏
先生氣憤不過,說:"吉林父老經過十四年的日本奴役,嗷嗷望治,而主

席下車伊始，竟以此為好尚，令人失望。"梁某聞言，衝衝大怒，說魏先生折了他的威風，傷了他的面子，不該在客人面前如此放肆，如果不念你是一個讀書人，立刻槍斃。結果是把魏先生逐出省政府，並且揚言有他在吉林一天，決不能讓魏子明在吉林存身，態度非常蠻橫。時國民黨戰地記者于衡寫成《不歡而散的舞會》紀實。係近年查到，魏先生生前不知。錄為：

梁將軍主持吉林省政後，長春駐軍曾為他舉行一次慶祝晚會，那一晚長春的名媛仕女都參加了那個規模很大的晚會。晚會開始後，梁將軍應邀發表演說，他在演說中給予我印象最深刻的兩句話是："華盛是來做事的，不是來做官的。"在演說之後，接著是舞會開始，一時衣香鬢影，交換舞伴，在玄黃的燈光下，在樂聲悠揚中，使每個人都陶醉在年輕女孩兒的柔情蜜意中。當樂隊高奏"香檳酒氣滿場飛"，舞伴們並行向前邁步時，突然一個角落上掌聲大作，一個年輕人站到舞池中央，激動地發表演說，他首先說今晚看到這樣盛大的舞會，中心至感激動，他的良知告訴他，他必須在這個時候說幾句掃興的話。接著他痛哭流涕地說："東北同胞淪陷於日本軍閥的鐵蹄之下，已經整整十有四年，受蘇聯紅軍蹂躪也已九個多月，在悠長的歲月中，同胞們天天盼望中央政府來接收，現在我們來了，我們該做的第一件事應該是撫揖流亡，慰問父老，但是我們現在卻在這裏跳舞，享受醇酒美人之樂，這樣我們能對得起苦難的東北同胞嗎？松花江北岸，現在猶在共產黨盤踞之下，他們正在厲兵秣馬，待機反撲，而我們卻沉醉於歌舞昇平之中，請問這是個什麼時代？大家該不該這樣的狂歡漫舞？"說話的年輕人是吉林省教育廳的主任秘書魏際昌。

于衡的記述比魏先生的晚年口述更為客觀。

魏先生詩云：

斥國民黨吉林省主席梁某

自稱反共是英雄,坐擁皋比逞威風。貪財好色誰比得,沐猴而冠此為工。臭名遠揚難塞內,害我長白眾殘生。被逐遠離父母鄉,只緣恃酒罵毒蜂。天網恢恢疏不漏,遁逃海島亦孤窮。

魏先生離開省政府,暫時借住老友霍戰一處,又轉往瀋陽找教育部東北特派員臧啟芳。臧說:"梁華盛管不到咱們大學院校的事,只管放心工作。"並派先生為東北大學院校吉林接收組組長,發了 1000 元東北流通券,要求回吉林著手接收偽滿師道大學。先生明知這是臧啟芳的權宜之舉,依然硬著頭皮回去應對,再者可以回去看看多年不見的老母。

回到吉林省城,先生住在北關家裏。待到省政府投文請求協助接收,果然不行,儘管有國民黨吉林省黨部主任委員李錫恩及地方人士緩頰,也沒有多大作用,只好先通過吉林地產管理處處長劉政因在吉林找了兩間房,擺開攤子,再聯繫當時留駐偽師道大學的教師趙介侯和學生代表席某,前去吉林市西百壋吉林大學舊址的偽滿師道大學視察。他們開會表示歡迎,魏先生說明困難,應允打報告,想辦法讓大學運轉,事實上工作無法開展。

李錫恩對魏先生得罪梁華勝並不高興,他說:"咱們羽毛尚未豐滿,必須先聽軍人的,將來從選舉上下功夫,慢慢就有辦法,你這樣的好勇鬥狠,反而壞事兒。"接收偽師道大學不成,便把這種情況報告給臧啟芳。他們通過教育部令方永蒸來,把偽師道大學組成為國立長白師範學院,魏先生幫方永蒸聯繫了人事、接洽了經費,便交卸責任,到長春臧啟芳在這兒的一個辦事處。這時恰逢高亨先生回雙陽探親,他是吉林雙陽人,路過長春,約魏先生去瀋陽東北中正大學教書。先生遂放棄一切,同道而去了。

第七章　從瀋陽中正大學到"七五"慘案

（1946 年秋至 1948 年秋）

一、瀋陽中正大學教書

魏先生剛到瀋陽,本來是打算到東北大學教書的,中文系教授的聘書已到手。後來高亨說:"東北保安司令長官杜聿明新辦了一個中正大學,請我作中文系主任,大家一起到這兒來吧,這個學校很有前途,傅貴雲等已經答應來了。"他們都曾是魏先生的老師,魏先生只能表示同意,即同高亨組織招生、聘人、排課等工作。高亨去北大講學,魏先生代為主持系務。

這個學校本為東北保安司令杜聿明開辦,存在著于學忠(杜聿明秘書長)、焦實齋(杜聿明的高級顧問,印緬遠征軍時杜的翻譯官)兩大實力派的鬥爭。于學忠抓的是大學本部,焦則是先修班。高亨就是于學忠請來的,他們是河南大學同事。而中文系的沈伯龍,歷史系的傅振倫這些教授以及經濟系主任石含磻(後任法學院院長),農學系主任賈成章(後任農學院院長)都是這一條線兒上的。本科只辦到二年級,還夠不上三院九系的規格。

先修班方面則從總務主任焦壽亭(焦實齋弟)、訓育主任汪大捷(後為班主任兼代大學校長)起到講師田農、史樹青等,全是焦實齋的嫡系,而且多是河北人。先修班學生比本科多了兩倍。

魏先生在中文系所開的課是"中國文學史""古代散文選"和"經

學概論"。

近兩年中,魏先生在校內外的主要活動有:

1. 參加了張莘夫事件的反蘇遊行。

張莘夫,吉林人,留美,學礦,國民黨汞業管理處處長、資源委員會委員。1946 年春,他回到東北,帶了幾個國民黨接收人員,從瀋陽去撫順煤礦接收,行至中途被人殺害。瀋陽市市長董文琦,把他們的屍身弄回來裝殮,陳列於市府大樓前廣場右側,高搭席棚,任人憑弔,極盡宣傳。東北中正大學的師生全部參加了遊行,高呼"反蘇"的口號,並由先修班主任汪大捷作為代表發表了演講。魏先生雖然同張莘夫只見過一面,在 1945 年 12 月的長春市,然久知其名,又是吉林同鄉,所以當時的情緒也是與蘇共對立的。

2. 成立了國學研究會。

1947 年的春天,以高亨為首的中文系同仁沈啟無、傅貴雲、魏際昌(以上是教授)和後至的唐文播副教授、吳伯威講師同歷史系主任于協忠、傅振倫教授等共同成立了一個國學研究會,中文系的學生都是當然會員。宗旨是為專注文史、翻新國故,以搞學術問題逃避現實,脫離政治。研究會成立時有茶點,還集體合影,照片已遺失。

魏先生是研究會的實際負責人,曾經計劃在《瀋陽日報》上開闢一個國學專欄,由高亨作發刊詞,魏先生分期刊登《孔門弟子學行考》,可是由於杜聿明沒有多長時間就離開了,經費沒有著落,學校面臨停辦,學生分散京津、遼沈各地,此會也就跟著壽終正寢了。

3. 發起白雪詩社。

遼東學院的教授傅庚生、東北中正大學中文系講師誠軾麟、瀋陽農民銀行行員王克仁都是魏先生大、小學的老同學,均擅文、多思、善感,在瀋陽被人民解放軍遠遠合圍,心情抑鬱,百無聊賴,共同發起詩社,彼此輪流做東,詩酒發抒。大約一月有餘,因為魏先生代表中正大學教授會入關幹事而中止。所作詩以王克仁技巧最高,新中國初,魏先生到西北大學教書,見傅庚生教授還珍藏著詩作抄本。

4. 代表教授會去京滬北平等地辦理公務。

杜聿明走後,陳誠出關,都無暇顧及此校。于學忠回北平,焦實齋應北師大之聘,中正大學師生四散,教授會這才召開緊急會議,推派農學院院長賈佛生和魏先生為代表先去北平,再去南京,到教育部請求設法立案。于、焦無法,上海的杜聿明也無能為力。最後教育部給了與東北院校合併的回覆,但落實起來幾乎不可能。

魏先生詩云:

教讀瀋陽東北中正大學

晉師邀我到瀋陽,重拈粉筆上講堂。此是前古肅慎地,遼金代代有家邦。惜遭倭寇蹂躪久,一顆明珠失光芒。召喚國魂根本事,精神誨育大發揚。教讀終比從政好,落花水面皆文章。馬路灣邊斜月掛,北陵園內老梅香。經史萬卷豈糟粕,古當今用即當行。俯仰天地無愧怍,莫謂狂狷道不昌。

記張莘夫事件

　　時值冬天月,取暖要煤炭。張莘夫一行,撫順去幹辦。長春登火車,保衛有蘇聯。行至四平後,忽然生阻攔。匪徒十餘個,綁架出南關。原野白茫茫,積雪少人煙。扒下皮大衣,屠刀遍體攢。莘夫哀恨道,何罪遭此難?翻譯牛建章,慘呼天無眼!屍身五六具,瀋陽始棺殮。血衣猶殷然,見者髮衝冠。文明世界中,謀殺真野蠻!

二、杜聿明宴請中正大學教授

　　1947年春,正是杜聿明在東北得意洋洋、炙手可熱的時候,他設宴招待了中正大學的全體教授,不包括副教授。地點就在他的司令部裏,原日寇關東軍司令部,設備講究,西餐中做,樣多味美。

　　出席者有于協忠、焦實齋、高亨、賈成章、石含磻、李靜涵、傅貴雲、傅振倫、沈伯龍和魏際昌凡20餘人。杜聿明親自出席作陪,在長條桌北方正中,席間杜聿明談笑風生,興趣特佳,開場就說:"老師們辛苦了,很久就想聚會一下,總沒騰出工夫,一杯薄酒,不成敬意,好在大家都是自己人,不在乎吃上,主要是見見面談談,協忠、實齋你們二位先給介紹介紹吧。"於是一陣提名道姓之後,他才又接著說:"老師們都是專家學者,不比我是個老粗,也算是秀才遇到兵,有理說不清了。"說完哈哈大笑,並且特別提出來,誇獎:"高(亨)先生的文章寫得好,我最喜歡駢體,將來讓咱們學中文的學生都能像高先生似的,中國就有辦法了。"到底不知道是一篇什麼性質的文章？魏先生只曉得于協忠推薦高亨代杜聿明作了一篇文章。

于協忠也跟著吹噓：“這不過是晉生的雕蟲小技，他的本領是經學嗎？經學、文字學已經有很多著作了，現在北京大學還在搶他去教《詩經》呢。”杜聿明急忙說：“這可不能讓他們搶走，協忠，如果高先生不見了，我唯你是問。”

不用說，高亨自然是受寵若驚了，連傅貴雲和魏先生都覺得臉上有光彩。但是相形之下，別的教授特別是法學院、農學院的就不大高興了。杜聿明在這一席座談中主要談的還是軍事方面的，自我陶醉，說：“昨天我還坐飛機到四平上空視察，他們已經潰不成軍地向江北逃竄了。林彪哪裏是我的對手？我們同學，他那兩下子我是知道的，要不了太長時間就會打發他回老家。”其實解放軍是完成了再下江南的任務，退而修整了。杜聿明是陝西米脂人，家鄉的口音還很重。1948年春夏之交，他在上海托詞養病，據說是有肺病，魏先生為中正大學立案之事曾經找到他，並且在他家裏邊做客，住了五天，他還念念不忘高亨，那時他那個嫁給楊振寧博士的大女兒，才十三四歲，剛上初中。杜聿明對魏先生很客氣，同桌吃飯，同車出行，派人買火車票，買飛機票，還給了路費。

三、陳誠召開的一次瀋陽教授座談會

1947年暑假前，杜聿明因為指揮軍事失敗，落職養病。為了挽回局勢，蔣介石把他的殺手鐧、智囊陳誠派來，他到瀋陽以後，說東北兵精糧足，人心望治，已是勝券在操，大有可為。最初只是從報上看到，大家都半信半疑，抱著走著瞧的態度。

暑假後的一天中午，陳誠在軍政部長行轅的大廳裏召開了教授座

談會,在瀋陽的各高等院校教授都要參加,魏先生等中正大學的教授也去了。陳誠剛一進門,士兵們就喊立正,老夫子們誰熟悉這一套呢?有的錯愕,不知如何是好,有的站起來,哈哈腰,有的坐在那裏,欠欠屁股。陳誠乾枯瘦小,五短身材,眼睛很精神。看樣子他對這種七長八短、參差不齊的行動不高興,連禮也未回,就坐下了。

陳誠滿口浙江腔,聽起來特別彆扭,講:"受委員長的重托,來到東北開展局面。東北的地位重要,過去日本侵略中國,東北軍閥入關作亂,都是拿這兒當根據地的。我們今天也是這樣,必須完全把它收服,過去只因為指揮軍事的人有問題,曠日持久,浪費了國帑。大家可以放心,我是有絕對把握來恢復優勢,挽回局面的,只要三個月就行,敢用腦袋打賭,到時如不成功,提頭來見。"事實上,大家眼見著關內外鐵路不通,沈長線又被截斷,包圍圈一天比一天小,中等城市越丟越多,誰信這一套呢? 但是他要求大家自由發表意見的時候,真有當面奉承的。東北大學的代表說:"部座指揮若定,是委員長以下一人,今番出關坐鎮,東北蒼生,以此得救,我們雖然是念書本兒、拿粉筆的,也要效犬馬之勞,唯命是從。"陳誠快慰地直點頭。

中正大學的教務長王某,跟陳誠是同鄉,打著和陳誠差不多的南腔北調,很委婉地提出了中正大學存在的問題,說:"這是杜長官為了不忘委員長,在東北創建的一所高等學校,現在一未立案,二無經費,前途堪虞,請部座設法予以維持。"

不料碰了釘子,陳誠立時回答指出:"這是杜聿明胡鬧,軍人根本不應該辦學校,特別是在東北這樣的環境下,所以我不管他的賬,他的攤子讓他自己去收,我是專來安排軍事的。"

大家都知道中正大學完蛋了,話一傳出去,許多師生更加各奔前程了。過了三個月,陳城走路了,衛立煌接手,愈發龜縮在瀋陽、錦州、長春幾個大城市,就是蔣介石飛到瀋陽指揮、部署也無濟於事。鄭洞國起義於長春,范漢傑覆滅於錦州,周福成兵敗於瀋陽,廖耀湘的機械化部隊全部被殲,勢所趨也。

四、"七五"慘案

1948年7月5日,在北京的東北學生遊行被國民黨憲兵打死數十人的事件,史稱"七五"慘案。魏先生是其中的知情者和參與者,而在學生中高興岳是重要的組織者之一。此節以魏先生的回憶與高興岳的關係展開。

高興岳(後名高森),遼寧省瀋陽市人,瀋陽中正大學本科經濟系學生,學生會主席。魏先生代傅貴雲給他們班上過"國文選讀"課,所以相識,但是往來還是杜聿明離開瀋陽學校以後。

1948年春,學生開始流入關內,高興岳在行前找魏先生說:"我們要到北平找于學忠、杜聿明要錢,希望老師隨後也能來。"魏先生說:"看情況吧,大概差不多,這裏也呆不下去了。"後教授會推選魏先生進關,一面找于學忠,一面去教育部時,先到北平見了高興岳。

他們一同找了于學忠和焦實齋,但是沒有什麼結果。魏先生又去了上海,找到杜聿明,商量大學請求立案和撥經費的事兒。住了幾天招待間,杜聿明便派人送上去南京的火車。可是教育部認為這是杜聿明搞得爛攤子,不理不管。重回北平以後,知道學生吃飯住房都成了問題,便會同已經住在北平的中正大學代理法學院院長石含磻、農學院教授李靜涵等到北平市政府社會局為學生討了糧食,並且幫助定立和內"細瓦廠"的宿舍(一個大宅院,學生先前搶佔)。

這些事情是師生合作的結果。還一度打算復課,也是魏先生跟學生會的負責人高興岳、王印(中文系學生代表)一起商定的。學生為魏先生開了歡迎會,先生也做了一些安排,終因經費沒有著落,設備難找而未果。加之李靜涵去東北大學當農學院院長、石含磻家務纏身,魏先生一人孤掌難鳴。

未幾,"七五"慘案發生,高興岳又慌忙派人找了魏先生商量。事前東北來北平各大學學生在西長安街北平參議會請願時,東北臨時大學校長陳克孚和魏先生都勸他們解散,以免發生意外,學生不肯,待轉至東交民巷包圍議長許惠東家之際,國民黨青年軍開了槍,死傷幾十個學生。

這天晚上學生住的和內"細瓦廠"宿舍被國民黨軍隊圍住,魏先生與高興岳等同學一起防守院牆,戒免危害。第二天早上,先生出頭和國民黨兵交涉,允許學生出院採買、吃飯。魏先生去醫院看望傷患,並把已死的一個先修班學生裝殮起來,抬回學校,後還開了追悼會,魏先生作的祭文。後去南長街李宗仁住處請願,葬學生於北平西郊東北義園,向傅作義提出要求懲兇等行動,魏先生與學生高興岳、王印等步調一致,不曾退縮。

新中國初,高興岳改名高森,在北京市宣武區區委工作,王印是崇文區區長。高興岳希望與老師見面,魏先生恐怕對他們影響不好,未見。

於建國前、建國初的學生,魏先生常以北大的沙作洪、西北大學的劉道平和東北中正大學的陳馴彤學有專長為自豪。"文化大革命"外調這三個學生,魏先生說是他毒害學生比較深,是自己犯了罪行的,與學生無關。

魏先生詩云:

記北平"七五"慘案

東北學生逃兵禍,落荒而走到燕京。無衣無食誰省得,反遭侮辱與欺凌。打倒土豪劣紳會,高呼口號大遊行。議長許某龜縮去,暗下無常使人驚。調兵遣將施鎮壓,鶴哭風聲如出征。槍彈橫飛齊呐喊,傷亡數十血盈庭。肆意屠殺真狗彘,殘暴成性日暝暝。野蠻社會竟存在,蒼天無目縱元兇。

第八章　從華北"剿總"到聯合辦事處

一、在華北"剿總"
（1948 年 11 月至 1949 年 1 月）

東北中正大學立案無望,國立長春大學空發聘書,魏先生生活立刻沒有著落,不能不急著找工作。想到母校北大教書,胡適之校長先答應而未去成,再去東北大學尋臧啟芳的關係,也沒有辦法,只好去找焦實齋。焦說:"教書機會不多,傅作義打算成立一個高等教育委員會,幫他招呼一下平津的幾個大學,我擬找幾個大學教授一起搞起來,我看咱們先看看房子,弄弄這個吧。"先生願與焦先生共事,就滿口答應了。

可是沒等房子找到,解放軍便合圍了近郊,把傅作義壓制到了城內。此時傅的秘書長鄭道儒離職,焦實齋繼任了副秘書長(未設秘書長),同中將待遇,魏先生同少將待遇,比照 420 元(另說 260 元)大學教授薪金,以秘書身份進了焦實齋的辦公室。

兩個多月,魏先生的工作:

(1)負責北大、清華、師大等校師生和員工糧食、煤火、經費調撥、補給等聯繫工作。

(2)根據南京國民黨教育部的電報,陸續送胡適、陳寅恪、梅貽琦等學者乘飛機離平。世傳所謂國民黨教育部直接通知某些教授離開北平,是不屬實的,而是國民黨教育部電報給華北剿總,由魏先生所在的高教委員會來具體執行,都是魏先生親自通知並送走的。

(3)參與並籌備四大院校北大、師大、清華、燕大負責人的周六座談會,地點在東交民巷舊德國使館內。

(4)代表傅作義給留在北平的幾個大學教授送賀年卡、禮物。就是給每人一封傅作義簽名的賀年卡、麵粉兩袋。齊白石、潘齡皋等知名藝術家、前清遺老也得此待遇,齊白石曾贈畫一幅,"文化大革命"中遺失。

(5)開始起義接洽以後,宴請大學教授徵詢合戰意見,地點在中南海勤政殿。

(6)草擬有關高等教育的文稿和處理焦實齋的私人信件和事務。

(7)起義簽字後,著手準備參加北平聯合辦事處,完成傅作義一方人員應負責的有關工作。

(8)協助撤離景山駐軍。故宮博物院院長馬衡也是魏先生在北大中文系的老師,在 1949 年北平和平起義簽字前數日,景山忽駐紮國民黨部隊和大量彈藥集存,馬衡擔心戰爭因之殃及故宮,親自到華北"剿總"或讓故宮辦公室副主任朱家濂問詢,希望部隊早早撤離。魏先生對馬衡、朱家濂的要求極為重視,積極協調,部隊終退出,魏先生也有一份功勞在焉。此見於《馬衡日記》(第 39、40 頁,紫禁城出版社,2006 年 3 月第 1 版):

1 月 26 日(星期三)

訪實齋,詢景山、午門何時撤兵及移運,實齋謂已通知主管部門。辭出後,其秘書魏紫銘(際昌)追來,謂是北大同學,廿年後曾在余班聽講,並云傅對中央部隊無法控制,撤出城外尚需周折,若景山為傅直轄部隊即無問題。余允調查後告知。

1 月 28 日(星期五)

景洛(即朱家濂)自總部回述魏紫銘之言,曰開放尚非其時,蓋形勢仍內張外馳也。

2 月 1 日(星期二)

景山駐軍已撤清。

　　焦實齋辦公室只設有秘書二人、事務人員一人。另一秘書為吳哲之,山西人,山西大學出身,同少將待遇。解放後,焦實齋對魏先生說:"吳係地下工作人員。"吳管理政經、法律方面的文稿,後任北京市人民政府參事。魏際昌先生主管高等教育。事務人員王某,北京人,同上尉待遇。

　　此外,由焦實齋從旁聯繫的各處長,均同少將待遇。有民政處處長程厚之,江蘇人,以北平民政局局長兼。教育處處長劉豐川,山西人,北平教育局局長,地下工作人員。經濟處處長冀朝鼎,山西人,地下工作人員,新中國後,掌管對外貿易。

《馬衡日記》封面

魏先生詩云：

北平解放

——喜見傅宜生將軍起義

向背人民此際分，和平起義傅將軍。蒙塵古都朝日麗，百萬生靈沐風薰。鑼鼓爆竹聲震地，秧歌扭進九城門。似夢實真消永農，乍暖怯寒喜不盡。北平方式先楷模，順流而下得安仁。天上一曲《東方紅》，人間萬象慶更新。

二、北平聯合辦事處
（1949年1月下旬至5月）

聯合辦事處主任是葉劍英將軍，副主任為郭宗汾（代表傅作義方）。主要工作是協助北京市政府和北京市軍事管制委員會接管北京市所屬民政、教育、建設、公安、司法、外交、通訊等行政機構和編遣國民黨駐平各部隊。部隊既有中央軍也有傅作義的戰3、4軍等。委員（解放軍方面的）：

薄一波，當時的財政部部長。戎子和，當時的財政部副部長。徐冰，當時的北京市副市長。秘書主任艾大炎（非委員）。傅作義方面的：焦實齋、崔載之（秘書副主任）、魏際昌（秘書，非委員，負責聯繫接管高等院校）。

起義前後有幾件事可述。1949年1月，傅作義起義前夕，焦實齋率魏先生召集北平市市長劉瑤章、北平參議會會長許惠東等告知城防危急，大勢已去。傅作義將有新安排時，劉、許等愁容滿面，坐立不安。

華北剿總散班時,傅作義按照職位級別,曾送給魏先生光洋 56 元、白麵兩袋、行軍牀一個。

起義後有三件事:(1)在舊德國使館大廳內參與了送走李彌、李默庵為首的國民黨軍團司令以及軍師旅團長 100 餘人,他們穿便服,走海陸去塘沽上船。(2)參加了傅作義假北平聯合辦事處宴請林彪,又在辦事處組織的頤和園集體遊園見到林彪、葉群。(3)焦實齋交魏先生保存的德國馬牌小手槍一隻,子彈 20 餘發,在 1951 年春,忠誠老實交代運動中,魏先生在西北大學,經過校秘書高揚交給了西北軍政委員會。

魏先生詩云:

北平聯合辦事處

聯合辦事處,接管時協助。舊軍隊改編,老機關清除。文教大校,整頓非一途。任務真光榮,職責亦特殊。葉帥主其事,措施見遠圖。遣送不失信,改造循序入。重派領導人,尊視在學術。原德國使館,居停遂有路。確是革命化,一新人耳目。我輩吃小灶,中心常闕如。功不當於祿,學習恐落伍。半載始粗知,為人民服務。

第九章 從西北藝術學院到河北大學
（1949 年秋至 1950 年夏）

一、西北藝術學院

　　1949 年秋,魏先生結業於華北大學政治研究所,分配到西北藝術學院中文系任教,同行者有傅貴雲。陳匡扶是這個學院的院長,亞馬親自接他們去的。

於西北藝術學院

這個學院只設兩個系：中文與戲劇。中文系主任田家、戲劇系主任魚訊、教務主任鍾紀明都是延安魯迅藝術學院出身的，走的是文藝為工農兵的方向，學員也多是工農家庭的。魏先生開的是文學概論，舊的學術思想，學生們聽起來覺得格格不入。加之惦念在北京的家，兒子鐵華在初中，妻于月萍去天津二中教書，心緒不定。

亞馬院長很關心魏先生，魚訊主任也很虛心。但同鍾紀明、田家處得不好，他們作風生硬，歧視舊知識分子，認為魏先生工作不踏實，思想有問題。魏先生產生了求去的念頭。

又魏先生的"肺浸潤"老病犯了，不能勞累，必須休養，便在1950年暑假前請病假回了北京，差不多三個月才痊癒。

二、在天津市一中的半年

1950年暑假，天津市一中校長王仁忱到北京來看望魏先生，就住在魏先生的家裏，說："梁寒冰是天津教育局長，既然于月萍現在二中，為什麼要分家呢？我看你幫我的忙，到市一中教高中語文去吧，這也是老梁照顧你們夫婦的意思。"魏先生說："感謝老朋友們的好意，但是我搞的是大學業務，多年不教中學了，西北大學已答應我去了。"傅庚生時為西北大學文學院院長兼中文系主任，魏先生從西安回來時即有接洽。王仁忱接著說："咱們在天津不愁沒大學辦，你忙什麼？這麼老遠的又跑到西北去幹什麼？"魏先生便答應下了。

但這半年就搞得更不好，當然不是書教壞了，而是老朋友鬧翻臉了。王仁忱利用學生做情報工作，重點教師的一舉一動，他都了然，簡直使人手足無措、左右不是。但魏先生瞧不上這個，另找朋友如北大同學王祖澄、同級語文教師朱澤吉等表示不滿，並且拿出西大的聘書來要求走路。這觸怒了王仁忱，組織師生"圍攻"魏先生，迫使他服從、道歉。還召開全校教職員工大會,把梁寒冰搬來,不點名地臭罵了一頓。魏先生與夫人于月萍便寫了辭職信,拆了家,賣了簡單的家具,帶了衣箱回北京了。王仁忱"文化大革命"中同樣挨鬥,在河北大學自殺,魏先生夫婦又報以深深的同情。

三、從西北大學到天津師範學院

1951年春,魏先生應聘西北大學中文系教授。西北大學坐落於西安古都,校長為侯外廬,著名的馬列主義哲學家。魏先生講授"文學史",除上課外,參加了校內的"三反""五反"運動及周固縣土改,由西大書記劉某主持。魏先生與其他教師一起參加了"打虎隊"。有詩紀事:

> ……
> 疾風暴雨下,全效難決泰。
> 總務長隔離,重點對財會。
> 日夜熬鷹戰,逼迫使交待。
> 成果究如何? 核實才稱快。
> 行行兩月間,疲憊襲吾儕。

後因教課受了影響,魏先生等教師退出。運動中,魏先生也因在傅作義屬下工作,向學校做了繼華北政治研究所後的第二次交待。

於西北大學

魏先生詩云：

西安的西北大學

歷代帝王都，長安今不伍。華山穿雲岵，遍地皇陵皁。灞上柳依依，杜曲堆黃土。雁塔老鴉噪，碑林傳世古。我來仍執教，西北大學府。鄜鄠多秦音，民風實素樸。羊肉泡饃香，角黍亦果腹。豫劇常香玉，史哲侯外廬。雅俗當共賞，莫距象牙屋。行之苟有恆，可以見真吾。

參加陝西城固縣土改工作

城固五郎廟，土改第二遭。不擺臭架子，下鄉自背包。行行五十里，一路看青苗。住入小廟中，派飯吃得飽。甚麼髒與苦，工作勁頭高。縣委嘖嘖贊，大學教授好。毫無書卷氣，可與共辛勞。戰鬥近半載，收穫確不小。貧農皆可愛，地主慣放刁。階級性使然，解放在今朝。

批判"老太婆"

書記給任務，幫助許興凱。這個"老太婆"，曾經是 CY。侈口談馬列，外紅裏頭白。其後卻反水，誣陷信手來。吹捧日軍閥，投靠蔣總裁。廬山曾聽訓，縣長給安排。三青團幹事，復興社開泰。失勢入大學，教授亦自在。迷惑眾士子，遺害非一代。且喜有覺悟，主動作交待。態度侃侃然，使人少憤慨。五毒俱全者，此可為模楷。

長安郊外麥苗青

五穀不分是真情,粒粒辛苦老農耕。書呆咿唔終何用,勞動才知生產硬。今日下田說鍛煉,已自腰酸腿又疼。旁邊竟有人拍照,笑煞揮刀小園丁。精神貴族實可恥,裝腔作勢醜態增。晨興荷鋤理荒穢,孔丘難比陶淵明。

"三五反運動"在西大

山中無老虎,此議真奇怪! 自從進城後,資產階級歪。五毒已氾濫,到處有禍災。豈止是貪污,浪費也夠壞。官僚主義者,縱容尤可哀。須迎頭痛擊,不能再懈怠。遂命專業隊,火速上臺來。要打破情面,工作搞競賽。管他一家哭,堅決除三害。疾風暴雨下,全校難決泰。總務長隔離,重點對財會。日夜熬鷹戰,逼迫使交待。成果究如何,核實才稱快。行行兩月間,疲憊襲吾儕。

1952 年 7 月,魏先生自西北大學回天津休假,適逢各大學院系調整,在馬場道津沽大學舊址成立天津師範學院,于月萍至天津師範學院教書,為照顧夫妻分居,院長梁寒冰調魏先生入中文系為教授。中文系主任為王振華,有教授三人魏際昌、雷石榆(夏衍推薦)、李瑞錫(田漢推薦)。

魏先生詩云:

調回天津

夫婦兩地莫分居,調回天津使團聚。幹部政策如此好,

叫人哪得不感激。十里洋場非昔者,振興教育改風氣。勸業
場裏書商多,高等院校已思齊。聘請先生重名家,補充圖書
進儀器。南開仍是老大哥,我入師院中文系。主講古代文學
課,駕輕就熟可兩利。政治水平須提高,抱殘守缺乃自欺。

初,學校未設古典文學課,魏先生自編講義,教授"近現代文學"
"蘇聯文學"。1954年,中文系成立古典文學研究室,主任為韓文佑,
教研室有魏際昌、顧隨等先生。有照片攝於學校第一次開古典文學的
觀摩教學課上,講述愛國詩人屈原。未及數月,學校張榜公佈有選舉
權人名單,獨缺魏際昌,全院師生譁然,原因是有歷史系王仁忱反映魏
先生曾在傅作義手下工作,長時間在國統區,歷史複雜。院長溫宗祺
專門組織了調查班子,赴全國各地瞭解結果,一無所獲。溫宗祺對魏
先生說:"沒事了,安心工作吧,這次為你花了數千元啊。"魏先生默然
不語,後雖補上了名字,但這個影響為以後的各種運動播下了種子。

1954 年,於天津師範學院

1954 年,魏先生一邊教學一邊接受調查,此間完成了《李白評傳》《漢魏六朝賦研究》,暇時到天津勸業場書鋪訪書,得傅山批校明崇禎《唐詩紀事》及《唐文萃》等古舊書千餘卷,很有坐擁書城的愜意。

1957 年春,學校組織教師大鳴大放,給黨提意見,魏先生、于先生在學校都沒有發言。後天津各民主黨派也組織了給黨獻策等活動,魏先生在天津民革市委說:"陳勝、吳廣起義的歷史根源,當政者不得不戒,應有民為上的思想。"于先生在民進天津市委發言:"領導應深入群眾,不能誰跟領導走的近,就是進步。"《天津日報》一女記者也親自上門採訪,1957 年 5 月 18 日,《天津日報》發表了于月萍、王德培等人的發言,于被定為反黨急先鋒。在隨之的"深挖"運動中,二人被定為埋藏最深的反黨分子,于還被指控為煽動匈牙利事變。1957 年 11 月,雙雙被定為右派。1958 年 3 月,魏先生被開除公職,給 30 元生活費,押送楊柳青農場勞動改造,于月萍在學校農場強制勞動,天津各大學被定為右派者,只有魏際昌一人得此"待遇"。在農場掏糞、赤腳踩糞、抬土、除草、喂豬等,半年後又回到學校農場與于月萍共同勞動。在楊柳青農場,魏先生即發現胃潰瘍及胃瘤,未能休息,在校農場出現大量失血、體力不支,才被送回學校治療。養病期間,蒙朋友原希偓、杜明夫婦等幫忙,才未發生病變。因在北京看病,瞻拜了魯迅故居,為新建的北京火車站所震撼,賦詩若干,其中有《冬日漫步天安門廣場》:

昔者天安門,重垣鎖凍雲。
舉步惟躑躅,悵惘對前塵。
今日天地換,紅日照豐林。
國旗橫空展,巨碑念忠魂。
金水橋上過,自豪吾猶人。
幾枝蠟梅香,垂老進春音。

　　於農場改造,于月萍先生有 1959、1960 的右派改造日記倖存,魏先生亦有詩作廿一首:

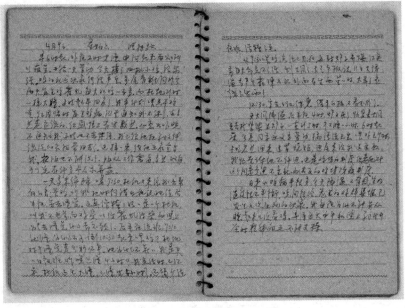

1960 年,于先生右派改造日記書影

初　耕

灰雲漫捲風怒號,荷鋤下地第一遭。

瑟縮羞對工人面,逡巡直同鼠見貓。

腳笨個個沒田壟,拙手雙雙吃菜苗。

說甚腹內有書卷,不如老圃是吾曹。

淵明晨興理荒穢,戴月而歸意氣高。

堪嗟今之勞動者,枉比前賢荷鋤刀。

注:余被安插在蔥頭大隊勞動,翌日隨菜農到地中除草。適值大風狂吼,二目難睜,而又手腳俱笨,不時傷及蔥苗,為工人所呵斥,心緒不寧。

放　水

先開畦口後看堤,淙淙流水灌滿地。

只怕大溝忽滲漏,汪洋一片堵不及。

也有風趣惹人喜,枉銑赤腳單鶴立。

自我掌握心情好,靜觀四野草淒迷。

乾糧帶在衣袋裹,食用須到日之夕。

雙頭洋蔥可摘取,佐餐解渴鮮美極。

耕作洋蔥早期所見

老頭選蔥秧,婦女也照顧。

標準長而勻,坐著抖落出。

須臾盈大筐,抬走要壯夫。

那邊在打溝,深淺有尺度。

127

一畦直到底,擺苗不馬胡。

間隔五指寬,隨手掩上土。

放水活緊跟,三日成綠圃。

隊長笑吟吟,豐收可預卜。

注:蔥頭苗長成以後,主要的耕作是拔、選、挑、擺秧子。放水以後,根正葉張,滿地青翠,葛隊長說:"管理好後期(指除草、施肥而言),徑等著豐收吧。"按蔥頭成熟在大秋以前,故有"最早香"之稱。

收　穫

閃閃鐵鏈連聲響,金黃洋蔥滿地流。

纖纖女手編長辮,赳赳壯漢垛高丘。

辛勤三月果有得,"最早香"生大隊秋。

搶收搶打為外貿,即裝即運奪班頭。

據云此物二千斤,可換精鋼一噸走。

今日仍以農立國,豈不愧對我前修。

繼念斯人何足怪,實事求是理之首。

竟能廁身於建設,差強人意敢自嘲。

夜行,回楊柳青農場

為趕農耕不消停,惺忪午夜已趲行。

穿街入巷尋捷徑,跨河越嶺覓歸程。

四野無人曷踽踽,馳驅以步自兢兢。

即此亦是真考驗,迂緩夫子難逐影。

頭腦清閒手胼胝,體力勞動應調整。

我欲因之發夢囈,身心雙健始為雄。

者番差幸未誤點,熱饃入口倍輕鬆。

回首長途似漫漫,朝華景裏又新生。

注:農場規定,休整日兩周一次,須於翌晨七時半早餐前趕回,否則以誤工論。學校、農場相距六十五華里。

耕罷,隨工人師傅小憩子牙河邊

子牙河畔草青青,春光蕩漾好風景。

婀娜楊柳飄金綫,翩躚蝴蝶鬥紫英。

村莊田野美錯落,長堤隱現走虬形。

錦繡豈在書生腹,俯仰大千樂無窮。

吟風弄月非吾事,閒話今古有性靈。

最是工人多韻語,談笑風生四座驚。

耕罷倚鋤飲冷水,心神陶醉畫圖明。

注:農民多儁語,如說家鄉發了水為"夠喝的",不替換破舊衣服說是"新三年,舊三年,縫縫補補又三年",下地必帶衣、食曰:"熱不忘帶衣,飽不忘帶食"之類。

說"小窖子活"

溫室一條龍,隆冬鮮菜豐。王瓜翠似玉,番茄火炭紅。

菲黃散香氣,菠葉鬱青青。培植有技術,人力奪天工。

控背躬身不言苦,揮汗如雨樂融融。

高貴龍在創收益,為國生產見真情。

注:農場工人把溫室生產喚作"小窖子活兒",非精於此道者沒有份兒。葛隊長也讓我入內一試:整理菜畦,放水,施肥,摘黃瓜,雖悶氣彎腰未嘗言苦,蓋鮮菜賞心悅目有以致之耳。對於工人忘我無私之精神,亦感受甚深。

大學生抬大筐

菜筐二百斤,下船走河堤。肩頭吃猛勁,腳步須整齊。

又滑又峭陡,有水亦有泥。一旦不小心,摔人啃地皮。

這些大學生,居然抬得起。吭唷走如飛,忽悠扁擔急。

艱巨任務常完成,協助挑夫齊費力。

誰說腦力勞動者,拈輕放重事濟事?

既然是個男子漢,精神到了可無敵。

注:楊柳青農場,在子牙河邊自有碼頭,每日向市內水運蔬菜,動輒數千斤。抬大筐下船是這裏最吃力的活兒,非壯勞力擔負不了,我們的大學生竟能勝利完成,詩以美之。

毛主席視察楊柳青

柳青農場東方紅,主席視察到此中。

喜見水稻翻金浪,樂遊菜野碧騰空。

關懷職工問疾苦,指示生產重國營。

"上交利潤八十萬,全民所有優越性。"

教言涵義深且遠,場上傳達繪聲形。

堯天舜日誠是矣,何人不沐黨恩情!

注:五七年九月下旬某日,主席到場視察,肯定了國營收益之大,激勵了知

識分子改造的決心。場長趙一農被接見,對其工作慰勉有加,我們和他共同感到幸福。

看工人的"詩牆"

琳琅滿東牆,菜花拂面香。工人修養好,下筆真堂皇。
說土地黃金,勤勞是產量。紅日照高樓,豐收大秋忙。
又道下田時,莫忘帶衣糧。飽須防備餓,冷暖自家防。
鄉裏淹了水,戲稱"夠喝湯"。愁它幹什麼,排澇有機房。
半生轉青稞,頃刻不能忘。從來無假期,後稷享蒸嘗。
此之謂神聖,合掌頌聲揚。美哉老大哥,吾儕所榜樣。

注:此類短詩甚多,脫口而出,由別人代記者不少,重點舉例,以示頂禮。

贊十隊葛隊長

貧農出身,短小精悍。作風正派,業務熟練。
出言有章,持家勤儉。蔥頭地上,人稱好漢。
促我進益,不忘旦旦。教學耕耘,生活照看。
錯誤必究,見善亦贊。大公無私,黨的骨幹。

注:十隊葛隊長,生產能手,學習先進,對待知識分子誠懇,從不輕視,嘗自稱"自己一腦袋高粱花子,半個大字不識",深以未曾上學讀書為憾。

趙沽里河北師大農場

又調趙沽里,卡車才停靠。工人來送行,我輩意蕭蕭。
何處不勞動,管它場與校。迨及目的地,大家拍手笑。
多數面孔熟,都說這兒好。領導不刁難,勤儉興辦早。

土屋三兩排,茅棚南北高。業務專畜養,豬雞羊歡叫。
襆被入宿舍,熱饃隨即到。月萍亦在斯,安定如歸了。

注:校辦農場,需要勞動力,所以把我們從楊柳青調回了。這有什麼不好? 起碼月萍與我同在,可以互相照顧。

月萍放鴨蘆溝即景

長竿橫曳逐鴨群,"離離"聲喚是熟音。
"萊卡"跳叫環左右,鵃鵃蹣跚作中軍。
漸行漸遠漸岑寂,乍隱乍現乍浮沉。
最是遠眺好情景,漂搖白羽映蘆濱。
即此可稱田園樂,斗室吟我沒處尋。

農場北遷夜戰

為了河網化,遷讓如穿梭。生物系回校,農場得其所。
克日拆棚屋,徹夜驅手車。豬羊入北圈,雞鴨上南窩。
哪顧足生繭,不覺肩頭破。東方已發白,和衣臥宿舍。

注:天津突然搞起郊區河網化來,挖渠業已開始,我校農場適在範圍之內, 奉令即日拆遷。任務緊急,所以夜戰,差幸如期竣事,然而苦煞這些知識分 子矣。

飼料間落成

豬廠高搭飼料間,工作從此不露天。
吹風大竈對頂砌,盛食排缸列一邊。

清爽整潔人稱羨,分門別類我炊爨。
還有遠景機械化,電動傳送正鑽研。
眾志成城非虛語,科學技術變新顏。

試喂小豬,心焉愛之

這些毛團愛煞人,跳蕩叫鬧似天真。
雙目炯炯注飼者,一尾搖搖戲同群。
搶食不顧身淋漓,爭臥哪管惹埃塵?
叫笛一響齊奔湊,揚聲點首報知音。
方識君子遠庖廚,更重佛氏不茹葷。
天地大德本曰生,何物兇殘浸爾心!

注:人說愛恨分明乃是階級鬥爭必具的思想感情,民吾同胞物吾與也,看了小豬,又犯糊塗,走筆如上。

豬廠喜開現場會

切軋已用電動機,調料設備實出奇。
繁殖情況尤可喜,五百以上成活的。
新起棚圈稱乾爽,食譜十樣標準立。
預防冬季有困難,儲存青飼能濟急。
諸般曾獻綿薄力,昔日豬官安可比!
喜見召開現場會,多快好省豎紅旗。

參觀工農聯盟農場豬食堂

別開生面豬食堂,自動調料好榜樣。

一次驅喂三百口,整日只需二人忙。
空中吊斗穿梭動,地上手車流水忙。
萬頭指標已完成,不愧號稱"衛星場"。
對比之下生慚赧,小巫豈得自風光!
觀摩歸來應總結,虛心學習慎勿忘。

注:食堂分第一、第二兩個,宏敞整潔,調料全部自動化,一次可喂二百五十頭。圈門一開,豬即爭先恐後地前來就食,十五分鐘可了一起,信號極有作用。

常聞上級鼓勵之詞

領導論人見表現,關懷鼓勵邇來多。
大會小組常提到:"精心在意地幹活。
年齡雖大勁頭足,體力不強未退坡。
思想方面也好轉,聯繫實際有著落。"
由此認識共產黨,急於求成是白說。
必須循序以漸進,水到瓜熟見我佛。

注:苗頭已見,可以解決問題了,這也是我們安於勞改生活的必然結果。"誰實為之,孰令聽之?"天曉得。

病中又逢生

往歲生辰常溜過,揮鋤生產顧不得。
今朝病榻漫摟指,五十三秋已蹉跎。
幼承庭訓思想舊,長受教育私小我。
光宗耀祖未去懷,爭名鬥氣惹風波。

妄讀詩書充淹通,泛覽馬列少結合。

個人英雄誰理你,幻想成家被改革。

回首前塵空悵惘,且吞藥餌再求活。

百年三萬六千日,尚有餘生滌醜惡。

注:在農場忽生胃潰瘍病,醫囑回市療養,賴有月萍假歸看護,始得再生,此作權當自我批評。

定期書面匯報思想

為抓緊改造,作思想匯報。定期是雙周,書面才牢靠。

非形式主義,盼領導指教。須堅持下去,莫放低格調。

多觸及靈魂,請群眾放炮。治病以救人,當歡呼雀躍。

注:知識分子護前,為了怕丟面子,現在早已搞通,索性自我暴露。丟的既是醜惡,還有什麼顧忌? 也算大徹大悟,儘管未入佛門。五古六韻寫完,又來作個補充。

得此境遇,而愛國之心未動搖。

1961年春,夫妻二人摘帽。魏先生到中文系資料室掃地、登記資料,間或運煤、燒鍋爐。于月萍到圖書館打卡片、排架子,除了採購,其它什麼髒活兒累活兒都幹過。

春夏之交,于月萍二兄于勖治自哈爾濱來天津看望,頗得慰藉。于勖治,中俄工業大學(哈爾濱工大前身)畢業,鐵路建築工程師,偽滿時在溥儀的偽皇宮當過修繕科科長,解放後是黑龍江省人大代表。此事,"文化大革命"中河大中文系反覆讓魏先生交代,懷疑魏先生有反革命組織行為。

四、與傅貴雲等人的聚會

1965年的秋冬之交,魏先生突然接到傅貴雲從北京發來的一份電報,說有急事,盼即去北京。魏先生因多年不見的老師,年歲已近古稀,沒有必要,不會電催會面的,便向系裏請短假,即日動身。

但是由於摸不著頭腦,又不曉得北京師院怎麼走法? 傅貴雲到底住在哪裏? 便先到虎坊橋水電總局宿舍胡體乾先生處探詢。胡先生對魏先生說,最近他們也未見面,不過並沒聽說他家發生什麼事故,否則不會不知道。魏先生便按照胡體乾開的地址,立刻到西郊北京師範學院,找到傅貴雲的住處。進門以後,傅貴雲覺得很是意外,說雖然知道你在天津,我卻沒想到會突然前來看我,魏先生便拿出電報給他看,他還是莫名其妙。

這時他的老伴進來了,說電報是她打的,她找子明(魏先生字)來是為了對證一下,到底她怎麼對驥元的爺爺不好了? 原來是老夫婦倆鬧彆扭了,翻起了"九一八"後在北京的家庭舊事了。

明白事故後,魏先生便分別勸慰了兩位老人家一番,傅貴雲覺得過意不去,要請魏先生吃飯。他說就在明天,假座中山公園來今雨軒吃頓飯,並煩魏先生通知胡體乾、劉元功、謝雨天三位,給開了地址。

盛情難卻,魏先生只好分別照辦。先到劉元功那裏,已退休,住在女兒家。劉元功說,好久不見,你從哪兒來啊? 魏先生說明後,他說很好,大家一起談談,並提起了他正在寫解放以前吉林教育界的史料,還有魏先生斥責梁華盛的一段。

到謝雨天那裏,舊商業部宿舍,也客套了一番,說了"九一八"以前在一師教魏先生,並在魏先生畢業時,擬介紹魏先生到毓文中學教語文的往事。又到胡體乾先生那裏,胡退休後,在北京與魏先生已經不是第一次見面。

翌日的來今雨軒晚餐會上，還是話舊。

第一，傅貴雲想辭職退休，魏先生說你是個烈屬，你的兒子傅驥元在國內戰爭時是解放軍的一位團級幹部，在山東光榮犧牲了，領導會照顧的，不要辭職，教授的稱號還是保有的好，並說自己年歲還不夠，正需結合勞動改造思想，再幹一個時期，他也首肯。

第二，謝雨天說他在吉林被捕，曾經長期和楚圖南同志一起監押的情況。他說那時的監獄是黑暗的很，經過他們領導難友不斷的鬥爭才熬下來了，所以說共產黨的哲學是鬥爭的哲學，對階級敵人反對派，無論什麼時候，只有堅持鬥爭才能勝利。

第三，劉元功主要埋怨傅貴雲在中正大學、長春大學時不應該淨聽高亨的，弄得魏先生鋌而走險，跑到傅作義那裏去了，如同"九一八"事變前後，咱們對這個學生沒有好好照顧，使他受了不少的顛簸一樣，他和梁華盛鬧彆扭，是李錫恩、胡體乾太懦弱，都是替魏先生說話。胡體乾、傅貴雲兩人只有點頭稱是，不加分辨。魏先生說事情都已過去，怪他自己。飯罷隨即分別離開。魏先生回天津以後，為了表示謝意，兼加寬慰，給傅貴雲寫了一封信，還做了一首古詩，追念兩次跟他念書、同事和一次同學的往事。

第十章　"文化大革命"前的幾位關係人

一、嚴屬的李錫恩

李錫恩,字綸三,吉林舒蘭人,1895 年(清光緒二十一年)生,畢業於德國柏林大學。曾任吉林省立法政專門學校校長、省立吉林大學副校長、國民政府教育部東北青年教育救濟處主任、東北中山中學校長、國立中央政治學校訓導處主任。1942 年 7 月,當選為第三屆國民參政會參政員。1945 年 4 月,當選為第四屆國民參政會參政員。1948 年 5 月,當選為行憲第一屆立法院立法委員。這是河北人民出版社《民國人物大辭典》的記述。因文革中外調和學校經常問魏先生與李錫恩的關係,故直至晚年,先生記憶尚不差,但只限建國前。

魏先生與李錫恩淵源甚深。從 1929 年秋魏先生考入吉林大學,作為他的學生開始,當時李錫恩是這個學校的校長,一直到 1946 年秋,李錫恩到瀋陽參加張莘夫追悼會,時魏先生是瀋陽東北中正大學教授,這也是他們最後一次見面,首尾之間有 17 年的歷史。

1."九一八"事變以前

在吉林大學,魏先生與李錫恩一開始只是泛泛之交。李校長忙於對外的政治活動,輕易不和同學見面,魏先生也忙於讀書,做"工讀生",搞學生會工作(魏先生是吉林大學學生會主席)。李錫恩不止是大學校長,還是張學良的秘書,1930 年國民黨公開掛牌以後,李錫恩兼任吉林省指導委員會委員,主任委員是張作相。

對於有人質疑李錫恩校長的政治活動,他說:"政治就是人事,不搞好關係,什麼也辦不成,個人受點窩囊沒啥,只要對地方、對學校有好處就行。"

當時魏先生正領導學生會反對飯桶教授王某,山東人,留美博士,教授教育課。李錫恩會同文理學院院長董其政、訓育主任劉迪康對魏先生來了一個三堂會審,指出:"吉林遠在邊陲,聘請教授不易,學校剛剛成立,你就調皮搗蛋,這是破壞,姑且寬容初犯,以後決不客氣。"還有更嚴厲的,學校預科學生傅昆元草擬了改革學生會的章程,文辭激烈,態度堅決,有學生治校之論。李錫恩聞之大怒,立刻把傅昆元開除出校,連他的叔父傅貴雲教授和魏先生這個學生會主席都無法挽回,可見李錫恩校長治校的風格。

還有印象深刻的是吉林省城有一個臨時電影院,是由菜場改的,設備非常簡陋,因電機走火,觀眾擁擠,逃不出來,燒死了幾十人,穆木天講師做了挽聯,非議了地方當局。如上聯說"警員說人頭真好看,消防說快救財政廳,一夜間犧牲了多少人命,處此野蠻社會,原來是勢所必至",由魏先生組織掛到了學校北山底下官廳舉辦的追悼會上,李錫恩得知不但申斥了學生會,還解聘了穆木天,而對魏先生持以寬容。

2. "七七"事變以前(1932 年春至 1937 年秋)

1931 年底,李錫恩在幹了兩個多月的吉林省教育廳長以後,潛行入關到北平,並至洛陽參加了國民黨召開的國難會議。1932 年春,魏先生逃亡至北平時,他從洛陽會議開會回來,並以國民黨吉林黨部負責人的身份在北京開展工作。魏先生到北平,他表示歡迎,一改以前在吉林時的威嚴,強調讀書救國,鼓勵魏先生積極準備,投考北大、清華,另外,讓魏先生多向他介紹所熟識的北平各大學讀書的吉林青年學生。魏先生介紹了北大中文系的侯封祥和清華研究院的崔殿魁等人,陸續與李錫恩見面。李於學生多予勖勉。

李錫恩等就是以吉林學生為骨幹成立了北強學社。李錫恩是名譽理事,也是經濟支持者。魏先生成為學社理事,夫人于月萍為社員。1933 年春,劉守光把魏先生、崔殿魁、侯封祥、田雨時、何壽昌、馬振圖、史國雅等十幾個人約到李錫恩家裏和時任國民黨中央黨部秘書的齊世英見面。齊世英表示:"東北人應該不分家,集中力量共同對付日本。"李錫恩本與齊世英有政治分歧,而因抗日走到一起。群情激昂,魏先生很受感動。

1935 年暑假,魏先生從北大中文系畢業,那時國立東北中山中學在京成立已一年有餘,校長是李錫恩。魏先生一邊上北大研究院胡適先生的研究生,又兼職在中山中學做教員。而李錫恩尚兼任東北青年教育救濟處副主任,並未給魏先生予以生活補助,先生略有抱怨。

3. "八一五"日寇投降前(1937 年 8 月至 1945 年底)

"七七"事變後,李錫恩自北平到天津,住在法租界的國民大飯店。8 月 11 日,魏先生也從北平到了天津,在火車上碰到傅貴雲,才知道了李錫恩的居住地點。到了天津,魏先生混過了"法國橋",也就是現在的天津解放橋,便去找李錫恩弄船票。結果李錫恩真是有辦法,給魏先生和傅貴雲搞到了"岳州丸"甲板票,船艙早已客滿,就連甲板都已無立錐之地。

到了煙臺,魏先生同傅貴雲分手。到了南京,魏先生又找到他們,李錫恩已到南京。友人林萃庭請飯,包括李錫恩和立法委員董其政在內,誰也想不出辦法來給魏先生找工作。後魏先生謁見已發表為駐美大使的胡適,胡建議棄筆從戎,因之進了南京青年戰地服務訓練班。1938 年初,先生到漢口,李錫恩負責東北協會,傅貴雲是第二組組長,劉守光帶著家人也在此養病,諸人談起魏先生的職業依舊搖頭。"青戰班"畢業分配,魏先生到河南第 11 戰區任民眾運動指導員。

1939 年秋,魏先生從湖南到重慶中央訓練團受訓,又見到了李錫恩。李是參政會的參政員,董其政是立法委員,兩人都住在嘉陵江東岸。傅貴雲改行當了私立大同銀行的秘書,這個銀行是他的連襟蕭振瀛獨資經營的,萬異當了參政會的秘書,他們分別招待了魏先生。李錫恩誇獎說:"紫銘,你能在湖南想到辦法很好,就是要向外發展嘛。"等到 1944 年秋再到重慶時,李錫恩已遷居南溫泉,是由於兼職中央政校訓練主任的原因,但有時從海棠溪過江到吳景芳處寄宿,不時相見,亂離一會,頗有溫情。可是對先生的工作還是無能為力,後魏先生通過教育部訓育委員會副主任周郁文的介紹,得到陝西南鄭國立西北醫學院的教授工作。

4. 回東北"接收"的前後(1945 年 10 月至 1946 年秋)

魏先生回東北接收的兩個職務,一個是通過霍戰一介紹給吉林省主席鄭道儒的吉林省接收專員,一個是通過周郁文介紹給臧啟芳的教育部東北院校接收專員。李錫恩等並沒有助力。先生離開重慶,比他們都早,1945 年 11 月就到了長春,連吉林省教育廳長胡體乾都是後到的。1946 年初,李錫恩到吉林。當時東北九省二市的官員紛紛發佈,李錫恩只弄到國民黨吉林省黨部主任委員,大家都為他抱屈。他卻很有城府地說:"這是根本,將來搞選舉權,需從黨裹入手。"史國雅在重慶時就對魏先生說:"綸三(李錫恩)想要我搞黨務工作,我沒有答應,還是教書辦學的老本行好。"先生說:"我的想法同你一樣,正準備回吉林幫助筠岩(胡體乾)整理一下地方教育。"

1946 年春,魏先生同時任吉林省主席梁華盛鬧崩。李錫恩批評先生說:"咱們羽毛不夠豐滿,時機未到,只能先聽軍人的,等到開始選舉就有了辦法,總像你這樣莽撞,能有什麼用,反而壞事兒。"那時魏先生口沒有說,心裏著實的怪他懦弱,隨即就隨老師高亨去了瀋陽東北中正大學教書,但這些指摘李錫恩迂腐的話,都傳到了李錫恩的耳朵裹。這年秋天,李錫恩到瀋陽參加張莘夫喪儀。在吉林市長董文奇家早飯後,李錫恩對先生進行了強力地批評,說:"誰強迫你搞政治來,不幹就不幹嗎! 還聲言個什麼勁兒,難道缺誰就不行了嗎?"這之後,兩人的關係就逐漸淡漠起來,此後,各有所之,就沒有了聯繫。就連後來高亨、傅貴雲兩位當國大代表,魏先生都沒能投上一張票。

應該說李錫恩對魏先生始終是關懷為多,鼓勵為多,直至暮年,魏先生還是對李錫恩有感激之情的。

二、溫厚的朱經農

湖南省教育廳廳長朱經農,江蘇寶山人,留美,原為北大教育系教授。朱是學者,又是非常圓通的官僚,喜歡大家叫他朱先生,工作中於地方上的縣長都不肯得罪。另外是很看重屬員的學歷、出身,魏先生因為是北大的研究生,跟他兒子朱文長是研究院的同學,所以一到廳裹就得到重視,"自衛團"視察及戰地政務等都派他參加。後任命魏先生為省立民眾教育館館長、省立第八中學校長、教育廳督學,並到重慶培訓,都是朱經農的觀照所致,這是流亡到湖南的大學生中不多見的。當然魏先生在其屬下也是盡職盡責,工作成績朱先生是滿意的。

如長沙大火的前夕,人都跑光了,魏先生還在機關裏堅守。省教育館遷到永順是沒人願意去的,"匪、苗"地帶,當時都是這般看待的,魏先生勇於任事,成效顯著。1944年秋,魏先生到重慶,曾多次拜訪時任教育部次長的朱經農,更是為了求得工作。朱說:"我在湖南時對魏先生已經盡力而為了,這裏沒有什麼辦法,得尋找機會。""八一五"日寇投降,魏先生以雙料接受專員的身份回東北,朱先生主動送來教育部的全部法令規程,並囑咐努力工作,以有所作為。

湖南那時的國民黨派系鬥爭是外馳內張的。他們的地方當權派,叫做"甲"派,別稱鑽子,依"甲"字的字形而言,於教育廳的官吏而言,主任秘書周調陽、二科科長夏開權、三科科長余先礪都屬此派,特別是繼朱經農為廳長的王鳳喈,更是這一派的首要人物,他們都是直接和國民黨中央有聯繫的。另一派叫做"乙"派,別稱劈刀,以"乙"字的字形而言,以地方軍閥何健為首領。廳督學劉臥南(與魏先生一同到中央訓練團受訓的)就是這一派的代表。魏先生是外來戶,又不曾到黨部登記,根本不摻和派系。朱經農是直接中央的,卻極善於彌縫,並不排斥乙派,做了十年廳長,可以說是平安無事,皆大歡喜,也是功德圓滿的到重慶做教育部任次長了。此時的部長是朱家驊。

魏先生在湖南工作、生活一切都得到了朱經農先生的關懷和體恤,包括于月萍先生自北平到湖南教書。湖南6年,魏先生順風順水,與朱經農先生的幫助分不開。後來魏先生每回憶朱經農先生,對朱先生是深懷感恩之情的。

魏先生詩云:

頌朱經農先生(有序)

　　經農先生,北京大學之老教授也。出長湖南教育廳幾十年,頗有政聲。余流亡至湘,一見垂青,累蒙拔擢,銘感無已。今調去重慶,心焉思之。

　　寶山朱先生,南國之精英。教育界前輩,多才亦溫恭。桃李滿天下,學者每羨稱。湘教廳為長,十年有專聲。任人不以親,獎懲常分明。調去重慶後,懷念非一姓。某也失憑依,轉職廣東省。課堂教授後,西望歎零丁。

三、與焦實齋先生

　　東北中正大學有兩個實力派,一個是以杜聿明秘書長于協忠為首的大學本部,他掌握著文、法、農三學院的主任、教授,特別是文史兩系的人事安排,譬如說高亨,就是余聘請的;一個是以杜聿明高級參議焦實齋為首的先修班,焦掌握著全班的講師和職員安排,多數是河北人,自然也有例外,主任王大捷,遼寧人,便是代表。

　　魏先生理應聽高亨的囑咐,走于協忠的系統,但是魏沒有。因為于雖有學者之名,任文學院院長兼歷史系主任,實際上並不堅定,杜聿明下臺後,就回北平了。焦實齋則略勝一籌,清廉自守,他是覺得這個大學已無前途,就應了北師大的總務長之聘,讓位給王大捷了,所以無民怨。這是魏先生作為教授會代表到北京的調查結果。魏先生因之與焦實齋心心相印,成為可信任的摯友。

焦實齋先生

　　焦實齋跟傅作義是老關係,在蔣、馮、閻中原大戰時,傅作義充當天津警備司令,焦實齋就是市教育局局長。北京解放前夕,傅作義之所以找他,一來是因為他對北京的大學院校情況比較熟悉,又適逢秘書長鄭道儒要辭職它去,所以焦實齋一接手便把魏先生找去。在短短不到兩個月,焦實齋對傅作義的工作起了諸多正作用。首先是國民黨自南京打來電報,讓焦實齋接任國民黨北平市委黨部主任委員,他不幹;其次是在起義決定的關鍵時刻,他建議聽聽北京各大學教授們的意見,尤其是國民黨軍團司令李彌、李默庵等聞風囂張的時候,他勸傅作義要忍耐堅定,妥善安排,絕不半途而廢,鄧寶珊、崔載之等共同進言可謂功德無量。

　　起義以後還有幾件事值得提及。第一,傅作義請林彪吃飯,林彪禁衛森嚴,如臨大敵,同時,街頭上還發現有散發傅作義罪行的傳單,傅作義心中不安,焦勸傅作義到石家莊去向毛主席請示,傅作義回來以後喜形於色,大放寬心。第二,聯合辦事處工作結束的前夕,秘書主任艾大炎送焦實齋、魏先生去華大政治研究所學習,葉劍英將軍親自設宴歡送,此類優渥的看待,使焦實齋和魏先生銘記不忘。第三,從華大畢業後,焦實齋等候工作,曾經中心恍惚,產生憂慮,可是一到國務院的參事發表又兼全國政協委員,他就不禁喜出望外,而且連國民黨革命委員會內定的委員都辭謝了。焦實齋工作勤勤懇懇,一直未犯錯誤,包括反右在內。焦實齋放心魏先生,魏先生也極為佩服焦實齋的學行,因擔心給焦帶來麻煩,即使是被打成右派,文革中被抄家、批鬥、毒打,都未求援於焦。直至魏先生平反後,才與焦實齋有了通信聯繫,互道珍重。1983 年 2 月 22 日,魏先生專程到北京拜望焦實齋先生。

　　魏先生詩云:

與植源、實齋同入華大政治研究所
所在地北城拈花寺內學習

拈花微笑迎新人,大乘從來福全民。學者專家老官吏,
到此咸慶除舊根。社會發展知變化,今是昨非不逡巡。同來
友朋非一個,植源實齋最親親。每晨西單會齊去,午間盒飯
鬥芬芳。劉氏最精焦公次,惟有某家露清貧。混合而食似共
產,仰天一笑好精神。

《傅作義生平》(1985 年 6 月,文史資料出版社)中焦實齋《北平和
平解放前後我經歷的幾件事》所記可為對觀:

我應邀參加"華北總部"工作

1948 年冬,戰局緊張,平津已是山雨欲來之勢,傅的"華北總部"
秘書長鄭道儒托詞南下。鄭道儒原是中、中、交、農四行在華北的總負
責人,與傅並無深厚淵源。蔣介石要穩住傅先生,為他支撐華北大局,
特命鄭道儒擔任傅的秘書長,以表示保證在財政上對傅的支持。遼沈
戰役結束後,東北解放軍迅速向平津進軍,鄭道儒便已籌謀經費為由,
在北平圍城前夕,一走了之。這時傅先生找我去,辭誠意切地讓我擔
任副秘書長,用代鄭道儒。從當時傅的處境和我與他的關係,不管如
何,此時此刻,傅的重托,我萬難推辭。

1948 年 12 月 8 日,我到傅的西郊"總部"就職。僅僅過了五天,
即 12 月 13 日,解放軍即對北平形成合圍之勢。傅的"總部"匆匆遷進
城內中南海。我擔任傅授予的職務,自認為這是臨危受命,雖力鮮能

薄,但願全力以赴。

在 1948 年下半年,我曾聽說傅正醞釀成立一個政務委員會,目的是"總部"專管軍事,政務委員會管行政、財經、文教。並聽說委員會所屬各處的人選,也均大體內定。如土地處為周北峰,文教處為秦豐川,經濟處為冀朝鼎,財政處為俞傑等,這些人都是管理各部門的專門人才。從人選上,看得出傅是想有所作為的。但是我去"總部"任職時,戰雲密佈,形勢緊迫,已經無暇顧此。我也沒聽傅先生再提此事。"總部"遷進城內,我的主要日常工作是接待教授名流,催發教育經費,聯繫民意機構、人民團體以及安排市民生活等等,既繁瑣而又緊急的事務,忙作一團。有一次,北平圍城後,我曾參加由"華北總部"文教處在輔仁大學舉辦的各界人士報告會。會上我以《和平問題生活問題》為題,轉達了傅先生對人民生活的親切關懷與具體措施。在此前後,我還在御河橋二號傅的"華北總部"聯絡處,以文教處的名義召開過幾次教授座談會,以便把社會各階層對戰或和的意見,及時向傅先生反映。

形勢急轉直下,究竟走哪條路,要做出最後的抉擇,這必然要經過一番痛苦的思想鬥爭。不論是和是戰,都要做嚴肅認真、對國家民族負責的考慮,決不能輕率從事。事實也是這樣,這時傅先生更是矛盾重重,思慮萬千,整天在辦公室獨自踱來踱去,時而以手擊額,時而仰天長歎。我有幾次向他匯報工作,到他辦公室門前,從外面看到他這情形,心裏也替他難過,只好退了回來。他終於下定決心,走投向人民的光明大道,以極為秘密的方式向解放軍派出了和談代表。

在北平和平即將定局之際,傅先生指示我通知各高校校長和學者教授們:"願留著歡迎,願去者歡送。"最早離平南去的是胡適。他接到有飛機來的通知,只穿件棉袍,拿個皮包,倉促來到中南海,等候南來的飛機,等到中午,飛機未來,我給他準備了一份飯,他匆匆吃過,下午飛機來了,我親自送他到東單臨時修築的機場,上了飛機,他是單人走的,報紙上說他夫婦同行,是一種誤傳。以後南京接連兩次派飛機來接校長教授。第一批大多是校長,第二批是教授。當時南飛的人,我記得有梅貽琦、張含英、徐誦明、陳寅恪、馮友蘭,袁敦禮、袁同禮、張佛泉等。絕大部分教授不走,特別記得是鄭天挺、朱光潛、徐悲鴻和周炳琳不走,坦率地表示要歡迎解放軍。

1949 年 1 月 16 日下午,傅先生發請帖請學者名流到中南海勤政殿吃西餐,這是一次有重要意義的聚會,我稱之為"最後一席話"。發請帖的客人名單上有徐悲鴻、周炳琳、馬衡、鄭天挺、黃覺非、朱光潛、許德珩、楊人楩、賀麟、葉企蓀、胡先嘯、楊振生、何海秋、王鐵崖、黃國璋等二十餘人。傅來到之前,由我接待,我同每個人都打了招呼,請他們暢所欲言,不要顧慮。宴會中,傅誠懇簡要地說:"局勢如何?想聽聽各位的意見,以作定奪。"當時大家都相繼發言,一致的意見是只有和平,別無他途。徐悲鴻說:"北平兩百萬市民的生命財產,繫於將軍一身,當前形勢戰則敗,和則安,這是目前的常識問題。"特別是楊人楩教授慷慨陳詞:"內戰已經給人民造成很大災難,不能再打,希望傅先生效法意大利建國三傑,流芳百世。如果傅先生順從民意,採取和平行動,我們作為一個歷史學家,對此義舉,一定要大書特書,列入歷史篇章。"

我認為傅先生當時要決策這樣的大事,除了客觀因素外,主觀上要有很大魄力。一方面他幾十年來,掌握著軍政實權,一旦作出自我犧牲,需要有魄力;一方面要應付蔣系軍隊特務和其他種種矛盾,不出亂子,保證北平的安全解放,也要有膽略有辦法。所以可以認為傅先生毅然決然地舉行和平起義,並在事實上促進了全國的解放的進度,是很了不起的事。

1 月 17 日,傅先生的和談代表鄧寶珊、周北峰與解放軍領導人簽訂了《關於和平解放北平問題的協議》，北平終於實現了和平解放。這應該認為，傅與知識界人士往來以及"最後一席話"，大家一致要求和平解決，肯定是起到積極作用的。

我參加北平聯合辦事處的一些情況

北平的和平解放，毛主席稱之為"北平方式"，我想其中就包括成立"北平聯合辦事處"。

1949年1月中旬，傅先生派鄧寶珊、周北峰為第三次和談代表，出城到解放區，商訂了《關於和平解放北平問題的協定》十四條。聯合辦事處是根據協定第二條"過渡期間雙方派員成立聯合辦事機構，處理有關軍事事宜"的規定成立的。辦事處由葉劍英同志親自領導，雙方各派代表三人組成領導班子。最初，傅先生擬命我為代表之一，我因事務很忙推辭了。傅先生指定郭宗汾、周北峰二人為代表後，又把我找去，並寫了一張代表名單送交葉帥，名單寫得很簡單。"葉劍英將軍：大函敬悉。茲特派郭宗汾、焦實齋、周北峰前往參加。"下面署傅作義，一月二十八日（原件現存北京檔案館）。共產黨方面三位代表是陶鑄、徐冰、戎子和，組成以葉帥為首的領導班子，雙方還派了些工作人員。聯合辦事處設在御河橋二號（即傅的"總部"聯絡處原址）。

1949年1月29日，那天正是春節，葉帥召集雙方代表在頤和園景福閣舉行的第一次會議，參加者：共方陶鑄、徐冰、戎子和；傅方是郭宗汾、焦實齋、周北峰。此外，還有秘書主任、共方的艾大炎；副秘書主任、傅的崔載之。會議整整開了一天，中午葉帥設宴招待了與會人員，會議主要談的是整編方案、工作範圍、程式和具體措施。共方代表的分工：軍隊整編由陶鑄同志負責聯繫，行政方面由徐冰同志接收，財經方面有戎子和同志負責接收,文教方面由共方代表錢俊瑞同志負責接收。傅方代表的分工:郭宗汾、周北峰負責聯繫整編工作,焦實齋負責行政、財經、文教等方面的移交工作。

焦實齋此文還涉及 1948 年"七五學潮"傅作義的態度。焦實齋還曾致函魏先生:

> 子明吾兄:前允許撰寫的《1948 年"七五"慘案資料》,如已寫成,請早日寄來為盼。有關其他方面的史料,也請抽暇撰寫。問月萍同志好。
> 敬禮。
>
> 焦實齋　十一月廿三日

與焦實齋先生的友誼,1978 年,魏先生有長詩紀實:

津沽懷舊
——寄實齋兄

識君昔在瀋陽城,萍水相逢即心傾。

弦歌同教大學府,誘啟後昆有令名。

未幾文旌燕京去,師生紛紛亦成行。

枵腹豈能入課堂,坐索餼糧舊官廳。

余宅討欠曾贊許,滬寧請願亦支撐。

撫集流亡細瓦廠,莘莘學子歎孤窮。

"七五慘案"驚巨變,抆淚追悼小英靈。

失業幾番求臂助,殷殷告以待聘請。

傅總需設"高教會",吾人蒙選事非輕。

勤政殿裏鴻儒笑,黨徒享以閉門羹。

苦心給養各院校,虛心求教老明經。

蒿目時艱談起義,潛移默化竟落真。

佛香閣下簽和字,長安百萬慶新生。

"聯辦"協助迎接管,小灶待遇好居停。

功成轉學"拈花寺",結業分袂倍傷情。

後聞參事國務院,喜見政協又籙登。

鯫生雖失服青紫,依舊饗宮追孔孟。

荏苒光陰念八載,風破不礙頌高明。

四、在永順與彭惺荃、陳覺人

永順地處湘西邊陲,解放前那裏是個漢苗雜處、土匪出沒的所在,另外還有一點兒,排斥異鄉人,地方小集團勢力特別厲害。魏先生這一幫外地青年到這裏,如果不處理好與地方的關係,不要說開展工作,連站腳都困難,接觸過的有兩個代表人物,印象深刻。

彭惺荃,當地人以"惺老"稱之,清末舉人,做過上海中國公學的學監。他自己說胡適的辮子還是他剪掉的呢,因此對魏先生以太老師自居。民教館局面打不開的時候,聽到有這個門路,魏先生便同吳壯達、潘炳皋備了禮物,去他家裏拜見,在永順城西六七十里的一個鄉,住了一宿。

隨後彭惺荃進城接受官紳招待,並在萬壽宮省立民眾教育館新址的大廳堂上(教育館請客之際),公開向國民黨黨部負責人、縣長徐樹仁、國民黨書記長李丙炎以及士紳陳覺人等宣佈:"魏子明是我的小門生,他們到這裏來辦教育,我們應該表示歡迎,儘量協助,不准欺壓,不然的話我不答應"。

陳覺人,留法學生,是永順縣的大地主、知識分子,自命維新派,因而同魏先生很接近,常來借書、看報、聊天。在地方人和官吏中,他也是一個亟力替魏先生等疏通延譽的人,特別是永順最大的軍官、國民黨中將王時回來當八區專員兼保安司令找麻煩時,幫了魏先生的大忙。

陳覺人喜怒無常,整天閑在家裏沒事可幹,高不成低不就。館裏演話劇、放電影或搞什麼展覽,只請他個人參加不行,還得招待他的家屬、親朋。

五、與吳壯達、潘炳皋

吳壯達,廣東東光縣人,中山大學社會學系畢業。抗戰軍興,他因廣州淪陷,於1938年逃至湖南,入湖南省政府衡山舉辦的大學生訓練班。訓練受訓結業後,分發湖南省民政廳充當科員,長沙大火前,被裁員疏散,流落在湘西沅陵。吳的摯友原葵生,湖南衡山人,係民政廳的老科員,同魏先生在湖南省政府戰地政務處,為教育科科員時同事,同住一個房間,聽說魏先生派為湖南省立民眾教育館館長,把吳壯達推薦給魏先生,說:"吳是一個有書生氣,很不錯的人。"1939年春夏之交,魏先生到了沅陵,便找到吳壯達,派為民教館總務部主任,是吳幫魏先生辦的接任手續,從前任館長段輔堯手裏點收了運到沅陵的圖書,參加辦理這個手續的另一個人即是潘炳皋。

在這一年的夏天,吳壯達、潘炳皋等押送著圖書,先到了新定的館址永順,再打通地方關係,尋覓社館房舍,開展日常工作等館務上,這兩人出力最多。一個對外,潘炳皋跑聯繫,一個對內,吳壯達整理業務,配合得相當好,直到 1940 年吳壯達離開為止。因魏先生視察、開會、受訓、講學,每年在外公務,代行館務的不是吳,就是潘,吳壯達代理的時候多。

吳壯達為人精細,富有熱情,工作專注,館裏的修繕、設計、生活安排、人事調動以及業務開展,如設置民眾學校、郊區教育實驗區,甚而舉辦抗敵畫展、湘西土物展覽等等,都有他的精力在內,既動腦子也動手,讓人放心。

1940 年春,吳受聘為衡山湖南省立農業學校教師。1942 年秋,魏先生調為省督學,出去視察,路過衡山,因為農專學校設在這裏,便去訪問了他,兩個人共同遊覽了南嶽。1943 年秋,魏先生又兼任廣東省立文理學院中文系教授,吳壯達也轉到了這個學校,在地理系做講師,又同事半年。

1946 年下半年,長白師範學院將在吉林省城偽滿師道大學舊址開辦,吳應胡體乾介紹到這個學校教書。吉林省即將解放,他隻身逃難到瀋陽中正大學找魏先生,時在 1947 年的春節,魏先生招待他在家吃飯、過年。解放後,魏先生在天津師院教書,吳壯達因公至天津,或因魏先生右派之身,未能見面。

潘炳皋,河北人,北師大英文系出身,留美,後為河北北京師範學院歷史系教授。"七七"事變後,潘炳皋輾轉逃到湖南。1938 年春夏之交,潘在湖南省政府舉辦的地方縣政人員幹部訓練班受訓,結業後,分發長沙縣為縣政府督導員。長沙大火後,疏散至沅陵。他是 1939 年春,魏先生到沅陵後,教育廳主任秘書周調陽介紹給魏先生的。周調陽也是北師大的,魏先生派他充當教導主任,在沅陵接收、押運圖書,先去了永順,從事開館準備。

館裏的教育行政部分,如設置民眾夜校、婦女識字班、兒童班、教育實驗區、圖書閱覽室、醫療室都是他經手主辦。魏先生公務出差,他曾代理過館務。魏先生調往省立第八中學,是潘替魏先生辦的手續。後魏先生到湘西視學,知道潘炳皋在這裏的中學教書,特地看望,潘也熱情招待了魏先生,當時,潘正辦自費留美的手續。解放初,魏先生去西北大學教書,他也回國了,也被分配到西北藝術學院任教,他同魏先生一樣在這裏不如意。

1952年暑假,魏先生調到天津師院,他也到了天津,通過謝宗陶的介紹,到師院附中教語文,不及一年轉至河北師院歷史系任副教授,入了九三學社。後因文革中斷聯繫。

六、與霍戰一兄弟

霍戰一,吉林舒蘭縣人,他是李錫恩的表兄,南開中學畢業,在長春主編過《大東日報》(1925年至1931年),當時稱為大有進步色彩的報紙。"七七"事變前,曾充冀察政務委員會第二組組長,"八一五"前夕,久駐重慶,魏先生是在準備回東北接收時,1945年10月才認識的。

他長於聯絡和打開局面,擔任報社社長,主筆是張雲責。張是吉林榆林人,早期的共產黨員,給張學良當過秘書,在派為石友三的秘書長時,策動石友三反馮玉祥,被殺害。

張雲責寫的社論和他在《大東副刊》上所發表的《青鳥秋蟲周報》,很受吉林青年的歡迎,這與霍戰一的視野和能力分不開的。霍戰一與魏先生的內兄于質彬是南開中學的同學、《大東日報》同事,重舊感情,把魏先生當放心的人,推薦給了鄭道儒。

"八一五"回到東北以後,霍一不做官,二不辦報,單從鄭道儒手裏要了一個長春市參議會議長。魏先生在重慶,等候回東北時,曾住過他的家,被梁華勝逐出省政府時,又寄居在他家。他一面批評,一面寬慰地說:"你也太膽大了,不過沒關係,住在我這裏,梁華盛不敢把你怎麼樣。"霍戰一是魏先生信任的朋友。實際上魏先生沒見過于質彬,與于月萍結婚時,于質彬已經死了15年。魏先生離開長春,去瀋陽教書,就再也沒有麻煩過他。

霍天一,霍戰一的弟弟,也是魏先生1945年10月到重慶時才第一次見面。他是國民黨中央黨部的一個科長,是中央政校出身,人顯得既成熟又幹練,雖然還不到30歲的光景。"八一五"後他也回了東北,可是並沒有在李錫恩的國民黨吉林省黨部,也不進吉林省政府,而是留在瀋陽的東北物資總局,充當主任秘書,並於1947年春結了婚。魏先生離開長春,到瀋陽之初,因為沒有住處,住在瀋陽他的家。迨到東北中正大學教書,又參加了他的婚禮,以後只是偶爾有交往。1948年初魏先生入關,奔走中正大學立案,遂未再見。

七、從娃娃同學到大學同事的誠軾麟

誠軾麟,遼寧旗人,他父親誠允,先為吉林高等審判廳廳長,繼轉為民政廳廳長兼代省長,後為國民黨入藏宣慰大使,行至中途病死。誠軾麟隨父在任所,所以從小就住在吉林省城。

魏先生在吉林省立模範小學讀書時就與他同班,前後共計七年,初小四年,高小三年,還有他的姊妹誠莊容、誠敬容,不過她們唯讀到小學畢業就轉到女學去了。誠軾麟的作文不錯,字也有點顏體,學校一開懇親大會就受公開表揚,當然,這和家世也有關係。

中學以後就不見了,直到"八一五"日寇投降,魏先生回了東北才曉得他也到了吉林,並且充當了吉林市政府秘書,市長為吉林省政府委員張默撲兼充。張是政學系,也是吉林人,1946年夏初,魏先生從瀋陽回吉林省親,他招待了魏先生。

1947年秋,誠軾麟突然也從吉林跑到了東北中正大學找魏先生,說是要找工作。魏先生便把他推薦給高亨,聘為中文系的講師,教一年級的國文。這時東北的軍事情況越來越對解放軍有利,國民黨風聲鶴唳,魏先生等失望國民黨統治,懼怕共產黨的進程,那時大家心情是相同的,飲酒賦詩,聊以自解,遂與誠軾麟、傅庚生、王克仁成立了一個白雪詩社。

誠軾麟的舊詩是作得很不錯的,樂天安命,懶散潦倒,不留錢,不修邊幅,好酒,混了半輩子,連個家都沒有,魏先生常常護持他。

八、關於作家李輝英

李輝英,吉林人,“九一八”事變以後,漸漸地成為東北青年作家之一,而且同蕭軍、蕭紅一樣都在上海受過魯迅先生的培育。在吉林做學生時,魏先生同這個人並不認識。“九一八”事變後,魏先生已從本科畢業,結婚生子,住在北平綏水河胡同某號蹇姓房產的兩間小房之際,李輝英和魏先生的妹妹魏嬡都先後從上海、吉林來北平。魏嬡說是備課考大學,李輝英則是于毅夫特約來助編北平《晨報》副刊的,因為這個時候冀察政務委員會早已成立,于毅夫是它的參事,還擔任著這個副刊的主編,時為 1935 年暑假之前。

李輝英不曉得怎麼搞的? 寫來寫去竟拿魏先生的夫人于月萍當起寫作對象,在一篇標題為《于女士》的夾敘夾議帶有諷刺的文字裏,“這個女士本來也參加過革命的,可是在住了大學,有了丈夫,生了小孩兒以後,就什麼都忘了,中國要都是這樣的新女性,恐怕不止談不上解放,連救國也將毫無希望了”,語氣極其刻薄。于月萍找到李輝英的家裏,要他登報道歉,可是李輝英躲起來了,于月萍抄取木棍把他的鍋碗瓢盆砸了一個稀巴爛。魏先生去了以後,一切已經結束。魏嬡就住在李輝英的家裏,從魏先生家搬出去的,幫助李輝英和老婆孫昭賢看小孩兒,照管家務,他們是吉林女中的同學,文中的許多具體情況都是魏媛提供的。而于毅夫知道消息後就更不登門了,等於斷絕往來。沒多久,天津市市長蕭振瀛在北平給他的母親大辦壽日,擺宴唱京戲,名角請盡,于毅夫、田質成都大幫其忙,知賓、提調,好不熱鬧,當時魏先生夫婦很有世態炎涼之感。1944 年,魏先生路過重慶市,又看到了這位作家長篇小說《霧都重慶》,裏面沒有對投降賣國政策有過如實的反映,倒霉的依舊是一些找不到工作的小公務員和流浪街頭的知識分子,寫他們如何在饑餓線上掙扎,甚至不惜出賣靈魂肉體的醜態,沒看出什麼愛國意義。

九、與西安王復初、王捷三

王復初,陝西人,美國麻省理工學院的老留學生,陝西省工業廳副廳長。1950 年魏先生去西安時,他的同鄉石含磻(東北中正大學法學院院長)介紹相識。這位先生是民主人士,和陝西省民盟的總負責人杜斌丞是老朋友,他們共同搞過策反工作,跟當時的地下党書記張蘇、人民解放軍西北軍首長之一的趙壽山、老西北軍的鄧寶珊都有聯繫。王復初有個熟人是出入於蔣管區和解放區,搞交通、跑聯繫的,寫了一本工作實錄一樣的東西,托他轉交,煩魏先生從文字上加以潤飾。魏先生答應了,也看了兩遍,在空白紙的紙頭上寫了點看法,改了些錯字。

(1)記録上知道這個人同解放軍前政治部主任傅鍾上將常打交道,那時這個地區是彭德懷、習仲勳指揮,多記彭總的英勇、習書記的幹練。

(2)進攻延安的是國民黨第 11 軍軍長劉戡,把老根據地搞得殘破不堪,景象淒慘,由於彭總、習書記的回師營救,才使黨中央、毛主席勝利歸來。

（3）說解放軍對漢奸惡霸處之嚴厲，記載了西北國民黨勞動營迫害青年、鎮壓人民的情況，簡直是人間地獄。

提了意見以後，王復初很感謝，不預備再給別人看了。王復初後入京，為全國政協委員，住西四磚塔胡同。1954 年暑假，魏先生還到北京看望了他，與石含磻同餐於前門外大柵欄的一個館子裏。1963 年，他逝世於北京。

王捷三，陝西人，國民黨陝西省教育廳廳長，北平華北學院院長。1949 年北京解放，同魏先生在華北大學政治研究所一道學習，結業後為西北大學教育系教授，魏先生是在西大才同他相識的。

王捷三是國民黨員，有交際能力。1951 年暑假，請魏先生到他家吃過一頓午餐，同餐者只有王復初。他也談了許多解放前和地下黨的聯繫，以及國民黨派系鬥爭的往事。魏先生參加民革是他拉的，他是想在西北大學成立這個黨派，以參政議政。1952 年暑假，魏先生調至天津，1956 年春，轉入民進，1957 年反右以後，民進、民革雙開除，也就與王捷三無聯繫了。

第十一章　魏先生"文化大革命"中的檢查、交待

魏先生在 1957 年被打成右派至 1978 年平反前,寫了無數的交待材料和檢查,今録其 1966 年一份、1967 年二份、1968 年一份、1972 年三份,可概見魏先生"文化大革命"中之遭際。文中所涉人物及評價是特殊時期魏先生的自我感知。

一、1966 年交待材料一份

聽候命令,重新交代

魏際昌

過去自己有一個錯誤的思想,儘管我在解放以前是騎在人民頭上的國民黨反動派,但從經歷上看,主要是幹文教工作的(教書、辦學)。在傅作義"起義"的前夕(1948 年 11 月到 1949 年 1 月)作了他的副秘書長焦實齋(全國政協委員、國務院參事)手下三個月同少將待遇的秘書,搞得也是救濟員生、聯繫各大學的文教工作(如同四五年"八一五"日本投降後,跟著偽吉林省府回東北一樣,也打算搞地方教育工作的),不但都交代清楚了,而且歷史上早已做了結論,為什麼一有運動就要"算舊賬"呢。

現在明白了,"水有源頭木有根",解放以後,不是在反右鬥爭中犯了反黨反社會主義的罪行嗎? "三敵思想"本來根深蒂固的人,如果不是反復地教育,徹底地肅清,氣候一合適了,哪有個不重行萌生害人害己的道理? "前事不忘,後事之師"嘛,何況是具體到這一運動說,乃是

觸及靈魂的無產階級文化大革命,社會主義這一關不是好過的。既然大學是運動的重點,像我這種歷史反動,在解放以後又犯過嚴重政治錯誤的人,被群眾懷疑,被大字報點名,是很自然也很必然的事情。更不要講,自己在運動前後還有新的錯誤言行了。

因此種種,自己必須下定決心:歡迎揭發,聽候調查,接受批判,而從思想深處不再背歷史已經做了結論,主要經歷是文教工作,跟隨傅作義起義的軍政人員,以及摘了帽子已經五年的"進步"包袱了。換句話說,無論大事小事,政治上的、經濟上的,甚而至於思想上的,只要群眾提出重新交待,一定立命辦理,而且保證會是源源本本的、實事求是的。先在這裏表明一下態度(對於歷史上的一些問題是這樣,對於反右以後,特別是回系至今的問題,更是這樣)。

66 年 10 月 8 日

二、1967 年檢查交代材料二份

(一)
我的繼續檢查和交待
魏際昌
最高指示

誰是我們的敵人? 誰是我們的朋友? 這個問題是革命的首要問題,中國過去一切革命鬥爭成效甚少,基本原因就是因為不能團結真正的朋友,以攻擊真正的敵人。

《中國社會各階層的分析》《毛選》一卷

1. 我是什麼人？能作為依靠的對象嗎？

從黨的階級來看，依靠每一個群眾是不可能的。只看表面，而完全不去聯繫成分歷史和出身是錯誤的，因為群眾這個概念的本身如同人民一樣，都是帶有階級性的工人、農民、知識分子，甚而至於民族資產階級，都不能不說是人民群眾，但是我們能夠認為同屬於人民範疇的工人階級和處在被改造與消滅地位的民族資產階級，在文化大革命運動中，應該同等看待嗎？即以農民而論，我們也只能依靠貧下中農，團結廣大中農和富裕中農的資本主義自發傾向做不斷的鬥爭，才能推動社會主義事業的發展，也不能對地、富以外的農民不作階級分析的一樣對待嗎？

對於知識分子，就更應該這樣。那就是說在文化單位中要依靠的乃是革命的知識分子，而決不能是像我這樣的既有歷史問題，又是摘帽右派的資產階級老知識分子。列寧說得好："資產階級的教授們，企圖用平等這個概念來證明我們想使一個人同其他的人平等，他們的企圖用他們捏造這種無稽之談來責備社會主義者，但是他們由於自己無知，竟不知道社會主義者即現代科學社會主義者的創始人馬克思、恩格斯曾經說過，如果不把平等理解為消滅階級，平等就是空話。"（《全集》29 卷《全俄社會教育第一次代表大會》）

我在這一次史無前例的無產階級文化大革命運動中的最大問題，就是違反了黨的階級路線，魚目混珠的硬把自己充做黨中央毛主席可以依靠的一份力量。例如去年六月初，我校運動剛一開始在貼給王士斌的大字報上，就這樣狂妄的喊過。正像有的大字報反擊我說："你是什麼人？也配談保衛黨中央、保衛毛主席。"事實就是這樣，因為我所打算維護的乃是當日的分校領導小組、資產階級反動路線的執行者。

儘管那時我還不曉得運動的重點是搞黨內走資本主義當權派,自己套用的不過是五七年反右的舊框框,不能給黨的組織分家,也無法減輕事實上已經給革命的烈火潑了冷水,從而把這運動一度引向邪惡的罪過。

這就充分反映著社會主義社會依然存在階級對立和階級鬥爭,就是在人民內部它那情況也是非常之尖銳複雜的。記得我還想貼第二張大字報去給分校領導,更進一步地評功擺好時,譚石軍曾制止說:"這是目無組織,不講紀律的行動,以後只許老老實實,不許亂說亂動,否則一切後果由你自己來負!"當時我還搞不通,不是大鳴大放大字報嗎?怎麼對我就不一樣!今天回想起來,譚石軍這話是非常值得玩味的。他並不是真要掃除我這個"干擾"去放手發動群眾把文化大革命進行到底的。譚石軍不過怕我打亂了他們那一套"引蛇出洞,聚而殲之"的陰謀,因而無法徹底實現鎮壓學生的任務罷了。

自然譚石軍的阻攔對我也起了保護作用,雖然他們對我不會有什麼厚愛。因為,據我所知,儘管他們沒有把我這只"死老虎"放在眼裏,可是還是很早的就拋出來了,這從冀縣和天津都見了我的大字報,而且在運動的第一天就有,一點兒也不後於定了調子、劃了框框的。某些當權派及學術權威,即可見其一斑。何況揭發的內容,又絕大部分是早已交代清楚並且作了結論的歷史問題呢(只有一點工作作風方面的)。所以,很不服氣,總想衝它一下。結果是連想討好都吃了閉門羹,那就只有卷起鋪蓋走路啦,於是去年六月十三日一說要回天津,便什麼東西也沒有留下。

回到天津以後,在六月中的中老年教師組的座談會上依舊體現著自己這種憤憤不平,我是發洩的情緒,這從"錯誤的思想人人有份兒,包括別的青年教師在內,不能把責任都推到當權派身上"的一類發言,就能夠說明問題。以老賣老,破罐破摔,唯恐天下不亂,其居心是險惡的。所以遭到全組成員的反擊,以及再度圍攻以大字報,是咎由自取的,完全應該的。因為他的確打斷了當時組內剛剛開始揭發系內當權派的話頭,又對青年教師放了一隻冷箭,不能不說是對於我系運動的正常發展,再次給了極壞的"干擾"(在第一次醞釀系文革候選名單時,我對某兩個青年教師所提出的懷疑意見,其影響也屬此類)。

凡此種種,都不應該單純藉口是由於跟著資產階級反動路線轉悠的關係,如同不能因為舊(中)文系有問題,也就一筆勾銷我對青年教師的錯誤的橫生枝節的看法一樣,一分為二,各歸各口。《十六條》的第二條一開頭不就說嗎?"廣大的工農兵、革命的知識分子、革命的幹部是這場文化大革命的主力軍。"對證起來,我列舉在前面的壞事兒,不已經可以充分的說明著。如果真的依靠像我這樣的人去鬧革命,豈不是除了"保"字就是"反"字的?此外,還會再有什麼?偉大的黨的階級,決不能抽去群眾的階級內容來泛稱依靠,所以令自己還是一個取得公民權的一般工作人員,也和廣大的工農兵及反革命的知識分子或幹部不同,不能作為被依靠的基本群眾。通過檢查、批判,爭取做個被團結的對象,那倒應該。

2. 應該作為運動的重點,不存在什麼打錯了的問題

主席教導我們說:"在建設社會主義社會的過程中,人人需要改造"(《人民日報》六六年十月廿二日社論《靈魂深處鬧革命》)。《十六條》開宗明義第一章也說:"當前開展的無產階級文化大革命是一場觸及人們靈魂的大革命。"既然革命家、勞動者都需要改造,都必須深挖細找地清除非無產階級思想,像我們這些"四舊"、阻力橫生的老知識

分子,就更不待說了。如果不下定決心、排除萬難的去爭取,恐怕就要成為社會的渣子,被丟到垃圾箱裏去了。同時,我們這些人又往往是頑固異常,積重難返的角色,"不憤不啟,不悱不發",因而窮追猛打的外力,也就非常之必要了。

當然,坦白地講,在醜化形象,實行武鬥,戴上帽子,打入勞改隊,並被長期的做為專政以後,自己在思想感情上也不是一下子都能接受了的。他和黨的政策不盡相合嘛!但是我為什麼一聲不吭地忍受過來了呢?這首先是背了歷史包袱,不能對抗群眾。其次是聽到看到的老幹部、老革命都經得起種種考驗,自己也想取法乎上。例如圖書館三次搜查我家,隆冬時凍結路面時,就是這樣轉念的。"革命不是請客吃飯,不是做文章,不是繪畫繡花,不能那樣雅致,那樣從容不迫,文質彬彬,那樣溫良恭儉讓。革命是暴動,是一個階級推翻一個階級的暴烈的行為。(《毛選》卷一《湖南農民運動考察報告》)主席不是早在一九二七年就告訴我們嗎?"矯往者必過其正",庸何傷。

譬如,我在勞改的時候就有這樣的想法,像我們這些四體不勤,五穀不分,脫離生產,形同剝削的老資產階級知識分子,如果不叫他體力勞動一番,滾滾泥巴,出幾身汗,怎麼能夠懂得物力維艱,得來不易呢?而且大家都在運動之中,照舊拿著高薪,一點兒什麼都不做,就更增加罪過了,權當它是鍛煉,它是給人民做事嘛。即以幹校內的勤雜活兒來講,還學會了不少的本事,瞭解了許多的情況哪,這有什麼壞處。倒是看到有的人磨磨蹭蹭的,不認真幹,心裏有氣。到這個時候還滑頭,真是當老爺當慣了,不可救藥,勞動創造財富,從勞動中也最能看出人的品質來。

始而欠然,久而安然,儘管自己不是當權派,不是學術權威,也有把握夠不上牛鬼蛇神,可是為了震動一番,有利改造,即或再做一運動的重點兒,也沒有什麼不好。六十老翁何所求,只要不喪失政治革命,能夠繼續做點什麼工作,於願足矣!猶憶自從譚石軍接手黨支部書記以來,匯報工作不理睬,請求幫助也推脫,可是運動一來就打你,事實上是早已把我作為"內部專政"的對象了,難道自己連一點感覺都沒有嗎?只是敢怒而不敢言,耐著性子等待調動而已,譚石軍自殺以前,寫給魯易的大字報不就明白地提出不同意見,不同意我到冀縣去麼?自然話又說回了,他的這等態度也不一定全錯。

我的作風是不好,臧否人物,跡近挑撥。我的工作也有問題,厚古薄今,相當保守,但是自問還是聽命辦事,不敢擅專,接觸面小,未大放肆的。即從學習方面說,發言必寫講稿,鑽研先集資料,特別是六四年以後整理有關主席著作的參考資料,可以說已經盈篇累牘的了(多半是關於"古為今用"方面的)。歪嘴和尚念經,豈能沒有錯誤,但是不但不為行政上所重視,反而有人說這是"打著紅旗反紅旗",這是使人惶惑的事。它如我經手的壁報佈置的展覽,在我系修正主義文藝思想和封建主義煩瑣哲學的黑風籠罩下,也不可都是正確的東西,然而如果說這是我有意放毒,危害青年,也是不能令人心服的。

重回中文系以後,有一個時期想要教書,這是事實。因為行政上曾經有過這樣的安排,後來作罷也未感到失望。"古典文學""古漢語"的確是越來越不好教了。大搞資料的實踐過程,告訴我必須忘塵卻步的結論。因之又漸漸安定於後備工作,可是有的大字報卻說我打算上講臺有其不可告人的目的,未能實現,便心懷不滿,無意再搞資料,這是形而上學,我只能承認,無論以前的有意教書和後來的不教也好,都是以從個人的利益出發的。果真上了臺,也會跟別的老教師一樣放毒害人,更增加自己的罪惡。

3. 資產階級反動路線必須徹底批判,但是自己並不要求非平反不可

"他們站在反動的資產階級立場上,執行資產階級專政,將無產階級轟轟烈烈的文化大革命運動打下去,顛倒是非,混淆黑白,圍剿革命派,壓制革命派,實行白色恐怖,自以為得志,長資產階級威風,滅無產階級志氣,又何其毒也?"這是主席六六年八月五日寫在《炮打司令部—我的第一張大字報》裏頭的一段話,從這以後,才使著受到阻力與發現反復的無產階級文化大革命又轉入了批判資產階級反動路線的階段。回想起來,自己也是直到去年秋天冬初,才逐漸認識到運動初期所暴露出來的"亂箭齊發""引蛇出洞""排除干擾""大抓游魚"的一套搞法,原來是黨的一小撮走資本主義道路的當權派為了轉移目標鎮壓群眾,從而破壞文化大革命的。

這事兒雖然《十六條》也提到過,可是自己還不曾體會的十分明確,起碼是它的影響面之廣,危害性之大,沒有認識到手。因此,對於資產階級反動路線的提出者,如劉、鄧等人最早根本不知道痛恨,不必說了。就是等而下之的華北局、河北省委、天津市委的執行人,如李、劉、萬、張之流也是模模糊糊,嫉惡不夠的。火燒眉毛顧眼睛,當日心裏嘀咕的只是有著切身利益的河北大學校系兩級舊文革的動態。再具體些講,事後怨恨的也不過是李澤民、譚石軍與張慧者等數人而已,不能上揪,因小失大,亦可說明這一態度的本身就暴露了過去高喊"保衛黨中央、保護毛主席"是一句空洞的口號了。

由於定調子、畫框框也罷,是自己跳出來的也罷,不管怎麼說,我總算是在運動一開始就被打成牛鬼蛇神的一個。前面已經說過,為了觸及靈魂,加速改造,有人對我大喝一聲,猛擊一掌,固然應該歡迎,但是如果按照《十六條》中第十二條的規定,再從當日校系兩

級舊文革也是堅決執行資產階級反動路線的這一角度來看,一定要把我推到百分之九十五以外的範圍裏去,是否毫無問題? 恐怕也值得研究一下吧! 自然跟著也必須補充一句:我也是在這條反動路線指揮下轉過幾天的人,要正視這種具備雙重資格的事實,才能弄清是非,有利改造。

其實中文系的舊文革中對中老教師組還不能不算"客氣"的。凡是抄家、封門、拘留、扣工資一類的事,都沒有加在哪一個人的頭上(包括當權派在內),就是形同勞改隊的站排、聽訓、彎腰、噴氣式,以及一度畫臉、罰跪、小遊行等也是別的系先搞出來,咱們才被捲入的(後來聽說這是舊文革兩條路線鬥爭,左派取得勝利的結果)。誰不知道哲學系是"三顧意""四不怕"的創制者呢? 他們那裏不但設有"專政室",還編了"勞改隊",想方設法給人以凌辱。歷史系不也曾排了大隊,壓著中老教師去逐戶地抄家嗎? 我們系就沒有鬧這些事情,就怕分析對比嘛,只認為自己受的委屈大,是不對頭的。

當然,這並不等於我系舊文革就沒有資產階級反動路線可反啦。從造反起家中的中二戰鬥組就念念不忘"六一七"事件,譚石軍死了,張慧者在嘛。而且像任意搜查、實行武鬥、取走財務、勒令騰房等來自圖書館總務處的不盡合乎政策的搞法,又非追到李澤民的身上不可了。我們批判資產階級反動路線是為了解放群眾、發動群眾、教育幹部、團結幹部,藉以更好地開展下一階段的鬥批改,倒不單純是為了給誰平反。具體到像我這樣身份的人,不用說,更應該向受教育被改造一方面多想想啦。《公安六條》講得明明白白。

中老年教師組從去年九月舊文革垮臺以後,已經等於分散瓦解了,有的站了出去,不再參加這個組織,有的只能來點卯,大半時間自由活動,有的照舊勞動,個人加緊學習。除了勞動管制,還不時有人安排過問以外,別的已經都談不上,只在去年冬天,有幾位老教師出來揭發了一下中老年組的反動路線,但是由於只搞下掃,未能上揪,沒有解決什麼問題。我個人這時的態度是接受勞動分配,把活兒幹好;自己教育自己,整理有關資料。在被叫到東校學習以前,一直是這樣的。其它便是有時和經常一起勞動人,交換一下見於傳單或大字報的有關運動發展的情況。

4. 沒有"亮相"的資格,"表態"卻是必須的

《紅旗》雜誌一九六七年第四期社論指出:"我們必須按照毛澤東思想,按照毛主席一貫提倡的党的幹部政策,來正確地對待幹部,才能建立奪權鬥爭的領導核心,實現無產階級革命派大聯合,成立一個真有領導能力的三結合的臨時權力機構,才能建立成健全領導文化革命和領導生產業務的班子,把各項工作抓起來,把權真正掌握起來。"我認為這是對革命的領導幹部說的,在無產階級文化大革命業已進入去奪權鬥爭的最後階段,這一號召是及時的,偉大的必須熱烈擁護的。因為沒有德才兼備的領導幹部,無論什麼時候也完成不了革命的任務的。

而"亮相"則是態度端正,旗幟鮮明地站出來表示:提倡什麼、擁護什麼、反對什麼、贊同什麼,藉以徹底跟黨內一小撮走資本主義道路的當權派劃分界線,從而真正地站到以毛主席為代表的無產階級革命路線一邊來。這自然是打算積極參加奪取三結合的領導幹部必不可少的態度。一個普通職員,又不是被依靠的基本群眾,雖然沒有條件談什麼"亮相",但是高舉毛澤東思想的偉大旗幟,善於發現真正革命的左派,向他們虛心學習,請求幫助,一面努力改造主觀世界,一面爭取為大革命盡一磚一瓦之勞,還是應該的。

對於這些自己並未很好地做到,依然是自己的歷史包袱背得太

重,不能輕裝前進,其次也是由於被打成牛鬼蛇神,不敢多管勞動學習以外的事。例如,儘管學校內各派對立,眾說紛紜,因為自己無權過問,不知底細,也就只好聽聽看看,不知可否的。如果一定要問我的看法,那就僅僅可以一知半解地講:中二戰鬥組是以造反起家的,"八一八"搞黑市委的方向不錯;"井崗山"在學校內揪當權派上也出了大氣力,這些革命的成就,都使人贊佩。感到焦慮的是,這些革命的組織,直到現在還不能搞好大聯合,它會影響校內下一步的鬥批改,以及徹底肅清資產階級反動路線的。

缺點和錯誤那是難免的。這一場大運動是史無前列的嘛。"四大民主""八個回合",除了黨中央毛主席能夠高瞻遠矚,按照事物發展的規律來正確的掌握著它,有誰敢說不在實踐過程中發生一點問題呢? 前事不忘,後事之師,知過必改,接受教訓就是了。從全國的形勢來看,不但是方向對頭,路線不錯,而且已經是主流大好,勝利在握的。何況它對無產階級世界革命的影響,也是大的不可估計的呢。言念及此,我們只能信心百倍,歡欣鼓舞地繼續戰鬥下去,還有什麼小團體主義、山頭主義、風頭主義可以掛齒的。面對千百萬敢想敢幹敢打敢沖的革命小將,我個人的確有此觀感。

《關於大專院校當前無產階級文化大革命的規定》出來了,行將展開的校內批改和三整頓的任務是非常艱巨的。在運動前期曾經作為重點的自己,也應該感到形勢逼人,不能再消極等待"後期處理"啦。寫檢查、交代問題和承認錯誤,我在舊文革管事時曾經做了一些,後來由於情況有變,管理無人,才停下來。如今是新的革命領導重行授手相援,予以促進了,豈可顢頇跬步,再不加鞭。因續作檢查如上。至如是否有當,以及還需要我做什麼補充(無論是歷史上的,還是運動中的),都在執筆待命。不過為了避免有人說又整黑材料的嫌疑,有些耳聞目見的零碎情況,就不在這裏談了。

偉大的中國共產黨萬歲!

戰無不勝的毛澤東思想萬歲!我們最最敬愛的領袖毛主席萬歲!萬歲!萬萬歲!

1967 年 3 月 25 日

(二)
從所謂"國民黨少將"談起
—— 對我的歷史問題作些重點的交待

有兩種人的意見和我們的意見不相同,有右傾思想的人,不分敵我,認敵為我,廣大群眾認為是敵人的,他們卻認為是朋友;有左傾思想的人,則把敵我矛盾擴大化,以至把某些人民內部的矛盾也看作敵我矛盾,把某些本來不是反革命的人也看作反革命,這兩種看法都是錯誤的。

—— 《關於正確處理人民內部矛盾的問題》

社會主義大學裏怎麼能夠允許"國民黨少將"存在?不是有人包庇,便是自己隱瞞了身份,這樣嚴重的問題就是我也要問個水落石出的。不然的話,還搞什麼文化大革命呢,所以在運動剛一起來的時候,某些革命師生對我提出懷疑,展開圍剿,甚至有人要求立刻逮捕法辦,這是完全可以理解的,自己當日也不曾萌生過任何抵觸的情緒,歷史問題終歸是歷史問題嗎?如果不重犯錯誤,人家也不會總揪這個小辮子的,如今既然舊事重提,就不能不做重點的交待,包庇、隱瞞以及到底屬於什麼性質,還是請大家鑒定吧。

1. 三個月的"同少將待遇"的文職幕僚

1948 年 11 月,傅作義為了掌握北京的幾個大學,打算成立一個高等教育委員會,找當時北師大的總務長焦實齋(他們是老朋友,焦現為國務院參事、全國政協委員)協助,焦答應了。他讓我幫忙籌備(我們是在東北中正大學認識的,那時他是訓導長,我是中文系教授),我這時雖然還是長春大學中文系的教授,可是因為學校內遷天津,迄未開學。既不發薪,也無事可做,便答應了焦實齋,作為這個委員會的秘書,開始聯繫成立機關的場所,房子尚未找到,我軍就把傅作義從西郊趕到城裏了,我們只好也跟著進來。這時傅作義的秘書長鄭道儒飛往南京,焦實齋成了傅作義的秘書長(副),說不必另設什麼委員會了,咱們合署辦公吧,於是我也就成了副秘書長辦公室的秘書,雖然主辦的還是高等教育委員會的事。

軍事機關的薪俸是按照軍階發放的。所有文職官員都是這樣,因為我是一個大學教授,比較的結果相當於少將一級的數目(260元,改發被服、糧食等實物),便這樣定下來了。所以它一不是軍官(帶隊的官),二不是軍佐(軍隊裏軍需、軍醫之類),至多只能算個軍屬(不穿軍裝,不帶武器,不下部隊,不管軍務),而且只搞了三個月(從 1948 年 11 月至 1949 年 1 月),傅作義便起義了。我之所以這樣的申述,只在如實的反映當時的情況,絲毫也沒有借此減輕自己罪過的意思。偽華北剿總,這是北京解放以前直接對抗人民解放軍的總司令部,不管我是幹什麼的吧,就是在這裏頭搞了一天,那問題的嚴重性也是明顯地擺著的。幸而結局是跟著傅作義起了義,才使自己有了贖罪的機會。

2. 這個時期到底都幹了些什麼

上面談過,我跟傅作義根本不認識。我之參加偽華北剿總副秘書長辦公室作為幕僚的幕僚,是由焦實齋介紹的,所以我的頂頭上司也就是直接服務的對象,也是這位原副秘書長了。給他幹什麼呢? 主要是同北大、師大、清華、燕京等校的一些學校負責人和教授通通聲氣,發發糧食,所謂安定人心者是,這是四八年底十二月以前的情況。這之後,便急轉直下地從側面來探尋某些比較激進的教授,對於和平起義的看法,開了座談會(焦實齋出面),也請過客(傅作義出面),邀人、佈置由我負責(打電話、派汽車、訂酒席之類)。此外,便是給焦實齋私人做書信的回答了(多一半是找工作、溝交情、推辭請托之類的函件),總之一句話,沒有管過軍務上的事兒,連焦實齋也如此,基本上還是那個高等教育委員會原定的業務,不過由於情況的變化,具體而微了。

3. 起義之後開始"立功贖罪"、爭取學習

我軍進城以後同傅作義組織了一個聯合辦事處,協助北京軍事管制委員會陸續接管軍政、財文的各部機關。焦實齋和我都參加了這個工作。但歸我們聯繫的主要還是那幾個大學,例如北大的主任委員湯用彤,是我的舊先生,師大的主任委員黎錦熙,是焦實齋的老同事,即是從四九年二月至七月間,大約四個月,我們一面學習改造,一面做些介紹情況的事。等到華北大學政治研究所成立,我們便要求全力學習,從頭改造,以便有利於為人民服務,經兼任聯辦主任委員葉劍英將軍批准歡送,兼校長吳玉章同志首肯,便又開始了"老學生、新課

業"的學習。鑽研理論,如《社會發展史》《新民主主義論》《目前形勢和我們的任務》,以及《政治經濟學》等主席著作與經典著作。交代歷史(從家庭出身到服務經歷)。五零年結業,我被分配到西北藝術學院教書。

4. 在歷史運動之中,不止一次交代了這個問題

在華大政治研究所交代歷史問題時,領導上指出"要政治重於生活,個人重於家庭,近期重於遠期",後來一有運動,需要再做時,便按照這個原則去辦,還很少有通不過的時候,現將這幾次交代的時間、場所排列如下:

(1)一九四九年十一月在華北大學政治研究所學習時,做了第一次交代;

(2)一九五二年六月在西北大學中文系任教授時,做了第二次交待("忠誠老實運動");

(3)一九五五年十月,在天津師範學院中文系任教授時,做了第三次交待("肅反");

(4)一九五七年九月,在天津師範學院中文系任教授時,做了第四次交待("反右")。

這些交待都由於運動性質的不同而有其各自的特點,或重在事實經過,或需要檢查思想,或結合揭發兩者兼顧,但是不管怎麼說蒙混,結合揭發兩者兼顧,但是不管怎麼說,"蒙混"都過不了關的。

最後還想補充一點:我的整個工作經歷是以搞文化教育為主的,辦中學、大學教育,教書,偶爾當回秘書,也還是離不開這個範圍。因為從青少年時代起,即有狹隘的民族觀念,反日本帝國主義,反奉系軍閥,可以說在"九一八"事變前後就一直堅持著打賣國賊、反對不抵抗

主義,誓死不做亡國奴,都是通過學生會活動來貫徹的,又加上自己在
北大念書時受過特務迫害(綁架、看押、毒打),深恨此輩的殘酷不法、
滅絕人性,所以儘管自己在蔣管區搞文教工作的時候,也對他們存有
戒心。甚至連國民黨三青團一類的反動組織都阻止在校內設立。
而且,迄未停止宣傳抗日,念念不忘復土還鄉,直至"八一五"抗戰勝
利。四五年底,我重回東北以後還是這個做法,由於對抗偽吉林省
主席被驅逐出境,因為站在學生一邊反擊大學的保守勢力而戴了"紅
帽子",特別是四八年,北京發生了槍殺東北大學生的"七五慘案"
以後。

所以又來敘述這些往事,並非誇飾自己在國民黨統治時期還有什
麼值得肯定的地方,至多不過是統治階級內部矛盾的大暴露,以及民
族主義,人道主義的調調嘛。而且企圖藉以說明,這是在那個時候、那
種環境裏頭,我也還是"有所不為"的,沒有陷害過任何人,因此"血債
累累,萬惡滔天"之類的"判詞"實在很難接受。我只能承認解放以前
自己的政治方向是錯啦,跟著國民黨反動派走入了毀滅的絕地,有許
多屬於資產階級個人主義範疇的,極其惡劣的作風。如自高自大典型
的個人英雄主義,橫衝直撞慣了的自由主義,以及只專不紅重視業務
的修正主義觀點等等,必須徹底批判,連根拔除則是毫無問題的。總
之,不論怎麼講吧,不想在這次運動之中再戴"反革命"的帽子。

附證明人住址:
(1)焦實齋:北京西城西鐵匠胡同八號。
(2)溫宗祺:天津外國語學院。
(3)高森:北京宣武區區委會。
(4)王印:北京崇文區區人委會。
(5)潘炳皋:北京河北北京師範學院。
(6)傅魯:北京師範學院。

前兩個人可以比較詳細的說明我同傅作義是怎麼回事(溫宗祺當時掌管肅反的學校領導人),後四人分別知道我解放以前的一些經歷,特別是傅魯很詳細我的中學時代。

戰無不勝的毛澤東思想萬歲!

我們心中最紅最紅的太陽毛主席萬歲萬歲萬萬歲!

魏際昌

1967 年 4 月 3 日

三、1968 年交待材料一份

"文化大革命"初起時,魏先生已摘了 5 年右派帽子,但魏先生更大的壓力似乎來了。1968 年 10 月 8 日的交待材料,自貶至極,錄"解放以後(1949 年至今)"部分。

最高指示

坦白從寬,抗拒從嚴。首惡必辦,脅從不問。

受蒙蔽無罪,反戈一擊有功。

重新交待我的歷史上的罪行

1. 在華北大學政治研究所學習時,並沒有老實交代自己全部的歷史問題,還代焦實齋存放了一支手槍,子彈若干粒,後在西北大學中文系任教授時,50 年的"忠誠老實運動"中始行,交給西北軍政委員會,由校長室秘書高揚經手。

2. 西北大學教書時,犯了恐美病,想方設法要離開天津到西北大學教書,當然和要做大學教授也有關係,總之是個挑肥揀瘦、自由行動、毫無組織紀律性。

3. 1952年調來天津師範學院以後,又不甘心當一個光桿教授,想要染指中文系的領導工作,與雷石榆、李瑞熙,結成反動小集團,搞了一些陰謀活動。

4. 肅反成了重點對象,心中不滿,認為這是黨和人民說了不算,故意以我為難。傅作義站在天安門上,為什麼單單找我這樣的小嘍囉,因而怨氣沖天,屢思反撲。

5. 1957年反右被劃為右派分子,由於:

(1)反攻肅反,認為領導上別有用心,專揪人歷史的小辮子。

(2)為知識分子鳴冤叫屈,說共產黨不能"禮賢下士"、"三顧茅廬"。

(3)寫下《冰河開凍,鐵樹生花,春風吹到馬場道》的大毒草,登在校刊上,它與右派頭面人物費孝通《知識分子的早春天氣》,在攻擊黨的領導,叫囂起來清算上,起了先後呼應的作用。

(4)在民進市委擴大會議上公開發出帶有火藥氣味兒的書面文字說,如果共產黨常此"凌辱"知識分子,他們會被逼的"揭竿而起"的。

(5)與右派分子楊思慎、林湘、王德培、陳劍恒等往來串聯,竊竊私議,使著自己的家庭成了"夫妻黑店"(我的愛人叛徒于月萍也是右派)、反黨窩巢。

(6)在下農場勞動改造以後,對於大躍進、大煉鋼鐵、公共食堂以及人民公社,最初也有不正確的,甚或是反動的想法與看法:①大躍進是好,但也應該有個階段,不然的話總是這樣不眠不休的幹,人能夠受得了嗎? 人究竟是人不是機器;②大煉鋼鐵,全國動員,小土

(爐)群一起來,會不會耽誤別的生產工作呢?如果廢品出多了,怎麼辦?把鍋都獻了,也不對吧;③公共食堂倒是省時省力,不過對於老弱病號還是不大方便,家庭不是照舊存在嗎?可否留有迴旋的餘地照顧一下?④楊柳青國營農場是全民所有制,而且辦的很出色,現在反而加入東風公社了,公社是集體所有制,這怎麼解釋呢?我不明白。

6. 重回中文系搞資料工作以後:

(1)單獨成立了古典資料室,為厚古薄今、死啃線裝書的反動教育路線提供了有力的條件。

(2)專題資料展覽,如"杜甫紀念"、"紅樓夢研究"之類,完全是美化古人,脫離現實,引導青年重走以古非今、迷戀骸骨的道路。

(3)出四十多期壁報,掃數是摘錄《文藝報》《人民文學》《文史哲》《哲學研究》《歷史研究》《光明日報》以及地方雜誌報刊上有問題的文章的,這等於協同放毒。

(4)在陳列展覽,有關批判《北國江南》《早春二月》《林家舖子》等毒草電影的資料,以及《海瑞罷官》《燕山夜話》等有關文化大革命序幕批判的資料時,總想要源源本本、夾七夾八的都擺出來,未能突出政治依舊是繁瑣哲學。例如批判吳晗的《海瑞罷官》,把他的《燈下集》《讀史劄記》,以及《朱元璋評傳》擺出來做什麼?特別是《明史·海瑞傳》《海瑞全集》和"明代中葉以後的政治經濟情況"、"明清之際資產階級資本主義的萌蘗",這樣的東西也拿出來,豈不是學院式的旁徵博引的老一套嗎?

(5)剛回系時,還有重登講臺繼續放毒的想法。也不耐煩事務性的工作,認為影響自己的專題資料。這些都不止是個人的名位觀念在作祟,而是配合著復古風、開倒車、醉心封建主義的劉修教育路線的結果。"黑心、黑糧與黑店",都是對立無產階級的教育路線的貨色。

(6)也有拉攏青年,使之接近,以便炫耀自己的淵博,從而施加影響的罪惡行為。如替個別的學生改文章、看習字、考證古代的破磚爛瓦等等即是。

總之我自己是一個反動透頂的國民黨殘渣餘孽,沒有改造好的右派分子,罪行累累、擢髮難數,如不痛加悔改,低頭認罪,努力重新做人,只有死路一條,遺臭萬年。因此又把自己多年來欠下黨和人民的種種罪責,重行交代一遍,藉以表示改惡向善。

向毛主席低頭請罪!

魏際昌

68 年 10 月 3 日

四、1972 年檢查三份

(一)

毛主席語錄

凡是錯誤的思想,凡是毒草,凡是牛鬼蛇神都應該進行批判,決不能讓他們自由氾濫。

我辦資料壁報中的一些錯誤

從 1963 年春我系資料壁報開始舉辦至 1966 年春,全系遷至冀縣分校為止,前後四年的時間,總計不下 40 餘期,至少半月一換。檢查起來,的確放毒不少,因為我經手摘抄製版的時候最多,所以存在的問題和錯誤也最大,雖然在文化大革命的初期,以及而後的清隊運動中已經重點的做過檢查,今天還有補充交代的必要。

1. 這個壁報應該分兩個階段來講，64 年春以前在北前院的一年多為一段，自此以後到遷至冀縣以前為一段兒。第一階段的分工是這樣的，新聞學的資料有潘世雄、劉同負責提供，古典和外國的歸我選擇上報，但是報頭插畫和版面設計基本上是我的活兒，抄寫也不例外，這時的內容不必詳細說了，主要的都是摘抄各個報章、雜誌的文字，是所謂"封、資、修"移植的園地。

就中必須提出的有兩點，一是除了間期依次的古典、外國的東西是我獨立完成的以外，因為曾經舉辦過"杜甫資料展覽"和準備了但未舉行的"紅樓夢資料展覽"的關係，出過專題資料介紹，如版本介紹、資料統計、消息報導等類即是，這也是我一個人搞的，還有就是報頭和插圖的問題了，不過自己認為這個時期的錯誤沒有搬到"北後"以後的大。第一報頭一般是固定的圖案，很少翻新花樣，至多變換一下粉筆顏色，期數號碼，邊欄形象，插圖則特別的少。記得 1964 年元旦曾畫過一回女娃娃紅綢舞的剪紙圖形，上嵌"新年進步"字樣，接著在春節時又臨摹了一副丹鳳朝陽的大畫，題字為"新春快樂"，這些原稿都是分見於各大雜誌的封面或底皮兒的東西，沒有自己的創制過什麼，不單是不會，也怕有問題，儘管如此，還經常請鍾毅、傅同印審查通過，有時是程葆林。

2. 搬到"北後"課堂大樓之後，情況就大有改變了，一是新舊中外資料儘管依舊分兩大房間陳列，可是新的資料展覽，如有關毒草電影《北國江南》《早春二月》和《不夜城》的，特別是批判《海瑞罷官》的，更為長期的資料展覽，為了取得配合，出了許多專題介紹。二是這個版面由以前的大樓進口過道的左側，轉移到古典資料室，舊有的固定黑板上來了。潘世雄、劉同已經撒手不管，更是我個人經營之物了，問題正在這裏，因為這個時候插圖較多了。

記得放大畫過學習毛主席著作積極分子的解放軍，解放軍像手捧著《毛選》,戴著大紅花,笑嘻嘻的站在那裏。可是看到我這個插頭的同學說不像解放軍,像個大學生還差不多,雖然在外形上是穿著軍裝的。這使得我開始掃興了,但還是畫下去,後來又臨摹了一個用木柄槍在軍事訓練場上學習刺殺的青年工人,到的人又說沒有什麼工人的氣概,枉自穿著工人的服裝。就知道自己畫人物不行,逐漸改為山水、工廠、農莊一類的小畫兒了。我懷疑成為大問題的是那幅解放黑人的報頭畫,一位赤著上體,揚著鐵錘、咬牙切齒的在把枷鎖、他身上的鐵鍊打成鋼刀,準備繼續反抗白人種族主義者的一位黑人形象,石砧下,還殘存著幾環鐵鍊。不少人說形象太凶,不明白是什麼含義,從此以後就再也不沾人物的邊兒了。

畫龍畫虎難畫骨,自己沒那個藝術修養,主要是無產階級的思想感情,怎麼能夠描繪出來真的工農兵形象呢? 那麼這在實質的效果上看就是歪曲、就是放毒了。即以那幅解放黑人的形象而言,就難怪解放革命師生有所懷疑了,但自問從重回中文系以來,還是小心翼翼地幹工作,生怕再犯新的罪行,所以蓄意害人之事是沒有過的,至於由於自己的世界觀不曾改造好,立場還未徹底地轉變過來,所犯的錯誤和罪愆則是低頭承認的,必須迎頭趕上,加速改造。

魏際昌

1972 年 1 月 4 日

(二)

毛主席語錄

老實人、敢講真話的人,歸根到底於人民事業有利,於自己也不吃虧。愛講假話的人,一害人民,二害自己,總是吃虧。

　　一切狡猾的人,不照科學態度辦事兒的人,自以為得計,自以為很聰明,其實都是最蠢的,都是沒有好結果的。

深入檢查我對毛主席像所犯幾種罪行的思想根源

1. 唯心主義先驗論的氾濫

　　自從革命師生在雙宣隊、核心小組領導下,積極熱情地幫助我交代問題以來,自己的思想狀況是起伏不已、時明時暗的。就是說,儘管革命師生反復交代政策,說不追不逼,這不是資反路線的事兒,起義人員,既往不究,但需把過去的問題弄清楚,以便早日得出結論,不是又要整我。可是再提出來像葉瑾一類與黑幫黑線不無關聯的事兒,心裏就嘀咕得很,以為這回問題嚴重了。然而覺得終究不過是解放以前一些歷史上的干係,還能承受的了。待及對毛主席像所犯幾種罪行的舊事又提出來的時候,就心情沉重,認為這是解放以後的老賬、新賬,問題不那麼簡單了,從而心中憂懼,企圖躲躲閃閃,不敢正面承認捆綁塑像、譏議繡像以及揉皺報紙像的罪行,話說穿了就是資產路線的餘悸猶存,主觀的認為還是要搞我,而且更細緻、更深刻,於是不相信黨的政策與革命師生的及時促進的念頭又萌動了。

　　其實問題是明擺著的,像我這樣在文化大革命以前,無論教書、工作都是跟著劉少奇一類騙子跑到底的、國民黨殘渣餘孽是不能把偉大領袖毛主席看作中國人民和世界人民革命的大救星的,雖然屋子裏也安放塑像,牆頭上也掛著繡像,口裏也唱著《東方紅》和《大海航行靠舵手》,因為自己所遵循的是一條又粗又長的以劉少奇為頭子的反革命修正主義路線,所反對的正是以毛主席為首的無產階級革命路線,也就是戰無不勝的毛澤東思想麼。其結果自然會把毛主席的塑像當做一般的塑像,而任意加以捆綁,把他老人家的繡像看得過分年輕,而隨便加以譏笑,至於刊登報上的像既被揉破,又扔在紙箱內,就更不在話下了,根深蒂固的反動思想使然,想掩蓋也掩蓋不了,只有老老實實地低頭認罪,找尋出來它的思想根源,嚴肅認真地加以批判,才能談得上改惡向善、重新做人的。偉大領袖毛主席教導說:"要搞馬列主義,不搞修正主義。"我過去正是"黑四論"中的腳色,而且到了侵犯、侮辱毛主席的偉大形象的地步,真是罪該萬死。

2. 反動的唯生產力論的蠢動

我對於在天津中文系資料室時所辦的幾十期資料壁報的想法和看法也是具有嚴重的問題的,過去總認為辛辛苦苦的弄了一些東西,反而惹出許多麻煩,倒不如不幹的好了,因此,雖然也不止一次地做過檢查交代,其實並沒有真正地解決問題,因為不曾上綱上線去看待。先說所謂辛辛苦苦吧,我那時是為誰辛苦為誰忙的,在反革命修正主義教育路線上跑步的人,不是越幹的多,問題就越大嗎? 無論從摘録的資料、臨摹的插圖上講,既然都是封、資、修的,四不像的怪物,除非會得出來欺騙青年,以假亂真,為劉少奇做反革命文藝的傳聲筒、應聲蟲的結論而外,還能是什麼? 因為自己當日宣傳的根本是階級調和、階級投降、和平過渡、和平常入一類反對無產階級專政,鼓吹資產階級復辟的東西麼? 胡說生產第一,技術至上,只要生產就可以促革命,技術發展了就是最大的政治,從而直接對抗毛主席關於"政治是靈魂,政治是統帥"的指示麼。

即舉一例而言吧,我在北後院資料室所搞的那一次有關新編歷史劇《海瑞罷官》的資料展覽及其介紹中,還不是博引、廣徵、羅列、排比一些學術研究方面的雜拌嗎?什麼《海瑞文集》《明史‧海瑞本傳》《明代中葉的資產階級萌芽》啦,《大紅袍》《五彩輿》其它"公案戲"本本,連《三俠五義》都登了場啦等等,這不是跟《二月提綱》的黑指示若合符節了嗎?把這些東西擺在案子上,提要到黑板上,其結果對誰有利已經不問可知了。既然宣傳的不是毛澤東思想,恰恰相反,是為黑綱黑線服務的,那就不只是浪費了人力物力的問題,而是從政治思想上危害人民的嚴重錯誤了。毛主席教導說:"路線是個綱,綱舉目張。"只要我們加以對照,就立刻會分別出來真假黑白的了。

總之,只從這兩點上看,就是足以充分證明自己從認識論到實踐的情況上,都是跟偉大領袖毛主席提示給我們的辯證唯物論的反映論的觀點,和無產階級革命路線的紅線都是對立的,背道而馳的,因而認罪改造也必須上綱上線才能解決問題,除舊佈新。

偉大領袖毛主席教導說:"必須明白,群眾是真正的英雄,而我們自己則往往是幼稚可笑的,不瞭解這一點,就不能得到起碼的知識。"別是用馬克思主義、列寧主義、毛澤東思想武裝起來的廣大工農群眾和革命師生心明眼亮、敵我分明,是欺騙不了、蒙混不了的。若不依靠他們,尊重他們,則不但自己的問題難搞清楚,而且還要繼續犯錯誤的,最近以來對於這一點有更進一步的體會。下面就補充交代幾點關於侵犯偉大領袖毛主席塑像、繡像的罪行:

(1)64年春從北前院向北後院搬遷時,我們是把毛主席塑像用舊報紙包裹起來,因為怕它散落,從底座上起結了不止一道細繩,腰間上下都紮了個結實,甚至連頭部都有。

(2)在冀縣分校資料室,話及毛主席繡像時,還對楊恩華說過:

"這幅像太年輕,他現在比這個老得多了。"

(3)被革命師生在河北路307號二樓室外紙簍中查獲的那張報紙像,不止是撕破了,而且是團揉地扔到裏頭去的。

魏際昌

1972年1月5日

(三)

毛主席語録

有反必肅,有錯必糾。

重新檢查我對待毛主席塑像、繡像和報紙像的錯誤態度

1. 包裹塑像

中文系資料室在天津北前院時,有一座毛主席半身塑像,經常安放在東牆正中,有我們加以保護。1964年春向"北後"院兒搬遷,我和潘世雄為了塑像潔淨,免被磕碰,厚厚地用舊報紙包裹起來,可是散落的很怕它掉下來,便用紮捆書報的細繩從座底起,攔了幾道,待及運到"北後"院,程葆林忽然不准再把塑像擺在資料室了,還嘟囔著說:"免得再倒什麼鬼。"弄得我莫名其妙,心裏也不滿意。文化大革命中才認識到這一問題的嚴重性,怎麼可以往毛主席的塑像上攔小繩呢?不管動機如何?其結果是犯了罪,應該接受革命師生的批鬥。程葆林的態度是正確的,對於像我這樣勞改回來不過三年多的摘帽右派,提高警惕,預防是千該萬該的。

2. 議論繡像

1966 年春,河大冀縣分校成立,我隨著中文系到那裏,仍在資料室工作,把原來懸掛於我家書房裏的一幅毛主席繡像(用黑絨線織在細紋竹簾上的,是于月萍 1951 年參加西南土地改革,從四川重慶請回來的,另外一幅是列寧像)掛在古典資料室的南牆中間,我的辦公室高頭。有一天晚上,楊恩華來借書,看到以後問:"是畫的嗎?"我說:"不是,是繡的,四川的特等工藝。"他伸手摸了摸,又說很精緻。我補充說:"你看把像繡的多漂亮,尤其是在電燈反映之下,真是金光閃閃,雖然毛主席現在年兒比繡像老些的。"楊恩華沒說什麼就走啦。後來也是在文化大革命中舊事重提,受到了批判,本來麼,記著懸掛毛主席像是對的,然而怎麼可以從繡像上去評價妄議呢? 這是對他老人家的不莊敬,須認罪。

3. 扔報紙像

清隊開始,革命師生到我住室檢查(河北路 307 號二樓),發現了一張登載有毛主席和霍查同志合影的《人民日報》,於我與鄰家共同的紙箱中,而且有的地方還撕破了,這當然更是不應該有的錯誤。記得從文化大革命初期,于月萍在圖書館閱覽室,蓋章於刊印毛主席照片上的某一雜誌,被揭發批鬥以後,我們在這一問題上原是特別小心的,遇有刊登毛主席照片的書報,就專意保存在書架上,以免再出現差錯,可是這回由於剛搬完家(同安壽頤的兒子安俊調換),還沒來得及清理,便被檢查,所以出了這事兒。但是不管怎麼說,總是自己只從形式上防範,未在思想感情上真個轉變的,理應深刻反省,承認錯誤。何況這張報紙上不只有毛主席的像,還有阿爾巴尼亞領袖霍查同志的像哪,無產階級國際主義的精神哪裏去了？這是說的和做的不一樣的表現。

總之正像自己不止一次檢查過的;這是根深蒂固已成體系的資產階級個人主義使然,想不暴露也不可能。還記得 66 年春邢臺地區大地震時,貧農老大娘在房倒屋塌的頃刻,隻身衛護搶救的是偉大領袖毛主席的像,別的財物根本沒管,對比起來,這種至至誠誠的熱愛,自己不該慚赧無地嗎？就是就在外國的工農兵群眾中類此事例也是常常出現的,他們為了求得一枚毛主席像章,不惜冒著生命的危險,這都是怎麼回事,自己還不痛加悔改嗎？我們偉大領袖毛主席是世界人民的救星,戰無不勝的毛澤東思想乃是無產階級革命的航向,若不認真看書學習弄通馬克思主義,是談不上生心熱愛,為社會主義革命事業獻身的。

魏際昌

1972 年 2 月 3 日

第十二章 平反後執教保定

一、恢復名譽

魏先生與夫人的痛苦是從 1954 年取消選舉權開始的。因魏先生在天津一中與王某的矛盾,導致後同事於天津師範學院時,王某舉報魏先生的國民黨少將等,此成了魏先生夫婦解放後受難的源頭。但沒有王的檢舉,恐魏先生也不會逃過"文化大革命",又何況王某也未躲過批鬥,自殺於"文化大革命",也是悲劇!

魏先生 1961 年至 1978 年在中文系資料室 17 年,于先生 1961 年至 1982 年在校圖書館是 21 年,都是發配的性質。雖然 1961 年二人摘了右派帽子,但每月 30 元的工資給了 4 年,圖書館抄家三次,中文系也抄了數次,找電臺、找槍支,令人氣憤的是書稿、存折、現金、糧油、衣服也拿走。後來恢復,工資只給半數,魏先生 85 元,于先生 78 元。

住房,1956 年搬入河北路德國資本家建的二樓 2 間大房子,59 年被趕至馬場道 234 號樓房的 3 樓,2 室 1 廳,抄家後被搶走 1 間,幸有 2 樓的周慶基先生互相關照。1966 年夏,又被趕回河北路,住原來的 1 間。後夫妻隔離在六里臺、馬場道、"北後"院。夫妻三次抄家,二次掃地除門,而且 1966 年冬天,河北大學第一個被抄的就是魏家,把夫妻分別看管批鬥,不能見面。1968 年鬥人加劇,春夏之交,"芙蓉國裏盡朝暉"加大力度,在六里臺,讓魏際昌、雷石榆、詹鍈三人站在高桌,三次被暴打。魏先生被打傷了眼、踹壞了腰,脊椎變形,落下了病根,詹鍈被踢傷了腿。7 月,魏先生重新被戴上右派帽子。入冬,讓魏先生光著身上,低頭、彎腰、噴氣式地擰著胳膊,必竟是年過花甲的老人! 且回家不許插門,工宣隊、軍宣隊隨時拉出去鬥。魏先生的"罪過"最大,"老右派、反革命、國民黨少將"三條,挨打自比他人也多出了 3 倍之多。魏先生的老友中文系裴學海副教授,清華大學國學院畢業,著有《古書虛字集釋》。他解放前掙的錢在老家灤縣買了不少地,他的學生某說他就是大地主,批鬥後遣送回籍,告訴村裏人說蹲牛棚,村裏人不知怎麼回事,真讓裴先生蹲在牛棚裏了。1969 年,魏先生隨河北大學戰備遷到冀縣,冬季轉移至隆堯縣唐莊,魏先生負責燒鍋爐、挑水、砌爐子,因煤質量差,冒煙多,某青年教師責罵他搞反革命破壞活動,批鬥監管了一個冬天,但活一點不能少幹! 直至 1978 年平反,魏先生、于先生可以說沒過過一天舒心的日子。

河北大學平反決定書是這樣寫的:

.

中共河北大學核心小組

關於為魏繼(際)昌同志恢復名譽的決定

一九七八年十一月二十八日

(鈐印:中國共產黨河北大學革命委員會核心小組)

魏繼(際)昌,河北大學中文系資料員。

文化大革命中,由於林彪、四人幫反革命修正主義路線的干擾破壞,對魏繼(際)昌同志關"牛棚"、批鬥,並於一九六八年七月河北大學革委會決定"重新戴上右派分子帽子",致使魏繼(際)昌同志精神上、肉體上遭到打擊迫害。

根據毛主席的無產階級政策,遵照以華國鋒同志為首的黨中央和省委的指示,決定撤銷一九六八年的錯誤結論,恢復名譽。一切誣衊不實的材料全部銷毀。

中共河北大学核心小组

关于为魏继昌同志恢复名誉的决定

一九七八年十一月二十八日

魏继昌，河北大学中文系资料员。

文化大革命中，由于林彪、"四人帮"反革命修正主义路线的干扰破坏，对魏继昌同志关"牛棚"、批斗，并于一九六八年七月河北大学革委会决定"重新戴上右派分子帽子"，致使魏继昌同志精神上、肉体上遭到打击迫害。

根据毛主席的无产阶级政策，遵照以华国锋同志为首的党中央和省委的指示，决定撤销一九六八年的错误结论，恢复名誉。一切诬蔑不实的材料全部销毁。

平反書

這個決定竟然連魏先生的名字都寫錯了,且隻字未提1957年定右派及之後的抄家等正確與否。從此看,原對魏先生的認定,河北大學核心小組認為是正確的。奈何!

魏先生恢復了職稱,重登講臺,在天津西湖村書房的名字起名"放廬",別有深意存焉。帶了三批研究生,當選了中國屈原學會的常務副會長、河北省詩詞學會會長等,拼著老命讀書、寫文章、講學,要求進步入黨,辦事謹小慎微,惟恐得罪人。專著《桐城古文學派小史》出版,印了963本,其它著作只能油印傳世。就是魏先生生命的最後一年,後學與河北教育出版社約定好,為其出一本以平生照片為經的《紫庵老人畫傳》,初,先生同意,後索回照片,怕河北大學一些在世的人報復(或因晚年門庭冷寂),不出了。後學的訪談只粗略記到1978年平反。內容是二老口述,當時得到了二老的認定。語言雖平白,但這是二老的要求和心態使然。

二、保定去者

1979年,魏先生在天津為河北大學青年教師上課,講《莊子》。1980年夏,移居到保定的河北大學,魏先生迎來了第二次學術生命。詩云:

保定去者

正自放廬浴春暉,西湖村畔草菲菲。
把卷呀唔尋往古,弄筆斷續識舊扉。
忽報學校書記到,云是教師須歸隊。

再作馮婦心緒懶,喬遷保定亦乏味。

爭奈終需噉飯所,落實政策人莫違。

只得暫別斗室去,箱籠襆被一車飛。

本科開課講專題,研究生班更屬奇。

已非五十年代事,垂老雨後顯虹霓。

注:八零年春夏之交,林達宇書記來西湖村動員,言保定教授樓築成,盼速遷居。

在保定河北大學文史樓前參與焚毀自有運動以來誣衊不實之卷宗有感

臘鼓聲中紙灰飛,冤假錯案一風吹。

付之丙丁千百卷,除惡務盡講是非。

有道馬上得天下,無端興獄事可悲。

猶賴中樞多鉅子,旋轉乾坤日月暉。

狐鼠終必遭竄逐,撥亂反正大國威。

舉手共祝新勝利,芸芸赤子頌春歸。

注:時在八零年歲杪。感謝中央領導同志政策英明,至於流涕。

八一年元旦放歌抒情

河大三十年,崎嶇不平坦。豈能無矛盾,敢為天下先。

雲海雖茫茫,險處多青巒。此中有真味,一辨一歡顏。

勉為君子儒,何慮小人言。熱愛共產黨,革命酬肝膽。

獵獵紅旗下,浩氣衝霄漢。固已及耄耋,猶作苦登攀。

學如逆水舟,拼搏始過關。毀譽由伊去,管它暖與寒。
芳菲桃李豔,松柏後凋殘。

注:此作天墨兄最所稱許,以為"確有紫翁味"。余亦感其知己,表而出之。

桂枝香

參加系會有志,比而興也,所以自勵

春滿人間。看南來飛雁,嘎嘎雲漢。行陣鼓翼非凡,不落荒灘。到處芳菲豔陽岸,某今日、慚夢邯鄲。只識真詮,三星在戶,億兆騰歡。

美哉乎、流水高山。妙筆生華翰,願效前賢。龍翔虎躍入畫,氣象萬千。朝霞海曙糺漫漫,波濤洶湧蓬萊灣。丹心一點,始終無二,為國承宣。

壬戌前夕中文系同人小聚辭歲,口占七古一首:

春滿河大

乙年杓轉又春來,煦煦和風滿樓臺。
掌教師尊勤禮治,窮經學者夜燈開。
青青子衿今勝昔,悠悠我心猶嬰孩。
建築堂皇驚羨目,大院宏深育英才。
太行腳下生奇花,渤海灘頭錦雲栽。
北斗玄天輝冀野,日月升恒永康泰。
慷慨高歌燕趙士,鶯歌燕舞真快哉。
五講四美非細事,文明古國五千載。

193

晚年 20 年的前 15 年，魏先生有如"出土文物"，在學術上有了更多的收穫。1981 年夏，在保定成立河北省古代文學研究會，任會長；1981 年保定中山業校副主任、保定蓮池書院老年大學副校長；1985 年當選為中國屈原學會常務副會長；1986 年當選中華詩詞學會常務理事；1987 年當選河北省燕趙詩詞學會會長；1990 年，保定詩詞楹聯協會會長等。組織、參加了河北省古典文學暑假講習班、全國的竟陵派、桐城派、唐代文學會、中國古典小說理論研討會、屈原學會、河北燕趙詩詞學會等。帶研究生、撰寫論文、為人寫序、題字、評詩文，及參加保定市人大會議、寫出提案、參與考察，為保定中山業校、老年大學講課，為《保定文物志》審讀碑刻等等。我們的魏先生，"為國承宣"可謂至矣！魏先生來保定、愛保定，為保定的文化貢獻巨大！讀《紫庵文集》中詩文，可知，魏先生與保定有著多麼深的感情！1993 年，後學有緣問學，何其幸哉！略錄魏先生詩：

老梅二度
——保定中山文化業餘補習學校第二次開學典禮

中山夜校，二度梅開。香飛保定，豔逾蓮臺。
普通班後，專科偕來。濟濟鏘鏘，學員四百。
業餘進修，斯民永懷。補習教育，政策有在。
校部領導，皚皚頭白。堅貞樸實，鬱鬱松柏。
中年戰士，矗矗神態。協力同心，為國育才。
匪名匪利，寧靜淡泊。日真日美，豈不快哉！
身雖老耄，追蹤時代。四化當前，心潮澎湃。
鶴鳴九臯，鵬舉溟外。高歌猛進，于喝天籟。

注：八一年十一月二十一日於河大。

保定蓮池書院老人大學開學，喜而口占四言頌辭

太行嵯峨，渤海騰波。畿輔重鎮，保定南鎖。

蓮池書院，自古弦歌。樓臺掩映，花樹婆娑。

陽明遺詩，摯甫論學。大儒鴻聲，繞梁不落。

老人晚情，心紅似火。切磋有道，在馨其德。

琴棋書畫，精進元那。老農老圃，生產日課。

藝過青壯，經驗實多。以文會友，上下求索。

猗歟盛哉，還我蓬勃。

保定詩社成立獻賦

天保定爾，畿輔南疆。幽燕故國，華夏金湯。軒轅曾角逐，陶唐望帝鄉。巍巍乎其有成功，皇皇兮先祖之光。

漠漠平林，淡淡遠山。清風徐來，潯沱濺濺。稻粱雙豐盛，梨棗實多產。牛羊雞豚茁壯長，萬物蔥蘢冀中原。

蓮池書院，學府最早。白洋之澱，雁翎聲高。鬱鬱焉文哉，烈烈矣英豪。慷慨悲歌稱士子，龍騰虎躍尊大道。

陽春三月，好景知時。鶯飛草綠，桃李鬥姿。揮筆矚太空，縱橫鬥□詩。溫柔敦厚斯為美，興觀群怨慎所思。

吾社誕生，樂府會友。濟濟一堂，聲應氣求。揚鞭奔四化，雙建迄未休。喜見朋輩齊吟詠，社會主義慶萬有。

八七年四月十七日於保定蓮池

195

冉莊詩會頌地道戰遺址

維此冉莊，抗戰多方。地道長城，殺伐用張。
悠悠數載，戰果輝煌。倭寇喪膽，奸偽逃亡。
顧瞻遺址，構築非常。曠古鑠今，形象飛揚。
平原要塞，固若金湯。公輸瞠目，孫武歎賞。
遙想當年，擊鼓其鏜。同仇敵愾，妙算有章。
協力挖掘，日積月將。胝手胼足，氣吞太行。
曲徑通幽，鄰村守望。三十華里，縱橫莫當。
鍋臺炕面，馬槽碾房。神出鬼沒，狙擊難防。
龍藏虎臥，燕穿鶴翔。火力交叉，陷阱疊障。
指揮有所，給養設倉。生產自救，不畏強梁。
碧血丹心，燕趙兒郎。慷慨悲歌，北國之光。
平凡偉大，忠貞昭彰。率教子孫，永矢弗忘。

八十三叟、燕趙下士有懷，九十年代暮春。

祝賀保定詩詞楹聯學會成立

春雷震後百花開，萬紫千紅此中來。
保陽燦爛今勝昔，雙建文明遍地栽。
蓮池學府弦歌急，大慈高閣真經在。
風和日麗庶政清，物阜年豐人康泰。
浪漫詩聲傳四野，旖旎聯語美長街。
玄禽斜飛滹沱河，狼牙綠被滿山柏。

唱罷楮墨走龍蛇，抒情寫意好快哉。

某雖老邁未伏櫪，此傍驊騮馳金臺。

注:庚午春三月,余被選為會長。

重九秋高氣爽,保定市領導來舍看望,蓋余教學已逾五十年矣。詩以申謝,五古十韻

教學大中小，五十年去了。東西南北風，吹得頭白早。

有容德乃大，無欺心不老。黃華滿瑤圃，桂香飄嫵題。

儒者杏壇高，釋家蓮臺妙。精義各千秋，只緣敷演好。

青青子衿樣，鬱鬱芼輦茂。扶我山桃杖，篤篤保定道。

額手望九天，敬謝諸領導。

讀瑞增吟長《詠梅》有感,依其原義廣之,並喜見所著《古體詩詞》問世

太行嶺上白雲飛，是梅非雪倚天暉。

幽香遠播冀中野，倩裝巧飾京南陲。

騎驢近覘驚不瘦，丹鶴朝陽鳴翠微。

零落成泥誰能爾，松竹青青二友儀。

芳心寂寞實堪笑，春雷早已震虹霓。

晶晶北斗人競仰，萬紫千紅伴君歸。

注:瑞增同志,保定詩詞楹聯學會之名譽會長也,雅愛吟詠,茲已成書。

三、抄家物資的賠償

　　"文化大革命"開始，1968 年對教師的批鬥加劇，受影響最深者是魏先生、詹鍈先生、雷石榆先生，他們曾被關押在天津師院附中地下室。其中魏先生一天就被抄家了三次，書稿、現款、存折、古錢幣、金銀首飾、文物、家具等都是被抄之列，後發現真皮沙發被學校隨意處理，由學校某教師以十元購得。

　　1978 年，魏先生平反後，可抄家物資的問題一直未解決。處理抄家問題，河北大學黨委很重視。1984 年 3 月，學校統戰部請魏先生、于先生提供"文化大革命"中抄家物資清單，他們回憶了三四天，很多東西已回憶不起來。6 月 20 至 23 日，魏先生夫婦接通知去天津認領"文化大革命"中查抄物品，在天津二宮，只認到梁啟超的對聯，說以後還陸續發還。11 月 6 日，天津又來通知，讓 7 日去認領，開來物品三件：明萬曆朱墨一枚、山形金筆架一架、龍泉中型瓶一個。很具體，于先生單獨去了天津。7 號上午到天津歷史博物館去認領，領到了似是而非的大口瓷瓶一只，朱墨、筆架已被人冒領，往返三日，氣憤而歸。

　　1985 年 12 月，學校統戰部再通知填寫"文化大革命"中被抄物資，文物、家具、圖書等，魏先生自己估價 4760 元，其中文物估 4010 元。1986 年 1 月，學校批准賠償查抄物資折款共 1553 元。本來魏先生夫婦已不寄予任何希望，沒想到還得到了部分賠償，兩位先生說大出意外。

第十三章　創立河北燕趙詩詞協會

一、緣起與成立

1987 年 5 月 31 日,中華詩詞學會在北京全國政協禮堂成立。會長錢昌照(1899—1988)、常務副會長周一萍、秘書長王普慶。魏際昌先生偕詩友劉章等與會,被選為常務理事。會間,魏先生與中華詩詞學會溝通,表示我們河北也要儘快成立協會。回河北後,魏先生積極組織籌畫,在河北省委領導的關懷下,在省委宣傳部、統戰部、省文聯的支持下,於同年 9 月 1 日成立了河北燕趙詩詞協會籌備組,組長魏際昌,副組長由省文聯副主席浪波等兼任。通過籌備組與全省詩詞界取得聯繫,經兩個月的醞釀、商榷,1987 年 11 月 23 日河北燕趙詩詞協會於河北省會石家莊市成立。

魏先生在成立大會上代表籌備組作了工作報告,介紹了協會的發起及籌備經過,還有對中華詩詞的認識,並有賀詩之作:

各位領導代表,同志們:燕趙詩詞協會籌備組委託我代表籌備組全體工作同志,向大會報告本會成立的籌備過程,爰作如下發言:

一、河北省燕趙詩詞協會的發起及其籌備經過。今年端午節(5 月 31 日),我們和劉章、布依哈林、王玉祥、趙品光、薄浪等同志代表河北省在北京參加了中華詩詞學會成立大會,目睹盛況,感受深切,更進一步認識到中華詩詞源遠流長及其今日光耀寰瀛的歷史新義,深感我省毗鄰首都,近水樓臺,還沒有省級詩詞機構參與活動,未免美中不足。回省以後，由我以中華詩詞學會常務理事的名義，向省委書記邢崇智同志說明原委又補上了書面報告，荷蒙崇智和文珊同志批轉省委宣傳部部長劉榮惠同志與副部長周申明同志，商定掛靠省文聯開展工作。遂由省文聯負責同志浪波、白海珍、劉泉洲等出面聯繫，於暑假之初（7月上旬），偕同河北大學統戰部長黎明同志專程到了石家莊省文聯，先與白海珍等同志取得聯繫，通過安排，在省委會議室開了第一次會，有省委宣傳部副部長池浦泉、統戰部辦公室范玉芬、省委宣傳部文藝處馮思德、徐亞平、省社科聯學會工作處孫浩等同志，還有我和黎明同志參加。由我帶去了中華詩詞學會的有關文件、刊物及詩集，並簡單扼要地匯報了大會成立的情況，與會者一致表示支援，認為應該著手籌備。第二次會在八月下旬，省文聯白海珍、葉蓬，省統戰部辦公室范玉珍，省委宣傳部文藝處梁秀辰等同志專程到了保定，會同河北大學黨委、副校長王培棟，宣傳部長郭正清，黎明和我在河北大學東院辦公樓開會，共同研究決定了：1、會名為河北省燕趙詩詞協會。2、公推魏際昌任籌備組組長，浪波、劉章、葉蓬為副組長，以專責成。3、初步商定成立日期為重九（10月31日）登高節日。4、其他有關人士推選，經費增益，工作安排，擬定簡章等項事宜。第三次會，趁我去湖北開會，道出石家莊之便，在省文聯與浪波、白海珍、劉泉洲、葉蓬、馮建勳、劉素芬等同志開碰頭會，決定將成立大會日期改在十月十一月廿至廿五日之間，並比較具體地研究機構人選，增益經費，編印簡報等項有關事宜。今天河北省燕趙詩詞協會成立大會勝利開幕了，首先應該感謝省委、省政府、省人大、省政協領導同志大力支持和省文聯浪波等同志的積極籌備，尤其是中華詩詞協會常務副會長周一萍、秘書長汪普慶兩位同志的惠然肯來親臨指導，實為本會增光，請允許我代表籌備組全體同志表示衷心的感謝。

二、談談我對中華詩詞的一點粗淺的看法，請各位領導和代表們指正。宇宙即是一個變動的實體,沒有離開空間的時間,也沒有離開時間的空間,從這一自然的規律上講,作為人類的上層建築、意識形態之一的文學,包括詩歌在內,也不會自始至終一成不變。正如從遠古的謠諺繼續發展下來的《詩》《騷》《樂府》,"唐詩""宋詞""元曲""明清民歌",以及"五四"運動至今的"白話新詩",都是發抒真實情感,反映時代精神的產物,所以認為今不如昔,代降而卑,賦必兩漢、詩必盛唐者全是錯誤的看法,具體到中華詩詞,則更是具有繼承(指其優良傳統而言),又有發展(日新月異反映現實),充分的具備改革、開拓、為社會主義精神文明的建設服務的。

首先應該明確的是,中華詩詞不只是使用漢語漢字的作品,而應該包括五十六個民族的歌詞韻語在內。儘管有的比重不大,尚有待於發掘整理。因為我們既是一個多民族的國家,便須名符其實地有著使用多種語言,表達各民族生活特色的詩歌,形式自然,也應該是多樣的,不拘一格的。我們說的中華詩詞有其嶄新的含義,它既不同於古代的各種詩詞,如《三百篇》《楚辭》《漢賦》,"唐詩""宋詞""元曲""明清民歌"等,也與當代的新詩,如"五四"運動初期的歐美十四行、稍後的蘇聯馬雅科夫斯基的塔式疊句和東洋式的俳語等,而有其獨特的創制的色彩與風格。

再從中華詩詞的功用上說,以詩會友,同道共樂就可以團結、安定國內外的炎黃子孫、華裔僑胞,也能夠有助於發展國際間的和平共處,互不侵犯,相互尊重領土主權的完整,並且更進一步的謀求經濟合作,互助互利,以有易無的偉大的創舉,自上而下,由內而外,以貫徹我們的改革開放,搞活經濟的國策。

總之,"詩歌合為時而作",我們反對抄襲模擬,"邯鄲學步","惟古於文必己出","出辭氣,斯遠鄙倍矣!"就是說我們反對抱殘守缺、迷戀骸骨的陳詞濫調,而主張因時變異、情真意切、趣味橫生、沒有模式的創作(既不崇古,也不媚外),必須是"義理"(正確的思想,就是"善")、"詞章"(有文筆的藝術性,就是它所表示的魅力,所謂"美")、"考據"(真實可靠,經過調查研究的事物,也就是他的科學性),三者並重的。換句話說就是真、善、美的統一,因為心靈不美的人,語言絕不會真,於是行為也就難期其善了,特別是詩人的歌詞。"詩言志,歌永言,聲依永,律和聲"(《尚書·舜典》),"修辭立其誠",誠於中必形於外,它和音樂是分不開的,甚至可以說它和舞蹈也是一體的。"嗟歎之不足,故詠歌之,詠歌之不足,不知手之舞之,足之蹈之也"(《毛詩序》),蒙、回、藏、苗等民族,直到現在還是歌樂舞三者一體表現的嘛,更不要說自有《三百篇》以來,發展到今天的音樂歌舞了,數典不能忘祖,聞故可以知新,豈可等閒視之!

三、最後讓我也吟詩一首,祝賀我省之燕趙詩詞協會成立,題曰《頌我河北,懷古樂今》:

> 冀州自古多豪傑,高歌慷慨壯山河。
> 唐堯之世人擊壤,作息由我帝利薄。
> 孤竹二子賦采薇,恥食周粟特清娥。
> 風蕭水寒易縣境,秦王落魄稱荊軻。
> 范陽浪仙祭己詩,酒脯歲歲有交割。
> 漢卿大都為泰斗,鏗鏘小令萬民樂。
> 最是當代抗敵曲,太行戰士舞婆娑。
> 為時而作良可喜,抄襲模擬必除破。
> 信手信口抒性靈,曰真曰趣誰不悅?
> 中華詩詞昭日月,拱衛京畿也嵯峨。

雖是一短篇發言,魏先生愛國、愛家之學者熱忱躍然紙上,籌備過程可作信史,對中華詩詞功用的認識,可作學術史觀。在 1988 年創刊的《燕趙詩詞》會刊第一期登載了《高歌燕趙多豪傑,吟心澎湃振風騷——大會盛況小結》,今協會已成立 34 周年,僅實錄:

在省委領導的關懷下,在省委宣傳部、統戰部和省文聯以及河北大學等各有關方面的支持下,河北省燕趙詩詞協會籌備組從 9 月 1 日成立,經過兩個多月的積極籌備工作,通過各地市文聯熱心此項事業的同志,籌備組與全省詩詞界取得了聯繫,就建立我省詩詞組織機構問題,在廣大詩詞作者、研究者、愛好者中間,進行了一系列的醞釀與商榷後,確定在 11 月 23 日召開成立大會。

全省各地和省直有關單位以及各大專院校的代表 50 餘人應邀出席了大會,各地代表和來賓為大會準備了大批的賀詩、賀詞、賀聯等,裝裱精美的書畫條幅掛滿了會場四壁,使大會造成莊嚴而又熱烈的氣氛。還有一些手抄本、油印本、複印本的詩詞作品,一併在會場上展陳,供與會代表交流、切磋與賞析。

23 日上午舉行開幕式,原省人大常委會主任劉秉彥同志,省政協副主席徐純性同志,原省委宣傳部部長齊斌同志,原省文聯副主席劉藝亭同志等到會祝賀。

專程從北京趕來的中華詩詞學會常務副會長周一萍同志和秘書長汪普慶同志蒞臨指導,受到與會代表的熱烈歡迎。

大會由籌備組副組長、省文聯副主席浪波同志主持。徐純性同志向大會致了祝詞,隨即由籌備組組長、河北大學教授魏際昌同志作了籌備工作的報告。

周一萍同志和汪普慶同志講話中談到,由於全國人大常委會正在召開重要會議,我們中華詩詞學會的名譽會長、全國人大副委員長楚圖南老雖未得分身,卻非常關懷河北省詩詞協會的成立,並已慨允為大會題詞,講到這裏的時候,全體代表充滿激動的心情,報以熱烈的掌聲。

在各位領導同志的講話中,無不對我燕趙山川以及它的悠久歷史給予熱烈的頌讚,尤其是對我省歷史上產生的著名詩人,如盧照鄰、賈島、李頎、高適、關漢卿等等,對他們在詩、詞、曲方面的偉大藝術成就,對"慷慨悲歌"的燕趙風骨在中國詩史上的突出貢獻和重要位置給予了高度評價,從而寄托了對當前我省詩詞界在振興中華詩詞的事業中的殷切期望之情,而且,幾位老前輩在充滿盛情的講話中,還穿插了熱情洋溢的詩篇與詞章,他們不同於新詩朗誦的別有韻味的吟唱,使與會的中青年代表感到獨具特色,耳目一新。

詩的氛圍震顫了聽眾的心弦,自然會引起共鳴,何況代表們又都是詩詞作者,躍如也!按耐不住的一顆詩心。大家紛紛起立,爭先發言,回答諸老所寄予的厚望。並表示省詩詞組織機構建立以後,各地的詩詞社團也日趨活躍,今後一定要把詩詞創作和研究工作做好,對我們中華詩國的國風,一定要繼承、發揚、發展與創新,使之以我們中華民族的獨特風貌,展現於世界之詩林!代表們發言的同時,吟誦了自己帶來的賀詩、賀詞,或者當場即興又賦新詞,形成了一次別開生面的詩詞吟唱會。

會議的熱烈場面,一潮未落,一潮又起。吟唱祝賀詩詞之後,又開始當場揮毫賦詩題詞留念。諸老健筆縱橫,龍蛇競舞,贏得了圍觀代表的讚歎。正如周老和劉老的賀詩中佳句所表達的"好趁明時揮健筆,吟心澎湃振風騷","高歌燕趙多豪壯,霜醉楓林染秋山"。

在23日下午的會議上,研究討論了籌備組草擬的《河北省燕趙詩詞協會章程草案》,代表們經過認真的討論,一致同意原則上通過。會後文字上稍作校訂後公佈執行。

會議推舉尹哲、劉秉彥、李文珊為名譽會長,聘請王東寧、王元、王玉西、胡開明、徐瑞林、徐純性、齊斌、周申明、池蒲泉、張春富、張恒壽、黃樺、袁慶和、余振中、黃綺、劉藝亭為顧問，推選魏際昌擔任會長，推選韋野、馮健男、葉蓬、劉章、王培棟、浪波、夏傳才任副會長，確定秘書長一人：葉鵬(兼)。副秘書長三人：馮建勳，劉素芬，楊延甫。組成辦公室，負責日常會務工作。

會議並就編印會刊《燕趙詩詞》(暫作內部刊物，待條件成熟時爭取公開發行)、《燕趙詩詞選》《燕趙詩話、詩論選》《燕趙詩詞叢書》等設想，以及開展各項活動的計畫和具體安排，進行了討論，代表們提出不少切實可行的建議和補充。

河北省燕趙詩詞協會的成立大會，至此圓滿結束。

河北《燕趙詩詞》封面

從以上情況看,這次會議儘管由於財力、物力等條件所限,開得比較簡促了一些,實際上只用了一整天的時間,但總的來說,會議進行得十分順利,相當成功的。籌備組根據經費等實際情況,本著務實精神,提出了"規模不求大,內容要充實"的要求,一切都本著這一要求進行安排,雖說是首屆成立大會,我們也是儘量精簡,只邀請各地市派一名至多兩名代表參加。事前發出徵求詩詞作品的通知,徵得了一批詩詞作品,使成立大會同時也兼有一次詩詞創作研討會的性質。在討論章程草案的時候,代表們的發言涉及詩詞格律、古韻今韻、繼承、發展等學術性問題,從而使會議內容顯得更加充實。

應該說詩詞協會的陣容是強大的,包括了河北省境內在創作、研究上的所有專家和知名詩人。名譽會長尹哲、劉秉彥、李文珊,尹、劉都曾任河北省委書記,李是省政協主席。顧問包括了在任和離退休的省領導及著名學者黃綺等。副會長浪波、夏傳才等皆是詩人、學者;秘書長葉蓬是負責任的文藝工作者,與魏先生合作,情誼深厚;常務理事、理事包括了旭宇、堯山壁、顧之京、韓成武,劉小放等有影響的詩詞專家,而與魏先生同居保定的理事顧之京、韓成武、賈瑞增、趙品光、賈泉河、鶴菁、薄浪等都是1987年成立之保定詩會、2000年成立之保定市詩詞楹聯協會的骨幹和組織者。

河北省燕趙詩詞協會自1988年出版會刊,並開展了《詩神》學院詩詞專修班。魏先生寫出了《中華詩詞發展小史提綱》於會刊連載兩年,國內許多詩人和學員新作亦在會刊發表,對普及中華詩詞教育功莫大焉!

二、封龍山詩會

在主辦的諸多詩會中,以封龍山詩會最有影響。1989年重陽節,河北燕趙詩詞協會在元氏縣封龍山舉辦詩會,名家雲集,魏先生、夏傳才、浪波、韋野、劉章、葉蓬、馮建勳、韓成武、陳文增、鶴菁、趙品光等都有詩詞之作。時魏先生攜孫女彩霞徒步登山,精神抖擻,參觀了寶藏《祀三公山》《白石神君碑》的漢碑堂,先生時年 82 歲,給詩友留下了極深刻的印象。

逢時先生有《重陽登高記》:"年逾八旬的詩詞協會老會長魏際昌教授也和大家一起,扶杖興致勃勃地健步馳騁於封龍山頂,翻山梁,走絕壁,每景必看,無險不登,遊了個痛快淋漓。當同志們對魏老的身體、遊興大加讚揚時,陪遊保駕的魏老孫女兒小彩霞招架不住了,忙說:'你們別誇他了,越誇興致越高,身體就受不了了。'幾句話說的大家會心大笑,眾人只顧遊玩,忘了天色,一晃已到了下午一時多了,在領隊同志再三催促下,大家依依不捨地回到了大本營白草寺。詩會的舞臺就在千年隋槐的樹蔭之下,後有青山作幕,前有小小廣場,有兩位瀟灑的男女主持人掌握,詩會在熱烈的掌聲中開幕。開始後,老會長魏際昌先生首先登臺,他以我國古代的傳統方式,用蒼勁古調吟唱了他的即興新作《登封龍山小賦》"。詩見於 1989 年《燕趙詩詞》第三期:

> 己巳重陽兮,惠風和暢。詩人登高兮,遠眺四方。
> 淵淵渤海,瑞靄呈祥。巍巍太行,楓林染絳。
> 京華燦爛兮,日月同光。物阜年豐兮,福我家邦。
> 古城保定,蓮池泛香。石莊重鎮,拱衛南疆。
> 燕趙詩會兮,兩載悠揚。應聲氣求兮,律呂鏗鏘。
> 北地雄風,慨當以慷。媲美靈均,忠愛鄉黨。
> 以文會友兮,此道大倡。鬱鬱蔥蔥兮,和樂安康。
> 明心見性,率真坦蕩。信口信腕,諸子堂皇。

治理整頓兮,改革開放。協力拼搏兮,擊鼓其鏜。
中央率教,四化洋洋。令行禁止,撻伐強梁。
鴻燕南翔兮,比翼成行。牧馬奔騰兮,雲氣霧蕩。
浩歌一曲,天籟宮商。舉杯修禊,共祝康強。

會刊中尚有魏彩霞《重陽詩會即席試歌》之作,可見彩霞之文心、傳承:

封龍秋光好,佳節又重陽。
冀川堪稱首,接勢引太行。
雲飛天地外,崖菊半山黃。
忽聞群賢至,清淚滿衣裳。
有意挽春雨,無奈雁成行。
中道驀回首,萬里換滄桑。
高歌當煮酒,燕趙多慨慷。
槐蔭試一曲,襟懷共開張。
敬祝眾師老,詩爭日月光。

保定詩詞楹聯協會舉辦詩會更多。1991年,曾舉辦劉伶醉酒嵌字聯的徵集活動,選出152副聯,由魏先生作序,韓克定評注,南洋出版社出版。魏先生以"酒"甲骨文出現之本義和引申義,及在《詩經》中之描述,文短而意蘊深厚,非老筆不能為之。

河北燕趙詩詞學會因人事、經費、會務、活動所涉甚多,錄河北省黨政領導及與中華詩詞學會、河北燕趙詩詞學會同仁覆魏先生信,以見事實。

三、諸賢與魏先生劄

附一:原河北省委書記尹哲(1916—2005)劄

魏際昌老:

首先向您致以謝意。《桐城古文學派小史》已收到,我將認真拜讀,對此我沒有一點研究,但會增長知識。

學會的編制解決起來有困難,因有此要求者較多,而編委又控制甚嚴。經費,據李文珊同志說,他可批給財政部門予以解決,尚不知下文如何?

盼有機會見面。敬祝

新年全家快樂!

尹哲　12 月 27 日

附二:原河北省委書記劉秉彥(1915—1998)二劄

際昌同志:

因事去京,回時拜讀來函,遲覆為歉。

關於詩刊資助,已請李文珊同志批轉財政局解決,但尚未落實,當盡力一講也。

順問

冬安!

秉彥　11 月 26 日

劉秉彥先生到河北大學看望魏先生合照(右二為劉秉彥先生,右一為魏先生)

際昌同志：

拜讀大作，深以為謝。《戰地詩抄》尚未編成，謹就"燕趙詩社"之興，濫竽充數了。擇其自以為是者，刊《詩神》。每讀老校友長廊詩，文情並茂，精湛詩藝，深受感動，朗朗上口。順頌

撰安！

秦彥　9月2日

魏先生1988年8月作《喜讀〈戰地詩抄〉有序》贈之：

《戰地詩抄》，北大老校友劉秦彥同志之抗敵舊作也。戎馬書生、忠義凜然，讀之使人生敬，詩以頌之。

> 戎馬一書生，抗敵冠長纓。忠貞昭日月，義勇鬼神驚。
> 藜藿充饑腹，寒光照野營。轉戰冀中地，關山任縱橫。
> 救民於水火，殺賊有令名。強虜終授首，祖國戢侵凌。
> 紅旗更高舉，驅除美蔣兵。東風甦勁草，天下始底定。
> 解甲治封疆，高歌以休整。允文亦允武，儒將自錚錚。
> 回首五十載，北大之菁英。前事不可忘，吾輩重師承。

附三：原河北省委書記邢崇智（1927—2000）劄

尊敬的魏老：

惠書收悉，深表謝意。河北變化，全賴黨的路線之功，人民群眾之力。我在工作中，缺點甚多，失誤不少，懇請您老及許多前輩、同事經常提示指教。為感謝您老的鼓勵，這裏步韻幾句：

改革十餘年,燕趙換新裝。巨輪擊渤海,科技上太行。

糧棉盈倉廪,煤鐵輸四方。軍民大團結,歌舞普城鄉。

盛世頌聖績,功在黨中央。方針政策好,民意民心暢。

化作回天力,繪出錦繡章。中有知識界,貢獻尤堪揚。

教授八十翁,喁喁心向黨。感此精神振,為詩相答唱。

頌祝

魏老健康長壽!

邢崇智　1990 年 8 月 29 日

附四:中華詩詞學會秘書長汪普慶(1917—2002)劄

魏老:

　　自青島回京後,因會議上尚有未了事務需辦,拖延了身體檢查。至 7 月 31 日,不得不住院治療,心房纖顫多到一分鐘 150 跳,一個多月來,雖服大量"奎尼丁",但終未能恢復正常。現只好用藥物控制,不使心跳過速,每日保持在一分鐘 80 至 90 次之間。據醫生囑咐,今後萬萬不能太勞累,如心跳在每分鐘 90 次左右,能慢慢適應也就可以了。這樣,我將於 9 月 12 日出院。楊老和軼青同志分別到醫院看我,約我出院後認真研究一下學會工作,正如你所提的幾方面問題,非好好解決不可,我當盡我的能力辦事,經費、編制及掛靠並非絕對難事。多年來的體會,最怕是領導層不團結,精力內耗! 希望今後不至如此。

　　我還在學習散曲,希望您介紹些閱讀參考書籍並不時加以指導。

212

有機會來京,請到舍下一敘。匆匆草覆。即頌

秋安!

王普慶 9月9日於醫院

附五:河北師範大學教授夏傳才(1925—2017)劄

際昌仁兄閣下:

近來可好?嫂夫人安好?兄老當益壯,事業心和精力均使小弟望塵莫及,兄之高義,更使弟感佩不已。承蒙關注,無時不在感念之中。關於研究生鳳録生的學位答辯問題,從感情上說,我還是願意到河大去的,一者是你我弟兄多年交情,二者河大和師院是本省兄弟院校,到河大申請學位,名正而言順。老兄想到這一點,準備同時辦理答辯,使弟十分感激。可惜去年秋天,弟因公去江蘇,見吳奔星兄,他說:"你的研究生為什麼不送到這裏來?"和老兄一樣,也是盛情難卻,因此當時就與他們學校談定了鳳録生的答辯由他們辦理,並且根本無須小弟前去。因為感情難卻,事實上已經定下了,就有負我兄嫂的盛情了。但老兄的關注,小弟時刻銘感五衷,絕不會忘記的。鳳録生雖然不能前去,老兄若有什麼差遣,小弟萬死不辭,一切聽兄安排,可謂唯命是從。

今春氣候變化不定,請兄嫂珍攝玉體。祝

好!

弟夏傳才 3月16日

附六:河北省燕趙詩詞協會副會長兼秘書長葉蓬劄

魏老:

首先向老會長報告兩個好消息:第一,三萬元經費批下來了;第二,經過申請,河北省文藝振興獎分給我們三個名額,這兩件都可以稱之為大好事!

分給了名額,非需建評委會,我建議副會長以上都作評委,規定不能少於七人,老會長兼任評委會主任,副主任是作具體事的,由我來作。評委會下設辦公室,由馮建勳任辦公室主任,魏老,您看行嗎?

按規定,九月十五日以前評定,所以我們評委開會需在九月上旬,此外再加保定、唐山、碣石、石家莊地區、邯鄲市,五個地市級詩會,各出一人參加。除評獎外,連別的會務工作也就一併解決了。是否可以?請速垂示!

祝

松梅夏安!

葉蓬　八月十日

附七:河北省文聯副主席浪波(1937—2018)劄

魏先生:

大函奉悉。

詩詞學會年來頗不景氣,主要是經費和人員不足。葉公已離休,馮君和劉女士的工作也有變動,所以工作幾近半停頓狀態,這個責任主要在我未能抓緊。

根據省裏的情況,擬申報上級:一、學會的具體工作掛靠在"詩神"

編輯部，抽出一人，具體抓住刊物和通聯等組織活動；二、有宣傳部掌握的文藝刊物補貼中，每年拿出 2 至 3 萬元作為燕趙詩詞的印刷費和學會的活動之用。以上兩點正在請示，如能落實，今後的工作當有大的起色。

關於編制，省政府規定，"學會"一律不給定編，也不可能列入財政預算，所以想出上述兩個辦法，在我們可以做到的可能條件下，變通解決。

此事上報後，有何新的情況再向您匯報。

匆此。即頌

教安！

浪波　10 月 8 日

第十四章　桐城古文學派的研究

一、時代背景與論文體例

1988 年 4 月，河北教育出版社出版的《桐城古文學派小史》是魏先生於北京大學研究院時的畢業論文，導師胡適先生。胡適當時說："桐城派出在我們安徽，過去叫它'謬種，妖孽'，是不是可以有不同的看法呢？希望能夠研究一下。"

民國初年，直隸蓮池書院，張裕釗、吳汝綸弟子在世者尚多，若賀濤、劉若曾、高步瀛、常堉璋、鄧毓怡、賈恩紱、樊榕、劉春霖，馬其昶、姚永概、李剛己，趙衡、柯劭忞、吳闓生、尚秉和、谷九峰、劉際堂、武合之、邢贊亭、吳士湘、步芝村、王篤恭及再傳弟子張宗瑛、李子建、劉世衡、賀葆真、賀培新叔侄皆倡桐城古文，廣刊吳汝綸、賀濤、吳闓生、張宗瑛、趙衡、李剛己等文集，並得徐世昌等主政者支持，而與北京大學胡適及學者章炳麟等，但無聲氣相通，且新學與舊學有敵對之勢，批評桐城古文者多，甚至以"桐城謬種、選學妖孽"稱之。連碩儒王樹枏私下都有桐城古文太乾淨之論，以致桐城派作家林紓被排擠出北京大學，可見此風之盛。正基於此，胡適站在一種學派和重鄉賢學術的角度，讓通曉明清散文的研究生魏際昌（北大本科有《袁中郎評傳》之作）研究桐城古文學派，也是自然而然的事情。

今魏先生《桐城古文學派小史》有 1937 年北大研究院時稿本、

1961年改寫本、1981年供研究生班及本科四年級專題課所用的油印本、1983年《河北大學學報》本及1986年《桐城古文派小史》定稿本（即1988年河北教育出版社初版本）等。

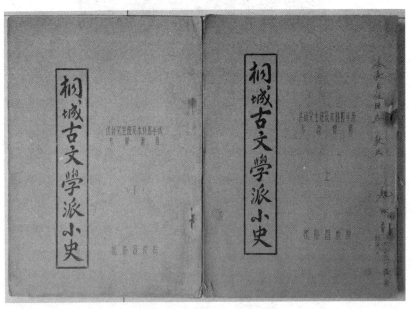

《桐城古文派小史》油印本

《桐城古文派小史》初版本

　　誠如魏先生在定稿本後記中所言:"(胡適先生)言猶在耳,算來已經50多年了,當時確實下了點功夫,取得一些成果,也為胡先生所肯定,但是現在看來到底還嫌不足,需要加以補充,所以又重新改寫了,並且印了出來,以就正於大雅方家。此外,更主要的便是紀念我的導師胡適之先生了,中心藏之,曷日忘之。八旬老學生紫銘於保定蓮池書院。"所謂改寫,是對詞語更加書面化,其次,最大變動是第一編由原來的桐城古文學派樹立的"三祖"方苞、劉大櫆、姚鼐之前加上戴名世而成桐城"四祖",此為早期版本所無。

　　其體例為:

　　第一編:桐城古文學派的樹立之桐城"四祖"。第一章,先行者戴名世。第二章,創始者方苞。第三章,中繼者劉大櫆,附吳定、王灼。第四章,集成者姚鼐。

　　第二編:桐城古文學派的分播之姚門諸子。第一章,安徽桐城的作家。第一節,方東樹(附戴鈞衡、方宗誠);第二節,劉開;第三節,姚瑩。第二章,江蘇上元的作家。第一節,管同;第二節,梅曾亮(附邵懿辰、魯一同、馮志沂);第三節,姚椿;第四節,吳德旋。第三章,江西新城的桐城派作家(附朱仕琇、羅有高)。第一節,魯九皋;第二節,陳用光(附陳學受、陳溥、吳嘉賓)。

　　第三編:桐城古文學派分播的梅氏之群與"陽湖派"。第一章,湖南的桐城派作家。第一節,吳敏樹;第二節,楊彝珍;第三節孫鼎臣;第四節,郭崇燾,第五節,王先謙。第二章,廣西的桐城派作家。第一節,呂璜;第二節,朱琦;第三節王拯;第四節,龍啟瑞。第三章,陽湖古文學派。第一節,惲敬;第二節,張惠言;第三節,李兆洛;第四節,陸繼輅。

　　第四編:桐城古文學派的陵替之"准桐城派"。第一章,私淑桐城的曾國藩。第二章,曾國藩的幕客。第一節,張裕釗;第二節,薛福成;

第三節,黎庶昌;第四節,吳汝綸(附嚴復、林紓)。

可謂淵源清晰、引證有據,是二十世紀初系統研究桐城古文學派的重要著作。

此書前言中魏先生有述:

筆者研究桐城古文學派,雖然是半個多世紀以前的事,可是直到現在才敢說是略窺門徑。這主要原因是去年九月在安徽桐城參加了安徽省社會科學院、安徽大學等單位聯合召開的"桐城派古文學術討論會",在會上,受到了啟發,就是說像三十年代初那種指斥"桐城派"為"謬種流傳、選學妖孽"的看法,也即是全面否定它的錯誤態度,必須予以糾正了。按"桐城派"的"道"是"程、朱"之後的"儒家","桐城派"的"文",是"韓、歐"之間的古文。這"程、朱"的"儒家",是自南宋以來一貫推行的統治思想,但可不等於說,它在桐城作家的頭腦裏是純而又純一成不變的。清人以女真入主中國,這反對統治的民族思想,就不斷潛伏或露布在清初諸儒中,顧亭林、黃宗羲、王夫之等不用說了,就是作為桐城前輩的方以智(明亡不仕,落髮為僧,隱居梧州,反對宋、明道學的博物君子),休寧前輩的戴東原(精於考據、訓詁,但不只是一位漢學家,通過《元善》《孟子字義疏證》等著作,又足證明他是著名的哲學家),在人生態度、學術思想上就影響了戴名世、方苞、姚鼐。

這"桐城派"的"韓歐古文",據我們看是"青出於藍而勝於藍"的,因為無論在"義法"的歸納上,創作的表現上,他們都是既繼承又發展,成體系,有特色,因時變異,與前不同的。如"辭類"的大"編纂","文筆"的較清晰,思想的講解放,尤其是許多作家的不慕榮利、熱心於科研和教學的行誼,是很值得稱道的,而後期諸人的經世濟用,高唱改革,開通風氣,引入西學,也不能不說是在"咸與維新"了。筆者的意圖即是打算追本溯源的研究下它的歷史情況,重新給予一個比較正確的評價,其方法則是"以人為綱"(並不一定是"列傳"據世系,聯找尋作者的師承關係），排比先後（依其生卒年代而定），分清地區（影響所及的幾個省份）的。使人按圖索驥，一目了然。

既曰"小史"，便不是"大觀"，謂之"學派"，亦與"文派"有別，如果能夠把它作為中國文學史上影響最大，時間最長，而且也是最後的一個古文學派，交代得清楚，總結了問題，這是筆者沒有白白浪費讀者的寶貴時間了。

二、《小史》出版與後續研究

1986 年 5 月，《桐城古文學派小史》的出版列入計劃，魏先生研究生李金善送書稿與河北教育社鄧子平先生，鄧轉責任編輯李自修、成占民（1993 年 9 月，魏先生主編《中學生古文觀止》，由河北教育出版社出版，責編也是成占民先生），後經校樣稿，1988 年 4 月正式出版。8 月，成占民先生有致魏先生一劄：

魏先生：

您好！您的著作《桐城古文學派小史》出版發行，已同讀者見面，特向您表示衷心的祝賀！

寄去樣書 20 本，請收。前已告出版社服務部，將您自己訂的 200 本郵去，不知收到否？其中 100 本按國家規定優惠價格，其餘平價。這款從您的稿酬中扣除，待會計辦好後把餘款匯去。放心。

容後去保定拜見先生。

致
安康！

成占民
1988. 8. 19

　　魏先生序言,1986 年 5 月即寫成,而書中所用桐城"三祖"方苞、劉大櫆、姚鼐肖像初請湖北藝術家柳青女士繪就,因不合用,又委安徽桐城胡葭隄先生請盛東橋先生創作,即書中所用,而未及改寫前言。"三祖"故居及墓地照片,為胡先生提供,未用,而前言中言謝,此為出版之中的小插曲。因附記,以代故去的魏先生向盛先生致敬。

1986 年 4 月,魏先生、于先生陪來訪的柳青遊古蓮花池合照(右一為柳青女士)

　　後學吳占良,少有家藏,多是曾國藩主直隸後之王振綱、李鴻章、黃彭年、張裕釗,吳汝綸、王鍔、王樹枏、丁國華、吳煥采、傅增湘、劉春霖、崔潤齋、樊榕、劉同文、劉世衡、賀培新等與蓮池師生相關的殘篇斷簡,多為師法桐城古文的張裕釗、吳汝綸弟子或再傳弟子。初注意諸先生之書法,又始關照文體。因占良所藏與保定文化相關,上世紀90年代初已分捐直隸總督署博物館、蓮池書院等文化單位。

本書作者吳占良與魏先生合照

本書作者吳占良與魏先生、于先生合照

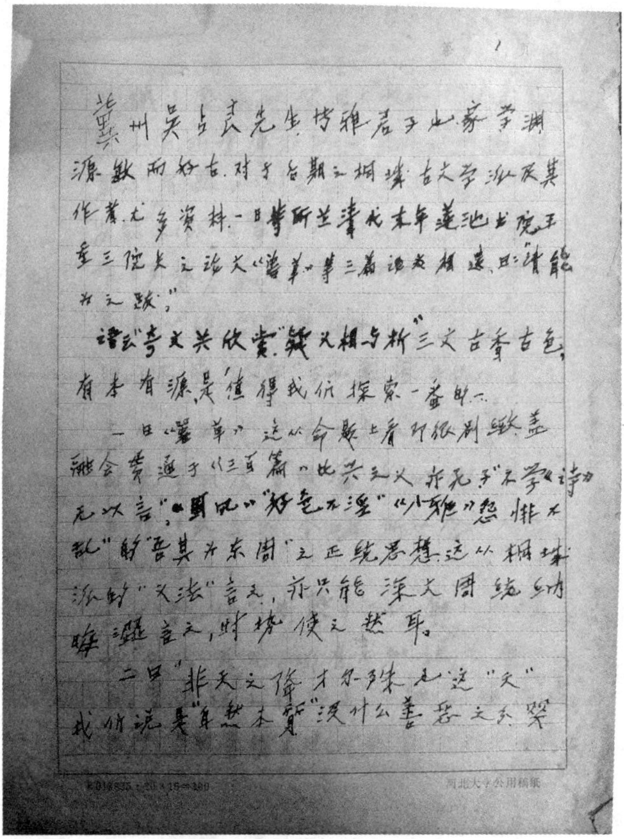

冀州吴占良先生博雅君子也，家学渊源，敏而好古，对于后期之桐城古文学派及其作者，尤多资料。一日携所出清代末年莲池书院王重三院长之论文《善学》等三篇论文相遗，曰"请能为之跋"。

读后"奇文共欣赏，疑义相与析"，三文古香古色，有本有源，是值得我们探索一番的。

一曰《善学》，这从命题上看即很别致，盖融会贯通于《三百篇》比兴之义，亦孔子"不学《诗》无以言"，《国风》"好色不淫"，《小雅》"怨诽不乱"的"吾其为东周"之正统思想。这从桐城派的"义法"言之，亦只能深文周纳，晦涩言之，时势使之然耳。

二曰"非天之降才尔殊"也，这"天"我们说是"自然本质"，没什么善恶之分界

魏先生《跋王重三論文後》手稿

1993 年 11 月,吳占良與保定市文物局常紅傑因工作關係至河北大學魏先生之紫庵,蒙贈《桐城古文學派小史》一書,並得以請教蓮池師生與桐城古文學派的關聯。占良以為"清光緒中後期,桐城古文學派的中心在直隸蓮池書院",魏先生稱善。占良遂參考魏先生著作,檢諸公私文獻,按魏先生行文風格,魏先生補寫近千字,合作完成《桐城古文學派與蓮池書院》,發表於 1996 年的《文物春秋》(蓮池專號)。其中第二章:桐城古文學派在直隸的早期傳播。第一節,方苞與直隸;第二節,方觀承的倡導。第三章:蓮池書院對桐城古文學派的繼承和發展。第一節,張裕釗,兼及劉若曾、紀鉅湘等;第二節,吳汝綸,兼及劉春霖等;第三節,賀濤,兼及吳闓生等。因是吳占良執筆,時方 28 歲,考論略顯粗疏,如王樹枏是否可歸入桐城派? 宗樹枏為賀濤妹夫,如何界定師承等等,可糾正和補充的東西很多。《桐城古文學派與蓮池書院》一文,可作為魏先生提攜占良研究桐城古文學派在直隸的一段因緣。魏先生又為占良家藏蓮池書院院長王振綱(字重三,王樹枏祖父)三篇手稿作跋,成《跋王重三論文後》:

　　冀州吳占良先生,博雅君子也。家學淵源,敏而好古,對於後期之桐城古文學派及其作者,尤多資料,一日持所藏清代末年蓮池書院王重三院長之論文《獸草》等三篇相遺,曰:"請能為之跋。"

　　語云"奇文共欣賞,疑義相與析"。三文古香古色,有本有源,是值得我們探索一番的。

　　一曰《獸草》,這從命題上看即很別致,蓋融會貫通於《三百篇》比興之義,亦孔子"不學《詩》,無以言",《國風》"好色不淫",《小雅》"怨悱不亂"的"吾其為東周"之正統思想。這從桐城派的"義法"言之,亦只能深文周納晦澀言之,時勢使之然耳。

二曰《非天之降才爾殊也》,這"天",我們說是"自然本質",沒什麼善惡之分,嬰兒餓了要吃,就哭,夫人而能之,這是自然本質,所謂原始的"本能"。所以陷溺其心者然也,則是後天的習慣,"學"而後能之,既有富歲凶歲,人自然要適應環境(多賴多暴是一樣的)。桐城派學行程朱,既從統治思想而來誰敢違抗(儘管"漢學"可以相容並包),重三先生為院長豈不知? 這也是清代的規章制度,曾國藩派他做蓮池書院院長的政令嘛,所以念念不忘、言之鑿鑿。

三曰《吾從周》。"周監於二代,鬱鬱乎文哉",政治文化,哪有不繼承發展的? 曾國藩之搞洋務已經是健康發展了的,洋務大炮、時務學堂,未嘗不是古為今用、洋為中用的具體措施麼。孔子當年西行不到秦,所以稱將出關的老子為"龍";南行到楚,一被非笑於《鳳兮》之歌,再被扼制於子西之阻楚昭封地,只有捲起鋪蓋回家鄉去找"狂狷"之士,興於"詩",立於"禮",成於"樂"了。所以我們說曾氏及其幕僚能"經世致用",在一定程度上有所建樹,還真不簡單呢! 就說到這裏吧。

燕趙老叟紫庵魏際昌於河北大學　時年八十有九

第十五章　與河北大學師友

一、與顧羨季先生

魏先生是 1952 年暑假後到天津師範學院中文系任教授的,顧隨(1897—1960)先生則是 1953 年 6 月 21 日由北京師範大學受聘於天津師範學院中文系的。學校對兩位教授是照顧有加,魏先生住河北路原德國資本家建的二樓兩間大房子;顧先生"宿舍係樓底,書房、臥室、廚房、廁所各一,書房、臥室之大,一間可抵(北京)李廣橋三、四間,高爽、乾燥,頗合理想"(《與盧季韶書》)。

當時尚有民國遺風,教材尚未統一,教授自編講義,自由度高,心情是很舒暢的。1954 年,學校成立了古典文學教研室,主任韓文佑,成員顧隨、魏際昌、高熙曾等。魏先生講授《屈賦》,有一課堂照片留存,完成了《李白評傳》《漢魏六朝賦研究》等著作。顧先生講授佛典翻譯文學,著有《佛典翻譯文學——三國晉南北朝時期》等。今教研室有論學合影照片,已成為河北大學重要校史資料。時魏先生有《苦水教授三絕》贊之:

羨季先生有三藝,絕活吾輩難比擬。課堂教學善取譬,談笑風生解人頤。

案頭行書飛龍蛇,惜墨如金不輕貽。最是詞曲稱膾炙,遊戲人間生花筆。

　　古今學者多才士，此老崔巍不扨已。天生異秉人莫違，獨對佛經講翻譯。

與顧隨諸先生合影（左起：魏先生、高熙曾、顧隨、韓文佑）

　　二十世紀80年代初,顧先生弟子葉嘉瑩等搜尋顧先生遺作,1986年,《顧隨文集》由上海古籍出版社出版。顧先生猶如出土文物,廣為學界重視,後遺文大量發現,朋友、學生的紀念文章亦多,多次在北京、保定召開紀念會。近年《顧隨全集》及單行本多種問世,影響深遠。1990年秋,魏先生寫有《緬懷顧羨季先生》,並參加了同年9月2日在北京的"顧隨先生逝世30周年紀念會",又作《顧隨先生紀念會序》,與周汝昌、葉嘉瑩、史樹青、顧之京等共同追念顧先生。魏先生的文章真摯感人,情景交融,言之有物,不作泛泛之語,二文不過2000言,行文老到,評論精確,鏗鏘有力,字字珠璣,可抵數十萬言之大論。謹錄:

在紀念顧隨逝世30周年紀念會上之一(發言者魏先生,右一周汝昌先生)

在紀念顧隨逝世 30 周年紀念會上之二(右一為史樹青先生)

緬懷顧羨季先生

50 年代初,余與顧羨季先生同執教於天津師範學院(河大前身)之中文系,開古代文學課,合作無間甚相得也。先生光風霽月、敦厚溫柔,長余八歲,余每尊稱之為顧老,亦以其為北大同門也(先生先余數屆畢業於外文系),先生亦昵呼余為魏兄。先生教學多方,博雅淵深而善於取譬,談笑風生、使人解頤。嘗願學焉而慚才有未逮,課外談敘尤多裨益。

顧老嘗戲指附庸風雅而聲情乖劣之詩人為"豆芽菜",以其曳白不能自立之故。余則嘲之曰:"此猶愈於掐菜,尚有頭尾在也。"先生戲曲之作一時無兩,場面齊全,文武崑亂不擋。其嵌入劇作中之套數小令,多具獨立成章之特色(如《祝英臺身化蝶》劇中之"正宮端正好""滾繡球""倘秀才"等即是)。至其刻畫人物之繪影繪聲活靈活現、摺子結構之嚴絲合縫、珠玉雙輝,更不待言。

曾謂余曰:"楊小樓不愧為'武生宗師',他不止是長靠短打都棒,白口清脆,武戲文唱,最難得的是能琢磨所扮人物的聲音笑貌,使之栩栩如生地重現於舞臺之上。如《別姬》之霸王'垓下'一歌,淒涼悲壯,英雄美人,不得以成敗論之。所以司馬遷為之作'本紀'是千該萬該的。反之,那位得天下的漢高祖,卻真是個流氓,殺盡了韓信、彭越一類的大將軍,回到沛縣家鄉卻唱起'安得猛士'的《大風歌》來,何其不堪?所以睢景臣的《漢高祖還鄉》的套數就寫得妙,大膽、潑辣。"

又說小說《紅樓夢》的人物道:"王熙鳳美而能,使人銷魂,是塊當家人的材料,但我不喜歡她。賈府裏的丫鬟,我只覺得晴雯可愛,這不單純因為她是黛玉的化身,可貴之處,在於她的情真意切、敢愛敢恨、爽朗乾脆、快人快語,所謂'任性'猶其餘事。這曹雪芹把女孩兒們的心靈都吃透了,不止空前、可能絕後,真是古往今來一大手筆。"

顧老邃於佛學、尤精"禪宗"(凡"外道""凡夫""小乘""大乘"等類),他說:"六根(眼、耳、鼻、舌、身、意)清淨,六塵(色、聲、香、味、觸、法)不染,談何容易,這如同'色即是空,空即是色'一樣,乃是佛家'有'與'無'的矛盾。'大乘'(普度眾生)、'小乘'(自家成佛)因有此病,蓋不生'大慈'曷有'大悲'?""無我相,無人相,無眾生相,無壽者相"正是佛家"寂滅"之理。其虔修、苦渡,所以為"來世"之"極樂"耳。

先生之《垂老禪僧再出家》雜劇有詩云:"薤髮披緇空即色,參禪禮懺色非空。達摩無有西來意,一任泥鰍自化龍。"(第一折,正末僧開場)又《仙呂點絳唇》云:"初祖西來,道傳法外,非空色,任意安排,甚的不是菩薩戒。"(同上)雖有澈悟之詞,非無清淨之意,蓋際生偽亂,室家多累,"古之傷心人別有懷抱"也,非直為觀美耳!跡其思維,余曾漫以"居士"呼之,顧老苦笑不應。嗟乎!"人之相知,貴相知心",余豈敢自弄聰明哉!

顧老詩文清麗,書法嫵媚,而惜墨如金,從不輕易遺人,更無論沽諸市井矣,居輒曰:"君子固窮,及其老也血氣既衰,戒之在得。"言猶在耳,以視今之"貨殖"者不可同日而語矣。

羨季先生平生以馮至老為摯友,詩文交流唱和極多。羨季先生及門之高弟子甚多,如周汝昌、郭預衡、史樹青諸君子,均業有專長為當代名流。而其尤著者則加拿大籍之葉嘉瑩女史也。因頌之以詩云:

> 悠悠顧老,師友無間,溫柔敦厚,步武前賢。
> 教亦多術,芳菲滿園。翰墨飛香,守以清寒。
> 名溢齊、魯,盡瘁幽、燕。我之懷矣,旨在追遠。

庚午初秋,八十三叟魏際昌合十於河大之紫庵又,今年 9 月 2 日為羨季先生舉行紀念會,余撰《顧隨先生紀念會序》如下:清河顧羨季先生逝世之 30 年,其友朋始得相與集會於北京而紀念之,意深遠矣。蓋先生淵雅博大,霽月光風,居於仁,游於藝,與人恭,執事敬,為晚近鮮遘之學者,而際值國家多故,出入靡常,使先生匆匆以去,未得長樂暮年、竟其全功,為酸楚耳!余與先生桑梓同門,晚年又得共事一堂切磋經史,知無不言,尤眷眷也。先生之道德文章具在《文集》之中,其嘉言懿行亦備見於葉嘉瑩、周汝昌諸君子所撰之述作,毋庸余之贅言。嗟乎!師道之不講也久矣,今少年喜謗前輩,矧能與 30 年後垂涕泣以憶其先師哉,化行俗美,此為楷模,余亦敬謹受教;殆先生古之遺愛也,是為序。

庚午初秋 9 月 6 日於保定

魏先生行文輕鬆自然,而兩位學人之因緣,及對顧先生的尊敬見諸筆端。實顧先生長魏先生 11 歲,彼此之稱謂,可見老輩兒之講究。贊顧先生"博雅淵深而善於取譬",可謂的評。後記顧先生以"豆芽菜"對比附庸風雅而聲情乖劣的詩人;談武生泰斗楊小樓和顧老劇本創作的高妙。顧先生最看重楊小樓的藝術,認為其道白、唱腔、做、表為集大成者。其學生朱家溍先生追念顧先生,師生授受,楊小樓的話題最多,而詩文創作反在其次。

上世紀三、四十年代,京劇最為隆盛,北平各大學師生好京崑者頗多,並能客串演出,魏先生觀看演劇之餘,亦能拍曲,曾聽魏先生唱崑曲,甘洌醇雅,又說論顧先生的《紅樓夢》、禪學、佛典研究和及門高弟傳承有繼。

魏先生讚揚顧隨先生"書法嫵媚"。顧老書法依其師沈尹默之路

234

數,楷書法唐褚遂良《同州聖教序》,行草師二王,"嫵媚"正是二王、褚遂良、沈尹默書風特點之一,圓勁遒麗。新中國建國前,弟子史樹青先生贈顧先生唐人寫經殘片,因而顧先生楷法又自經生書中取益,以之書寫經文,極為契合,這也是顧先生書法高超處。

後學讀顧隨先生詩文,更喜愛先生書法,曾拜觀史樹青先生藏《顧臨褚書聖教序》,又謁顧先生女兒顧之京教授,幸見顧先生行草文稿,並受托請保定楊志新托裱《苦水作劇》及手劄真跡。曾持影本顧先生《難得秋懷》詩稿,請魏先生講解。

> 難得秋懷澈底清,心如秋水未能平。
> 生涯謏落同牛後,花事闌珊到馬纓。
> 白鳥飛來仍自去,斜陽有恨尚多情。
> 黃門家訓縱平淡,淒絕一篇觀我生。

魏先生逐字講解,說應反復體會詩注:顏黃門《觀我生賦》曰"予一生而三化,經荼苦而蓼辛。"顧先生自注云:"至是而三,為亡國之人。"魏先生談到,顧先生在日寇侵華時之心境,顧先生是愛國者,是有真情懷的學者,明乎此,則詩可解。

魏先生與羨季先生女顧之京教授同在河北大學中文系同事,情誼得以延傳。附1988年9月29日,魏先生夫婦、顧之京教授等到四川考察間,顧之京教授致魏先生一劄:

魏老:

您和于先生自西安返回保定,一路順利嗎? 我們乘硬座至成都,夜間,我感到有些冷,在看上鋪高高的,很掛念您們,不知是否調到了軟臥,如在硬臥上,對你二老體力消耗太大了,您到家後一定要把手頭的其他工作先放一放,好好休息幾天。

下面向您匯報我的情況,總的是一切順利,請您們放心。我們到成都後就住在了于先生告訴我們的梁家巷運輸公司招待所。這裏現在不僅代定車票,而且代定自重慶下水的船票。我們三人商議了一下,決定不下雲南,而定票至重慶,再轉船過三峽。正巧有十月二號的客輪,我們定了三十日至重慶的火車,準備在重慶停留一天多,參觀一下曾家巖等革命紀念地,二號就上船。為了節省時間,我們的船票是訂到宜昌,準備自宜昌上岸,乘北上的火車返校,這樣時間、經費都不會超出。由於免去了自己排隊買車票的負擔,這幾天在成都活動安排相當緊湊,25 至 27 日是三日遊(樂山、烏尤寺、峨眉、三蘇祠),28 日是一日遊(都江堰、二王廟、青城山),今日是 29 日,準備去市內參觀武侯祠、杜甫草堂,明晨離開成都。成都與西安不同,西安多古跡,成都除古跡外,自然風光真是氣象萬千,我這次是大開了眼界。我身體很好,請您二老不要掛念我,他們兩位也都好,他們都登上了峨眉金頂。

這封信是坐在牀上寫的,寫的太亂了,請您原諒。祝
您和于先生身體健康!

之京

9. 29 晨

二、與黃綺先生

黃綺(1914—2005)教授,安徽安慶人,畢業於西南聯大,做過聞一多先生的助教後,於 1942 年至 1945 年在北京大學研究院文字學專業學習,導師唐蘭。黃先生 1951 年就到了河北大學的前身津沽大學任

教,後黃先生成了知名的古文字學家、書法家、詩人,有《說文部首講解》《說文解字三解》《歸國謠·無弦曲合集》《黃綺論書題跋》等,中國書協第二屆副主席、河北省書協主席。

魏先生年長黃先生六歲,1957 年被打成右派,勞動改造,做中文系資料員多年,直至平反前,沒有在教學崗位,是靠邊站人物,每有風吹草動,就會列為典型,被批鬥、寫交待材料是經常的。黃綺先生似乎能順應形勢,雖"文化大革命"也被貼大字報,但沒有成為重點對象。1970 年,河北大學由天津遷保定,獲得當地駐軍 38 軍和校內工宣隊、軍宣隊的重視,寫了許多政治性的標語,為紅衛兵寫袖標等,也是時代所然。由此,"文化大革命"結束後,河北大學一些教師和保定一些知識分子對黃先生有些微詞。

魏先生與黃先生關係不錯,"文化大革命"之中、之前沒有派系之爭,再者魏先生也通古文字,師從北京大學唐蘭先生。魏先生曾存黃先生自書詩軸、大幅梅花立軸。1988 年 4 月,河北教育出版社《桐城古文學派小史》之書簽也是由黃先生題簽。二十世紀 80 年代初,黃先生調石家莊河北省社會科學院,兩位先生約雷石榆教授到保定古蓮花池遊並照相留念。

1987 年 11 月 23 日,河北省燕趙詩詞協會成立,魏先生為首任會長,提名黃先生為顧問,並請黃先生為會刊《燕趙詩詞》題寫了篆、隸二體刊名。後各自的學生,都代表自己相互看望,延續多年。曾記得魏先生所存黃先生書軸,書於 1980 年。"眼隨絕頂欲摩天,雲際高吟李杜篇。石出江心攔路過,請君滿載一船山。紫翁索字與書,書拙作《峽中行》一首,並請兩正,八零年秋,黃綺。"魏先生說是黃先生最好的一件詩書俱佳作品。惜魏先生在世時已流出,我喜黃先生詩書並美,曾拍照片,此作得以見證兩位學者的友誼。

三教授合照(右起:魏先生、黄绮、雷石榆)

三、與熊任望先生

熊任望(1925—2010)教授,江蘇靖江人,南京大學畢業,初在中央音樂學院、河北文化學院、河北戲曲學校任文學史課,1973年調入河北大學中文系。魏先生做中文系資料員,因學校對魏先生傳說較多,"國民黨少將""雙料右派"等,熊先生除借書外,與魏先生沒有私下的交往,但佩服魏先生的學識,說魏先生是"活字典"。魏先生恢復名譽後,兩位先生才交往。作為晚一代的教師,熊先生聽魏先生課,講述屈原課,得到魏先生的支持。熊先生是後入中文系的,無黨派人士,與人真誠相處,輕易不發傾向性意見,也受到不少委屈,關鍵時無人站出來幫助。

1985年6月,中國屈原學會成立,湯炳正為會長,魏先生為常務副會長,魏先生提名熊先生為理事。每次年會,熊先生陪魏先生參加,多盡照顧之責,而熊先生會務之外的花費都由魏先生個人負責,不容客氣,對其他陪同參加學術活動的人也如此。每年春節,熊先生去拜年,魏先生必回拜,年年如此。

1994年,熊先生私下對魏先生有點"意見",原因是熊先生的一位研究生論文答辯,魏先生是答辯委員,寫下了通過的肯定評語,而在現場又說論文有欠缺處,其他委員寫了反對的意見,後補評通過。當1995年春,熊先生在保定古蓮花池康樂廳(藻詠樓)舉辦書法展,我代表熊先生邀請魏先生參加,魏先生欣然前往開幕式,時年88歲,始終站立,參觀了展覽,寫下了讚美熊先生的詩作:

乙亥三月為任望老友書法展覽,高歌聯綿竹枝詞三首。

魏際昌，時年八十有八。

> 任望遠祖有熊氏，高陽苗裔是屈原。
>
> 忠貞愛國大一統，靈秀所鍾代代傳。
>
> 追步張旭非等閒，鐵劃銀鉤玉龍蟠。
>
> 下筆有神吞河嶽，保府方家觀止焉。
>
> 書如其人說淡泊，善誘循循走泥丸。
>
> 蒼松歲歲不知老，晚霞猶赤半邊天。

熊先生冰釋不爽且熱淚盈眶了。魏先生逝世，熊先生到靈堂祭拜，對魏先生致以深深的敬意。

四、與周慶基先生

周慶基（1923—2008）教授，湖北天門人，輔仁大學歷史系畢業。周先生出身書香門第，祖父周樹模（1860—1925）翰林出身，清末黑龍江巡撫、民國平政院院長，工詩書，著《諫垣奏稿》等。

周先生為長子長孫，得祖父喜愛，樊樊山曾撫其頭對周樹模說："授硯有人"，並作詩紀事。後周先生請陳邦懷題"授硯齋"為齋號。其外祖父余誠恪，為湖南巡撫，夫人袁家詒為袁世凱五子袁克權女，夫人之外祖父為直隸總督端方，故見聞極廣，富收藏，精鑒賞，生活西派，超脫，有名士風，自云"喪志養生"。1957 年，學校大鳴大放，周先生不參與，請假，到北京看古董去了。"文化大革命"抄家，夫妻自製木箱13 個，拉至學校，故退還時基本未損失。

魏先生夫婦與周先生天然的親近，同居一樓，魏、于先生右派勞動改造在外，都是囑周先生照看。周先生教子甚嚴，子長雷挨批或放學家中無人，魏先生夫婦幫助照顧。文革後，于先生回歷史系教書，與周先生同事,甚相得。

魏先生有大量藏書和少許書畫、瓷器,與周先生相會時,周先生必會品評一番,有時並不說透。魏先生家中客廳所懸梁啟超七言楷書聯"神龍萬變海天小,猛虎一聲山月高",字之周邊有鉛筆勾畫痕跡,或有人懷疑是雙鉤廓填,問周先生,周先生哈哈大笑,不說真假。1999 年 6 月,魏先生去世後,周先生看望于先生,商量了數次,介紹一天津青年買走。實此聯原裝原裱,係抄家後退回,為梁啟超真跡,鉛筆留痕係當年管理抄家物資者所留下。魏先生河大的宿舍一樓南屋北牆的涵芬樓百衲版二十四史(有刻字書箱)及陳道復絹本花卉軸、宋代青瓷碗(鑲銅邊)等,也由天津青年拉走了。

有魏先生的同事、學生不解先生一輩子愛書,為什麼會如此處理呢?魏先生在世時,視書為生命,除贈人外,不准出售(因北京中國書店早已盯上),但也考慮給書找個歸宿。先生有一部明版白文《史記》四十冊,有李鴻章朱筆眉批,魏先生寫有《清人李鴻章朱批明板〈史記〉小識》考證。本想捐給河北省博物館或直隸總督署博物館,省博物館的副館長王金科、保定的衡志義館長猶豫,魏先生夫婦生氣,加之《魏際昌文集》,送河北大學出版社未能出,心情不佳,家人又無從事文科研究者,于先生說:"出不出都沒用,書是我們散買的,再流向社會,這很好,年齡大了,需要淨身。"所以,魏先生逝世後,中國書店就找上門來,四萬元全部購去。裏面有數十函明、清板書,白文《史記》就在其中。魏先生讀書喜夾條或附帶的資料,是什麼,沒人知道。山西、河北的一些學者紛紛找到中國書店,托人選購,但多數進了拍賣場,一部明板《唐詩合解》就賣了八萬多。

魏先生還是幸運的,藏書得到了重視,其老友傅振倫先生的藏書、書劄當廢紙流散到市場更為可惜。

五、與河大其他先生

張弓(1899—1983)是中文系的老教授,著名修辭學專家,"文化大革命"中沒受到什麼衝擊。據于月萍先生 1959 年日記,張先生在河北大學農場也有短期勞動,與魏先生也只是工作關係,私下似無交往。

裴學海(1899—1970)先生是清華國學院的高材生,受教於王國維等,著有《古文虛字集釋》。魏先生被打倒的早,歷經苦難,得以平反,見到光明,而裴先生遣返農村,屈辱而死。魏、于兩先生自顧不暇,更多的只是惺惺相惜,同情而已。裴先生手稿被抄無存,魏先生的《說文繫義》(或名《說文解字彙釋》)《小爾雅釋詁》等也毀於"文化大革命"。

韓文佑(1907—1991)教授是魏先生的老同事,"文化大革命"後一起給進修班的青年教師和研究生上課,都是學生們喜愛的老學者。

雷石榆(1911—1996)教授,1952 年至天津,與魏先生都是較早的中文系教授,後住保定河北大學南院七號樓一單元 102,對門是魏先生。兩位先生都是解放初肅反和"文化大革命"中的受害者,都曾被批鬥,直至晚年,老先生們都不敢說遭到的不公平待遇。雷先生所寫《"肅反"與"文革"》對造反派、拉幫結派者的痛恨,對監視者也只是用英文字母代替。(張麗敏:《雷石榆詩文集》,河北大學出版社,2010 年 10 月,第 280、281 頁)除教學外,平常聯繫不多,生活中相互以先生相稱。1980 年 8 月,魏先生與河北文聯諸君子同遊,老友黃綺、雷石榆兩教授亦偕行。河大領導則有郭真副校長、劉自強副部長等同志,歷時三日始返。時魏先生有《五臺山》詩紀行:

　　1983年7月,與詹鍈諸先生合照於保定38軍招待所"河北大學中文系古代文學碩士生答辯會上"(自右至左:魏先生、韓文佑、王達津、羅宗强、胡人龍、詹鍈、李離)。畢業生為劉崇德、葛景春、徐明、蔣樂群。

夏日正炎炎，揮暑衣汗衫。車馳代北境，探勝五臺山。

行行重行行，白雲掩青巒。出沒村落裏，隱現豐林間。

最為驚險處，攀登十八盤。雨渡長城嶺，搖搖走泥丸。

迫及禮佛地，萬象識大千。蒼松翠柏中，紅牆繞寺院。

觸處皆壯麗，滿眼金碧顏。寶殿寶崇宏，斗拱伴飛簷。

巨塔沖天立，贔屭負碑板。佛容俱慈悲，神相顯莊嚴。

乃知舊王朝，土木繁興建。取之盡錙銖，不恤民苦艱。

今雖資遊覽，未可贖罪愆。況是講禪宗，與我輩無緣。

流連三兩日，興盡自言旋。日覩焚香客，吾獨愛遠山。

1984 年 7 月，魏彩霞考高中，雷先生夫人張麗敏，送冰鎮西瓜、檸檬水關懷。雷先生病，于先生提禮品看望。雷先生逝世，魏先生夫婦都到對門弔唁，于先生掉了淚，當時我正在魏先生家。

謝國捷（1915—1989），是中文系教授，住河大南院 11 號樓，與熊任望、周慶基先生同樓。魏先生與謝先生及他的尊人謝宗陶等一家人都有交往，在天津時生活上互相照顧。謝宗陶最喜與魏先生談舊學問。謝先生長於金石碑帖，藏有著名的北魏太武帝《御射碑》整紙本，1986 年由保定裝池家楊清亮裝裱，裱邊有壽鵬飛題跋，2019 年 6 月嘉德拍賣公司以近十萬元拍出。謝先生收藏多，但總讓周慶基先生壓一頭。魏先生有藏書之名，與謝先生有交流之樂。

詹鍈（1916—1998）教授，於 1953 年 3 月到天津師範學院的。"文化大革命"中，曾與魏先生被罰跪、批鬥，也曾一起做強體力勞動，沒有魏先生受的罪多，且學術研究未中斷，以《李白詩文繫年》《文心雕龍研究》為學界所重，"文化大革命"後與魏先生曾共同培養研究生。

陳劍恒(1903—1989)，山東濟南人，南京金陵大學畢業。1950年，陳劍恒曾任重慶大學文學院院長和教育系主任。1954年調往天津師範學院(今河北大學)任教。陳劍恒先生被錯定為右派，文革中又遭迫害，頗不得志。1980年後，魏先生遷保定後，常對其問候，偶回天津亦去看望。1987年，魏先生有遷回天津之想，後作罷。陳劍恒先生劄中及之。

魏老我兄大鑒：

七八月間數度捉筆，因酷暑逼人，只好作罷，尚祈諒察！來函及照片俱收到。

吾兄乃飽學之士，多年前帶病赴保，在遷校後，為河北大學出力不小，河大未致完全垮臺者，我公與有力焉。

承囑書寫教育心得，想兄早在來河大前，已從邱大年先生處知我為人，是我等在來河大之前，已曾相知矣。

我自遭遇運動迫害後，殊少寫稿，當然寫了也無處刊登。四年前，忽有濟南教育局史志主編別少逸先生來訪、約稿，後曾寫了一點回憶錄，惜「別公」與總編意見不一，只登了一部分，其餘重要的卻從總編推給濟南市史志分登，一部完整的回憶錄，卻分裂為二，引起主編極大不滿，今將別君覆信，附陳一閱，可見梯進者正掌大權也。

河大留津老教授的宿舍問題，迄未解決，看來非向中央申訴不可，事情必須解決，兄嫂來津之期，恐不會太遠矣！

果吾兄能回天津，頤養晚年，我可朝夕聆教，就老年來說，豈非是人生一大享受！

別君現年72歲，是我一生最後的一位知友，其為人多才多藝，耄耋之年得遇相知，亦是幸事！即祝暑祺，並望保重！

附信閱後，請擲還。

月萍先生處，請代問好，不另。

弟陳劍恒再拜

魏老我兄如握：

　　日前偕萍嫂來訪，闊別近十載，想念殊甚，故舊情深，良可感也！

　　津地除勸業場如故外，市容變化頗大，值得一看。該日因時間不多，恐誤採購與遊覽，未能款待，甚以為歉！尚希諒之！

　　好在過日遷居一處，朝夕聆教，猶可復當年談笑生活，此當日夜盼之。

　　餘不贅，即祝

教祺！

月萍先生處並此問候！

弟陳劍恒拜上
87、4、7

　　韓成武教授是杜甫研究專家，著有《杜工部詩集輯注》《守拙齋詩稿》等，韓先生有《悼魏際昌先生》詩：

　　　　哀樂催悲淚，天人共悼時。吟壇失巨伯，健筆憶先師。
　　　　引路音容在，答恩行跡遲。蒼茫無所顧，吾道竟何之。

　　劉玉凱教授，在其《學海梯航－遠去的先生們》中有《魏際昌先生和他的文學研究》一文,史料豐富,以"先生對我的教導和鼓勵""先生生平事蹟""晚年的學術研究""桐城派文學研究"對魏先生做了精深的表述。於魏先生等遠去的先生們作了深切的懷念,讓人感動。

　　二十世纪 80 年代初,魏先生参加河北大学中文系会。魏先生旁左一为谢国捷先生、左三为韩成武教授。

　　詹福瑞教授曾任河北大學黨委書記、國家圖書館館長。《小樓大儒》（《長城》2016 年第二期）中有《胡適的學生》一節，是一篇評價先生的公允文章。

　　另魏先生與河北大學的梁寒冰、溫宗祺、周學鼇、滕大椿、漆俠、李光壁、呂志毅、顧之京、李離、李竹君、楊寶忠、梁志林、任文京、程述之等先生，都有著頻繁的交往。

第十六章　與其他師友的交往

一、與俞平伯先生

俞平伯(1900—1990),原名俞銘衡,字平伯,以字行。浙江德清人,出生於江蘇蘇州。散文家、紅學家、詩人。清代朴學大師俞樾曾孫、翰林俞陛雲子。著有《紅樓夢研究》《俞平伯全集》等。1932 年,俞平伯在北大文學院講授《花間集》、張惠言《詞選》一年,魏先生選課受教。1986 年 1 月 20 日,慶賀俞平伯先生從事學術活動 65 周年在北京舉行,魏先生應邀攜弟子方勇參加。魏先生以詩為賀。

俞平伯先生學術活動六十五周年

憶昔三二年,紅樓講《花間》。絮絮而切切,琳琅暖心田。
古且為今用,淵源自有天。新詩冠京華,朋輩多碩彥。
家學亦稱顯,纘述宗曲園。考據實成癖,經史兩眷眷。
戲曲格律細,小說見地鮮。松濤飛翠影,老梅暗香傳。
四化風雷動,文明驚太玄。師在不言老,拼搏應向前。

魏先生注云:一九三二年,平伯師在,余學習《詞選》自此始。五四運動後,新文化運動大興,先生亦為此中健者。白話詩尤擅勝場,當時大家如胡適之、宗白華等無不推許。先生之曾祖父為俞樾曲園,二王

(念孫、引之父子)之私淑弟子。家學淵源,能度曲,尖團清濁審音極細,對於章回小說研究甚力。其《紅樓夢辨》三卷,號稱"新紅學",曾被批判。

八六年一月二十日記

二、與蕭軍先生

魏先生與作家蕭軍(1907—1988)先生是東北同鄉,在抗戰期間即相識。"文化大革命"後,1981年1月重逢於唐山,翌年,蕭軍先生來保定看望魏先生,並在河北大學講座,由保定電視臺殷占堂錄有專題片。1983年2月22日,魏先生到北京回拜蕭軍先生。之後,他們又在秦皇島、石家莊多次會面,參加學術活動。兩人通函、唱和甚多,魏先生亦因工作之便,至京看望蕭軍先生。今僅尋得蕭軍、蕭耘父女與魏先生三劄和魏先生詩一首,友情、親情盡在其中,非泛泛之語也。

與蕭軍先生合照一

與蕭軍先生合照二

八一年一月,唐山市重逢蕭老

白山黑水是君家,靈秀所鍾育英華。

蚩聲最是尊也早,誰人不識"老丘八"。

事在東北淪陷後,孔武有力筆生花。

只緣魯迅曾親炙,《八月的鄉村》響天涯。

更見蕭紅《生死場》,比翼齊飛大中華。

回首前塵五十載,滄海桑田漫心嗟。

劫後重逢唐山市,殷殷執手話桑麻。

能受天磨成鐵漢,"出土文物"實堪誇。

喜聞妻子都在側,亦知蕭耘歌詠佳。

著作等身翁矍鑠,敬祝先生壽永遐。

注:蕭軍同志,東北老作家,"九一八"事變後相識於滬上、燕京,今又重逢於河北省唐山市,俱已垂垂老矣!相顧茫然。君在青年時期曾有軍籍而好弄文筆,今日猶自稱"老丘八"。處女作《八月的鄉村》及蕭紅的《生死場》均受知於魯迅先生,因而聲譽鵲起。解放後,君之遭際頗為坎坷,"四人幫"粉碎後,始得新生,故自號"出土文物"。蕭耘,君之少女也,能詠歌,善交際,在生活工作上,為君之左右手焉。落實政策至今,君續有著作發表,如《吳越春秋史話》等,各有特色。

際昌兄:

得來書,知在病中,心殊忐忑,我輩行進年邁,凡事應以寧靜為好。

兄性急事繁,這是致病根源,能休息便休息,萬勿"拖"下去,是所至盼。

我下半年,要去青島、哈爾濱、上海一行,這也是不得已也。前些日子去黃州,匆匆忙忙轉了一圈,殊無抒情氣氛,一切為了"盡義務"而已,祝愉快修養! 月萍同志均此。

蕭軍上

八六、六、廿七日

魏老伯夫婦:

您好! 謝謝您的來信,我父親很久不給朋友們寫信了,大部分覆信,父親都是母親和我當"小工"代筆。如今他親筆寫了一信給你,可見得您的病使他著急了! 千萬聽人勸,年紀大了要服從"科學"啊! 祝好,多多保重!

小耘,86、7、3 匆匆

魏老伯:

您好! 久久沒問候您了,是打是罰無有絲毫冤枉! 您好麼? 我父親問您,"怎麼個好法"?

我隨父親剛剛由湖北黃州"東坡赤壁"歸來,那裏召開了一次首屆中國歷史小說創作會議,開的不錯。

去信,有件事必須求您:

82 年去保定時,由殷占堂同志曾為您和我父親錄了相,殷同志曾答應送一份錄影帶給我父親……。如今我家有了一臺放錄機,父親就很想再看看這次"保定之行",不知殷同志還記得這件事兒吧? 求您幫忙問問,等著您的好消息吧,這錄影太珍貴了。

問候伯母及家人們好!

蕭耘 86、6、6

送一張我父親的近照給您,這是"東坡赤壁"公園內"二賦堂"裏攝的,老人的身後是兩人多高的大木影壁,正、反兩面鐫刻有"赤壁賦",此照為"前赤壁賦"。據說當年蘇東坡先生貶職到此,幾乎天天到此園林中一遊⋯⋯

(有的小年輕兒競念成"東坡赤壁、二賊堂"!多逗⋯⋯)

三、與姚奠中先生

姚奠中(1913—2013),字預泰,山西稷山縣人,章太炎弟子。1951年後任山西大學教授,古典文學研究家,涉及文字學、詩詞、書法,著作豐碩。書法曾獲中國書協第三屆蘭亭獎終身成就獎,曾任全國政協委員、山西省政協副主席。

魏先生與姚先生治學路數相近,同出名師之門。之前並不相識,上世紀80年代初,兩位先生參加鄭州學術會議,姚先生的錢包丟失,恰巧魏先生撿到,送給著急的姚先生。二老遂同居一室,徹夜交談,相約以後互為所帶研究生的答辯委員。姚先生書"人生得一知己足矣,斯事當以同懷視之"聯句為贈。1985年8月25日,魏先生應邀到山西大學,主持姚先生研究生朱琦、朱貴琥論文答辯,26日,姚先生在家宴請魏先生。1986年6月20日至24日,魏先生的研究生方勇、李金善畢業答辯,魏先生與中文系李離主任約請了姚奠中、劉禹昌、陸永品、胡人龍四先生為答辯委員。姚先生20日下午自杭州到保定,22日答辯。23日,魏先生陪同姚先生等到易縣清西陵遊,晚,魏先生請姚先生到家中,以家宴相待。姚先生對魏先生藏書大感興趣,家中四圖書,南書房北壁線裝涵芬樓版廿四史(有書箱),東壁整櫃明清版書,西壁為印本,中為大書案。明板書一一展閱,當魏先生出示明末清初傅山批點崇禎本《唐詩紀事》時，姚先生連連稱歎，說："傅青主，我們山西人奉為神，何況是青主父子批點本，太珍貴了！"

1986 年，與姚奠中先生合照於河北大學(右一為姚奠中先生)

按魏先生記:此書印以竹紙,但已逐葉襯了棉紙,而且每冊都用白綾上下包角,灰厚紙作皮,黃絲線釘背(一直四扣),說明完全是改裝過的本子了。可鑒定其為崇禎板的物證約有兩端:一、卷首扉頁(第一冊的第二頁正中有藍色大字隸書"唐詩紀事",右側上角標以"毛氏正本",左側下角注曰"汲古閣藏",皆為同色寸隸),二至四頁為臨邛(即今四川邛崃縣治)計敏夫(有功)原序,寸字楷書(但自"唐詩紀事原序"至"周遊四方名"重複八十七字)。五至六頁為嘉靖乙巳(明世宗二十四年)東皇張子立序,寸字草書。七至九頁為嘉定甲申(宋寧宗十七年),懷安(在河北省西北部)王禧(慶長)所書之寸字行書序。又"原序"下有傅山、傅眉兩父子之方形陰篆文印章各一,山稍大在上,眉副於下(其它各本之扉頁同此)。

二、自然,最可說明問題的,還是毛晉自己於崇禎五年十月下旬用小字行書寫在八十一卷卷尾的"識語",清晰地指出《紀事》中有:①一人重見,②一詩重見,③脫去本詩,④誤入它詩,⑤幾人渾作一人,⑥眾題渾作一題,⑦一人一詩反分析幾首者等二百餘種謬誤"一一釐正"的話,就不只是字書秀麗,確定了版本,僅作為有價值的圖書,而古香古色、新舊對比,亦可以裨益於校勘之學呢。美中不足的是它乃殘本,在八十一卷中缺了近三十五卷,儘管如此,我們還是從裏面摭拾到許多珍貴的手跡和資料。如《紀事》卷廿七底扉頁有傅山墨筆行書五律一首,尾題曰《論文》,其詩云:

倏忽來風雨,經綸不可尋。雲霞無尺度,海嶽信高深。
甕牖駭椒目,繩牀靜大心。五車憐惠子,尚不似書蟬。

魏先生解詩意:明曰"論文",實在"論事",忽然襲來的風雨,已經無法找到它的脈絡了。因為雲霞在散亂著,山海也顯得高深不可測量了。這雖然叫蔬食野處的老百姓,一時迷惑了雙眼,可是慢慢地就定下了心性有所認識啦。誰說學富五車的儒生無能? 我們還不只是鑽在古書堆中的白蟻哪。顯而易見,這是青主報國之思,不滿現狀的讜言,所謂象外之象,意外之意者是,原根《八絕句》(如:縱說今宵舊歲除,未應除得舊塵茶。摩雲即有回陽雁,寄得南枝芳信無)的某些蘊涵的思緒一樣,不能不使用隱喻的筆法的。這比前此的《甲申守歲》,也是朱明乍亡時的志圖恢復、放言無忌的情調,已經略有改觀了。清人統治越來略鞏固,他自己的年歲也越來越大,遭受的迫害更是有加無已了麼。其詩曰:三十八歲盡可死,棲棲不死復何言。徐生許下愁方寸,庚子江關黯一天。蒲坐小團消客夜,燭深寒淚下殘編。怕聞誰與聞雞舞,戀著崇禎十七年。

姚先生對傅山有研究,當然知道這部書的價值。席間暢飲,畢,魏先生包好所藏 21 冊,擬奉贈,姚先生連說不可。兩先生商量,由姚先生找山西的學術單位,魏先生捐贈。

今復引魏先生舊作《喜見傅山批點汲古閣崇禎本〈唐詩紀事〉殘卷有記》(後發表於《河北大學學報》,1987 年第 2 期)一文,其於傅山父子批點唐詩紀事分六個方面做了探究:

1. 標點上的特色。

青主父子體現於標點上的手法,很有特色,朱、墨分用,精細異常。從字跡方面講,青主是慣於使墨的,行、楷兼施,耐人觀賞,傅眉多使朱筆,小字作注,然潦草率意,不及其父多矣。

257

2. 展示出來的書法。

綜觀他表現於此書上的筆法，也真是花生筆端、婉轉天然，不是為書法，反而是其極致的珍品。這主要表現在通過批點、評注所給予的寸楷、行書及小字上面的工夫，玉潤珠圓，搖曳多姿，而且洋洋大觀，使人目不暇給。關於筆法上的探討，傅山語人學書之法，"寧拙毋巧、寧醜毋媚、寧支離毋輕滑、寧真率毋安排"，那麼，他說的就不止是"筆法"了，還有"筆德"。字如其人，不可不慎。就是說，出之以樸實自然，認真謹嚴，絕不矯揉造作，誇飾飛揚。為人也是一樣，這從他最後師法於剛勁的顏真卿，而違棄了荏弱的歷事二朝的趙孟頫，即可概見。又在《紀事》卷四十八"陸希聲"條，於注中，特別肯定了陸希聲的"撥鐙法"，"古之善書，鮮有得筆法者，凡五字擫、押、鉤、格、抵，用筆雙鉤，則點畫遒勁而盡妙矣，謂之撥鐙法。希聲自言昔二王皆傳此法，至陽冰亦得知之"。傅山書法，不炫其美而美自在焉。

3. 平等看待詩意，並不崇拜帝王。

唐代諸帝之詩，佳作美句不少，但青主淡然處之，用"、"點句到底，一個紅圈都不給畫。如太宗《帝京篇》中之"入道慮高危，虛心誡盈蕩。奉天竭誠敬，臨民思惠養。納善察忠諫，明科慎行賞"，未嘗不是明君的善言，青主卻等閒視之，甚至不予渲染，有時還要挑剔一下。如《詠飲馬》詩"駿骨飲長涇，奔流灑絡纓"句，青主眉批曰："駿骨以奔事用之則死馬矣，但凡用始得"。

對於中宗更不矜假，其《立春日御苑迎春》之作，青主只眉批"者貨也不賴"，幽默之至。昭宗乾元三年所作《菩薩蠻》詞也是佳作，但青主平視過去,不著一字,態度顯得非凡。

4. 講求聲音訓詁,注釋校勘已有漢學家的精神。

傅青主做學問的態度與方法,與顧寧人並無二致,這從他體現於《紀事》中的種種批注,可以充分的說明問題。如關於音韻的,於各詩中可商榷或應注意者一一標出,且既比較唐、宋作者,追溯詞章根源,又講求版本。按此類審音定聲,核實韻部之注釋,雖不多見,已經知道傅青主是精於此道的。"老去方知治格律細",儘管他還不曾寫出韻書來。其子傅眉這一方面工夫也很老到。又知青主校訂格物之學亦甚講求,並且重視出處。可貴的是在"王昌齡"條《九江口作》:"浐浐江勢闊,雨開潯陽秋。驛門是高岸,望盡黃蘆洲。水與五溪合,心期萬里遊。明時無棄才,謫去隨孤舟。鷙鳥立寒木,丈夫佩吳鉤。何當報君恩,卻係單於頭。"青主有墨筆云:"辛亥(1671)臘月雪夜,夢袁山先生與眾坐上高談。山問'舟自何來'?云'自九江至此',皆是。且有由'宋南蹙,今北蹙'之語,早起讀此,得奇應也。"王昌齡,山西太原人(一說陝西人),其邊塞之作多為氣勢雄偉、格調高昂之作,所以青主引以為助,甚至行諸夢寐之中,亦足徵其復國之心,老而彌篤。此記與《論文》詩,皆可補傅山研究之闕如。

5. 慧眼卓識,老吏斷獄,進退古人,愛恨分明,評論使人心折。

青主的文藝批評是比較客觀的,嚴肅認真,不從個人的好惡出發,所以公正可信。如墨筆行書眉批於卷二"文宗"條"嘗與宰相論詩之工拙"一則。鄭覃曰:"師之工者,無若《三百篇》,皆國人作之,以刺美時政,王者采之,以觀風俗耳,不聞王者為師詩也,後代詞人之詩,華而不實,無補於事。陳後主、隋煬帝皆工於詩,不免亡國,陛下何止焉!"青主論之曰:"鄭覃之語,似是實鄙,王者為師何妨政治? 豈不大強於他好。說來掃興無味,吾不取也。"這就是他獨具慧眼,不與人同處,以唐文宗而論,雖然篤好詩文,卻未債事,即可佐證。墨筆行書眉注於卷二十三"孟浩然"條,皮日休《孟亭記》一則之"先生之作,遇景入詠,不拘奇抉異,令齷齪束人口者,涵涵然有干霄之興,若公輸氏當巧而不巧"等語云:"酒民既會讀詩,又會造詞,大解。如何今人不見此等半個?"等等,此類評價録出甚多。

6. 青主否定的詩句和作者舉例。

"桃花叱撥價最殊"句,"價最殊"旁打了紅杠,卻用墨筆小字注了"精志",不知何意。又"我來塞外安邊儲"內,眉批曰:"'我來'二字極可厭。"打了紅杠杠。又於尾句用墨筆小字批曰:"嘉州亦我來,令人難過。"

墨筆眉批"杜荀鶴"條,《時世行》之"夫因兵死守蓬茅,麻苧裙衫鬢髮焦。桑柘廢來猶納稅,田園荒後尚征苗。時挑野菜和根煮,旋斷生柴帶葉燒。任是深山更深處,也應無計避征徭"云"桑柘一聯太淺俗"。又批全詩曰:"可謂鄙野矣。"等等,諸類詩句和作者,品評之處甚多。

魏先生此文,功力深厚,非對舊學有精深修養者不能為之。發表時,編輯不能全部辨識手稿,多有訛誤處。

1992 年 12 月 2 日,姚先生的學生某(姓名隱去)攜帶姚先生的介紹信,來河北大學魏先生處,代表"傅山研究會"求購《唐詩紀事》,魏先生、于先生未同意。其過程,于先生遺有親筆手稿:"1992 年 12 月 2 日傍晚,謝啟源攜姚奠中介紹信及《傅山全集》、山西傅山書法研究會顧問聘書,並水果等禮物,貿然來河大南院七號樓(98 年後改為一區11 號樓)一單元一號魏際昌、于月萍夫婦住宅,為山西傅山書法研究會求購明崇禎版《唐詩紀事》21 冊,上有傅山朱筆眉批 2000 餘字,連續來三次,分次丟下人民幣 4000 元,言回山西後影印傅山眉批書影寄來。魏際昌本人曾於此前著有《傅山評崇禎本唐詩紀事殘本有記》發表在《河北大學學報》。該書共 21 冊,首冊蓋有魏際昌名章。事後,謝啟源回并後即食言而肥,毫無音信。知情人知此事,亦詢問姚奠中(山西大學中文系教授、碩士生導師、全國政協委員),姚一概言不知道此事。後經行家鑒定言此書為孤本,國家一級文物,價值數十萬元。92年來保拿書時,謝啟源帶一小青年,是他的侄子,始終未發一言。後托人在太原傅山書法研究會探訪,始終未見此書,我們懷疑已為姚奠中、謝啟源私吞,倒賣出國。"

1993 年初,于月萍先生因未得到謝啟源影印後寄回《唐詩紀事》的音信,遂委托在山西法制報的學生某到晉祠等處查找,未見。為此,魏、于兩先生認為或落入私人手,或已流失海外。去信問詢,而姚先生認為國家已入藏登記,不能失信,實魏先生有捐獻國家之誠,如為國家所有,絕無索回之意。魏、姚二先生因生誤會,傷了晚年的友誼。魏先生曾與信問詢姚先生,姚先生覆信云:

紫庵尊兄左右:

得來示,忽已二十餘日,稽覆為歉。一則忙於參觀、開會,一則所詢傅批《紀事》一事,出於意外,未解所以,故遲遲未能奉覆。回顧《紀事》一事,吾儕來往書信,從未有"參用"或"借用""借閱"一類詞彙,因為兩方都從未有此想法。事實是,一方商請"出讓",一方慷慨捐贈;受贈一方為謝"高誼"而致酬,捐贈一方為受酬而致謝。來往書信俱在,受方已登記入藏,如何可能是"參用"?似乎用畢可以歸還!如係借去

"參用",又何為送上四千元!似此情況,弟很難向受方開口。我輩書生,雖不能說"一諾千金",但至少也不能"輕諾寡信"!況兄歷練至深,又係共產黨員,信譽攸關,更不宜草草乎!往屬個人所有,組織亦不宜干預,事理至明,尊兄似不必有為難之處。以上種種,尊兄明達,本不待繁辭續聞,慮或一時考慮未周,致勞注念。故縷縷述之如上,至希亮察!尊兄跌傷新愈,調護為急,藥、食並重,動靜結合,延年益壽,定符下祝!

匆匆,並候

月萍夫人興居佳勝!

弟 姚奠中再拜
1993. 10. 18

此後,于先生又請同學武尚仁先生(與于先生為民國北京師範大學同學)托人查找。1994 年 1 月 16 日,武尚仁覆函:

月萍、子明兄:

11 日手書敬悉。多年失記,傅山館在太原何處,竟苦思不得,忽然想起是在晉祠。原有熟人已故去,侄輩除立民已去,餘均不通此行,怕他們探詢不到個結果。太原師範有一位教語文的溫老師,雖無深交,但比較談得來的,她先生是晉祠此園林管理處的頭頭。我先寫信給她,說有位研究傅山的專家朋友托我查詢傅山館是否藏有一部傅山親筆朱批的《唐詩紀事》,書上每本(共 21 冊)開頭有收藏家魏際昌的印章。請她在方便時代為查詢一下,或轉請她先生老郭代詢見覆。如果得不到回復,再托別人。不過現在正值放假,又接著過春節,可能要等待一些時間。

此等事兒真令人生氣,但還是不可過度生氣,保重身體為第一。我們經受的不平太多,失去的也太多。這點,固屬可貴,但比起來又算什麼? 盡力為之,不傷腦筋。怎樣?

或許是因為同學的勸慰,以身體為重,魏先生、于先生只好放棄了追索。但內心是有怨恨的。

姚先生逝世前,魏先生弟子方勇教授到山西看望姚先生,先生猶述與魏先生的友誼,並答應為魏先生《文集》作序。姚先生是大君子,他本人當然不會私匿《唐詩紀事》了。

《唐詩紀事》除魏先生論文外,尚未見有研究者。眉批之論書法、詩作、康熙辛亥(1671)夢與其師袁繼咸對話等,學術、文獻價值極高。但願魏、姚先生視為學術公器的傅山父子批點《唐詩紀事》安然存於世間。

兩位先生的友誼,謹附魏先生家書一劄,姚先生致魏先生二劄:

際昌先生左右:

承電告允來并指導研究生答辯,十分感謝! 答辯日期已擬定於8月22、28、29等日。今補寄董國炎論文一篇,請評閱後,並前來帶來即可,不煩另寄。25日前,當派人到保定迎接,以便沿途照料。把握在即,不復一一。祗頌
道安!

姚奠中
1985、8、21

又魏先生與夫人家書一劄:

月萍：

上了車就擠得喘不出氣來。站了十分鐘，小朱還真有辦法，居然弄到一張軟臥，還是下鋪，連他也藉口招呼我，坐到外間單座，直到太原(九點二十五分準時)。

太原正下雨，奠中同志親到車站來接。住在山西大學專家樓的二樓六號，人家像樣的多，姚老也有發言權，雖然他這個研究所只有兩間房子，一個資料員。

廿六日中午，姚家請客。奠中、夫人三子一女，都成了家。老三少雲，女兒煥雲，叫我伯伯，都很熱情。我們初步談商了共同招"博士研究生"的事(擬請青海的老聶，武漢的老劉都參加)，由姚發起。

我主持朱琦、朱貴琥兩個研究生的答辯，正看文章寫評語中，都是長篇大論，真有水準。看來上屆畢業生葛景春、劉崇德等人臨時湊辦、改題、加改等的辦法，等於兒戲矣。

今天校系領導請客，很有面子，因為他們都是姚老的學生，不能不買賬，我的感冒已好，專家的膳食也高蛋白多，一天十元，只是烹調差些，口重(魚蝦沒有鮮味兒)。美、日專家都吃不慣。

西大安排了旅遊，好幾個地方，不去不行。我爭取九月一、二日回保，屆時當有電報。姚老的宿舍很寬綽，四個房間，還有過道。姚夫人也是黨員，省市請姚老做民主黨派的頭頭，暫不參加。

我們很談得來，他說我精神還像四年前一樣，瘦點沒關係，糖尿不要緊，血壓不高，無冠心病就好，客人來了，就寫到這裏，問好。

子明 8 月 27 日 太原

紫庵尊兄有道：

承寄彩照，又見風采，喜慰之至！董生一幀，當如命照轉，希釋念！

264

尊兄精力過人,冒暑奔馳千里,為道宣勞,可敬可佩!所云天津房
子,不識為別業乎? 抑兼課下榻處耶? 弟處研究生四人,亦已入學,兩
地相同,可謂千里共明月。匆覆,不盡。

敬候

起居佳勝! 向

月萍嫂夫人致意!

弟姚奠中

1986、9、1

四、與華鍾彥先生

華鍾彥(1906—1988),遼寧瀋陽人。先入東北大學,"九一八"事
變入關,1933 年畢業於北京大學中文系,新中國後為河南大學教授,著
有《華鍾彥文集》。與魏先生有同鄉、同學之誼,同受業於高亨(字晉
生)、錢玄同、俞平伯諸師。新中國前即相識,粉碎"四人幫"後,頻繁
相會於學術會。華先生邀魏先生到開封作研究生答辯委員、學術講
座,魏先生亦約華先生到河北講學、遊覽。因魏先生與乃師高亨有誤
會,華先生極力彌合,高誼可敬。1983 年就有《祝福同門華鍾彥老教
授》贈華先生:

華老在中州,巍峨數十秋。非緣有權勢,吟哦以優遊。
唐詩祖李杜,宋詞美姜周。一唱而三歎,創作驚師友。
平生重義氣,喜新不忘舊。桃李滿天下,知交多名流。
學會屢過從,益我稱良友。班輩忝為弟,南望思悠悠。

華有新作,亦録以求正。華先生逝後,魏先生有挽聯之作,並應華夫人孫叔容(1918—2005)、子華鋒之請為華之《東京夢華之館文鈔》作序。序文既敘生平,又言學術,言辭誠摯,沉鬱感人。謹録華鍾彥、孫叔容、華鋒劄並魏先生序,以志其實。

際昌學長吾兄:

春節前景春回開,藉悉吾兄身體健康,近況佳勝,甚以為慰! 又得奉讀手示,快同親炙。三十四春秋,如雲煙過眼,滄桑巨變,我等七旬老翁,分散在關內各學府,實不多得,亦猶逃空虛者,德之聲,想吾兄亦有同感。

聞大著"先秦散文研究"已經脱稿,此是散文之淵源,後學之矜式,弟願先覩為快。

年來致力於"古典詩歌今選"。編選特點,以古為今用為主,所選歷代名篇重在團結、進步、愛國、革新、除奸、抗暴等思想,期在引導青年樹立正風,克服邪氣。犯嘲風雪、弄花草之作,未便涉及,以俟成篇,當請指教。

弟來豫已二十六年,浮沉歲月,迄無所成。今年上期,除指導研究生寫畢業論文外,又應七七屆畢業班學生之請,講專題選課六周,題為"古典詩歌及其韻律",萬一有一批新秀攘臂傑出,共同拯救古典詩歌之厄運,實吾兄所謂"振臂一呼"之初願。

年事漸老,身體尚健,每日窮忙,不見成果,只堪自笑。

順頌

撰安!

弟華鍾彥

2 月 14 日

際昌學長仁兄:

前奉來翰,知你將往避暑山莊與北戴河旅遊,旬有五日而後返,計程可能回校矣。

我校研究生答辯時間至今未能定出確切時間,大約在九月中旬。畢業論文日內寄出,也可能一篇稍晚些,日期定後,另外去信告知。你來以前一二日給我來個電報,寫明到汴車次與時間,以便到站接你。

你來汴至少要住四天,三篇論文各佔一天,另一天請你做一次學術報告,"先秦散文的名學問題"就很好,談談先秦散文別的方面也行,反正三個小時。這四天都安排半天,餘半天休息,遊覽景物,大致如此。

你買車票要買"全程加快",到鄭不再買票。在鄭要買到開封的快車,是不賣的。請看車表定車次,時間要留有餘地。最好是車票到手再發報,以免有變。

任先生招的近代文學研究生的情況,我已問過,近代文學專業全國現無定本,只有參考一下范文瀾《近代史》以及北大編的《近代文學作品選》,龔自珍以下到五四以前各名家概要。基礎課考古代文學史與作品,科學院的文學史與朱東潤的作品選。

劉寶和同志學識很好,本來我們要留下的,只以個別人的嫉才,以致交臂失之,他可能去見你,量力而為,也要順應自然。順候
近安!

鍾彥

八月十三日

紫銘兄：

北戴河之遊，承兄多方照拂，得以盡遊，神明謝悃。

歸京來諸事蝟集，尤想兄將歸保，探望月萍同志，可能早占勿藥。

弟將於月之 14 日去大同，20 日歸京。兄如晉見晉生先生，以弟歸京後為好，以便同往。

太和寨如有弟信，請分神轉來。弟將於月底回開。

景春尚無信來，我又去信催問矣。順頌

麗安！

鍾彥，八月十日

淑容代問候，回函如封面

際昌同志：

來信早已收到，並收到《桐城古文學派小史》兩冊，三賢照片一張（不知那位是誰？照於何處），孰為驚歎，吾兄年事已高，精力如此充沛，寫出如此巨著，使我不敢不勉。

車費已交人報銷，勿念。

鄭大熱情招待，所以待賢者，固如此也。登封咫尺，我尚未曾一往，留待異日。

高晉生師處，我已去信，稍一提及。他已有書來，正在懷念著你，不知你在何處，別後未曾收到你隻字和任何東西，這是極大的誤會，請你馳函問候長者，對過去一切不提為是，一定要做現實主義者。

順臺照片已洗出，隨函寄上一張，以資紀念。

紀念魯迅，有些詩篇，茲錄一首，請多指正。順候秋綏!

弟鍾彥

10 月 5 日

紀念魯迅先生

黑雲帶雪欲摧城,手把霜毫氣不平。

幾向刀叢橫怒目,甘供心血育新生。

奇文激厲乾坤轉,小事無疑自我評。

今日神州昂金鑒,多緣鐵骨樹風聲。

鍾彥,九月廿五日

際昌教授仁兄尊鑒:

久疏函候,歉甚。近況想甚安好為頌。憶先夫鍾彥大去,蒙先生撰聯並函相慰,存歿均感。年來將鍾彥遺稿與小兒華鋒並系中友生等支持,幫助整理編目。擬先出《華鍾彥論文集》一冊,已得校系領導同意,並允資助部分用費,由河大出版社出版,然後再出一本《懷念集》,此集大部收入鍾彥生前師朋賦友及其及門桃李所撰詩文,現正編輯中,何處出版未定。也希望先生在不影響身體和公務前題下賜稿一篇,或詩或賦或長或短,悉聽尊便。先行致謝。

茲有肯者,《論文集》稿件已交出版社,擬請先生寫一序言,以光篇幅。想鍾彥生前與先生有同鄉、同學之誼,且情意相厚,此皆叔容所深知,此情想不我拒。如蒙俯允,請來函示知,以便將其部分稿件奉上一閱,以便言之有物,有的放矢。長夏炎炎,請希珍重。俟候回音。肅

此,即請

教安　代候

夫人安好!

孫叔容

7 月 27 日

8 月初,我將回京,請寄小兒華鋒,讓他辦理,多謝。又及

際昌教授仁兄尊鑒:

近來好？我因參加先夫鍾彥逝世兩周年紀念活動,於 6 月底由京回到開封,聽小兒華鋒談及先生為鍾彥遺著作序並於信中教導他如何研究學問等等,想見先生古道熱腸,紀念舊日同門情義,又推烏屋之愛,教導侄輩,此情存歿俱感。

自鍾彥去世後,兒女們俱不讓我獨居生活,在北京與大女兒一家同住,在開封與華鋒一家同住,雙方兒孫輩均極孝順,一家三口,穆穆融融,頗令他人豔羨,知注附聞,祈勿為念。長夏炎炎,尚祈善自珍攝。

順頌

夏安　代候夫人好!

孫叔容

1990 年 7 月 25 日

魏伯伯:

近祺!

拜讀大函詩作,不勝感激。您熾熱的感情,對先父準確、精警的評

270

價,我們都深受教育、感染,您真是先父的老同學、老朋友。先父有您這一知己,九泉之下,當能含笑。

先父生前著述較多,78 年以來尤為如此,只是由於天災人禍,大部分已遺失。華鋒與家母從現存稿件中,精選 39 篇,編為《東京夢華之館文鈔》一冊(暫定名),現寄上主要的論文 20 篇,請先生過目。這些文章,原則性的反映了先父不同時期的學術觀點,除《詩經十講》外,均已在各種不同的刊物上發表過。

侄華鋒現仍在中文系古代文學教研室教先秦文學,掛個教研室副主任的職務,實際上不問閒事。魏伯伯有事,請直接與侄聯繫。家母今年三月返豫,月中旬始返京,她問你老人家好!並請代問伯母好!

順致

文安!

侄華鋒

88、8、21

附:魏先生《東京夢華之館論稿》序言

沈水華鍾彥教授逝世之明年,其夫人孫叔容女士貽我以書曰:"子鍾彥之老友也,相知甚深,河南大學將編印其遺文以問世,煩為序言如何?"乃敬曰:"諾。"

爰念三十年代初,鍾彥與予俱以學文受知於吉林雙陽高亨晉生先生,先生獨許鍾彥為"雋才可以大成"於東北大學,鍾彥亦潛心經史不自寬假。

"九一八"後,走避日寇,吾人又相將入關攻讀中國文學於北京大學。此中名流學者浸多,胡(適)、錢(玄同)、周(作人)、馬(裕藻)諸師,嘉惠益深,鍾彥遂識為學之道,愈有抱負。

本科卒業,在我繼續學習中國文學史於北大研究院時,鍾彥以學冠儕友、班輩居前,已任教於遷至北平之東北大學非一歲矣。人以為榮,而鍾彥戚戚於東北之淪喪也。

鍾彥邃於聲韻訓詁之學,而以之津梁典籍識其大者,並不飣餖文物拘拘於箋注之為。如說孔子未曾刪《詩》、辯《史記》亦非"官書",論證精闢,別有見地,非只踵事增華而已。

其論詩之創作以"情意"為主,認為格律不宜過嚴,否則束縛思想不便抒發,因之主張以平聲十四部之"詞韻"代替舊為三十部之"詩韻",甚至將"侵""覃"二部分別併入"真""寒"二部,使之成為十二部,以寬其用。法良意美,解放之至。

同道之中,鍾彥更有"絕學"動人聽聞,則律絕近體古詩之朗誦是也:聲調鏗鏘,頓挫有方,使人心領神會,恍如面對作者,誠哉乎其為"誦"也,彼"唱"(詩)者又何與焉!

大抵鍾彥之文以樸實說理勝,而熔經鑄史,古為今用,有的放矢,意在革新,微觀昇華於宏觀,義理與考據偕行,其特色具在《論稿》之中,可按驗也,難於備言。

尤足為吾人所矜式者,是鍾彥之學行也:坎坷半生,履險如夷;澹泊寧靜,不慕榮利;而殫力於教學、科研工作,樂此不疲。循循善誘,溫恭遇人,以故蜚聲中州,桃李芳菲,使人緬懷不已也。

己巳初秋,魏際昌於保定河北大學之紫庵

五、與陸永品先生

魏先生與中國社會科學院陸永品先生是忘年之交,二十世紀80年代初就一起參與籌建中國屈原學會的活動,是魏先生研究生方勇、李金善的答辯委員,多次到保定,也曾邀請魏先生到北京參加陶然亭詩會、俞平伯紀念會等。十數年相交,感情真摯。

魏先生對自己的老師胡適先生的評價非常重視,二十世紀80年代初就已經寫出了文章,以求公正的對待胡先生。為此,致信陸永品先生,陸先生有覆信談當時的學術動態。讀陸先生信,可知魏先生尊師重道的心懷。

魏老:

您好。來函敬悉。讀完之後,頗為痛快。一篇真言,向我傾吐,說明我們是知音,是無話不談的。魏老是老前輩,我們結為至友,可謂是忘年交了。據我所知,像我們這樣誠實的人,自然天下亦有不少,不過,就我們知道的人中並不多見。對事業忠心耿耿,對朋友肝膽相照,您我都是如此的。

談到對胡適先生的評價問題,理應有個公正的評價。他在學術上的貢獻是很大的,至於政治上,現在對過去的事,亦應冷靜,歷史地看待。我們外國資本家、帝國主義都講友好、合作等等,難道對待胡先生就不能做歷史的評價嗎? 不過,目前極左思想仍影響很大,還不是談這個的時候。而從學術上對胡先生的貢獻給予充分的評價,我看是沒有問題的。魏老若寫文章,現在只能從學術談起,至於政治問題,現在不宜評論。我室的徐德政同志,前幾年已去澳大利亞定居,他走前留下評論胡適先生研究《紅樓夢》的文章,至今都不能發表。因有關雜誌怕出問題,所以一直未能刊用。我們所編的《中外文學參考》(原"文學研究動態")作為內刊,現在擬發表一組討論胡風問題的文章,等出刊後,我給魏老寄去,可作參考。以後若能討論胡適先生的問題,可以請魏老寫文章,那時候也未嘗不可。

方勇、金善同志是魏老的得意門生,我自然會盡力幫助,也樂意幫助。請魏老放心,他們兩個都比較誠實,這樣就好。人貴誠實,恐怕這是對做人的最起碼的要求吧。只有這樣一點,其他事情才好辦。不多敘了,下次寫信再談。請魏老外出講學,要多多保重。但願人長久,千里共嬋娟。代我向于先生問好,她也是我非常尊重的最善良、誠實的老人,祝

中秋節闔家歡樂!

永品 85、9、17 草上

六、與匡扶先生

匡扶(1911 年 2 月—1996 年 3 月),又名昨非,生於遼寧省蓋縣。著有《唐宋詩論文集》《匡廬文聚》《匡扶詩存》等。生前為西北師範大學教授。匡扶教授舊為瀋陽遼東學院中文系主任。解放後,與魏先生同學於華北大學政治研究所,結業之初,同事西北藝術學院。一九八零年春三月,魏先生有詩云:

病中臥讀《風雷頌》有作
——遙寄西北師院匡扶教授

睽違三十載,忽然見華章。集曰《風雷頌》,詩調實鏗鏘。

下筆黃河上,飛聲東北鄉。青山雖已改,白首坐講堂。

遙知蘭州市,鴻雁正翱翔。我則渾無似,臥守藥爐旁。

展卷未及已,往往視茫茫。撫枕自憂戚,豈將返大荒。

且著青鳥去,說是暫無妨。待到杖起後,西北訪老匡。

1984 年 8 月，魏先生到西北師範學院講學，特看望了匡扶教授。

謹錄匡扶教授致魏先生劄一通：

子明尊兄：

昨接賜書，知近況佳善，身體亦俱健康，且從大作中得悉，二老的精神生活也十分愉快，難得之至，何勝欣祝！

魏兄回顧入關之數位同鄉學人，如高、二傅、華等都已次第謝世，所幸我們兩家仍健在，不禁想起扶等的無限感慨！其實，再回憶一下華大時的另幾位同鄉學人，如高蘭等亦皆作古矣！奈何！

尊兄連年勤奮耕耘，在教學和科研上都曾作出傑出貢獻，弟雖有多年未能奉晤，但從往來人員中曾得到不少信息，欽仰至深！弟已於 86 年冬批准離休，之後又帶了幾屆研究生，近期才結束，只剩下老年大學一門文學課，還須支應。楊的研究生日語課也剛剛告終。現在只是需應付一些斷斷續續的約稿、索傳等雜物而已！

二位都比我倆年長數歲，而精力身體卻如此好，可見修養有方，未知能一一見教否？望之！及之！

《詩詞選》一小冊，係《甘肅十三教授詩詞選》的抽印本，選詩 164 首，歷時前後 55 年之久，滄桑挫折，往往流露於字裏行間，奉寄請二位多多見教，或可引起許多共鳴之處，亦未可知也。匆匆，祝全家春節好！

鄉小弟，匡扶上

91.1.24

七、與聶文郁先生

聶文郁(1909—1988),筆名吳億,山西省原平縣人。1937年畢業於北京大學中文系,青海師範學院(大學)教授,著有《元結詩解》《曹植詩解譯》《阮籍詩解譯》《王勃詩解》等。聶文郁教授與魏先生是北大中文系同門,別後40餘年,重見於武漢學術會。1984年9月,同應匡扶教授之邀至蘭州參加"唐代文學會",同遊敦煌,到陽關,請魏先生到青海師範學院講學,並以家宴熱情接待。時二位先生有詩紀念。
魏先生贈詩:
隨文郁學長暢遊西北,備承照拂,詩以紀之,借申謝忱

> 河東有聞人,移家西寧市。鬱鬱乎文哉,聶公誰不識。
> 溫良恭儉讓,士林之模式。桃李滿春城,業績效孔氏。
> 忝為老校友,北大同棲止。七七炮火飛,參商各走師。
> 悠悠數十載,武漢始相值。青山頭已白,執手話往事。
> 邀我去西北,稽古歌唐詩。果然到敦煌,時在今夏底。
> 旋又蒞河湟,入拜君子室。朝夕供盤餐,存問如兄弟。
> 羨公壽耄耋,兒女皆冢嗣。神氣益清新,著述追遷史。
> 夫人亦賢能,內外多美詞。教子有義方,蒔花泛香姿。
> 凡此豈等閒,後學當孳孳。今日遠別去,數語致深思。

聶文郁教授酬贈:
老學長際昌兄光臨河湟,日夕相處,深受教益,臨行贈我以詩。我才短學淺,不揣冒昧,妄以短幅酬贈,聊表謝意。

古橋頓地起烽煙，國事催人別校園。
踥躞御溝常忐忑，飛翔霄漢仰斑斕。
我今精衛銜四海，君正蒼松橫燕山。
年過古稀惜分秒，天涯望寄開塞篇。

學弟原平聶文郁於一九八四年九月七日臨別前夕

聶文郁教授，余北大老同學也，德高望重，著述淵雅。前有《元結詩解》，今又見《曹植詩解譯》矣，詩以美之。八五年十月。

贊聶文郁教授《曹植詩解譯》問世

聶老有新作，解譯陳王篇。義法晦聞師，考證得真詮。
素樸斯為美，精確逾前賢。皓皓天中月，清清石上泉。
梯航後學者，風格悚我先。遙望西寧市，青海自淵淵。
忝在同門裏，夫豈不拳拳。知音千載下，相與共歡顏。

際昌學兄教授如晤：

尊詩拜讀，愧何如之！學長應有所教，弟本拭目以待。愧疚之餘，冒昧步韻抒思，以酬知己也。題曰《步韻酬際昌學長見贈》：

魏兄投華詩，贊我解譯篇。玉盤連珠語，惴惴不堪言。
筆無八斗才，未可議精專。唯我愛繡虎，不懼汙前賢。
風骨明日月，文采甘醴泉。陳思育百世，前代誰為先？
吟誦六十載，高清實拳拳。染翰求方家，教益莫遺遠。

專此,敬頌

金安!

弟聶文郁敬上

1986、9、30

八、與楊鍾基先生

楊鍾基先生是香港中文大學教授,古典文學研究家。1985 年秋,與魏先生在安徽桐城參加"桐城古文研討會"。會後,同登天柱山,於桐城客舍暢談,魏先生贈之以詩:

與香港中文大學楊鍾基先生同遊天柱山,即景

楊君實多才,溫恭遇老邁。同遊天柱山,影駐金秋色。
青巒插紅楓,石呈龍虎態。崖刻泛朱紫,泉拋白練開。
蒼松翠柏下,幽谷成險隘。遠眺大江流,茫茫浮雲海。
漢武封禪地,劉源抗易代。千載思悠悠,雄風宛然在。

楊教授回到香港,致函並希望與魏先生能在 1986 年夏天的哈爾濱師範大學舉辦的"紅樓夢研討會"會面。

魏教授賜鑒:

日前恭與桐城派學術研討盛會,奉聆雅教,獲益良多,不勝欣躍感銘之至。分袂多日,然先生之溫顏傲骨,時時在念。而鏗鏘頌詩之聲

縈回在耳,信乎此行之不枉也。玆附上會中所攝玉照,祈為哂納。鍾基將於明夏參加哈爾濱師範大學所辦之紅樓夢研討會,切望屆時再瞻道範。而先生擬閱之書亦於屆時帶奉。

耑此,敬頌

研安!

晚鍾基拜上,十一月十三日

九、與史國雅先生

史國雅(1906—2006),字卓甫,吉林德惠人。留美博士,山西大學教授。與魏先生有同鄉、同學、同事之誼。1985 年初秋,山西大學姚奠中教授邀魏先生參加山西大學八五屆研究生畢業答辯,得晤史國雅教授。史為美國教育博士,長魏先生二歲,吉林第一師範的老同學,抗戰前同事北平國立東北中山中學。此次相見,史先生家宴招待,魏先生有詩相贈。

山西大學欣見老友史卓甫教授

闊別三十年,卓翁宴然安。鄉音猶未改,笑語話吉垣。
松江風景好,山美稱龍潭。舊友仍多在,使我暖心田。
最是天倫樂,七子奉堂前。老嫂做羹湯,大侄下竈間。
為迎父執來,垂釣汾河灣。鰷魚三四尾,潑剌見活鮮。
舉杯祝長壽,情意非一般。願見老博士,蜚聲古太原。

十、與王氣中先生

王氣中(1903—1993),安徽合肥人。文學史家、散文研究專家,南京大學中文系教授。與魏先生舊屬相知,都是研究桐城古文的專家,1985年11月相會於安徽桐城派文學研討會。一見推許,魏先生贈之以詩,後互有詩文往來。1987年2月20日,王先生以箋注《藝概箋注》贈魏先生。魏先生以為精心之作,轉贈保定後學吳占良,囑吳研讀其中之《書概》,以助書法學習。同年,魏先生贈王先生《紫庵詩草》,王贊曰:"《詩草》敘事抒懷,令我低徊,想見其為人,燕趙慷慨悲歌,邯鄲風流自賞,大丈夫顧不當如是耶?"王先生極喜魏先生書法,1988年,請魏先生書條幅,精裱掛於牀頭,直至逝世。錄魏先生詩一、王先生劄二:

給南京大學老教授王氣中先生

南都王氣老,衡文伉儷來。頤養仁者壽,鬱鬱乎松柏。桐邑添佳話,浮山采雲開。溫溫不露已,靄靄育英才。論詩主性靈,物我一天籟。情與景交溶,偕飛六合外。飄逸似莊周,神俊過李白。仰瞻石頭城,六朝全粉在。桃李溢芬芳,濟濟滿樓臺。獨恨識荊晚,攀附力未逮。寵賜有華章,晶瑩當永懷。花發梅柳日,江春屬吾儕。

魏老:

桐城之會,獲聆教言,快人快語,震聵發矇,頓啟鄙懷,不意"和風細雨"中忽見晴嵐也。

聞老兄上天柱峰,捷足先登,餘勇可鼓,少壯輩歎弗能及。剛者健,仁者壽,老兄已兼之矣。願保此雅量,永遠健康長壽!

在桐城時,獲詩數首,歸來整理為《浮山三十韻》和《天柱峰下留別諸同志》。抄奉,請不吝指正!

蓮池在望,無任依馳。敬祝

撰祺!

王氣中再拜

1985. 12. 1

魏老:

惠書早奉悉,等待大作一束久不見到,是以稽覆。歐遠方同志近寄其夫人詩文集,也久未收到。近來郵寄函件,平信外非掛號之件往往不能收到。尊作想已為洪喬所寶有矣。

賜詩獎掖情深,為之鼓舞。而格局開張,縱橫馳騁,氣韻深厚,生氣勃發,尤足啟發愚蒙。"華髮梅柳日,江春屬吾儕",昔賢所謂活潑天機者,寧能異是! 當奉為座右銘言。倘待明年春暖,江花似火之際,臺旌能南來做旬日遊,以踐付言,亦大勝事。耑此,敬祝

萬安! 新年吉慶!

張天驃附候

弟王氣中

1985. 12. 25

十一、與盧豫冬先生

盧豫冬(1914—2001),廣西貴港市人。作家、戲劇評論家、新聞學家和軍事評論家,福建師範大學中文系教授。1984年8月,魏先生與盧豫冬教授在甘肅蘭州參加"唐代文學討論會"。盧先生有詩贈魏先生,魏先生回贈七古六韻一首,注云:"風趣人也,唐詩會上與余相見恨晚,有'七十論交未為遲'之句相贈。盧老瀟灑自如,談吐冷雋,途中曾出示其早年從事新文化活動之載記。"

蘭州旅次呈魏老

七十論交未為遲,旅途相逢猶故知。

雋談每多胸臆語,隴雲惜別惹夢思。

弟盧豫冬 一九八四年八月

恭祝豫東盧老教授吉祥如意健康長壽

閩海飛來老鳳音,祝福燕山一頭巾。

猶憶昨年唐詩會,敦煌漫步話古今。

有幸聯榻明肝膽,皋蘭送別意殷殷。

耄年論交未為晚,光風霽月更精神。

謂語南天老彭祖,夕陽返照勝朝雲。

願與詩翁同把酒,高唱中華錦繡春。

1987 年,魏先生委人贈盧豫冬先生《紫庵詩草》自印本,盧豫冬有覆函一劄:

際老:

蒙托人帶我《紫庵詩草》,欣悉吾兄八秩榮壽,而詩興盎然,精神矍鑠,正所謂國祥人瑞,可喜可賀。

詩草中所附拙詩,二、四兩句,有數字誤排,原詩如此:

> 七十論交未為遲,相逢逆旅猶故知。
> 雋談每多胸臆語,隴雲惜別夢縈思。

吾兄古體詩意氣豪邁,壯懷激越,令人感奮,特別是近作《保定詩社成立獻賦》,不失燕趙古風。今領導群倫,時相唱和,必將為吟壇大增異彩。弟處東溟,獨嫌沉寂,誠憾事也。

偶見貴校 1980 年第 2 期學報目錄,有常征同志之《〈穆天子傳〉是偽書嗎?——〈穆天子傳新注〉序》一文。弟久欲購《穆天子傳》一書,不知常征同志此書出版於何處?他是否貴校老師?如便肯為我介紹,以便購得此書,如何?

蘭州一別,倏已經年,當日相處情景歷歷在目,難以忘懷,來歲如有機緣北上,當趨訪以促膝談心。今夏奇熱,尚祈珍攝。臨風懷想,無任依馳。書未盡意,謹候
康樂

盧豫冬
1987 年 8 月 5 日

十二、與張國光先生

張國光(1923—2008),湖北大冶人。著名文史專家,1946 年畢業
於湖北師範學院史地系。曾任湖北省人民政協第六屆常委,中國水滸
學會第一、二屆執行會長,金聖歎研究會會長和武漢《紅樓夢》學會會
長,湖北大學中文系教授。與魏先生 1985 年 4 月湖北"竟陵派文學研
討會",一見結緣,魏先生有詩為贈,並提交論文《晚明雙璧》。後邀請
魏先生參加《水滸》學術會並作古代散文專題講座,1986 年 8 月,又相
與參加連雲港《鏡花緣》研究會。1988 年夏,張國光先生贈《古典文學
論爭集》,魏先生俱有詩作見贈。

與湖北大學張國光教授談竟陵派文學

李何奚為者,妄意追秦漢。剿襲既成風,摹擬遂氾濫。
陳言不能去,贗古應浩歎。終有才人出,三袁敢犯難。
抒我真性靈,信手覆信腕。輕淺轉幽深,繼武稱鍾譚。
《詩歸》天下曉,"竟陵"代"公安"。

給湖北大學張國光教授

唯楚有才,張子可愛。金玉其心,豪情永在。下筆千言,
倚馬可待。問鼎稗官,《水滸》開泰。聖歎外書,頂禮膜拜。
最是評選,絢麗多彩。義理辭章,考據成派。益我匪淺,高誼
深懷。夏日濃蔭,斜坐樓臺。遙望江州,撫掌稱快。

湖北大學教授張國光先生《古典文學論爭集》問世

吾儕有傑士，問學敢突破。睥睨彼權威，淩厲此立卓。俯仰貫今古，另闢蹊徑多。《水滸》飛妙論，新義騰《三國》。聖歎與宗崗，並使顯嵯峨。也談《紅樓夢》，不埋沒高鶚。遂使批注家，縱橫入小說。豈是殘叢語，文藝大綜合。香生鄂渚裏，灑灑玉珠落。綠樹喜濃蔭，紫燕樂穿梭。

注：國光張教授，博學多聞，敢於論爭，又且視野開拓，俯仰即是。同輩每歎其敏給，一有新作，必蒙見貽，詩以謝之。

一九八八年初夏於保定河大之紫庵

魏教授：

接奉大著《晚明雙璧》一文，十分感謝！我們將全文收入論文彙編，特此函達，請釋念。

竟陵派文學討論會，定於四月廿日在武漢報到，會期四天左右，即將寄上正式邀請書，敬請大駕屆時光臨指導。另外，我去年收到大駕寄來的詩稿，已經認真拜讀，非常欽佩尊詩功力之深。但是並未見到您為竟陵派學會題的詩或詞，謹此奉聞。如承您另寫一份寄來，我們將製版編進論文彙編。專此奉覆，並祝
撰安！

張國光啟
元月 16 日

際昌教授：

　　您好！

　　違教數月，時切神馳！最近《荊州師專學報》刊出了論竟陵派文學的拙稿，結尾恭錄了大作五言古詩一首，頗為篇幅增光，謹將該文寄請您審閱。

　　去年秦皇島的講學和竟陵學會的舉行，都因為有大駕的光臨，使大家深受鼓舞。今年十月份，我們將舉辦公安派文學討論會，已籌備好了資金，定於會前出版一本公安派文學論文集，交出版社公開印行。先生思想解放，總是站在潮流的前列，這在老專家當中殊不多覲，敬請先生撰賜有關公安派的論文。貴系教師有這方面的文章亦所歡迎，截稿時間五月底。這一論文集是公開出版，而且時間充裕，我們將努力將它編好，正式請您指導和撰稿的信不久將寄上。致以

敬禮！

張國光啟

86、1、19

際昌教授：

　　去年夏秋，承蒙惠贈寶書條幅，我已請人精工裝裱，懸掛書齋，現特拍照一照片寄請惠存，兼表深切謝意。

　　去年十一月，在我校舉行了《水滸》全國學會籌委會議，通過該會掛靠我校的決定。目前我會有三個任務：一、籌建《水滸》資料與諮詢中心；二、出版《水滸爭鳴》第五集；三、籌備今年秋冬間在湖北召開《水滸》第四屆討論會。關於您接收中心顧問聘書的回信，我們都傳閱過，大家都感謝。至於您捐贈《水滸》資料的事，就不必了。我們擬定通過武漢大學出版社出版《竟陵派與晚明革新思潮》一書，此書即將上

架,是將原《論叢》一、二輯文章,粘補而成,大作照原樣收入,刊在該書之前列。二屆竟陵派文學討論會,大概五月上旬舉行,如有近年新作仍所歡迎。專此

並祝新春筆健!

張國光啓

1987.元.25

十三、與徐敏先生

徐敏(1922—2018),廣東湛江人。1975 年至 1982 年任中國社科院《歷史研究》雜誌副組長、副主編;《中國社會科學》雜誌副主編。1982 年至 1988 年任中國社會科學院研究生院副院長。二十世紀 80 年代初,魏先生整理出版《桐城古文學派小史》,於學術界對胡適的態度很敏感,願在許可的情況下,研究並寫懷念胡適的文章,為此,曾向徐敏、陸永品等先生問詢,最後,回憶胡適的文章首在內刊《保定政協文史資料》發表。徐敏致魏先生二劄:一為 1988 年,談胡適著作;一為 1989 年,請徐敏先生為研究生答辯委員,看論文事。

魏先生:

您贈的《桐城古文學派小史》和附函均已收到,十分感謝,我現在還在搞戰國秦漢這一段,清代的東西也讀了一點,但不像您在青年時代就有如此深刻的研究,我一定從你的大作中領受教益。

胡適先生的作品,我從來主張可以選出一些,我這裏只有他的一本《嘗試集》、一本《中國哲學史》和和三本《書信集》,之外,就沒有別

的了。目前出版界固然出版了不少好書，但出了不少壞書，有點失控，這不僅浪費了紙張和印刷力量，而且毒害了一、兩代人，看到這種現象，令人氣憤和耽憂，首都尚且如此，地方上更不用說。下月在武漢有一個楚史和楚文化的會（武漢大學發起的），我不想去參加了。

　　北京正是秋高氣爽的季節，秋夜讀書和寫作是最美妙不過的，不知先生以為如何？

　　專此，順頌

教祺！

徐敏

10月6日

魏先生：

　　孫興民同志今天來帶來論文三份，已收到。我與他商定26日去保定，我去訂票，如能訂到，我即打電報給您，見面再詳談。即頌

教安！

徐敏

五月十五日

十四、與徐家昌先生

　　徐家昌先生，上海矚城人，俞平伯外甥。畢業於北京大學，天津文史館館員，著有《秋水集》《徐家昌詩文選集》等。與魏先生在天津時即有交往，曾一起參加桐城古文學術活動等，並稟告俞平伯先生，表達

魏先生對老師的思念。魏先生參加俞平伯先生的從事學術65周年慶
祝活動,即是徐家昌先生聯繫。

齊魯車中即興,謹贈際公學長,調寄沁園春

北國行車,紅樓憶舊,共惜年光。愛桐城山水,爭鳴有
地;北風南斗,匯合無妨。抗日功成,江山無恙,四十周年洗
劍芒。心情壯,把漢書下酒,仔細評商。　　不恨暮景殘芳,
恨今雨淹遲舊雨窗。奈燕山未勒,書生無忌計,彼蒼易老,此
事難荒。母校殷勤,故人期待,一事無成兩鬢霜。望中流借
楫,與我偕航。

嶧城徐家昌學

1985. 11. 9

際公學長賜鑒:

津站握別,正值晴雪初見,今夕寒齋撥火,轉憶山城定交,傾蓋如
故,倘能與老兄圍爐煮茗,暢敘衷曲,樂何如之。弟自返津沽後,略停
數日匆匆又赴京城,在舅父平翁寓所侍坐之際,匯報老兄思慕平翁之
熱忱,平翁雖記憶力減退,聞弟言仍極感欣慰。弟又與陸永品同志晤談,
頗為融洽。陸君一悉老兄願與平翁之會,即云必當發出邀請與會之函。
想京華盛會,老兄與小弟又得歡晤,屆時必能多受教益也。專泐,藉頌
道安!

學弟徐家昌謹上

11 月 27 日

289

際昌學長:

　　三月八日,惠書祇悉。弟近日外出,長達兩旬,遂致遲覆,多祈鑒宥。大著《桐城古學派小史》,前承惠賜,已經拜收。我兄對桐城學派之原委,提要鉤玄,功力極深,容弟仔細學習,以俟面聆教言。至於我兄培養研究生,論文答辯之事,欲使弟參與評議者,乃兄命也,當及時奉召,準時到達,至則唯兄馬首是瞻。清苑與津沽同州之地,而雲山迢迢,多載暌隔,此次趨赴明廬,暢敘離愫,幸何如之。專覆,藉頌

道安!

　　　　　　　　　　　　　　　　　　學弟徐家昌頓首
　　　　　　　　　　　　　　　　　　3 月 18 日

十五、與魏文德先生

　　魏文德(1911—1998),河北省蒿城縣人,1935 年北京大學化學系畢業。曾任化學工業部北京化工研究院副院長兼總工程師、中國化工學會石油化工學會第一屆理事長。與魏先生在北大求學時相識,後1991 年 6 月偶見於北京,魏先生贈書法紀念,互通信聯繫。錄魏文德劄:

際昌學長兄:

　　來信及附來照片,九日收到。我前幾日去市郊區開會,最近才回來,覆信遲了些日,請諒!

舊日老同學散處各地，又多老病，見一次面很不容易。文革前，文修兄曾來過我家，因未記下地址，所以同在北京，以後未再見面。北京化工研究院就在原河北師院（現改為中醫學院）對門，當時周學黿在該院，周與我在正定河北第七中學同學，文革後調石家莊，以後也未再見過。

來信囑交換照片，我很高興。近來，我很少自己照相，接信後幾次想去照，又一拖再拖未去。先把今年四月間孩子們在家給我和老伴兒照的一張寄上。請老兄收下吧！

近日，北京天氣悶熱，為多年所未見，不多寫了。敬祝
闔家快樂！

同學弟魏文德上

91、8、22

十六、與王前先生

王前，1922 年生。遼寧海城人，遼寧大學中文系教授。因遼寧鞍山唐代文學會相見，請魏先生評詩。

拜讀《蓉城詩草》展卷已完，撫膺有感

前翁多才，氣宇不凡。為情造文，筆法自然。
馳騁六合，俯仰大千。我之懷矣，致以頌贊。

注：《蓉城詩草》，瀋水詩人王前漫遊成都等地時之所錄製也，多五、七言新體，豪放、俊逸，有似太白。唐代文學會中出示於鞍山，囑為評閱，余謝而未

遑。其後屢書促之,始撰小注以應。

八六年冬月記於保定

王前先生後有四言詩回贈略云"先生氣質,梅骨松姿。屬文源《詩》,曉《易》用時。吾雖薄學,苦志猛追"等語,謙抑過甚,所不敢當。

尊敬的魏先生:

鞍山一別,時而想念,不知先生進冬身心若何?! 也許是前緣,一見甚覺契投。先生的道德文章,均為吾之所景仰,唯望善持養生術,以期鶴齡,常能有以教我,幸樂何如?

先生於鞍山所寫的兩首詩,歸來時而吟詠,甚覺情味、意味、韻味俱佳,特為先生敬書兩條幅,寄呈先生留念。所愧書略不堪入目,只略表赤誠耳,望先生指點。

在鞍山曾請先生能在百忙中,為我評點《蓉城詩稿》,並能用毛筆加以圈點寫出評語,在詩冊後能為我寫出總評(今寄去宣紙小頁,留作寫總評用),並能署名蓋上印章,以便我當墨寶珍藏之,便我偶爾讀之,以慰生平有知音之樂也。另有一大幅宣紙,先生可否書一首贈詩給我,我當裱之掛在書齋,以勵我之前進。

我評副教授事,有希望。我於明年擬在遼大出版社出一本《書詩同源論》,出書時,定寄給先生以求指點! 敬問

闔府安康!

遼寧大學中文系王前
1986 年 11 月 15 日

翹待先生之墨蹟早日到來！收見條幅請回函，以免念之。

十七、與顏霽先生

顏霽先生，字天墨，詩人，勤於著述，為魏先生詩文友。曾共校《李太白集》，寫成《李白詩校録稿》。1984 年，顏霽先生曾寄中華書局。致信魏先生云："曩者您所哀益之《李白詩校録稿》，已由中華書局退給了我。理由為今後《李白詩集》的再版，改歸人民文學出版社接管，所以把扣在手裏有待於再版作補充打算的資料退還給輯著者。這也是中華書局對此有所重視的表態。按王琦校本，實已自繆本中采索。唯王琦所校李集，為王琦其人所見，選酌於繆本為校，非若您我所制，為合數家李白詩集而進行之全校也。稿仍如舊存我處。"因知兩位先生非泛泛之交也。早在 1954 年，魏先生即有《李太白評傳》之作，顏先生後多次參加唐代文學會，亦唐代文學之專家。《紫庵詩草》有録：

憶　舊

顏天墨霽，自號不繫舟主人，余工作津沽時之老友也。能書善畫，長於詩詞，揣摩經史，暮年彌篤。嘗共校《李太白集》，實多卓見。而隱於市井之中，游心雲天之外，赤誠相待，不讓古人，則尤今之所難矣。詩以紀之：

憶昔五零年，初識天墨顏。錦旗紅似火，鉦鼓震人寰。
君時何凌厲，高岸友朋間。自謂老江湖，社會大學邅。
絳帳津沽市，行吟渤海邊。揮毫龍蛇走，拂紙落雲山。

焉知二十載,徒驚兩鬢斑。隱忍漁鹽中,抑鬱恒寡歡。

不繫舟且去,酒酣話連翩。四海同物化,宇宙亦玄玄。

注:天墨贈我詩詞甚多,茲特選錄各一首如下:

述 誼

拳拳馬列勉依因,村曰西湖遠俗塵。風雷歷經松益勁,霜寒侵挫菊常新。

圖書遺佚考殘缺,文字推求辨偽真。儷影剪燈雙夜讀,華巔不倦倍精神。

點絳唇

又恁新春,萬家燈火迎飛雪。西湖村裏,老伴雙歡悅。團拜思趣,懶我行行輟。春來也,一春花事,待且般般說。

　　1982 年 5 月, 與陸宗達諸先生合照於保定城隍廟會議廳前(右起:魏先生、陸宗達、李離、許嘉璐)。陸宗達先生應約來參加河北大學中文系研究生答辯會。

1984年,四學者合照於石家莊河北賓館"河北省語文學會年會"上(左起:魏先生、周汝昌、蕭軍、王達津)。

　　1986 年 4 月, 呂志毅先生約傅振倫先生來河大講學, 三位北大同窗合照於古蓮花池(左起 : 滕大椿、傅振倫、魏先生)

與魏先生相交厚者,尚有陸宗達、傅振倫、周汝昌、史樹青、葉嘉瑩及南開大學王達津、湖南師大顧淩申、湖南大學丘良任、安徽大學孟醒仁、青海師院徐燁、湖南師院顏新宇、西北師大郭晉稀、新疆師大白應東、甘肅師大鄭文、楊蕚,及河北師大朱澤吉、馮健男、姚大業等。

十八、與日本、前蘇聯專家的交往

在學術研究中,魏先生結識日本專家佐藤一郎、竹治貞夫、高橋稔之先生,前蘇聯專家費德林夫婦。

1985 年端午節,日本東京義塾大學教授佐藤一郎被邀請來中國參加在湖北江陵召開的中國屈原學會成立大會,以魏際昌先生為學會之籌備主任,成立後當選為常務副會長。魏先生在會議期間與佐藤教授不時過從,共同參加座談會、報告會、參觀古文化遺跡等,甚為相得,別後有書信來往。佐藤贈魏先生東京出版的《中國文章論》,魏先生回贈以《散文發展史》之先秦諸子及兩漢策論文及學術文章。

竹治貞夫是日本德島的教授,是魏先生在屈原學術會上認識的一位漢學家,會議期間同開小組討論會,同上主席臺。開會、遊湖,竹治貞夫搶拍了許多照片,回國後掛號寄來。竹治貞夫甚敦厚,魏先生贈有《敬覆竹治教授》二闋:

> "仁者壽",君所言,"藹如也"君之顏,屈子精神文氾濫。
> 洞庭湖上逢日賢,搶拍鏡頭承厚愛,贈我詩文意拳拳。
>
> 辭賦資料百餘條,深挖細找喜攻堅勁。敬事而信堪嗟歎,漢學工夫非等閒。某雖耄耋當追比,君實謙恭使人慚。神州扶桑咫尺耳,一衣帶水好盤旋。

與日本學者竹治貞夫合照(左一為魏先生,左二為竹治貞夫先生)

1991年4月17日至22日，日本東京大學大學院中國文學專攻博士、東京學芸大學教授高橋稔之被邀來河北大學作中國古代說話文學之研究，先與中文系方勇取得聯繫，由副校長王培棟出面接待宴請。中文系主任崔建平，古代文學研究室主任顧之京參與會見。魏先生主持學術活動，座談、參觀、交流著作。高橋與魏先生探究中國小說及屈原辭賦，與雷石榆先生研討日本文學史，與熊任望先生研求書法，與方勇交流先秦小說起源、莊子寓言等，方勇的愛人張瑜擔任翻譯。高橋教授贈魏先生所著《中國說話文學的誕生》、論文《燕丹子研究》，魏先生回贈以《桐城古文學派小史》及有關屈原與楚辭研究論文多種。高橋贈魏先生漢詩：一燕飛來保定東，絮絲飄轉桃花紅。氣揚忽忽忘時過，何望（期）歸日迫匆匆。雷石榆、熊任望先生均有唱合。

1991年端午，在湖南岳陽屈原國際學術會上，與前蘇聯漢學家費德林夫婦相晤，都有發言，且共同參加了湖南省長陳邦柱招待會、觀龍舟競賽、遊君山。魏先生有詩為贈：

辛未端午岳陽國際屈原學術討論會上獲識
蘇聯漢學家費德林老夫婦

院士七十八，耄年再訪華。漢語聲朗朗，體魄仍碩大。
始知鼉鑠者，早為外交家。夫人亦昂藏，博士索菲亞。
愛戀金婚久，伉儷飛奇葩。崇敬毛主席，郭老嘗師法。
文明稱古國，寰瀛可獨誇。屢道辭賦美，屈原走天涯。
荏苒五十載，滄桑付史話。有人此有土，豐富羨華夏。
中俄重攜手，世界燦雲霞。願借端午酒，祝公壽永遐。

第十七章　與中國屈原學會湯炳正諸先生

一、與湯炳正先生

　　湯炳正(1910—1998)，字景麟，山東榮成人。1935 年，民國大學畢業，考入蘇州"章氏國學講習會"研究班，受業於章太炎先生。太炎先生對其期許甚高，稱為"承繼絕學唯一有望之人"。新中國成立後，為四川師範大學教授，是魏先生在學術上的知交。

　　二老都是先秦文學，尤其是屈原研究專家，二十世紀 80 年代初，姜亮夫、湯炳正、魏先生等都有成立全國屈原學術組織的願望。1982 年端午節，在湖北秭歸召開"湖北省屈原學術討論會"，魏先生與湯炳正、劉禹昌、聶石樵先生應邀出席，對成立屈原學會做了溝通、探討。先生們一見如故，相談甚歡，其間在秭歸屈原紀念館考察、留影。中國屈原學會的成立，則應追溯到此次討論會，會議由湖北省社會科學院文學所和湖北省文聯發起組織的，這是新中國成立以來第一次真正的屈原學術討論會。參加會議的全國學者有一百多位，詩人五十餘位。學者方面有湯炳正、魏際昌、胡國瑞、劉禹昌、石聲淮、張嘯虎、張振澤、魏炯若、姜書閣、聶石樵、譚家健、陸永品、蔡守湘、張國光、溫洪隆、顏新宇等先生。

　　1982年,與湯炳正先生(右一為劉禹昌,右二為湯炳正,右三為聶石樵,右四為魏先生)

由於此次會議是解放以來少有的大規模的學術會議,加之粉碎
"四人幫"、結束"文化大革命"後思想解放,學者們都很興奮,會議氣
氛熱烈。不論是大會發言,還是小組討論發言,都非常踴躍。為準備
這次會議,秭歸縣委、縣政府投入相當的人力、物力。會議期間在長江
上舉行龍舟競渡,那種"歡聲震地,驚退萬人氣"之景象,使學者們久違
的特定的民族情感,又找了回來。有關活動方面,除了安排參觀秭歸
縣城,還安排了去屈原故里樂平里和昭君故里,但二者只能參觀一處。
樂平里交通不便,需徒步走很遠的山路,會上動員大多數學者去昭君
故里,中、青年學者多服從這一動員。然而,幾位老先生——湯炳正、
魏際昌、劉禹昌等堅持要去樂平里,著實讓組織者擔心了一回。雖然
幾位老先生回來後疲憊不堪——魏先生在路上還摔了一跤,但個個心
滿意足,高興地說不虛此行!

魏先生有二詩抒懷:

緬懷屈靈均
——為湖北省屈原學術討論會作

緬懷屈靈均,辭賦稱至尊。忠貞為祖國,肝膽照斯民。
芳草比仁者,美人擬賢君。丹鶴九天唳,虯龍似海吟。
光輝爭日月,六合喜同春。傷哉是此老,壯志未得申。
內迫乎奸佞,外患乎強鄰。號泣問天地,哀怨訴鬼神。
望郢江東去,懷沙自沉淪。鳥飛返故鄉,狐死首丘林。
抗爭以死諫,此舉震乾坤。白起庶子耳,張儀爾蠢蠢。
殘暴雖得肆,三戶終亡秦。至今端午日,年年慰詩魂。
江水躍龍舟,蒲艾戶戶馨。《鳳兮》歌方罷,《離騷》清我心。

秭歸鬥龍舟

七色飛龍鬧大江,秭歸端午救詩皇。

喧天鉦鼓風雷動,炮聲匝地振山鄉。

波搖金影中流急,歌船士女兩岸揚。

青巒有意埋忠骨,碧水無情葬楚狂。

阿誰不識屈大夫,芬芳千古享蒸嘗。

此可因之發召喚,今日招魂為國殤。

1983年8月3日至7日,遼寧省文學學會"首屆屈原討論會"在大連市舉行,出席會議的全國18個省市自治區的楚辭研究工作者120餘人,收到論文(包括專著)近70份,湯炳正等專家因故未參加。魏先生與會並提交了《屈賦教學拾零》的論文,期間與華鍾彥、趙逵夫、孫常敘、黃中模等師友相談甚歡,學術氣氛濃厚,為成立全國的學術組織向前推進了一步。遼寧省屈原研究學術討論會,由遼大中文系與遼寧師大中文系合辦,同時,作為遼寧省文學學會屈原研究會成立大會,魏先生參加了會議全過程。"最後商定了三件事:一以與會全體代表名義發起倡議(成立中國屈原學會),並徵得十教授簽名;二是成立籌備委員會;三以湖北社會科學院文學所為籌備秘書處。到會者當場以黃中模的倡議書為基礎作了推敲,文本基本定下,個別需斟酌處由王延海負責。十教授簽名,除到會者外,其餘分工回去徵集,後來徵集簽名為姜亮夫、林庚、陳子展、蔣天樞、湯炳正、胡國瑞、劉禹昌、魏際昌、張震澤,還有一位好像是陳思苓。"當時所定屈原學會籌委會名單為:

主任:姜亮夫、湯炳正。副主任:魏際昌、胡國瑞、姜書閣、張震澤、聶石樵、李世剛。秘書長:張嘯虎。副秘書長:龔建昌。常委:毛慶、黃中模、陸永品、張中一、王延海、林維純、殷光熹。另有委員:戴志均、郭維森、趙逵夫、冀凡等 15 人。

1984 年 3 月在湖北成立全國屈原籌備會,在武漢東湖賓館舉行。湖北社會科學院文學所古代文學研究室的全體成員參與籌備並參加會議,魏先生到會並主持,會議做出以下決定:一、力爭今年成立中國屈原學會。二、力爭明年端午節在湖北召開成立大會。三、為迎接中國屈原學會成立再做三件事,湖北成立屈原學會;湖南力爭成立屈原學會;四川遵照湯先生的意見,開一個中型學術研討會。黃中模並建議這幾個學術會議可將批駁日本學者的"屈原否定論"作為中心議題之一,大家同意了他的意見。

1984 年 5 月,魏先生參加在四川師範學院召開的"屈原問題學術討論會",又與東道主湯炳正先生見面,湯先生讚佩魏先生為成立全國屈原協會的奔波及在學術界的協調之功。

魏先生有詩紀行:《成都"屈原問題學術討論會"勝利閉幕誌喜,兼酬東道主川師諸君子》,自注:諸君子,指湯炳正教授為首的四川師範學院諸師友,84 年 5 月 26 日於川師。

榕城夏日長,花樹正芬芳。錦江泛朝霞,細雨響清商。
良辰此是矣,美景更無量。樓臺掩映處,鴻儒萃一堂。
共話屈夫子,千古詩之王。離騷矢忠貞,龍吟帝子鄉。
九歌舒浩氣,鶴唳玄天上。大笑出門去,馳騁夫康莊。
鬱鬱乎文哉,金玉協萬邦。烈烈紅旗下,十億賦鷹揚。
鳳兮自來儀,麟書仁者旁。光華旦復旦,韶聲樂未央。
敬謝東道主,惠我以多方。依依楊柳情,洋洋永不忘。
舉手揮五弦,鴻雁喜翱翔。邂逅卜它年,祝福壽而康。

1985 年 6 月 21 日至 25 日,中國屈原學會在湖北江陵成立。"全國一百五十位學者參加了會議,參加過秭歸和遼寧、四川會議的絕大多數來了⋯⋯。日本學者稻田耕一郎也被邀請與會。會議確定了兩個主題,均為爭鳴性的。一是屈原的愛國主義問題,二是屈原否定論,因為是成立大會,所以學者們談哪一方都可以。從會議論文和討論上來看,還是將論題集中在會議主題上。批駁'屈原否定論'的論文有相當篇數,沒有贊同'屈原否定論'的,因此是一邊倒。"魏先生主持了學術討論會,宣讀了《保衛屈原,緬懷郭老》的論文和發言,追溯了"否定屈原"的歷史過程,對自己的先生胡適之及廖平、聞一多等也進行了學術評判,肯定了郭沫若的意見。文章結尾說:"總之,關於屈原的問題、《離騷》的看法是早已解決,有了定論的,而且始終是學術性的探討與切磋。日本朋友三澤玲爾等人的插手,不過是沉渣泛起,徒亂人意而已。我們並不保守,也不排外,但歡迎的是富有新義,可以提高的東西,如果橫生枝節、別有用心,那是一定要遭到排斥的。這個態度非常之嚴正。

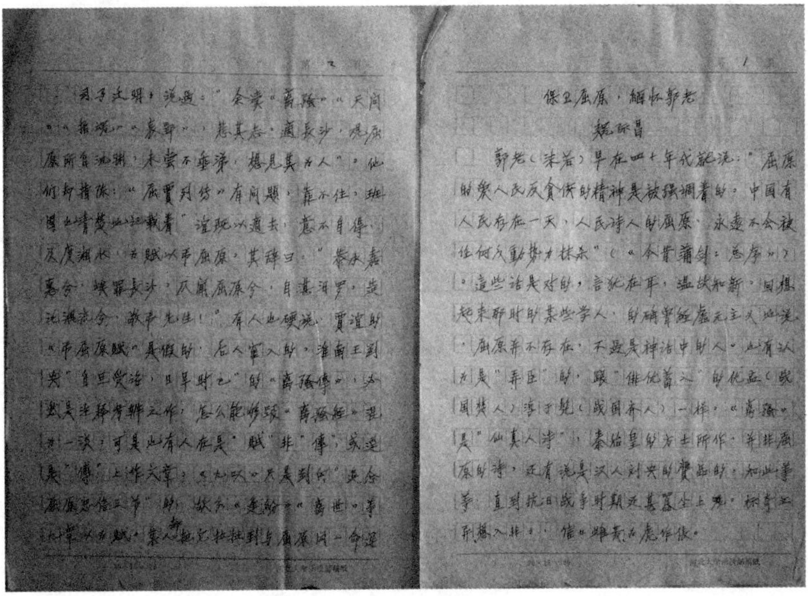

魏先生《保衛屈原》手稿

最後選出了中國屈原學會的領導機構。顧問:陳子展、林庚、馬茂元、孫常敘。名譽會長:姜亮夫。會長:湯炳正。副會長:姜書閣、魏際昌、胡國瑞、張震澤、李世剛、聶石樵。秘書長:張嘯虎。副秘書長:龔建昌、毛慶。常務理事:丁冰、林維純、陸永品、趙逵夫、郝志達、曹方人、黃中模。理事(以姓氏筆劃為序):王延海、馬達、盧文暉、鄧光禮、湯漳平、牟懷川、蕭兵、陳書良、張中一、張宏洪、張國光、張懷榮、楊慎之、顧易生、郭維森、殷光熹、常振國、溫廣義、褚斌傑、黎安懷、熊任望、冀凡、戴志均。後秘書長為毛慶,毛慶先生有《回憶中國屈原會屈原學會的籌備與成立》文章。魏先生有詩誌喜:

中國屈原學會在江陵召開成立大會誌喜,題曰:荊門小賦

乙丑端午兮,瞻拜荊門。花樹盈城兮,五色繽紛。文物光華兮,楚風猶存。爰念靈均兮,千古詩魂。遺愛至今兮,金玉其音。全國大會兮,敬此忠貞。繼承發展兮,日月無垠。熏風廣被兮,滌我心神。易有乾卦兮,元亨利貞。禮重踐行兮,溫恭為本。願隨諸君兮,攀登突進。苟能新新兮,嘉惠實深。蓬生麻中兮,可以正身。雀逐鵬飛兮,亦干青雲。團結戰鬥兮,和樂且湛。天空海闊兮,博大精深。

江陵懷古頌屈原

憶昔屈子在郢都,抗敵安邦有遠圖。內修政法精辭賦,外聯田齊為盟主。滔滔漢水似天池,魏魏方城金湯固。只緣楚懷不終信,兵敗被辱死秦土。黎民塗炭東流去,哀我靈均走江湖。洞庭波兮舟搖搖,長太息兮吟鄂渚。悲憤目沉汨羅裏,詩王從此遂千古。端午祭吊投角黍,蒲艾生香龍舟渡。

今朝荊門大會開，漪歟盛哉昔所無。繁花似錦人增色，綠樹陰濃消夏暑。舉國碩彥談繼承，玲瓏剔透見真吾。突破藩籬出新義，離騷早已德不孤。

會前，湯炳正與魏先生一函，即談學會籌備事。附湯炳正先生二劄(見《湯炳正書信集》第 89、90 頁，大象出版社，2010 年第 1 版)：

際昌先生有道：

秭歸一別，倏已年餘，起居如何，時縈於懷。

敝院學術會，蒙允光臨指導，不勝榮幸之極！現二次請柬已發出，相晤在即，屆時當有一番樂趣也。

聞黃中模同志言，先生此次為成立中國屈原學會奔走江漢間，又為"保衛屈原"，南下洞庭。以高齡而負此重任，實在令人敬佩！

現為籌備學術會，極忙。餘俟面敘，恕不一一！

匆此，敬頌

撰祺

湯炳正

一九八四年四月九日

際昌教授：

貴陽相晤，來去匆匆，未能暢談，深以為憾！

近接受巴蜀書社委託，主編《楚辭賞析集》，其中《湘夫人》一篇，擬請閣下撰寫，萬望撥冗賜稿，以光篇幅！有關該書其他問題，如有高見，亦請隨時見教！

參觀黃果樹瀑布遇雨,當無損於健康耶? 不勝懸注
之至。

專此,順頌

撰祺

湯炳正

一九九零年六月十六日

注:1990 年 6 月,魏先生與湯炳正先生又相會在貴陽舉辦的屈原學會第四
屆年會。湯先生回成都後,特邀魏先生撰稿,老友情感相牽,可知也。

二、與趙逵夫先生

趙逵夫,1942 年 12 月生,甘肅省西和縣人。西北師範大學教授、
博士生導師,楚辭學家、文獻學家、先秦文學研究專家,中國屈原學會
名譽會長、中國詩經學會副會長、中國辭賦學會顧問、甘肅省古代文學
學會會長、《文學遺產》編委等,著述豐厚。與魏先生是治學的摯友、忘
年交,共同參加中國屈原學會籌建和學術活動。謹錄趙逵夫先生致魏
先生二劄:

魏老:

您好! 評審意見和信均收到,謝謝您老人家! 您的褒
獎,我只作為對自己的鞭策與鼓勵,您對後進晚輩的誘掖扶
持是我永遠難忘的!

我已申報了。原擬以您所審四篇為一系列,另列七篇為

一系列,後來抽去一篇,十篇合為一項,這樣把握會更大一些(都是關於屈騷的)。因為其中《屈氏先世與勾亶王熊伯庸》已獲全省首屆社科類評獎二等獎(1987),故此次當不會落空,只看給幾等了。

您老人家能親臨會議,此最好。徐敏先生今天來信也談到您約他的事。但他因黨員登記,不能成行。希望您能同青年教師同行,以便照顧。

我準備提前幾天走,到昆明去考察一下少數民族情況。

其他在貴陽談。祝

您身體健康! 一路愉快!

晚趙逵夫敬上

1990. 5. 5

隨信寄上評審費30元,不過隨章辦事,聊表心意而已,萬望笑納,勿卻。又及。

魏老:

您好! 一路平安!

三十一日您離開貴陽時,因李建國找去有事耽誤,未能趕上送您老。第二日進行選舉,到會全體會員一致選您入理事會,理事會上亦一致改選,舉您繼續參加領導學會。副會長中除您老外,聶石樵先生亦仍然選入,又增選了張嘯虎、褚斌傑二先生。有關通知,大會秘書處當分寄各代表。

今寄上《社科縱橫》一本,上面為西北楚辭學者的一次筆談。您老如有精力,希望能談些指導性意見,我請《社聯縱橫》作為"反映"刊出,編輯同志也希望能看到有關反映。同時,對於我們西北楚辭學者的工作,也是一個支持,如有時間寫出,寄編輯部,寄給我轉均可。

問候彩霞,學習進步。

祝

健康長壽!

晚趙逵夫敬上

1990. 6. 12

如見到,並請代候熊任望先生好。

三、與劉禹昌先生

劉禹昌(1910—1995),山東東明縣人,"九三"學社社員。1934年考入北京大學中文系,中間休學二年,1940年在昆明西南聯合大學畢業,武漢大學中文系教授。致力於中國文學史、中國文學批評史和中國近代詩歌研究,著作頗豐。與魏先生為北大同學,交誼深厚。曾一起參加屈原學術會、桐城古文學術會等。1986年夏來保定河北大學,是魏先生研究生方勇、李金善畢業答辯委員之一。

際昌學兄:

久未函候,近況奚似?遙祝伉儷永諧,貴體康健,壽至期頤為頌。弟的近況,奉陳如下:

退休之中有不退者存焉,仍有培養研究生工作,現有一名,秋季開學後再添一名,那末須至八十歲始畢其役。專業方面是宋詩,重點為蘇、陸,每學期需開兩門課,間有寫魏晉南北朝文學批評詞條及宋詩三百首的注釋等任務,因此仍然很忙,無暇顧及其他,如寫論文,即寫散文史事,希有以諒之!健康狀況如恒,一如往昔,特不及兄長耳。

茲有一事奉告:易竹賢寫的《胡適傳》已由湖北人民出版社出版,需經中宣部審查後發行。易告訴我,安徽省績溪縣政協辦公室顏振吾副主席主編"胡適研究叢録"刊物,由三聯書店出版,創刊號即出。希望您和我及其他胡先生的學生能為該刊物供稿,寫回憶録及研究文章。我已去信聯繫,準備寫寫文章,尚未動筆。希望吾兄多寫些文章,並希聯繫其他同學,共襄斯舉!我們這一輩兒人已凋喪,存者無多,寥若辰星,更應大力支持,責無旁貸,以答胡先生教誨的大恩!我在校那兩年,正是胡先生為我們開文學史等課的時期,先生之聲音笑貌,時浮現於腦海,其影響之深,真乃沒齒不忘也!吾兄乃先生之高足弟子,受教更多,片言隻語,皆精金寶玉,不可使之淪沒,有累先生之大德。我想此事吾兄早有見及此,且久一步成書矣。不須弟之嘵嘵也。此事您有機會碰見詹鍈同學,敬希轉告,恕我未與函達並希致候,恕弟疏懶!我們退休已勢所必然,但不知兄的工作近況如何,希抽暇賜及,不勝翹企。

前年保定之行,多承照顧,蓮池荷葉田田,西陵茂林鬱鬱,未之或忘,美感印象,永貯腦海。尤其與金善同學前往正定大佛寺遊覽,乃常山趙子龍之故鄉,仰慕之情,油然生起,如有神助,更難忘懷。以及天津新貌、石家莊之行,均使弟廣見聞而增添新知,此皆吾兄之厚賜也。"中心藏之",美意雋永,玩味無窮,見了金善為我致謝意!不知您二高足(方勇及金善)近況如何?工作具體為何?希金善見告!

　　餘言不敘,敬祝

伉儷夏安!

　　　　　　　　　　　　　　　　　　　　學弟禹昌上
　　　　　　　　　　　　　　　　　　　　　　　7. 31

1991年春節,魏先生用篆書為劉禹昌先生祝福,劉先生寫詩《為友人魏老辛未歲伊始所書大篆祝福詞而作》答謝:

　　駿馬騄騄天道遠,吉祥止止靜理深。
　　細玩君篆剛勁美,始信才力老益神。

四、與馮明叔先生

　　馮明叔,1916年生。1941年西南聯大中文系畢業。雲南大學中文系教授。著有《先秦兩漢文學史講稿》《楚辭研究講稿》等。與魏先生有北大同門之誼。1985年,中國屈原學會在江陵成立,二老相會,回味前塵,頗多感慨。

紫庵學長:
　　大作六份及附劄,8日收到,承蒙關懷,並以學業相勖勉,無任感激,匆匆拜讀,知學長學殖深厚,詩詞歌賦,無一不精。雖歷經坎坷,而壯志不衰,老而彌堅,實又欽敬無已!今得老

314

兄不棄,以及禹昌兄,謝謝激勵,實深感晚年之有幸!

我的情況是:自56年前後,患較嚴重的神衰,既不能吃,又不能睡,幾瀕於蹶竭,經多年來治療,現惟勉力工作而已,而腦力不濟,時時頭昏,不能做稍久思考,此所以略可謂"好讀書,不求甚解"者也。在北大讀書時,曾聽過沈啟無的"近代文",頗喜公安、竟陵之瀟灑不羈,但多年來迫於形勢需要,已從事於第一段文學史楚辭課教學,以之資,糾結於頭緒紛繁之叢棘中,精力已感不濟,實無力再做其他方面的探求,非不為也,力不逮也!

江陵之會,敬聆老兄發言,抑揚頓挫,鏗鏘有力。會後曾有人云:"此老神思敏捷,來得快!"洵非虛語。惟望善自珍攝,健康長壽!

末了,給老兄提點意見:你"實事求是"地呼我為學弟足矣。現稱為學長,而自署為"後學弟",真是折殺我也!如這樣,來日我將不敢再請你吃魚也,如何?

拉雜寫來,擾你清神。靜候

教安!

弟馮明叔敬上

1985. 8. 24

五、與戴志鈞先生

戴志鈞,哈爾濱師範大學教授,著有《屈賦初探》。為中國屈原學會理事,以書寄呈魏先生。魏先生贈之以詩。

哈爾濱師大戴志鈞先生撰《屈賦初探》,別有見地

靈均神遊到龍江,詩王千古享蒸嘗。美政至今人稱羨,愛國何曾不殊方。

物化空前真浪漫,比興難與論誇張。辭賦天縱凌百代,藝術飛光日月長。

誰道邊外無識者,戴君精微豈凡響!追雲逐電馳太空,說文講史動四方。

宏觀世界非玄妙,我欲攜手覓楚狂。

六、與郭維森先生

郭維森,1931年9月出生於江蘇省鎮江市。畢業於南京大學中文系,後為南京大學中文系教授。著有《屈原》《中國辭賦發展史》(合作)等。1990年,與魏先生在貴陽舉辦之中國屈原學會年會上相見。魏先生逝後,郭先生發唁電悼念。

魏老:

去年夏天,在貴陽得侍左右,幸甚!回來後即見賜稿,感謝莫名。此書約稿早都確定,但迄今只收到3/5,最近擬再發函催索。因出版周期很長,出版社決定分期付給稿酬,據我們這卷的進度,先付1/10,我們商定特約稿分量不多,可全部付給。照原合同最高酬為每千字25元,您老大著1700餘字,今由郵局寄放五拾元,不成敬意,請哂納。待出書後,酬

金若有調整,再補上。春節將至,敬祝

健康長壽、闔家康愉!

晚郭維森敬上

1991. 2. 2

七、與黃中模先生

黃中模,1933 年生,重慶師範大學教授。著有《屈原問題論爭史稿》《現代楚辭批評史》《與日本學者討論屈原問題》等。今從黃中模先生致魏先生二劄中略知:從 1982 年秭歸屈原學術會,直至中國屈原學會成立,黃中模教授都是積極參與者,實際上起著溝通魏先生等屈原研究專家與姜亮夫、湯炳正先生信息的作用。

際昌先生:

您好,去年秭歸會上有幸聽了您的發言,印象很深,至今未忘,現得惠書,不勝欣喜之至,當即轉告姜、湯二老。

去年,在杭州姜亮夫先生處進修《楚辭》,知姜先生對日本一些學者在這十多年來,連篇累牘的否定屈原存在的真實性,深惡痛絕。意欲組織一次反擊,現已收集到日本學者這類文章若干篇,集中在我處。已譯出兩篇,即將由我院學報發表,以期引起國內討論,其餘正在翻譯中。日本人文章除了拾起廖季平、胡適之唾餘外,還有所發展。他們否定《史記·屈原列傳》,否定屈原是歷史人物,而認為是一個幻想式的人物,謬論頗多。

準備明年專門為同日本人論爭事召開一次學術討論會,

最好以民間組織形式出面。因此組織學會是姜、湯二先生著眼於此的原因之一。

先生在河北素有崇高威望,請將上述內情向貴省學者轉達,同時望多收集日本國內評論屈原文章與資料,加以翻譯、發表,給予嚴正駁斥,以維護我國偉大詩人屈原的崇高地位,若能立即回應,誠我民族之幸也。

然而,成立協會必須得到中央有關部門批准,如果先生與河北省語文學會的學者能以素有之威望及與北京學者頗多接觸之便,大力促成此事,誠姜、湯二先生之望,我等晚輩引領而待之也。

大連會期將近,希望先生與會,屆時當拜會先生,詳細匯報有關事項。盼隨時賜教。敬頌

文祺!

黃中模

1983.7.19

魏先生:

您好,久未見面請教,非常想念。

最近我院在過去我等研究屈原取得的成績的基礎上,成立了"《楚辭》研究室",批准我作為研究室主任,因此,請魏先生今後加以指導與支持。

由於國內各高等學校與科研機構尚未成立《楚辭》研究室,我院成立了這個科研機構,是國內第一個楚辭研究室,在成立後,應怎樣進行工作,要注意些什麼問題,均請魏先生來信指教。

先生是屈原學會副會長,對我們的進步,唯望多加關照。

此祝

冬安!

黃中模

1985. 12. 2

第十八章　魏先生與夫人于月萍先生十二劄

　　魏先生與夫人于先生十五劄,自 1984 年 5 月 29 日始,止於 1988 年 9 月 2 日。雖斷斷續續,卻能感受到老夫妻間的恩愛及考察、講學間的見聞。其中從 1985 年 5 月 11 日,攜研究生方勇、李金善去湖北天門參加"竟陵文學會"至 6 月端午節中國屈原學會成立前於湖北、江蘇、浙江、廣東、上海諸地所行路線清晰,且多反映當地風物,平實耐讀。其它記有到四川、甘肅、山西、秦皇島市講學、參加研究生答辯中與聶文郁、匡扶、鄭文、姚奠中及河北大學同事李離、王振漢之交往細節,可作信史觀。

第一劄

月萍:

　　大會今天閉幕了,我因為擔任主席團和大組長一直很忙(晚上也活動,彙報、分析問題),所以沒有寫信。

　　我們已經開始參觀:城內是"草堂、武侯祠",城外是"青山城、都江堰"。美哉蓉城,古跡真多,而且樓臺林立,小吃也好。

　　四川師院亦有林園之勝,伙食不錯,所以雖然累些,營養卻夠,我還是堅持練功、跑步、作操,大家都說我棒。

　　比我小得多的人,都濟不得事啦。四十位專家中,老頭兒佔了三分之一,步履艱難,音聲細小,讓別人代讀論文,真夠嗆!

　　譬如"青城山",山巔海拔六華里,我一氣呵成,走了上去。都江堰的鐵索橋(名曰"安瀾")搖搖晃晃,中年人都不敢走(兩段八百米),我過去了。寫得有詩,回去再說(沒工夫抄)。大會還組織去峨眉山,我參加了,明日出發。廿日返蓉。湖北已決計不去,太麻煩,也太累。

回去搭飛機,直去北京,大約六月三日,可以返保(票價九十九,不比軟臥貴)。這回學術報告只給四川師院作了一次,別處未答應。見了許多世面,瞭解了一些文教動態,看來出省參加學術活動,大有好處。但是身體不行可沒咒念。西大的郝御風前個月過去了,高亨也立了遺囑。

彩霞也別逼得太緊吧,兒孫自有兒孫福,你太想不開。許多老先生都有研究生跟著,獨我沒有,人們很奇怪。

哼!說什麼落實知識分子政策,淨算經濟賬。辦喪事比看待活人重要,真他媽媽的!好啦,不牢騷了。即祝
夏祺!
這兒的天氣還不算太熱,常下雨。

子明。84、5、29。

第二劄

月萍:

電報想已收見。連日開會參觀甚忙,但收穫不小。首先是蘭州依山傍水風景優美,絕非風沙古城,不可久留之地。其次是故人好客,招待殷勤,飯店高曠,飲食精潔,而且在會上甚麼職務都不承擔,以老為辭,輕鬆極了。

大會主席團成員鄭文教授請我吃了甘肅特菜(同桌八人多是研究員和教授),我送了他一份禮。匡扶和鄭對門,兩家並不來往。我也看

了他們(他的愛人楊娥),送了一份禮,他們很不過意。

聶老(文郁)來了,我們對門而居,同桌而食,堅邀去西寧講學,並介紹了他的學生現任西寧師大系主任張金亮同志。張是64屆北大畢業生,自稱小同學,人很誠篤,更是堅邀,看來西寧是不去不行了。

此行收穫甚豐,尤其是遊觀方面的:看了"絲路花雨",就是電視上的那個,聞見親見,愈感其美。還有"隴劇"《刺梁(冀)》,不是秦腔,可是唱作細膩,字正腔圓,誰說地方戲不好呢? 活了快八十啦,還是頭一次聽的。

還有,全國書市、全國雜技表演評比大會,恰逢其會。我們由於大會的安排也都去流覽觀摩了。好書雖然已經搶光,沒買到什麼,看看場面也不錯啦。雜技卻夠驚人,得"椅子功"金牌的一個女演員,既驚險又美麗,真了不起。

大會廿五日閉幕,廿六日去敦煌(火車、汽車)150名代表都去,我又怕什麼,所以咱們白"拉鈎"了,真是抱歉! 昨天遊了"五泉山"(與濟南的千佛山相似),明天要泛舟劉家峽,已經遊興大發了,下不為例吧。

我大概須至九月三、四日始能回途返保。自西寧出發(那兒的臥鋪不難買,何況又有聶老作主),屆時當先打電報。人言這兒果子香,可是白蘭瓜也不怎麼甜,竟吃不到蒲桃。有詩一首祝賀大會開幕:

> 漫道西隴舊苦寒,金風送爽玉門關。
> 皋蘭山下花樹美,黃河岸上燦新顏。
> 樓臺到處飛韶樂,市廛終朝話豐產。
> 濟濟群賢不後人,唐代大學共鑽研。
> 李杜光芒今猶在,韓章華章豈美閑。
> 酒泉張掖稱古郡,秦皇漢武都一般。

烈烈紅旗當空午,日月雙輝旦復旦。

我欲因之歌四化,繼往開來寸心丹。

就寫到這裏了。問

你好,彩霞要乖 。

子明手啟。84、8、24。

第三劄

月萍:

28 日到了敦煌。一路上軟臥,遊覽車穿行於瀚海、陽關之中:"一片孤城萬仞山","平林漠漠煙如織"。不是耳濡目染,不知大西北之壯觀也。嘉峪關晨看日出,沙柳稀落於大漠,敦煌縣則是祁連山下之綠洲矣,不來看看,豈不失之交臂。

明日參觀莫高窟,預備在此地停驂三日,九月一日回蘭州市,二日去西寧。這裏空氣較稀薄,溫度早晚與日中差距二度,並不十分冷,也不荒涼,可見聽景不如見景也。同行者多患頭疼感冒,小發燒,吃不下去飯,我則完全沒事,大家都說:"真經得起考驗,話不虛傳。"

哈密瓜、玉蘭瓜天天吃,保定的西瓜簡直無法相比了,而且價廉物美,回去當帶幾個讓你嘗嘗,新瓜香甜無比呀!

子明匆匆,84、8、29。

第四劄

月萍:

今天同聶老到了西寧,雖然地勢高達海拔二千二百米,但是我的自我感覺良好,毫無異樣,經住了考驗。

住到師大宿舍裏,招待所還可以。明後天作兩次學術報告,題目是"談談中國古代文學之美"(從語言文字到文學藝術)。

吃飯由聶老招待,聶老的老伴也很熱情,身體有病。雇了個十八歲的女孩幫忙。他們的小兒子和小女兒夫婦住在一起,很是熱鬧。

我準備六日動身回保,約八日上午可以到,詳細車次須票到手以後再電告。學校開學了,你一周五節課夠累的,注意身體。

大西北之行,收穫極為豐富。①到了敦煌,②過了陽關,③看了莫高窟,④又遊了西寧,詳細情況見面再談吧。

王振漢這回表現得不錯,對我很照顧,一直背包提兜的,送我上西寧的車(他去鄭州小住五天),我可能先到家。

西大、津院和河北講習會的舊學生,到處都是,系主任、副教授、副研究員很多,已經數不清了。吳福熙、張清華、傅光……

這就是教書的好處,參加學術會議的好處,"以文會友",樂此不疲。又寫了幾首詩:《到陽關》《策杖莫高窟》,沒工夫抄了。也照了許多像。

鐵華想已回來了,彩霞也上高中啦,不要管得太多,對家裏,對外面,不要總動真的,冒傻氣,又寫了不少。問好。房子的要訂准。

84年9月3日,子明於西寧師大招待所。

第五劄

月萍：

金善之函想已收見。我們已自天門回到武漢，"竟陵會"開得相當圓滿，華北只我一個代表。張國光說有我就足夠了，朱某也想要參加，因為他道德敗壞，名聲太臭，連八月的北戴河會也未考慮他，看來聲譽還是要緊的。武漢去天門途經孝感、應城兩縣，約三百里，走了四個多小時，因為湖北的公路太壞，車行顛簸這邊。

這邊早了一個季節，小麥已經曬黃了，據說今年可慶豐收。天門招待所的伙食不錯，可以吃飽，每晚還有"花鼓戲"看，趕上下雨天，天氣並不熱，穿上夾衣還涼哪，大會錄音、錄影，又把我擺的比較突出，參加主席團時，參加主席團大會作了專家代表發言，我很不習慣。武漢大學的劉禹昌教授也來了，相見甚歡。程雲兩夫婦又去北京洽談詩劇出國演出事啦，沒有見到。煙、酒是叫金善、方勇送去的，也算還了禮。毛慶也去江陵籌備"屈原會"了，不曾見到。今天又叫兩個研究生去東湖，問一下"匯款"何日收到的。因為明天上午我們就要去廣州了，誠心要看看海波他們，以表"親親"之誼（十一日在去天門前就給她發了信）。

飲食起居，一切正常，藥也照吃，自我感覺良好，不必掛念，到廣東後再報告行蹤。問好，彩霞要乖。

子明，十七日漢口濱江飯店

又：武漢水果也缺乏，黃瓜下來了，四毛一斤，天天吃；豬肉一元七，可以挑肥揀瘦；煎包、鍋貼、米粉、炸果子、稀飯、豆漿，還有餛飩小吃甚多,不賣熱牛奶;去了廣州的車票,還有170元(說的是小李的500元);我給海波買了武漢特別點心,用洋15元。

第六劄

月萍:

武漢一函,計達。我們十九日上午七時到的廣州,車上硬臥換軟臥(長沙以後),列車長給了照顧,總算沒有累著。

海波、崇大都在,他們四間房子,即在越秀山旁,住的是七樓,房中電器設備齊全,彩電、天棚、電扇、電冰箱、收錄兩用機齊備,十足的港化。

相見甚為歡暢,因為房屋寬敞,生活方便,他們也堅留,我就住下了,沒再找賓館。兩個研究生住煤炭招待所。海波還打算陪我去深圳。

兩個甥男也都出落得很漂亮,文瑞高中二,文英初中三,功課平平,有些嬌氣,不過對我很親近,"姨丈"叫個不停。我每人給了廿元,這個錢是要花的。

我們可能廿五日離廣州去杭州(有直達快車),如果軟臥買不到,崇大主張我改坐飛機先去杭州等。崇大廿四日去北京開會(上海票尤其難買,也有直達)。

海波,已經上半天班了,家務繁重,意興索然,準備到五十五歲退休,決不牽連。她說她是小知識分子,跟姐姐、姐夫不一樣,我勸說她不要消極,她反而說我才不像你們這樣的玩兒命的幹哪,留著老命多享受幾年吧。她說她想走親戚,可是脫不開身,想要接姐姐來住一個時期。

崇大也說孩子們念書念的不好,想要送他們出國找姑姑(在美國念中國史,中文半通)去,海波不顧念,全家都走,如何辦法,還沒定下來。

為了你入黨,河大來向海波調查了兩次,她祝賀你解決了問題,可是他們自己都不想再要了,海波尤其傷心!先寫這些,我再替他們看家哪。

風氣到處一樣,搞歪門邪道的多數是有權位的人,走後門、拉關係為子孫謀福利。據說六月一日為限,包括中央在內,老幹部都須下來,否則不予優待。這裏已是"金錢美人的世界",甚麼大學、研究生,連文瑞都想出來工作(開汽車,當服務員等等),鬧個"現接利"。海波讓我勸說兩兄妹一陣子。文英說:"知道姨媽姨丈有學問,但我們這一輩子恐怕也熬不上個教授,別的還有什麼用呢?"她倒想學學文史,可是離我們太遠,海波說:"教不了。"

廣東天氣不算熱,仕女的服裝倒時髦的很,也很講究打扮,她們說我"太古板了,老實的可愛"。說讓我代筆問姨媽好、小侄女彩霞活潑。明天去深圳作二日遊,回來再說。

子明,85、5、21。

第七劄

月萍:

我在深圳給你寫信呢。我們是昨天到的,今天下午就回廣州。這不是窮教書匠能呆的地方,生活特高,非錢莫辦。舉個例子說,一頓飯(盒子)要兩塊,還吃不飽,一宿房費卅元,還看不到電視。

這個新興的城市,只有高樓大廈,港貨,外國貨,少爺、小姐們打扮的怪模怪樣,又說的一口廣東話,真叫人看不上眼。問題更在於它是

327

一個消費城市,建築器材、技術人員、日用百貨都得從外邊運來。生寡食眾沒有前途。

黎明祥我們見到了,已經當上了經理(深圳神州文化藝術發展公司),還有個漂亮的女秘書劉俊英(30歲,天津人,很俏麗、精明,兩個哥哥都是港商)。老黎陪我們去了蛇口,欣賞了珠江三角洲,隔一座山,那邊就是香港。

海波給我買了去上海的軟臥,廿七號上車,這個小妹妹對我這老姐夫,可是賣了力氣,主動給了我100元港幣(我雖然不曾動用)以備購物之用。辦了去深圳的證明,同到車站買了票,還打算接你來哪,說在秋後。

這裏的深圳大學有名無實,缺乏師資(沒有教授)。學生半工半讀,念學分,對教師採取聘任辦法,卻是不錯的。惟教職員工分三派:一、校領導是清華幫;二、教師多中山大學出身的;三、職工則為廣東深圳人(華中工學院也有一部分)。

這裏風傳鄧小平在全國教育工作會議上的講話,很有指導意義,已在開始佈置討論,不知我校如何? 大概老的要退休了,但須有妥善的安排。中山大學有的老先生講:"淨等著這一天呢,早想不幹了啦!"看來我出來"周遊",恐怕也是最後一次了(零碎參加學會活動不在此限)。如果時間可以拉長,只要路費夠用,我想開完"屈原會"再回保定了(江、浙、南京各有一個禮拜),路上一共也要一個禮拜。

身體麼是滿可以支持的,而且面上見胖了,大概是出來活動的好處,請不必擔心。東西沒什麼可買的,風衣據說出自上海,廣東不大用它,天氣太熱。這兒的鮮荔枝、芒果都上市了,只是太貴,荔枝三元一斤,芒果一元五一個,香蕉一元二。囉囉嗦嗦,就到這裏吧,下次信到上海以後再寫。問好。學學海波,對子女一點也不管,何況咱們的小霞是孫女。

子明,85. 5. 23,深圳敦信大廈

第八劄

月萍:

今天飛到了上海,海波送我到機場,一路平安,七點半起飛,九點一刻就到了,上海的天氣比廣州差了七、八度,不穿袂衣服不行啦。

海波給你買了件風衣,只用了 25 元錢(不讓買不行,是實心實意的)。還帶我看了南湖(林立果設立偽中央的地方,山清水秀,是個絕好去處,他們真能造孽)。

黃花崗、中山紀念堂、五羊嶺也都去看了,還照了相,都是海波親自出頭,這個小妹妹可真能幹,坐上客長滿,裏裏外外一把手,而且是單打獨鬥,崇大已去北京,兒女都不幫忙。

上海的旅館很難找,兩個研究生毫無辦法,廣州是靠的海波,上海就沒咒念了,我們打算停上三天就走人(學生是坐火車先走了三天,同時到達的)。下一站是杭州,還沒買票哪。住的是 16 人一間的宿舍,上、下鋪,2. 5 元一天,飯也很難吃,擠不上,不過生活也比廣州低。我也買了一件風衣,條絨的,不如你那家好,18 元,黃色的。

打算看看"魯迅紀念館""復旦"和"華東師大",這兒的市容無大改變,南京路還是老樣子,貨色並不齊全,就是人多。詹鍈要來,你叫他來吧,來了要後悔的,不是說笑話。

先寫到這兒,又要告訴你,自我感覺良好,包括在飛機上,不必躭心。海波說出門在外靠吃藥不行,特別是 1860 一類的片子,要吃吃停

329

停。這兩天沒吃,倒頭清眼亮。

那一天,都步行近一萬步,這叫強迫運動,知注特聞。又大鐵盒子餅乾,海波說是陳了,都給我換了新的,真細心(魚和雞也都新的活的買來做,說不敢讓姐夫吃不好)。

子明,五月廿八日於上海旅社

第九劄

月萍:

我現在是杭州西湖邊上的衛生局招待所內給你寫信,是方勇同我一道來的(小李已先去了蘇州,他已到過杭州了)。卅日上午搭火車,經松江、嘉興、海寧、餘杭等地始達,票極難買,坐的是慢車,還等的退票,走了八個小時(逢車就讓,包括貨車),好在有座。

杭州天氣涼爽,夜裏須蓋棉被,生活比上海便宜,上海比廣州便宜,廣州比深圳便宜。黎明祥請吃一頓白餃子,就用了 15 元,三塊錢一斤哪。我在敦信大廈招待他,早、晚餐各一頓,還有來往蛇口的汽車費,一共就是卅多元,簡直是在"吃鈔票"了。

海波家更不要說,前後住了五天,給孩子錢,買禮物,請汽車司機(往返南湖),偶爾帶點肉菜,也是一百掛零兒。人家講排場,沒有少花錢。我們雖作客,多年不見了,也要過得去。不用說別的,文瑞、文英兩個孩子的冷飲錢,每日四元上下,咱們就供不起。

卅一日,遊了西湖的南湖,白堤限度以內的景物:靈隱寺、北高峰、岳王廟和墳、保俶塔、飛來峰、西泠社就費了一天的功夫。六月一日,遊北湖、三潭印月、花港觀魚等名勝在內,湖山湖水最勝,濃妝淡抹咸宜,真是秀色可餐,名不虛傳。

打算三日到紹興,巡禮一下魯迅的故里(他在虹口公園的墳和紀念館,我們都去過了),此外還有老城隍廟、外灘、江灣等地,十里洋場已然破舊,不要說深圳了,廣州都比上海繁華。復旦大學倒不錯,可是比不了武漢大學,中山大學也氣魄不小,至於河大那就愧煞矣。

大概六號可至蘇州,停它五天,十二號轉南京,住上五天,然後乘江流溯江西上,二十日到江陵報到,月底經武漢回保(我也可能再坐飛機到北京,這樣就功德圓滿了)。交通費生活費均上漲了,比來比去,只有窮教師不如人意,叫小李打電報要那三百元啦。

你也給我附上幾十元吧,我買了點茶葉、衣物,"津貼"了兩個學生的伙食,還顯得很縮(小吃、小住),只有這點經濟力量,他們兩人就更提不起來啦。下不為例,誰叫咱們趕到點子上了呢?好在行程已過一半,身體還可以。不囉嗦了,擱筆,問
好。

子明於杭州西湖

可以給海波寫封道謝的信。有什麼囑咐,請武漢市湖北省社會科學院文科研究所毛慶轉好了。

第十割

月萍:

我同方勇在今天(6月3日)乘車到了紹興,這可真是個出人才的

地方,上古的"禹陵",春秋的越王,東晉的王羲之,南宋的有陸游都有遺跡,最使我感興趣的是在這裏發現了"青藤書屋"(徐文長故居)和鑒湖女俠的就義紀念場地,魯迅先生的故居(包括"三味書屋"舊址)就更不要說了。首先是我們到了"咸亨酒店"飲了紹興酒,吃了茴香豆,總之,真令人發思古之幽情,回味不盡。

前此,西湖的重要景色,又補看了蘇堤、柳浪、三潭印月、花港觀魚,遊了湖心亭、小瀛洲,還徒步過了錢塘江大橋,登上了六和塔。累雖然累點,精神卻特別愉快。還有一件事,就是方勇的父親和二弟從浦江趕到了杭州,招待了我,非常感謝我們對方勇的教育與關懷,方父很老實,才52歲,方弟也比較聰明,在教數學。

我們準備六日到蘇州,飽覽園林之勝,也想看看太湖,只是這些地方沒有什麼古跡,飲食則聽說蘇州的小吃好,杭州都是冷菜(不現炒),紹興的酒好(出口,火車站到處堆的有酒罈子)。書則買得有《徐文長的故事》(此書久已不印,圖文並茂)、《紹興先賢集》(上、下)和一些難得的畫片,淨是些意外的收穫。不怪當年司馬遷說"行萬里路勝過讀萬卷書""實踐出真知",聽景不如見景麼。下次信須到蘇州以後再寫了。問
好!

子明6月4日於紹興朝陽飯店

332

魏先生與研究生方勇

第十一劄

月萍:

我同方勇於昨日(五日)自水路到了蘇州。成心要看看運河,結果是"一日舟上坐",從清晨五時到下午六時才抵達目的地,這運河的特點是港汊多、大小橋多(何止 24 個)、運煤糧的船隊多,恐怕早已非隋煬時的舊觀了,他為了遊樂,勞民勞財,我們變壞事為好事,把它做了運糧河。

蘇州給我的印象是乾乾淨淨,一清如水,環境衛生搞得好,美女麼卻沒有見到幾個。人說西施生活在姑蘇,卻是越產,而且地在蕭山,也非杭州市,這就無怪其然了。蘇州卻有園林之勝,虎丘、拙政園、寒山寺,我們還打算去太湖看看,一個多小時的汽車就可以到達,還有常熟。

見到了方兆桂,他到賓館來看我,做了總支書記了,整黨剛剛開始"對照檢查",他說這個學校的派性也很嚴重,他是後來人,什麼也不知道,自稱"超然派",可是一做黨的工作,專業就扔下了,雖然也教點書,科研就談不上了,他很後悔,不如在河大舒服,家務也很累,打茶做飯,沒有煤氣罐,生蜂窩煤,自來水管才接上。

小蔣的情況跟老方差不多,團務工作忙得要死,愛人小毛還住了院(有肝炎,又要生小孩啦)。小蔣說,他沒有忘記我們,讓我代他問候你,他的家裏很不錯,兩室一過道,廚房、衛生房,已是副教授待遇了,彩電視、立地電扇、煤氣罐應有盡有(比老方強多了),兩家我都作了回訪,他們也都請我吃了飯。

我們十日去南京,已經又給家鳴去了信,海坡的意思是:"只要他還姓于,便做侄子看待,他說也希望三哥、姐姐採取同一態度,給老四留個後人。"海波、崇大還真有意帶家鳴出國,不過手續不好辦,崇大一家的護照已辦好,在挨個兒等通知哪,情況如何,到南京後再說。

餘下的三百元路費,已電財務處催匯,你於便中可代催問下。路費加價,生活也高,我們"小吃、小住"勉強夠了,到了蘇州雖然只剩最後兩站,南京和江陵,但也不該放鬆,校長批的 1800 元,他們根本不該扣下三百,能讓熊人望先生帶來也好。

小蔣又在催我到他家去了,先說到這裏吧。問好,小蔣再一次請代問候。

子明六月六日燈下於蘇州旅次

第十二劄

月萍:

我於昨日(十日)下午到了南京即寄宿小鳴處,小鳴夜大已卒業,成績不差,正撰寫科技報告中,這個孩子人很文靜,長的也是于家臉型,比家駿漂亮得多,已有對象。

他和母親王淑忠還有姥姥(年八十歲,山東人,很有精神)住在一起,房子兩室一廳有衛生間,去年才遷入的。對於我來,他們都歡迎,王淑忠念念不忘你過去對她的幫助,認為我也平易,非高不可攀。

自然她耿耿於懷的還是汪治,洋治的遭受危害未能完全落實,特別是汪治方面的,因為小鳴為他父親背的包袱很重。這個動力學校過去的領導人也"太左"了,欺負外鄉人,根本沒把汪治的事攔在心裏。

汪治死後,李崇大來去匆匆,沒有徹底過問,連王淑忠都不肯見,海波曾在淑忠處住了一宿,主要的是為了小鳴改正姓氏,對於王採取了敷衍態度,王也很有意見。

經淑忠要求,我也同意,約定後天十三日跟動力學校的校黨委談談,盼能繼續落實(正是時候,各地一樣)。"梁惠王下河東",不能不"盡心"呀。小鳴即不滿意他父親的"結論",盼能重做。

我們大概十六日沿江去武漢(坐船)轉江陵,這已是最後一站了,月底回保(研究生即住動力學校的招待所,這個學校已改專科,設備不錯,環境也美,我每天早上到操場鍛煉)。

小鳴的對象也看到了,人很穩重,這孩子已經準備好自家的"小窩",不跟母親一起過,王叔忠也搞通了,隨他們的便,我告誡小鳴:"母親還是要量力贍養的,為了你,三災八難的不容易。"

老黃(淑忠的後老伴)人也老成,帶著孩子(前房的)住在浦口,一個禮拜回來一天。小鳴還是不叫爸爸,他說:"從小就沒叫慣,又背了許多包袱,改不了口。"實話實說,老黃也不在乎(這個情況同毓賢差不多)。

今天(十二日)由小鳴陪同,看了明孝陵、孫中山陵、靈古寺、玄武湖、夫子廟、雨花臺,天氣不熱,也未出太陽,真是天時、地利、人和,三種條件具備了。一個多月以來,大體順利。

有工夫也可以給王淑忠寫封感謝信,這個女同志,我很同情她,不容易呀,姐夫叫得很親切,人跟人就是要互相尊重,多給人家設想,人家也就關懷你啦。

胡風死了,得年八十三歲,南京頗有反響,有些人認為他冤枉了卅年。而結局不如梁漱溟,造孽呀,亦可以自況矣。南京新建設不多,南大也分散了,工學院最棒。問安,到江陵後再寫信。

子明十三日南京

考察期間,魏先生有詩作十七首,可與劄中所述相涉,識者可從中感知詩作之背景。

過中山紀念堂

革命搖籃是羊城,中山幾番起義兵。越秀峰上白雲鬧,黃花崗下碧血凝。清廷王冠終落地,黷武軍閥亦斂形。天下為公誰不曉,聯俄容共好精英。紀念堂前人頂禮,巨相錚錚示永生。繁花燦爛稱南國,居停自可寄真情。

南湖秋色

驅車去南湖,遊人入畫圖。秋色百粵美,風光過北都。蔥蘢多佳木,瀲灧水蓮浮。小城臨淺壍,竹亭傍花塢。又見芳草地,士女歌且舞。翠鳥聲聲囀,滌心遠塵俗。歸途噉米粉,行樂近畎畝。

深圳一瞥

棟廈刺空立,碧水伴青山。的士銜尾飛,龍蟠大道灣。豔曲充耳鼓,香風陣陣翻。侈口談生意,高坐酒吧間。笑謔常放縱,狂舞扭腰肩。揮金何似土,須知物力艱。偶入小飯鋪,價貴驚北天。豈敢點佳餚,且吃麵包乾。十里洋場上,書生遂汗顏。詰朝趁車去,踽踽望雲漢。

古刹灵隐寺放言

灵隐寺庄严,僧人红偏衫。经说色相空,六尘不污染。幢塔玲珑立,宝殿金光泛。天王露怪容,释迦垂善眼。大千无净土,惟有寸心丹。谁见极乐世,永是须弥山。如梦幻泡影,夫固知其然。此念非亵渎,佛家亦涅槃。虔诚膜拜者,香火为哪般?

攀登西湖北高峰

攀登北高峰,扶持是方勇。及巅喘息望,有庙如盘龙。老树伏荫下,神相貌雍雍。小憩转后山,竹林掩荒径。蜿蜒将尽处,茶田叶蓬蓬。妇工正将采,盈筐快如风。饮之逾半世,今日始见农。疾趋灵隐侧,选购兴冲冲。

岳王坟前

一自入阙门,浩气若有存。玉桥阶古道,翁仲侍英魂。丰碑巍然立,铁奸跪埃尘。雄伟鄂王墓,陪葬小侯坟。松柏郁青青,祭台花似锦。默念《满江红》,不忘武穆心。精忠昭日月,所以励后人。

西湖杂咏

西子蒙不洁,昔人掩鼻过。湖水患污染,今者将奈何!造物忌妄为,佳气烦嚣躲。旧景已难全,机关插入多。推舟荡中心,远山叠翠波。登陆小瀛洲,亭台三五座。北傍锁澜

橋,蘇堤獨長臥。三潭仍鼎立,花港紅魚夥。回棹吃湯麵,聊
以解饑渴。者番杭州遊,索然其落寞。

六和塔上眺望

錢塘江畔六和塔,崇宏九級鎮山下。迴旋登臨視野開,
樓臺掩映水無涯。巨橋飛架通南北,風帆隱隱泛秋霞。想見
潮來波浪闊,洪洪滾滾奔萬馬。何幸到處有奇觀,炳炳琅琅
我中華。

青藤書屋

我愛青藤書屋,特立獨行拔俗。"一塵不到"真語,"中流
砥柱"可書。豈真無功社稷,海防助理胡督。只緣皇家昏暗,
羞與奸佞為伍。詩文饒有奇氣,丹青膾炙東土。故事至今風
傳,明代傑出人物。

三味書屋

一棟小北房,後壁不開窗。面對狹天井,木桌七八張。
幼時先生座,遙指左側方。東牆掛書袋,仍有舊竹筐。家塾
雖簡陋,入學開蒙養。勝似小閏土,一世作文盲。

咸亨酒店

老樹濃陰中,三間黑瓦房。方桌配長凳,對座飲酒漿。
茴香豆熟爛,花生味亦香。不見孔乙己,念念未能忘。先生
文字高,形象冷人腸。我憐方巾士,嘲弄在鄉邦。偷書不算

賊,斯文無下場。雙腿折損後,匍匐行乞忙。血淚交迸落,泥首呼上蒼!

鑒湖女俠遺像贊

鑒湖女俠,橫刀鬥法。練兵養士,學校為家。志存光復,熱血甘灑。英風永在,麗我中華。

會稽多聞人

會稽多聞人,今古俱振振。先言蠡與種,相越強其君。宋明有陸徐,遺跡里巷存。沈園誇秀麗,青藤天池心。論史及現代,女俠有秋瑾。捨身愛祖國,軒亭口成仁。文壇稱主將,巍巍是魯迅。我探其故居,油然敬師尊。老屋二三進,高臺院內陳。百草園猶在,閏土已無音。漫步登假山,玲瓏清水潤。先生不寂寞,舉首天地春。

泛舟南運河

久知南運河,隋煬帝開拓。為來江東地,勞民動干戈。吃人麻餬子,毀地釀災禍。殆其暢通後,傾國事遊樂。錦纜曳龍舟,鳳舞伴笙歌。往者實已矣,今朝又如何?兩岸荻葦動,蕭蕭秋色薄。突突小馬力,船行蕩中波。坐位客擁擠,上下碼頭多。半日到蘇州,吁氣念彌陀。

觀前街

人說觀前街,四季春常在。士女果如雲,香飛樓臺外。

小吃多什錦,歌舞數裙釵。踽踽涼涼中,老夫無所愛。一杯
清茶水,斜坐聽叫賣。

蘇州園林

蘇州園林甲天下,網師拙政最堪誇:亭臺樓閣巧安置,山
石泉池美穿插。雕樑畫棟何足算,奇花異草點綴佳。賞心悅
目誰家事,富商顯宦有生涯。藝術創造人工美,出神入化大
中華。今日遊觀亦盡性,返本還原信不差。

蔣樂群飯師

小蔣姑蘇人,英俊碩士群。負笈保定日,從我學古文。
今為團書記,東吳舊有根。聞說先生來,喜氣盈其門。話舊
無已時,定日享師尊。親手作羹湯,鮮菜佐雞豚。吾豈少肉
食,真味此中存。舉手勞勞去,念念育後昆。

1985 年的考察共計 50 天,研究生方勇、李金善隨侍。此次出遊、
訪學,幾乎遍及華中、華南、華東諸地區。方勇先生《方山子日記》可作
魏先生家書補充,略整理為:

5 月 9 日,攜弟子方勇、李金善出遊、訪學。下午啟程,文理科同學
趙平安、楊保忠、楊禮、萬謙紅等俱送至保定車站,遂登車由京廣線向
武漢。

5 月 10 日,上午,抵武漢,先擬訪武漢市文聯主席沙萊。下午,遣
弟子方勇、李金善往沙萊主席之住所,預為聯繫會晤之事,不值。

5 月 11 日,乘汽車至天門,出席"竟陵派學術研討會"。研討會至
14 日結束。其間,由弟子方勇、李金善陪同,先生前往觀覽夢遺澤、譚

元春故居、鍾惺讀書處(白龍寺)、天門博物館等。

5月15日,乘汽車返武漢,作為期3天的學術安排。是日晚,遣弟子方勇、李金善往武漢大學,造訪劉禹昌先生,請教治學之道。16日,一同參觀湖北省博物館。17日,遣兩弟子先後拜訪湖北省社科院毛慶研究員、湖北大學張國光教授,皆不值。

5月19日,乘火車抵廣州,作為期2天的學術安排。期間,先生住連襟家,暫作休整。遣弟子方勇、李金善訪學中山大學、參觀越秀公園南越王趙佗遺跡等。

5月21日,乘火車抵深圳。期間,與弟子方勇、李金善一同觀覽蛇口等地,領略新興城市之氣象。

5月27日,自廣州乘飛機抵上海,作為期2天的訪問、參觀。弟子方勇、李金善自廣州乘火車,於杭州略作停留後,是日上午九時趕至機場恭候先生。28日,陪先生上豫園,觀文廟,遊外灘,訪復旦,謁魯迅墓。29日,訪華東師大,遊中山公園、萬國公墓、龍華公園等。

5月30日,乘火車抵杭州,作為期3日的遊覽。是日晨,遣弟子李金善往蘇州預為安排相關事宜,由方勇陪同先生往杭州。31日,由方勇陪同,遊靈隱,登飛來峰,又登北高峰,旋至岳廟,先生拉方勇到岳飛、岳雲墓前,合攝彩色照一張,頗有深意寄寓於其中。復登保俶塔,轉至斷橋,又遊平湖秋月。

6月1日,先生獨自遊錢塘橋,登六和塔。

6月2日上午,由方勇陪同先生遊湖心亭、三潭印月、花港觀魚。下午,乘汽車抵紹興,作為期1日多的瞻仰、遊覽。是日下午四時,瞻仰徐文長青藤故居,先生祗迴留之不能去,既同情其一生遭遇,復敬仰其文章富於創新精神也。旋遊三味書屋、百草園,瞻仰魯迅故居。又上咸亨酒店,點上茴香豆一碟、紹興老酒一斤,師徒且飲且語,話題多在"孔乙己"之上。

6月3日上午,上會稽,探禹穴,觀岣嶁;下午,觀周恩來故居、沈園,謁魯迅紀念館,遊百草園、三味書屋。先生甚欲往蘭亭一遊,候公共汽車於道旁甚久,弟子方勇乃順便問胡適、魯迅先生之異同,先生謂:當年胡適先生來上課,西裝革履,洋派氣象,進教室後,先脫去兩隻手上的白手套,很是平易近人,往往還會去打開玻璃窗戶,通通新鮮空氣,跟女同學說話也是顯得很自然。上課時一口普通話,條理又非常清晰,沒有同學不喜歡他的。他平日的為人很好,有禮貌,也平等待人。他在學術方面的貢獻就更不要說了。魯迅先生的文章,比起胡先生來,顯得更為精煉,經得起推敲,但他上課時總是穿著舊式衣服,眼睛是看著天花板的,而且一口紹興話,讓人有點遺老的感覺。同學有時還跟他開玩笑呢,"周先生,您講課總是不看人的,怎麼把許廣平看到您的宿舍去了呢?"總之,魯迅是人不是神,數十年來所作評價應作反思才是。

6月5日,自杭州坐船經大運河抵蘇州,作為期3天的訪問、遊覽。6月3日下午,因擬往蘭亭不果,傍晚便乘汽車返杭州。5日晨五時半,木船自武林碼頭出發,下午六時抵蘇州碼頭,下榻蘇州大學招待所,昔日弟子蔣樂群做東道主。在蘇州期間,陪先生遊覽地方甚多,至桃花塢尋訪唐伯虎遺跡之際,先生之情感,一如日前在徐文長青藤故居時也。

6月10日,自蘇州乘火車抵南京,作為期4天的遊覽。

11日上午,由弟子方勇、李金善陪同,遊覽紫金山、明城牆、明孝陵;下午,遊覽雨花臺、夫子廟、秦淮河。12日上午,遊覽雞鳴寺、大鐘樓;下午,遊覽瞻園、莫愁湖、六朝諸遺跡。13日上午,遊覽燕子磯、長江大橋、挹江門;下午,遊覽總統府、天王府。14日上午,遊覽明故宮、南京博物院;下午,遊覽玄武湖。

6月15日下午,由弟子方勇、李金善陪同,乘江漢號輪船,從南京

四號碼頭起錨,沿長江上溯,17 日中午抵武漢,18 日乘汽車至江陵,20
日出席"中國屈原學會成立大會暨第四屆屈原學術討論會"。在江陵
期間,除出席學術會議而外,19 日嘗參觀江陵博物館、登江陵城牆,22
日遊覽紀南城遺址、觀看龍舟競賽。在這次屈原學會成立會上,先生
被推選為常委兼副會長。

6 月 26 日乘汽車抵武漢,28 日中午乘火車返保定,河北大學中文
系副主任李離已候於車站矣。為期 50 天的出遊、訪學至此結束,先生
謂兩弟子曰:"文章得江山之助,二位的學問,通過這次出訪、遊覽,一
定會有長進吧。"

第十九章　最後時光

自 1993 年起,魏先生開始整理自己學術成果,準備出版《紫庵詩文選集》,並委托老學生楊國久編校,書稿送河北大學出版社二年未果。今魏先生有《與堅強社長劄》留存:

堅強兼社長同志道席:

昌之《詩文選集》,已按學校規定程式提請准予出版,其事業經兩年,迄無下文。"俟河之清",人壽幾何?念我行年已八十八歲,值此反法西斯戰爭勝利 50 周年之際,亦擬有所表示(身為歷史的見證人嗎?從"九一八"到"八一五"),所以舊事重提,希望校領導予以成全。不勝迫切,待命之至。致以
革命的敬禮!
復原選集目錄及稿樣代表(全集 50 萬字)。

離休教授魏際昌
九五、七、十二

《紫庵詩文選集》沒能出版,與于先生後來處理藏書有一定關聯,以至于先生說了"都沒用"。即便如此,魏先生還是關心著學校的前景,以九十高齡,寫出《河北大學建設重點大學七年規劃》(今手稿尚存),獻給學校參考,愛國、愛校,令人感佩!

1996 年夏天始,魏先生身體明顯弱了下來,有時白天、晚上分不

清,吃飯掉東西,脖子加了圍巾,有求題字者,必有人輔助。如為保定題"富成閣"三大字,即由吳占良手執先生手腕,找定位置,幾近盲書而成,而小字則由吳占良代筆。但先生思維敏捷,待客依然如故。生活中,苦了魏夫人于月萍先生,保姆和學生都是鐘點工,大小事還是于先生操持。

1999年春,魏先生至保定地區二醫院(今保定市第一中心醫院)治療。大家都明白,恐怕魏先生將老於醫院了,河北大學中文系也安排了青年教師值班照顧。1999年3月,吳占良至京拜望傅振倫先生,傅先生亦臥病家中,但囑吳占良一定轉達對魏先生的問候。回保定後,吳占良到醫院看魏先生,與雇傭的中年男護工自病牀抱起先生,靠在枕頭上,轉述了傅先生的慰問。魏先生很詼諧地說:"這個老東西!還不忘問我。"隨即是哈哈大笑,笑意留在臉上很長時間。5月8日,傅先生逝於北京;6月1日,魏先生逝於保定。老北大的校友、瀋陽中正大學的同事先後歸去。

逝世當天,河北大學成立了治喪委員會,貼出了訃告和通知,吳占良專拍了一張照片做紀念。

河北大學訃告

原中國屈原學會常務副會長、中華詩詞學會常務理事、河北省燕趙詩詞協會會長、保定詩詞協會名譽會長、中文系教授、研究生導師魏際昌先生因病醫治無效,於一九九九年六月一日晨四時在保定逝世,享年九十二歲。根據家屬意見,喪事從簡。

魏際昌先生熱愛社會主義,信仰共產主義,於八十五歲高齡加入中國共產黨。他忠誠黨的教育事業,幾十年來奮鬥在教學科研第一線,為中文系建設做出了重大貢獻。

魏際昌先生永垂不朽!

河北大學

魏際昌先生治喪委員會

一九九九年六月一日

魏繼昌先生訃告

魏際昌先生治喪委員會

主　　任:吳家驤

副主任:詹福瑞　溫慶華

委　　員:王俊祥　孫洪濤　張玉柯

　　　　　何廣才　華築信　雷玉亮

　　　　　俞湯揚　吳鐵榜　韓成武

　　　　　哈明虎　李　慶　馬　季

通知

魏際昌先生遺體告別儀式定於六月三日上午在保定殯儀館舉行,參加告別儀式者,請於三日上午八時二十分在原車隊門前集合。

魏際昌先生治喪委員會

一九九九年六月一日

沉痛悼念魏際昌先生

原中國屈原學會常務副會長、中華詩詞學會常務理事、河北省燕趙詩詞協會會長、保定詩詞楹聯學會名譽會長、中文系教授、研究生導師魏際昌先生因病醫治無效,於1999年6月1日淩晨4時在保定逝世,享年92歲。根據家屬意見,喪事從簡。

　　魏際昌先生生於 1908 年 2 月 22 日，祖籍河北省撫寧縣。4 歲隨祖父學習"四書"，1914 年考入吉林省第一模範小學學習，1923 年考入吉林第一師範學校初中、高中部學習，1929 年以優異成績考入吉林大學中文系，"九一八"事變，吉林大學被迫解散，轉入北京大學中文系學習，1934(實為 1935)年畢業。同年考入北京大學研究院中文系攻讀碩士學位，隨胡適先生學習中國古代文學，1937 年研究生畢業並取得碩士學位。

　　"七七"事變以後，逃亡到南方，從天津經山東到南京。在南京，參加戰地服務訓練班。不久，隨戰地服務訓練班經由江西到湖北武漢。1938 年武漢淪陷，轉到湖南，擔任湖南省教育廳第一民眾教育館館長，大力宣傳抗日。長沙大火，隨教育館由長沙遷到永順，在永順繼續進行抗日宣傳活動。1941 年任湖南省第八中學校長，1942 年任廣東女子文理大學教授。日本投降後，擔任吉林省教育廳主任秘書，不久到東北大學任教授。1949 年進入華北大學政治研究所學習，一年後到西北大學中文系任教授。1952 年到天津師範學院(河北大學前身)中文系任教授至今。

　　魏際昌先生熱愛社會主義，信仰共產主義，於 85 歲高齡加入中國共產黨。他忠誠黨的教育事業，幾十年來奮鬥在教學科研第一線，為中文系建設做出了重大貢獻。他一生撰寫並出版了一大批學術論著，尤其是他的學術專著《桐城古文派小史》和關於楚辭研究的一系列論文，在學術界引起積極反響。魏先生教書育人，桃李滿天下。他培養的研究生都已成為各個部門的業務骨幹，有的已經成為海內外知名專家、博士生導師。此外，他參加籌建了中國屈原學會、河北省燕趙詩詞協會、保定詩詞楹聯學會,對推動學術研究的發展作出了突出貢獻。

魏際昌先生永垂不朽!

河北大學
魏際昌先生治喪委員會
1999 年 6 月 1 日

逝世當天,吳占良請保定攝影家馬宏文先生取來放大的遺像掛在靈堂(時已住同樓二單元 201 室)。告別儀式在保定殯儀館舉行,弔唁者有 300 人之多,學校領導、師生(包括魏先生的研究生方勇、李金善、洛保生等),有三分之一是保定市的詩文友。印象深刻的是殯儀館所發和寄給外地親友的《沉痛悼念魏際昌先生》一紙(河北大學印),落款時間為 1996 年 6 月 1 日。諸多學術團體和個人致唁電、唁函近百份追悼。弟子中有陝西教育學院中文系主任沙作洪等。中國屈原學會、湖北社科院文研所唁電為:

保定河北大學魏際昌先生治喪委員會:驚聞噩耗,不勝悲愴,此乃學會巨大損失,我全體會員特向貴校及先生夫人、子女致以深切哀悼與慰問。

又受業弟子方勇撰《祭恩師紫庵魏際昌先生文》云:

維公元一九九九年,歲次己卯,孟夏之月,受業弟子方山子,謹以清酌時羞,致祭於恩師紫庵魏際昌先生之靈曰:

嗚呼!先生天縱聰明,四歲始讀四書。一生寄情墳典,惟以篇什自娛。口不絕吟於六藝之文,手不停披於百家之編。設帳授徒,承其指畫,多有法度可觀;以詩會友,多司洛

350

社之盟,每為耆英所敬重。愚忝門下,始覩典型之在眼前;數載之後,乃知學問之有門徑。詎意一旦大雅云亡,幽明永隔,悲曷可言!惑莫予解兮蔽莫予揭,頑莫予破兮錯莫予糾,則予將何所適從?所幸教誨猶響耳際,風範仍在目前。但願悲慟於此時,而報師恩於久遠也。敢獻俚詞,用佐薄奠。靈其有知,惟祈鑒此。哀哉,尚饗!

後之 2005 年 10 月 8 日,于月萍先生逝於北京。哀哉!門人方勇教授隨之啟動《紫庵文集》之編纂工程,亦有于先生《中國古代圖書簡史》《中國通史》《于月萍日記》收入,二老之學術傳承有人,可稱圓滿!

"十有九輸天下事,百無一可眼中人",魏先生見證了他所在的時代,先生不朽!

附:吳占良文章三篇

一、《紫庵詩草》讀後

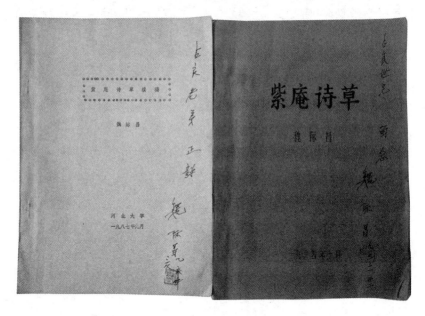

魏先生所贈《紫庵詩草》

　　河北大學魏際昌教授為我國當代宿儒,八九高齡,尚誨人不倦,惠我良多。贈我大作《紫庵詩草》,拜讀後得小詩四首:

一

崇文幾度拜高人,苦讀寒窻不計春。

為報國仇投筆去,南京胡府見真淳。

二

輾轉江南任困淪,人才作育破因循。

書香岳麓何爭妒,忍辱傳經為國民。

三

寇敗高歌氣象新,孤身寥落又逢春。

而今都下華祥月,誰記當年幕府賓。

四

右派津門下等民,學人意志不曾伸。

放廬雲散忽昭日,庠序風和忘我身。

1995 年 5 月

注:拙作收入《吳占良藝史叢談》(2009,中國文聯出版社),此為改後稿。

二、魏際昌先生其人其書

魏際昌先生,字紫銘、子明,號紫庵,1908 年生於吉林,河北撫寧人。1937 年畢業於北京大學研究院,為胡適先生的研究生。解放前,曾任國民黨第 11 戰區民眾運動指導員、湖南省第一民眾教育館館長、

353

湖南省第八中學校長、湖南省教育廳督學、廣東省立文理學院、西北醫學院、東北中正大學、東北大學教授等,華北"剿總"高等教育委員會秘書,隨焦實齋等參加了和平解放北平簽字。解放後,畢業於華北大學政治研究所,先後為西北藝術學院、西北大學、河北大學中文系教授,兼任中國屈原學會常務副會長、河北省燕趙詩詞學會會長、河北省古典文學研究會會長等,是我國知名學者。

先生一生坎坷,早年從祖父習文,至今《五經》《四書》等重要篇章都能背誦。後考入吉林大學,"九一八"事變後,入北京大學中文系,苦讀寒窗,於古典文學用功最深,又入研究院,師從胡適先生。在學生時代,為"北強"學社理事,即有《爾雅學》《袁中郎評傳》《桐城古文學派小史》等有影響的論著。"七七"事變,遂流亡,請願南京,遭過轟炸、臥過軌、幾死幾生,歷盡艱難。1946年夏,為接收吉林省教育專員、教育廳主任秘書,因不滿吉林省主席梁華盛歌舞昇平,當面指責,被逐出吉林。1957年反右,定為右派。"文化大革命"中,因與傅作義、胡適的關係,備受欺凌,期間被罰跪、毒打、喂過豬、燒過鍋爐,夫婦都發一半工資,直至1978年平反,1979年重登講堂,1981年重獲參加中文系會,此等經歷常人是很難活過來的。然魏先生1981年所作《桂枝香》詞尾有句:"丹心一點,始終無二,為國承宣。"這是多麼寬廣的胸懷!

1981年後,邊帶研究生,邊著述,成200餘萬言,其於《楚辭》《詩經》等先秦文學成果最多。其它則有《董仲舒大傳》《徐文長評傳》《關漢卿的曲》等數十篇論文。

對後學勖勉有加,如對張吉明等的著作給以褒獎,《保定社會科學》登載魏先生書簡,情真意切,有古君子之風。1996年,先生89歲,指導後學完成了《桐城古文學派與蓮池書院》一文,惠我極多。

我一直在想,魏先生於中國古典文學的造詣和其在民國中的不平凡經歷,最好能有人為其整理,以補充現代史料,免留遺憾。

做為一個研究舊學的學者,多對中國傳統的書法有所研究,魏先生也不例外。同書家一樣,魏先生書齋是文房四寶皆備。少年時,從祖父學顏真卿書法,即與書法結下因緣。在北大求學時,從唐蘭先生學習古文字學,輯成《說文解字集釋》,並對唐先生《殷虛文字研究》中所附甲骨、鍾鼎文做了重新考釋,多獨到見解。1942年秋,曾於廣東省立文理學院中文系講授文字學。先生早年寫字,皆胡適先生一路清麗舒雅的小楷,中年習魏碑,取法《崔敬邕墓誌》《元略墓誌》《張猛龍碑》,晚年則喜《敦煌遺書》。魏先生夫人于月萍先生則說:"魏先生的字學魏碑,練得不成。"大概是覺得魏先生寫的不漂亮吧。書如其人,豐富的學養,高尚的品德,其書品一定是高的。先生書法楷書骨力開張,用筆方整;行書厚重沉著,可謂通會之際,人書俱老;篆書學有本源,鐵畫銀鉤,有殷虛契刻筆意,古淡處與黃賓虹相接。先生從來是以書法為餘事的,無意於工而自然有得,此書家之最高境界。當今書法界講書法家學者化,魏先生足以稱之。

1996年8月

注:此文發表於《保定日報》。魏先生要了多份,寄贈朋友。因之,頗多求魏先生書法者,筆劃遺漏處,由後學補足之。

三、我認識的紫庵老人

1999年6月1日淩晨4時,著名學者、河北大學中文系教授魏際昌先生因病醫治無效逝世於保定市第一中心醫院,享年92歲。作為文史、書法愛好者,有緣與先生結識,並得先生提攜、幫助,而今略有收稞,不能不感謝先生的諄諄教誨。先生喜和年輕人交朋友,受益者不止我一人。今就先生對我不同時期的三種稱謂:先生、世兄、學弟做一追憶,以示對先生的懷念。

我業餘時間好翻書,讀了一些魏先生本人和別人介紹先生的文章,也認識先生的許多學生,深為先生學識的淵雅折服,尤其是拜讀了先生的《桐城古文學派小史》,更是嚮往之至,很想一覩先生風采。

1993 年 11 月的一天,鼓足勇氣與友人到河大先生寓所拜謁。已是初冬了,先生家門口的竹簾子還掛著,後來去的多了,知簾子是一年四季都是這樣的。老人瘦高的個子,面容和善,夫人于月萍先生也特熱情,倒水、讓座。通報姓名和自我介紹後,先生問我讀過什麽書,當知我略識文物時,老人很高興,"頻繁獻寶"(于先生語)對我進行"考試",其中有梁啟超對聯、明清古籍、宋元瓷器,待我說了看法,老人很興奮,拍著我肩頭說:"行家,行家。"于先生在一旁說:"這些都是劫後餘存了。"我說到蓮池書院院長張裕釗,先生說:"張廉卿詩文書法俱佳,暇時可探討一番。"說畢,先生自書架取下《桐城古文學派小史》,題雙款:"曉禹(我上高中時的筆名)先生指正,魏際昌。"及至我們告別,二老堅持到門外,拱手相送。沒想到從此與先生關係越走越近,對先生的治學和為人也有了更深的瞭解。

1995 年 3 月,保定市收藏協會在蓮池舉辦首屆藏品展,我去送請柬,閒談中談到了展覽的安排和展品的情況。先生說:"好事兒,我這兒的東西你隨便拿,不要客氣。"先生的真摯不容推辭,這就是展覽中的梁啟超、吳待秋對聯。展覽開幕式,先生偕夫人光臨,當場賦詩,手稿今存秘書長安治國兄處。蓮池同時有熊任望老師的書法展,魏先生也賦長詩祝賀,後寫成條幅贈給熊老師。熊老師把字掛在"南郭廬"好長時間,給求教書法的學生留下了深刻的印象。當展覽結束,我們送還展品時,先生送給我《紫庵詩草續編》及有關《楚辭》的論文複件,題款"占良世兄正之,紫翁。"送別時,依舊是拱手。

1996年3月,《文物春秋》出版蓮池專刊,我接了寫一篇書院文章的任務(和魏先生合作),經過兩個多月的努力,仿魏先生的行文風格,完成了《桐城古文學派與蓮池書院》萬餘字,其中使用了先生的大量材料。我把稿子呈給先生,先生說:"寫得很好,署你的名字,我寫一短跋吧。"我不同意,先生才親筆寫了1600字。發表後,先生沒要一分錢稿費。這是我初習寫論文,儘管評價不錯,還是出現了一些筆誤(編輯誤讀手稿),讀者一定把這不足加在先生身上,實際上是我不嚴謹造成的。這一時期先生送我的《晚明"公安三袁"合論》《董仲舒大傳》《徐文長和他的詩文》等著作,題字變成了"占良學弟存正,紫庵老人"。先生已經明顯見老了,但精神還是很好,熟了,送客不出門,還是拱手。

先生晚年關心保定文化事業,只要有"吩咐"(魏先生語),一定是不計報酬,鼎力相助的。對於他人的著作,先生從不做敷衍之詞,總是詳讀並提出自己的意見,李慶恒、張吉明、陳文增先生當深有感觸。我很喜歡魏先生瘦勁、洗練、書卷的書法,曾為自己和朋友求過多幅,遂於1996年寫了一篇《魏際昌先生其人其書》,先生讀後,說是好文章,但發了火、生了氣,原因是文中寫到先生在文革中遭遇的話,先生不願讓我涉及這些往事,擔心會傷害人。過了幾天,先生又給我解釋,希望我能理解,由此我又感到了先生骨子裏的仁厚。

先生是儉樸、堅強的人。近幾年中唯恐給學校、朋友帶來負擔,每當人們去家裏、醫院看望,總是談笑風生,面對病情處之泰然,還說身體一旦好轉,寫一本回憶錄,今已成了遺憾。先生是著名古典文學研究家、詩人,其學術成績有待我們做細緻的整理研究。

先生逝世當天,河北大學成立了以吳家驤為主任的治喪委員會,對先生給予了極高的評價,訃告結尾中說:

魏際昌先生熱愛社會主義,信仰共產主義,於85歲高齡加入中國共產黨。他忠誠黨的教育事業,幾十年來,奮鬥在教學科研第一線,為中文系建設作出了重大貢獻。他一生撰寫並出版了一大批學術論著,尤其是他的學術專著《桐城古文學派小史》和關於《楚辭》研究的一系列論文,在學術界引起積極反響。魏先生教書育人,桃李滿天下,他培養的研究生都已成為各個部門的業務骨幹,有的已經成為海内外知名專家、博士生導師。此外,他參加籌建了中國屈原學會、河北省燕趙詩詞協會、保定詩詞楹聯學會,對推動學術研究的發展做出了突出貢獻。

先生有許多忘年交(不只是教育界),聽到先生逝世的消息,都給我打電話,攝影家馬宏文兄送來大幅先生遺照(生前,我請馬先生拍照)懸掛於靈堂。在保定市殯儀館,數百人送別魏先生,並對于先生致以深切問候。

魏先生永垂不朽!

1999 年 6 月

注:此文發表於《保定日報》。

魏際昌年譜

李波

公元一九〇八年(光緒三十四年) 一歲[①]

農曆 2 月 22 日出生於吉林省吉林市(今吉林市),祖籍河北省撫寧縣榮莊村。

1949 年 10 於華北大學政治研究所所撰《自傳》(以下簡稱華大研究所《自傳》)中載:"一九零八年的春天,出生於吉林省城內的一個等於中農的家庭裏,我們的原籍本來是河北省撫寧縣。"

1955 年於天津師範學院所撰《高等學校教職員履歷書》中《歷史思想自傳》(以下簡稱《歷史思想自傳》)內載:"我於一九零九年農曆二月廿二日生於吉林省城,祖籍河北省撫寧縣。"又於該學院所撰《自傳》(以下簡稱天津師院《自傳》)中載:"我於一九零九年舊曆二月二十二日生於吉林省城,但是我的祖籍卻是河北省撫寧縣(村名榮莊,地距榆關四十里)。"又,《華北大學政治研究所第一班所員畢業調查表》"個人經歷"部分載生於吉林永吉。

字紫銘,又字子銘、子明,號紫庵。

吳占良《魏際昌傳》載:"紫庵老人魏際昌先生,字紫銘、子銘、子明,號紫庵。"

---

① 查閱河北大學所藏魏際昌先生檔案資料,關於魏先生生年,其晚年任教河北大學以後相關履歷表格中基本都明確填寫為 1908 年。河北大學人事處於 1999 年 6 月 14 日下發的《關於魏際昌喪事的處理決定》中載:"魏際昌同志因病於 1999 年 6 月 1 日逝世,終年 92 歲。"河北大學魏際昌先生治喪委員會悼詞:"魏際昌先生生於 1908 年 2 月 22 日,祖籍河北撫寧縣。……於 1999 年 6 月 1 日凌晨 4 時在保定逝世,享年 92 歲。"綜觀魏先生所有相關檔案資料,魏先生生於 1908 年,凡作 1909 年者皆為筆誤所致。

按,《西北大學人事登記表》(1951 年)、《參加學習人員登記表》
(1952 年)、天津師範學院《高等學校教職員履歷書》(1955 年)、《關於
魏際昌問題的結論》(1956 年)與《河北大學教職工履歷表》(1986 年)
等皆有記載。

**祖父魏化純為清末秀才,教過家館,在衙門應過差事,對魏先生影響很
大。魏先生少年時有詩贊祖父:**

> 余從祖父化純公學習《千家詩》和《唐詩三百首》時,即
> 知吟詠而不能工。後又熟讀《詩經》,頗識"四言",而不憎
> "古韻",格律往往似是而非,因之成篇甚少。年代既久,事過
> 境遷,僅就記憶所及,錄出下列二首:

化純公禮贊

紀念先祖父之作二首

一

隆眉俊目立亭亭,威而不怒處士風。
青衿早領才稱雋,下吏常充志已盈。
生子樸訥未跨灶,教孫廣智擬宗功。
音容宛在時追慕,獨秀異鄉一老松。

二

世業農桑居撫寧,族人繁衍到關東。
能文羞比相如賦,非賈卻友陶朱公。
敵前廉守民族節,病後退食子孫中。
光耀豈必學干祿,義行鄉黨亦蜚聲。

父親魏獻廷幼年失學,17歲時因不見容於叔伯兄弟,隻身逃亡關外謀生,在吉林落戶。先做過點心鋪學徒,後為雜貨店副理,民國後轉業為機關小職員。外祖父是機器匠,母親受過舊式教育,舅父劉忠漢為吉林醫生,任過省會議員,常救濟妹妹一家生活。

華研所《自傳》中載:"祖父是個滿清秀才,也教私館,也做'佐雜'。父親是個店伙出身的小公務員,賦性忠厚,自幼失學。母親卻是粗通文字,受過舊式的教育,極能勤儉持家。我們弟兄姊妹一共五人,我排行在第二。"

天津師院《自傳》中載:"父親是一個賦性忠厚幼年失學的商店店員(先為點心鋪的學徒,後為雜貨店的副理,改了民國才轉業為機關小職員)。十七歲時因為不見容於叔伯兄弟就從家裏隻身逃往關外謀生,後來在吉林落的戶。母親是受過短期師範教育的家庭婦女,人極知道勤儉。祖父倒是個秀才,也有些老書底兒,只是一腦門子封建觀念享受思想。所以,他在關東雖然教過家舘當過差事,但都自己花費掉了,並沒有給我們留下半點產業。"

《歷史思想自傳》中載:"父親幼年失學,不識文字,當時是個點心店學徒。母親生長吉林,是他的繼配,出身於一個工人家庭(外祖父是機器匠,活了八十多歲)。生活賴教家館和有時也在衙門裏當小差事的祖父維持(他是個秀才),……家中生計,除了母親為人縫紉,父親偶作零工而外,便賴舅父周濟了(舅父是吉林的仁醫,做過省會議員,家中有房產和荒地)。"

吳占良《魏際昌傳》載:"先生祖籍河北省秦皇島撫寧縣(區)榮莊,儒素之家。祖父魏化純,生員。清光緒初年攜妻劉氏,子獻廷、獻瑞、獻來至吉林市,遂落籍。獻廷娶某氏,生子世昌;繼娶劉宗瑞,生子際昌、運昌,長女魏媛(原名毓貞,字菲巖)、次女毓賢。化純公一生以

教家館為業,不事生產,極喜孫際昌。魏先生伊呀學語,即得祖父授以
《四書》《五經》,先生直至晚年能背誦全部《論語》《孟子》,並於《論》
《孟》有研究成果,此祖父教育之功。……祖父二十歲在撫寧入學為秀
才,一生不仕,只充塾師、文牘。諸孫中獨以我為穎慧,偏教《詩》
《書》。商鋪中之鄉親老板,頗多摯友。庚子亂時,俄人入掠吉林銀元
局,祖父備受凌辱而守庫房,不交鑰匙。父獻廷,以在舊機關當雇員、
庶務終世。但鼓勵際昌努力讀書,以不為人驅役。母劉宗瑞,能操持
家務,勤儉自立。舅父劉忠漢,字雲卿,藥店學徒出身,刻苦自勵終成
名醫,民國初年為吉林省議會議員,新中國成立後,行醫哈爾濱,為市
政協委員。魏先生求學吉林、北京,舅父於經濟資助最多。魏先生一
生感激舅父,忠漢先生孫女劉振鐸求學輔仁大學時,多出援手,並主持
了劉振鐸、趙永璧的婚禮。魏先生夫婦晚年,親戚聯繫最多的就是劉
振鐸一家。"

公元一九一四年(民國三年)　七歲

是年春,母親進入吉林女師保姆班學習,被送進幼稚園(亦稱蒙養園)讀書。

　　《歷史思想自傳》中載:" 一九一四年吉林女師招收保姆班學生,
母親因欲自謀生活,以舅父之助,得以入班學習。為了照看我們(生我
之次年又有了一個弟弟),也把我們送進了這個學校的'蒙養園'。"

　　天津師院《自傳》中載:"自一九一四年春我進幼稚園。"

是年,進入吉林省立模範兩等小學讀書。

　　《歷史思想自傳》中載:"……不到一年,母親因祖母病亡,祖父臥

病,終不得不半途而廢,於是我們便被送到吉林省立模範兩等小學校讀書。母親當日的打算是"自己完了,只好盡力去教養兒子了。"

華研所《自傳》中載:"一四年,我受小學教育於吉林省立模範兩等小學校。"

公元一九二一年(民國十年) 十四歲

小學畢業。讀小學期間,一邊在校讀書,一邊在祖父指導下閱讀四書五經。

天津師院《自傳》中載:"我所秉承於這個家庭的不過是'孝子賢孫'的教育,'光宗耀祖'的思想。這一方面是從幼年起祖父就教我讀四書五經,藉以紹續他的'家學'的緣故。"

《歷史思想自傳》中載:"祖父臥病之後,意欲傳其所學,在三個孫子之中單單挑上了我,這樣我便一面在小學裏上課,一面又在家裏讀詩書。七年小學完成之時,《四書》《五經》也通本了,我之飫聞封建主義教義,以及立志光宗耀祖顯親揚名,實基於此(以後往師範文科和大家學中國文學系的原因也在於此)。"

華研所《自傳》中載:"我還在學校教育的剩餘時間裏,從祖父習讀詩書,這便是我後來研究國學和舊文學的根源的所在。"

魏先生手稿《化存公禮贊》一詩小序云:"余從祖父化存公學習《千家詩》和《唐詩三百首》時,即知吟詠而不能工。後又熟讀《詩經》,頗識'四言',而不諳'古韻',格律往往似是而非,因之成篇甚少。"

是年秋季,成功考入位於吉林市的吉林省立第一師範學校。

天津師院《自傳》中載:"自一九一四年春我進幼稚園直到一九二

一年畢業於吉林省立模範兩等小學校時止。……我不過到底硬著頭皮向舅父(他是吉林市的中產階級)借了永大洋(當地的票子)四十元,把我送進吉林省立第一師範學校的‘試習班’(本科的預備班。因為這兒供給食宿、學費較少)。這是一九二一年秋的事。”

華研所《自傳》中載:“二一年,我從高小卒業,因為家中經濟困難,沒有能力升入普通的中學,遂於秋季考入官費的吉林省立第一師範學校。”

《歷史思想自傳》中載:“我便得天獨厚地於一九二二年秋考入了吉林省立第一師範學校(因為這兒是官費)。”(按,此事各傳時間上略有出入。)

魏先生《回憶二十年代在吉林的讀書生活》一文載:“它(吉林省立第一師範學校)是吉林全省資格最老的一所學校,遠在清季末年光緒維新以後(一九〇五年光緒三十一年)便以吉林優級師範學堂(直到一九二〇年我們入學時,這個老字型大小還嵌在凹字形課室樓正門頂上的門額上邊呢,刻磚泥金頗為醒目)的名義,開辦在省城東郭舊名東局子的土圍牆以內了。……因為它是一個官費學校(不交食宿費),伙食又比較好(最初曾四、六、八碟地吃細糧——白米蒸饃,每日兩餐,後來也是豆包饅頭、炒鹹菜、大米粥、應時蔬菜、豆乾飯。五月節、八月節還要殺豬宰羊,另辦伙食),有‘吃飯學堂’及‘老豆包’之稱,而學生卻是各縣保送的地主子弟居多,餘額憑考取。這個學校的教員幾乎全部是畢業於關內大專院校的老一輩的學生(北大、師大出身的多,也有少數是留學東、西洋的)。我在這個學校前後共讀了六年半書,經過的校長凡五個:吳獻芝(後來轉任縣知事),王希禹(賓縣人,北高師出身,是學教育的,由教務主任薦升),楊維周(長春私立中學的一個校長,不到半年便被學生趕掉),王甲第(也是賓縣人,對學生採取了高壓手段,動不動就講開除學籍),傅貴雲(扶餘縣人,先為國文教員,後升省督學,轉任校長,他是個開明人士,業務也不錯,所以頗受學生歡迎)。"

公元一九二四年(民國十三年) 十七歲

就讀吉林省立第一師範學校初中班。

是年春,因生活拮据,無法在省城生活,全家遷居吉長路下九臺站後小屯居住。寒暑假中,在家從事農活,幫家裏扶豆根、砍毛柴、擔糞桶、拾莊稼等。

《歷史思想自傳》中載:"三年預科學習之中,家庭的變故紛至沓來。先是祖父死了;父親受騙賠了官欵(他在充吉林煙酒公賣分局庶務員時,被局長王某敲詐,擠去了四百多大元現欵,家中當賣一空);哥哥也被永衡印書局開除(因為賦性耿直,遭人暗算)。弄得無力再在省城撐持下去,遂由母親提議下鄉生活。——於一九二四年春把家遷到了吉長路下九臺站後小屯中居住(投靠的是母親的一個乾親葉某)。寒暑假中,我也回去跟他們一塊去拔豆根,砍毛柴,擔糞桶,拾莊稼地,苦度光陰。"

天津師院《自傳》中載:"這個時期家庭連續發生事故:先是祖父死了。接著父親因受人騙賠了一筆官欵。最後哥哥遭受排擠也被'算了'下來。因之八口之家沒有辦法再在省城生活下去了,便依了母親的主意,於一九二五年秋搬到九臺鄉下(這兒有她的一個乾親姓葉,給我們找了間半草房,租了塊菜地)。自己寒假回家的時候,看到前所未有的艱難情況——拾柴火、撿莊稼、吃水飯……頓時喪盡了'雄心',打擊了情緒,除了盼著初中畢業以後找個小事情來貼補一下家庭之外,已經沒有任何奢望了(如繼續升入後期師範之類)。"按,各傳所載時間略有出入。

是年秋,參加學校舉辦演講比賽會,開始對吉林文教風氣頗為不滿,初步形成了對現實的一些看法。

魏先生《回憶二十年代在吉林的讀書生活》(本文載於吉林市政協文史資料研究委員會編《吉林教育回憶》,江城日報社,1985 年)一文載:"那是一九二四年秋季的某日,學校在理化教室舉辦演講比賽會,參加的學生都是預選過了各班少數講演員,如初中教員講習班的劉守光(畢業後被聘為吉林省立女子中學的訓育主任,扶餘縣人,抗日戰爭初期死於漢口),廿三班的我和于仁洲等人。評議員除本校的語文老師傅仲霖、社會學老師胡體乾,還有吉林省立第五中學校長劉迪康,一師校長王甲第等也在座。劉守光的題目是《最後五分鐘》,說來鏗鏘有力,要言不煩:說不管幹什麼工作,都須是'行百里者半九十',最關緊要的就是這堅持到底最後五分鐘的精神,'靡不有初,鮮克有終'嘛,否則沒有不失敗的。他人既老練,題目定得又警辟(發言只限五分鐘),會還沒有開完,大家便知道這個第一,定歸是他的了。于仁洲是第二個講的,題目是《吉林的學風》,他說:'吉林地處邊陲,文化落後,學子莘莘,卻學不到什麼真本領,照舊是些封建腦袋瓜。'這些話還不打緊,接著一扣題,舉具體的實例,可就要了命啦。說:'看看掌管教育的這些人物吧:教育廳長頭腦冬烘是個封建餘孽,有的校長是個抽大煙的,有的校長則是討小老婆的……'沒等他說完,王甲第便怒氣衝衝地站起來說:'滾下去! 會不要開了,怎麼叫學生當面罵街哪? 連我請來的客人都捎帶上啦,狂妄已極,成何體統! 立刻掛牌開除!'罪名是'侮謾師長,目無法紀'。此事當時給我的震動很大:佩服于仁洲的勇敢,痛惡王甲第的專橫。這不就說明了問題嗎? 老生常談毫無新意的劉守光可以得第一,被重用;革命性強,敢於揭發批判的于仁洲,要算大逆不道,立刻被趕出校門,試問這是給哪個階級辦的教育,開的學校?豈不昭然若揭!但從這裏也可以看出來開明進步的新思想與封建落後的舊制度尖銳鬥爭的情況了。"

是年參加了教育廳組織的作文會考。

　　吳占良《魏際昌傳》載:"民國十三年吉林教育廳于廳長(源浦)搞了一次國文會考(題為《漢武帝論》和'七絕一首'半日交卷),一、二名和前十名,一師佔了五、六個。于廳長親作批語,傳見、領獎,廿一班的王克仁得了'狀元',成為于廳長的門生;二十班的馬某(忘其名)也不差,算是榜眼;我們班(廿三班)的侯封祥大概是七、八名(他沒念小學,私塾出身,吉林雙陽縣人);我自己雖也未落孫山,卻在十名以外了。"

公元一九二五年(民國十四年)　十八歲

是年春,開始接觸到革命進步人士,受到革命新思想的影響。

　　夏軍、劉文祥編撰《在吉林的三次重要講演》一書"回族烈士馬駿傳"一章載:"1925 年 3 月,馬駿在吉林省第一師範學校作了題為《救救中國》的講演:'……風雨如晦,雞鳴不已,打倒帝國主義,消滅軍閥官僚。'他的講演生動形象,深入淺出,號召青年學生起來,推翻舊社會,建立新中國,也指明了青年學生和工農勞苦大眾的關係。他的話影響很深,深深地打動了青年學生。當時聽講的一師學生魏際昌同志這樣回憶:'因為是久仰大名的人,所以他一進理化教室便掌聲一片。他不慌不忙,出言有章,取譬貼切,動人聽聞。總共只有一小時,就把許多人迷戀住了!真不愧是位革命宣傳家,連眉飛目動,舉手投足,都賦有醍醐灌頂、耳提面命之意,而且從開口到結束,一氣呵成,不假雕飾,真是天衣無縫的口頭散文.'他又說:'因為這一席話感人太深,我便把它寫在作文簿上給國文教員看,你猜他怎麼講的? 他先在我的文章後面批道:"這是共產黨煽動人起來搗亂的話,怎麼也記下來給老師看,下次不可!"還在班上公開的指責說:"現在的青年真沒辦法,誰的話都喜歡聽,什麼革命、救國! 這是不安分的表現,危險得很,小心上當!"''

　　魏先生《回憶二十年代在吉林的讀書生活》一文載:"一九二六年北伐戰爭的前夕而言,歐、美、日本的資本主義教育思潮即開始流傳進來,五四運動以後的愛國思想,和北京、上海的新文藝作品也不斷地滲入。儘管那時我們還只是十七八歲的青年學生,卻都受了感染,'即知即行',反帝反封建的學生愛國運動(特別是關於抗日的)層出不窮,《新青年》《語絲》一類的進步刊物最受歡迎,因為這裏早已有了地下黨在活動了。例如,我們不但聽過周總理在天津南開中學時的老戰友、吉林老一輩的布爾什維克馬駿同志的講演,還經常跟跨黨的紅色美術家,吉林第五中學的圖畫教員朱一士打交道。馬駿,吉林寧安人,他那時的公開職務是私立毓文中學的國文教員。約卅歲的年紀,中等身材,二目炯炯有神,頷下卻留得一把鬍鬚。他穿著樸素,灰布大褂,青布鞋,頭戴一頂舊呢帽,神色莊嚴,語言洪亮。因為是久仰大名的人,所以一進理化教室便掌聲一片。記得講演的題目是《救救中國》。其時已經是天朗氣清黃葉飄飄的秋季了,他不慌不忙,出言有章,取譬貼切,動人聽聞。總共只有一小時,就把許多青年人迷戀住了! 真不愧是位革命宣傳家,連眉飛目動、舉手投足都賦有醍醐灌頂、耳提面命之意,而且從開口到結束一氣呵成,不假雕飾,真是天衣無縫的口頭散文。當時的感覺是:了不起! 從來也沒聽過這樣好的講演。他說:'舊中國已經是一座千瘡百孔、風雨飄搖的破屋了,但只修修補補、頂頂支支是什麼問題也解決不了的,必須把它徹底推倒重新建造成美輪美奐的大房子,才是正道。這要靠誰呢? 自然是首先種田織布、搬磚弄瓦的工農勞苦大眾,可是宣傳鼓動的責任卻非我們擔負起來不可。因為他們目不識丁,失學失業,暫時還不曉得這是軍閥、官僚、地主老財和帝國主義層層剝削壓迫的結果,非常需要我們提醒說明。所以,親愛的同學們,天下興亡,匹夫有責,可不能坐在課室裏啃書本當書呆子了,必須急起直追地做些實際工作啦。風雨如晦,雞鳴不已,打倒帝國主義,消滅軍閥官僚!'(大意如此。)因為這一席話感人太深,我便把它寫在作文簿上給國文教員看(綽號小周,奉天高等師範出身,在吉林考了個第二等文官,就要出去當政務廳的科員啦),你猜他怎麼講的?他先在我的文章後面批道:'這是共產黨煽動人起來搗亂的話,怎麼也記下來給老師看,下次不可!'還在班上公開的指摘說:'現在的青年真沒辦法,誰的話都喜歡聽,什麼革命、救國! 這是不安分的表現,危險得很,小心上當!'雖然他未提名,我可知道是在奚落我哪。朱一士是國民黨地下組織吉林省黨務指導委員會的執行委員(其他人為劉不同、王誠、張惠民、劉耕一、朱晶華、蘭文蔚等,朱、蘭都是共產黨員,蘭在敦化還掌握一部分農民武裝)。當時的辦公地點在吉林牛馬行附近的一個民宅裏,簡稱'三號'。他瘦瘦的身形,常穿西服,態度和藹,很是健談(鬥爭性相當強,曾在上海、吉林兩次被捕入獄),他在吉林的表現,據我所知,大概有下列三者:幕後鼓動支持吉林學生愛國運動,跟學生會的代表不斷聯繫。如在大革命前後的通電擁護北伐,反對軍閥割據、打倒賣國賊、抵制日貨、遊行示威、向地方政府請願等等,他都經常參預。他在吉林省城新開門里魁星樓吉林省立女子師範學校對過開設了一個'春雨書店',自任經理,專門介紹經典著作如《共產黨宣言》《哥達綱領》《反杜林論》《列寧哲學筆記》和當時關內許多進步的新文藝、魯迅郭沫若的作品等。工人、學生基本上是可以在店內取閱的,不一定要購買,所以兩間門市部裏是經常擠滿了讀書者的。(馬列著作則須有熟人介紹,從後屋裏授受。)國民黨跟地方軍閥官僚等封建腐朽的醜惡勢力公開合流以後,他拒絕參加這個以張作相為主任委員的中國國民黨吉林省黨部指導委員會(舊執行委員張惠民、劉精一等都走馬上任了,地點就是新開門外吉林省議會的舊址)。沒有多久,聽說又被捕了,並且械往南京,終於犧牲。與此同時,還可以大書特書的是:吉林毓文中學(私立的,只有初中,地點在水門洞子里,松花江北岸邊上)才是吉林中學校一個革命的搖籃地。先前的老共產黨員馬駿,後來的朝鮮人民共和國主席金日成都在這兒工作與學習過。這個學校的語文課程其內容也是比較新的(不作文言文,選講當時的新文藝作品),與只重古文保存國粹的第一師範剛剛相反。一九三一年九一八事變後,它的校長李光漢首先被日寇迫害致死,亦可佐證。……省、縣的文教大權雖然常由這些封建老頑固們掌握,可是'青出於藍',學生自有學生的辦法。他們關心國家大事,成立學生聯合會,奔走呼號,遊行示威,創辦進步報刊,宣傳革命思想,不怕封禁,變著法兒印發。注重德、智、體三育,交流經驗、互相觀摩,以文會友,不受地主家庭羈絆自由自在生活的人日益多。"

是年秋,吉林省立第一師範學校初中班畢業。

　　《歷史思想自傳》中載:"不幸的是,師範學校忽然改了三三制(三年初中,三年後期——前此的舊制只有五年),而且我於二五年冬完成初中階段學習以後,還得停學半年,才有後期可考。"天津師院《自傳》中載:"明年改了新學制(三三制,初中三年算一段,後期三年算一段),我才勉強地讀到初中卒業(這個時候父親失業,多賴做店員的哥哥供給)。——一九二二年春到二五年秋。"

初中班畢業後不久,於吉林省城白山書院謀得了代理小學教員職位。

《歷史思想自傳》中載:"通過舅父找的吉林縣教育局,才得在吉林省城白山書院小學代了一學期的課(言明半年以後升學,月薪當地永衡大洋廿七元)。"天津師院《自傳》中載:"後來由母親出馬找舅父,托門子,費盡九牛二虎之力才在吉林白山書院當了幾個月的代理小學教員(時間大概是二五年暑假後)。"

是年冬,順利通過了吉林省立第一師範學校後期(高中)考試。

華研所《自傳》中載:"讀了三年,此校忽然奉命改為三三制(原為五年舊制師範),只好在初中部分結束以後,找點兒職業,因而做了半年小學教員(其時年僅十六歲),直到此校後期師範開始招生的時侯,我才再考入了它的文科。"

天津師院《自傳》中載:"適逢是年(二五年)冬底,第一師範後期部招生的廣告出來啦。同時說:'為了補助貧寒學生,還有半工半讀的辦法。'這樣我便又怦然心動,先偷偷地考上了它,再把幾個月代理教員期間所積攢下來的幾十塊永大洋交了學費,來上一個'造成事實',念一年算一年的做法,這才使著問題得到初步的解決。"

是年家庭經濟好轉,重新搬回省城居住。

《歷史思想自傳》中載:"因為父親進了省田賦局(當了計核員——打算盤合地畝的小職員),哥哥有了稅差(吉長路樺皮坊站的分卡職員),我也有了收入,漸漸好轉起來。特別是哥哥分得了一批提成獎金,使得母親在吉林省城北關昌隆屯買了住宅,和一畝菜地,因而把家重搬回了市內。同時我之繼續升入後期師範讀書,也就有了條件。"

公元一九二六年(民國十五年)　十九歲

就讀吉林省立第一師範學校後期(高中)。

　　按,天津師院《自傳》中載,1925 年冬底考入第一師範後期,當於
1926 年入學。

公元一九二八年(民國十七年)　二十一歲

**讀書期間,做工讀學生,利用晚自習時負責看守圖書館,堅持做了三
年,得以博覽群書。**

　　《歷史思想自傳》中載:"做了工讀學生。這項是家境貧寒而又品
學兼優的學生才有資格請求。每學期雖只免收膳食補助費永大洋廿
元,但它卻是個'榮譽稱號',而且職務是在晚自習時看守圖書館,可以
藉此博覽群書。所以我非常地喜歡這個工作,一直做了三年。"

　　吳占良《魏際昌傳》載:"這個學校很有幾個特點:入學及學期考
試都列榜(他們叫'貼榜'),講究爭取第一名(前五名算最優等),名次
下面寫著學期總分(各科總平均,採取百分制),報名工讀生的學生必
須名列前茅,總分在八十以上的才有份兒(工讀生免除雜費,每學期永
大洋八元)。教室及自修室也按榜次排列,'考第一的'學校另眼看
待,頗為光榮。"

隨著時代變遷、風氣轉移,開始接觸到新文化思潮,思想方面受傅貴

雲、胡體乾、高亨等先生影響較大,資產階級民主革命思想開始萌芽。

天津師院《自傳》中載:"最重要的是這個時期看了一些新書如《語絲》《創造》《吶喊》《彷徨》。……認識了幾位先生如傅貴雲(校長)、高晉生(國大老師)、胡體乾(社會學教員)等所謂吉林教育界的名流。"又載:"吉林第一師範的舊先生頭腦頑固食古不化者多。像後期時代傅貴雲等的出身北大、清華、和留學美國因而充分地具有新的業務基礎(也就是資產階級的科學知識)的教師也很少見。現在都一一地相互接觸了,正是青年的我,還有個不油然起敬立刻頂禮的麼。"

《歷史思想自傳》中載:"吉林是個地處邊陲文化落後的省份,吉林省立第一師範學校又是以封建保守自固範籬的傳統著稱的,所以五四運動儘管已經過了很久,而新文化的潮流卻直到我住後期的時侯才感染了一點兒。這主要地是由於此刻的校長教員多為北大、師大出身的吉籍學生,他們回省以後,頗以'教育救國'革新地方相號召。留東留美的學生繼之,我們才算初步地改換了冬烘頭腦。這時影響我比較大的先生是傅貴雲、胡體乾、高晉生(亨)等人。"

魏先生《回憶二十年代在吉林的讀書生活》一文"吉林省立第一師範學校"部分載:"帶便應該談談這個學校的國文教員:那就是老學究居多,以教過我的老師而論,祁之采只曉得選讀清代古文如《書魯亮儕》之類,我們也早起晚上的讀讀《古文觀止》《東萊博議》,搖頭晃腦地之乎者也,直到讀後期師範以後,才碰到兩位比較博學的老師:高亨(晉生,原名仙超,一師十四班畢業生,後入清華國學專修館,是梁任公啟超的高足,小學底子深,我國有數的箋注學家,《周易古經今注》《老子正詁》是其名著,歷任東北大學、河南大學、北京大學中文系主任及教授),另一位便是前面提過的傅貴雲(仲霖,其後改名傅魯,他綽號小傅,是吉林文教界的一員'福將'——督學、校長、大學講師、教育廳科長地扶搖直上。他的業務比較新,《文學概論》《中國文學史》等科目都是他開蒙的,為人靜默寡言溫柔敦厚,頗得學生歡心)。他們兩位對我的影響都不小,後來還在大學同過事(東北中正大學中文系、遼寧女子文理學院中文系)。"

積極參加學生會工作和校際愛國運動等大量社會活動,如反對吉敦鐵路延長,打倒賣國賊劉芳圃(吉林教育廳長),五五國恥紀念,五卅慘案遊行等。

天津師院《自傳》中載:"吉林人的對頭是日本帝國主義者和奉系軍閥,我自己的看法也是一樣。不過彼時還只是心中恨恨而已,並沒有什麼具體鬥爭的行動。現在知道了空口恨怨是無濟於事的,參加社會活動才能表現出力量來。因之便從一九二七年起分別參加了校內的學生會工作和校際的愛國運動,如:'反對吉敦路延長','打倒賣國賊劉芳圃(吉林教育廳長,勾結日本人修築吉會路)','五卅慘案示威遊行'與'易幟運動'等。真可以說是搞得如火如荼,忘食廢寢。"

《歷史思想自傳》中載:"參加了社會活動。我在初中時,因為自己年幼,不過是死啃書本而已,向來不參加什麼社會活動。偶爾被選了班長或是膳長,也只是奉行故事絕少建樹。但是到了後期,卻經常地參加學生會工作和愛國運動了,如'反對吉敦鐵路延長','打倒賣國賊劉芳圃'(當時的教育廳長),和一年一度的五五國恥紀念、五卅慘案遊行等。"

是年秋,參加學生"易幟"運動,被委任為糾察隊長。

天津師院《自傳》中載:"所謂易幟是把奉系軍閥照舊懸掛著的五色旗換為國民黨政府的'青天白日滿地紅旗',乃是當日吉林學生(法專、一師、女師、一中、女中、五中、文光、毓文共是八個學校的)傾向'中央政府'對立地方統治的一種極為天真的愛國行為(後來才知道有國民黨分子在暗中策動）。經過情況是這樣的：一九二八年秋的某一天晚上，各校的學生會代表（一師的代表是趙誠義後來曉得他就是國民黨員）回來傳達吉林學生會的決議，叫大家秘密製造'國民政府'的新旗，須要連夜趕出，以為翌日遊行示威之用；並應即時選出糾察員，糾察隊長和大隊指揮來從事保衛防閑籌備組織等工作。於是第一師範的隊長指揮便落在我的頭上了。第二日清晨我們真就人手一旗（卷而不舒）地排好大隊奔向各校的集合地點'吉林省議會'來。結果是學生們挾持了各'法團'的代表（農、工、商、教育、律師、各會的會長和省議會的副議長等），沖出了省議會的大門（因為學生到齊之後門被軍警封閉），一路上裹入市民、扯掉商店鋪戶的五色旗，插上'青天白日滿地紅旗'，標語口號填溢全市地鬧進了奉系軍閥之一的張作相的督辦公署。當時張作相赫然大怒，說我們'簡直是在造反'，下令逮捕了我們的代表，並叫衛隊武裝趕散了群眾。我於逃出轅門之後，立刻感到可恥與悲哀，記得是流著眼淚回家的。"

《歷史思想自傳》中載："二八年秋末，吉林省城的教育界和青年學生，為了傾向統一反對地方割治，曾舉行了易幟運動——通過遊行示威，自動地打擊'青天白日滿地紅旗'來，並把街上店鋪的'五色旗'扯掉。在這個運動之中，我是一師的糾查隊長。之後，多人被吉林主席張作相捕去，我也隱藏了許多日子。"

11 月，加入中國國民黨。

天津師院《自傳》中載："這之後（按，指易幟失敗後），班（我們班數二十九，但是後期文科的第一班）上的同學張治安（國民黨黨員）對我說：'"革命"是不能夠沮喪的，只憑個人血氣之勇也不成功。我借給你一本書（按即單行本的"三民主義"）看，如果覺得有點兒意思，咱們再談。'我讀了以後才知道'孫文學說'是怎麼回事，他所領導的'中國國民黨’乃是一個革命的政黨。過了些日子,張治安曉得我心動了,又對我說:‘你知道在我們這城裏就有國民黨的地下組織麼? 願不願意跟它碰碰頭? 我可以帶你前去。’從此便接上線了。他們的組織叫做‘中國國民黨吉林省黨務指導委員會’,地在吉林市通天街前的一家民房裏(記得門片是“三號”。大家都以此暗語呼之)。共有委員張惠民、劉耕一、朱昌華、朱一士(五中的美術先生也在一師兼過課)、秘書任重、侯某、幹事徐女士(朱晶華的老婆)等人。看他們中山裝穿得很冠冕,說起話來也是一口新的‘革命’道理,又見房中懸著孫中山先生遺像,上面交叉著國民黨黨國旗,一時的情感是夠肅然的。接著便每過一次(星期六午後七時至九時)到這裏來聽‘黨課’了。同學計有侯封祥、張麟生、張治安(以上一師)、宿玉蘭、曲紹卿(以上女中)、王芳春、王逢春(以上女師)和李萬隆(毓文)等十九個人。大概只有一個多月就因為寒假課忙停止‘學習’了——大家這時也都先後履行了登記手續。我的黨證是在十一月才發下來的(介紹人是傅貴雲、張乃仁)。”

《歷史思想自傳》中載:“一九二七年,在東北軍閥張作霖被炸身死後,吉林省城有了國民黨的地下活動。我因憎恨日本帝國主義者和奉系軍閥,誤以國民黨可以統一中國趕走帝國主義,特別是讀過《三民主義》《五權憲法》一類的書籍以後(這是班上同學張治安慫恿我看的,他是個老國民黨),對於孫中山先生非常地崇拜。適逢校長傅仲霖(貴雲)教務主任張乃仁也先後參加進去,便在他們介紹之下,也於二八年秋完成了登記手續。這之後便:一、學習了短時期的‘黨義’。由國民黨吉林省黨務指導委員會的委員秘書朱晶華、朱一士、張惠民、任重等分別主講,地點即在該部所在地(吉林通天街前的一家民房裏,門片三號)。時間大約是每周禮拜六午後六時至八時。聽者多係一師、女師、一中、女中、毓文等校的學生。記得多的時候到過二十餘人。只有一個多月便結束。……四、一師的區分部。區分部的成員有傅貴雲、張乃仁、趙誠義、張治安、侯封祥、張麟生、牟鴻遠和我等人(張以下都是學生)。最初是每半月開會一次,內容不外討論如何吸收新黨員,和認真鑽研黨義之類。召集人是張乃仁、趙誠義,後來因為他們事忙,不大按期開會。張趙因易幟被捕,分部便無形解散。我個人也不談這個革命組織了。"

吳占良《魏際昌傳》載:"魏先生在吉林市第一師範讀書時就加入了國民黨。其對於 1926 年後幾年的吉林市黨務活動,記憶深刻。組織名稱:中國國民黨吉林省黨務指導委員會。地點:吉林省城牛馬行附近某胡同中的一個民宅,簡稱'三號'。有委員張惠民、劉耕一、朱晶華(北京高等師範學生)、朱一士(吉林五中圖畫教員)、劉不同、王誠。秘書任重(後升委員)、侯某、王某(吉林新報社社長)。主要活動:1. **辦小型講習班** 傳播三民主義、五權憲法。參加者都是吉林省各個中學的國民黨學生。有第一師範的侯封祥、張治安、魏際昌,女子中學的曲少卿、宿玉蘭,毓文中學的王逢春等,總共十幾人。時間是每隔一周的星期六晚上 7 至 9 時,由委員、秘書們主講,約有二個月的時間結束。魏先生從這買到了《中山全書》,時常翻讀。2. **成立區分部** 第一師範成員有趙誠義(負責人)、張治安、張麟生、牟鴻遠、魏際昌。教師有傅貴雲(校長)、張壽昌(教務主任),都是直接受'三號'的指揮,打賣國賊、反對吉敦路延長以及易幟運動都是這個區分部根據它的命令搞起來的。3. **創刊《吉林新報》** 此報是 1927 年冬天辦,社址在吉林省城新開門裡魁星樓對過。自己有印刷機,職工 3、4 人,總編輯由社長兼任。分全國、地方、新聞和文藝副刊四版。因報紙內部消息多,又敢說話,比老的《吉長日報》(吉林督辦公署的機關報)響亮,發行量好,發行半年多就被封閉了。魏先生是校對和第一師範的訪員,義務職,有時在報社便飯。4. **領導易幟運動** 為了表示擁護國民黨的統一政權,督促張學良改變東北獨立的局面。1928 年春,搞了一次把代表北洋軍閥的五色旗換為代表國民黨的'青天白日滿地紅'旗的活動,由各校學生脅迫四法團(工、農、商、教育會長)和省議會議長到大街遊行,更換紙制小旗。在督辦署被張作相派軍警趕散,拘捕了全部代表,魏先生是第一師範的糾察隊長。張作相發現了'三號'和《吉林新報》的作用,就一併查封了。國民黨在吉林的地下活動亦隨之結束。"

是年寒假,兼職國民黨吉林機關報"吉林新報"臨時校對,該報後被查封。

天津師院《自傳》中載:"這個組織在新開門里魁星樓旁辦了一個機關報叫做'吉林新報'。他們曾叫我幫忙校對工作,因為正值寒假期間,我有空閒,便答應了。搞了一個多月,他們的關於易幟等反對地方當局的活動被張作相偵悉了。連'三號'帶報舘一齊查封,他們'逃之夭夭'了,我也只好躲避起來。但在聽說他們藉口易幟曾向南京請得活動費現洋一千多元私下分掉,彼此之間常鬧派系之爭並不'親愛精誠'一心革命時,便對他們失去信仰不再繫念了。尤其是看到朱晶華、任重等在'吉林省黨部'正式掛起招牌以後,又跟著張作相的爪牙軍法處長韓介生之流一同去做'委員',更覺得悔恨不迭,此輩實在太齷齪了。"

《歷史思想自傳》中載:"搞過吉林新報的臨時校對。這個報是國民黨的機關報。我在二八年的寒假時,曾在社裏做過臨時校對(只供伙食不給薪金,總編輯王某也是黨部的一個委員)。開學後便離去,前後共總不到兩月,還不是天天到社。這個報後被吉林省主席張作相封閉,因為它抨擊他的爪牙頗不客氣。"

公元一九二九年(民國十八年) 二十二歲

7月,吉林省立第一師範後期畢業。

　　魏先生《回憶二十年代在吉林的讀書生活》一文"吉林省立第一師範學校"部分載:"我在這個學校前後共讀了六年半書,經過的校長凡五個:吳獻芝(後來轉任縣知事)、王希禹(賓縣人,北高師出身,是學教育的,由教務主任薦升)、楊維周(長春私立中學的一個校長,不到半年便被學生趕掉)、王甲第(也是賓縣人,對學生採取了高壓手段,動不動就講開除學籍)、傅貴雲(扶餘縣人,先為國文教員,後升省督學,轉任校長,他是個開明人士,業務也不錯,所以頗受學生歡迎)。"

9月,考入吉林大學文法學院教育系學習。

　　天津師院《自傳》中載:"後期畢了業還是沒工作。這時母親便不高興了,她說這都是我鬧'革命'鬧的。舅父也不理我了,他認為我已是一個'亂黨'。好在此際家庭因為哥哥搞稅差弄了幾個錢,父親跟著也找到個小事,能夠維持生活了。我便樂得趁機再吵升學——準備進入即將開辦在吉林省城的'吉林大學'。'吉林大學'成立於一九二九年初,它是以李錫恩為首的'吉林教育界名流'為了培養吉林青年對抗奉系統治,而創辦的一個富有地方色彩的學校,但是它一出現便充滿了妥協的氣氛。"

　　《歷史思想自傳》中載:"一九二九年暑假,我從一師後期畢業。……值此無可奈何之際,吉林教界人士為了培養地方人才,對抗奉系淩侵勢力的吉林大學創辦成立了。胡體乾、傅貴雲兩師都鼓勵我投考它。……這樣,便在二九年九月進了吉林大學文法學院教育系(兼修文學組)。"

魏先生《回憶二十年代在吉林的讀書生活》一文"舊吉林大學"部分載:"這個大學成立於一九二九年(民國十八年)八月,它的臨時校址在吉林省西城財神廟胡同(原公立法政專門學校舊址),只有一個小院子,二樓的四合樓一座(這是校本部和文法學院的所在地,別有理工學院,附設在新開門里吉林省立第一中學院內,佔地方也不大)。為什麼叫它做臨時校址?因為代校長李錫恩(舒蘭縣人,德國留學生,原法專校長,是個政客,待人處事很有一套辦法),通過張作相向省庫請得了二十五萬元現洋作為建築費,另在西郊歡喜嶺下八百壟,購地五百餘畝,建起用吉林特產大青灰石修蓋新樓房,但須五年落成,直到'九一八'事變吉林淪陷以後還不曾竣工。新大樓樣子可真漂亮,巍峨壯麗、前後掩映,是由清華大學建築系名教授梁思成設計的(設計費現洋兩千元),工程主任董潔忱(舊為吉林市政公廳工程師,日本投降後,是國民黨遼寧瀋陽市的第一任市長)住在工地監修,有一定的建築經驗,人也很能幹。這個大學先設兩院(文法、理工)三系(教育、法律、采冶)一個專門部(法律)和預科,男女生兼收,都須經過考取。教職員計有:代校長李錫恩,文法學院院長董宣猷(名其政,賓縣人,美國留學生,教授法律,後為國民黨立法委員)、理工學院院長張翼(扶餘縣人,法國留學生,教授數學,兼一中校長,'七七'事變前一度為國立長春大學校長)、教務主任董其政(兼)、訓育主任劉迪康(原為省立五中、省立女師校長。德惠人,北高師出身,教史地)、總務主任王甲第(賓縣人,吉林優級師範出身,原為一師校長,教育廳科長)、體育主任李香谷(北高師出身,原為一中體育主任、省通俗教育館體育部主任)、圖書館主任胡體乾(後為吉林省教育廳廳長)、政治學教授傅堅白(扶餘縣人,英國留學生,教育廳二科科長,傅貴雲的叔父)、國文講師穆木天(榆樹人,東京帝大出身,作家,翻譯了許多西洋名著,如《窄門》《豐饒

之城塔什干》等)、兼任講師傅貴雲(教授教育系國文組的'中國文學
史'),可以說,當時吉林教育界的精英,幾乎全薈萃到這裏了。從外地
聘到的教授先生以留學美國的居多。慈連焰博士(字丙如,山東人,教
授哲學)、王琦博士(也是山東人,教授'教育心理學')、劉強博士(江
浙人,原東北大學教授,教'西洋通史')、羅敦厚(湖南人,教生物學)。
這些先生們的共同缺點是專用原文本子,使用美國教材,而且架子大,
講課以後,不須問難。學校當局因為請教授不易,對他們加以維護,結
果是教授、學生間的矛盾越來越大。"

就讀吉大期間,先爭取到半工半讀學習機會。

《歷史思想自傳》中載:"首先是把工讀生爭取到手:一面在晚自
習時看守圖書館,一面在課餘之時寫石印講義。如此,每月約有永大
洋十五元的工資,也就夠自己開支了。"

天津師院《自傳》中載:"因為經濟的關係,我在吉大依舊做著工
讀學生:一面在胡體乾照顧之下,於每個一、三、五的晚上看守圖書館;
一面在穆木天先生關懷之下……兩項收入每月可有永大洋十五元,足
夠我的學費。"

魏先生《回憶二十年代在吉林的讀書生活》一文"舊吉林大學"部
分載:"我的另一工讀生工作是給預科寫石印講義(主要是穆木天選的
日本名著),不到一年,因為字太蹩腳,不受同學歡迎,就專看圖書館了
(每周三個晚上,一月永大洋七元),這是胡體乾先生照顧我的(他是
圖書館主任,我在第一師範時的老師,教我們社會學,我寫的筆記,他
很欣賞)。這個還不夠學費(購書錢最多,一本原文的常要四、五元大
洋),又把我大哥薦到總務處文書課貼寫公文(是兼職,上晚班,日間在
教育廳當司書),才湊合啦(每月工資永大洋四十元)。總務主任王甲
第(捷南)是第一師範的舊校長,他非常喜歡我大哥的字體,說:'小楷

尤其漂亮,可以寫上行文——呈文.'傅貴雲先生(時為教育廳第二科科長,也在這裏兼課),他教我們文學史,每周四節,上課就板書,下課便走,很少說話。他給人的印象始終是好的:態度和藹,板書工整,教材卻不怎麼豐富。穆木天先生名頭不小(出身東京帝大,為吉林'東洋四霸天'之一——王希天、謝雨天、李助天),教我們法文,選的《二童子環遊法國記》文學色彩極為濃厚(題材卻是表現愛國主義民族思想的——普法戰爭以後,失掉了祖國的亞爾薩斯、羅蘭省兩個孤兒千辛萬苦、九死一生地自德國佔領軍的鐵蹄下逃回南方的故事,可惜沒有念完)。"

積極參加社會活動,做了一年多吉大學生會主席和兩季吉林學生聯合會的召集人。

《歷史思想自傳》中載:"做了一年多吉大學生會的主席,和兩季吉林學生聯合會的召集人。搞的都是一些有關訂擬章程,爭取青年福利(如請求減輕學費,組織旅行參觀團之類)的事,不曾給學校當局做御用品。"

天津師院《自傳》中載:"學生會的主席我只做了一年。絕大多數的時間是用在校外開會上了——各校代表商量成立'吉林省學生會':審議章程、醞釀人選,因大家意見不一致,經常以無結果而散會。代表人名現在還記得的有:一師的張大海(吉林解放後的長春市人民政府秘書長)、女中的高景芝(聽說現在瀋陽婦女會做工作)。校內工作則由執行委員會的蕭輔仁(此人已死)負責,我不過問。"

魏先生《回憶二十年代在吉林的讀書生活》一文"舊吉林大學"部分載:"自然,最討人厭的還是我的吉大學生會(代表會主席)和吉林學聯會(召集人,後為籌備委員會主席)的工作,但也正因為有此,他們才不敢輕易動我。"

又,魏先生《回憶二十年代在吉林的讀書生活》一文"吉林學生聯合會"部分載:"吉林省城只有吉林公立法政專門學校、吉林省立第一師範學校、吉林省立女子師範學校、吉林省立第一中學、吉林省立第五中學、吉林省立初級女子中學、吉林私立毓文中學,這七個大中院校,它們各自都有自己的學生會,雖然是大小不一,聚散無常的——有的選出班代表組成校一級的學生會,但也只在上課期間才有活動,有的遇到校外有事,如要搞愛國運動,才匆遽地選出代表參加,不一定設有機構,兩個女學校往往是這樣的。至於'吉林學生聯合會',更是這樣一個組織了,它有事則聚,無事則散,連個固定會址都沒有,經費也要臨時向各方面募捐。而且它跟吉林各法團如吉林商會、吉林農會、吉林教育會、吉林律師公會還有一個根本不同之點,那就是員警廳認為它是搗亂的機構,從來不予立案。存在既不合法,隨時可加取締,這當然是用不到奇怪的,試問有哪一個軍閥統治的地域會允許民主進步的青年學生的組織合法存在呢?可是'吉林學生聯合會'活動的能量卻是很大的,影響也不在小,它不只跟省內的吉林省立第二師範學校、吉林省立第二中學(地在長春)、吉林省立第三師範學校(阿城)、吉林省立第四中學(寧安)、吉林省立第四師範學校(依蘭)以及濱江道立的師範、中學(哈爾濱特區)廣有聯繫,即是遠及奉天和關內京津上海的學生會、青年愛國組織也是互通聲氣聯合行動的。所以,盡可以說它是'守如處女,脫如狡兔'的,平日不動,一有事就疾風暴雨、凌厲無前大幹一場,什麼學校師長的警告、軍警憲兵的包圍,以至辱罵毆打、逮捕監禁,都是在所不顧的。學生會歷屆的領導人(代表、委員、會長、主席),有許多後來成了共產黨員。即以女中的代表而言,韓桂琴(幽桐)、高景芝、黃少巖正好是從廿七到卅一的幾屆代表,當時就敢說敢幹,絕不嬌羞。尤其是'桂琴大姐',作風潑辣,從不怯陣,口若懸河,善於說理鬥爭(四九年天津解放後她是第一任教育局長)。高景芝則是燕京大學的高材生,抗日戰爭勝利,擔任過吉林省新青團的領導工作,她為人文靜,不苟言笑,然而頭腦清晰,判斷力強,很少隨聲附和。黃少巖乃吉林革命前輩謝雨天的甥女,能連絡人,會跑交通,常往來於關內外。她們全是三八年的老幹部。第一師範也有一位張文海同志(吉林解放後曾擔任過吉林省分管體育、衛生的副省長和吉林市市長),當日他給人的印象是喜歡'抬槓',專和人頂著來,但卻持之有故、言之成理。現在回想起來,才曉得人家那時是堅持前進反對保守的。早期還有一個傅哲(賓縣人,廿班的學生,約和女中的韓桂琴同時),是一師學生會的會長,說起話來聲音洪亮,滔滔不絕,只見他二目圓睜,頷下左側的黑痣及痣上的毫毛顫動不已,因此在學聯會中也很有名(因為他敢打敢沖,能夠出主意、想辦法,開拓鬥爭的局面),缺點是自大一些,愛跟法專、一中等校的代表爭領導權('九一八'後,聽說也在家鄉犧牲於日寇屠刀下)。學聯會的愛國運動那是每年都有的,從'五四'以後的反對廿一條簽訂、打倒賣國賊曹(汝霖)章(宗祥)陸(宗輿)、還我青島、還我旅順大連、取消治外法權、懲辦'三一八'慘案兇手、為死難烈士復仇、打倒北洋軍閥、擁護國民革命軍北伐等直到'九一八'事變前的要求全國統一、反對東北三省分立,沒有一次不是及時響應和堅持到底的。"

向濫竽充數的教授開火,受到學校警告。

《歷史思想自傳》中載:"吉林地在邊塞,好一點兒的先生不大肯到這兒來。如西洋史教授劉強、教育學教授王琦等,態度傲慢,滿口英語,除了大擺其美國博士資格,用原文書講課外,幾無切實學問。因此,我常在班上堂下跟他們展開論辯,也不過是質疑的意思。可是他們惱羞成怒了,紛紛向校方提出我'搗蛋',於是校長李錫恩、文法院長董其政、訓導主任劉迪康等,對我進行了三堂會審當面警告。要不是胡體乾、王甲第(曾是一師校長,這時是吉大的總務主任)兩先生為之緩頰,就被開除學籍了。"

天津師院《自傳》中載:"這個學校共分文法、理工兩院,本科預科都有。我進的是教育系文學組。本來從一師後期時起,因為自己的功課不差,又得到先生們相當的青眼,那氣質就有些兒驕傲了。現在進了大學,又立刻被選做學生會的主席,還有個不越來越狂妄自大的?因此,它首先表現於攻擊教授不滿意於課程的設置:西洋史教授劉強(是個美國博士)講課用英文,內容又貧乏零碎。教育學教授王琦(也是個美國博士)只曉得抱著原文本頭用那不完整的國語來翻譯著說。弄得同學譁然,我更是當堂開炮沒有顧忌。結果是文法院長董其政、訓育主任劉迪康(曾為五中女師的校長,均被學生趕走),監臨之以校長李錫恩,'三堂會審'般地對我提出了警告:'再要搗蛋一定"開革"。'"

魏先生《回憶二十年代在吉林的讀書生活》一文"舊吉林大學"部分載:"一天下課以後,我被叫到院長辦公室,先坐在那裏的有校長李錫恩、院長董其政、訓育主任劉迪康,尤其王琦教授氣呼呼地坐到上面,我一看便明白了,顯然是王先生告了狀,於是來個'三堂會審',氣氛緊張。帶著白眼鏡、有點駝背的董院長開口即斥責:'魏際昌,你為什麼擾亂課堂、影響教學?'我故作不知,反問了一句:'沒有哇! 誰說的?''還裝沒事人嗎? 不是你無理取鬧、橫生枝節,阻攔王先生講書嗎? 這是輕視師長自高自大的行為!'訓育主任劉迪康接著開訓了。我一面詢問一面解釋說:'課堂上不准向先生發問嗎? 提出來的又不是課程以外的事! 如果這算犯規,以後不問!''還在強嘴! 不是目無師長是什麼? 大學課堂裏就是不許發問,不明白的地方,課後可以請求解釋。'院長鐵青著臉說。王先生一邊插言了:'你哪是在問課程,分明是覺得比我知道的多,你這個學生我教不了!'李校長皺著眉頭瞧著我說：'王先生不要生氣，學生懂得什麼！'先安撫了王琦，又警告我說：'魏際昌，你把學生會那一套拿到教室裏來不行(我時為吉林大學學生會和吉林學聯會的主席)，對先生必須尊敬，以後要改。'這是給我臺階下哪，我只得就此下來：'那麼是我對王先生的態度不好了，請你原諒。'心口不一的表示認錯。李校長點頭贊許啦。最後院長主任相繼說：'沒人說你是犯校規，要像傅昆元樣倒好了(傅昆元剛因倡導改革學生會會章、干涉校政而被開除學籍)，但也夠調皮的，不改將來要吃大虧。''會審'完畢退了出來，情知這是給王琦教授爭面子，自己也懂得不能太任性了，開始收斂吧，'捋虎鬚'不會有什麼好處，不是看管圖書館的工讀生嗎? 多看些參考書算啦。但王琦教授那書也教不下去了。未及一年就回到山東老家——山東大學(地在青島)去當教務長啦。"

接觸到一些世界名著，讀過高爾基等人的作品，對反帝反封建的思想有了新的認識，大膽地進行婚戀革命，與當時就讀吉林女中的後來的愛人于月萍自由戀愛。

《歷史思想自傳》中載："我在吉大讀書的時候，並不是一個被校方喜歡的學生。這主要的是我從國文講師穆木天先生那裏得到了一點兒新的啟示。通過聽他的課和看他的名著譯本(如《豐饒的城塔什干》和《窄門》等)，以及俄著名作家果戈里、高爾基的一部分作品，對於反帝反封建的鬥爭，在理論上有了初步的認識。它首先體現於我的婚姻革命(反對家庭包辦，堅持自由戀愛)——這時我已經和我的愛人于月萍認識了，她正讀書於吉林女中)。"

天津師院《自傳》中載："這個時候通過穆木天先生的幫助(他是吉林留日學生'愛國四天'——王希天、謝雨天、李助天之一，又很有文名，所以我們早就對他有了崇敬)，我雖然又看了許多新書甚至包括蘇聯作家高爾基等的名著在內(也因為圖書舘工作上的方便),但在思想上並沒有很大的的進步。記得當時穆先生對我說:'你的小資產階級意識太濃了!'此語可為定評。因為出風頭、顯本領、看不起人、好高騖遠一類的毛病在我是應有盡有的。"

魏先生《回憶二十年代在吉林的讀書生活》一文"舊吉林大學"部分載:"因為我是工讀生,看圖書舘,譯成中文的教育課程看得不少,特別是東西洋文藝名著如高爾基的《母親》《短篇小說集》、老托爾斯泰的《戰爭與和平》《安娜·卡列琳娜》《復活》、蘇俄的《煙袋》《第四十一》、肖洛霍夫的《被開墾的處女地》《靜靜的頓河》,英美名著則有迭更斯的《雙城記》《大衛·克拉斯多夫》、辛克萊的《煤炭王》、莫泊桑的《項鍊》等。不用細說,這些全被學校當局看作是不務正業,而喜歡向教授先生質疑發問則更被視為調皮搗蛋、'難剃的頭'。"

吳占國《魏際昌傳》載:"1929 年,魏先生在吉林一師畢業,到吉林女師附屬小學實習,在五年級聽語文教師衣鳳章講課。魏先生他們在教室後站了一排,衣先生組織于月萍(原名慕蓮)等學生回答問題。于先生口齒清晰,乾淨俐落,一派大家閨秀氣質,吸引了魏先生,就這樣認識了。于先生未讀六年級,拿著假畢業證考入吉林女子中學初中班,與魏先生的妹妹魏媛同班,教語文的是魏先生吉林一師的同學。因同住吉林北關的原因,于先生經常與魏媛同路回家,也時常到魏先生家玩。于寫文章,常常找魏先生批改,時魏先生在讀吉林大學中文系。魏先生應于先生的要求,在吉大為于借讀《第四十一個》《愛的分野》《山城》等。'九一八'後,魏先生就入關北平求學了。"

就讀吉大期間,和從一師調來吉大任教的胡體乾、傅貴雲二師交往密切,並結識了吉大校長李錫恩和文法學院院長董其政,對後來生活影響很大。

天津師院《自傳》中載:"在這個大學裏,從一九二九年秋考入到一九三一年九一八事變止,我一共住了兩年。需要提出來說的事是:和胡體乾(副教授兼圖書館館長、開社會學的課)、傅貴雲(教育廳第二科科長、兼任講師、教大學科目)等更接近了。而更重要的是認識了李錫恩(雖然這個時候跟他還不夠熟)和他的'膀臂'文法學院院長董其政(地主家庭留美學生。我在他的眼中是個不守本分的青年)。這對我後來的生活影響很大。"

魏先生《回憶二十年代在吉林的讀書生活》一文"舊吉林大學"部分載:"嚴格地說,我並不是吉林大學的好學生,例如:這兒校當局鼓吹死啃書本、聽話安分、不尚空談、講求'實效'以及心中有數表面敷衍之類,都是自己私下不以為然的。即以李校長的個人行誼而論,有些事便使人莫測高深:說是反對奉系軍閥的統治,卻接受了張學良每月二百四十元光洋的德文秘書;本來不是國民黨黨員,卻擔任了吉林省黨部的執行委員;身為大學校長,卻只把主要的精力擱在起建校舍上。特別是'九一八'事變後,還做了第一個偽吉林教育廳廳長(大漢奸熙洽為偽省主席),雖然最終巧計脫離了。總之,他行為詭祟、態度妥協,不是一個乾脆俐落、光明正大的人。這從他入關以後又從奉系軍閥投入了國民黨蔣記的懷抱,終於墮落成為中統要員,擔任了吉林省黨部主任委員便知端的了。至於他對我的手法,可以說是軟硬兼施、又打又拉,最後是我'破門而出'、絕了師生之交完事。(已在日本投降以後,由於我不擔任吉林人在瀋陽各大學工作的國民黨組長而鬧翻,我的回答是:早不是國民黨黨員啦,怎麼當組長?)"

公元一九三一年(民國二十年)　二十四歲

"九一八事變"爆發,肄業於吉林大學,出關謀生。

天津師院《自傳》中載:"一九三一年的九一八事變,在我個人的生活史上,也可以說是新的一頁的被揭開。因為在這以前,中國的地方我頂遠到過長春(一師後期旅行時去了一次),而且始終不曾脫離了家庭的照看。但在日本軍隊進入吉林省城之後,我的生活環境和方式便不能夠不大大地改換一下了。——所謂吉林的名流李、董、胡、傅等人都跑了。曾為國民黨員的郭儀、愛國者蓋大華等人又親眼得見他們被殺頭了。加上將要按戶搜查'抗日分子'的消息越傳越厲害,自己為了要活命遂朝夕向父母哭告,父母鑒於情勢的嚴重,也就硬著心腸答應湊辦路費。這才得於三二年春轉道入關。"

《歷史思想自傳》中載:"一九三一年九一八事變爆發,我於目親日本武裝部隊開進了吉林省城,和許多愛國知識分子走的走、逃的逃、被逮捕、被殺頭的恐怖情況之後,因為自己是一個大學生,又搞過學生會與愛國運動,當然也就凜乎其不可留也了。母親看我愁眉不展地日益消瘦,每天又東躲西藏地惹她擔心,為了放我,逃命起見,這才勉強湊上了幾十元路費,叫我進關謀生。"

魏先生《雜憶長白孤孽歸去兮録》(原載於《第一線半月刊》1946年第1卷第6—7期,署名"魏紫銘")一文中"晴天霹靂篇到吉垣——'九一八'事變時吉林省城的形形色色"部分載:"中華民國二十年九月十九日早晨九點鐘,我正在吉林省城新開門里散步的當兒,忽然碰到第一師範的學友韓君,他迎面走來,緊握著我的雙手說:'紫銘,你知道嗎?瀋陽發生了變故;日本人昨天晚上把北大營和瀋陽城都佔領了!'接著又聽到旁人說:'長春南嶺也起了衝突,我們的軍隊已經打散。'這對人們真是一個晴天霹靂! 究竟是怎麼一回事呢? 大禍真就臨頭了嗎! 又過了一天,聽說駐防省城的三十四團也由官銀號送了大批給養,退到外縣去了。我跑到江邊省長公署一看,果然空寂異常,連一個崗位也找不到,街上的青天白日旗立刻也一面不見了,接著嗡嗡地從東面天空來了一架飛機,紅的綠的方塊傳單,蝴蝶般從天上翩躚的落下來。拾到一瞧,不過是一些'大日本皇軍膺懲 XX 軍閥……'似通不通的日本式中文,著名的是關東軍司合官本莊繁。接著日本軍隊果從長春開來,各機關各路口馬上佈滿了面帶口罩手橫步槍的倭兵,我大著膽子走到新開門外日本領事館(日軍司令部所在地)附近望了一望,見有幾尊鋼礮橫七豎八的擺在馬路兩邊,倭兵橫眉豎目的擺來擺去,也並不怎麼了不起,為甚麼我們便'白讓'了呢! 心裏老是氣悶著。"

又,上文"所謂民族自決——偽滿傀儡成立的把戲"部分載:"所以在武力佔領'南滿'各軍事據點以後,他們立刻起始組織傀儡政權,……接著索性找個統轄全域的大號傀儡,由土肥原等把滿清廢帝溥儀夫婦從天津搬到長春,'遺老'鄭孝胥、羅振玉等也都'扈從'了來。吉林八旗的老子弟,還認真的補袍朝珠穿起來,跑到長春去接'皇上'。接著所謂'建國運動'便開始了,'大同'是年號,把舊日五色旗的黃色放大,紅、藍、白、黑四色縮小,放在左上角,便成了'滿洲國旗',甚麼'滿洲獨立'啦、'民族自決'啦、'三千萬民眾大覺醒'啦一類的鬼口號,便在無恥的劣紳招顧的倭民、脅從的商店伙計混成的'建國遊行'行列中,夾七夾八的哼了出來。唉! 真是可憐可笑,然而能說人家的行動不陰毒快速嗎? 可悲的是那些'遺老志士'們,做了人家的政治玩物還不知道,兀自夢想著'後清帝國'哩。"

魏先生《回憶二十年代在吉林的讀書生活》一文中"'九一八'事

變在吉林"部分載:"那是三十一年秋天的一個清晨,我正在吉林省城北關致和門外昌隆屯的家裏歇暑假,鄰右的老鄉奔相走告說:'日本兵進街啦,各個城門都站了崗!'我慌忙穿好衣服走了出去,剛到致和門外,便遠遠望見四個足登半高腰黃皮鞋的倭寇,肋下橫夾著上了刺刀的步槍,橫眉立目地對面站立,城頭上斜插了一杆日本旗。這使人立刻精神失常,心情異樣了:'怎麼一下子就亡國了嗎?那些平時橫行霸道的丘八都到什麼地方去了?大官們呢?'回去再仔細打聽,才曉得昨天(九月廿日,長春的陸軍跟日本人接觸一下就潰退了),省城是以熙洽為首的中國漢奸官吏(當時省主席張作相在錦州辦喪事),陸軍卅六團——吉林裝備最好的部隊、張作相的警衛團,已於夜間讓出省城逃向江密峰啦!'真他媽媽的!這幫賣國賊殺人不見血,簡直叫老百姓都不知道自己是怎麼死的,可憐可恨!'於是想起了前天一師老學友韓鴻聲(嘯天)在新開門里碰到我時所說的話:'九月十八日,日本人炮擊了奉天北大營,佔領了瀋陽,恐怕吉林也要受連累!'言下不勝歎息。我聽了半信半疑,找到當時比較有點真消息的《盛京日報》(日本人主辦)、《大東日報》(吉林人主辦)一看,才知道確有其事,但是還在幻想這或者會是一個'地方事件',不至擴大,沒料到今天就遭了殃!早飯以後,聽說可以進城了,我便懷著一種悲憤的心情,首先跑到新開門外日本領事館附近一看:只見馬路兩旁擺滿了小鋼炮、機關炮,有許多日本兵逡巡著,城門旁貼的有多田駿師團長的佈告,說是什麼'大日本皇軍為了摧垮東北軍閥張學良等,解救受苦難的老百姓,特出兵撻伐來到吉林,希市民安堵如故,敢有違抗,格殺勿論……'再走去江沿三道碼頭的督軍署察看,見東西轅門也站著日本兵哪。過了幾天,聽說長春來了宣統(溥儀),滿清的遺老們都補褂朝靴、翎頂輝煌地到頭道溝車站接啦,準備成立什麼後清帝國哪。這時候,吉林各法團、各學校的一些頭頭都手執'打倒奉天軍閥''歡迎皇軍進駐''成立滿洲新政府'

等一類的紙旗,排成隊伍上街遊行,口裏還喊著同樣的口號,當我看到平日一些高談愛國的人,也混雜在裏頭時,不禁感到有些驚異。於是意識到先一天《吉長日報》上發表的新的吉林省政府的組織(偽主席熙洽、教育廳長李錫恩等等),不過是虛晃一著的暫局,形式還不知道要怎麼變哪。可恨的是,當局竟表示不要擴大事態、不同日軍作戰,竟命令北大營的王以哲旅轉道入關。那個國民黨政府的頭子蔣介石則更是'越人視秦人之肥瘠'一般,不關痛癢,只主張把問題提向'國際聯盟'控訴,暗下命令'不准抵抗'。此刻使人最難過的是吉林的'清流人望'如李錫恩者,竟也同流合污了(他幹了一個多月的偽職才微服入關)。不過聽說董其政、胡體乾、傅貴雲這些吉林大學的老師,都先後逃到了北平,胡先生還發表了講話說:'收復東北越晚越困難。'才長出了一口氣,覺得還是愛國者多。可是白色恐怖的氣氛卻越來越厲害了:親眼看到敦化農民武裝領導人蘭文蔚、于某(縣商會會長)等人被屠殺在九龍口以後的屍身(從後項用刀割的,附近的人民都聽到了慘叫的聲音),又傳說要繼續搜捕省城的愛國抗日分子。自己是個搞學生會工作的,不能不存有戒心,遂在日寇還未大肆捕殺前,離省逃亡了。"

公元一九三二年(民國二十一年) 二十五歲

是年春,入關,逃到北平。

魏先生《雜憶長白孤孽歸去來兮錄》一文中"樸被入關"(民國廿一年五月——九月)部分載:"我是一個血性青年,國家民族觀念特別強烈,這種環境教我如何忍得下去!可是走嗎? 我不過是個廿三歲的青年,大學還沒有畢業(我時肄業吉大教育系二年級),而且阿兄遠遊

（長兄華甫糊口延邊），家貧親老，怎麼割捨得了！不走嗎？便須找職業（書是無從讀起了），然而像我這樣不安分的學生（我之好談革命和在學生會裏活動動是盡人皆知的），又誰敢用呢？此時我真是憂心如焚，寢食俱廢。一天夜裏，我已經睡到炕上（東北人多睡土炕），矇矓間覺著母親摸著我的周身，一面歎息著對父親道：‘這孩子瘦剩一把骨頭了，再不讓他走，不是要白白的糟塌了嗎？’！接著聽到父親唉了一聲說：‘叫他去吧。’（因為父親的‘中風’病還沒全好，而且他是最愛我的）天明之後，母親便做打發我遠行的準備，——先叫我找好同伴（同學陳嘯天、蘊章兩君），又給我整理好行李（一個提箱、一個被包），在起程的時候，給了我一百二十元路費，我便叩別雙親，含淚走向入關之路。”

又，據上文“途中——大連、海上、塘沽、北平給我的處女印象”部分載：“因為關上不通，我們行前決定走大連、塘沽之線，所以先搭吉長車到長春，沒有多停，即換乘長大急行車走向大連，於當晚四時到達。……第二天的清早，我們搭了長平丸走向塘沽，長平丸載重八百噸，是一條小型的客運船，設備倒還不差，只是客艙裏中日分界，日本的一邊，一人一舖，非常舒適，中國的一邊，男女混雜，擠得要命，相形之下，未免令人氣惱。……第三日午前七時抵塘沽，塘沽簡陋不堪，比起大連來，恰可發人深省，可是無論如何我們是又投到祖國的懷抱了，當我們看到塘沽車站的國旗向我們飄搖時，我們幾乎歡喜得跳起來！停了不久，搭用塘特別快車回駛北平，當日黃昏時候到達，我們的旅程宣告終了。北平這可愛的故都，使我響往了十幾年了，那高大的前門，巍峨的宮殿，如飛的人力車，舊式的舖店，都和我似曾相識。是晚我們宿在太平湖國學院旁邊一個公寓裏，鄉人劉向之君（榆樹人，嘯灣兄的學友）招待得我們很親切，我至今不忘，——可惜的是抗戰軍與劉君在南京犧牲於敵機下面了。”

暑假期間,成功考入北京大學中國文學系。

魏先生《雜憶長白孤孽歸去來兮錄》一文"客舍———準備入學試驗"部分載:"此時的國立院校,有北大、清華、師大、平大(法、醫、工、農,女子文理)和交大鐵路管理學院,私大有燕京和天津的南開。我因為想學國學,自然是北大文學院的中國文學系最為理想,於是便以此為爭取的目標,而專精的準備著。——東大、馮庸大的學生可以借讀北大等校,吉大因為成立未久,學生無此資格,同為陷區青年待遇竟有偏差,記得我們當時非常的不平。"

又,上文"投考——清華落榜,登龍北大"部分載:"我本未決定專考北大二年級中國文學系,可是清華試期在前,遂先報名試了一試,不想都考了一肚皮悶氣,——我考的是社會人類學系三年編級專門科目的題,多是鑽'牛角尖'倒也罷了,可笑的是國文題竟出了'夢遊清華園記',清華縱然了不起,也至於教人家'夢遊'嗎? 而且還大出其對子,甚麼'孫行者'啦,'人比黃花瘦'啦,不知道是'返古'呢,還是'變今'? 於是草草終場,自然沒有希望。北大的編級生試驗比清華晚了一個月,我果然考了國文系,記得國文題是'作一篇一千二百字的自傳',英文只有兩大段謆譯,專門科目如文字學、文學史等也都出的是堂皇大題,只要你有本事答,所以結果是相當的滿意。——可是也沒有勇氣去看榜,直到報上登了出來,才一塊石頭落了地(北大、清華的新生,平均都是十幾個人才取一個,所以不大好考)。"

《歷史思想自傳》中載:"三二年春輾轉到了北平以後,先已逃到這兒的先生李錫恩、董其政、胡體乾、傅貴雲等都碰頭了。結果是找工作沒機會,上學得自己考(不像遼寧的青年,和東北大學的學生。他們要工作有工作,要學校可以在北大、清華借讀,因為這個時候張學良等正盤踞在故都中)。沒有辦法,只好過著寄居會館等於沿門托缽的流浪生活,一面還得竭力準備投考大學。'蒼天不滅有心人',在三二年暑假終於考取了北京大學中國文學系時,不禁自己這樣地感歎了一番。既然進入了著名的大學,當時又有東北食堂供給伙食,因而便開始了'洗耳不聞天下事,埋頭且讀古人書'的書獃生活。"

天津師院《自傳》中載:"我去北平的目的是打算找事或者轉學。等到見了這個'故都'以後,才知道找事困難轉學也不容易。沒有辦法,只好住下來再說——東北大學的學生一到北平就可以在國立各院校借讀。吉林大學的人家不要,說是'教部'不曾立案,不曉得有這麼個學校(遼寧在平的青年找工作也容易,因為這個時候張學良正在'鎮守幽燕',北平的市長就是他的部下周大文)。李、董、傅、胡、高等舊日的先生也都在這兒看到了。他們的意思都是:青年只該讀書,爭取考上學校為要。特別是李錫恩,常向我說:'能夠到關內的吉林學生太少了,你要努力備課,莫忘家鄉父老的期望。'在情感上顯然是比過去親切了。一九三二年秋至七七事變的前夕,這是我轉學北大繼續讀書的五個年頭。再具體些說也就是自己脫離政治鑽入故紙堆中的一個懵懂時期。為什麼是這樣的呢?那道理很簡單:以蔣介石為首的投降賣國政府,通過張學良的'不抵抗主義',汪精衛一面交涉一面抵抗的'假抵抗主義',沒有多久就喪失了東北四省和冀東、察北的慘痛事實,已經使我對這個國家感到毫無希望了。既然考上了'金字招牌'的北大,聽到了國內'一流教授'的講學(如錢玄同、馬叙倫、劉文典、沈兼士、劉半農、以及胡適、周作人等)畢業之後又可以不愁工作了,那就'先奔業務'吧,別的還管它做什麼。"

就讀期間,遠離世事,專心學業,聆聽過錢玄同、馬叙倫、劉文典、沈兼士、劉半農、以及胡適、周作人等人的授課。

魏先生《雜憶長白孤孽歸去來兮錄》一文"北大讀書時期"中"入學——母校鳥瞰"部分載:"北大,這中國新文化的搖籃地,這中國最古

397

老的高等教育機關,她曾領導過'五四運動',她曾啓蒙過'白話文學',她有各式各樣的建築物作校舍——北河沿的譯學館(三院),馬神廟的公主府(二院),沙灘的紅樓(一院),松公府的圖書館、新宿舍和地質館,舊是舊得雕欄玉砌、紅磚綠瓦,新則新得鋼骨水泥、煖氣水道,也有國內一流的學者作教授——胡適之、錢玄同、劉半農、馬敘倫、劉文典、沈兼士諸先生均在主講,在人事上她有相容並包的精神,在學術上她有自由研究的風氣,有多少文化先鋒民族鬥士是她孕育出來的呢。——北大此刻共有三院十二系,校長為蔣夢麟先生,教職員約有百人,學生一千三百餘名。——報到後,我住在靠著一院的索齋,房頭是荒字八號,和鄉友熊民旦君同室(後來搬到黃字五號,與杜紹甫兄同房,以迄畢業)。每天抱著講義和筆記本跟著鐘聲跑來跑去。"

吳占良《魏際昌傳》載:"文學院院長胡適,字適之,安徽績溪人,留美,家學淵源,是杜威博士的高足,他大兒子名字就叫胡思杜。胡先生有'白話文聖人、桃李滿天下'的美譽。魏先生本科聽他的'中國哲學史',考入研究院後,又請他充當導師,研究桐城古文學派,到他家裏米糧庫胡同一號查過書,接受過招待。但是他不給魏先生研究院每年320元的研究費,原因是魏先生在中山中學兼課有收入。當時,胡先生'多研究問題,少談些主義'的話,魏先生是深受影響的。'七七'事變後,胡適放了駐美大使,魏先生到南京時,還到傅厚崗他的臨時住所看過他。日寇投降,他出任北大校長。1948年夏,魏先生於東北中正大學立案無望後,到北大找他要過鐘點教課,沒有成功,最後卻是魏先生親傳教育部的電令,在中南海勤政殿送胡先生、師母江氏,上汽車去西郊搭飛機南去的,以後遂無聯繫。"

公元一九三三年(民國二十二年) 二十六歲

是年暑假,將戀人于月萍接到北平,後就讀北京師範大學歷史系。

　　天津師院《自傳》中載:"自己剛到了需要搞對象的年齡,接著就和現在的愛人于月萍戀愛成功,大有'此間樂不思蜀也'的心理情況(她是我於一九三三年暑假冒險回吉林接出來的,後在北京師範大學念歷史系)。"

　　吳占良《魏際昌傳》載:"1933 年 5 月,于先生因與陸平等參加愛國學生運動,兩次被捕,由家人和謝雨天等吉林名人積極營救出來。1934 年 4 月,于先生至北平與魏先生相會結婚,租住北京西城臭水河(綏水河)附近。夏,于先生考入北京師範大學。"

公元一九三四年(民國二十三年) 二十七歲

就讀北京大學。期間參加了吉林人在北平成立的"北強學社"。在《北強月刊》"國學專號"上發表《小爾雅釋詁》一文,在第 1 卷第 6 期發表《明代公安文壇主將袁中郎先生詩文論輯》一文(署名魏紫銘)。

　　《歷史思想自傳》中載:"北強學社是個同鄉會性質的學術團體,社員幾乎全都是北平各大學中的吉籍學生。主持人劉剛中,雖然是個辦黨的,但我因為自二八年就脫離國民黨的組織,以後迄未再行登記的關係,跟他也只是泛泛的朋友。例如社中的月刊編輯、社務幹事,都是他的親信劉利鋒、侯封祥、崔殿魁、何壽昌等去充任。至於我則不過參加過兩次社員會,並領取一份月刊,同時也被他聯帶地介紹掛名於行健學會和東北協會(此二者都是遼寧人的勢力範圍)為會員而已。北強學社的壽命大概只有一年,便因劉剛中離開而無形解散。"

天津師院《自傳》中載:"當時(大概是三三年)吉林人在北平成立的'北強學社'——一個以學術團體為名義的封建集團。主持人是劉剛中(第一師範初中教員養成班畢業、曾為吉林女中的訓育主任,這時是跟著東北的老反動派之一的梅佛光跑的東北黨務辦事處的委員)。參加者都是北平各院校的吉籍學生。只開過兩次會,出了不到三四期的刊物(刊名《北強月刊》,編輯先為侯封祥、崔殿魁,後是何壽昌。侯、何是北大學生,崔住清華研究院)。"

吳占良《魏際昌傳》載:"'九一八'事變以後,逃往北平升學就業的吉林省青年和部分社會人士,為了聯絡感情、砥礪學術,藉以反滿抗日,復土還鄉,共同成立了這麼一個避名(抗日)責實(救國)的學術團體,人數不多,團體卻很堅固。為什麼叫做'北強'呢?它是斷章取義於《中庸》,'南方之強與?北方之強與?抑爾強與?''袵金革死而不厭,北方之強也,而強者居之'。顧名思義,就知道它並不單純是一個學術團體的,是已故的骨幹社員,北大學生侯封祥所定名。……名譽理事:李錫恩,吉林大學校長,吉林教育廳廳長,國民黨吉林省黨部主任委員,北強學社的主要支持者。董其政,立法委員,原吉林大學文學院院長。胡體乾,中山大學法學院院長,吉林省教育廳廳長。傅貴雲,長春大學文學院院長,國大代表,後為北京師範學院中文系教授。高亨,學術權威,國大代表,後為山東大學教授。這些名譽理事都是不出面的幕後支持者,可見這個學社是個藏龍臥虎的組織。1935年'何梅協定'後解散。"

吳占良《魏際昌傳》又載:"近年國家圖書館可數字檢索,因方勇帶領學生編輯《紫庵文集》,方才搜輯到如下文章:《明代公安文壇主將——袁中郎先生詩文論輯》(《北強月刊》1934年第1卷6期)……"

按,《河北大學履歷表》成果一欄中"《小爾雅釋詁》"後注:"北強學社學刊,國學專號 1934"。

掛名參加了"行健學會""東北協會"等社團。

天津師院《自傳》中載:"遼寧人以'團結禦侮復土還鄉'為口號的'行健學會''東北協會'('行健'的主持人是卞宗孟,'東北協'是齊世英——這是東北有名的 CC 頭子,李錫恩進關以後便跟他拉扯上了。前者有刊物名《行健月刊》,後者為《黑白半月刊》)。我雖然都加入了,但可以保證說只是掛名的(特別是'行健'和'東北協',全是礙於人情經過劉剛中的轉丐才加入的。因為將來還想做事,這些東北籍的'大人先生'們實在不敢開罪)。"

是年暑假,與同學痛打特務而被逮捕,後被保釋。

天津師院《自傳》中載:"大概是一九三四年秋,北平白色恐怖特別屬害的時候。有一天晚上,市黨部的特務到我們的宿舍北大東齋來逮捕人被我們看到了,立刻包圍起來把他們打了一頓。以和我住在一室的同鄉張咸豐(武漢大學學生暑假到平遊玩借榻於同學杜紹甫處,因此同房)幹得最起勁,但在事後他溜走了。第二天清晨我便被捕,同時還有樊某、董某等幾個同學。關了'禁閉'以後,特務們打著我的嘴巴問:'是不是共產黨?'我說:'我是國民黨。'他們說:'有誰能夠證明?'我說:'東北黨務辦事處的劉剛中委員。'他們又問:'既是國民黨為什麼也跟"匪徒"一道打"同志"?'我說:'我不曾動手,人多想要上前解勸擠不過去。'他們說:'這都是鬼話,罰你向總理遺像跪一個小時的磚頭。'接著聽他們交頭接耳了一陣:'那個臉黑個兒大,這個不是。'事後據同學樊某講:他們原來是想抓張咸豐來。可是不知道名字,逼問了他,他才供出我來。當時燈光黑黝黝的,他們並未看到我也動了手。等到一看面貌不對,所以從輕發落。過了一天我的愛人于月萍在外面找了李錫恩、劉剛中打電話作保(也通過了北大校長蔣夢麟),我便被放了出來。此後再也不敢多管閒事了,連群眾性的學生會都不參加,無論它是新學聯還是舊學聯的。"

《歷史思想自傳》中載:"前在三四年暑假,因為跟著其他同學一起打了到北大東三宿舍捕人的特務,曾被北平市黨部的特務抓去,坐了兩天兩夜的拘留所,還被拷打凌辱了一頓,是北大校長蔣夢麟和北強學社社長劉剛中把我保出來的。從這以後,更是息交絕遊是事不問,當時搞得如火如荼的新舊學聯之爭,我就不曾側身。"

吳占良《魏際昌傳》載:"1934年暑假,魏先生因不滿國民黨北平憲兵三團到北大抓學生,與借宿在東齋的武漢大學學生張咸豐等學生痛打了兩名特務,同樊畿(北大課業長樊際昌弟弟,物理系三年級學生)及董姓的政治系學生被抓進市黨部,慘遭毒打。原因是北平憲兵三團晚上來東齋抓共產黨,被魏先生等持棍棒堵在傳達室,挨了打,第二天就把魏先生等人抓走。此事件很轟動,上了北平《晨報》。為什麼沒有幾天就放出來呢?這是因為特務們看錯了人,頭天晚上趕跑他們的帶頭者是借住在魏先生房子裏的武漢大學學生張咸豐,吉林同鄉,到北平休暑假,事後他知道不好就不辭而別了。等到把魏先生抓入北平國民黨黨部拷問時,當晚被打傷攆跑的那個特務,一看就說:'不是他,那是一個黑臉的,說話公鴨嗓的。'打了魏先生一頓就擱在了一邊。魏先生在人群裏,他們沒瞧清楚。第二次又問,魏先生亮出來是老國民黨員,有東北辦事處的吉林委員劉守光可以證明。他們就不打了,罰魏先生跪在孫中山的像前,說:'既是國民黨,為什麼那時候不保護我們?這是對總理不忠實。'跟著就允許魏先生打電話找劉守光保釋。出來後,劉守光埋怨魏先生,說:'這是什麼時候,你這樣冒失,只此一次,下回我也不管了。'胡適等也是同樣的態度。歷史學者何茲全(1911—2011)《愛國一書生——八十五自述》記載了此事(《愛國一書生——八十五自述》第 67 頁,華東師範大學出版社,1997 年 12 月第一版)。"

公元一九三五年(民國二十四年)　二十九歲

是年春,與戀人于月萍結了婚。

華研所《自傳》中載:"三五年春,我和我現在的愛人結了婚。"

《歷史思想自傳》中載:"於 1935 年春結了婚。"

吳占良《魏際昌傳》載:"于家為吉林榆樹縣太平川人,官宦世家。據《皇清誥授光禄大夫頭品頂戴前河南巡撫吉林于公墓誌銘》,即于月萍先生祖父輩于蔭霖之墓誌,賜進士出身、刑部主事榮成孫葆田撰文。志云:'先世文登人,明初遷居濰縣。公曾祖諱居安,當嘉慶時山東大饑,攜家再遷至吉林之伯都訥廳,遂占籍焉。祖諱龍川,以公叔父通政公貴,誥贈資政大夫。父諱淩奎,貤贈資政大夫,及公貴,祖、父皆贈光禄大夫,妣則贈一品夫人。通政公諱淩辰,性嚴重,為咸豐朝直臣,於諸子中獨愛公。公舉咸豐八年鄉試,會是年科場通弊事發,主司及同考多獲譴,而公覆試列高等,人無間言。明年會試,成進士,改庶起士,教館授編修。……配孫夫人,子一翰篤,分省補用知府,女五,皆適士族,孫男一澤世,尚幼。'于先生告訴我蔭霖是她的三叔祖,兄弟 7 人,但隨他赴安徽任的是她的父親于源璟。二十世紀九十年代初,有吉林文史單位訪詢于家情況,于月萍先生與二兄于勖治曾有交流,說:'不知道老家墳塋哪麼大,家產那麼多,家中祖父、曾祖輩多是科舉出身,我父原來是在太平川管理家產,清末家裏蓋房子,臺階多了,越制,被人舉報。1924 年,才搬到吉林市北關。至於親祖父好像是蔭霖之長兄若霖.'于源璟,以字行,派字為翰,名不得知,後為于蔭霖嗣子。娶季氏,生子于咸治(朝陽學院畢業,吉林省立女中國文教師)、于勳治(中俄工業大學畢業,曾任偽滿內府修繕科長,新中國後為黑龍江省人大代表)、于汪治,女于月萍(原名慕蓮,生於 1915 年農曆 11 月 26 日,卒於 2005 年 10 月 8 日);繼夫人某氏,生子于洋治、女于月波。近吉林榆樹多有研究于氏家族者,謹列出。"

7 月,北京大學中國文學系本科畢業。本科階段著《袁中郎評傳》《唐六如評傳》等。

按,參見 1952 年西北大學《高等學校教師調查表》中載"《袁中郎評傳》《唐六如評傳》(一九三五在北大本科讀書時作)"。

吳占良《魏際昌傳》載:"四年大學生活,魏先生對北大課程自由選修了胡適的'中國哲學史'、錢玄同的'說文'、劉半農的'語言學'、周作人的'日本文學課'、孟森的'上古史'、沈兼士的'古文字研究'、范文瀾的'文心雕龍'、劉文典的'校勘學'等。魏先生認為,諸先生都是學問淵雅,各有千秋。尤其是對胡適先生的課,'那時真是肅然起敬、洗耳恭聽、手腦並用、點滴入神,已屆於欣賞的境界了'。其他如林損、劉文典、馬衡、馬裕藻、顧頡剛、傅斯年、魏建功、熊十力、俞平伯等先生也時常請教,受益多多。魏先生是埋頭讀書的學生。為完成本科畢業論文,1934 年秋,請胡適作論文指導。北大有規定,畢業論文必須有兩位教授指導,於是胡先生又推薦了周作人。鑒於明代公安派的中堅人物尚無人關注,胡建議魏先生研究袁宏道(字中郎)。周作人為其開參考書目《袁中郎全集》《白蘇齋類集》《隱秀軒集》《懷麓堂集》和李贄《焚書》《徐文長文集》等,並約略指出重要篇目。論文定名《袁中郎評傳》,15 萬字,9 個月後,1935 年 5 月完成,胡適先生對論文做了認真的評點。因論文後附了年譜,胡適說,這樣可以互相參照,相得益彰。"

是年秋,考取北京大學研究院研究生,師從胡適。

　　《歷史思想自傳》中載:"空在本科畢一回業,連個專任教員都找不上,如何維持生活?(這時我的愛人于月萍尚在師大讀書,我們又將於不久以後生下孩子)聽說研究生會有每年三百六十元的補助費,於是又來打這個主意。結果考是考上了,然而因為在外面兼課是個有給職務者,照章不發補助費,因之竹籃打水又是一場空。須交代的是胡適做了我的導師,但我並不是他的'好學生'。"

　　天津師院《自傳》中載:"我之於一九三五年秋繼續考入'北大研究院'做研究生,想要更進一步地鑽研'學術'固然是個目的。而在結婚、生子之後事不趁心,錢不夠用,希望撈取那筆每年三百六十元的'研究費'來補助一下也是一個原因。"

　　吳占良《魏際昌傳》載:"1935 年前的胡適給魏先生留下了深刻的印象:一是跟胡適學作白話文;二是對胡適'九一八'事變後捐款不積極有意見;三是胡適對學生葉青在《二十世紀》雜誌上開專欄'胡適批評',坦然處之,絕不反感;四是胡適治學嚴謹,寬厚待人。魏先生北大本科畢業,深知畢業後,如無門路,只有失業。適逢北大研究院中國文學部招生,考取以後,每年可有 360 元研究費,胡適先生是研究院導師,便動了念頭去應試。來自全國的 50 餘人應考,考取四名。除魏先生外,還有侯封祥、閻崇璩(清華出身,河北人)、李棪(中山大學高材生,廣東人)。今《北京大學史料》(北京大學出版社,2000 年版第二卷)收有《研究院文科研究所佈告》,係文科研究所委員會第十六次會議,准許受初試之各研究生姓名及應考科目。魏先生應試時間為 1937 年 7 月 5 日、6 日之上午 9 時至 12 時;科目分別為'中國近世文學史''近三百年散文專籍';地址為國文系研究室;主試導師為周作人、胡適。關於此,魏先生有真切的回憶:侯封祥沒有報到,去東北中山中學做訓導員了,胡先生很是惋惜,侯的成績比我好,閻崇璩也只研究了一個學期,便考取了冀察政務委員會的縣長,受訓去了,後來當了河北省某縣的縣長。李椒同我念到了底,不過聽課不在一起,指導各有專業,也不常碰頭。"

兼任"東北中山中學"教員。

　　《歷史思想自傳》中載:"東北中山中學是國民黨為了收容流亡關內的東北青年學生而創辦的。它裏面的勢力是按著舊日的遼吉黑熱四省平分的。校長(李錫恩)、教務主任(傅仲霖)雖然都是吉林人,但教職員和學生卻是遼寧人多,力量大得無與倫比。而且李錫恩因為我於卅五年春跟他認為思想左傾的于月萍(她在東北參加過共青團)結了婚;又和與他立於對立地位的今中共中央統戰部副部長于毅夫同志有了來往,只很勉強地給了我一個兼任教員(月薪四十元)。後來還聽任北平分校的石志洪主任把我解聘(也是藉口於思想不穩)——正是'九一八'的前夕。"

11 月,兒子鐵華出生。

　　吳占良《魏際昌傳》載:"1935 年 11 月生子鐵華。魏鐵華(1935—2005)1959 年畢業於北京工業學院火炮系,分配至太原機械學院任教,1982 年調入保定華北電力大學機械系任教授,在山西娶妻李蘭芝,生兩女一男,長女彩霞、次女彩虹、子曉東,今皆學有所成。"

是年於《北強月刊》第 2 卷第 1 期發表《爾雅學》,第 2 卷第 3 期發表《先秦諸子論學拾零》,第 2 卷第 5 期發表《明清小品詩文研究》等論文。

　　吳占良《魏際昌傳》載:"近年國家圖書館可數字檢索,因方勇帶領學生編輯《紫庵文集》，方才搜輯到如下文章：……《爾雅學》(《北強月刊》1935 年第 2 卷 1 期)、《先秦諸子論學拾零》(《北強月刊》1935 年 2 卷 3 期)、《明清小品詩文研究》(《北強月刊》1935 年 2 卷 5 期)，皆是北大中文系本科時所作，頗得時譽。"

公元一九三七年(民國二十六年)　三十歲

北大研究生畢業。讀研期間，繼續本科論文《袁中郎評傳》的修改完善，完成碩士論文《桐城古文學派小史》，著《說文解字彙釋》(文稿文革時不知下落)。

華研所《自傳》中載："可是我還是考入了北大研究院，來繼續我的文學研究(《袁中郎評傳》《桐城古文學派小史》便是我這一時期的作品)。"

天津師院《自傳》中載："做研究生時的指導教師就是戰犯胡適。他給我選定了《桐城古文學派小史》作為論文的題目。二年之間(三五年秋至三七年秋)，也曾跟閻崇璩、朱大長、徐芳等同學一起在他家裏開過幾次座談會。記得每次都有茶點招待，可以看出來他對學生的誘惑。但是坦白地說，當時我是很崇拜他的。不只聽他的文學史、哲學史的課。畢業的時候還經過孫震奇同學的拉攏，和他聚會了一次(先生在座的有羅庸、鄭奠、同學是徐芳、陶維多、常乃慰等，地點在雨華臺飯莊，餐後合攝了照片)。這都證明了我的資產階級唯心主義思想在北大的末期已經逐漸地形成了。雖然我在胡適的眼中並不是一個課程好的學生。"

吳占良《魏際昌傳》中載："後來胡先生指定我寫《桐城文學派小史》時說：'桐城謬種，選學妖孽，人家都這樣講，你同意嗎？既稱為

"學派"而不曰"文派",便不單純是文章上的事兒了,"文章韓歐"以外,還有"學行程朱"呐,密斯特魏,你應該把它徹底探討一下.'桐城古文學派,雖有曾國藩師生及後來馬其昶、林紓等人的弘揚,但至民國初年已被人排斥,林紓被迫離開北大講壇,正基於此。而胡適為安徽績溪人,方苞諸人為其鄉賢,使學生在論文中研究此課題,除科研外,還有更深的尊重鄉賢學術意義。1935 年夏至 1937 年 5 月將近兩年時間,魏先生完成了論文,計 20 萬字。《桐城古文學派小史》1988 年 4 月由河北教育出版社出版,魏先生成為當代系統研究桐城古文學派的第一人。正如胡適所說:'你拈著題目做文章,交代清楚了學行和文章的關係了,而且材料比較豐富,有的為人所不經見,足證下了不小的功夫.'研究生期間,尚著有《說文解字彙釋》,80 萬字,稿本文革中被抄,一直未退回,又多方尋找未得。如此書稿尚存於世間,願後世得此者善護之。魏先生曾回憶說:'我研究《說文》,與周祖謨先生在北大圖書館對桌三年,未交談一句.'以上可見魏際昌《胡適之先生逸事一束》,此文發表於 1998 年《保定文史資料》《河北文史資料》,文章對北大及胡適研究有較高的史料價值,也從另一方面反映了深厚的師生情誼。"

"七七事變"爆發後,面對民族災難,悲痛欲絕,憤而賦《盧溝橋事變》詩:

城外炮聲歇,死寂見通街。陡聞飛機響,傳單雪片篩:"宋哲元敗逃,皇軍保安泰。"遂知大勢去,又掙作奴才。啼淚縱橫落,哀哉是吾儕。托庇已無所,天地與同壞。悵悵望江南,何日挺出來!(**注**:七七事變後,風聞我軍奮起抗敵,數日之間,號外紛傳:"宛平報捷""收復豐臺""廊坊仍在我軍手中"。今則

"二十九軍潰退,宋哲元已逃保定"的情況,由日寇發佈不已了,哀哉
吾民!)

8月6日,抛妻別子,開始踏上流亡路。面對生死別離,先生傷心欲絕,
揮淚賦《流亡上路,別月萍》詩:

> 變後生路絕,俯仰無著落。九城空蕩蕩,舉目異類多。
> 株守徒自苦,不走待如何!乃與月萍議:"先行應是我,相累
> 以幼子,歉仄心諾諾。前途當有望,切勿淚婆娑。"月萍默無
> 言,堅忍上眉梢。抱兒送我出,黯然易水歌。(注:八月六日晨
> 六時,在北平西城浸水河寓所前,兒鐵華方三歲,故云。而箱中只有
> 大洋六十元,兩人平分各半,其清苦可知矣。行兮送兮不堪俯仰!)

《歷史思想自傳》中載:"一九三七年七七事變,這時我是妻幼子
稚,又在失業,無論不願再做亡國奴,或是須想辦法謀生,和九一八事
變後在吉林的情況相似,都不能照舊蹲在北平了。於是不得不硬著頭
皮抛離妻子,重走上了流亡的道路。——手裏有的只是大洋廿元,我
們全部財產的一半(另外的廿元留給家裏過日子),當日真是茫茫天涯
不知何處是歸宿啦!"

是月,從北平坐車到天津,在火車站遇到日寇檢查,幸而脫險,入駐法
租界。其間賦《老火車頭車站鬼影幢幢》《北寧線上日寇兵車銜尾》等
詩,記下了這兵荒馬亂的歷險歲月。其中《北寧線上日寇兵車銜尾》一
詩,先生於虎口中脫險,抒寫了對倭寇的囂張與殘暴的仇恨:

> 這個仗可怎麼打!調兵遣將任敵發。客車逢站必停靠,

紛紛兵馬亂如麻。車中敵寇橫槍走,兇神惡煞示鎮壓。不期而遇仲霖師,暗打招呼未對話。逮及東站下車時,我遇麻煩被檢查。幸得故人代說解,鬼門關上竟溜煞。用錢買過法國橋,熙來攘往好繁華。對比倭賊屠殺場,天堂地獄一般差。(**注**:七七以後,我搭第一次平津通車到津,略書所見。時綸三師已先至矣。入法租界,分往客棧候船票。)

在天津法租界聽說"八一三"淞滬抗戰打響,極為興奮,喜賦《八一三,滬上開戰》詩:

八一三開火,號外連聲喊。總算打響了,這番不簡單。舍此無出路,但願持久戰。飯也吃得香,覺也睡得甜。急盼去南方,同樣幹一番。人人都興奮,個個在騰歡,同仇與敵愾,才是男子漢。切莫管成敗,只要保江山。(**注**:天津法租界內得此消息,人人興奮,時余留此已五日矣,急盼得票南去,側身其中。)

經老師相助,購得去煙臺的船票,坐船駛往煙臺。在甲板上感慨萬千,賦《嶽州九上》詩:

逃難須坐日本船,嶽州九上睡甲板。蜷伏人叢三尺地,面面相覷只微歎。任敵縱橫陸海空,中華兒女何以堪!河山破碎人飄零,七載光陰已塗炭。攜我同行有傅師,水旱兩番共患難。先生老矣也拋家,泛舟南去渤海灣。寇艦七艘正環伺,舉首蒼蒼實汗顏。(**注**:在天津法租界內守候船票凡五日,始得甲板一席,然非綸三、仲霖兩師之力猶難辦成。傅師偕行,李師暫待,另有公幹。)

接著從煙臺到濟南,親歷濟南高漲的大眾抗日文藝活動,深受感染,欣賦《到濟南後的新生活》詩:

> 濟南多名勝,嚮往非一朝。孰料流亡到,遊興已全消。悵對大名湖,千佛山不眺。所談惟救國,如何去京兆。暇則學合唱,抗敵曲更好。也搞街頭劇,殺賊志氣高。須知六合中,到處有創作。士子既同仇,安能廢趕超!(**注:**在研究院學習時,只曉得聽教授課、鑽古書堆,以為天下學問皆在"象牙塔"中矣。平津失守後,始知讀書無用,坐視喪亡之苦,然亦無可奈何也。輾轉至濟南,大開眼界,抗敵宣傳本領如此多方!於是愛之、好之、學之、實踐之,日孳孳汲汲猶恐其不及。蓋《流亡曲》《遊擊隊歌》《大刀進行曲》,較之《滿江紅》解決問題;而《李家莊》《放下你的鞭子》,感受尤為親切,勝過京劇多多,殆亦生活環境、思想感情變遷之必然結果耳。)

按:經此磨難,先生看到了象牙塔學問的局限性,轉而對大眾抗戰文藝持充分肯定態度,這應是先生投身全民抗戰的開始。

吳占良《魏際昌傳》載:"1937年8月6日,在北平西城浸水河寓所,子魏鐵華三歲,家裏只有大洋60元,與妻于月萍各分一半,淒淒話別。……魏先生乘車至天津,住法租界悅來棧,與避難的老師傅仲霖相遇,五日後同傅一起到濟南。為濟南人民的抗日熱情感染,與流亡學生在街上合唱《流亡曲》《大刀進行曲》。由山東省主席韓復榘指定備流亡學生專列車廂七節,在山東得吉大校長李錫恩、教授慈連炤(字丙如)接待。"

然後從濟南坐車轉到徐州,在徐州車站遭遇敵機轟炸,驚魂未定,悲賦

《徐州車站遭遇敵機轟炸》詩,以抒對抗戰必勝的信心:

> 膏藥旗飛機,沖向車叢地。轟轟先投彈,噠噠狂射起。硝煙迷漫處,哭叫聲慘淒。警報解除後,方知災禍遺。火焰猶未定,車頭響汽笛。繼續南行路,碧野望無極。祖國真廣大,吞象蛇妄急。創傷終須愈,徒死是倭鬼。念此信心足,拭淚止餘悲。(**注**:運送流亡學生專列凡車箱七節,韓復榘之所指定也。到徐州換乘,竟遭敵機轟擊,始見火藥氣味,並知抗戰已無前方後方之分。)

最後輾轉到達南京,此時南京遭遇日寇大轟炸,頃刻斷瓦殘垣,屍骸遍地,先生悲憤之餘,賦《初到南京》詩表達了對抗戰不利的不滿:

> 間關到浦口,輪渡已停開。市井嫌冷落,疏散正安排。學會有辦法,接應汽船來。再搭小火車,直達西門外。住進市二中,隊員始放懷。未料午夜後,附近遭禍害。敵機大轟炸,八府塘燒壞。斷瓦殘垣裏,慘慘橫殘骸。見此極驚詫,防空何所在?後方無保障,抗戰將不逮。輾轉難入睡,悵對東方白。

天津師院《自傳》中載:"七七炮響北平淪陷,我的'故都春夢'又被震醒。因為,無論如何,狹隘的國家民族意識還是有的。那就是說,絕不願意留在北平做'亡國奴'。所以,儘管當時妻幼子稚、囊中無錢(只有五十元錢,由我和我的愛人于月萍分了),也咬緊牙關把他們扔在北平而於平津第一次通車時(七月三十日)逃往天津——一路上挨盤查、受侮辱、到了天津車站又被日寇扣留了半天等情況就不必細說了。——過了九日才擠在海輪'嶽州號'的甲板上混到了煙臺。在這裏碰到了于毅夫同志,他住在'煙臺中學'作接送平津流亡學生的工作。我問他:'今後怎麼辦? 南京可以去不?'他說:'全民抗戰,青年有責。南京未嘗不可以去,我還打算到上海呢。'便於翌日派汽車送我們到濟南。在濟南高中停了些日子,由韓復渠發給大洋兩元、便衣、乘車證一張,把我們趕往南京(約有五百餘人)。到了下關,國民黨憲兵不准我們過江進城,說是'首都'已經疏散人口了。經我們一再解說,並向先來的同學通電話聯繫請他們來接,這才得以住進八埠塘側的一個中學內。記得當夜就挨了轟炸,附近死了許多老百姓。"

《歷史思想自傳》中載:"南去的目的地,最初是南京,因為這兒還有幾個熟人。路線是經天津、飄海到煙臺,過濟南,轉徐州走的。可是到達地頭之後,南京已在疏散。早已搬來此地板橋鎮的東北中山中學對我仍是敬謝不敏。找工作既然全無希望,只好且同平津流亡大學生一起去向國民黨教育部請願——要求參加抗戰工作。"

到南京後,積極為抗戰作宣傳、募捐活動,賦《丙如師召宴惜別》《宣傳、募捐到秦淮河》等詩。其中《宣傳、募捐到秦淮河》一詩,對於那些"軍裝革履官家子,禮帽華服巨賈丁"們醉生夢死的生活予以大膽地批判與揭露:

秦淮河畔霉氣生,笙鳴管奏醉太平。清唱小樓多粉項,起舞大廳有妖星。"敵寇侵淩由他去,燈紅酒綠且縱情。"軍裝革履官家子,禮帽華服巨賈丁。宣傳隊到眉頭縐,募捐聲動錢袋驚。全無心肝真是矣,不如禽獸非固定。逮及連袂出門後,喧笑盈庭更忘形。(注:南京業已鶴唳風聲,此輩猶自樂其

樂,非毫無心肝而何?真所謂"冷血動物"矣!"商女不知亡國恨,隔
江猶唱後庭花"者,不意於今日見之。)

作為流亡學生代表,到上海慰問淞滬前線國軍,親臨炮火彈雨,賦《淞
滬前線慰勞國軍》詩,盛贊前線抗戰將士"血肉築長城"的保家衛國
精神:

> 炮火連天湧,硝煙彈橫飛。京杭國道上,吶喊聲如雷。
> 戰壕犬牙錯,士兵面黧黑。三八大蓋槍,竟以禦強敵。延入
> 掩蔽部,師長話筒催。"急語眾代表,慰勞意甚美。所缺在藥
> 物,擔架亦不備。救護難及時,傷員最可悲。"離去陣中地,悵
> 然心慘淒。血肉築長城,堪稱好部隊。傷殘猶坐視,何以對
> 健兒?(**注**:流亡學生代表募得毛巾、餅乾等物一批,帶往上海前綫
> 慰勞,由駐守真茹相機進擊之廣西某師長接見,語及戰地急救傷員
> 之重要。)

拜見時任駐美大使的老師胡適,求其幫忙過問安置平津流亡大學生問
題,無果。賦《南京傅厚崗客舍會見胡適先生》詩:

> 先生鎖雙眉,諄諄告誡說:"國家打仗了,讀書做什麼!
> 投筆從戎吧,班定遠可學。我也要出去,不是為官樂。對美
> 辦外交,有利於合作。"聞言遂了了,胡博士推託。其心已外
> □,毋庸再囉嗦。去找陳部長,看他怎定奪。(**注**:到了南京才
> 知道適之先生已發表為駐美大使,克日出國,學校的事已經無暇過
> 問了。按照他的指示,新教育部長陳立夫,對於平津流亡大學生,將
> 有所安排,遂悄然告退。)

與流亡大學生會見新任教育部長陳立夫。賦《流亡大學生會見陳立夫部長記》詩，以詩史般的筆觸記下了當時學子們要求救亡圖存的昂揚鬥志：

> 兒哭抱給娘，約見陳部長。二中禮堂內，學生氣軒昂。部長逡巡入，衛士站兩旁。神精似忐忑，開口江浙腔："南京正疏散，停留不可長。學生應讀書，待命且還鄉。"聞言學生問："無家去何方？戰火正紛飛，我們要救亡。"部長忙答言："此事非尋常，難自作主張，請示委員長，始可見端祥。"諸般近搪塞，學生意未償，一時騷動起，口號震天響。"打回老家去"，《流亡曲》高唱。部長頓驚慌，踉蹌退後廂。衛士挾護去，不歡而散場！（**注**：陳立夫新放教育部部長，兼大元帥行管第六部部長，掌管民眾運動。會見前曾保證和平答問，不生事端的。因陳立夫吞吞吐吐，不能痛快地解決問題，始惹起紛亂，不可收拾，亦流亡者易於激憤之常情也。）

9月中旬參加"青年戰地服務訓練班"，陳立夫兼任班主任。賦《在南京青年戰地服務訓練班學習》詩，表達了學子們投筆從戎、躍躍欲試，希望早日投身抗戰一線的矢志報國精神：

> 紅紙廊中軍號響，編隊受訓悲流亡。五百平津大學生，矢志報國去沙場。抗敵歌曲聲洋溢，座談形勢亦昂揚。教學科目《典範令》，文化課程更多樣。各部官吏來主講，將校督練在外堂。使築掩體防空洞，模擬野戰爬山崗。耳目清新精神好，緊張刺激不尋常。投筆從戎今是矣，何日始能到前方？（**注**：汪精衛、陳果夫、陳立夫、余井塘、陳禮江等人均曾到班講話、授

課。班主任陳立夫兼任,副主任黃其翔代行。學員採用部隊編制,
設大隊部以掌握軍訓,班本部為最高領導機構。本部分置教務、政
訓、總務三處。大隊下轄五個區隊,區隊各有小隊三或四個。區隊
有隊長、教官一人,小隊長由學員擔任。第五區隊係女生。我隸屬
於第二區隊第一小隊,區隊長戴謙,教官魏希文。)

　　《歷史思想自傳》中載:"大概是國民黨政府怕出亂子,在九月中
旬開辦了一個青年戰地服務訓練班,並且派人向我們說:'要想抗
戰,便得先受訓練,因為你們不懂軍事。'這樣,幾百個大學生就都編
了隊伍,穿上軍裝。我的番號記得是第二大隊第一中隊裏的第一小
隊。班本部就設在紅紙廊國民黨中央政治學校的舊址(該校業已西
遷)。班主任由陳立夫兼而負實際責任的卻是黃仲翔,和大隊長李某。
因為城內大學多已他遷,我們每日除了下操以外,也沒有什麼內堂
可上。"

　　天津師院《自傳》中載:"以後大家就自動地出發街頭巷尾和向城
防部隊做抗敵宣傳工作了——貼牆報、作講演、表演小型話劇如'放下
你的鞭子'等。國民黨一看'不是事',這才給我們設立了一個'青年
戰地服務訓練班',屬偽軍委會第六部管(它跟'留日學生訓練班'是
並行的)。本班就設在紅紙廊偽'中央政治學校'的舊址(原校的人
早已搬走了)。大概是九月初開辦的。班主任是陳立夫,但負實際
責任的是副主任黃仲翔(黃埔出身,後為國民黨中委,四川省黨部主
任委員)。組織按軍事性質分為大中小等隊(每小隊有隊員十餘
人)。教官有軍事、政治兩種。功課一般是上午講堂下午操場。科
目現在還記得的有'總理遺教''政治講話''社會教育''步兵操典'
'射擊教範''陣中要令'等。'社會教育'由偽教部民教司長陳禮江
講授。汪精衛、陳立夫都來講過話,不外是:'國家至上、民族至上'、

'軍事第一、勝利第一'一類的老調子。我的小隊番號想不起來了,同隊者則有劉朵薈、馮光華、冀鞏泉、溫光三、雷動、張占魁、呂志尚、雷雄等人。軍事教官中隊長是戴明,政治教官為魏希文。小隊長選的是劉朵薈。"

吳占良《魏際昌傳》載:"魏先生隸屬於第二區隊第一小隊,隊長戴謙,教官魏希文。南京淪陷,訓練班自蕪湖轉銅陵,入牙山修整,又過皖、贛,過都陽湖到達南昌、武漢,親眼目覩武漢空戰。青戰班是國民黨政府組織的平津流亡愛國大學生迅速進入抗戰工作崗位的軍事教育機構,開辦於 1937 年 9 月初,結束於 1938 年 10 月。班主任是由 cc 首領陳立夫兼任,並不直接管事,副主任是由黃埔系統的黃仲翔擔任。從班裏的處、主任、大隊長到隊長教官的分配情況看,是國民黨中央軍官學校出身的管軍事訓練,而國民黨中央政治學校出身的管政治思想。由於國共聯合,沒有國民黨的公開活動。常見的是有一個戰鬥青年壁報,有一個編輯委員會,由梁思懿、王望等負責,多用筆名,以宣傳抗日為主要內容。"

約 11 月前後,隨"訓練班"奉命調離南京前往蕪湖。到了蕪湖不久,得知南京淪陷,悲痛之餘,賦《哀南京淪陷》詩,表達了對統治者的不滿與失望,更堅定了立志打回老家的決心:

兵家勝敗雖常事,失落首都卻可哀!哀哀諸公誠匪人,禍延百姓被屠宰。祖國幅員縱廣大,日蹙千里亦無涯。抗戰到底究何恃,半壁河山早易色。俯仰絕望哭不得,暗對東海招魂來。伏波定遠終有在,搏鬥一生是吾儕。定必打回老家去,陰霾驅盡彩霞開。(**注**:十一月十三日,教官魏希文在東山蕪湖高中宿營地宣告南京淪陷,學員有痛苦失聲者,予惟切齒暗恨。

九一八、七七以及此日,蓋已飽經滄桑矣!)

接著從蕪湖轉到銅陵的牙山,賦《牙山休整,何時出動?》詩,渲泄了不能親赴前線的失望之情:

銅陵入牙山,越離前方遠。局促大廟內,學員不耐煩。本欲作劉琨,卻走為謝安。群起問主任,訓練何日完?銳氣消磨盡,豈是男子漢!主任辭閃爍,云正待機緣,西去漢口後,始可有派遣。聞言無奈何,且吃安閒飯。既已不下操,可以動筆硯。圍著丘陵轉,亞賽"活神仙。"(**注**:自蕪湖,轉銅陵,入牙山,越走距離火線越遠,這不像帶著我們即刻參加戰鬥的樣子,許多學員大失所望,僉云"上當受騙了",余亦謂然。)

沿皖南經青陽到貴池,賦《池州過包希仁先哲大冢》詩,借悼念包拯抒發了報國無門的沉痛之情:

宋相包孝肅,笑比黃河清。佐治仁宗朝,剛正莫與京。庶政稱全才,外使不辱命。遺愛在人民,千古有令名。國難今方重,士子徒請纓。僕僕征塵裏,一事尚無成。回首望大墓,愧對老先生。(**注**:包拯,北宋廬州合肥人,幼而孝純,長極賢能,不徒公案小說中以為傳奇人物也。兒童時喜看《三俠五義》,常恨未歷此公之鄉,今乃過之,又在抗戰初起西上走避之際,遂令百感交萃、發言如是。)

又沿殷家匯、東流、至德之線,經過石門,於12月中旬到達景德鎮。期間賦《行經皖贛某舊蘇區》《途次瓷城景德鎮》等詩。其中《途次瓷城

景德鎮》詩云:

> 瓷都景德鎮,贛南舊有名。今日浮梁縣,市街冷清清。
> 旅社三五家,餐館不興隆。多次瓷器店,寥寥人問津。當是
> 抗戰故,脫銷難經營。學校正暑假,四顧也空空。我隊來入
> 駐,意亦在休整。無事觀瓷廠,慨歎工藝精。長板貼白胎,轉
> 模器成形。彩繪浮花鳥,栩栩俱如生。窰火發高熱,炎炎煉
> 晶瑩。累累倉庫裏,琳琅滿目盈。(**注:**我隊在此休整幾有一月,
> 然後舟船過鄱陽湖,至南昌市,泛覽祖國東南部沿江河山,當為此次
> 受訓之最佳收穫。)

天津師院《自傳》中載:"訓練只有一個多月京滬戰事便吃緊了。
據說為了'保存實力避免無謂的犧牲起見',我們奉令調離南京前往蕪
湖。帶隊官是大隊長李某,政治總教官雷希齡。(此時已有五個中隊
學員二百餘人)。到了蕪湖不久,又轉離南陵的牙山。因為後來南京
失守,便又沿著皖南青陽、貴池、殷家匯、東流、至德之線,經過石門直
趨江西的景德鎮——走法是女同學和體弱者坐船。男同學除了簡單
的被包以外,還要帶一支大槍若干子彈。由有射擊訓練的人另攜中正
式新槍子彈二百粒前後夾持大隊作為護衛。每日行軍六七十里不等,
到達景德鎮時已是十二月中旬了。"

公元一九三八年(民國二十七年)　三十一歲

1月,加入"復興社"。

天津師院《自傳》中載:"短期宿營之際,我參加了反革命小組織

'復興社'。介紹人是同隊學員馮光華(吉林同鄉、師大出身,因有胃病軀幹細長面色灰白,還是個近視眼——戴著鏡子)。八一三全民抗戰開始,我對國民黨政府又轉為信賴。這時的想法是:對敵作戰必須有個'中央政府'領導,何況現在已是國共合作一致抗日',所以才奔向江南來。京滬淪陷一直西逃以後,心中雖然有些沉重,但是聽信了國民黨的謊言:'抗戰乃是長期的奮鬥,不在一城一池的得失。何況咱們這是誘敵深入的內線作戰。'常向我講這些話的人除了教官便是這個馮光華。——先本不認識他,因為同在一隊,敘起來是同鄉。他看到了我愛人的照片,又說是跟她同學才慢慢地熟起來的。特別是當我在牙山患病的時候,他親加照拂。一想家的時候,他也百般的勸慰。因此便建立了'友情'上了他的大當。要到景德鎮時,他在路上經常地對我說:'要想復興中華民族必須擁護蔣委員長;要想對國家民族有貢獻必須參加革命的組織;就是想找工作也非如此不可。'有一次我回答他說:'我不是早已參加過國民黨了麼?'他說:'這個不算數,須是別的。'到了景德鎮他就正式提出來'復興社'叫我答應參加。並說:'這是班本部的決定,否則不大方便。'這我還能有什麼話說?便在一九三八年一月的某一天,和許多其他的學員(屬於馮光華這個小組的是王又鍔、張占魁、李德全、雷雄、雷動、和我,別人我不知道了)在鎮上一個酒樓中履行了'登記'的手續。當時在場的'官長',副主任黃仲翔外還有'政治主任'雷希齡、教官魏希文、黃超凡等。後來的活動倒很簡單:注意思想情況'不正常'的同學,設法'勸說'他們不到別的地方去。每當有公共集會的時候,要宣傳擁護蔣委員長擁護'國民政府',和那些主張政治民主化,軍事分區負責的同學們展開論戰。(既沒有特殊的訓練,也沒有其他的行為)。'因為此際,還是國共合作的。不過大家爭取知識分子罷了,不能公開地反對誰'——這是馮光華向我們常說的話。我在他的授意下曾經

'勸說'過同學高景芝和溫光三(現在改名劍鋒,是北京軍管會的秘書),並且正式跟葛佩琦(人民大學講師)、劉玉柱(聽說是河南開封的市委)等進步的同學作過辯論(上述的人高景芝是同鄉,其餘的都是北大同學)。這種行徑,和我們這個小組到了漢口以後便停止渙散了。"

1月底,經鄱陽到達南昌。面對祖國大好河山,賦《放眼南昌有感》詩,表達了"血肉化長城,壯志吞倭虜"的決心:

> 南昌故郡,鄱陽巨□。山光水色,莫此麗都。茶香魚肥,橘甘黎脯。行軍至此,情緒安堵。已自邊區,來至大埠。朝遊市街,夕臥長鋪。祖國美矣,誰敢荼毒。誓執干戈,衛我漢華族。不唱《流亡曲》,只思"破陣舞"。血肉化長城,壯志吞倭虜。火速轉前綫,不惜拋頭顱。生為男子漢,死不作鬼哭!文信公在前,日月與同步。(**注**:南昌乃宋文天祥屯兵勤王之所,正氣動人,抗敵至此死。此雖狀元宰相,固是書生出身,不禁欲以為比,亦困於"訓練"之積愫也。)

又經九江,搭汽船到漢口,駐紮於舊日界山崎街,班本部遂即宣佈行軍完結,"青年戰地服務訓練班"學員畢業。時值武漢保衛戰,賦《武漢看空戰》詩,抒寫了目覩日機被擊落的痛快心情:

> 保衛大武漢,空軍最慓悍。一日警報來,走避長江岸。砰砰槍炮鳴,仰首看雲端。俄而有火團,零落似星散。鼓掌遂歡呼,敵機完了蛋。蠢爾入侵者,妄冀豕狼竄。中華多英雄,時時懲兇殘。空戰亦如此,飛龍鎮天關。

又賦《山崎街日租界》詩,刻劃了日租界裏日人生活之奢侈,痛斥他們對國人的掠奪:

> 漢口山崎街,日僑舊所佔。樓臺毗連立,華美使人歎。室內猶精緻,壁上櫻花燦。枝形燈高懸,窗帷垂金□。吾隊得駐入,頗有勝利感。□處沙發牀,臥睡厚址氈。祖國不抗戰,空入寶山還。(**注**:青年戰地服務訓練班到此結業聽候分配,班主任黃琪獨佔一樓,餐廳浴室俱全,尤為氣派。亦可見日人當日掠奪吾人之嚴酷了,是以難忘。)

天津師院《自傳》中載:"一九三八年一月底我們經鄱陽、南昌、九江、搭汽船到了漢口,住在舊日界山崎街(另外那部分一直坐船沿江西上的同學,半個多月以前就到了)。班本部遂即宣佈行軍完結,學員畢業。但是,都快過春節了,分派工作還沒有消息,弄得大家情緒急燥,吵鬧不休。"

2 月,被派往第一戰區政訓處,於上元節到達鄭州,在此接受一個多月的短期訓練。

天津師院《自傳》中載:"果然挨到舊曆的上元節前,我們八十多人被宣佈派往第一戰區(鄭州司令長官是程潛)了。可是說明到了那裏還得受一個短期的訓練。帶隊官是教官褚柏思。"

4 月,被派往禹縣,任"民連指導員"(擔任"發動人民積極參加抗戰"的工作),賦《再受訓後,得職為第一戰區民眾運動指導員》詩,描寫了鄭

縣被轟炸的悲慘場景:

> 第一戰區裏,入隊又受訓。地點是鄭縣,久仰中州郡。
> 車站尚宏敞,街道亦清順。縣立小學中,管地卻狹緊。設備
> 既簡陋,操場尤湮遯。較之紅紙廊,可以霄壤論。沒有防空
> 壕,遇警奔鄉村。遂令大轟炸,死傷近千人。市容殘毀後,結
> 業始批准。分發各縣去,任務搞民運。(**注**:訓練了僅有一月即
> 草草結束,由政訓處處長親自點名發給民眾運動指導員委任書(程
> 潛簽名),處長李世璋(中將銜)北大出身,聽說我是同學,給以照顧
> 分到了禹縣。)

天津師院《自傳》中載:"我們到達鄭州正是上元節日,被戰區政
訓處長李世璋'接收'以後,便住在一個縣立小學裏,也是許久不見下
文。逮及短訓開始(每日下下操,聽聽政治課,教官都是司令部的人,
內容跟"青戰班"的無大區別),分配工作(由李世璋親自問話,然後分
往豫北、豫西各縣去作'民連指導員'——是擔任'發動人民積極參加
抗戰'的工作的),已是四月天氣了。我去的地方是禹縣。"

**在禹縣工作期間,由於當地權力者作祟,無所作為。期間賦《禹縣十二州
藥材市》《禹縣民眾運動指導》《禹縣保衛團》《俘獲井田一夫》《承審員
刑訊人民》《中牟縣探視李德全》等詩。其中《禹縣民眾運動指導》一詩,
表達了在禹縣工作期間,由於官僚的不作為而無所事事的失望情緒:**

> 鄭州重受訓,第一戰區管。依舊老法門,跑步聽操典。
> 適逢大轟炸,屍骨幾不完。奉命禹縣去,民運指導員。月薪
> 二十塊,領章無軍銜。官衙所輕視,只能吃閒飯。結友成三

人,聊以卒宵旰。燕燕終飛去,利劍違我顏。(**注**:禹縣三月,無所事事。縣長王桓武,老奸巨猾,根本不允許我接近群眾。義兄陳子敬見告:"此地不足以有為,可速去。")

又《禹縣保衛團》一詩,則揭露了地方抗日武裝分子魚肉鄉民的醜惡嘴臉:

禹縣抗日有武裝,光怪陸離好看象。曾隨縣長作視察,哭笑不得實難忘。土山上,寨門敞,便衣英雄站兩廂。盒子炮,紅纓槍,搖搖擺擺亂開腔。呼兄喚弟說黑話,不下操場□□□。兇神惡煞誰敢惹,龍頭大哥本姓王。這些家伙能打仗?魚肉鄉民卻在行。歸來策馬暗心傷,動員群眾枉思量。決計棄擲許昌道,重握筆桿作文章。(**注**:縣長王桓武即是幫會頭頭兒之一,他們串通一氣,上下結合,把持地方已非一日,絕難拔除。)

由於在禹縣工作不順,不久申請調離。6月,離職轉回漢口,常常到解放區聽郭沫若、葉劍英、錢俊瑞等人的講演。

天津師院《自傳》中載:"禹縣位在許昌之北,交通也還方便。只是縣長王恒武為人陰鷙,到縣之後除了叫我跟他同桌吃飯,作為'客卿'以外,什麼事也不准參預。——只有一次他為了顯示他的'縣防鞏固民力雄厚'帶著我和九位其他上級派來的人'出巡'了一番,因而曉得了他同各鄉鎮的土豪劣紳都勾結得不錯,弄得我沒有辦法便向鄭州打報告請調。這其間只有閒逛的份兒。當地的慈幼院院長陳子敬,汲縣師範校長劉某,和湯恩伯部下的政治分隊長邊振芳(也是北大的學生)我都交了朋友。六月初'准我離職'的公文到了,我遂轉回漢口。

424

……所以在這之後轉往解放區的人越發地多起來。連我這樣的落後分子,都常聽聽郭沫若、葉劍英、錢俊瑞的講演什麼的,則當時心情的苦悶可見一般了。"

吳占良《魏際昌傳》載:"1938 年春 2 月,青年戰地服務訓練班在漢口舊日租界山崎街宣佈結業,魏先生隨隊分發鄭州,去了 100 多人,由教官褚柏思帶隊,他把人交給國民黨第 11 戰區司令部長官所在地的鄭州,由政訓處接管,又辦了一個月的短期培訓班,才又重新分配工作。這個訓練班的教官是鄭州憲兵隊的連排長,沒有幾個能講課的教官,而且警報頻頻,只說了點兒動員民眾、訓練壯丁少許內容。期滿以後,由政訓處處長李世璋(中將銜)親自點名分發派令,魏先生分配許昌專區的禹縣,任務是協助縣長搞所謂地方自衛武裝,沒有軍銜,月給生活費 20 元,情況直接向政訓處呈報。魏先生是一個人到禹縣的,時在 1938 年的 4 月初。縣長看魏先生一個人來,無經費,遂表面上客氣,骨子裏不理睬。只同王桓武到禹縣中部及西部巡視了一下民眾武裝的情況,到過幾個寨子。河南省立汲縣師範,疏散到了這裏,校長劉某是魏先生北大同學,受邀對全體師生做過一次講演,內容是《保衛大武漢的意義與現狀》。國民黨湯恩伯部隊的政治宣傳隊也在這裏駐紮,隊長邊振芳上尉也是先生的北大同學,一起參與了俘獲日寇誤降飛行員井田一夫。六月間,政訓處又派來一個劉姓青年來視察指導,調派先生到中牟縣。離開禹縣後,先到桐鄉去看了馮光華,到中牟縣見了李德全,到開封拜望了在河南當教授的高亨。之後回到鄭州,集中回武漢。"

8 月,參加教育部"社會教育督導員訓練班"受訓。課程是以國民政府社教法令、社教行政、社教原理為主的教育科目,訓練時間一個月,地點在江漢中學,班主任為陳立夫。

天津師院《自傳》中載:"後來因為我一再地向班本部要工作,才在八月底由馮光華的手裏交給一封進入偽教部'社會教育督導員訓練班'受訓的介紹信(其他同學則有被分發往江西的,有回衡山留守處'待命'的。我不願意再搞'戰地工作'要求派到教育機關去,才有此信)。"《自傳》又載:"'社教督導員訓練班'的主任還是陳立夫。不過照舊是由副主任負責主持的。這個人就是在南京給我們講過'社會教育'的陳禮江。而且他也不常到班,直接和學員碰頭的乃是教務主任甘豫源。學員只有六十餘人,絕大多數是從蔣管區各省市調訓來的民眾教育館館長。訓練時間一個月。課程是以'國民政府'社教法令、社教行政、社教原理為主的教育科目。講師就是陳禮江、甘豫源等人。董渭川也仿佛在這裏介紹過他的'教育館長工作經驗'(他是山東省的館長)。"

吳占良《魏際昌傳》載:"魏先生從鄭州重回漢口,已是1938年7、8月。這時青戰班的黃仲翔已發表為國民黨四川省黨部主任委員,還不曾離開。由馮光華代為請求,魏先生得到送往國民黨教育部主辦的社會教育督導員訓練班受訓的機會。班主任又是陳立夫兼,陳是國民黨的教育部部長,副主任陳禮江(教育部社會教育司司長),教務主任甘豫源(教育部督導室主任)。學員都是蔣管區西南、西北、兩廣、兩湖現任的國民黨教育廳第四科科長和民眾教育館長,帶職受訓青戰班學員有魏先生和王又鍔,學員共計30多人。課程有'民眾教育''圖書館管理''社會教育行政及法令',沒有軍事訓練。講師除陳禮江、甘豫源外,都是教育部的行政官,如總務司司長張益之,部長陳立夫也來講過《唯生論》。訓練時期只有一個月,供食宿,結業後帶職學員回原單位。魏先生與王又鍔、江蘇人王泳被分發到湖南省教育廳,同行的還有湖南省立民眾教育館館長段輔堯和到廣東去的江蘇人皮禹。湖南省教育廳廳長朱經農是北京大學教育系的老教授,他的兒子朱文長又和魏先生在北京大學研究院同學,對魏先生頗為青目,先生得任湖南省立民眾教育館館長、湖南省立第八中學校長和省督學等。魏先生在湖南停留近六個年頭。”

9 月，被分派到湖南省教育廳。同學侯封祥為其踐行，感而賦《侯銳之學友餞別我於武漢口》詩：

　　三八年秋天，得職去湖南。這個前程好，朋輩都欣羨。老友侯銳之，餞我“大三元”。舉杯稱魏弟：“我為你喜歡，同學不多見，□零非一般。從茲江漢別，再會知何年！”聞言心內酸，淚滴盤中餐。愛念弱□時，吉林讀師範。劫後入燕京，學文在沙灘。荏苒二十載，息息常相關。君實多才藝，俊逸使人贊。相待如昆仲，有時也抗顏。今雖暫有違，恨失“小白山”（**注**：侯封祥字銳之，吉林雙陽人也，吉林第一師範、國立北京大學，與我兩度同班學習，年長於我，呼之為兄。侯君擅長古代散文寫作，考試名列前茅，待人亦誠篤，惟在政治上為國民黨之信徒，有時未免相左。且侯為雙陽地主，舊日吉林縉紳界之寵兒，工作常被優先照顧，余則非其匹矣。至是，同流落於江漢之間，未免感喟叢生。）

　　天津師院《自傳》中載：“結業之後，我跟王染、王又鍔（‘青戰班’同學，‘復興社’分子，也是黃仲翔保送來的。）一同被分發湖南。時為一九三八年九月。”

　　吳占良《魏際昌傳》載：“1938 年 9 月從教育部社教督導員訓練班結業，即分發湖南，魏先生同另外的兩個學員王又鍔、王泳從漢口到長沙，面見廳長朱經農。他皺著眉頭看了公文，說：‘不定出薪金數目，又未指出款項來源，這裏無法接受。’向教育部請示，定為工薪 60 元，由教育部發給各省的社會教育補助費項下開支，這才解決了問題，住長沙北門外的省民教館宿舍。朱經農關心魏先生,安排魏先生代表教育廳參加抗日自衛總團部第一行政區的視察工作,組長是總團部的谷某,民、財、教、建廳各出一人。共計看了長沙、湘潭、瀏陽、醴陵、平江、寧鄉等六個縣的縣自衛團訓練情況,還是長矛大刀,且老弱不堪,普遍缺額。"

先被湖南教育廳長朱經農派往湖南省主席張治中組織的"抗日自衛團部",後被派往"戰地政務處"。

　　天津師院《自傳》中載:"這時湖南省的偽主席是張治中。他搞了一個什麼'抗日自衛團部',是監督指導各縣的壯丁的訓練的。想要派人出去視察一番,叫民、財、建、教四偽廳都派參加。因為我是偽教廳的'閑員',朱經農就指定了我去。跟著團部的一個姓谷的組長,還有偽民廳的董某、偽建廳的姚某共同在長沙、湘潭、瀏陽、寧鄉、湘鄉等縣跑了一轉——只是看看,打個報告。回來之後,張治中又下令要組織偽湖南省府'戰地政務處'了(因為武漢淪陷、湘北吃緊)。處長派了夏維海(偽省府的主任秘書)以外,還是要四偽廳出人。但這回須是科長級,於是朱經農派了楊熙靖(四科科長管社會教育的)叫我以科員的名義聽他的指揮。(朱經農所以一再派我工作,跟他初次找我談話時知道我是北大出身、並和他的兒子朱文長在研究院同學有關。)碰巧的是,在長沙大火的前夕,這位科長因為膽小帶著家眷逃往益陽,扔下一切不管了:如大火前某些重要文件的保管(偽教廳此時已分別遷往□慶、沅陵),大火後湘北各縣教育的整理等,只好由我暫時'承乏'直接向朱經農辦事。這樣才博得了他的'賞識'和'提拔'。"

11 月,轉任湖南省立民眾教育館館長。

　　天津師院《自傳》中載:"我便轉任了湖南省立民眾教育館館長。

舊館長段輔堯本是我在'督導員訓練班'受訓時的同學。他因為這個館奉令遷往湘西永順,不願意幹了。別的湘東南的'教育人士'也同樣討厭這個地方,這才到了我的手裏。雖是如此,在過去連個教員都當不成的我,居然能於戰時的湖南做了'小頭目',那心情自然是興高采烈'感恩圖報'的了。"

吳占良《魏際昌傳》載:"1939年春,廳長朱經農來找魏先生,說:'這半年來你辛苦了,總也沒一個合適的職務,現在省立民眾教育館館長辭職了,你去試試吧。'魏先生心裏當然明白,他是看在舊北大師生的關係,他兒子朱文長與自己同在北大研究同學的原因。另外此館在長沙大火前,已經遷出湘西沅陵,還要繼續深入八區永順去開辦,這個地區少數民族較多,山窮水惡,土匪橫行,願意去幹的人不多,可以免去競爭。"

11月,日寇攻進湖南,逼近長沙,國民黨實行"焦土抗戰",火燒長沙。魏先生聽說後,怒髮衝冠,憤而賦《記長沙大火》詩:

將軍真妙算,焦土去抗戰。未聞槍炮聲,先自焚家園。長沙遂灰燼,白骨悲散亂。追究責任者,三個人頭摜。首犯竟逍遙,依舊朝中宦。念念慎勿忘,此輩無心肝。萬物為鼠狗,不是男子漢!怒髮上衝冠,切齒對凶頑。(**注:**三九年秋,張治中為國民黨湖南省政府主席,敵寇方至湘陰新牆河即火焚長沙,云為焦土抗戰。事後蔣介石親至處理,槍殺責任者:豐悌(行政區專員兼警備司令)、徐權(保安團長)及文某(公安局長),時人撰有對聯以朝之云:"治術如斯,兩大方案一把火;中心何忍,三個人頭萬古冤。"橫批為"張慌失措",蓋藏頭對聯也,內嵌"張治中"之名。又張回長沙郊區二里牌唐生智住宅辦公時,門首被先貼有"小心火燭"四字,亦可謂譃而虐已。余時被委為湖南省戰地政務處教育科代理科長,故知之甚詳。)

吳占良《魏際昌傳》載:"長沙已經燒得烏煙瘴氣,臭不可聞。午夜,人睡熟才放的火,死人極多。這是國民黨焦土抗戰的樣板,敵人還在百里之外。魏先生出去查看學校被燒毀的情況,長郡、湘雅、妙高峰、岳雲等有名的男女私立中學,很少有不被破壞的。魏先生云:'真是恨煞人也。'"

公元一九三九年(民國二十八年) 三十二歲

是年春,因湖南省立民眾教育館奉命遷往湖南永順,先生經沅陵到永順,因賦《火夜走湘潭》《永順赴沅陵,途中有見》等詩記之。其中《永順赴沅陵途中有見》詩,描寫了途中所見之景:

說甚窮山惡水,實則景色奇妙。峭壁連嶂西走,仿佛蒼龍飛躍。酉江澎湃下注,險灘使人驚叫。小船顛簸往來,梢公習慣微笑。欸乃幾聲槳動,綠遍上下飄搖。左岸野草叢中,馬楚銅柱光耀。飯罷斜臥後艙,埋頭去睡午覺。夢裏敵寇襲來,逃避戰火沖霄。醒後暮靄沉沉,舍舟上岸長嘯。鬱鬱羊腸道內,王村步步登高。(**注**:八區舊有山窮水惡之說,余第覺其嶙峋蛇蜒,奇特可愛。酉水為往來必經之路,一出王村,豁然開朗,雖欲遇險灘,曾未之懼。馬楚則後楚馬希廣等,曾奄有湘西南之地,為五代末季小王,立有銅柱所以旌功,今猶巍然也。柱凡六面,字跡了了,當地人民稱為"神柱"。省館總務主任吳壯達君曾專程前往摹印,並有文以記之,發表在二期《湘西民教》期館刊上。)

任省立民眾教育館長期間,在永順建設民教館,積極投身於文化建設事業,期間賦《稱為永順的"人才館"》《素描永順萬壽宮省民教館館址》等詩。其中《素描永順萬壽宮省民教館館址》一詩記錄下了這段短暫的安穩而又踏實的創業生活:

　　永順萬壽宮,建築頗崇宏。地處縣東街,矗立山城中。未派好用場,寂寞對秋風。省館遷入後,佈置得從容。前樓圖書處,下設閱覽庭。診療室左列,翼然第一重。石鋪大落院,露天康樂廳。可以演話劇,便於放電影。中殿是會場,兩旁去辦公。不必用話筒,消息即靈通。後庭為宿舍,男女上下層。天井小池裏,碧落水溶溶。又有東跨院,高臺一寬廳。成人識字班,夜校最安寧。荒遠區得此,額首應稱頌。十五位同事,工作興沖沖。(**注**:佔用此地,亦係通過鬥爭始得,最後由老鄉紳彭惺荃先生(中國公學學監。自云:"胡適之的小辮,還是我給他剪掉的哪。"因此,我稱之為"太老師")出來撐腰,才定立下來。彭老的長公子彭代雲,也在北大念過書。其女彭官容則畢業於女師大,與月萍前後同學,任永順鄉村簡易師範學校教務主任。)

　　天津師院《自傳》中載:"這個館一共分為五部分:總務、教導、藝術、輔導、外加一個實驗區。館員在任合計二十餘人,永順僻在湘西,地方極為閉塞,開展工作非常的困難。幸賴請得了幾位和我一樣無家可歸的知識分子大家把它當作了一個'事業',群策群力地共同搞了三年。還不能說都是反動的行為:例如,借閱書報,簡單醫療,辦實驗區,開識字班,放映衛生影片,表演抗敵話劇,以及進行湘西土物展覽,日寇暴行書展等,都是頗受當地人民的歡迎的。"

吳占良《魏際昌傳》載:"工作除日常借閱書報、簡單醫療、民眾夜校、婦女識字班外,還舉辦過抗日畫展、抗敵電影放映(教育廳巡迴)、湘西土物展覽,出版了《湘西民教》。教育館辦的具體工作有聲有色,雖然各方勢力盤根錯節,費力多多。省館內沒有國民黨區分部一類的基層組織,雖然吳壯達、陳受謙和魏先生都是國民黨員,有的時候到縣黨部坐坐,也是拜訪性質,而非參加什麼內部活動。"

到桑植、大廣縣主講"社會教育",兼"湘西社教督導員"。是時遠離戰火,生活暫時平靜,欣賦《視察桑植》詩,心情頗為輕鬆:

小城真閉塞,平房無大街。文教亦落後,初中才二載。郊外河水清,入浴舒體魄。東鄉巖洞奇,遊覽脫塵埃。湘西說桑植,革命多後代。縣長喜樸實,訥訥笑顏開。(**注**:余兼任湘西社會教育督導員,每年應作例行視察。此次偕行者有湖南省立永順簡易師範學校校長丁超先生。縣長某氏,中學教師出身。人頗本等,無官場習氣。)

天津師院《自傳》中載:"三九年秋,我和'永順鄉村師範學校'校長丁超接受了桑植縣長岳德威、大庸縣長程為箴的邀請到這兩個縣城講了'社會教育'。在大庸時並順便到了駐防此地的一個師長王育瑛的家裏(地在慈利、溪口)住了一宵。另外,因為我還兼著'湘西社教督導員',監發永、大、桑、龍四個'中山民校'的經費,此次也沿途看了它們一下。前後為時不到一月。"

吳占良《魏際昌傳》載:"魏先生尚有其他職責:一是兼任著教育廳社會教育督導員,負責代管永、保、龍、桑四縣的中山民眾院校,每年必須出去視察一次。此外，湘西各縣的民眾教育館也經常需要去看看。1941 年夏，還陪同教育部社教督導員張國禎視察了湘西社教。二是講學。1940 年春，同湖南省立永順鄉村師範學校校長丁超（南京人，辦過燕子磯小學）到桑植、大庸兩縣講學，受到縣長岳德威（湖南寧鄉人）、程為箴（浙江蕭山人）的招待。魏先生講《民眾教育的回顧與前瞻》，丁超講《鄉村師範與小學教育的關係》，歷時一月。溪口國民黨某師長王育瑛佩服魏先生的學識，邀至家中做客。1939 年秋、1940 年冬，以湖南省教育廳廳長之命，先後到湖南省舉辦的‘瀘溪’‘漵浦’民眾教育講習班，調訓各縣民眾教育館館長，講授社會教育課，為期一月、三周不等。三是帶隊。1940 年秋，湖南省第八區行政專員兼保安司令仇碩夫派魏先生帶領八區運動員，一個排球隊，幾個田徑運動員（以長郡中學為主力）到當時湖南省政府所在地的來陽參加湖南全省運動會。這時湖南省的主席是薛岳。"

是年秋，愛人帶孩子從北平來到永順。一家團聚，喜賦《月萍南歸喜而有記》詩：

攜兒間關到湘西，月萍遂賦《南歸記》。相見有期果踐言，燈下恍然不勝喜！千里尋夫豈易事，備嘗艱苦草淒迷。黃泛區中曾遇寇，劍閣道上少人跡。遂驚永順之仕女，紛紛設宴請話奇。僕僕風塵淨未幾，即入鄉師為教習。（**注**：三九年秋，月萍自淪陷區北平尋我到湘西永順，備嘗艱苦。《南歸記》，月萍所作之南來實錄，發表在《湘西民教》及湖南《力報》等報刊上，頗動聽聞。）

公元一九四〇年(民國二十九年) 三十三歲

8月,奉令前往重慶接受"中央訓練團""黨政訓練班"第十期受訓一月。期間見過蔣介石,聽過孔祥熙、何應欽、丁維汾、翁文灝、陳果夫等的講話。並重新集體加入國民黨,登記參加了三青團。

　　天津師院《自傳》中載:"一九四〇年八月,我奉令前往重慶偽'中央訓練團''黨政訓練班'第十期受訓一月。見過蔣介石,聽過各偽部長如孔祥熙、何應欽、丁維汾、翁文灝、陳果夫等的講話。並且重新集體地加入了國民黨,也登記了三青團。(除偽團長、偽教育長是蔣介石和王東原外,我們第二大隊的隊長是宋希濂,梁華盛是大隊副之一,訓育幹事是歐元懷。我的小隊番號和同隊學員都記不起了,偽湘教廳跟我同期的只有一個劉臥南。)"

　　吳占良《魏際昌傳》載:"1939年7月,魏先生在湖南永順任省民教館館長時,教育部派其到重慶參加第十期中央訓練團黨政訓練班,為期一月。同往者督學劉臥南。當時中央訓練團的機構人事及訓練內容如下:1. **機構人事及訓練目的**。這是蔣介石國民黨政府在抗日戰爭間組織各省的大小文武官員集中受訓的一個最高訓練機關。它分為:高教班,各省廳長、省政府國民黨委員;普通班,各省科長、秘書、校長、教授等。後者每期都有500多人,魏先生參加的是後者,採用軍事管理與編制。團長蔣介石,教育長王東原(後為湖南省主席),訓委會主任段錫朋。大隊長,每期二、三人不等,都是中將軍長調到團裏受訓時擔任的職務。第二大隊長是宋希濂。大隊副若干人,也大半是現役的高級軍官,魏先生那期有梁華盛中將。中隊長若干人,是少將一級的軍官。訓育員,每中隊一個,都是各省市的教育廳局長。2. **受訓內容**。主要是聽國民政府五院院長及各部會長的施政報告。行政院院長翁文灝,此人其貌不揚,語言遲鈍。監察院院長于右任,講書法救國,直淌淚水,不停地擦拭。軍委會副委員長馮玉祥,他讓戰士不要怕炮彈、飛機,有幾個老鴰屎掉在腦袋上的?還講在歌樂山抓賭的事兒。總參謀長何應欽,他在報告中說,國民黨軍官兵已經損失 200 多萬人,要求大家守秘密。中央秘書長甘乃光,談蔣介石領導抗戰有功,大智、大仁、大勇。國民政府秘書長葉楚傖,聽不懂他的話,個頭不高,很苗壯。財政部部長孔祥熙,說我是財政部長也不能隨便印鈔票,別人都說我有錢,我的錢在哪裏?內政部部長張厲生,講新生活運動行之有效,可以強國強種,打敗敵人。教育部部長陳立夫還是在講他的唯生哲學,說'生生不已,日積月將,民可以富,國可以強,大同世界也有希望。'兵役部部長鹿鍾麟,抱怨壯丁不壯,又多逃亡,希望大家協助徵集工作。兵工署署長俞大猷,人很年輕,是個少將,談中正式步槍的性能可以洞穿鐵板,還當場試射。衛生署署長金寶善,談中國人民衛生習慣不好,致使瘟疫流行,說應該勤洗衣服,多喝冷開水,以免病菌氾濫,預防重於治療。蔣介石出臺幾次,講《中國之命運》,潘公展、穀正綱站在旁邊,替他念上幾段。又談北伐,痛恨西安事變等。3. **當時的重慶**。將校滿街走,尉官不如狗。1939 年的國民黨陪都霧重,除了不斷地挨轟炸以及跑警報外,沒有什麼戰時景象,反而是熙熙攘攘,商鋪林立,發國難財的下江人、跑單幫帶黃魚的投機商多如過江之鯽,口雖不言,心裏未免失望。魏先生自言開了眼界,沒白跑一趟。拜會了吉林師友國民黨參政會參政員李錫恩、國民黨參政會參議員董其政、立法委員傅貴雲、大同銀行秘書萬異(外交部專員)等人。為魏先生 1945 年回東北接收開拓了線索,打下了基礎。"

435

公元一九四一年（民國三十年）　三十四歲

1 月，在《湘西民教》上發表《中國民眾教育芻議》一文。

　　按，《河北大學履歷表》"著作一欄"中載有《中國民眾教育芻議》一文，注："湘西民教，1941. 1'"。

是年春，聯絡成立"中央訓練團讀書通訊小組"，並被請做了"三青團永順分團部"兼任幹事。

　　天津師院《自傳》中載："回到湘西以後，於四一年春和八區事員仇碩夫、永順縣長徐樹人、永郡聯中校長李丙炎、還有一個永順固管區司令蔣某共同成立了'通訊小組'。——兩個月不等的集會一次大家輪流作束，隨便談了讀書情況。其次就是徐樹人、李丙炎和我照例被請做了'永順分團部'的兼任幹事。我因為經常在外面跑，接著又調往了保靖，並不曾與聞它的内部活動，只同那個'書記'張魂俠認識。"

公元一九四二年（民國三十一年）　三十五歲

是年春，被湖南教育廳調往保靖任湖南省立第八中學校長。賦《保靖省立第八中學》詩，記錄了自己工作上的大膽革新以及後來所受地方勢力之欺凌刁難：

　　　延陵古郡雅麗山，省立八中踞其顚。莘莘學子苗區來，
　　朝乾夕惕好喜歡。夫婦同館職教事，廓然大公敢犯顏。男女

兼收已突破,高初兩等均設班。粗具規模人刮目,循序漸近
可奠安。孰料土劣竟滋擾,為奪校權呈凶頑。迫我襆被來陽
去,既歎省方竟容奸。月萍留後辦交待,備受欺凌與刁難。
[我因省民教館三年有成,調任省立第八中學校長(月萍後為
教導主任)。我們兼教英語、國文、歷史等課,以地僻人稀,少
見高校畢業之知識分子。]

天津師院《自傳》中載:"一九四二年春,我轉職為'湖南省立第八
中學校長'。這是一個新建校,只有初中學生兩班。舊校長余超原因
為貪汙懶散被學生趕走。保靖鄰近永順,我又屢有調換工作之請,朱
經農才叫我到這裏來的。剛進校時,只是門可羅雀一片荒涼。經我書
告舊生、招考新生、重聘先生、修繕房舍……只有兩個學期可以說是又
粗具規模了:學生安心讀書,先生熱心教學,自己也工作得挺起勁。"

吳占良《魏際昌傳》載:"校址保靖,這是個新建校,前校長余超只
辦了兩班初中,魏先生接手後擴充到四班初中、二班高中。組織人事
為:教務主任陳受謙、訓育主任吳清茂、事務主任吳保民。陳受謙走後
換成劉燊薈,湖南沅陵人,民國學院畢業,魏先生青年戰地服務訓練班
受訓時的同學。會計王成,湖南長沙人,教育廳派的,在魏先生走後,
貪污了一大批款子。魏先生辦這個學校跟其他蔣管區的中學一樣,也
是升學預備班,初中為了升高中,高中為了升大學,偏重數、理、英、化,
課程管理者是封建家長式的,對於男女同學交往防範極嚴。有一個高
中學生行為不軌,魏先生打了他一頓手板,開除了學籍。魏先生只幹
了三個學期,這是由於保靖縣縣長田植的拆臺與威脅。直接插手中
學,派教員,他的秘書查雍玠教國文,建設科科長周邦綸教博物,軍事
科員當訓育主任,親戚宋大炳作文書。送學生,開榜前,書信打通關
節,他的學生不能不取,猶以為未足,非把校長換成當地人不行,強龍

難壓地頭蛇,魏先生只好一走了之。省督學文亞文到校視察時對魏先生說:'你要快走,否則很難脫身,這是朱廳長的意思。'"

是年冬天,因地方政府作祟,被迫離職,時值湖南省教育廳長朱經農將履新重慶,調其為省督學。賦《頌朱經農先生(有序)》詩,以抒感激之情:

經農先生,北京大學之老教授也。出長湖南教育廳幾十年,頗有政聲。余流亡至湘,一見垂青,累蒙拔擢,銘感無已。今調去重慶,心焉思之。

寶山朱先生,南國之精英。教育界前輩,多才亦溫恭。桃李滿天下,學者每羨稱。湘教廳為長,十年有專聲。任人不以親,獎懲常分明。調去重慶後,懷念非一姓。某也失憑依,轉職廣東省。課堂教授後,西望歎零丁。(**注**:朱廳長去後,余以胡筠嚴先生之薦,入廣東文理學院,教授中文。)

任督學期間,奔走視察。期間遍訪當地人文景觀,弔祭古代文人名士,賦《督學工作有述》詩以紀之:

廳長酬庸授督學,是個官兒須奔波。經常奉命去視察,南楚見聞獨豐富:平江老區陳跡多,標語殷然"打地主"。汨羅前方尤奇特,戰壕縱橫使人悚。湘西本我舊遊地,茲亦多匪人罕入。桃源曾尋淵明洞,岳陽登眺洞庭湖。最是長沙好風景,嶽麓山上黃蔡墓。數典從來難忘祖,屈子賈誼有奇廬。(**注**:八中校長卸任,朱廳長向省府薦我為督學,儼然教廳一代表,四方奔走視察(或為私立中學立案)。事雖辛苦而多見多聞。四二年記。)

438

天津師院《自傳》中載:"可是問題發生在縣長田植干涉校政。如果不取他送的學生,不用他薦的教職員,他便暗中掣肘處處加以破壞。最卑鄙的是甚至教唆流氓(如被革書記宋大柄,兼任教員查庭階等都是他的嘍囉),威脅搗蛋,並且聲言'出了問題"縣府"不負任何責任',公開地趕人走路。實在沒有辦法了,這才趁省督學文亞文來視學之便跟著一同離開了保靖。——交代是我的愛人于月萍替我辦的(她是一九四一年到的永順)。要不是他們'看不起女人',和我托了花園縣長王子蘭(前永順縣的主任秘書)招呼了一下,就是她也不容易脫身的。朱經農還算不差,准我辭了職。他說:'一個外省人,地方關係搞不好是無法再幹了的。'可是他絕不說田植錯。這時候才使我初步明白'廳長大人'的'居官妙訣'了:不論是非只重實力(或者說是專看'情勢'),不怪一任就是十年!本年冬季朱經農被調為僞中央大學的教育長,臨行之前他放了我一個省督學說,他'總算沒有辜負我跟他一回'。"

吳占良《魏際昌傳》載:"1942 年暑假後,魏先生重回湖南省教育廳,為省督學。教育廳的組織人事:廳長朱經農,江蘇寶山人。主任秘書周調陽,湖南邵陽人,北師大研究所出身。第一科科長王某某,湖南長沙人,管總務。二科科長夏開權,湖南人,東南大學出身,管各縣教育。三科科長余先礦,湖南湘潭人,管中等教育。四科科長楊熙靖,湖南長沙人,朱經農的學生,管社會教育。督學:劉臥南,湖南醴陵人,北師大出身。樊國延,湖南漵浦人。王德華,湖南零陵人,北師大出身。還有魏際昌先生。督學代廳長視察全省教育,分例行視察和專案視察兩種。前者照章於每學期開學後,也就是春、秋兩季出發,其內容都是宣傳國民黨教育部的政策、法令。期間,魏先生曾為地方用祠堂、學田開辦的私立中學核實立案,如東安唐生智的東安中學、醴陵劉建緒的蘭陵中學等。"

公元一九四三年(民國三十二年)　三十六歲

受聘兼任長沙嶽麓中學校長、廣東省立文理學院中文系教授。

　　天津師院《自傳》中載:"繼任的偽廳長是王鳳喈。在他下面雖也依舊被派出去作季節視察、專案視察和私校立案視察,但總感到不得勁兒。這時候'吉林大學'的舊先生羅敦厚忽然從長沙找到耒陽(當時偽省府的所在地)來,請我兼任他那個'嶽麓中學'校長,不好推卻。還沒有成行,'廣東省立文理學院'中文系教授的聘書也到了(這是'國立中山大學'法學院院長我的老師胡體乾替我介紹的。知道他在坪石以後曾向他要大學教書的機會)。好'狡兔有三窟',我一個也不丟:督學先不辭,校長決計兼,教授更是不能放棄。"

是年秋,奔波於粵漢線上,間月到廣東仙人廟的省立文理學院和長沙嶽麓中學上課。在廣東省立文理學校中文系講授《說文研究》和《中國文學史》等課程。期間賦《兼辦長沙嶽麓高中》《廣東省立文理學院教授》等詩。其中兼任廣東省立文理學院教授時,先生收穫了友情,心情頗為舒暢,《廣東省立文理學院教授》詩記載了這段歷史:

　　　播遷在砰石,竹籬伴草棚。圖書本殘缺,儀器少補充。常有流言至,師生多虛驚。戰時大學校,此實其特徵。對於北人說,謏舌語難明。幸賴皮與吳,諸般代疏通。荏苒半載裏,談笑每風生。舉箸茶寮中,糕點味馨馨。(**注**:院長黃顯聲,吾師胡體乾先生之摯友也,聘我為該院中文系教授,講文字學與文學史課,時在四二年秋,日寇打通粵漢線之前夕。)

　　　按,四二年秋,應作四三年秋為是,疑先生誤記。

天津師院《自傳》中載:"於是從四三年秋起僕僕於粵漢線上:間月一次由廣東仙人廟的'文理學院'跑向長沙的'嶽麓中學'。"

天津師院《自傳》中載:"'嶽麓中學'高初中都有(學生約三四百人),設在長沙嶽麓山下。先生有些是羅校長舊有的(如國文朱先生、羅先生是),有些是我新聘的(如體育周先生,訓育段先生,總務主任王泳等人)。教務主任就是我的愛人于月萍。這個學校的風氣雖然不好:舊校長要錢,商人子弟浮華。然而國民黨、三青團一類的壞分子都沒有(這種情況跟'省立八中'一樣)。我對他們也很少作什麼'思想教育'(因為實際上還是羅校長管著事,我的愛人支配著課業)。"

吳占良《魏際昌傳》載:"兼任嶽麓中學校長。地點長沙湘江左岸嶽麓山下。魏先生在吉林大學讀書時生物學教授羅敦厚,湖南長沙人,辦的一個私立高中。他辦不下去,讓魏先生代撐一下。這時魏先生已接受廣東省立文理學院中文系教授的聘書,不能更改,所以只能答應兼任。間月從長沙到韶關附近的仙人廟文理學院跑上一趟,那時這一段粵漢鐵路尚在通車。這個學校的主要人事組織:董事長羅敦厚、校長魏際昌、教務主任于月萍、訓育主任段念祖、事務主任王冰(江蘇鹽城人,湖南教育廳社教督導員,魏先生教育部社教督導員訓練班受訓時同學)、軍訓主任藺萬和(湖南瀏陽人,原為某縣抗日自衛團副團長),此外,還有體育主任周某、國文教員朱某、羅某,以及其他教職員11人。經費完全依靠學生交納的穀物(高中半年兩擔,初中一擔)。這個學校共有高中學生三班,初中學生四班,以長沙四鄉的富家子弟為多,其次是市內的官僚和資本家的後人,學生流里流氣,不正經讀書,經常起哄,很不容易管理。魏先生在這個學校不到一年,於管理頗見成效。為羅敦厚還了200擔穀子的積欠,另有900擔穀子存在朱莊。日寇突然進攻長沙,打通粵漢路,損失了約300擔。廣東省立文理學院教授。院址在廣東韶關附近,粵漢鐵路南段,一個站名叫仙人廟的南郊。院長黃顯聲,廣東人。魏先生是由當時中山大學社會學系主任兼代法學院院長胡體乾先生介紹來到這裏教書的。所開課為中文系3、4年級的'中國文學史''漢唐散文選'和'文字聲韻概要',是北大所學朴學、漢學系統。先生不懂廣東話,又須間月回湖南,頗為勞累。學院的熟人有吳壯達(地理系講師)、學院秘書皮禹(教育部社教督導員訓練班的同學),他們對魏先生相當熱情。此際中山大學也疏散在坪石,也在鐵路線上,因而常和胡體乾見面。粵漢鐵路被日寇打通前近一年的時間,特別是1942年下半年到1943年,一個流亡異地的知識分子,竟然能督學(尚未辭掉,只是不領薪金)、中學校長、大學教授身兼三職,魏先生是很知足和幸運的。"

公元一九四四年(民國三十三年) 三十七歲

是年春,長沙失陷,日寇突破粵漢、湘桂兩線。先生從長沙倉促出逃,通過湘潭、衡陽、桂林、柳州、獨山,一直到了貴陽,然後奔往重慶。期間賦《湘桂大潰退目擊》《匆匆過戰時桂林》《貴陽小住懷陽明先生》等詩。《湘桂大潰退目擊》一詩,表達了對當局統治者抗戰失利的不滿與失望:

秋風掃落葉,日戚圍百里。幅員再廣闊,難以屬強敵。將兵者喪心,競侈言勝利。災及我人民,昊天其罔極。衡陽站臺上,行李積如山。車到爭蟻附,已不顧安全。攜妻將幼雛,某亦拼命鑽。南下逃難去,可憐說抗戰。(**注:**我們趕上了湘江大橋尚未炸毀以前,所以順利到達衡陽。迨及桂林之後,又去曲江廣東省立文理學院搬取了一回行李,這回可真碰上了:兵車西來,絡繹不絕,戒備森嚴,壯丁押送,幾乎上不了車。四三年夏初。)

按:四三年應為四四年,當為先生誤記。

又《貴陽小住懷陽明先生》一詩,通過追懷王陽明,借古托今,體現了先生文化興國的思想:

貴陽地高曠,氣候宜北人。鄉友三五輩,天涯益相親。把酒話先賢,並尊王守仁。龍場為驛丞,只因忤劉瑾。苗僚雖雜居,化行俗美勤。吾輩卻無似,"小乘"了自身。不及東洋客,知行合一論。文化亦興國,推陳可出新。(**注**:倭寇明治維新,未嘗不借鑒於漢唐文化,而王學之在東土,其影響尤不為小,固不僅現代武備有勝吾人,致使中華淪為被侵入之國家而莫之能禦也。言念及此,潸然出涕。四三年秋八月。)

按:四三年應為四四年,當為誤記。

天津師院《自傳》中載:"等到四四年春日寇真個要突破粵漢、湘桂兩線的時候,他(薛岳)也是一籌莫展望影而逃了。國民黨的'抗日'自始至終就是這樣自欺欺人的。他們不要緊,我們卻倒楣了。從長沙倉促地逃出來,一路上馬不停蹄,通過湘潭、衡陽、桂林、柳州、獨山,一直到了貴陽。'拼命'的結果雖然一家得到'再生',但是那情緒卻實在夠頹廢了:幻滅了我的'苟安'生活,吃飯都要成問題了麼!國民黨這樣的糟最終還不是去做'亡國奴'麼!(可見我這時思想的落後)沒有辦法先顧眼前吧,這才聽任我的愛人轉回都勻教書,而我自己則隻身奔往重慶去找'飯碗'。"

吳占良《魏際昌傳》載:"日寇南進後,魏先生至桂林,投靠妹妹魏

媛，她跟她的丈夫胡松巖在桂林中學任教，桂林跟著也宣佈疏散，便轉
至貴陽。魏先生在廣西南部的蒼梧找了幾個同鄉幫忙，也都愛莫能
助。恰巧于月萍碰上了她北師大同學王景佑約去都勻中學，中學是國
民黨 38 師的子弟學校，師長孫立人，王景佑是這個學校的教務主任，
于月萍在學校教歷史，魏先生便去了重慶，寄住汞業管理處重慶辦事
處吳景芳處。過了兩月，由吉林同鄉周郁文（教育部訓育委員會副主
任委員）介紹去陝西南鄭國立西北醫學院任國文教授兼院長辦公室秘
書。同行者有此院新聘的内科教授周海日、陳閱明夫婦等。于月萍也
從都勻至重慶同行，循西北公路，坐汽車，逾劍閣，入南鄭。”

**是年秋，受困重慶，後經友人幫助到國立西北醫學院工作。在渝時受
挫，意志消沉，賦《困居渝州有言》詩以紀之：**

重慶小山城，戰時充上京。衙門如叢林，權貴穿梭行。
街道雖狹窄，店鋪廣經營。毛肚常開堂，舞廳最火紅。朝天
門内多大賈，海棠溪畔有潛龍。世路無奇錢作馬，愁顏易破
酒為兵。我來住入中二路，巷小樓低頗安靜。主人鄉親吳景
芳，汞業駐渝辦事廳。日間訪戚友，夜裏打地鋪。廚房備便
餐，價廉可羡稱。衣物常當賣，工作久無成。志氣消磨盡，此
豈是人生！（**注**：在重慶求職二月，始以周彧文主任之介紹，與月萍
同去西北醫學院任教。）

天津師院《自傳》中載：“到重慶住在同鄉吳景芳的地板上，賴皮
賴臉地也就跟著他吃飯（因為他這兒是晃縣汞業管理處的駐渝辦事
處）。首先找尋的就是業已高升為偽教部次長的朱經農。可是他說：
‘我該對得住你的在湖南都做過了。這裏人浮於事，愛莫能助！到偽

教部去登記吧。'只給了兩塊大洋,別的什麼也不用想。後來跟部裏的偽訓育委員會副主任周彧文認識了(是同鄉于萬瑞介紹的,談起來都是吉林人,他又在女中教過我愛人的國文,所以就一見如故了),才由於他的幫忙,到了'國立西北醫學院'。乃是四四年秋的事。"

受聘為西北醫學院國文副教授兼院長辦公室秘書,講授"中國文學史""近代文學史""文字聲韻概要""讀書指導""大學國文選"等課程,著《隨園先生年譜》。其中《城固西北醫學院之秘書工作》一詩,記載了當時青年學子對學校內部矛盾的一些看法與困惑:

　　西北醫學院,附麗漢水頭。員生多北人,粗獷而好鬥。常不滿現狀,攘臂問教授:"英美重管理,德日講搜求。老師竟分派,吾輩何所守?"爰謂諸青年:"樂群始無憂。岐黃貴實踐,救死為國手。寇入已深矣,幸勿自咻咻。"(注:院長侯宗濂,德日派之老生理學家也,為人忠厚,不偏不倚。其學生陳閱明副教授,則為英美派之庸中佼佼,乃能與侯老合作,分主漢中醫院。在城內開班,惟學生心情不穩,常與部分教員尋釁鬧事。余在渝,受聘為國文教授兼院長辦公室秘書,主要工作是給院領導排難解紛,彌縫裂痕。同來的新教師尚有周海日、汪功立、陳閱明等,都是從福建撤出來的醫學人員,頗能與院長合作。四四年秋九月。)

　　天津師院《自傳》中載:"'西醫'地在漢中城外黃土坡。院長侯宗濂是國內有數的生理學家。……我蒙他聘,受任的是國文副教授兼秘書。但是因為人地生疏對於醫學院的業務又外行,所以沒有做了什麼事。"

　　吳占良《魏際昌傳》載:"西北醫學院院長侯宗濂(1900—1992)是

445

遼寧人,留德,生理學家,書生氣十足,是個好好先生,在教育行政上完全外行,對於派系鬥爭一籌莫展,聽任學生散漫、教師賦閒,只希望魏先生來協助解決。魏先生新來乍到,又不熟悉醫學業務,加上一仔細調查,這個所謂英美和德日兩大學派矛盾的後面,實際上是隱藏著河北人(留學英美的多)與山東人(留學德日的多)間的權力之爭。教職工不團結,自然要影響學生,他們也就罷學、罷課,弄得這個學校烏煙瘴氣,一塌糊塗。因而先生深悔來此,除了教課,調解說和,積極給學生跑糧食,找經費,勉強維持了一個多學期。"

按,講授課程見 1952 年西北大學《高等學校教師調查表》"過去曾擔任的課程"一欄。另,參見 1955 年天津師範學院所撰《高等學校教職員履歷書》"課程"一欄。又,1952 年西北大學《高等學校教師調查表》"著作"一欄載《隨園先生年譜》:"一九四四年在西醫教書時作。"

公元一九四五年(民國三十四年) 三十八歲

任教西北醫學院。
8 月 13 日,日本宣佈無條件投降。消息傳來,喜極而泣,全家共祝抗戰勝利,欣賦《日寇無條件投降》詩以慶之:

> 鑼鼓喧天,滿地花炮。載歌載舞,相互擁抱。喜極而泣,幸福來到。十五年中,曾無下梢。倭寇投降,仇恨始消。漫捲衣物,還鄉及早。省視雙親,拜我父老。白山黑水,重入懷抱。不罔此生,為國宣勞。(注:八一三日寇投降日,余正在陝西城固西北醫學院任職,電訊傳到,大喜欲狂,蓋自九一八事變以來,十五年之流亡生活可以結束矣。遂與月萍酤酒對飲,共祝勝利,鐵

兒雖幼,覷狀亦知手舞足蹈也。四五年八月。)

吳占良《魏際昌傳》載:"1945 年'八一五'日本投降,西醫師生鼓吹復原,它的前身是北京大學醫學院,'七七'事變後成為西北聯大的一個單位,抗戰勝利前夕獨立。侯宗濂派魏先生到重慶去找教育部部長朱家驊,正式申請復原,順便為出國進修的病理學教授毛宏志辦理去美國的手續,毛宏志同行。但是朱家驊說這不是醫學院一個學校的事兒,復原北平目前還談不上。適逢東北九省二市的主席、市長在報上發佈,留渝的吉林同鄉李錫恩、傅貴雲、霍戰一等邀魏先生回吉林搞教育工作。先生遂向侯宗濂辭職,不再返南鄭。"

日本投降前夕,被任命為吉林省政府"接收專員",同時又兼任"東北院校接收專員"。

天津師院《自傳》中載:"'八一五'前夕,國民黨反動派蓄意要篡奪人民戰爭勝利的果實,因而紛紛地'派官遣將'準備到淪陷區'接收'。我自己這時當然也有鬧個一官半職的好回家鄉的打算。偽吉林省主席鄭道儒'發表'了以後,吉林同鄉在'重慶社會服務處'禮堂歡迎他,他說:'保證大家都能回去,都有工作,都有飯吃。'我聽了一時氣憤,上臺駁斥他說:'抗戰勝利自然都有辦法,要你提什麼保證? 我們希望知道的是恢復"新吉林"的大政方針!'下來以後,有叫好的,有說'莽撞'了的。但鄭道儒乃是政學系的老官僚,他不但不怪罪我,反倒說我是個'敢說話有志氣的青年'。通過同鄉霍戰一的介紹(他們是南開老同學,霍跟我死去的大內兄是朋友)就用為'接收專員',並指定在教育廳。接著偽教部的'東北接特派員'臧啟芳也出來了。周或文對我說:'頭銜不怕多,大學方面更該招呼一下。'便又推薦我兼了一個'東北院校接收專員'。這樣我遂成了雙料的接收人員,而自以為是

'飛黃騰達'(其實是罪孽深重)了。"

吳占良《魏際昌傳》載:"魏先生在八年抗戰勝利後,是以國民黨政府雙銜接收專員回東北的。即吉林省政府接收專員、教育部東北院校接收專員。吉林省政府主席鄭道儒,天津人,政學系,十月間在吉林留渝同鄉會所召集的大會上保證說:'大家不必擔心,都能夠回家,都有事兒做,有飯吃。'魏先生當場上臺指出:'抗戰勝利,我們當然能夠復土還鄉,這倒用不著你保證,所以我們根本不是來找工作、找飯吃的,而是將要聽聽你打算怎麼治理吉林,救民於水火之中的。'此言一出,四座訝然,不料鄭不但不怪罪,反而說,我最喜歡這樣的青年,敢說敢幹,所以經霍戰一等推薦,他便派魏先生為省政府的接收專員,代替尚未到渝的吉林省教育廳廳長胡體乾,以主任秘書主持工作,此時胡尚在廣東中山大學。……教育部東北院校接收專員,是教育部訓育委員會副主任委員周郁文給魏先生爭得的。他說:'咱們來個一馬雙跨吧,看事兒做事兒,地方教育要管,大學院校也要管。'這個院校接收專員是歸教育部東北特派員臧啟芳負責,臧是遼寧人,國立東北大學校長。將來準備接收作為大學院長的有董其政(南滿醫科大學校長)、方永蒸(後來的長白師範學院院長)則是專任委員。董其政是國民黨立法院立法委員,此乃兼職。教育部政務次長朱經農也予以贊助,讓跟他在部裏辦事的劉受祺送給魏先生整套的國民黨教育法規,以為回到吉林遵照執行的準繩。蘇聯紅軍這時還駐守著東北,雖然國民黨政府派往東北的軍政大員均已陸續飛抵當地。"

10月,返回北平。回到北平後,賦《勝利後重返北平城》詩,記錄了自己的見聞感遇:

　　　起飛重慶府,白雲即悠悠。降落北京城,我心亦休休。

別來無恙否,蒙塵非一秋。故宮夕照呈,市井陳如舊。住入接待處,候機再東投。刷鍋東來順,京劇程尚優。頗有優越感,一時講享受。八年南北走,始終抗日寇。七七事變後,未肯作楚囚。痛定方思痛,誰曾與同仇? (**注**:揆違北平已八載矣,今日一見,風貌依然,而故人聞吾儕來,多鞠躬如也,設宴洗塵。不禁喟然興歎,前倨後恭,非止世態炎涼而已,殆已毫無民族氣節了! 四五年秋十月。)

去天津,看望舅父。感念舅父之恩,賦《天津北大關謁見舅父劉老》詩云:

闻說舅父在天津,行醫貨藥苦經營。亂世一作韓康隱,老人卓識我服膺。下車直趨北大關,小樓之上見分明。皤然一翁已駝背,乍覘甥男喜而驚。此即吉垣神扁鵲,鄉党知名叟雲卿。案頭猶置巨筆硯,小篆龍飛字益精。辦飯使吃比目魚,慈祥不減舊時情。因之頓首增孺慕,迫切思歸拜母庭。(**注**:舅父劉字雲卿,吉林老名醫也,工於篆書,老而彌篤。勝利後,余自北平至津拜謁之,相待一如在松花江上,故益思老母也。)

10月,返回長春,賦《乍到長春的見聞》詩三首及《國民黨接收》等詩。其中前者之一敘述了蘇聯軍隊的行徑:

蘇聯佔領者,軍車馳廣場。女兵作指揮,紅旗擺動忙。所有大機器,拆卸已裝箱。云是戰利品,搬走理氣壯。偶有小戰士,凌辱日販商。謾罵不離口,餘威猶蕩漾! (**注**:據云這是國民黨政府業已公開允許的事,蘇聯軍隊不過是履行任務而已。

於是我們得到的,只是一些空城,有的已經破爛不堪。四五年十月。)

又《國民黨接收》一詩,批判了國民黨的喪心病狂:

> 五子登科信有之,此輩早已不知恥! 人民塗炭十四年,未加撫恤反齧噬。吸血嗜殺何以異,喪心病狂指天斥。旅進旅退大勢去,為淵驅魚竟無知。倭寇投降才幾日,黔首乞討太平時。鰍生對此徒悲歎,只濡禿筆去寫詩!

天津師院《自傳》中載:"一九四五年十一月中旬,我們飛到了長春,住在滿炭大廈的偽'東北行管'宿舍裏。這時蘇聯紅軍還不曾撤退,戰犯熊式輝、張嘉璈等不准我們出去活動。大家不過偷偷地會會親友、逛逛大街、買點兒日本人的小物事而已。接著偽九省主席、委員們也來了,情形好了一些,鄭道儒便叫胡體乾在市內試辦一個'吉林中等教員冬季講習班',我也講了'社會教育'。"

吳占良《魏際昌傳》載:"1945 年 11 月底,魏先生和其他九省二市的接收大員 20 多人,搭美國軍用運輸飛機,從重慶起飛,經河南新鄉、北平(修整三日,治裝)而至長春(偽滿新京),集體住入東北行轅所在地滿炭大廈。發給每人新做棉鋪蓋一份,蘇聯軍用票 50 元,吃這裏的大伙食,雞鴨魚肉,頓頓成席。魏先生的接收工作:(1)與吉林省教育廳廳長胡體乾舉辦了長春市的中學教師冬季講習會,宣揚國民黨政府的教育宗旨及其法令;(2)接見並視察了偽滿法政大學的學生代表和他們的校舍,以為安撫;(3)與'中長路'理事萬異、教育廳長胡體乾收了偽滿大陸科學院,命令日本研究人員聽候安排;(4)幫助內兄于勷治校長接管長春市高級職業學校,這個學校當時已破爛不堪,不能招生;(5)與來訪的偽滿文教人員談話,了解過去被奴化教育情況,並促使他們歸向國民黨政府。"

公元一九四六年(民國三十五年) 三十九歲

1月前後,發生"張莘夫事件",積極參加反蘇遊行,後飛回北平。憤而賦《記張莘夫事件》詩,揭露了劊子手的殘暴與野蠻:

> 時值冬天月,取暖要煤炭。張莘夫一行,撫順去幹辦。長春登火車,保衛有蘇聯。行至四平後,忽然生阻攔。匪徒十餘個,綁架出南關。原野白茫茫,積雪少人煙。扒下皮大衣,屠刀遍體攢。莘夫哀恨道,何罪遭此難?翻譯牛建章,慘呼天無眼!屍身五六具,瀋陽始棺殮。血衣猶殷然,見者髮衝冠。文明世界中,謀殺真野蠻!(**注**:張莘夫,吉林之采冶專家也,留美學礦,歸國後曾任晃縣汞業管理處處長,著有成果。牛建章,哈爾濱工業大學畢業,能俄語。)

　　天津師院《自傳》中載:"可是不到一月因為'張莘夫事件'(張等前往撫順接收煤礦被人民斬除),國民黨叫囂反蘇,我們又飛回北平了。"

　　吳占良《魏際昌傳》載:"張莘夫,吉林人,留美,學礦,國民黨汞業管理處處長、資源委員會委員。1946年春,他回到東北,帶了幾個國民黨接收人員,從瀋陽去撫順煤礦接收,行至中途被人殺害。瀋陽市市長董文琦,把他們的屍身弄回來裝殮,陳列於市府大樓前廣場右側,高搭席棚,任人憑弔,極盡宣傳。東北中正大學的師生全部參加了遊行,高呼'反蘇'的口號,並由先修班主任汪大捷作為代表發表了演講。魏先生雖然同張莘夫只見過一面,在 1945 年 12 月的長春市,然久知其名,又是吉林同鄉,所以當時的情緒也是與蘇共對立的。"

吳占良《魏際昌傳》又載:"開展活動未及一月,即因解放軍近郊合圍,倉皇坐飛機經錦州回北平。這時的吉林省主席鄭道儒也託病回了北平,委財政廳廳長王寧華代行職務。東北行轅主任熊式輝同樣撤至內地,攜帶了 120 多件行李,佔了兩架飛機。魏先生在北平度過了 1946 年的春節,住址為西長安街石碑胡同某大宅院,妻兒俱在。"

是年春,以吉林省政府專員兼教育廳主任秘書身份再回東北,但因主張正義,得罪了吉林省主席梁華盛,被驅逐出吉林省政府。期間賦《永吉縣西郊吉林大學石樓》《斥國民黨吉林省主席梁某》等詩。其中《斥國民黨吉林省主席梁某》一詩,揭露了梁某人的醜惡嘴臉:

> 自稱反共是英雄,坐擁皋比逞威風。貪財好色誰比得,
> 沐猴而冠此為工。臭名遠揚雞塞內,害我長白眾殘生。被逐
> 遠離父母鄉,只緣恃酒罵毒蜂。天網恢恢疏不漏,遁逃海島
> 亦孤窮。(**注**:梁某本係蔣家門生,緣得為東北邊防軍副司令兼吉
> 林省主席,而擅作威福,魚肉人民,吾鄉人多欲得而誅之。今雖南
> 逃,亦不得售,倖免於'戰犯之監'而已。四六年春夏之交,梁某宴客
> 於長春頭道溝舊滿鐵旅舍中,余恃酒指謫其使日伎跳舞侑酒,全無
> 心肝。彼遂欲置我於'法',賴在座鄉人群救得免,終被逐出吉林。)

天津師院《自傳》中載:"再回來是乘火車走的。到了瀋陽偽省主席鄭道儒藉口疾病辭職,由偽保安副司令長官梁華盛繼任。……不想到了長春,梁華盛大宴百僚(請得有廖耀湘、鄭洞國等匪頭子參加)之

際,我因為酒吃多了,看到日本伎女載歌載舞的樣子,心裏又氣憤了,說他'下車伊始,就這般歌舞昇平,歡樂不休使人失望'(這話本身還是反動的,意思是說他不一定接收得了)。他大為惱怒,說我'目無"長官"冒犯了他的"尊嚴"',這是他'不能夠容忍的事',便把我趕出了偽省府。"

1985年中國人民政治協商會議吉林省長春市委員會文史資料研究委員會編《黃埔系軍人的驕橫》一書載:"六月六日,新任國民黨吉林省政府主席梁華盛隨帶省府秘書長吳至恭、教育廳長胡體乾、財政廳長姜守全等到長春,轉赴吉林接收,正式成立省政府。當天晚上,我在大和旅館設宴歡迎,並請新六軍軍長兼長春警備司令廖耀湘作陪。席間請由日本人組成的東寶歌舞團演出歌舞助興。會開始後,教育廳主任秘書魏際昌——一個忠誠擁護國民政府的青年起立發言,說:'接收東北未竣全功,戰事仍在進行,我們應該上下一心,勵精圖治,爭取東北人民的擁護。現在不是歌舞昇平的時候……'魏發言時,全場肅靜。可是,梁華盛卻認為掃了他的面子,對坐在他右邊的胡體乾說:'豈有此理!這個人不能用。'廖耀湘甚至咬牙切齒地說:'可惡,把他幹了!'我(省府委員黃炳寰)立即小聲地打圓場說:'魏是一番好意,我們應該採納他的意見,切不可操切用事。'當即起立發言說:'魏秘書的意見很好,我們採納。'並通知撤去歌舞,宴會不歡而散。罷宴後,梁華盛到休息室對胡體乾說:'在我當主席時,不許魏際昌在吉林活動!'胡被迫打發魏到關內另謀工作,派王希禹(字莫庵)接任主任秘書。梁華盛、廖耀湘都是黃埔軍校學生,這件事反映了當時黃埔少壯派驕橫跋扈、兇焰高漲之一斑!解放後,聽說魏際昌在河北某大學擔任教學工作。"

1987年中國人民政治協商會議吉林委員會文史資料研究委員會編《吉林文史資料選輯》第18輯收錄黃炳寰所著《梁華盛禍吉記》一

文載"魏際昌犯顏相諫,梁華盛大發雷霆"一事,與上文基本相同。

《停戰半月》一書作者載:"六月二十日左右,也就是東北半月停戰令將要滿期的時候,新六軍軍長兼長春警備司令廖耀湘在長春舉行了一次盛大的閱兵典禮,把該軍新二十二師李濤所部的裝甲車、大炮、坦克等美械裝備都擺出來。目的有二:一是向長春市人民炫耀蔣軍裝備精良,戰鬥力強;二是準備大打,向松花江以北進軍。我參加了這次閱兵典禮,但我沒有廖耀湘那種興高彩烈的心情。因為六月初我曾舉行一次全市戶口清查,親自驅車到各處查看,當車到警備司令部附近碰到廖耀湘部下的兵士布崗警戒,不准通過,我下車向士兵說明,他蠻不講理,盛氣淩人;二是在招待梁華盛宴會席上,廖耀湘要把魏際昌幹掉。我想:如此驕兵悍將,即使有再好的裝備,也難打勝仗。"

2005年劉哲所著《中央軍南攻北守六十軍損兵折將》一書載:"1946年5月底,蔣介石任命梁華盛為吉林省主席。梁華盛想把省會設在長春,馬上向杜聿明要了一個衛隊連,帶著他的一班人馬,到長春設府登廳。梁華盛到長春當天晚上,他讓長春市市長尚傳道特備盛大酒宴慰勞省府人員。酒宴一開始就有十幾個年輕貌美的日本舞女邊歌邊舞,互相摟抱著扭動起來。這時梁華盛興高采烈地招呼說:'誰會跳舞?叫日本姑娘陪你們跳!'梁華盛話音剛落,就有教育廳主任秘書魏際昌(吉林籍人,"九一八"後流亡關內的"北大"畢業生)站起來正言厲色地說:'梁主席,我們東北同胞,受日本帝國主義者14年的殘酷統治,痛苦萬分,日夜盼望祖國來拯救,今天總算盼來了。可是,梁主席到任之後,不問老百姓的疾苦,竟首先領著我們這些接收大員大吃大喝,還要摟抱著曾是我們的敵人狂歡。這樣,還沒有等到我們接收,老百姓的心就涼了半截。梁主席此風一開,必然上行下效,老百姓一定大失所望……'魏際昌話音未落,梁華盛就暴跳如雷地吼叫:'豈有此理,我撤你的差!'魏際昌說:'你當吉林省主席,我連吉林省住都不住。'梁華盛大叫："許局長(長春市警察局長)！把他給我押起來。'這時，省府委員黃炳寰出來打圓場說，主席不必介意，他是酒喝多了，請主席原諒他。各廳、處長也相繼說好話。可是，魏際昌竟憤慨激昂地說："我向來滴酒不進，說我喝醉了，是對我的污辱。我是"犯顏相諫"。許局長，他叫你把我押起來，你就把我帶走好了，未必就是死罪了！'宴會就這麼不歡而散。以後把魏際昌撤職了事。"

吳占良《魏際昌傳》載："1946 年 2 月初，魏先生搭飛機至瀋陽。吉林省主席鄭道儒因病辭職，改由新一軍副軍長兼吉長地區警備司令梁華盛繼任。吉林省政府官吏在瀋陽南滿站演了一出迎、送話劇。酒席宴前，代表致歡迎辭的是魏先生。先生對這兩個家伙吹捧了一番，說："鄭某見機而作，不失明智，對吉林父老頗有去後之思，梁某舊本相識，今番主長我鄉，不勝歡迎。'散後，鄭道儒囑咐魏先生："要小心和梁某相處，他是軍人，不同於我。'梁華盛也拉攏魏先生，讓先生同他一道給流落瀋陽的吉林籍青年學生散發冬服，從美國善後救濟總署東北分署領出來的舊衣服，每人一件，都是寬大的西裝。但是一到長春準備把省會挪到吉林市，在接收建制之前，魏先生與梁某就鬧崩了。原因是梁華盛在長春市頭道溝原大和旅館大開宴會，叫一些日本妓女在席前唱歌跳舞，同國民黨新軍的廖耀湘、鄭洞國吃酒歡笑。魏先生氣憤不過，說："吉林父老經過十四年的日本奴役，喁喁望治，而主席下車伊始，竟以此為好尚，令人失望。'梁某聞言，衝衝大怒，說魏先生折了他的威風，傷了他的面子，不該在客人面前如此放肆，如果不念你是一個讀書人，立刻槍斃。結果是把魏先生逐出省政府，並且揚言有他在吉林一天，決不能讓魏子明在吉林存身，態度非常蠻橫。時國民黨戰地記者于衡寫成《不歡而散的舞會》紀實(係近年查到，魏先生生前不知)："梁將軍主持吉林省政後，長春駐軍曾為他舉行一次慶祝晚會，那一晚長春的名媛仕女都參加了那個規模很大的晚會。晚會開始後，梁將軍應邀發表演說,他在演說中給予我印象最深刻的兩句話是:"華盛是來做事的,不是來做官的。"在演說之後,接著是舞會開始,一時衣香鬢影,交換舞伴,在玄黃的燈光下,在樂聲悠揚中,使每個人都陶醉在年輕女孩兒的柔情蜜意中。當樂隊高奏"香檳酒氣滿場飛",舞伴們並行向前邁步時,突然一個角落上掌聲大作,一個年輕人站到舞池中央,激動地發表演說,他首先說今晚看到這樣盛大的舞會,中心至感激動,他的良知告訴他,他必須在這個時候說幾句掃興的話。接著他痛哭流涕地說:"東北同胞淪陷於日本軍閥的鐵蹄之下,已經整整十有四年,受蘇聯紅軍蹂躪也已九個多月,在悠長的歲月中,同胞們天天盼望中央政府來接收,現在我們來了,我們該做的第一件事應該是撫揖流亡,慰問父老,但是我們現在卻在這裏跳舞,享受醇酒美人之樂,這樣我們能對得起苦難的東北同胞嗎? 松花江北岸,現在猶在共匪盤踞之下,他們正在厲兵秣馬,待機反撲,而我們卻沉醉於歌舞昇平之中,請問這是個什麼時代? 大家該不該這樣的狂歡漫舞?"說話的年輕人是吉林省教育廳的主任秘書魏際昌。'于衡的記述比魏先生的晚年口述更為客觀。"

是年秋,東北中正大學在瀋陽開辦,高亨先生兼中文系主任,經其介紹,任東北中正大學教授,發起"白雲詩社",講授"讀書指導""諸子概論""大學國文選""論語講授"等課程。期間賦《教讀瀋陽東北中正大學》詩,表明了自己的愛國精神和棄政從教的決心:

　　晉師邀我到瀋陽,重拈粉筆上講堂。此是前古肅慎地,遼金代代有家邦。惜遭倭寇蹂躪久,一顆明珠久失芒。召喚國魂根本事,精神誨育大發揚。教讀終比從政好,落花水面皆文章。馬路灣邊斜月掛,北陵園內老梅香。經史萬卷豈糟粕,古當今用即當行。俯仰天地無愧怍,莫謂狂狷道不昌。

(**注**:我與梁華盛衝突後,高晉生師勸使仍回大學教書,遂來瀋陽。
中正,新開辦之學府也。)

天津師院《自傳》中載:"未幾,高亨先生從四川東大回吉了,就介
紹我到東大去做副教授。還沒等上課'私立東北中正大學'開辦,他兼
了中文系主任,又叫我在這裏做教授。他說:'這個學校的董事長是杜
聿明,連梁華盛都得聽他的話。咱們將來要在地方做事,非有這樣的
"人物"支持不可。'因之從一九四六年秋起到四八年七月,我便在這
個學校教書了。"

按,所講課程見 1955 年天津師範學院《高等學校教職員履歷書》
"課程"一欄。又見《河北大學履歷表》。

吳占良《魏際昌傳》載:"魏先生剛到瀋陽,本來是打算到東北大
學教書的,中文系教授的聘書已到手。後來高亨說:'東北保安司令長
官杜聿明新辦了一個中正大學,請我作中文系主任,大家一起到這兒
來吧,這個學校很有前途,傅貴雲等已經答應來了。'他們都曾是魏先
生的老師,魏先生只能表示同意,即同高亨組織招生、聘人、排課等工
作。高亨去北大講學,魏先生代為主持系務。這個學校本為東北保安
司令杜聿明開辦,存在著余協忠(杜聿明秘書長)、焦實齋(杜聿明的
高級顧問,印緬遠征軍時杜的翻譯官)兩大實力派的鬥爭。余協忠抓
的是大學本部,焦則是先修班。高亨就是余協忠請來的,他們是河南
大學同事。而中文系的沈伯龍,歷史系的傅振倫這些教授以及經濟系
主任石含磻(後任法學院院長),農學系主任賈成章(後任農學院院
長)都是這一條線兒上的。本科只辦到二年級,還夠不上三院九系的
規格。先修班方面則從總務主任焦壽亭(焦實齋弟)、訓育主任汪大捷
(後為班主任兼代大學校長)起到講師田農、史樹青等,全是焦實齋的

嫡系,而且多是河北人。先修班學生比本科多了兩倍。魏先生在中文系所開的課是'中國文學史''古代散文選'和'經學概論'。……遼東學院的教授傅庚生、東北中正大學中文系講師誠軾麟、瀋陽農民銀行行員王克仁都是魏先生大、小學的老同學,均擅文、多思、善感,在瀋陽被人民解放軍遠遠合圍,心情抑鬱,百無聊賴,共同發起詩社,彼此輪流做東,詩酒發抒。大約一月有餘,因為魏先生代表中正大學教授會入關幹事而中止。所作詩以王克仁技巧最高,新中國初,魏先生到西北大學教書,見傅庚生教授還珍藏著詩作抄本。"

10 月,在《瀋陽日報·副刊》發表《孔門弟子學行考》一文。

　　按,參見 1952 年西北大學《高等學校教師調查表》,其中《孔門弟子學行考》後注云:"一九四七年在中正大學教書時作。"又按,《河北大學履歷表》著作一欄載《孔門弟子學行考》,注:"瀋陽日報副刊,1946.10。"

是年,回家拜見母親,祭拜父兄。母子重聚,泣賦《堂前拜老母》詩:

　　　　白髮蕭蕭,形容枯枯。衣屨破敝,憂心悄悄。歷經喪亂,母氏劬勞。十三年來,奉養無著。父喪未奔,兄亡姪少。泣拜膝下,自稱不孝。顧瞻廬舍,東歪西倒。接晤弟妹,菜色蓬蒿。日寇殘酷,使人餓殍。今雖授首,餘恨難消。(**注**:余家舊居吉林省城致和門外北山後昌隆區,已二十餘年矣。喪亂以來屢遭破毀,幾間房屋,一個小院,業已面貌全非,老母年邁,猶蝸居其中,故爾傷慘不已也。)

又泣賦《哭祭父兄之墓》詩,表達對父兄的哀思:

> 吾父慈祥待子女,從不鞭撲與吆喝。自幼失學常痛楚,
> 督飭諸兒使補課。個中惟我體會深,矢志工讀有成果。豈料
> 遭逢九一八,迫之遠遊以避禍。續學北京近六年,承歡未得
> 空蹉跎。待及勝利歸來日,棄養已有三年多。音容宛在號天
> 泣,墓前匍匐是荒坡。(注:余家貧,無祖塋,葬埋父兄於吉林西郊
> 八百壠,吾母所親理也。)

是年,於《第一線半月刊》第 1 卷第 6—7 期發表《雜憶長白孤孽歸去來
兮錄》一文。

公元一九四七年(民國三十六年)　四十歲

任教中正大學。

是年春,與中文系同仁成立了國學研究會。

吳占良《魏際昌傳》載:"1947 年的春天,以高亨為首的中文系同
仁沈啟無、傅貴雲、魏際昌(以上是教授)和後至的唐文播副教授、吳伯
威講師同歷史系主任余協忠、傅振倫教授等共同成立了一個國學研究
會,中文系的學生都是當然會員。宗旨是為專注文史、翻新國故,以搞
學術問題逃避現實,脫離政治。研究會成立時有茶點,還集體合影,照
片已遺失。魏先生是研究會的實際負責人,曾經計劃在《瀋陽日報》上
開闢一個國學專欄,由高亨作發刊詞,魏先生分期刊登《孔門弟子學行
考》,可是由於杜聿明沒有多長時間就離開了,經費沒有著落,學校面
臨停辦,學生分散京津、遼沈各地,此會也就跟著壽終正寢了。"

與中正大學教授一起接受杜聿明宴請。

吳占良《魏際昌傳》載:"1947年春,正是杜聿明在東北得意洋洋、炙手可熱的時候,他設宴招待了中正大學的全體教授,不包括副教授。地點就在他的司令部裏,原日寇關東軍司令部,設備講究,西餐中做,樣多味美。出席者有于協忠、焦實齋、高亨、賈成章、石含磻、李靜涵、傅貴雲、傅振倫、沈伯龍和魏際昌凡20餘人。杜聿明親自出席作陪,在長條桌北方正中,席間杜聿明談笑風生,興趣特佳,開場就說:'老師們辛苦了,很久就想聚會一下,總沒騰出功夫,一杯薄酒,不成敬意,好在大家都是自己人,不在乎吃上,主要是見見面談談,協忠、實齋你們二位先給介紹紹吧。'於是一陣提名道姓之後,他才又接著說:'老師們都是專家學者,不比我是個老粗,也算是秀才遇到兵,有理說不清了。'說完哈哈大笑,並且特別提出來,誇獎:'高(亨)先生的文章寫得好,我最喜歡駢體,將來讓咱們學中文的學生都能像高先生似的,中國就有辦法了。'到底不知道是一篇什麼性質的文章?魏先生只曉得于協忠推薦高亨代杜聿明作了一篇文章。……不用說,高亨自然是受寵若驚了,連傅貴雲和魏先生都覺得臉上有光彩。但是相形之下,別的教授特別是法學院、農學院的就不大高興了。杜聿明在這一席座談中主要談的還是軍事方面的,自我陶醉,說:'昨天我還坐飛機到四平上空視察,他們已經潰不成軍地向江北逃竄了。林彪哪裏是我的對手?我們同學,他那兩下子我是知道的,要不了太長時間就會打發他回老家。'其實解放軍是完成了再下江南的任務,退而修整了。杜聿明是陝西米脂人,家鄉的口音還很重。"

暑假前的某天,參加陳誠的瀋陽教授座談會。

吳占良《魏際昌傳》載:"1947年暑假前,杜聿明因為指揮軍事失敗,落職養病。為了挽回局勢,蔣介石把他的殺手鐧、智囊陳誠派來,他到瀋陽以後,說東北兵精糧足,人心望治,已是勝券在操,大有可為。最初只是從報上看到,大家都半信半疑,抱著走著瞧的態度。暑假後的一天中午,陳誠在軍政部長行轅的大廳裏召開了教授座談會,在瀋陽的各高等院校教授都要參加,魏先生等中正大學的教授也去了。陳誠剛一進門,士兵們就喊立正,老夫子們誰熟悉這一套呢?有的錯愕,不知如何是好,有的站起來,哈哈腰,有的坐在那裏,欠欠屁股。陳誠乾枯瘦小,五短身材,眼睛很精神。看樣子他對這種七長八短、參差不齊的行動不高興,連禮也未回,就坐下了。陳誠滿口浙江腔,聽起來特別彆扭,講:'受委員長的重托,來到東北開展局面。東北的地位重要,過去日本侵略中國,東北軍閥入關作亂,都是拿這兒當根據地的。我們今天也是這樣,必須完全把它收服,過去只因為指揮軍事的人有問題,曠日持久,浪費了國帑。大家可以放心,我是有絕對把握來恢復優勢,挽回局面的,只要三個月就行,敢用腦袋打賭,到時如不成功,提頭來見。'事實上,大家眼見著關內外鐵路不通,沈長線又被截斷,包圍圈一天比一天小,中等城市越丟越多,誰信這一套呢?但是他要求大家自由發表意見的時候,真有當面奉承的。東北大學的代表說:'部座指揮若定,是委員長以下一人,今番出關坐鎮,東北蒼生,以此得救,我們雖然是念書本兒、拿粉筆的,也要效犬馬之勞,唯命是從。'陳誠快慰地直點頭。中正大學的教務長王某,跟陳誠是同鄉,打著和陳誠差不多的南腔北調,很委婉地提出了中正大學存在的問題,說:'這是杜長官為了不忘委員長,在東北創建的一所高等學校,現在一未立案,二無經費,前途堪虞,請部座設法予以維持。'不料碰了釘子,陳誠立時回答指出:'這是杜聿明胡鬧,軍人根本不應該辦學校,特別是在東北這樣的環境下,所以我不管他的賬,他的攤子讓他自己去收,我是專來安排軍事的。'大家都知道中正大學完蛋了,話一傳出去,許多師生更加各奔前程了。過了三個月，陳城走路了，衛立煌接手，愈發龜縮在瀋陽、錦州、長春幾個大城市，就是蔣介石飛到瀋陽指揮、部署也無濟於事。鄭洞國起義於長春，范漢傑覆滅於錦州，周福成兵敗於瀋陽，廖耀湘的機械化部隊全部被殲，勢所趨也。"

公元一九四八年（民國三十七年）　四十一歲

是年春，解放軍解放了瀋陽周邊據點，被選為遷校北平的教授會代表赴上海面見東北中正大學董事長杜聿明，得到了北平可設分校的答復。

天津師院《自傳》中載："'中正大學'教書的頭一年沒有什麼問題，高亨跟我處得好，傅貴雲也到校啦。可是四八年春一部分教授（如農學院長賈成章、經濟系主任石含璠和畜牧教授李靜涵等）和學生（以高興岳——現改名高森為首的學生會委員們和中文、經濟、法律三系的一些學生）反對秘書長余協忠'營私肥己'和逃出'危城'主張遷校北平的事情起來以後，我也參加了進去，這使高、傅不滿意了（因為他們是祖護余協忠的）。特別是當我被教授會推選為赴滬見董事長杜聿明（杜匪時在上海養病）的代表時——目的是'要錢、搬家'。高亨說我是'輕舉妄動'，幾乎有和我決裂之勢。但我還是去了，代表本是賈成章和我兩個人。到了北平以後，賈托言怕暈船不走了，我只好一個人去。到了上海，杜匪招待食宿，見了教授會的書信他說：'北平可以設分校，用款可找余秘書長，他知道來源。'為了催偽教部給學校立案、並打發我到南京去了一趟，結果沒有成功，他還很為掃興。又等了幾天飛機我便帶著三封信——給教授會、學生會和余協忠的各一封。前二者大意是說'學校一定辦下去，北平可設分校，經費余秘書長有辦法'——回來了。余協忠見了信說：'"時局"這樣，我那裏去找錢。簡直是開玩笑了！'（顯見得兩人是互相推諉誰也不負責的）但是，事實上學生、先生已經有很多人等在北平了。瀋陽既然停了課，梁華盛又調到了這裏做匪警備總司令我也不能不走了，便也把家搬了過來（我的愛人于月萍已在北平師大復學，只有母親和孩子先後上了路）。"

吳占良《魏際昌傳》載："1948 年春夏之交，他（杜聿明）在上海托詞養病，據說是有肺病，魏先生為中正大學立案之事曾經找到他，並且在他家裏邊做客，住了五天，他還念念不忘高亨，那時他那個嫁給楊振寧博士的大女兒，才十三四歲，剛上初中。杜聿明對魏先生很客氣，同桌吃飯，同車出行，派人買火車票，買飛機票，還給了路費。"

東北中正大學師生遷往北平以後，因經費短缺，學生無法安置，先生為學生的事東奔西走。

天津師院《自傳》中載："'中正大學'的學生到了北平以後，誰也不管，余協忠閉門不出，偽北平市政府聽他們流浪。石含璠、李靜涵、賈成章和我看不是事，才出頭給他們找房子，要口糧。後來賈作國民黨立法委員去了，李當了東大農學院長。石因家中事忙（愛人在美留學、小孩子三個）不能常出來，便由我一力承當起來了。這不單純是為了愛護青年，也希望學生不散，學校有頭緒，自己好有書教。再加上高興岳等一些比較熟的學生，有事就找，實在推託不開。"

吳占良《魏際昌傳》載："杜聿明走後，陳誠出關，都無暇顧及此校。余協忠回北平，焦實齋應北師大之聘，中正大學師生四散，教授會這才召開緊急會議，推派農學院院長賈佛生和魏先生為代表先去北平，再去南京，到教育部請求設法立案。于、焦無法，上海的杜聿明也無能為力。最後教育部給了與東北院校合併的回覆，但落實起來幾乎不可能。"

7 月 5 日,中正大學部分學生因參加流亡到北平的東北院校學生組織的請願示威慘遭槍殺,傷亡數人。先生到醫院看望了受傷學生,參加了被槍殺學生的葬禮和向李宗仁請願懲凶的示威,以及校內的死難學生追悼會等。後多方努力成功使中正大學學生被其他院校接收,但因其參加學生運動卻被各大院校拒聘。其間求過導師胡適,無果。對於此事件,先生憤而賦《記北平"七五"慘案》詩,揭露當局的殘暴和血腥,抒寫自己的仇恨與悲痛:

> 東北學生逃兵禍,落荒而走到燕京。無衣無食誰省得,反遭侮辱與欺淩。打倒土豪劣紳會,高呼口號大遊行。議長許某龜縮去,暗下無常使人驚。調兵遣將施鎮壓,鶴哭風聲如出征。槍彈橫飛齊吶喊,傷亡數十血盈庭。肆意屠殺真狗彘,殘暴成性日暝暝。野蠻社會竟存在,蒼天無目縱元兇。
> (注:四八年七月五日,東北青年在北平舉行示威活動,抗議北平市參議會歧視侮辱,竟遭青年軍某師官兵公開槍擊,死傷數十人。)

天津師院《自傳》中載:"一九四八年七月五日,流入北平的東北學生因為偽'北平市參議會'對他們有了侮辱的言論,大家集合在西長安街該會的門首示威質問——把它的招牌塗改為'土豪劣紳會'。'中正大學'的學生也參加了。我聽到消息便趕往現場,勸他們回去免得發生問題,但是學生不肯。後來因為事先約定須到偽社會局去給他們領面,又加上看見'東北臨時大學'校長陳克孚也在場便放心自己先走了。不料到吃晚飯的時候,因為學生轉往偽議長許惠東宅去清算便發生了慘案。——我於當晚七時被學生代表金某找到了和內細瓦廠他們的宿舍,知道先修班的同學死了一個,還有幾位受傷躺在醫院裏的。因為打算明天去探視死傷,外面又被軍警包圍,學生心慌遂留住在裏面。第二天早上,經過學生向'監守'的國民黨兵百般地解說,我才得帶了幾個學生出去探視。後來還參加了他們的送葬行列,向李匪宗仁請願懲凶的示威,和校內的死難學生追悼會等。也不是自己敢於鬥爭,只因為國民黨太殘暴了,學生何罪動輒槍殺!'不忍人之心人皆有之',此乃'良心'使然。就是因為這些原因學生代表高興嶽等才在舊曆中秋節日送給我一面紀念紅旗,還帶一簍水果。當時接受他們這些東西的時候,心中也是百感交萃的!……後來才知道這些人所以不謀而同地來排擠我,就是因為我和'中正大學'的學生搞到一起了,太能夠掌握青年人,不好'駕馭'了等等。也去求過戰犯胡適,胡適說:'明年或須可以兼幾個鐘點的課,今年不成。''竹籃打水一場空',母病家貧、羈旅異地的我這時還不著急麼?"

吳占良《魏際昌傳》載:"1948年7月5日,在北京的東北學生遊行被國民黨憲兵打死數十人的事件,史稱'七五'慘案。魏先生是其中的知情者和參與者,而在學生中高興嶽是重要的組織者之一。此節以魏先生的回憶與高興嶽的關係展開。高興嶽(後名高森),遼寧省瀋陽市人,瀋陽中正大學本科經濟系學生,學生會主席。魏先生代傅貴雲給他們班上過'國文選讀'課,所以相識,但是往來還是杜聿明離開瀋陽學校以後。1948年春,學生開始流入關內,高興嶽在行前找魏先生說:'我們要到北平找余協忠、杜聿明要錢,希望老師隨後也能來。'魏先生說:'看情況吧,大概差不多,這裏也呆不下去了。'後教授會推選魏先生進關,一面找余協忠,一面去教育部時,先到北平見了高興嶽。他們一同找了余協忠和焦實齋,但是沒有什麼結果。魏先生又去了上海,找到杜聿明,商量大學請求立案和撥經費的事兒。住了幾天招待間,杜聿明便派人送上去南京的火車。可是教育部認為這是杜聿明搞得爛攤子,不理不管。重回北平以後,知道學生吃飯住房都成了問題,便會同已經住在北平的中正大學代理法學院院長石含磻、農學院教授李靜涵等到北平市政府社會局為學生討了糧食,並且幫助定立和内'細瓦廠'的宿舍(一個大宅院,學生先前搶佔)。這些事情是師生合作的結果。還一度打算復課,也是魏先生跟學生會的負責人高興岳、王印(中文系學生代表)一起商定的。學生為魏先生開了歡迎會,先生也做了一些安排,終因經費沒有著落,設備難找而未果。加之李靜涵去東北大學當農學院院長、石含磻家務纏身,魏先生一人孤掌難鳴。未幾,'七五'慘案發生,高興岳又慌忙派人找了魏先生商量。事前東北來北平各大學學生在西長安街北平參議會請願時,東北臨時大學校長陳克孚和魏先生都勸他們解散,以免發生意外,學生不肯,待轉至東交民巷包圍議長許惠東家之際,國民黨青年軍開了槍,死傷幾十個學生。這天晚上學生住的和内'細瓦廠'宿舍被國民黨軍隊圍住,魏先生與高興岳等同學一起防守院牆,戒免危害。第二天早上,先生出頭和國民黨兵交涉,允許學生出院採買、吃飯。魏先生去醫院看望傷患,並把已死的一個先修班學生裝殮起來,抬回學校,後還開了追悼會,魏先生作的祭文。後去南長街李宗仁住處請願,葬學生於北平西郊東北義園,向傅作義提出要求懲兇等行動,魏先生與學生高興岳、王印等步調一致,不曾退縮。新中國初,高興岳改名高森,在北京市宣武區區委工作,王印是崇文區區長。高興岳希望與老師見面,魏先生恐怕對他們影響不好,未見。於建國前、建國初的學生,魏先生常以北大的沙作洪、西北大學的劉道平和東北中正大學的陳馴彤學有專長為自豪。文革外調這三個學生,魏先生說是他毒害學生比較深,是自己犯了罪行的,與學生無關。"

公元一九四九年 四十二歲

2月左右,任"華北剿總"總指揮傅作義副秘書長焦實齋辦公室秘書,負責聯繫北師大、清華、燕京以及設院北平的東北各院校等大學工作。

天津師院《自傳》中載:"因而我找上了焦實齋。焦實齋同我過去本不認識,在'中正大學'時彼此也不夠熟。他回到北平師大做總務長以後,聽說我是反余(協忠)的健將又頗得一部分'中正大學'學生的'擁護',這才接近了的(他和余協忠是對頭)。我最初本想通過他到師大教點兒書。但是他說:'師大他也不想久搞,傅作義已要他成立一個高等教育委員會,藉以招呼北平各大學,頂好幫忙弄這個。'不料二月左右軍情緊急,解放軍進了通縣、順義、密雲等地的北平外圍據點。傅作義的秘書長鄭道儒又南下了,焦實齋被找去做了副秘書長,我也就成了他的辦公室秘書(給了個同少將待遇),並且立刻搬到城內辦事了。然在不到三個月的時間當中,搞的還是聯繫各大學的工作。如:每月召開座談會一次,交換學校情況,分配員生口糧,以及聽蔣介石的電報送反動教授上飛機等等。間或在焦實齋、劉瑤章(偽市長)、許惠東(偽議長)和國民黨市黨部代表一起作'彙報'時作作記錄。別的事情就沒有了。(匪華北剿總是一個軍事機構,掌管'機密大事'的另有參謀長辦公室、政治部。特別是傅作義自己的辦公室。我們這裏並不知道什麼。何況當時'和平''起義'的消息早已甚囂塵上了呢!)"

吳占良《魏際昌傳》載:"東北中正大學立案無望,國立長春大學空發聘書,魏先生生活立刻沒有著落,不能不急著找工作。想到母校北大教書,胡適之校長先答應而未去成,再去東北大學尋臧啟芳的關係,也沒有辦法,只好去找焦實齋。焦說:'教書機會不多,傅作義打算成立一個高等教育委員會,幫他招呼一下平津的幾個大學,我擬找幾個大學教授一起搞起來,我看咱們先看看房子,弄弄這個吧。'先生願與焦先生共事,就滿口答應了。可是沒等房子找到,解放軍便合圍了近郊,把傅作義壓制到了城內。此時傅的秘書長鄭道儒離職,焦實齋繼任了副秘書長(未設秘書長),同中將待遇,魏先生同少將待遇,比照420元(另說260元)大學教授薪金,以秘書身份進了焦實齋的辦公室。兩個多月,魏先生的工作:(1)負責北大、清華、師大等校師生和員工糧食、煤火、經費調撥、補給等聯繫工作。(2)根據南京國民黨教育部的電報,陸續送胡適、陳寅恪、梅貽琦等學者乘飛機離平。世傳所謂國民黨教育部直接通知某些教授離開北平,是不屬實的,而是國民黨教育部電報給華北剿總,由魏先生所在的高教委員會來具體執行,都是魏先生親自通知並送走的。(3)參與並籌備四大院校北大、師大、清華、燕大負責人的周六座談會,地點在東交民巷舊德國使館內。(4)代表傅作義給留在北平的幾個大學教授送賀年卡、禮物。就是給每人一封傅作義簽名的賀年卡、麵粉兩袋。齊白石、潘齡皋等知名藝術家、前清遺老也得此待遇,齊白石曾贈畫一幅,文革中遺失。(5)開始起義接洽以後,宴請大學教授徵詢合戰意見,地點在中南海勤政殿。(6)草擬有關高等教育的文稿和處理焦實齋的私人信件和事務。(7)起義簽字後,著手準備參加北平聯合辦事處,完成傅作義一方人員應負責的有關工作。(8)協助撤離景山駐軍。故宮博物院院長馬衡也是魏先生在北大中文系的老師,在1949年北平和平起義簽字前數日,景山忽駐紮國民黨部隊和大量彈藥集存,馬衡擔心戰爭因之殃及故宮,親自到華北'剿總'或讓故宮辦公室副主任朱家濂問詢,希望部隊早早撤離。魏先生對馬衡、朱家濂的要求極為重視,積極協調,部隊終退出,魏先生也有一份功勞在焉。此見於《馬衡日記》(第39、40頁,紫禁城出版社,

2006 年 3 月第 1 版)：……焦實齋辦公室只設有秘書二人、事務人員一人。另一秘書為吳哲之，山西人，山西大學出身，同少將待遇。解放後，焦實齋對魏先生說：'吳係地下工作人員。'吳管理政經、法律方面的文稿，後任北京市人民政府參事。魏際昌先生主管高等教育。事務人員王某，北京人，同上尉待遇。"

是月，傅作義正式起義，解放軍進入北京城。先生喜不自勝，欣賦《北平解放——喜見傅宜生將軍起義》詩：

> 向背人民此際分，和平起義傅將軍。蒙塵古都朝日麗，百萬生靈沐風薰。鑼鼓爆竹聲震地，秧歌扭進九城門。似夢實真消永農，乍暖怯寒喜不盡。北平方式先楷模，順流而下得安仁。天上一曲《東方紅》，人間萬象慶更新。（注：此鄧寶珊將軍斡旋之功也，傅宜生之令媛亦有力焉，余輩則因人成事者耳。而其催化劑，□人而知為共產黨之偉大與解放軍之威力。）

北京解放後，"軍管會"為了便於接管北京，設立了一個"北平聯合辦事處"，葉劍英元帥任北京市長。作為傅作義一方成員，先生被任命為行政文化組秘書，主要負責接管高校文教工作。《北平聯合辦事處》詩記錄下了這一珍貴的歷史：

> 聯合辦事處，接管時協助。舊軍隊改編，老機關清除。文教大學校，整頓非一途。任務真光榮，職責亦特殊。葉帥主其事，措施見遠圖。遣送不失信，改造循序入。重派領導人，尊視在學術。原德國使館，居停遂有路。確是革命化，一新人耳目。我輩吃小竈，中心常闕如。功不當於祿，學習恐

落伍。半載始粗知，為人民服務。（**注**：處設主任、副主任、委員、秘書若干人以利於協商接管，主任由葉劍英市長兼，委員有薄一波、戎子和、徐冰等，艾大炎為秘書主任，焦實齋、崔載之和我代表傅方工作，地點設東交民巷舊德國使館內，歷時五個月始竣事。）

天津師院《自傳》中載："一九四九年二月解放大軍進了北京城。'軍管會'為了便於接管起見設立了一個'北平聯合辦事處'。主任就是葉劍英元帥（委員為薄一波主任、戎子和副部長、徐冰副部長和陶鑄主席。傅作義方面的則是郭宗汾、周北峰、焦實齋等）。因為焦實齋的關係我也參加進去作原職工作。"

吳占良《魏際昌傳》載："聯合辦事處主任是葉劍英將軍，副主任為郭宗汾（代表傅作義方）。主要工作是協助北京市政府和北京市軍事管制委員會接管北京市所屬民政、教育、建設、公安、司法、外交、通訊等行政機構和編遣國民黨駐平各部隊。部隊既有中央軍也有傅作義的戰3、4軍等。委員（解放軍方面的）：薄一波，當時的財政部部長。戎子和，當時的財政部副部長。徐冰，當時的北京市副市長。秘書主任艾大炎（非委員）。傅作義方面的：焦實齋、崔載之（秘書副主任）、魏際昌（秘書，非委員，負責聯繫接管高等院校）。起義前後有幾件事可述。1949年1月，傅作義起義前夕，焦實齋率魏先生召集北平市市長劉瑤章、北平參議會會長許惠東等告知城防危急，大勢已去。傅作義將有新安排時，劉、許等愁容滿面，坐立不安。華北剿總散班時，傅作義按照職位級別，曾送給魏先生光洋56元、白麵兩袋、行軍牀一個。起義後有三件事：（1）在舊德國使館大廳內參與了送走李彌、李默庵為首的國民黨軍團司令以及軍師旅團長100餘人，他們穿便服，走海陸去塘沽上船。（2）參加了傅作義假北平聯合辦事處宴請林彪，又在辦事處組織的頤和園集體遊園見到林彪、葉群。（3）焦實齋交魏先生保存的德國馬牌小手槍一只,子彈 20 餘發,在 1951 年春,忠誠老實交代運動中,魏先生在西北大學,經過校秘書高揚交給了西北軍政委員會。"

6 月初,要求主動進入"華北大學政治研究所"學習馬列主義和毛澤東思想。學習期間,精神愉悅,喜賦《與植源、實齋同入華大政治研究所所在地北城拈花寺內學習》詩:

> 拈花微笑迎新人,大乘從來福全民。學者專家老官吏,到此咸慶除舊根。社會發展知變化,今是昨非不逡巡。同來友朋非一個,植源實齋最親親。每晨西單會齊去,午間盒飯鬥芬芳。劉氏最精焦公次,惟有某家露清貧。混合而食似共產,仰天一笑好精神。

天津師院《自傳》中載:"六月初'聯辦'工作基本結束,秘書主任艾大炎便基於我自己要求學習的意見送我進了'華北大學政治研究所'。"

吳占良《魏際昌傳》"與焦實齋先生"一節載:"聯合辦事處工作結束的前夕,秘書主任艾大炎送焦實齋、魏先生去華大政治研究所學習,葉劍英將軍親自設宴歡送,此類優渥的看待,使焦實齋和魏先生銘記不忘。"

11 月,對自己的政治問題做了第一次交待。

據 1967 年 4 月 3 日所撰寫的"從所謂'國民黨少將'談起——對我的歷史問題作些重點的交待"材料,見吳占良《魏際昌傳》。

公元一九五〇年　四十三歲

2 月,"華北大學政治研究所"學習結束。

天津師院《自傳》中載:"'華大'不到一年的學習(四九年六月至五〇年二月)我表現得並不好。"

3 月,被分派到位於陝西省長安南郊的西北藝術學院任教,講授"文學概論"等課程。7 月,因身體原因,辭職回北平就醫。

天津師院《自傳》中載:"結業以後我被分發到'西北藝術學院'教書(地在陝西長安南郊,院長是亞馬同志),然而三月到校七月便請假回來了。原因是這個學校的前身乃是'魯藝學院',領導上對於生活的紀律、教學的思想,要求得都比較地嚴格。在舊大學教慣了書的剛經改造過的我,還弄不了(我開的是"文學概論",自己雖然費盡力氣學生還有意見)。精神既不痛快,肺浸潤的舊症遂重發,只好辭職就醫了。"

吳占良《魏際昌傳》載:"1949 年秋,魏先生結業於華北大學政治研究所,分配到西北藝術學院中文系任教,同行者有傅貴雲。陳匡扶是這個學院的院長,亞馬親自接他們去的。這個學院只設兩個系:中文與戲劇。中文系主任田家、戲劇系主任魚訊、教務主任鍾紀明都是延安魯迅藝術學院出身的,走的是文藝為工農兵的方向,學員也多是工農家庭的。魏先生開的是文學概論,舊的學術思想,學生們聽起來覺得格格不入。加之惦念在北京的家,兒子鐵華在初中,妻于月萍去天津二中教書,心緒不定。亞馬院長很關心魏先生,魚訊主任也很虛心。但同鍾紀明、田家處得不好,他們作風生硬,歧視舊知識分子,認為魏先生工作不踏實,思想有問題。魏先生產生了求去的念頭。又魏先生的‘肺浸潤’老病犯了,不能勞累,必須休養,便在1950年暑假前請病假回了北京,差不多三個月才痊癒。”

9月,因愛人于月萍任教於天津二中,調到天津一中做語文教師,寒假即辭職。

天津師院《自傳》中載:“天津‘一中’的校長王仁忱同志,是我愛人的同學。暑假之中他到北京公幹知道我從西北回來了,找我到一中教語文。因為名位觀念的作祟,本來不願意當中學教員,但因自己的身體才復原,于月萍又在天津工作。王校長為了鼓勵我也說:‘天津也有大學,將來不見得沒有機會。而且慢慢地鍛煉成為一個中等學校的領導幹部一樣的有前途有意義。’(大意如此)這才答應下來。到校之初,彼此處得還相得,漸漸的對他的作風感到不滿了,有時就在會上提出(這種專看領導的黑點,打擊領導威信的態度當然是極嚴重的錯誤),不過他也容忍了。”

吳占良《魏際昌傳》載:“1950年暑假,天津市一中校長王仁忱到北京來看望魏先生,就住在魏先生的家裏,說:‘梁寒冰是天津教育局長,既然于月萍現在二中,為什麼要分家呢?我看你幫我的忙,到市一中教高中語文去吧,這也是老梁照顧你們夫婦的意思。’魏先生說:‘感謝老朋友們的好意,但是我搞的是大學業務,多年不教中學了,西北大學已答應我去了。’傅庚生時為西北大學文學院院長兼中文系主任,魏先生從西安回來時即有接洽。王仁忱接著說:‘咱們在天津不愁沒大學辦,你忙什麼?這麼老遠的又跑到西北去幹什麼?’魏先生便答應下了。但這半年就搞得更不好,當然不是書教壞了,而是老朋友鬧翻臉了。王仁忱利用學生做情報工作,重點教師的一舉一動,他都了然,簡直使人手足無措、左右不是。但魏先生瞧不上這個,另找朋友如北大

同學王祖澄、同級語文教師朱澤吉等表示不滿,並且拿出西大的聘書
來要求走路。這觸怒了王仁忱,組織師生'圍攻'魏先生,迫使他服從、
道歉。還召開全校教職員工大會,把梁寒冰搬來,不點名地臭罵了一
頓。魏先生與夫人于月萍便寫了辭職信,拆了家,賣了簡單的家具,帶
了衣箱回北京了。王仁忱文革中同樣挨鬥,在河北大學自殺,魏先生
夫婦又報以深深的同情。"

公元一九五一年　四十四歲

2月,應聘西北大學中文系教授,講授"蘇聯文學""現代中國名著選
讀""中國新文學史"等課程,著《蘇聯文學講稿》《現代中國名著選讀
講稿》(內容主要涉及瞿秋白、茅盾、丁玲、郁達夫、老舍)等。期間作
《西安的西北大學》詩表達了對西北大學的深情:

歷代帝王都,長安今不伍。華山穿雲峙,遍地皇陵阜。
灞上柳依依,杜曲堆黃土。雁塔老鴉噪,碑林傳世古。我來
仍執教,西北大學府。鄜鄠多秦音,民風實素樸。羊肉泡饃
香,角黍亦果腹。豫劇常香玉,史哲侯外廬。雅俗當共賞,莫
距象牙屋。行之苟有恆,可以見真吾。

天津師院《自傳》中載:"離開天津立刻跟'西北大學'重取聯繫,
回電'歡迎',遂於一九五一年春二次襆被西去。——'西大'的一段
自謂是'努力向上'的一個時期。因為大學教授到底又當上了,系主任
傅庚生又是老朋友。所以就鑽研教材埋頭新課(開的是"蘇聯文學"

和"現代名著選讀"兩科目)一心想把教學搞好。"

吳占良《魏際昌傳》載:"1951年春,魏先生應聘西北大學中文系教授。西北大學坐落於西安古都,校長為侯外廬,著名的馬列主義哲學家。魏先生講授'文學史',除上課外,參加了校內的'三反''五反'運動及周固縣土改,由西大書記劉某主持。魏先生與其他教師一起參加了'打虎隊'。……後因教課受了影響,魏先生等教師退出。運動中,魏先生也因在傅作義屬下工作,向學校做了繼華北政治研究所後的第二次交待。"

按,所任課程見1952年西北大學《高等學校教師調查表》"課程""著作"欄。

3月,參加高級知識分子勞動思想改造。《長安郊外麥苗青》詩記載了此事:

> 五穀不分是真情,粒粒辛苦老農耕。書呆咿唔終何用,勞動才知生產硬。今日下田說鍛煉,已自腰酸腿又疼。旁邊竟有人拍照,笑煞揮刀小園丁。精神貴族實可恥,裝腔作勢醜態增。晨興荷鋤理荒穢,孔丘難比陶淵明。(**注**:所以自嘲也。然而西大教授之肯於下田勞動者畢竟不多,如主動報名參加土改工作然。甚矣哉!高級知識分子接受思想改造之難也。五一年春三月。)

4月,與原華北學院院長、陝西省教育廳廳長王捷三、陝西省工業廳副廳長王復初共同成立中國國民黨革命委員會陝西省小組。

按,見魏先生《中國共產黨入黨志願書》。

是年秋天，參加陝西南鄭區城固縣土改、三反五反等各種社會活動。先生放下教授的架子，表現積極，期間賦《參加陝西城固縣土改工作》《批判"老太婆"》《"三五反運動"》等詩。其中《參加陝西城固縣土改工作》詩云：

城固五郎廟，土改第二遭。不擺臭架子，下鄉自背包。行行五十里，一路看青苗。住入小廟中，派飯吃得飽。甚麼髒與苦，工作勁頭高。縣委嘖嘖贊，大學教授好。毫無書卷氣，可與共辛勞。戰鬥近半載，收穫確不小。貧農皆可愛，地主慣放刁。階級性使然，解放在今朝。

天津師院《自傳》中載："而且行政上每有號召也能主動響應絕不後人，如：春耕助工（幫助農民鏟麥）、工會文娛（參加排演話劇）、交出'代焦存的那一枝'手槍（是西北軍政委員會汪鋒同志號召的結果）、城固土改（我是受過縣委書記表揚的）、參加三、五反運動（曾為打虎隊員）都是有過一定程度的鬥爭的表現。"

公元一九五二年　四十五歲

任教西北大學，著《中國新文學史講稿》（"五四"至"五卅""七七"兩段為教研組所撰）。

按，1952年西北大學《高等學校教師調查表》"著作"欄載《中國新文學史講稿》，注云："一九五二在西大教書時寫。"

6月,對自己的政治問題做了第二次交待("忠誠老實運動")。

據 1967 年 4 月 3 日所撰寫的"從所謂'國民黨少將'談起——對我的歷史問題作些重點的交待"材料,見吳占良《魏際昌傳》。

8月,因與愛人兩地分居,調回天津,受聘天津師範學院中文系教授。夫妻團聚,喜賦《調回天津》詩:

> 夫婦兩地莫分居,調回天津使團聚。幹部政策如此好,叫人哪得不感激。十里洋場非昔者,振興教育改風氣。勸業場裏書商多,高等院校已思齊。聘請先生重名家,補充圖書進儀器。南開仍是老大哥,我入師院中文系。主講古代文學課,駕輕就熟可兩利。政治水準須提高,抱殘守缺乃自欺。
> (**注**:月萍在天津教師學院任教務主任,不能調去西安,遂使我重回天津。五二年秋八月。)

天津師院《自傳》中載:"一九五二秋年,天津領導上為了照顧我的愛人于月萍和我,重把我從西北調到我院來:那函件便是王仁忱主任親手辦的。"

吳占良《魏際昌傳》載:"1952 年 7 月,魏先生自西北大學回天津休假,適逢各大學院系調整,在馬場道津沽大學舊址成立天津師範學院,于月萍至天津師範學院教書,為照顧夫妻分居,院長梁寒冰調魏先生入中文系為教授。中文系主任為王振華,有教授三人魏際昌、雷石榆(夏衍推薦)、李瑞錫(田漢推薦)。……初,學校未設古典文學課,魏先生自編講義,教授'近現代文學''蘇聯文學'。"

公元一九五四年 四十七歲

任教天津師院,與顧隨等人成立古典文學研究室,開設"蘇聯文學""現代中國名著選讀""中國文學"等課程。完成《蘇聯文學》《中國文學史》《古典文學讀本》三部講稿,撰述《李白評傳》《漢魏六朝賦研究》等著作。編寫參考資料《李白評傳》《陶淵明的思想》等。閒暇時間去書肆訪尋到傅山批校明崇禎《唐詩紀事》等千餘卷古籍。時頗推崇顧隨先生之才華,賦《苦水教授"三絕"》詩以譽之:

> 羨季先生有三藝,絕活吾輩難比擬。課堂教學善取譬,談笑風生解人頤。案頭行書飛龍蛇,惜墨如金不輕貽。最是詞曲稱膾炙,遊戲人間生花筆。古今學者多才士,此老崔巍不扔已。天生異秉人莫違,獨對佛經講翻譯。(注:顧隨(季羨,苦水)先生五四年同我在天津師範學院中文系一個教研室工作,俱授古代文學,其高足弟子高熙曾、孫錚兩君亦是。時韓文佑先生為教研室主任。)

吳占良《魏際昌傳》載:"1954年,中文系成立古典文學研究室,主任為韓文佑,教研室有魏際昌、顧隨等先生。有照片攝於學校第一次開古典文學的觀摩教學課上,講述愛國詩人屈原。未及數月,學校張榜公佈有選舉權人名單,獨缺魏際昌,全院師生譁然,原因是有歷史系王仁忱反映魏先生曾在傅作義手下工作,長時間在國統區,歷史複雜。院長溫宗祺專門組織了調查班子,赴全國各地了解結果,一無所獲。溫宗祺對魏先生說:'沒事了,安心工作吧,這次為你花了數千元啊。'

魏先生默然不語,後雖補上了名字,但這個影響為以後的各種運動播下了種子。……1954 年,魏先生一邊教學一邊接受調查,此間完成了《李白評傳》《漢魏六朝賦研究》,暇時到天津勸業場書鋪訪書,得傅山批校明崇禎《唐詩紀事》及《唐文萃》等古舊書千餘卷,很有坐擁書城的愜意。"

吳占良《魏際昌傳》"與顧羨季先生"部分載:"魏先生是 1952 年暑假後到天津師範學院中文系任教授的,顧隨(1897—1960)先生則是 1953 年 6 月 21 日由北京師範大學受聘於天津師範學院中文系的。學校對兩位教授是照顧有加,魏先生住河北路原德國資本家建的二樓兩間大房子;顧先生'宿舍係樓底,書房、臥室、廚房、廁所各一,書房、臥室之大,一間可抵(北京)李廣橋三、四間,高爽、乾燥,頗合理想'(《與盧季韶書》)。"

公元一九五五年　四十八歲

任教天津師院。
是年夏,暴雨氾濫,天津全民防汛,抗災成功。秋日賦《偉大的天津防汛》詩以歌頌這次防汛的偉大勝利:

　　低平多窪澱,鹽碱地下梢。夏季暴雨來,常為水中島。今年災患火,橫溢幾難保。防汛指揮部,動員全市搞。人牆阻漏堤,解放軍排澇。少壯齊奮戰,沙袋築強堡。形勢仍險急,宣洩以救藥。農民須遷讓,開口東南角。覺悟真是高,克日騰空勞。巨響一聲震,團泊成湖沼。洋洋乎氾濫,天津得救事。萬眾拍手笑,黨的領導好。(**注:五五年秋月記。昔白圭**

治水以鄰國為丘壑,遭到孟子的訕笑。今文安縣人民作出自我犧牲,主動遷讓俾水排泄,真是不可同日而語了!)

10月,對自己的政治問題做了第三次交待("肅反")。

據1967年4月3日所撰寫的"從所謂'國民黨少將'談起——對我的歷史問題作些重點的交待"材料,見吳占良《魏際昌傳》。

是年,《中國古典文學講稿》由天津師範學院教務處文印科印製。

按,是書署名魏紫銘,共九編,內容從先秦至魏晉南北朝文學。

公元一九五六年　四十九歲

任教天津師院。

12月22日,在《天津日報》上發表《孔子的教育思想》一文。

按,見《河北大學履歷表》"著作"欄中《孔子的教育思想》後注:"1956年5月,《天津日報》。"(按,發表時間當為1956年12月22日,魏先生誤記。)

1958年1月8日李鳳山發表《孔子的評價如何》一文。文章綜合報導了前一時期一些報刊發表的對孔子評價文章的情況。一種意見認為:"從孔子的仁的概念和政治擴張來看,他是為新興的奴隸主和封建地主服務的。"持這種觀點的以魏際昌、張慕苓等人為代表。他們認為,孔子看到奴隸主統治秩序崩潰,順應歷史的發展趨勢,要求在社會上進行必要改革,從而使古代的奴隸制逐漸過渡到封建制。他的學說代表了向封建貴族轉化的一部分開明奴隸主貴族的利益,也反映了人民群眾的某些要求,因而使他成為古代封建主義思想的先驅者。他所

提出的"仁",是新道德標準。他要求舊貴族尊重其他階層人的利益,有人道因素。(《大公報》1958 年 1 月 8 日)

2008 年韓達編《1956 年》《1958 年》"評孔紀年"中載:"1956 年 12 月 22 日魏際昌發表《我對孔子教育思想的體會》一文。作者認為,孔子是歷史上第一個打破壟斷教育,開創私人講學的。孔子的教育是'教、學、做'合一的教育。'有教無類',是他的教育精神,就是說,他把講壇面向著人民群眾。孔子是以教育為達成和延續他的政治鬥爭工具的,它的矛頭是指向業已腐朽沒落貴族統治者的。他'順應著時代的變革,代表著新興地主階級和工、商、皂、隸、農民的解放願望,以他的教育行為通過宣傳鼓動的鬥爭方式,直接對抗了尚作垂死掙扎的舊貴族勢力的。因而毫無疑問的是,孔子本人和他的學生以及他們所聯繫的一切社會力量,對於摧毀業已腐朽了的奴隸制度,都起了一定的推動作用的'(《天津日報》1956 年 12 月 22 日)。"

是年秋,兼職天津市民進籌委會。

按,見魏先生《中國共產黨入黨志願書》。

公元一九五七年　五十歲

任教天津師院。

5 月,與夫人于月萍一起被錯劃為反黨分子。

吳占良《魏際昌傳》載:"1957 年春,學校組織教師大鳴大放,給黨提意見,魏先生、于先生在學校都沒有發言。後天津各民主黨派也組織了給黨獻策等活動,魏先生在天津民革市委說:'陳勝、吳廣起義的歷史根源,當政者不得不戒,應有民為上的思想。'于先生在民進天津市委發言:'領導應深入群眾,不能誰跟領導走的近,就是進步。'《天津日報》一女記者也親自上門採訪,1957 年 5 月 18 日,《天津日報》發表了于月萍、王德培等人的發言,于被定為反黨急先鋒。在隨之的'深挖'運動中,二人被定為埋藏最深的反黨分子,于還被指控為煽動匈牙利事變。"

9 月,對自己的政治問題做了第四次交待("反右")。

據 1967 年 4 月 3 日所撰寫的"從所謂'國民黨少將'談起——對我的歷史問題作些重點的交待"材料,見吳占良《魏際昌傳》。

9 月,到楊柳青農場參加監督勞動改造。《看工人的"詩牆"》《贊十隊葛隊長》等詩創作於此時期。期間毛主席到農場視察,喜賦《毛主席視察楊柳青》詩:

> 柳青農場東方紅,主席視察到此中。喜見水稻翻新浪,樂遊菜野碧騰空。關懷職工問疾苦,指示生產重國營。"上交利潤八十萬,全民所有優越性。"教言涵義深且遠,場上傳達繪聲形。堯天舜日誠是矣,何人不沐黨恩情! (**注**:五七年九月下旬某日,主席到場視察,肯定了國營收益之大,激勵了知識分子改造的決心。場長趙一農被接見,對其工作慰勉有加,我們和他共同感到幸福。)

11 月,與夫人一起被劃為右派。

1979 年《中共河北大學核心小組關於魏際昌同志錯劃為右派的改正決定》文件中稱:"一九五七年反右派鬥爭中,魏際昌同志被劃為右派分子,監督勞動。"又稱:"經復查,根據中共中央(1978)55 號檔精神,及一九五七年十月中共中央'關於劃分右派分子標準'的通知的有關規定,認為一九五八年不應把魏際昌同志劃為右派分子,應予以改正。"

吳占良《魏際昌傳》載:"1957 年 11 月,雙雙被定為右派。"

公元一九五八年 五十一歲

3 月,被開除公職。

　　吳占良《魏際昌傳》載:"1958 年 3 月,魏先生被開除公職,給 30
元生活費,押送楊柳青農場勞動改造,于月萍在學校農場強制勞動,天
津各大學被定為右派者,只有魏際昌一人得此'待遇'。在農場掏糞、
赤腳踩糞、抬土、除草、喂豬等,半年後又回到學校農場與于月萍共同
勞動。在楊柳青農場,魏先生即發現胃潰瘍及胃瘤,未能休息,在校農
場出現大量失血,體力不支,才被送回學校治療。養病期間,蒙朋友原
希偓、杜明夫婦等幫忙,才未發生病變。"

**於趙沽里天津師大農場勞動。此段時期生活較為安穩,心情頗為平
靜,創作了《趙沽里河北師大農場》《月萍放鴨蘆溝即景》《農場北遷夜
戰》《飼料間落成》《試喂小豬,心焉愛之》《豬廠喜開現場會》《參觀工
農聯盟農場豬食堂》《常聞上級鼓勵之詞》《定期書面匯報思想》等詩。
其中《月萍放鴨蘆溝即景》詩充滿了濃濃的生活氣息:**

　　　　長竿橫曳逐鴨群,"離離"聲喚是熟音。"萊卡"跳叫環
　　左右,鶤鶤蹣跚作中軍。漸行漸遠漸岑寂,乍隱乍現乍浮沉。
　　最是遠眺好情景,漂搖白羽映蘆濱。即此可稱田園樂,斗室
　　吟哦沒處尋。

按，《趙沽里河北師大農場》後注："校辦農場，需要勞動力，所以把我們從楊柳青調回了。這有什麼不好？起碼月萍與我同在，可以互相照顧。(按，此事不明具體年月，據前姑系於 1958 年。又"天津師院"於 1958 年 6 月改名為"天津師大"，則此處的"河北師大"當為"天津師大"之誤。)"

公元一九五九年　五十二歲

於天津師大農場勞動。時值建國十周年，喜賦《慶祝建國十周年》詩以歌頌國家之變化：

> 建國十年喜事多，人民額手跳婆娑。已見東風摧敗草，又聞火箭會嫦娥。錦繡河山添春色，冠蓋京華有頌歌。雄飛大陸今勝昔，炎黃裔胄再嵯峨。我亦因之夢寥廓，精神文明大開拓。

公元一九六〇年　五十三歲

是年，天津師大改名為河北大學。

　　1975 年 7 月 13 日于月萍寄給武尚仁的信中說："直到 71 年，河北大學(天津師範學院 60 年改為河大)才定居於保定。"

是年元旦，有感於國內國際局勢，賦《六〇年元旦雜詠》詩：

> 日美反動派，本質終難改。搞軍事同盟，挽政治失敗。

東條竟還魂,林肯久不在。中蘇已無敵,爾輩徒自壞。多級
火箭飛上天,生產建設紅花開。五項原則終有本,和平競賽
誰能怪?奈溫來霍查拜,睦鄰友好大氣派,祝福四民皆康泰。

是年犯病,得以從農場返回市裏療養。賦《病中又逢生》《胃潰瘍病發
回校療養》等詩。其中《病中又逢生》詩可謂思想的自我洗禮:

　　往歲生辰常溜過,揮鋤生產顧不得。今朝病榻漫摟指,
五十三秋已蹉跎。幼承庭訓思想舊,常受教育私小我。光宗
耀祖未去懷,爭名鬥氣惹風波。妄讀詩書充淹通,泛覽馬列
少結合。個人英雄誰理你,幻想成家被改革。回首前塵空悵
惘,且吞藥餌再求活。百年三萬六千日,尚有餘生滌醜惡。
(**注**:在農場忽生胃潰瘍病,醫囑回市療養,賴有月萍假歸看護,始得
再生,此作權當自我批評。)

　　《胃潰瘍病發回校療養》一詩後附注云:“前在楊柳青農場即發現
胃潰瘍及胃瘤,未能休息,茲則大量失血,體力不支,故今改變工作回
校醫療。”

公元一九六一年　五十四歲

9 月,摘掉“右派“帽子,回河北大學中文系資料室工作,夫人于月萍回
河北大學圖書館工作。
　　1979 年《中共河北大學核心小組關於魏際昌同志錯劃為右派的
改正決定》文件中稱:“一九六一年九月摘掉右派分子帽子。”

　　吳占良《魏際昌傳》云:"1961 年春,夫妻二人摘帽。魏先生到中文系資料室掃地、登記資料,間或運煤、燒鍋爐。于月萍到圖書館打卡片、排架子,除了採購,其它什麼髒活兒累活兒都幹過。"

公元一九六四年　五十七歲

10 月,著《毛主席著作語文析論》。

　　按,解放後先生不得已而用力於毛主席著作的研讀。

公元一九六五年　五十八歲

秋冬之際,與老師傅貴雲、胡體乾等先生於北京聚會。

　　吳占良《魏際昌傳》"與傅貴雲等人的聚會"一節載:"1965 年的秋冬之交,魏先生突然接到傅貴雲從北京發來的一份電報,說有急事,盼即去北京。魏先生因多年不見的老師,年歲已近古稀,沒有必要,不會電催會面的,便向系裏請短假,即日動身。……翌日的來今雨軒晚餐會上,還是話舊。第一,傅貴雲想辭職退休,魏先生說你是個烈屬,你的兒子傅驥元在國內戰爭時是解放軍的一位團級幹部,在山東光榮犧牲了,領導會照顧的,不要辭職,教授的稱號還是保有的好,並說自己年歲還不夠,正需結合勞動改造思想,再幹一個時期,他也首肯。第二,謝雨天說他在吉林被捕,曾經長期和楚圖南同志一起監押的情況。他說那時的監獄是黑暗的很,經過他們領導難友不斷的鬥爭才熬下來了,所以說共產黨的哲學是鬥爭的哲學,對階級敵人反對派,無論什麼時候,只有堅持鬥爭才能勝利。第三,劉元功主要埋怨傅貴雲在中正大學、長春大學時不應該淨聽高亨的,弄得魏先生鋌而走險,跑到傅作義那裏去了,如同‘九一八’事變前後,咱們對這個學生沒有好好照顧,使他受了不少的顛簸一樣,他和梁華盛鬧彆扭,是李錫恩、胡體乾太懦弱,都是替魏先生說話。胡體乾、傅貴雲兩人只有點頭稱是,不加分辨。魏先生說事情都已過去,怪他自己。飯罷隨即分別離開。魏先生回天津以後,為了表示謝意,兼加寬慰,給傅貴雲寫了一封信,還做了一首古詩,追念兩次跟他念書、同事和一次同學的往事。”

公元一九六六年　五十九歲

10 月 8 日,撰寫“聽候命令,重新交待”的材料。

聽候命令,重新交代

魏際昌

過去自己有一個錯誤的思想,儘管我在解放以前是騎在人民頭上的國民黨反動派,但從經歷上看,主要是幹文教工作的(教書、辦學)。在傅作義“起義”的前夕(1948 年 11 月到 1949 年 1 月)作了他的副秘書長焦實齋(全國政協委員、國務院參事)手下三個月同少將待遇的秘書,搞得也是救濟員生、聯繫各大學的文教工作(如同四五年“八一五”日本投降後,跟著偽吉林省府回東北一樣,也打算搞地方教育工作的),不但都交代清楚了,而且歷史上早已做了結論,為什麼一有運動就要“算舊賬”呢?

現在明白了,“水有源頭木有根”,解放以後,不是在反右鬥爭中犯了反黨反社會主義的罪行嗎?“三敵思想”本來根深蒂固的人,如果不是反復地教育,徹底地肅清,氣候一合適了,那有個不重行萌生害人害己的道理。"前事不忘,後事之師"嘛,何況是具體到這一運動說,乃是觸及靈魂的無產階級文化大革命,社會主義這一關不是好過的。既然大學是運動的重點,像我這種歷史反動,在解放以後又犯過嚴重政治錯誤的人,被群眾懷疑,被大字報點名,是很自然也很必然的事情。更不要講,自己在運動前後還有新的錯誤言行了。

因此種種,自己必須下定決心:歡迎揭發,聽候調查,接受批判,而從思想深處不再背歷史已經做了結論,主要經歷是文教工作,跟隨傅作義起義的軍政人員,以及摘了帽子已經五年的"進步"包袱了。換句話說,無論大事小事,政治上的、經濟上的,甚而至於思想上的,只要群眾提出重新交待,一定立命辦理,而且保證會是源源本本的、實事求是的。先在這裏表明一下態度(對於歷史上的一些問題是這樣,對於反右以後,特別是回系至今的問題,更是這樣)。

66 年 10 月 8 日

公元一九六七年　六十歲

3 月 25 日,撰寫"我的繼續檢查和交待"的材料。

據吳占良《魏際昌傳》,材料包括四部分:一、我是什麼人? 能作為依靠的對象嗎? 二、應該作為運動的重點,不存在什麼打錯了的問題。三、資產階級反動路線必須徹底批判,但是自己並不要求非平反不可。四、沒有"亮相"的資格,"表態"卻是必須的。

4 月 3 日,撰寫"從所謂'國民黨少將'談起——對我的歷史問題作些

重點的交待"的材料。

據吳占良《魏際昌傳》,材料包括四部分:一、三個月的"同少將待遇"的文職幕僚。二、這個時期到底都幹了些什麼。三、起義之後開始"立功贖罪"、爭取學習。四、在歷史運動之中,不止一次交代了這個問題。

7 月 3 日,于月萍致刘振鐸夫妇一函,讲述了魏先生的身体近况。

振鐸、永璧:

上月來信,早已收到。謝謝你們的關心。

子明的病,經近月來幾次去醫院中醫診療,已大見好轉,血色素上升到 10.8 克,大便"OB"兩次化驗都是陰性,說明上消化道出血已制止。吃飯除每日三次流質(沖雞蛋、乳精、藕粉等)外,中、晚兩餐吃普通飯,已經兩個月,食堂也有所恢復,只是還不能出去多走路,易疲勞,這是衰老現象。完全恢復去冬發病前的體力,已不太容易了。

我一直留在天津,來回保定,擬度過熱天後,下學期回保定。子明可以自理生活,一個人暫在天津生活吧。

近來天津多雨,天也不太熱。我們除上醫院,不常出門。我則每天出去買菜,天津市今年蔬菜供應緊張,五天供給每人一斤到二斤菜,平均一天每人二兩到四兩菜,比北京差遠了。我只好每天出去各處買些糧食菜(收糧票的豆腐乾等)及茄醬等。除豬肉供應尚可經常有外,其他食品,已無處採購,所以營養方面,只能維持普通飯的水平。罐頭尚不缺,足以補充日常不足。天津的供應,比較北京,相差很遠,尤以蔬菜為甚。

前天吉林的德學(子明三弟的女兒)公出到北京,歸途中到天津來看她二伯父的病,聽她說到北京的供應情況,比天津好多了。然而全國不是只有一個北京嗎? 即使是一千萬人口,也只佔全國人口的八九十分之一呀,還可能只佔 1%。所以你們住在北京,實在是得天獨厚的。德學談到吉林的供應情況,對北京的條件羨慕不已。

天熱多雨,我們不準備活動了。廖、孫兩大夫為子明的病費心之處,請便中代致感謝意。

你的病醫治得怎樣了? 還天天出去理療嗎? 暑假有什麼活動? 還能和學生一道下去"三同"嗎?

我們住處的西北兩方,現正墊土,大起樓房。據說這一帶將來成為新建住宅區,大起宿舍樓,現在工地機聲喧囂,已不安靜了。工廠也向西發展,大塊農田都在墊土、興建。我們的宿舍樓房因幾次變更管理單住,已成無主狀態,大量外單住人員遷入,已成大雜院,所以每天亂哄哄的。

子明病後,鐵華回太原已將彩霞帶回太原。現只剩我們兩個老人在此,日子很不好打發,很寂寞。只靠些青年朋友幫幫忙,解決日常生活中的困難。

不多說了,此致
敬禮!

月萍
67.7.3
子明附候

公元一九六八年　六十一歲

7 月,被重新戴上"右派"帽子。

1978 年《中共河北大學核心小組關於魏際昌同志問題的復審結

論》文件中稱:"文化大革命中,以'以誣蔑毛主席像'等問題,於一九六八年七月經校革委會決定給魏際昌重新戴上右派分子帽子。"

10 月 3 日,撰寫"重新交待我的歷史上的罪行"的材料。

　　參看吳占良《魏際昌傳》。

公元一九六九年　六十二歲

隨河北大學戰備遷到冀縣,作勞動改造。

　　吳占良《魏際昌傳》載:"1969 年,魏先生隨河北大學戰備遷到冀縣,冬季轉移至隆堯縣唐莊,魏先生負責燒鍋爐、挑水、砌爐子,因煤質量差,冒煙多,某青年教師責罵他搞反革命破壞活動,批鬥監管了一個冬天,但活一點不能少幹!"

公元一九七二年　六十五歲

1 月 4 日,撰寫"我辦資料壁報中的一些錯誤"的材料。

　　據吳占良《魏際昌傳》載,魏先生在材料中說:"從 1963 年春我系資料壁報開始舉辦至 1966 年春,全系遷至冀縣分校為止,前後四年的時間,總計不下 40 餘期,至少半月一換。檢查起來,的確放毒不少,因為我經手摘抄製版的時候最多,所以存在的問題和錯誤也最大,雖然在文化大革命的初期,以及而後的清隊運動中已經重點的做過檢查,今天還有補充交代的必要。"

1月5日,撰寫"深入檢查我對毛主席像所犯幾種罪行的思想根源"的材料。

參看吳占良《魏際昌傳》。

2月3日,撰寫"重新檢查我對待毛主席塑像、繡像和報紙像的錯誤態度"的材料。

參看吳占良《魏際昌傳》。

公元一九七四年　六十七歲

是年全國掀起批林批孔的高潮,撰《從"樊遲請學稼"說起——批判反對勞動教育的孔子》《為奴隸主階級抹彩樹碑立傳的"述作"——批判孔子反動的文史觀點》兩篇文章。

1月6日寫給劉振鐸的信中說:"這裏又已傳達了七四年一、二、三、四號文件,更進一步地掀起了批林批孔的高潮。我寫此類文章總是學術性大於政治性,結合得不夠好,暑假之日當帶著稿子到京請你們指正。它們一共是兩篇:《從"樊遲請學稼"說起——批判反對勞動教育的孔子》《為奴隸主塗脂抹粉樹碑立傳的"述作"——批判孔子反動的文史觀點》,一個四千言,一個六千言,合共一萬字,都分別宣讀過。"

7月20日寫給趙永弼、劉振鐸的信中說:"因為批林批孔寫大批判文章累著了一點,胃痛、潰瘍和脊椎等老病續有發展。"(據吳占良先生《魏際昌傳》:"忠漢先生孫女劉振鐸求學輔仁大學時,多出援手,並主持了劉振鐸、趙永璧的婚禮。魏先生夫婦晚年,親戚聯繫最多的就是劉振鐸一家。")

公元一九七五年　六十八歲

是年，批林批孔時，因身體原因，在天津醫療。

　　1月29日寫給劉振鐸的信中說："我的情況如昔：吃藥，打針，按摩，烤电，雖不見特效，亦可維持現狀。……可惜我的身體也不強，騰不出時間去看他們（批林批孔特忙，帶著任務在津醫療）。"

　　7月13日，于月萍寫給武尚仁的信中說："來信說你在71年以前生活還很平靜，而我們則恰恰相反，71年以前變化極大。直到71年，河北大學（天津師範學院60年改為河大）才定居於保定。我們也經輾轉遷徙之後，在保定待下來。天津的戶口雖未遷來，但家已等於拆了。今春子明因患胃病及增生性脊椎炎，獲准到天津治病，於是我們又兩地單身生活。鐵華仍在太原，結婚後，已生兩女一男，大孫女伴子明在津，老二、老三在并，鐵華愛人是工廠工人，他則仍教書。"

　　7月14日于月萍寫給劉振鐸的信中說："子明自去冬病體加重，一直未能回保工作，經請領導批准，允其留津長期治療。入夏以來，津保一帶天氣酷熱，所以六月中旬，子明已轉太原，一避暑熱，二看望孫子，須秋後才能回來。屆時回津回保，現在尚未肯定。"

　　12月12日，于月萍寫給武尚仁的信中說："我於本月10日因子明病重，回津照料，見寄來糕面及內附手書，至感。子明係並發性心絞痛，即因胃病及脊椎炎引起。因68年內傷，心臟受振落至今並發為不治之症。我請假一周，如病情好轉，始能回保，否則續假留津。多年來遭遇，雖未詳告，但情況諒你會料到，比你的情況好不了許多，只是戶口仍回天津而已。"

公元一九七六年　六十九歲

1 月,在天津休養。

　　于月萍 1 月 19 日寫給劉振鐸、趙永璧的信中說:"我於去年 12 月初,得知子明患並發性心絞痛病,請假回津,至今未回保,在津護理子明,送醫生治療,效果不大,而且來往醫院,不堪其勞,常使病發頻頻,後改為自己按病尋訪買藥,加強營養,始逐漸好轉,至今已半月未發作。經查藥書,此病為動脈硬化所至,心絞痛發作時,常至迷昏不能起。心胸悶痛,消耗體力嚴重,服特效藥硝酸甘油片,雖解心痛,但不能根治。後經改服專治動脈硬化藥'脈通',始見療效,現仍每天服用中。因天津天氣月來驟寒,經常颳風,所以子明已月餘不出屋,每飯後在室內散步活動,飲食也漸正常。此間醫院對公費醫療病人,不但不給好藥,而且醫療亦不認真,所以乾脆自己買藥吃還好些。子明前患胃幽門梗阻及脊椎炎,在津已治療一年,雖未發展,每未見顯著療效,每周注射、理療,吃湯藥,只能保住現狀,使之不惡化而已。目前則以心絞痛為主要矛盾,所以集中力量治心絞痛,幽門梗阻及脊椎炎,如無其他病變,也就暫時維持現狀了。總之,歷史上奔波勞累的歲月中,積勞成疾,至今年老力衰,各種疾病都襲來,只有盡人事,盡力治療而已。你們在京,有醫德甚高之名醫為友,是一大幸事,現將子明最近中藥處方奉上,如能請教廖、孫二大夫參考,擬一治療動脈硬化性心絞痛常方,則感激不盡矣。以後子明身體如復原,能赴京面謝廖、孫二公,親自請教,則幸甚矣!"

3 月魏先生病情加重。31 日,于月萍致信劉振鐸夫婦,講了魏先生此次病情狀況。

振鐸、永璧:

前函收到,子明自二月底赴醫院門診,按心絞痛服藥後,忽感飲食難進,心胸悶痛,但仍按心絞痛服脈通等藥,至三月初,痛情更重,飲食不進,每日感心中發熱、悶痛,至臥床不起,經同學介紹,中醫開藥方治療,不僅未好轉,反而加重,連續十來日,只喝涼水(橘子水、山楂水、葡萄糖水等),七八日不大便,後服通便藥,拉黑屎,面色轉蒼白,無力,不能起坐。至三月十日,叫鐵華來津,送往醫院急診,驗血壓已至 70/50,血色素 2.5 克,醫生診斷為上消化道出血,造成惡性貧血,日夜輸液、輸血搶救,化驗大小便、驗血,至三月廿五日胃腸造影,始診斷為胃潰瘍面較大,應動手術治療。但因病人血色素僅達 5.1 克,體弱,須回家休養,休養二三個月,始能動手術,於是於三月廿八日出院(在觀察室觀察治療 19 天)。這次又作心電圖、造影,明確心絞痛為誤診,服脈通等擴張血管藥物不利於潰瘍,反造成大量出血。

回家後,雖稍進飲食,但大便又轉為黑色(在醫院時一度大便為黃色,化驗為陰性),只能服三七粉止血,觀察病情變化,如無好轉,仍須去急診。

現在的情況是:醫院內診不收住院,經托人通關節,托到醫院革委會付主任,也難打通內科主事醫生的關節,藉口病房太緊張。西醫治胃潰瘍只能保守療法:服胃舒平,根治只能手術,而外科認為目前情況不能動手術,只能在家養一段再看,看醫生的意見,認為病人年齡太大,胃潰瘍面又大,血庫又無血供應(現在驗血須自己到處去找血,輸血時子明又過敏反應),所以醫生不肯接收他住院手術。

聽說中醫對胃潰瘍有些辦法,我們這裏又無可靠中醫,是否在北京探詢一下廖大夫的意見，能有何成方補血，治療胃潰瘍。不盡匆匆。

此致

敬禮！

于月萍

76. 3. 31

是年夏，追懷亡友劉植源，賦《過西長安街同德醫院舊址，有懷劉植源大夫》詩以悼之：

長安有醫院，同德是其名。渠渠夏屋美，大夫亦晶瑩。開朗交遊廣，遇我如弟兄。甘旨常與共，談笑奇趣生。拈花寺入學，呼咳樂津津。老實對改造，批判不從輕。主動獻財產，云為贖"罪行"。此公真可愛，一旦豁然通。古人識時務，俊傑原足稱。惜哉棄世早，朋輩失性靈。故居已沉寂，頓感意𤏐𤏐。仰首問穹蒼，何事忌劉卿？（**注**：以心肌梗塞病猝死於"文革"前夕，得年六十有四。七六年夏月記。）

端午節，遠懷日本學者，賦《丙辰端午，遠懷日本伊藤一郎教授漢俳五闋》詩以敘友情：

扶桑有真士，漢學淵雅伊藤氏，溫恭美豐姿。邂逅荊州時，屈子大會立於此，樂與細論詩。投之以《小史》，報我《中國文章》志，直是瓊瑤施。天涯比鄰耳，靈犀一點蘭與芷，振古即如斯。西風爾妄肆，五項原則無差池，中華堅守之。

496

7 月,唐山大地震,適於天津家中休養,震感強烈,所幸並無大礙。

8 月 9 日,于月萍寫給表侄女劉振籜夫婦的信中說:"8 月 6 日來信,今天下午收到,知京津兩地地震情況大體相同,我們也是 28 日淩晨從夢中被巨震聲驚醒,樓房搖動,室內書架倒塌,轟隆巨響,我們已意識到是地震,以為逃不脫了。不料震停後,樓房無損,人員無恙。但天津和平、河西等區,災情較重,房倒屋塌,人有傷亡,現市內交通未恢復,居民均動員出來搭棚露宿。"

8 月 22 日先生寫給劉振籜的信中說:"正值體力逐漸恢復之際,不料震災又至,真夠得上是'屋漏偏逢連夜雨'、'福無雙至,禍不單行'了!這一點籜侄當有同感(不同的是,你們比我年輕些,但因還在工作,又多一層困難了),好在彼此都只受了一場虛驚,人、屋安全,連盆盆罐罐都未打破,也就是'得天獨厚'啦。"

11 月,天津發生強烈餘震。此后灾情不断。先生生活受影响不大。

11 月 24 日于月萍寫給武尚仁的信中說:"11 月 18 日來函已悉,知關注天津地震後我們的情況,甚感。11 月 15 日夜 10 時,天津突然發生強烈地震,我們已就寢未入睡,一時樓房震動,掛燈搖擺,嘎嘎作聲。感覺比 7 月 28 日地震不小,惟時間甚短,即停。我們忙穿衣,院中躲避,因體弱不勝冬寒,因患感冒多日,函遲作復。15 日地震後,天津公私損失又不小,並屢報今後仍將有更大地震,因此人心慌慌,紛紛偷磚搶料修建臨時住房。我們因一無材料,二無勞力,三無人協助,只好在室內堅挺。我們所住樓房係九層,因修建堅固,據聞可防七級以上地震。今年經兩次強烈地震波及,樓房未見裂損,所以我們暫不擬他往。如實在緊急時,擬去保定暫避,那裏還有一間宿舍,全套行李可用。如無太大震情,即擬在此拖一時期了。鑒於天津兩次大震後,所有樓房未見有四層樓一落到底,如唐山情況者,所以我們敢在此堅挺。但如震級太大,即不堪設想了。"

公元一九七七年　七十歲

1月8日,周恩來總理逝世一周年,賦《周總理周年祭》詩以追悼之:

　　泰山頹矣梁木摧,薄海同悲周總揆! 革命業績高千古,遺愛斯民遍九陛。百山肅穆皚皚雪,萬水嗚咽滾滾淚。香花只為禮皓月,泥首誰不浴朝暉。雲騰麟趾稱聖跡,穴藏螻蟻必成灰。一代天驕華祖國,鳳鳴高崗翰音飛。大纛鷹揚充宇宙,彪炳史冊譽全歸。隆隆臘鼓震天地,元勳上賓馬遲徊。(**注:**周總理逝世於一九七六年一月八日,正值大病,雖哀慟欲絕而未能執筆,故於周年追祭。)

7月,見亡友劉植源之子劉如觀於津沽西湖村,喜賦《重逢(有序)》詩:

　　一九七七年夏七月某日,重見亡友植源之子如觀於津沽西湖村之斗室。

　　榴花紅似火,綠陰夏正長。午夢遽然覺,如觀入我堂。溫恭猶昔日,殷殷問安康。相見何其難,十載久參商。昔別君始婚,今育大女郎。掌珠欣玉立,跨竈必貽芳。喜聞賢伉儷,調職來津塘。遂得勤過從,慰我老枯腸。論交通三代,棲遲話各方。但願人長久,自古耐滄桑。(**注:**如觀之外祖父朱友麟老先生,雕瓷藝術家也,親作印色盒相贈。)

是年，開始整理舊作，撰寫回憶錄。

1977 年 8 月 15 日寫給劉振鐸的信中說：“我的病體頗有恢復，每日於療養之暇，尚能整理七十以前的舊作如《桐城古文學派小史》(北大研究院論文)《李太白評傳》(河大專題講義)《唐六如的生平》(東大校刊特輯)《先秦法家思想管窺》(西大學術講演)《中國人道主義人性論代表作選論》(廣東師院課藝)《兩漢訓詁學初編》(廣東師院講義)、學習毛主席著作心得體會：‘成語典故考釋’‘古為今用範例’‘偉大的文風’等等都凡五六十萬言，非謂有何藏傳的價值，且當它古稀知謬的總結吧。另有《回憶錄》活頁數百，才寫到‘九一八’事變以前，亦屬此類。”

是年，先生仍在天津養病，黨中央粉碎“四人幫”消息傳來，無限欣慰。

12 月 20 日與下月 1 月 5 日夫人于月萍兩次寫給武尚仁的同一封信中說：

尚仁：

久未通信了，不知你的情況，是在太原還是在五臺。

一年多來，自華主席為首的黨中央，一舉揪出禍國殃民的“四人幫”，為黨除害，為國除害，為民除害，全國上下，欣喜若狂。華主席提出的抓綱治國的決策，正在深揭狠批“四人幫”的偉大政治鬥爭中逐步實施。一年初見成效，三年大見成效的決策，已獲豐碩成果。像我們這種久經滄桑的知識分子，真是引領望治，堅決擁護華主席，擁護黨中央，希望在適當的條件下，以垂老之年，為偉大的社會主義祖國的繁榮昌盛，為在本世紀內實現四個現代化，貢獻微薄。

黨的十一大以來，振奮人心的壯舉，更是鼓舞人心，心情有如第二次解放。調動一切積極因素，化消極因素為積極因素的黨的無產階級政策,給我們帶來新的希望。聽到一些各方面的好消息,我們很受鼓舞,翹首盼望黨的各項無產階級政策的全面落實,正確貫徹。

山西已成立新的革委會,形勢和全國一樣喜人。不知關於你的問題,有無喜信? 我們時時關心著,等待著。

我們依然如前,子明仍在天津養病,病情無發展。我也依然在等待著……盼著 1978 年吧,再等它一年。

思明的事,當有順利變化。有意給他寫信,不知通信地址,不知在你寄東西的包裝紙上寫的“北京自動化儀錶廠”是他的長期地址,還是臨時地址。

1977 年又在盼望中即將過去了,只望盼來個喜人的 1978 年。子明已滿 70 高齡,我已將滿 63 歲,平生不羨官,又無意發財,只希望黨的實事求是、群眾路綫的優良傳統能真正恢復和發展起來,對我們的歷史和表現,給個符合歷史真實的結論,在垂老多病之年,得享受大治之年的雨露陽光,以勵晚年。

紙短言長,書難盡意,企望佳音,以慰故人!

即祝

新年快樂!

月　萍

子　明

77 年 12 月 30 日

78. 1. 5

公元一九七八年　七十一歲

為河北大學中文系資料員。

1978 年《中共河北大學核心小組關於魏際昌同志問題的復審結論》文件中稱:"魏際昌,男,68 歲,家庭出身偽職員,本人成份職員,河北大學中文系資料員。"(按,文件中魏先生年紀疑誤。)

4 月 25 日,致武尚仁信劄一封,頗發劫後餘生之慷慨,復言及晚年之打算。

尚仁兄:

　　四月廿一日手示誦悉,尚理弟的愛人來津,我們表示歡迎,因為可以更加清楚吾兄之近況也。

　　十一號文件天津、保定已經傳達完畢,聞各有關單位尚擬分別成立處理、落實小組。山西乃華主席家鄉,王謙正在勵精圖治,解決此類問題,應不太晚。弟等在佇候好消息矣。

　　弟雖年已古稀,且又多病,本不想再作馮婦,只是領導上強調老、中、青三綫結合的重要性,老知識分子之熟悉古典文獻者越來越少,輕易不允許退休(只准養病),所以尚在考慮之中。

　　至於政策落實,自是時間早晚的事。有華主席黨中央在上,保定和河大雖然是個老大難地區與單位,想亦不能獨外也。

　　為了照顧我的生活,月萍已改在天津上半天班,不去保定。但她的身體年來卻大不如前,瘦且多病,惟精神尚佳耳。

　　弟之"回憶錄"及舊稿之整理工作仍在斷斷續續地進行。知識分子嘛,還能不有聊以解嘲的營生,非必欲藏傳後人。將來兄至京津時,當與老朋友一同哂閱。

梁寒冰已入社會科學院,溫宗祺改任南大第三把手,也算是多得其所的,但亦均非昔日之敢作敢為者矣,仍不免心有餘悸!林彪、四人邦害死了人。

思明怎麼樣了?弟因久未晉京,有些事人一言難盡,不便筆談。所以還未跟他取得聯繫,不過,這個日子也會快的,國慶日前後吧。鐵華已有三個孩子,廝羅不開,把二、三兩孫送來天津,雖可以含飴弄弄,卻也增加了我們的麻煩。

總之,希望許多事情都在今年得到解決,以便愉快地過它一個時期的晚年,想兄亦不外是也。

耑復,即問節安,二弟不另

弟子明,月萍附候
4.25

9月19日,為紀念原河北師院、河北大學歷史系主任、教授李光璧逝世一周年,哀賦《送光璧老學友安葬津沽,詩以哭之》五首。其中第一、二首云:

> 兩行痛淚不輕拋,只緣君是老學友。四十年前紅樓裏,北大人稱老未朽。
>
> 文史從來不分家,記曾矢志追班馬。豈意方逾耳順年,西風遽斷筆生花。
>
> (注:李光璧先生先後任河北師院、河北大學歷史系主任、教授,逝世於七七年夏。七八年九月十九日。)

502

是年秋,與《舞臺風雷》的作者李鴻皋同學相見。喜賦《李鴻皋來見》
詩以勉之:

> 思悠悠兮樂悠悠,記曾偕遊古冀州。殘磚斷瓦依稀認,
> 笑他袁紹似蠢牛。逝水年華誠是矣,且喜專業竟未丟。《舞
> 臺風雷》驚河北,辨章文物駐燕丘。楓葉飄飄晚秋美,西湖村
> 畔語不休。青山雖老白頭在,往古鉤沉豈妄求。君本多才可
> 成器,持之以恆必豐收。莫道大學無鉅子,滄海淵源有細流。
> (**注**:李鴻皋同學多才多藝,能編演相聲,《舞臺風雷》其傑作也。近
> 為某地文物管理員。七八年秋記。)

11 月,河北大學決定撤銷先生"右派分子"的帽子,恢復工資。

1978 年 11 月 23 日《中共河北大學核心小組關於魏際昌同志問題
的復審結論》文件中稱:"經研究決定,撤銷河北大學革委會一九六八
年七月重新戴右派分子帽子的決定。"

1978 年 11 月 28 日《中共河北大學核心小組關於為魏際昌同志恢
復名譽的決定》文件:"魏際昌,河北大學中文系資料員。文化大革命
中,由於林彪、四人幫反革命修正主義路線的干擾破壞,對魏際昌同志
關'牛棚'、批鬥,並於一九六八年七月河北大學革委會決定'重新戴
上右派分子帽子',致使魏際昌同志精神上、肉體上遭到打擊迫害。根
據毛主席的無產階級政策,遵照以華國鋒同志為首的黨中央和省委的
指示,決定撤銷一九六八年的錯誤結論,恢復名譽。一切誣衊不實的
材料全部銷毀。"

1979 年 1 月 19 日,寫給武尚仁的書信中說:"我雖已於去年 11 月
恢復工資,但歷年扣發工資仍遲遲不補發,本來想等補發後多給你寄
些去,以作為春節的禮物,現在只好暫匯去微薄,補助你春節中多吃些

營養吧。"

是年，贈時任國務參事、全國政協委員的老友焦實齋《津沽懷舊——寄實齋兄》詩，追述了二人半生經歷的風風雨雨，抒寫了對故人的深情厚意：

> 識君昔在瀋陽城，萍水相逢萌友情。同留大學為師長，誘啟青年得新生。二載文旌燕趙去，紛紛學子亦隨行。枵腹豈能入課室，況是校園借未成。余宅討欠曾贊許，滬寧請願更支撐。撫集流亡細瓦廠，坐索餱糧舊官廳。七五慘案驚巨變，扱淚追悼諸英靈。失業幾番求臂助，殷殷告以待聘請。傅總需設"高教會"，吾人蒙選任非輕。勤政殿裏鴻儒笑，奸頑給以閉門羹。苦心供養各院校，虛前求教老明經。蒿目時艱談起義，多頭並進大事定。佛香閣下簽和字，長安百萬慶太平。聯辦協助迎接管，"小竈"待遇好居停。半年轉入拈花寺，結業分袂奔前程。某去西北教文藝，君留首府參法令。朝衣無分饗宮美，荏苒光陰念八秋。

公元一九七九年　七十二歲

3月12日，正式撤銷"右派"帽子，恢復政治名譽、教授職稱、原工資級別。

1979年5月11日《中共河北省革委文教衛生辦公室黨組文件〈北文發（1979）102號〉"關於魏際昌錯劃右派改正的批復"》一文稱："經研究，同意你校一九七九年三月十二日關於改正魏際昌同志錯劃右派的決定。"

　　吳占良《魏際昌傳》載:"魏先生 1958 年至 1978 年在中文系資料室 22 年,于先生 1960 年至 1982 年在校圖書館也是 22 年,都是發配的性質。雖然 1961 年二人摘了右派帽子,但每月 30 元的工資給了 4 年,圖書館抄家三次,中文系也抄了數次,找電臺、找槍支,令人氣憤的是書稿、存折、現金、糧油、衣服也拿走。後來恢復,工資只給半數,魏先生 85 元,于先生 78 元。住房,1956 年搬入河北路德國資本家建的二樓 2 間大房子,59 年被趕至馬場道 234 號樓房的 3 樓,2 室 1 廳,抄家後被搶走 1 間,幸有 2 樓的周慶基先生互相關照。1966 年夏,又被趕回河北路,住原來的 1 間。後夫妻隔離在六里臺、馬場道、'北後'院。夫妻三次抄家,二次掃地除門,而且 1966 年冬天,河北大學第一個被抄的就是魏家,把夫妻分別看管批鬥,不能見面。1968 年鬥人加劇,春夏之交,'芙蓉國裏盡朝暉'加大力度,在六里臺,讓魏際昌、雷石榆、詹鍈三人站在高桌,三次被暴打。魏先生被打傷了眼、踹壞了腰,脊椎變形,落下了病根,詹鍈被踢傷了腿。7 月,魏先生重新被戴上右派帽子。入冬,讓魏先生光著身上、低頭、彎腰、噴氣式地撺著胳膊,必竟是年過花甲的老人!且回家不許插門,工宣隊、軍宣隊隨時拉出去鬥。魏先生的'罪過'最大,'老右派、反革命、國民黨少將'三條,挨打自比他人也多出了 3 倍之多。魏先生的老友中文系裴學海副教授,清華大學國學院畢業,著有《古書虛字集釋》。他解放前掙的錢在老家灤縣買了不少地,他的學生某說他就是大地主,批鬥後遣送回籍,告訴村裏人說蹲牛棚,村裏人不知怎麼回事,真讓裴先生蹲在牛棚裏了。1969 年,魏先生隨河北大學戰備遷到冀縣,冬季轉移至隆堯縣唐莊,魏先生負責燒鍋爐、挑水、砌爐子,因煤質量差,冒煙多,某青年教師責罵他搞反革命破壞活動,批鬥監管了一個冬天,但活一點不能少幹!直至 1978 年平反,魏先生、于先生可以說沒過過一天舒心的日子。"

同學宗祺校長履職南開大學,賦《喜聞宗祺校長轉職南開大學,且念故人,感而試賦七古一首呈政》詩以賀之:

　　聞道宗公入南園,恰當三月豔陽天。鶯飛草長花生樹,湖光波影映晴嵐。蒼松翠柏長勁節,玉蘭紫穗飄香壇。某雖荏弱如蒲柳,也自搖曳沐春還。憶昔叨逢獎掖時,諄諄教以莫狂狷。咿唔經籍終有用,會須推陳出新篇。獨慚駑鈍渾無似,聽之藐藐負嘉言。控騎旅進亦旅退,賦芧朝四而暮三。霹靂一聲驚宇宙,人民八億笑開顏。抓綱治國宏圖展,科學大上事非凡。更喜明府重領薦,彎弓盤馬再攻關。南大學宮流毒肅,萬水千山只等閒。蠢爾幫派囂囂者,將軍白首不下鞍。海宴河清已有日,預祝功成賦凱旋。(**注**:宗祺校長,余北大之老同門也。到我校後,屢有教言。惜我玩忽不聽,遂一再陷入泥淖,事後尋思,感喟叢生。茲又協助臧伯平書記整頓南開大學去矣。(此校"文革"中派性嚴重,衛東、八一三,至今糾纏不休)故余慨乎言之,並寄以無限希望焉。)

6月13日,隨民革天津市委組織到新港參觀,賦《新港參觀紀行組詩》七首。其一云:

　　一九七九年,六月日十三。民革津市委,組織參觀團。學習去新港,共賦躍進篇。四個現代化,舉國齊向前。某雖垂垂老,未敢自偷閒。勉從君子後,東向渤海灣。

7 月 18 日, 致劉振鐸夫婦一函。

振鐸、永璧二位賢契：

幾年不通信了。大病、地震、洪水, 都還沒有使我們倒下去, 差堪告慰。這幾年華主席為首的黨中央, 粉碎"四人幫"後, 撥亂反正, 徹底落實多項無產階級政策, 平反舊日冤錯假案, 我們也是受惠者, 在政治上翻了身。想你們也是一樣吧？房子落實了沒有？是否還住後達里？這封信只是試探性質, 不知你們是否搬了家。我們可能去北京一次, 所以先和你們聯繫一下, 待見面詳談。

我們學校是外遷單位, 天津住房, 學校不予解決, 動員我們去保定。我們因年歲太大了, 不願搬動了, 所以仍居原處。你二叔從去年冬開始在津給青年教師進修班教点課, 我則在津照顧他, 仍未退休。將來行止, 尚未決定。餘不一一。

　　即致

敬禮!

于月萍、魏子明

79. 7. 18

是年夏, 有感於冤案得以雪洗, 賦《改正錯案感言》詩以自勉：

廿年錯案一旦拋, 撥雲見日謝天曹! 古今多少忠貞士, 含冤不雪無下梢。某雖區區渾似無, 也傍詩書育後學。芬芳桃李遍南北, 講章何止三尺高？只緣冬烘不曉事, 直哉史魚禍難逃。巧言令色夙所鄙, 冷對文痞與人妖。受盡世上骯髒氣, 忍辱日日苦煎熬。勞動卻當災荒歲, 老病幸未填溝壑。

山窮水盡疑無路,柳暗花明是今朝。痛定不思俱往矣,待把長鳴奮九皋。(**注**:七九年夏月作於津沽西湖村。)

是年秋,妹夫黃家衡去世。悲賦《悼黃家衡同志》詩以悼之:

中州噩耗我心傷,道是黃翁遽云亡。從未謀面樹疏懶,死不臨穴也悽惶。半生戎馬有功績,一世辛勞忠於黨。二子雖幼吾妹在,吃苦可以媲賢良。護犰久盡戰友職,育兒勤奮必多方。鮮花一束朝天舉,魂兮歸來莫彷徨。(**注**:黃家衡同志,江西人,長征老紅軍,鄭州軍鞋廠廠長。余之妹倩,逝世於七九年秋,家在鄭州。)

是年,魏先生在天津為河北大學青年教師上課,講《莊子》。

詹福瑞《胡適的學生》載:

一九七九年,中文系辦助教進修班,我與韓成武、劉玉凱等老師到天津從詹鍈、韓文佑、魏際昌、胡人龍等先生學習。此前,魏先生已經賦閑多年。說閒置,也不盡然。實際情況是,魏先生被打成"右派",即離開教壇,被貶到資料室作資料員了。魏先生失去的還僅僅是學術生命,有的學者失去的則是生命,甚至他們畢生追求的名山事業!裴學海先生是著名語言學家,所著《古文虛字集成》影響甚大。一九四九年前,裴先生教中學。他生活極簡樸,所掙工資攢起來,在老家灤縣買地。所以到土改時,定為富農成分。五類分子中,裴先生至少佔了兩類——富農和反動學術權威,"文革"時的命運可想而知,日日戴高帽,挨批鬥,家也被抄,半生心血著就的手稿《古文虛字集成》的姊妹篇被人掠走。裴先生被逼上絕路,跳樓自殺。而他的手稿,至今下落不明。比起裴先生,魏先生還算"幸運"的。

508

詹鍈和胡人龍先生在馬場道河北大學舊址和平樓五樓教室上課，韓文佑和魏際昌先生則因年歲身體原因，在河北大學另外老校址西湖村家中上課。魏先生講《莊子》，每周一次。總是早上坐公交車，從馬場道到八里臺下車，再步行到西湖村。此時，魏先生早就備好香茶等候我們了。我當時聽慣了老師課堂講課的套路，思想內容、藝術特點一套一套地分析下來，覺得那才是現代的教學。對先生一篇一篇串講、一字一字求義的講法有些不習慣，頗感陳舊，甚至腹非他有些食古不化。但是當我真正接觸舊學，自己從事研究時，才感到魏先生的教學是多麼管用，而自己當時的想法是多麼淺薄可笑。詹鍈先生講《文心雕龍》，也是此種講法，一篇一篇講解。因為他當時正撰寫《〈文心雕龍〉義證》，所以常常會加入時人研究的新信息，研究的色調更強。但基本的路數，仍舊是傳統的訓詁的一套。由此我也想到，我們現在的教學，追求科學體系，強調以論帶史，與老輩學者用訓詁疏通文義的教學相比，對於學生的傳統文化訓練，哪一個更有效？其實真的難說，未必老輩學者的方法就一定落後。

聽老先生講課，除了受學，還有他們的飽學對學生的感染。魏先生講《莊子》，每一篇都可記誦，令人欽佩他於舊學的童子功。他講《莊子》，亦不借注釋，端一本白文，就可娓娓道來，這功夫亦非今人所及。魏先生說，不學《莊子》，就不懂半部中國文化，此話至今記憶如新。二〇一〇年，我用一年的時間讀《莊子》，手抄郭象《莊子注》，滿滿三本，也算勉強完成了老師三十年前佈置的作業。

恢復研究生制度後，魏先生與詹鍈、韓文佑、胡人龍先生開始合帶研究生。其後，幾位導師單獨帶研究生。魏先生培養了李金善、方勇、孫興民等研究生。魏先生的研究，在他七十歲以後，也達到了一個高峰，出版了《桐城派小史》，這是中國第一部研究桐城派歷史的著作。

魏先生晚年雙目幾乎失明,但還常常取出書架上的線裝書,坐在書桌前,一頁一頁地翻著,撫摸著,度過一天,在牆間映上老人家孤獨的身影。

公元一九八〇年　七十三歲

任教河北大學。

1月元旦,因卸去了思想包袱,倍感輕鬆,喜賦《一九八〇年元旦,有懷睦卿學棣,口占五古乙首,遠寄南天,蓋賦而興又比也》詩:

> 喜在七九年,吾人得翩躚。二十載冤錯,風吹烏雲散。白玉磨不損,黃金耐火煉。痛定莫思痛,前瞻要前瞻。揮拍重上陣,乒乓掃冥頑。紅梅結萬子,瑞雪兆豐稔。海闊聽魚躍,濯足萬□□。

2月,家中把卷,閒賦《八〇年新春第一日自嘲有作》詩:

> 七十又加三,孔子哲萎年。人生誰無死,大化似飛煙。莊周夢蝴蝶,李耳返自然。西來有佛祖,釋迦亦涅槃。回首兩萬日,仰不愧於天。我本一書生,狂狷惹人嫌。況值多險惡,炎涼舊所傳。愛之曰鮮花,恨時死已晚。賴有老妻在,艱苦共承肩。管它東與西,俯仰大千間。謂為春不老,識者撫膺歎。無事且把卷,此是羲皇篇。(**注**:老妻于月萍,操持家務,同甘共苦,對坐翻書,意豁如也。舊生張慕苓、鄒淑文、李德元亦常來問學。故余居天津南開區西湖村“放廬”,並不岑寂。)

3月,西北師院匡扶教授寄來《風雷頌》,閱後賦《病中臥談讀〈風雷頌〉有作——遙寄西北師院匡扶教授》詩:

　　暌違三十載,忽然見華章。集曰《風雷頌》,詩調實鏗鏘。下筆黃河上,飛聲東北鄉。青山雖已改,白首坐講堂。遙知蘭州市,鴻雁正翱翔。我則渾無似,臥守藥爐旁。展卷未及已,往往視茫茫。撫枕自憂戚,豈將返大荒?且著青鳥去,說是暫無妨。待到杖起後,西北訪老匡。(**注**:匡扶教授,舊為瀋陽遼東學院中文系主任,解放後同學於華北大學政治研究所,結業之初,同事西北藝術學院。八〇年春三月記。)

　　吳占良《魏際昌傳》載:"匡扶(1911年2月—1996年3月),又名昨非,生於遼寧省蓋縣。著有《唐宋詩論文集》《匡廬文聚》《匡扶詩存》等。生前為西北師範大學教授。匡扶教授舊為瀋陽遼東學院中文系主任。解放後,與魏先生同學於華北大學政治研究所,結業之初,同事西北藝術學院。"

清明前後,天津教育學院院長銳明來訪,欣賦《天津教育學院院長銳明來訪》詩以勉之:

　　三十年前舊板橋,笑他讒口枉囂囂。青山雖老白頭在,依然彎弓射大雕。自古折腰非壯士,卻驚冠蓋過蓬蒿。正是清明好時節,春風楊柳鬥枝條。訓詁箋注漢學重,整理文獻豈無聊?拾遺補闕非細事,博大精微看今朝。繼往開來誰不曉,教書育人賴吾曹。東隅已逝桑榆好,晚霞靄靄尚凌霄。

（**注**：八〇年初春，落實知識分子政策伊始，銳民同志即見訪，關懷備至。）

是年春夏之交，學校動員搬遷保定，賦《保定去者》詩以抒己意：

　　　　正自"放廬"浴春暉，西湖村畔草菲菲。把卷呀唔尋往古，弄筆斷續識舊扉。忽報學校書記到，云是教師須歸隊。再作馮婦心緒懶，喬遷保定亦乏味。爭奈終需啖飯所，落實政策人莫違。只得暫別斗室去，箱籠襆被一車飛。本科開課講專題，研究生班更屬奇。已非五十年代事，垂老雨後顯虹霓。（**注**：八〇年春夏之交，林達宇書記來西湖村動員，言保定教授樓築成，盼速遷居。）

6月5日，於天津水上公園聯歡，樂此美景，賦《水上公園聯歡即景》詩以言志：

　　　　斯園本是新開湖，巧奪天工入畫圖。憶昔建國開元日，萬夫咚咚鳴戰鼓。疊山築島建臺閣，架橋鋪路辟花圃。更有長廊通幽處，臥波蒼龍竹木疏。斜飛燕雀穿榆間，激灩蟲魚樂潛浮。扁舟蕩漾多情侶，四民休沐飲玉壺。登高縱覽脫俗境，迷蒙雲海大津沽。我欲乘風歸去也，天空地闊識寄廬。（**注**：八〇年六月五日於河北大學之西湖村宿舍，顏曰："放廬"，言被逐耳。）

8月，遊五臺山，賦《五臺山》《萬佛閣》等詩。其中《五臺山》一詩描繪了五臺山的自然與人文景觀，同時批判了古代統治者不恤民情、大興

土木的無德行為:

　　夏日正炎炎,揮暑衣汗衫。車馳代北境,探勝五臺山。
行行重行行,白雲掩青巒。出沒村落裏,隱現豐林間。最為
驚險處,攀登十八盤。雨渡長城嶺,搖搖走泥丸。迫及禮佛
地,萬象識大千。蒼松翠柏中,紅牆繞寺院。觸處皆壯麗,滿
眼金碧顏。寶殿實崇宏,斗拱伴飛簷。巨塔沖天立,贔屭負
碑板。佛容俱慈悲,神相顯莊嚴。乃知舊王朝,土木繁興建。
取之盡錙銖,不恤民苦艱。今雖資遊覽,未可贖罪愆。況是
講禪宗,與我輩無緣。流連三兩日,興盡自言旋。日覯焚香
客,吾獨愛遠山。(**注**:一九八〇年夏八月,與河北文聯諸君子同
遊,老友黃綺、雷石榆兩教授亦偕行,河大領導則有郭真副校長、劉
自強副部長等同志,歷時三日始返。八〇年八月十五日脫稿。)

9 月,應華鍾彥教授之邀,到開封參加河南大學中文系碩士生答辯會。

際昌學長仁兄:

　　前奉來翰,知你將往避暑山莊與北戴河旅遊,旬有五日而後返,計
程可能回校矣。

　　我校研究生答辯時間至今未能定出確切時間,大約在九月中旬。
畢業論文日內寄出,也可能一篇稍晚些,日期定後,另外去信告知。你
來以前一二日給我來個電報,寫明到汴車次與時間,以便到站接你。

　　你來汴至少要住四天,三篇論文各佔一天,另一天請你做一次學
術報告,"先秦散文的名學問題"就很好,談談先秦散文別的方面也行,
反正三個小時。這四天都安排半天,餘半天休息,遊覽景物,大致
如此。

　　你買車票要買"全程加快",到鄭不再買票。在鄭要買到開封的快

車，是不賣的。請看車表定車次，時間要留有餘地。最好是車票到手再發報，以免有變。

任先生招的近代文學研究生的情況，我已問過，近代文學專業全國現無定本，只有參考一下范文瀾《近代史》以及北大編的《近代文學作品選》，龔自珍以下到五四以前各名家概要。基礎課考古代文學史與作品，科學院的文學史與朱東潤的作品選。

劉寶和同志學識很好，本來我們要留下的，只以個別人的嫉才，以致交臂失之，他可能去見你，量力而為，也要順應自然。順候

近安！

鍾彥
八月十三日

是年底，參與焚毀了運動以來的個人不實卷宗，悲喜交加，賦《在保定河北大學文史樓前參與焚毀自有運動以來誣衊不實之卷宗有感》詩：

臘鼓聲中紙灰飛，冤假錯案一風吹。付之丙丁千百卷，除惡務盡講是非。有道馬上得天下，無端興獄事可悲。猶賴中樞多鉅子，旋轉乾坤日月暉。狐鼠終必遭竄逐，撥亂反正大國威。舉手共祝新勝利，芸芸赤子頌春歸。（**注**：時在八〇年歲杪。感謝中央領導同志政策英明，至於流涕。）

是年，參與碩士研究生招生工作，頗感欣慰，賦《招考古代文學研究生》詩：

高等教育發新聲，招考碩士研究生。豈必出洋求培養，

514

本地生輝事可行。況是古代文專業,數典忘祖乃自輕。既蒙
垂青講信賴,任務光榮須擔承。出題閱卷算成績,分工合作
選精英。四人登龍須報喜,開課先秦第一程。疇昔知識說無
用,今朝獵取效飛鵬。我亦因之大欣慰,猶有綿薄伴園丁。
(**注**:河大中文系命我伴同詹鍈、韓文佑、胡人龍三同志考取,教授古
代文學專業研究生。)

于月萍寫給武尚仁的信中說:"3月13日,我80年暑假後須上課,
子明須接受研究生,研究生在天津上課,而我卻到保定上課。這些矛
盾很煩惱人,所以我想退休,子明再幹幾年算了。再看到暑假後定吧。
五中全會以後,看看有什麼變化。"

5月9日,于月萍寫給武尚仁的信中說:"我現在正在寫講稿,但
是否下學期真正去講,現在還未定。因為我不可能去堅持一學期,而
子明一個人在津。而子明則於九月份即接受研究生的培養工作,我們
兩個老人身邊無子女,只有互相照顧了。"

6月22日寫給劉振鐸的信中說:"下半年的工作又被安排在天
津,培養研究生(剛看完)卷子,一百八十多張,只取五人,由教育廳決
定錄取,時間三年。"

是年,兒子魏鐵華從太原機械學院調到保定華北電院。

1991年1月23日,于月萍寫給武尚仁的信中說:"我和子明,還支
撐著,但感一年不如一年。鐵華在向教授進軍,但已55歲。他80年
從山西調到保定華北電院,無舊關係,評職、升級都不容易。"

公元一九八一年 七十四歲

1月元旦,賦《八一年元旦放歌抒情》詩,以抒老而彌堅之志:

> 河大三十年,崎嶇不平坦。豈能無矛盾,敢為天下先。
> 雲海雖茫茫,險處多青巒。此中有真味,一辨一歡顏。勉為
> 君子儒,何慮小人言。熱愛共產黨,革命酬肝膽。獵獵紅旗
> 下,浩氣衝霄漢。固已及耄耋,猶作苦登攀。學如逆水舟,拼
> 搏始過關。毀譽由伊去,管它暖與寒。芳菲桃李豔,松柏後
> 凋殘。

是月,應邀到唐山參加河北古代文學研究會籌備會。賦《河北古代文學會籌備會在唐山召開》詩以賀之:

> 震後唐山市,三東朝氣發。有人斯有土,廢墟發新花。
> 論文稱古典,師道立海崖。芳菲育桃李,悉心為四化。安定
> 與團結,信守實堪誇。歲寒三友在,曙光爛雲霞。堅持即勝
> 利,美哉我中華。追隨諸君後,弦歌頌大雅。(**注**:以金逸人主
> 任為首的唐山師專諸同道,實為河北省古代文學研究會之發起者。
> 余被邀與會,竹君同志偕行。八一年一月記。)

於唐山與老友作家蕭軍重逢,喜賦《喜在唐山市重逢蕭老》《桂枝

香　祝福蕭老亦以自勗》等詩。其前一首敘古論今,以話故人友情:

> 白山黑水是君家,靈秀所鍾毓英華。蜚聲最是尊也早,誰人不識老丘八。遭逢東北淪陷後,奮力搏鬥筆生花。只緣魯迅曾親炙,《八月的鄉村》響天涯。更見蕭紅《生死場》,比翼齊飛大中華。回首前塵五十載,桑田滄海漫興嗟。劫後重逢唐山市,殷殷執手話桑麻。能受天磨成鐵漢,"出土文物"實堪誇。喜聞七子都侍側,況復蕭耘歌詠佳。著作等身翁矍鑠,敬祝彭祖壽永遐。(**注**:蕭軍同志,東北籍老作家。九一八事變後相識於滬上、燕京,今又重逢於河北省唐山市,俱已垂垂老矣,同遊鳳皇山話舊。君在青年時期曾有軍籍而好弄文筆,今日猶自稱"老丘八"。)

1月31日,林彪、江青反革命集團首犯判決,興奮之餘,賦《法治萬歲》詩:

> 九州春雷震,粉碎爾狐鼠。禮下庶人席,刑及上大夫。秦鏡懸日月,堂皇坐龍圖。國仇終得報,家恨亦消除。悼我忠烈士,不朽垂千古。法治麗中天,曠代所未覯。平等豈妄談,此是真民主。寄語囂囂者,對照莫踟躕。斗柄已回寅,三星常在戶。行行雁歸來,歷歷花生樹。對景飲醇酒,六合慶復蘇。從茲齊額手,華夏金湯固。(**注**:八一年春節前夕,喜見林彪、江青反革命集團首犯判決,高呼"法治萬歲"。一月三十一日,保定作,不自知其手之舞之、足之蹈之也。)

春節前夕,知識分子政策已全面落實,賦《龍馬躍崑崙》詩,以歌頌國家萬象更新、欣欣向榮的氣象:

> 又是一年春,萬象俱更新。爆竹除舊歲,桃符煥錦文。雪梅香豔豔,翠柏綠森森。豐年稱大有,外貿樂芳鄰。最是法治好,狐鼠掃隨塵。笑它談博愛,不如我仁人。桓桓多士子,循循啟後昆。栽培心上地,教育為根本。政策言調整,蓄勢以前進。體會須深入,科學重精神。(**注**:八一年春年前夕,獻頌祖國。自落實政策以來,心情大好。蓋知識分子已排在工人、農民之後,非復昔日之"臭老九"矣!)

春節元日,賦《八一年春節元日獻頌》《八一年春節元日試筆》等詩。其後一首抒寫了自己的狂狷本色:

> 七十又加四,已過孔丘年。某卻渾無似,愧對古先賢。知天不知人,學書未學劍。吟詠抒性靈,考訂勤簡編。舌耕愛士子,會友善仁善。燈火闌珊處,矻矻一狂狷。松柏必後凋,金玉潤而堅。有為亦有守,可以自偷閒。笑它苦爭競,名利難過關。爭如陶靖節,悠悠見南山。(**注**:"四人幫"粉碎後,文教界中仍有心旌搖搖、鍥而不捨者,個人利益看得過重也。詩以自儆。)

2 月 14 日,致蕭軍一函。

蕭老:

客歲唐山邂逅,至今引為欣慰。倏而斗柄回寅,柏酒呈祥矣,當祝

吾翁健康長壽。"烈士暮年,壯心未已。"弟也何敢後人。春節元日曾放言五古乙篇,以示自勵。録呈大雅方家,敬祈斧正:

自述

七十又加四,已過孔丘年。

未敢狂歌笑,愧對古先賢!

丘也知夏禮,憲章周文憲。

丘也教六藝,三千在杏壇。

老聃演大化,西出函谷原。

莊周夢蝴蝶,漆園舞翩躚。

造物豈天成,五行自運轉。

人生雖有涯,壯志藐坤乾。

學書不塗鴉,佈道須拳拳。

吟詠貴真摯,餂飣賴簡篇。

燈火闌珊處,矻矻一狂狷。

有為亦有守,忠恕兩肩全。

松柏常後凋,金玉潤而堅。

皆可希堯舜,誰肯獨懸懸。

行行重行行,攀登莫遲延。

待到繁花日,扶杖入燕山。

吾兄著作等身,未識近日有何巨製,乞賜《春之消息》,俾某先覩為快。記曾慨允惠贈《八月的鄉村》《生死場》,偏何姍姍其來遲,請代催蕭耘同志一寄為荷? 又同遊唐山鳳皇山時所拍小影,亦望見賜。

弟教讀頗忙,假期中亦須趕寫講義,疏於函候,乞諒。耑此即叩尊夫人及蕭耘同志統此安好,不另。同遊唐山鳳凰山時所拍小影能否見賜一二?

鄉弟

魏際昌

2.14

元宵節,參加系會。賦《桂枝香　參加系會有志,比而興也,所以自勵》《桂枝香　歡迎鍾校長來系蹲點,兼以自勵,蓋比而興也》等詩。其前一首吐露了自己的丹心:

> 春滿人間。看南來飛雁,嘎嘎雲漢。行陣鼓翼非凡,不落荒灘。到處芳菲豔陽岸,某今日、慚夢邯鄲。只識真詮,三星在戶,億兆騰歡。　美哉乎、流水高山。妙筆生華翰,願效前賢。龍翔虎躍入畫,氣象萬千。朝霞海曙紃漫漫,波濤洶湧蓬萊灣。丹心一點,始終無二,為國承宣。(八一年二月十九,保定河大,上元之日。)

3 月,完成《先秦散文研究》講稿。

魏先生在講稿前記中說:"這裏刻印的是我自七八年以來給中文系青年教師補課和帶研究生的教學筆記(一部分是"專題"),主要是想幫助他們解決如何學習(也包括研究)先秦散文的。"

是月於《唐山師專學報》第 2 期發表《從方苞、姚鼐的言行看"桐城派"》一文。

5月1日,遊西陵,賦《八一年五一節與王國標部長同遊西陵(四首)》詩。其中《車過荊軻墓》詩表達了對荊軻的惋惜之情:

> 風不蕭蕭易水枯,子長前傳似空疏。自古英雄重然諾,
> 計出萬全死無阻。諉言"生劫"行已餒,"欲得契約"語更殊。
> 虎狼之國豈有信,辜負於期好頭顱。孤墳塔影夕照裏,扼腕
> 難稱大丈夫。

6月,河北省古代文學研究會在保定成立,被推選為會長。賦《河北省古代文學研究會在保定成立——四言六章以頌》詩六首以記之。其中兩首盛贊歷史文化的悠久與當下文教的繁榮:

> 八一之秋,布政優優。四化大業,續見良猷。文教戰綫,
> 亦告豐收。精神物質,偕飛神州。
> 吾國歷史,夙稱悠久。高文典冊,中外珍求。詩書六藝,
> 鬱鬱從周。馬班紀傳,法逾前修。(注:余當選為會長。八一年
> 夏六月於保定作此閉幕頌詞。)

是月28日,隨河北大學旅遊團遊薊縣盤山。《薊縣盤山即景》詩描繪了山中美景,批判了古代帝王不恤民情的奢華生活:

> 盤山似蟠龍,習習沐清風。美景七十二,導遊首致稱。
> 如勝開其端,石橋伴蒼松。聞話鳴驤篇,故事使人留。一上
> 又一上,窄徑通邃幽。忽見有古塔,八面石碑後。老樹皆千

年,青藤繞枝生。又得數殿閣,金碧建築精。據云乾隆帝,侍
母勤定省。每自承德歸,駐蹕息中程。爰念皇室客,淫靡窮
九州。不顧斯民苦,離宮處處修。(**注**:隨河大旅遊團,於八一年
六月廿八日到此。)

7 月,暑期隨團觀光北京,賦《八一年夏七月,隨河大三老暑期休整團
觀光北京雜詠》組詩:《初見北京市黨校招待所後“三客卿墓”》《車過
南口、居庸關,攀登長城八達嶺》《重遊南海,謁毛主席故居,亦入瀛臺
等地》《雍正潛邸雍和宮》《重遊香山,及臥佛、碧雲諸寺》《頤和園匆匆
一望》《雨中舟遊密雲水庫》《歷史博物館看黨史展覽》《周總理生平事
蹟展覽室》《軍事博物館看五帥事蹟展覽》等詩。其中《初見北京市黨
校招待所後“三客卿墓”》詩頌揚了三位外國友人為中西文化交流作
出的貢獻:

　　萬曆以來三客卿,燕郊埋骨有令名。南懷仁與湯若望,
利馬竇氏最先行。傳教中華稱信士,精於歷數並飛聲。自古
學術貴交流,況是西洋博物僧。天文儀器能監造,幾何譯述
早入京。伯仲之間人膾炙,非緣火炮加聖經。(**注**:利瑪竇
(1552-1610),意大利人,天主教徒,明萬曆末年入京,富於自然科
學知識,著有《幾何原本》《天文學實義》。湯若望(1591-1666),德
意志人,天啟二年來中國傳教,崇禎朝入京為欽天監正,修訂曆法。
南懷仁(1623-1688),比利時人,清順治十六年來中國傳教,由陝西
入京。康熙七年,管理欽天監務,並監治火炮。)

是年暑假,河北在撫寧泰和寨師範學校舉辦全國古代文學講習會,先
生榮任班主任,並講授“先秦散文”等課。《暑期古代文學講習會開課

誌喜》詩記錄了這次學術盛況：

> 古代文學講習會,河北主辦破天荒。五湖四海來學者,
> 都道燕地好風光。食必有魚菜羹美,出亦軒車走四方。講課
> 教師多碩彥,循循善誘誦聲揚。詩說三百尊毛傳,文重先秦
> 愛老莊。經世致用誰不悅,推陳出新須當行。祝福諸君歸去
> 後,開拓境界自芳芬。(**注**:從全國來說,河北省主辦此類講習會
> 也是比較早的。報到學員近二百人,主講者:老作家蕭軍、南開大學
> 王達津教授、中央戲劇學院祝兆年教授、河南師範學院華鍾彥教授、
> 紅學專家周汝昌先生、河北師範學院朱澤吉副教授。課程分別為:
> "吳越史話"、《詩經》《楚辭》、"先秦散文""漢賦""建安文學""陶淵
> 明"、《紅樓夢》、"元曲"、《西廂記》、"明清小說""桐城派古文"等,
> 上課三周。地址:撫寧泰和寨師範學校。余為班主任,兼授專業課
> "先秦散文"等。)

8 月,河北革命老詩人栗曼晴寄來《曼晴詩選》,賦《人民的心聲　革命的史詩——讀〈曼晴詩選〉有感》詩。

按,詩後注:"河北革命老詩人栗曼晴同志寄來《曼晴詩選》,讀之傾服。如此新詩,所見甚少,故回敬以七古一首。時為八一年夏八月某日,保定。"

9 月 28 日,歡迎新生入學,喜賦《迎接八一屆新同學四言詩八章》詩。

按,詩後注:"八一年九月二十八日。"

中秋節,心係臺灣師友,賦《祝願臺灣師友早賦歸來,共襄統一大業——八一年中秋之夜口號》詩。

是年秋,民革保定市委主辦中山業校,任學校常委會副主任。

　　按:《壬戌歲前夕,保定中山業校茶話辭歲,記曰:古城誦聲》詩後注:"業校成立於八一年秋,民革保定市委所主辦也,工作人員多為年老退休之民革同志,習勞習苦,很有氣勢。時余為此校常委會之副主任。"

10月9日,為紀念辛亥革命七十周年,賦《辛亥革命七十周年紀念》詩敘寫了中國近現代革命發展道路,盛贊黨的領導及取得的偉大成就:

　　一九一一年,十月十日天。湖北武昌府,志士舉烽煙。學社大聯合,新軍更無前。攻佔總督署,瑞澂逃兵艦。三鎮既光復,江漢義旗懸。起事猶未幾,海內喜連翩。國民革命黨,遍地賦凱旋。淞滬當機杼,中山孫逸仙。草人民約法,立南京首善。做臨時總統,奪清室王權。惜哉奸邪入,乾坤其毀焉!國事悲蜩螗,媚外復混哉。水深火熱中,百姓空嗟怨。飛來共產黨,鼎力挽狂瀾。紅旗卷西風,剗卻三座山。解放至今日,四化正殷然。緬懷七十載,一唱一歔羨。(**注**:八一年十月九日)

11月21日,參加保定中山文化業餘補習學校第二次開學典禮,賦《老梅二度——保定中山文化業餘補習學校第二次開學典禮》詩,描寫了夜校的盛況與個人精神面貌:

　　中山夜校,二度梅開。香飛保定,艷逾蓮臺。普通班後,專科偕來。濟濟鏘鏘,學員四百。業餘進修,斯民永懷。補習教育,政策有在。校部領導,皚皚頭白。堅貞樸實,鬱鬱松柏。中年戰士,靄靄神態。協力同心,為國育才。匪名匪利,寧靜淡泊。曰真曰美,豈不快哉。身雖老耄,追蹤時代。四化當前,心潮澎湃。鶴鳴九皋,鵬舉溟外。高歌猛進,於喁天籟。(**注**:八一年十一月二十一日於河大。)

公元一九八二年　七十五歲

2 月春節前夕,中山業校茶話辭歲,賦《壬戌歲前夕,保定中山業校茶話辭歲,記曰:古城誦聲》詩:

> 中山業校未一年,桃李芳菲保定園。鶴髮紅顏相躞蹀,以文會友樂陶然。窮經夫子臨渤海,弄筆先生上幽燕。松柏呈祥真蒼翠,梅雪爭輝且駐顏。我欲因之歌四化,燕舞鶯飛錦繡天。

讀保定市政協副秘書長馬千里革命日記,賦《讀馬千里同志〈陝北革命日記〉》詩:

> 千里馬猶龍,淩虛蹈太空。九天迎麗日,四海沐春風。生花稱妙筆,繡口自心靈。冀北任馳驟,垂老有餘勇。高山安可仰,神交屬弟兄。我謂先行者,無限是征程。比肩常相望,嘉惠須從容。溫故在知新,發展由繼蹤。劌剮早問世,某亦得宏通。(**注**:千里同志,博聞強記,允文允武,余之黨內朋友也,時任保定市政協副秘書長。得先覷其"日記"全文,淵雅宏通,可作

525

史料。八二年春節前夕,特為之記。)

河大中文系同人聚會,喜賦《壬戌前夕中文系同人小聚辭歲,口占七古一首:春滿河大》詩:

乙年杓轉又春來,煦煦和風滿樓臺。掌教師尊勤禮治,窮經學者夜燈開。青青子衿今勝昔,悠悠我心猶嬰孩。建築堂皇驚羨目,大院宏深育英才。太行腳下生奇花,渤海灘頭錦雲栽。北斗玄天輝冀野,日月升恒永康泰。慷慨高歌燕趙士,鶯歌燕舞真快哉。五講四美非細事,文明古國五千載。

是年春,應特邀參加河北省交通局公路史編纂工作會議,撰《〈河北省公路史〉撰寫舉例》一文,被推選為顧問,賦《河北省交通局公路史編纂工作會議》詩:

燕趙山海地,慷慨士所歸。自古喜言富,食貨兩不虧。懋遷賴交通,公路尤所貴。大道直如矢,逶迤入邊陲。長城東西走,隱現非常規。秦皇有蹤跡,光武入冀北。昔者人畜力,今朝電汽飛。無往而弗居,條條成巨達。史事安可忘,溫故以求識。卷帙盈筐日,津梁人莫違。(注:時在壬戌之春,余被特邀參加,其後並被推選為顧問。毫無建樹而寄來刊物甚多,赧然。)

5月,陸宗達先生應邀來參加河北大學中文系研究生答辯會,與陸宗達諸先生合照於保定城隍廟會議廳前留念。

6月,於端午節前夕,受邀到湖北秭歸參加屈原學術會議。先生早年即

懷屈志,遂賦《緬懷辭王屈原》詩以緬懷這位偉大的愛國詩人:

緬懷屈靈均,辭賦稱至尊。忠貞為祖國,肝膽照斯民。
芳草比仁者,美人擬賢君。丹鶴九天喚,虯龍四海吟。光輝
爭日月,六合喜同春。傷哉是此老,壯志未得伸。內迫夫奸
佞,外患乎強鄰。號泣問天地,哀怨訴鬼神。望郢江東去,懷
沙自沉淪。鳥飛未返鄉,狐死背丘林。抗鬥以屍諫,此舉震
乾坤。至今端午日,年年悼詩魂。江水躍龍舟,蒲艾戶戶馨。
鳳兮歌方罷,離騷清我心。(注:八二年端午前夕,湖北省社會科
學院文學所召開屈原學術討論會於秭歸,余奉邀參加。)

6月16日,到承德參加河北省古代文學會年會(第二屆),賦《避暑山
莊懷古》詩以詠今諷古:

癸亥仲夏入山莊,花木蔥蘢鬱金香。湖光搖影飛青翠,
樓臺掩映好輝皇。參天松柏爭蒼老,匝地鮮花耀錦妝。疇昔
清帝避酷暑,今日人民亦徜徉。呢喃燕語似懷古,松濤陣陣
吟聲揚。咸豐怯敵逃北國,禍延黔首喪家邦。有忝乃祖稱盛
世,又遺西后亂倫常。煙波殿裏陳屍日,哀詔何期不肖郎。
(注:八二年六月,河北省古代文學會年會(第二屆)開會於承德師
範專科學校,會罷遊園。十六日作於承德旅次。)

7月,返回祖籍撫寧縣榮莊,賦《重返祖籍撫寧縣榮莊》詩以抒鄉情:

我有家族兮在撫寧,農耕負販兮五世紀。秋米為粥兮蔬
菜羹,短衫敝屨兮謀朝夕。關東漂流兮祖與父,孩提傾慕兮

船廠地。教以掃灑兮學詩書,青青子衿兮由是起。回首前塵兮七十載,皚皚白頭兮返故里。老淚盈眶兮思親人,舊屋蟲聲兮猶唧唧。遂享膏腴兮飲旨酒,親友依依兮送不已。碧桃一筐兮祝壽考,行行屢顧兮心悒悒。燈下恍惚兮熱中腸,似夢實真兮何自疑。(**注**:八二年秋七月於撫寧師範客舍,書記郝連第同志鄉人也,主動為我聯繫,並偕同回縣,備蒙縣委常委李運午等同志關懷招待,親如家人。)

是年夏初,應邀到石家莊參加毛澤東思想研究會,提交《金聲玉振,典範具在——毛澤東同志體現於著作中的古文事例》一文。賦《河北賓館,參加毛澤東思想研究會》詩,表達了自己對毛澤東思想的推崇:

毛澤東思想,曷可不信守。中華所以立,人民得拯救。否定實狂妄,過時論大謬。古且為今用,況是出新猷。一國容兩制,開放亦有由。楚才猶晉取,安能閉關守。事在我掌握,三熱愛當頭。改革與搞活,此意同優遙。行之五七載,康樂必豐收。(**注**:一九八二年夏初在石家莊,以會中理事馮健南副教授之見邀也,余有論文《金聲玉振 典範具在——毛澤東同志體現於著作中的古文事例》。)

8月,賦《八一建軍節前夕,書贈撫寧師範書記郝連第同志》詩:

相見恨晚非無因,雙眸炯炯愛真人。最是一段深情處,同生撫寧是鄉親。戎馬半生多戰果,業轉桑梓亦忠貞。燕山渤海鍾靈秀,樂哉師道育後昆。某雖老邁未伏櫪,也傍驊騮逐征塵。(**注**:郝連第同志,福建復員團級軍幹也,為人精明,頗有戰功,以二等殘廢為撫寧師範書記。八一年暑假河北省古代文學會舉辦講習會於斯校,遂識之,以有鄉誼,過從甚密。)

9 月 28 日,賦《秋聲新賦,遙寄臺灣北大學友》詩:

　　歲在壬戌兮,八月既望。菊有黃華兮,丹桂飄香。同人修禊兮,蓮池書院。緬懷前賢兮,講學多方。山石玲瓏,連漪荷塘。亭臺掩映,碑版琳琅。

　　首都南疆兮,保定守望。古城綺麗兮,物阜年康。仰首蒼蒼兮,卿雲麗日。唯我中華兮,燦爛輝煌。佳節思親,佇立以望。遊子未歸,心焉惆悵。

　　中樞至善兮,乾坤重光。同心同德兮,燮理陰陽。四化大業兮,新新不已。溥海騰歡兮,紅旗高揚。工人農民,聯盟先進。知識分子,攜手同行。

　　物質精神兮,文明雙唱。相互促進兮,慎思莫忘。手揮五弦兮,目送飛鴻。浩然之氣兮,至剛至強。自力更生,協和萬邦。況我諸友,唐棣之芳。

　　月宮嫦娥兮,一派清光。吳剛捧酒兮,敬慰忠良。人間天上兮,行不殊方。望穿秋水兮,鴻雁來翔。太行含笑,渤海歡唱,嘉賓蒞止,萬壽無疆。(**注**:八二年九月二十八日於保定河北大學。)

是年秋,受邀與蕭軍到石家莊地區師範專科學校作報告,賦《贊石家莊地區師範專科學校並呈政校領導陳、徐兩同志》詩:

　　牛山之木嘗美矣,萬綠叢中一點紅。地區師專誰不曉,

弦誦聲聲動九重。圖書巧布琅環地,儀器分列小離宮。壁報
清新驚文筆,玉樹蒼翠傲三冬。最是此中領導好,親密無間
樂融融。誰說大學須名牌?玲瓏珠玉可稱雄。漫步崖邊精
神爽,舉杯窑洞卻俗容。為我多謝諸君子,艱苦樸素立學風。
(**注**:一九八二年秋,石家莊地區師範專科學校領導請我與蕭軍同志
到校作報告,故書所見。)

是年秋,編撰《紫庵詩草》。

按:顏霽贈先生《敬題"紫庵詩草"》詩云:"從知此老寸心丹,戎馬
書生總據鞍。河北路居萍話暖,西湖村裏雪光寒。八千里路飛蓬跡,
五十年來掌杏壇。抱月一生見清白,紫庵詩足壯遊觀。"(一九八二年
秋於天津)故暫繫於此。

**10 月,到石家莊參加河北省語言文學會年會,時為副會長,聽革命詩人
王亞平作報告,賦《青松不老(有序)》詩。**

詩序云:"壬戌初冬,石家莊河北省語言文學會年會上聽革命老詩
人王亞平同志的報告,王老時已七十八高齡矣,詩以紀之。"詩後注:
"八二年十月間事也,余時為語文學會副會長,陪同亞老主持講座。"

附:"亞平王老之詩序言 一九八二年冬,石家莊之行,與魏老際昌
一見如故,並同到曼晴詩人家小飲,魏老以七古《詩宴》相贈,囑和,乃
依韻以和之。"

**會議期間受王亞平之邀,與河北師範學院夏傳才先生等人小聚,賦《壬
戌初冬,曼老招飲亞翁、夏公,余亦在座:詩讌》詩以敘歡情:**

莫道四海無知音,今朝栗府多詩人。燕趙慷慨悲歌士,

嘗作渤海玉龍吟。芝蘭本是君子性,松柏舊稱美人心。金杯
高舉舒豪氣,佳餚羅列謝斯民。老梅競豔香清冽,迎風修竹
鬥精神。謂語座中諸君子,書生越老越天真。(**注**:河北老革
命詩人栗曼晴同志招飲老友王亞平同志,請河北師範學院夏傳才先
生與余作陪,席間極為歡暢。)

冬至日,完成《屈賦再生·靈均遺愛在人》一文。

按,先生一生衷愛屈子,晚年尤篤。

是年,專程到湖南汨羅憑弔屈子祠。

2003 年,劉石林著《近、當代名人汨羅憑弔》一書中載:"全國屈原
學會副會長、河北大學教授魏際昌老先生,1982 年專程到屈子祠憑弔,
感慨萬端。他說 50 多年前,他曾代表湖南省政府教育廳前來考察過
汨羅中學,他還清楚地記得哪裏有教室,哪裏是辦公用房,哪裏是廚房
廁所,可惜都拆掉了,還是屈子有靈,使屈子祠得以保存下來。屈學界
專家還有全國屈原學會會長湯炳正、褚斌傑,副會長姜書閣,著名教授
馬積高、羊春秋、于光遠、黃中模等都專程來憑弔過。"

是年,蕭軍來保定看望先生,並在河北大學開講座。

吳占良《魏際昌傳》載:"魏先生與作家蕭軍(1907-1988)先生是
東北同鄉,在抗戰期間即相識。文革後,1981 年 1 月重逢於唐山,翌
年,蕭軍先生來保定看望魏先生,並在河北大學講座,由保定電視臺殷
占堂錄有專題片。"

公元一九八三年　七十六歲

任教河北大學。

1 月元旦,賦《八三年元旦,放歌祖國光輝,又寄臺灣諸師友》詩寄託遙思:

斗柄又回寅,六合賦同春。萬象更新日,華夏美無倫。爆竹聲聲震,桃符色色金。豐年慶大有,屠蘇酒盈樽。蒼松偕翠柏,鬱鬱早成林。老梅不爭豔,幽香沁比鄰。六天丹鶴唳,四海玉龍吟。爰念遠遊子,孤帆碧空隱。悠悠爾何之,祖國最親親。俎豆千秋在,蒸嘗父老心。回來見戚友,骨肉俱歡欣。舉手遙寄語,盛世多祥麟。(**注:**八三年春節前夕於保定河北大學。)

1 月 5 日,覆考生方勇一函(時方勇致函先生聯繫報考研究生一事)。
方勇同志:

前後三函及大作《中國古典文學論要》,均已收見。屈己以弟子相稱,實不敢當。吾輩以文會友,可以為忘年之交,故不必拘拘於舊俗也。

君對於古典文學造詣頗深,不只融會貫通,抑且精微博大,為時下所罕見,恨相識之晚焉。至欲考某之研究生當然歡迎,但不知已報名否耳?

按規定應於浦江當地報名、體檢、政審、代考,惟云尚未取得"准考證",不知何故? 保定地區報考業已截止,如履行手續不夠,可以酌情補足。

請將學歷等項按照要求寄來,供某參考。大作在粗讀一過以後,業已簽呈校系負責人審閱,事畢自當璧還,可釋遠念。某因省內外學術活動甚多,日前方歸,所以稽復,乞諒。

　　不管來日如何,願與君作文字之友。或能設法同地切磋,則更善矣。君之外文修養奚似? 英、俄語能過關不? 聲音訓詁之學,自當不在話下。不盡匆匆,即問

冬祺!

　　　　　　　　　　　　　　　　　　　　　　　魏際昌

　　　　　　　　　　　　　　　　　　　　　　　83. 1. 5

2 月 22 日,到北京回拜蕭軍先生。

　　吳占良《魏際昌傳》載:"1983 年 2 月 22 日,魏先生到北京回拜蕭軍先生。"

3 月,賦《祝福同門華鍾彥老教授》詩以話友情:

　　　　華老在中州,巍峨數十秋。非緣有權勢,吟哦以優遊。唐詩祖李杜,宋詞美姜周。一唱而三歎,創作驚師友。平生重義氣,喜新不忘舊。桃李滿天下,知交多名流。學會屢過從,益我稱良友。班輩忝為弟,南望思悠悠。(**注**:河南大學老教授華鍾彥,余三十年代之北大學友也,工於詩詞,最能朗誦,常在學術活動中相晤,茲已各及耄年,每思念之。八三年春三月記於保定河北大學。)

3 月 14 日,覆考生方勇一函。

方勇同志:

　　七日手書及玉照均已收見,謝謝。

看來你的入學筆試不甚得意,但這沒有什麼關係,語云"考試無常",單憑這個是反映不出來業務水平的。仍應具備信心,靜候通知。雖然我現在還不曾開始閱卷。

你的《論要》我已流覽一過,並且做了一些論贊,"以文會友,以友輔仁"嘛。獲益匪淺,確是"後生可畏",非盡客氣。因為你的青年生活跟我有許多相似之處,譬如古代文學的基礎,是我的祖父給打就的,他是位老貢生。

當然記問之學不足以驕人,我們要求的是從感性認識到理性認識。毛澤東同志所說的"由表及裏,由此及彼,去粗取精,去偽存真"者是。這是研究古代文學不可或缺的科學精神,其目的就在於"推陳出新,古為今用"嘛。

如果算是缺點的話,我看,對於馬列主義和毛澤東思想的文學藝術部分你還學習得不夠,因此就不能以他們的革命文學之"矢",來射你這研究古代文學之"的"了。我有一些正面的感受,將來再談。

家庭出身問題不大,朝氣蓬勃才極重要,我年已過孔丘,尚未有"西狩獲麟"之歎,何況你呢? 倒是孟軻的"吾善養吾浩然之氣"的勁頭兒和"說大人則藐之"的風格,值得你培養。固然不能自視太高,但也不該妄自菲薄。

孔子說:"文王既沒,文不在茲乎!"我們說:"江山代有才人出,各領風騷數百年。"黨中央是如此地重視知識和知識分子,吾輩豈可河歎? 玉照清秀,書生本色,好學深思,信不誣矣。也回贈小照一個,使君見我"廬山真面"。問好!

魏際昌

83. 3. 14

附考生方勇 3 月 7 日致函一封:

魏際昌教授道席:

　　近者辱領翰示,悉心教誨,淺陋之人捧誦再三,不任區區景仰之至,雖來日不配教授門下,願終身私淑焉。吾親友、同事、領導得觀,亦莫不欣喜焉。然吾學識淺薄,兼接教授均函,信心百倍,終日杜門復習,身體疲勞過度,又搭貨車赴考於二百里之外,一路備受顛簸與風寒,英語考試正值感冒發燒之際,後經診治,漸漸轉愈。故各科揮筆不能如心,將有負教授之望矣。

　　吾祖父執教私塾,家頗有藏書,故吾自幼得以染指古籍。入庠序,學出同窗之右,為人所稱。然祖父曾入國民黨藉,雖身已歿,吾則不得入高中矣。吾發奮自學,不時練筆,所作屢為報刊所選,故名重鄉間,後為大隊公社所薦而入金師。此十八歲前之事也。

　　厥後,吾不復投稿,志在韋編三絕,至於廢寢忘食也。而時尚"批白尖",素為人所譏。然吾自重,不為所移。學畢,任教高中,至今時已六載有半矣。吾絕賓客之知,忘室家之業,寒暑易節,未敢有懈怠之意也。吾節衣縮食,四處購書,無置家什可言,更無論有半文積蓄矣。故人多謂我固執,不善與世推移。

　　嗚呼!吾心志學,可謂誠矣。而立之年,忽忽焉將逮,而猶未有所樹也,復何望乎不惑與知天命也哉!去年以來,吾自朋友處數次得見研究生專業課試題,乃悟曩昔無名師指導,所趨彎路甚多也。若治《周易》,連八卦亦皆細細研讀;治《尚書》,心力遍及各篇及其注疏;治《論語》,力求背誦;治《楚辭》,不敢放過《章句》《補注》《集注》《通釋》;治《昭明》,心幾及於全書;治《文心》,用力遍於五十篇;治《史記》,力及各表;治《說文》,費心半載。雖若《前漢》《後漢》《三國志》《宋書》《梁書》《水經注》之屬,亦皆羅於必讀之列也。今竊以為如此遍覽,非報考碩士研究生所需。此乃無師之患也。

　　韓昌黎謂,古之學者必有師,師者所以傳道授業解惑也。此論誠非虛言。若衡湘以南為進士者,皆以子厚為師,其經承口講指畫為文詞者,悉有法度可觀。又若元末宋濂,乃金華人氏,負篋曳屣,來吾浦江,居於青羅之山,持經叩問,先後拜於吳萊、柳貫、黃潛門下,終為有明開國文臣之首也。吾未曾深造於大學,更無碩師與遊,乃野生之物也。故吾至今仍"路曼曼其修遠兮",胸中不解之惑填積甚眾,又無路求教於名師。故復試之日,淺陋之人乞能幸見教授尊顏一面,日後必有長進也。拜讀賜書,皆獎挹後進盛意,故今乃敢具道所以,以冀先生垂察焉。奉近照一張,以表誠心。

　　敬請

春安!

後學方勇再拜頓首

八三、三、七

5 月 11 日上午,親自主持碩士生之復試。

　　此為先生首次獨自招收碩士研究生,應考者凡 9 人,進入復試者有方勇(來自浙江)、李金善(來自河北)、束有春(來自江蘇),復試地點在河北大學中文系古代文學教研室,復試組成員為古代文學教研室多名教師。其後,前兩名考生有幸忝列先生門下。

5 月 30 日,致徐儒宗信函一封。

儒宗同志:

　　手教及詩文誦悉,感受極深,何越人之多才也。昌年過尼山而造詣無似,謬蒙垂青,實為慚赧,"托於龍門"云云,則吾豈敢!

　　吾人既屬同道,允宜絀長補短,以文會友,蓋"古之學者為己,今之學者為人"，孫卿固已先之矣，生當二千年後，曷可忽之！

方勇與君出身畎畝，非"肉食者"所能比擬，"吾不如老圃，吾不如老農"，即某亦何莫不然？此當引以為榮焉。

古人自學成材者多矣，《論語》云"不憤不啟，不悱不發"，君等生在新中國中，長於紅旗之下，歷史條件勝某多多，遑論吾輩先人。

但亦有不能已於言者，則毛澤東同志所謂"推陳出新，古為今用"之道，君等尚應多加體會，否則精神文明何由建設？

"江山代有才人出，各領風騷數百年"，吾人雖不可妄自尊大，而"太上立德，其次立言，郁郁乎文，大業當先"之義，早已知之甚稔，"當仁不讓"。

"皆來"前韻具在，亦和五古一首示意，題即曰《來》：

> 錢塘海曙雲霞開，後浪追蹤前浪來。靈秀獨鍾范蠡子，伍員畢竟是殺才。燕趙古國亦多士，高歌易水真慷慨。杏壇設教某豈敢，以文會友常自愛。寄語南天負笈者，老夫引領黃金臺。

君之《馬說》脫胎於昌黎而憤懣過之。愚以為"有志者事竟成"，年方而立，"向前看"可耳，何必多怨！

某俗冗較忙，石家莊評審職稱歸來，又須去承德主持古代文學會年會，稽復為歉，即問夏祺！

魏際昌

83.5.30

7月7日,親為考生方勇發去一函,率先告知録取之消息。

方勇學棣:

　　昨獲通知,你已被破格録取為河北大學中文系"先秦文學"專業的研究生了。祝賀你戰鬥成功!

　　除學校另有函電正式相告外,特為知會。可以準備九月入學,便中不妨進修一下外文和聲音訓詁。

　　八月初我將代表河北省語文學會到大連參加"屈原學術討論會",須中旬歸來。問好!

魏際昌
83.7.7

是年夏,到武昌參加"中國古典小說理論討論會",賦《中國古典小說理論討論會在武昌召開,勝利閉幕,惜別》詩以示紀念:

　　滾滾長江天際來,山光雲影共徘徊。鸚鵡洲頭思屈子,黃鶴樓中念李白。慢道周郎能顧曲,今日群英逞妙才。鈎沉說部珠玉露,稽古稗官掃塵埃。序跋評點須兼理,卓吾聖歎未沉埋。碧柳依依君往矣,餘音猶自繞梁臺。百尺竿上再求進,見賢思齊某未衰。待到明年春三月,重為《水滸》爭鼎鼐。

　　(**注**:八三年夏。主其事者,武昌師院張國光副教授。)

　　1992年,張國光教授出版《文史哲學新探》一書,其中《關於首屆中國古代小說理論討論會的小結》中載:這次會議的重要創新意義,首先表現在對封建正統文學觀點的強烈批判。我們知道,在封建社會,

538

小說不能登大雅之堂。後漢歷史家班固根據劉歆的《七略》刪定而成的《漢書·藝文志》是把小說列於"九流之末",同時目之為"小道"的。魏際昌教授因此寫了首五古作了有力的駁詰:"小道勝大道,稗官實可觀。殘叢非細語,巷議是高談。《六經》難獨步,小說已萬年。君子雖恐泥,小人卻志遠。"……"小說"這個名稱雖然在兩千多年前就有了,但它在我國的各種文學樣式裹是成熟較晚的、也比戲曲更受輕視的文體。魏際昌教授則說:"大道"可說是周公之道、孔孟之道。與之對立的"小道",是指"怪、力、亂、神"。他認為中國小說起源很早,《詩經》中也有小說的因素,《九歌》《天問》也如此。評點,古已有之,《公羊傳》《穀梁傳》就是評點,史傳贊論也是評點。

8 月 3 日至 7 日,到遼寧參加屈原研究學術討論會,提交《屈賦教學拾零》論文。後該文在《楚辭研究·遼寧省首次楚辭研究學術討論會專輯》上發表。

　　吳占良《魏際昌傳》載:"1983 年 8 月 3 日至 7 日,遼寧省文學學會'首屆屈原討論會'在大連市舉行,出席會議的全國 18 個省市自治區的楚辭研究工作者 120 餘人,收到論文(包括專著)近 70 份,湯炳正等專家因故未參加。魏先生與會並提交了《屈賦教學拾零》的論文,期間與華鍾彥、趙逵夫、孫常敘、黃中模等師友相談甚歡,學術氣氛濃厚,為成立全國的學術組織向前推進了一步。遼寧省屈原研究學術討論會,由遼大中文系與遼寧師大中文系合辦,同時,作為遼寧省文學學會屈原研究會成立大會,魏先生參加了會議全過程。'最後商定了三件事:一以與會全體代表名義發起倡議(成立中國屈原學會),並徵得十教授簽名;二是成立籌備委員會;三以湖北社會科學院文學所為籌備秘書處。到會者當場以黃中模的倡議書為基礎作了推敲,文本基本定下,個別需斟酌處由王延海負責。十教授簽名,除到會者外,其餘分工回去徵集,後來徵集簽名為姜亮夫、林庚、陳子展、蔣天樞、湯炳正、胡國瑞、劉禹昌、魏際昌、張震澤,還有一位好像是陳思苓。'當時所定屈原學會籌委會名單為:主任:姜亮夫、湯炳正。副主任:魏際昌、胡國瑞、姜書閣、張震澤、聶石樵、李世剛。秘書長:張嘯虎。副秘書長:龔建昌。常委:毛慶、黃中模、陸永品、張中一、王延海、林維純、殷光熹。另有委員:戴志均、郭維森、趙逵夫、冀凡等 15 人。"

9 月 17 日,新學期伊始,賦《散文詩一首,送給八三級入學新同學》詩以勉之。

　　按,詩後注:八三年九月十七日於河大中文系。

是年冬,賦《在玨邱君品端學粹,余解放前之畏友也。重逢保定,俱已垂垂老矣。伊對師依然彬彬有禮,且贈以詩,喜而和唱七古一首》詩:

　　　　憶昔潘水相過從,時已東瀛拜主龍。某在東大教文學,君攻法律入青宮。壯年豪氣衝霄漢,關外何人不識兄?紅旗漫捲西風去,相將襆被入燕京。轉學轉職遂參商,荏苒光陰四十冬。滄海桑田驚物換,青山老作白頭翁。豈意重逢保定府,難於回首話前情。士別三日刮目看,淵雅不與舊時同。舌燦蓮花飛英語,業過申韓法律工。身亦老驥未伏櫪,鳳兮鳳兮誦聲濃。鞠躬盡瘁學諸葛,發揮餘熱追太公。實現四化作磚瓦,攜手同歌舜禹功。(**注**:一九八三年冬。)

11 月,到唐縣做報告。

　　河北省保定市地方誌編纂委員會所編《政黨群團‧民主黨派‧工商聯(社會服務部分)》中載:"1983 年 11 月,為了支援山區,組織會員到唐縣講學。魏際昌教授為 1000 多人做熱愛祖國、熱愛教育事業的報告。"

12 月 11—13 日,出席"全國毛澤東文藝思想研究會、紀念毛澤東同志九十周年誕辰學術討論會"。

11 日,由碩士生方勇陪同至石家莊河北賓館報到。12 日,宣讀會議論文《金聲玉振 典範具在——紀念毛澤東同志誕辰九十周年》。13 日,到平山縣西柏坡參觀。是月底賦《毛澤東同志誕辰九十周年,巡禮西柏坡中共中央遺址》詩:

> 滔滔渤海依北國,太行千里走嵯峨。松柏青青美蒼勁,誰人不識西柏坡。緬懷一九四九年,帥纛高懸鎮河朔。指揮若定驚諸醜,慢卷紅旗掃群魔。一統中華新日月,六合同春起頌歌。鐵馬金戈今猶在,黃龍丹鳳舞天波。豐功偉績垂竹帛,嘉言懿行作楷模。大哉浩氣彌宇宙,發揚繼武有賢哲。
> (**注**:八三年十二月三十日。偕行者,楊柄老及毛澤東思想研究會諸人。)

按,11 日到河北賓館報到後,即有一名在石家莊當作家者來訪,笑容可掬,甚是恭維,先生虛與委蛇。此人一離去,先生即對方勇說:"'文革'時他是河北大學中文系學生,一腳把我從樓梯上踢下來的就是他!"

是年,於《河北大學學報》第 4 期發表《桐城古文學派小史》一文。

公元一九八四年　七十七歲

2 月春節,賦《遠懷寶島》詩,以懷師友:

> 極目雲天外,蒼茫山海間。長島依祖國,此是我臺灣。
> 幅員四萬里,屏障大東南。日月潭雲秀,碧波漾紫巒。玉山
> 稱奇偉,嶙峋九龍蟠。漁鹽工礦業,富庶非一端。有人此有
> 土,炎黃世代傳。禹甸九州內,覬覦爾徒然。大將鄭成功,早
> 已驅荷蘭。青史美名標,兒女聽召喚。爰念諸師友,胡可不
> 言旋。豔陽六合滿,梅花正香妍。屠蘇酒一杯,遙舉祝康年。
> 豈敢獨樂樂,同願闔家歡。(注:八四年春節,一片光輝,喜贊。)

在《河北大學學報》第 1 期發表論文《桐城古文學派小史(續一)》《錯注三則》兩文。

3 月,到武漢參加全國屈原籌備會。針對日本學者否定屈原的妄言,撰寫《保衛屈原,緬懷郭老》一文。

吳占良《魏際昌傳》載:"1984 年 3 月在湖北成立全國屈原籌備會,在武漢東湖賓館舉行。湖北社會科學院文學所古代文學研究室的全體成員參與籌備並參加會議,魏先生到會並主持,會議做出以下決定:一、力爭今年成立中國屈原學會。二、力爭明年端午節在湖北召開成立大會。三、為迎接中國屈原學會成立再做三件事,湖北成立屈原學會;湖南力爭成立屈原學會;四川遵照湯先生的意見,開一個中型學術研討會。黃中模並建議這幾個學術會議可將批駁日本學者的'屈原

否定論'作為中心議題之一,大家同意了他的意見。"

是月,到武漢參加張國光先生主持的中國古代小說理論討論會。然後
與重慶師院黃中模教授到汨羅、湖南大學、湖南師大、湘潭師範學院等
地,連續作了五場"評日本學者的'屈原否定論'"的學術報告。

2000 年黃中模、王雍剛主編《楚辭研究成功之路——海內外專家
自述》一書載:"首先是河北大學魏際昌教授和湖南師大顏新宇同志的
支持。顏新宇很努力,願在湖南為我組織幾場評日本學者的屈原否定
論的學術報告會。受汨羅、湖南大學、湘潭師院的邀請,我定於 1984
年 3 月下旬,去湖南講學。我先到武漢參加張國光先生主持的中國古
代小說理論討論會,魏先生也在會中。我向魏先生談到湖南巡迴講學
之事,想請他同去,借助他的威望給此次活動以大力支持。魏先生欣
然答應同行。我們於 3 月 18 日出發,歷經汨羅、湖南大學、湖南師大、
湘潭師範學院等地,連續作了五場'評日本學者的"屈原否定論"'的
學術報告,每到一地或由魏先生作開場導講,然後由我作詳細闡述,或
先由我講述,最後由他作總結,我們都能默契配合。所到之處聽眾反
應熱烈,尤以汨羅為最。"

報告期間,經長沙,到湖南汨羅,憑弔屈原,賦《武陵湖湘長沙古郡》
《再遊汨羅屈子祠有感》等詩,其後一首云:

再謁屈子祠,荏苒四十年。春雷驚四野,雜花生樹間。
湖山終無恙,鄉鎮有巨變。人物頗繁庶,汨羅已設縣。憶惜
抗敵日,寇騎窺湘邊。戰壕縱橫錯,百里少炊煙。我來立中
學,曾冒狙擊險。行者蒼惶顧,急趨如逃難。紅旗卷西風,天下
賦宴安。江岸可優遊,憑弔我前賢。相與舊師友,俯仰話楚天。

後到湘潭韶山遊覽毛澤東故居,賦《雨中瞻拜毛澤東同志韶山故居》詩:

> 紛紛春雨潤韶山,萬物欣欣發自然。車隨路轉滴青翠,
> 人到仁里喜難言。雲中似見縛龍手,綠野冉冉生紫煙。主席
> 故居遙指處,日月光華麗九天。功高舜禹無前古,竹帛揚聲
> 永世傳。獵獵紅旗飛宇宙,巍巍經典耀人寰。老屋數椽巡禮
> 後,益知偉大之根源。一門忠烈今無似,鳳鳴鵬舉自民間。
> (**注**:八四年春三月自長沙轉湘潭謁毛主席故居,遇雨,景色清新,益
> 增緬懷之意,同行者四川黃中模先生。)

4月9日,為門下弟子談業師胡適先生。

上午,為弟子方勇、李金善講解《莊子》,課後談及胡適先生云:"胡適先生在思想認識上確實有些問題,但他的天賦、為人、好學諸方面是值得肯定的,有哪一個人能像他那樣從三十多個國家得來學位?過去,人們只抓住其中的錯誤部分不放,而不及其餘。我現在雖是七十有八歲的人了,但願在有生之年寫幾篇文章,做一些翻案工作,這也算是表示了自己對先生的敬意了。"又云:"胡先生在許多方面作出了貢獻,但人們都把它掩埋了,真不夠公平!"(引自《方山子日記》)

是月,應湯炳正先生邀請,到四川師範學院參加"屈原問題學術討論會"。26日賦《蓉城"屈原問題學術討論會"》詩:

> 蓉城夏日長,花束懶迎陽。錦江泛晚霞,細雨響清商。
> 樓臺掩映處,鴻儒萃一堂。共話屈夫子,千古詩之王。離騷
> 矢忠貞,龍吟帝子鄉。九歌舒浩氣,鶴唳玄天上。鳳兮自來

儀,麟書仁者旁。光華旦復旦,韶聲樂未央。(**注**:八四年五月
廿六日於四川師範學院客舍。主其事者,楚辭專家湯炳正教授。)據
《方山子日記》,先生於5月21日自保定啟程乘火車往成都。

6月4日,致赵逵夫一函。

逵夫賢棣:

成都會上認識了你,可以說是此行最感欣慰的事。蓋吾棣不只在
業務上有專精的科研成果,在待人的態度上,也是誠樸動人、非同泛泛
的,所以使我念念不忘。

自峨眉山中分手以後,湖南的張中一同志像吾棣一樣,招呼我下
了山,真是盛情可感。但也給了我一個教訓,以後不要再不自量力幹
這樣的蠢事,給人做包袱了。

中一同志還陪我看了樂山大佛、都江堰等名勝,直到共返成都,分
乘飛機去北京、武漢,以未能再見老棣為憾也。至於做學問,則聞道有
先後,術業有專攻,某亦不過"老馬略識途徑"而已,未可以言"巍然砥
柱"。

棣是有抱負也能向深廣發展的中間骨幹,來日方長,文在茲矣,有
厚望焉,不是客氣。我們明年將開辦研究生班(古典文學二十名),希
望能多方協助,共為培養接班人而努力。

端節前後,寫有長短詩歌數首,既承垂詢,錄如上次,以博一粲,題
曰《峨眉雜詠》,凡五言小詩五首(口佔,未找平仄):

山香滌俗塵,鳥語悅素心。白雲飄渺處,疑是天外人。
(其一)

拐道九十九,下上鬼神愁。老夫七十七,策杖穩步走。
(其二)

峨眉稱佛山,寺廟曷巍然。懶觀諸菩薩,神態都一般。

(其三)

猿猴伴人遊,攀枝近我頭。一片餅餌擲,攫食聲啾啾。

(其四)

噹噹夜磬鳴,悠悠睡不寧。豈因生雜念,盼他六根淨。

(其五)

都江堰小照一張相送,另寄近二年中各地學術報告及我校《學報》數份,請棣勘正。

匆復,即問

夏綏!

魏際昌

84.6.4

6 月 20 至 23 日,魏先生夫婦接通知去天津認領"文化大革命"中查抄物品,在天津二宮,只認到梁啟超的對聯,說以後還陸續發還。

據吳占良《魏際昌傳》載。

7 月,與夫人于月萍一起回故鄉撫寧,賦《撫寧山鄉看望葡萄宋家》詩寄託對家鄉的深情厚意:

邐迤入山鄉,葡萄滿架香。宋家勞動好,園藝稱多方。瓦屋依山立,清泉崖邊響。生產創財富,此應大表揚。對內要搞活,思想須解放。謂語縣領導,紅眼病必防。雖是萬元戶,亦懼索無量。保護如有道,桑梓可安康。(注:縣常委兼辦公室主任單明禮同志伴我同來，宋家頗有慌恐不安之意，故余云云。同行者月萍及郝連第書記。時值八四年七月夏初，暑假開始，余再度回鄉梓之榮莊探視之際。)

是月，遊歷泰山、曲阜，賦《與保定民進諸同志夏季旅遊泰山》《泰山道上書所見》《曲阜孔廟》等詩。其中 25 日賦《曲阜孔廟》詩，描寫了孔廟的巍峩肅穆：

> 古柏參天立，雕欄櫺星門。宮牆三四進，朱顏代代新。翁仲漢形美，碑亭唐跡真。洙泗橋邊過，杏壇高丈尋。巍峩大成殿，金光耀紫宸。盤龍玉柱下，肅穆騰青雲。此是素王廟，先師第一人。鬱鬱乎文哉，人稱冠古今。(注：嚮往久矣，今日始獲瞻仰，並孔林、孔府一覽無餘。大哉乎其為文廟也！八四年七月二十五日於濟南軍區招待所。)

是夏，參觀蠡縣，賦《蠡縣工農業發家致富大隊觀光》詩：

> 蠡縣春色秀，青青小麥田。驅車遵大路，浮想改革篇。落實農輕重，工商入鄉關。魯班精巧藝，陶朱貨殖先。風雷激四化，舊貌變新顏。叢生萬元戶，市場大喧闐。宅院亦雅潔，設備稱精贍。彩電傳錦影，動力坐騎見。人民齊鬥寶，致富有高賢。搞活得甜頭，一點帶全面。遂使河北省，頌聲飛滿天。(注：八四年入夏，紛傳我省蠡縣萬元戶多，統戰部組織參觀，歸述所見。)

8 月底到甘肅蘭州參加唐代文學學會，遊歷西北，9 月 9 日返保定。賦

《"絲綢之路"史詩一束》:《通西域》《詩賦蘭州》《莫高窟》《到陽關》
《隨文郁學長暢遊西北,備承照拂,有詩》《驪山行》等詩。其中《到陽
關》詩描繪了北塞風光,並吊古詠今:

> 人到陽關大道寬,平沙漠漠四周天。絲綢之路今勝昔,
> 飛車瞬時過酒泉。稀疏沙柳弄蒼翠,零落蒿花競紫妍。土墩
> 沙磧掩映處,一片綠洲溢小川。渴飲何必長江水,南湖掬吸
> 沁心田。稻粱盈畝縈秋色,棚架重重蒲桃園。塞外饒有江南
> 趣,白雲東去嫵祁連。俛首我思霍去病,彎弓躍馬蕩泥丸。
> 樓蘭而今不復見,胡笳羌笛亦非前。乃歎滄海桑田事,悠悠
> 千古皆等閒。歲月不居莫流失,英雄事業在征鞍。笑我耄年
> 心未老,僕僕競步戈壁灘。

9月,河北省社科聯頒發"建國以來長期從事科學教研工作成績顯著"
榮譽證書。

是年秋,應邀到漢口觀摩《九歌》詩劇之初演,學生李金善隨行,賦《八
佾聞韶——為武漢歌舞劇院演奏大型〈九歌〉詩劇成功而獻頌,兼以呈
政程雲、莎萊兩賢》《記柳青同志為〈九歌〉舞劇佈景、服裝、道具設計
成功》(注:八四年秋於漢口璿宮飯店)等詩。其前一首描寫了詩劇效
果與觀劇印象:

> 《九歌》詩樂響鈞天,偉哉屈子又翩躚。編鐘古樂誰識
> 得,鏗鏘六律滿人間。《簡兮》萬舞方奏罷,靈均南國敢爭前。
> 《八佾》已僭天子禮,楚子問鼎自當先。規矩方圓之至也,謂
> 韶盡美又盡善。《絲路花雨》黃河上,"楚聲"堂皇大江邊。

絢麗多彩今勝昔,雅俗共賞非一般。自是丹心攻關者,浩然
大氣衝霄漢。膜拜夏浦諸君子,燕趙下士願學焉。引吭高歌
凱旋曲,金杯浮滿共酡顏。(**注**:八四年秋於漢口璿宫飯店,蓋蒙
程(劇院院長)、莎(文聯主席)兩公見招,以觀摹詩劇之初演,既罷
興歡也。同行者八三研究生李金善。)

是年秋,應青海師範學院中文系邀請至西寧講學,賦《塔爾寺漫遊書所見》詩:

渺渺青海湖,白鳥漫天舞。金頂塔爾寺,崖間顯突兀。
喇嘛紫偏衫,木訥無所圖。經堂深邃處,佛相倍神古。香溢
酥油燈,幢幡似林株。信女投地拜,靈斗轉轆轆。聞説班禪
過,泥首餐其土。(**注**:八四年秋,余應青海師範學院中文系之邀
請至西寧講學,便中與徐煒教授郊遊入寺。徐,滬上老作家也,曾客
居寺中,為道舊聞甚詳。)

中秋節,於保定政協禮堂賞月,口占《國慶前夕,中秋之夜,有懷臺灣諸師友》詩:

三十五年月又圓,中華建國麗中天。金風颯颯神清爽,
秋光皎皎麗人間。非只古城景色好,嫣紅姹紫處處鮮。雁鳴
嗷嗷呼遊子,蟬聲嘒嘒歡流連。錦繡家邦誰不戀,炎黃子孫
必朝元。撥棹歸歟諸師友,來兮團聚百花園。(**注**:八四年中
秋之夜,保定各界假座政協禮堂賞月,口占。)

10 月,編定並油印《紫庵詩草》。

先生嘗遴選一九七八年秋至一九八四年秋之詩作近九十首,略依時間先後編次為《紫庵詩草》,於一九八四年十月定稿油印,分送詩友呈政。

10 月 17 日,糖尿病加劇,始住保定第二醫院。

先生久已患上此病,而日前因出席蘭州會議,返回後始加劇。此後先生一直服藥治療。

1992 年 3 月 13 日于月萍寫給武尚仁的信中說:"糖尿病新藥,這裏未注意,子明現仍服'消渴丸'維持,注射胰島素一日三次嫌麻煩,服'達美康'又頭暈,有反應。尿糖經常在 3-4 個加號,食甜食就是(-)號,但他難徹底禁絕,感覺良好為准。"

10 月,回憶夏天游歷濟南千佛山事,賦《重遊歷下千佛山》詩:

年將而立時,炮火正連天。敵寇入平津,拋家去濟南。不做亡國奴,矢志抗凶頑。流亡大學生,誓辭千佛山。國破七尺在,耿耿寸心丹。同仇覓生路,忍辱實汗顏。高唱抗戰曲,沖出山海關。今日思往事,備知苦與甘。菩薩亦含笑,助我再登攀。頃刻臨絕頂,振衣雲漢間。(**注**:七七抗戰起,余告別妻兒,從天津搭船至煙臺,轉道濟南,當日曾登此山,與流亡同學誓言:"打回老家去!"邇來四十七年矣。一九八四年十月一日作於保定河北大學。)

11 月 7 日,去天津認領文革中被查抄的開來物品三件:明萬曆朱墨一

枚、山形金筆架一架、龍泉中型瓶一個。

　　據吳占良《魏際昌傳》載。

11月,河北大學成立社會科學研究所,賦《河北大學社會科學研究所成立》詩以頌之:

　　　　初雪映冬梅,古城浴朝暉。學院斯為美,頌聲處處飛。
　　科研今勝昔,時刻震春雷。士林所景仰,此中有真味。願與
　　諸君子,攜手賦同歸。松柏應後凋,鬱鬱鬥芳菲。(**注**:八四年
　　十一月二十三日社研所成立,兼副所長為科研處處長孫振篤同志,
　　其部門計:宋史研究所、漢語修辭學研究室等五個。)

是月,撰寫《〈九歌〉譯文及其演唱——觀摩古代歌舞詩樂〈九歌〉演出有感》一文。

12月29日,致趙逵夫一函。

逵夫同志:

　　示悉。君對《屈賦》之研究已有突出表現,朝氣蓬勃,值得學習。

　　明年江陵之會,又將晤面,願共為屈子之美盡力鑽研。

　　茲將近來整理之《詩草》(拙著)及《九歌》譯文隨函寄上,請批評。

　　看到鄭文、匡扶兩先生時,盼能代為問候。

　　耑復,即問

元旦節禧。

　　　　　　　　　　　　　　　　　　　　　魏際昌

　　　　　　　　　　　　　　　　　　　　　84.12.29

12 月,撰寫《晚明雙慧,輝映荊南——也談袁中郎與鍾伯敬》一文。此文後收入張國光主編《竟陵派與晚明文學革新思潮》(時文字有改動),武漢大學出版社 1987 年。

是年冬,受邀參加明年的"竟陵派"文學討論會,賦《與湖北大學張國光教授談"竟陵派"文學》詩表達了對"竟陵派"的看法:

> 李王奚為者,妄意追秦漢。剿襲既成風,摹擬遂氾濫。陳言不能去,贗古應浩歎。終有才人出,三袁敢犯難。抒我真性靈,信手覆信腕。輕淺轉幽深,繼武稱鍾譚。《詩歸》天下曉,"竟陵"代"公安"。(**注**:"竟陵派"文學討論會將在湖北天門縣開幕,主其事者張國光教授邀我參加,遂有此詩。時在八四年冬。)

是年,參加河北省語文學會年會,於石家莊河北賓館,同周汝昌、蕭軍、王達津相見並合影留念。

公元一九八五年　七十八歲

於《河北大學學報》第 1 期發表《桐城古文學派小史(續完)》一文。
是年春天,喜賦《乙丑春日》詩:

> 此番春日最開懷,天光雲影入樓臺。喜見香島賦重歸,亦聞澳門詠橘徠。開放、搞活新政策,不盡財源滾滾來。更

有一椿嘉慶事,尊師重教再安排。杏壇三千傳佳話,院校巍
峨更育才。宏觀浩淼大世界,知也無涯須泛海。博學審問篤
行之,靈魂工程屬吾儕。莫道耄年應散淡,中樞諸老辛勤帶。

3月18日,致函陸永品先生,特邀其來為門下弟子方勇、李金善講授《老子》《莊子》。函云:

陸公:月初兩示均已拜悉。逮至月底,遙想吾兄已能階段了卻所內公事,命駕來保講學矣。茲即奉上河北大學中文系邀請專函乙紙,請察照。卅一日當派研究生方勇同志晉京迎候,恕其簡慢,致以敬禮,並及閤府清吉。弟魏際昌85.3.18

3月,結婚五十周年,賦《松梅不老——結婚五十周年紀念》詩:

結縭五十年,顛沛常連環。難顧兒女情,惟有寸心丹。
專業文與史,教研兩登攀。育才希孔孟,述作追馬班。老梅
開二度,蒼松傲青山。黽勉向東風,春來暗香滿。(**注**:五十年
前,月萍與我在北平結婚,半個世紀以來,屢經滄桑而能白頭偕老,
在朋輩間亦罕見矣。八五年三月記於保定。)

4月7日,陸永品先生因邀來為研究生方勇、李金善講授《老子》《莊子》。

6日特遣研究生方勇晉京,7日下午由其陪陸先生抵保定,魏先生及中文系副主任李離已候於火車站迎接。陸先生此次講學,為期一周。方勇日後踏上治《莊》之途,與此有一定關係。

5月1日,勞動節,河大民進黨同人小集,賦《八五年勞動節,河大民進同

人小集校園教授樓頭,題曰:飛紅》詩。撰寫《徐文長和他的詩文》一文。

5月9日,攜弟子方勇、李金善出遊、訪學。

下午啟程,文理科同學趙平安、楊保忠、楊禮、萬謙紅等俱送至車站,遂登車由京廣線向武漢。此次出遊、訪學,幾乎遍及華中、華南、華東諸地區,前後凡50天。

5月10日,上午,抵武漢,先擬訪武漢市文聯主席沙萊。

下午,遣弟子方勇、李金善往沙萊主席之住所,預為聯繫會晤之事,不值。

5月11日,乘汽車至天門,出席"竟陵派學術研討會"。

研討會至14日結束。其間,由弟子方勇、李金善陪同,先生觀覽古雲夢遺澤、譚元春故居、鍾惺讀書處(白龍寺)、天門博物館等。

5月15日,乘汽車返武漢,作為期3天的學術安排。

是日晚,遣弟子方勇、李金善往武漢大學,造訪劉禹昌先生,請教治學之道。16日,一同參觀湖北省博物館。17日,遣兩弟子先後拜訪湖北省社科院毛慶研究員、湖北大學張國光教授,皆不值。

5月19日,乘火車抵廣州,作為期2天的學術安排。

期間,先生住連襟家,暫作休整。遣弟子方勇、李金善訪學中山大學、參觀越秀公園南越王趙佗遺跡等。作有《過中山紀念堂》《南湖秋色》諸詩,後者云:

> 驅車去南湖,遊人入畫圖。秋色百粵美,風光過北都。

蔥蘢多佳木,潋灩水蓮浮。小城臨淺塹,竹亭傍花塢。又見芳草地,士女歌且舞,翠鳥聲聲囀,滌心遠塵俗。歸途啖米粉,行樂近畎畝。(注:伴遊者,海波姨妹及甥女文瑞等,時在八五年。歸途在某一鄉鎮飽餐廣東米粉,其味甚厚,優於湖南。)

5月21日,乘火車抵深圳。

期間,與弟子方勇、李金善一同觀覽蛇口等地,領略新興城市之氣象。作有《深圳一瞥》詩。

5月27日,自廣州乘飛機抵上海,作為期2天的訪問、參觀。

弟子方勇、李金善自廣州乘火車,於杭州略作停留後,是日上午九時趕至機場恭候先生。28日,陪先生上豫園,觀文廟,遊外灘,訪復旦,謁魯迅墓。29日,訪華東師大,遊中山公園、萬國公墓、龍華公園等。

5月30日,乘火車抵杭州,作為期3日的遊覽。

是日晨,遣弟子李金善往蘇州預為安排相關事宜,由方勇陪同先生往杭州。31日,由方勇陪同,遊靈隱,登飛來峰,又登北高峰,旋至岳廟,先生拉方勇到岳飛、岳雲墓前,合攝彩色照一張,頗有深意寄寓於其中。復登保俶塔,轉至斷橋,又遊平湖秋月。6月1日,先生獨自遊錢塘橋,登六和塔。6月2日上午,由方勇陪同先生遊湖心亭、三潭印月、花港觀魚。其間,賦《古刹靈隱寺放言》《攀登西湖北高峰》《岳王墳前》《西湖雜詠》《六和塔上眺望》諸詩。

6月2日下午,乘汽車抵紹興,作為期1日多的瞻仰、遊覽。

是日下午四時,瞻仰徐文長青藤故居,先生祗迴留之不能去,既同情其一生遭遇,復敬仰其文章富於創新精神也。旋遊三味書屋、百草園,瞻仰魯迅故居。又上咸亨酒店,點上茴香豆一碟、紹興老酒一斤,師徒且飲且語,話題多在"孔乙己"之上。6月3日上午,上會稽,探禹穴,觀岣嶁;下午,觀周恩來故居,沈園,謁魯迅紀念館,遊百草園、三味書屋。先生甚欲往蘭亭一遊,候公共汽車於道旁甚久,弟子方勇乃順便問胡適、魯迅先生之異同,先生謂:當年胡適先生來上課,西裝革履,洋派氣象,進教室後,先脫去兩隻手上的白手套,很是平易近人,往往還會去打開玻璃窗戶,通通新鮮空氣,跟女同學說話也是顯得很自然。上課時一口普通話,條理又非常清晰,沒有同學不喜歡他的。他平日的為人很好,有禮貌,也平等待人。他在學術方面的貢獻就更不要說了。魯迅先生的文章,比起胡先生來,顯得更為精煉,經得起推敲,但他上課時總是穿著舊式衣服,眼睛是看著天花板的,而且一口紹興話,讓人有點遺老的感覺。同學有時還跟他開玩笑呢,"周先生,您講課總是不看人的,怎麼把許廣平看到您的宿舍去了呢?" 總之,魯迅是人不是神,數十年來所作評價應作反思才是。作有《會稽多聞人》《三味書屋》《咸亨酒店》《鑒湖女俠遺像贊》《青藤書屋》諸詩,其中第一首歌頌了紹興名人:"會稽多聞人,今古俱振振。先言蠡與種,相越強其君。宋明有陸徐,遺跡里巷存。沈園誇秀麗,青藤天池心。論史及現代,女俠有秋瑾。捨身愛祖國,軒亭口成仁。文壇稱主將,巍巍是魯迅。我探其故居,油然敬師尊。老屋二三進,高臺院內陳。百草園猶在,閏土已無音。漫步登假山,玲瓏清水潤。先生不寂寞,舉首天地春。(注:故居牀帳低垂,几案未損,而爐灶紛陳,天井幽靜。雖已"鳳去樓空",並未使人有悵然之感,蓋先生之精神不泯也。)"

6月5日,自杭州坐船經大運河抵蘇州,作為期3天的訪問、遊覽。

6月3日下午,因擬往蘭亭不果,傍晚便乘汽車返杭州。5日晨五時半,木船自武林碼頭出發,下午六時抵蘇州碼頭,下榻蘇州大學招待所,昔日弟子蔣樂群做東道主。先生乘船時倚窻戶而坐,詩興來時便取紙筆,成《泛舟南運河》云:"久知南運河,隋煬帝開拓。為來江東地,勞民動干戈。吃人麻鬍子,毀地釀災禍。殆其暢通後,傾國事遊樂。錦纜曳龍舟,鳳舞伴笙歌。往者實已矣,今朝又如何? 兩岸荻葦動,蕭蕭秋色薄。突突小馬力,船行蕩中波。坐位客擁擠,上下碼頭多。半日到蘇州,吁氣念彌陀。(注:先以為江南錦繡運河多姿,茲則意興索然知其無味矣! 方生勇,浙江金華區人也,同有此感。然而從杭到蘇,往來舟船頗多,畢竟有利於運輸。)"在蘇州期間,陪先生遊覽地方甚多,至桃花塢尋訪唐伯虎遺跡之際,先生之情感,一如日前在徐文長青藤故居時也。作有《蘇州園林》《觀前街》《蔣樂群飯師》諸詩。

6 月 10 日,自蘇州乘火車抵南京,作為期 4 天的遊覽。

11 日上午,由弟子方勇、李金善陪同,遊覽紫金山、明城牆、明孝陵;下午,遊覽雨花臺、夫子廟、秦淮河。12 日上午,遊覽雞鳴寺、大鐘樓;下午,遊覽瞻園、莫愁湖、六朝諸遺跡。13 日上午,遊覽燕子磯、長江大橋、挹江門;下午,遊覽總統府、天王府。14 日上午,遊覽明故宮、南京博物院;下午,遊覽玄武湖。

6 月 15 日下午,由弟子方勇、李金善陪同,乘江漢號輪船,從南京四號碼頭起錨,沿長江上溯,17 日中午抵武漢,18 日乘汽車至江陵,20 日出席"中國屈原學會成立大會暨第四屆屈原學術討論會"。

在江陵期間,除出席學術會議而外,19 日嘗參觀江陵博物館、登江陵城牆,22 日遊覽紀南城遺址、觀看龍舟競賽。在這次屈原學會成立會上,先生被推選為常委兼副會長,遂賦《中國屈原學會,在江陵召開成立大會誌喜,題曰:荊門小賦》《江陵懷古頌屈原》等詩。其前一首云:"乙丑端午兮,瞻拜荊門。花樹盈城兮,五色繽紛。文物光華兮,楚風猶存。爰念靈均兮,千古詩魂。遺愛至今兮,金玉其音。全國大會兮,敬此忠貞。繼承發展兮,日月無垠。薰風廣被兮,滌我心神。易有《乾卦》兮,元亨利貞。《禮》重踐行兮,溫恭為本。願隨諸君兮,攀登突進。苟能新新兮,嘉惠實深。蓬生麻中兮,可以正身。雀逐鵬飛兮,亦干青雲。團結戰鬥兮,和樂且湛。天空海闊兮,博大精深。(注:會中余被選為常委兼副會長。至此,對於籌委會之工作,可以說已經'功德圓滿',而屈子之誕生、工作、流放、成仁等地遂亦瞻拜完畢,了卻平生一願矣。)"

6月26日乘汽車抵武漢,28日中午乘火車返保定,河北大學中文系副主任李離已候於車站矣。

為期50天的出遊、訪學至此結束,先生謂兩弟子曰:"文章得江山之助,二位的學問,通過這次出訪、遊覽,一定會有長進吧。"《方山子日記》詳記此次出遊之事,故能據以逐日繫事。

8月,為江蘇鹽城新四軍紀念館賦《江蘇鹽城新四軍紀念館贊詩》二首:

> 偉哉新四軍,東海淨胡塵。玉柱擎天起,金梁跨地存。擂鼓吞雲漢,鳴金震山林。最是摧頑劣,黃葉落紛紛。相煎爾曷急,惹火自燒身。
>
> 誰說鹽城地,貧瘠少虎賁?驍騎飛天下,先有葉將軍。叱吒驚敵膽,揮鞭卻妖氛。常為豪傑首,勇武愛人民。至今三江上,交口譽堅貞。(**注**:八五年八月,該館函索,遂有作。)

27 日,魏先生到達山西大學,致夫人信劄一封。

月萍:

上了車就擠得喘不出氣來。站了十分鐘,小朱還真有辦法,居然弄到一張軟臥,還是下鋪,連他也藉口招呼我,坐到外間單座,直到太原(九點二十五分準時)。

太原正下雨,奠中同志親到車站來接。住在山西大學專家樓的二樓六號,人家像樣的多,姚老也有發言權,雖然他這個研究所只有兩間房子,一個資料員。

廿六日中午,姚家請客。奠中、夫人三子一女,都成了家。老三少雲,女兒煥雲,叫我伯伯,都很熱情。我們初步談商了共同招"博士研究生"的事(擬請青海的老聶,武漢的老劉都參加),由姚發起。

我主持朱琦、朱貴琥兩個研究生的答辯,正看文章寫評語中,都是長篇大論,真有水準。看來上屆畢業生葛景春、劉崇德等人臨時湊辦、改題、加改等的辦法,等於兒戲矣。

今天校系領導請客,很有面子,因為他們都是姚老的學生,不能不買賬,我的感冒已好,專家的膳食也高蛋白多,一天十元,只是烹調差些,口重(魚蝦沒有鮮味兒)。美、日專家都吃不慣。

西大安排了旅遊,好幾個地方,不去不行。我爭取九月一、二日回保,屆時當有電報。姚老的宿舍很寬綽,四個房間,還有過道。姚夫人也是黨員,省市請姚老做民主黨派的頭頭,暫不參加。

我們很談得來,他說我精神還像四年前一樣,瘦點沒關係,糖尿不要緊,血壓不高,無冠心病就好,客人來了,就寫到這裏,問好。

子明　8 月 27 日　太原

28 日,應姚奠中教授之邀到山西大學參加八五屆研究生畢業答辯。賦《山西大學欣見老友史卓甫教授》詩:

> 闊別三十年,卓翁宴然安。鄉音猶未改,笑語話吉垣。松江風景好,山美稱龍譚。舊友仍多在,使我暖心田。最是天倫樂,七子奉堂前。老嫂做羹湯,大侄下竈間。為迎父執來,垂釣汾河灣。鰋魚三四尾,潑剌見活鮮。舉杯祝長壽,情意非一般。顧見老博士,蜚聲古太原。(**注**:乙丑初秋,以姚奠中教授之邀參加山西大學八五屆研究生畢業答辯,得晤鄉人史國雅卓甫教授。)

吳占良《魏際昌傳》載:"1985 年 8 月 25 日,魏先生應邀到山西大學,主持姚先生研究生朱琦、朱貴琥論文答辯。26 日,姚先生在家宴請魏先生。"

9 月,唐代文學學會遼寧省分會召開,未成行,賦《唐代文學學會遼寧省分會召開》詩以紀之:

> 遼東古稱肅慎,少數民族鷹揚。金人女真繼起,清朝振旅堂堂。康乾已稱盛世,寧非祖國之光。勝地白山黑水,蕩蕩中原屏障。今日四化正殷,舉世翹首瀋陽。工業向稱先進,物資豐產煤糧。吾輩安可踟躕,精神文明亦上。周孫典籍具在,永懷李杜篇章。批判繼承有道,推陳出新始彰。(**注**:奉邀出席,因事未果,詩以紀之,開會地址在撫順,時為八五年九月。)

是年初秋，完成《以禪論詩，滄浪妙用——取證於李太白的某些作品》一文。

是年秋，保定中山業餘補習學校升格為文史學院，賦《保定中山文史學院秋季開學》詩。

　　按，詩後注：中山業餘補習學校，升格為文史學院，開學於八五年之秋。

是年秋，遊歷四川樂山，賦《樂山雨中看大石佛》詩：

　　　雨中看大佛，淋漓傍山坐。耳根出柏枝，鼻孔巨鳥窩。蘿衣披遍體，足踏岷江坡。龐然真雄偉，神工百丈鑿。寺廟亦壯麗，迴旋多樓閣。花樹蔥蘢中，亭臺六七座。俄而斜風吹，浮雲迷漫落。熱飲茶寮裏，閑看白帆過。（**注**：同遊者方、李二生。乃於當日晨自峨眉乘汽車趕至樂山市者，午後又搭車回成都，也算急行軍了。在此巧遇天津王錫三同志，飲茶後始別。八五年秋記於成都。）

10 月 29 日，由弟子李金善陪同，乘火車往安徽桐城參加桐城派學術討論會，11 月 9 日返保定。賦《參加桐城派學術討論會感賦五古十韻》《讀〈紫庵詩草〉喜占二絕》《給南京大學老教授王氣中先生》《奉和桐城張先述退休老教師〈自吟〉，步其原韻，時八五年十一月也》諸詩。其中《參加桐城派學術討論會感賦五古十韻》詩云：

　　　文章數三江，大業未可讓。子桓有《典論》，陸機賦瀏亮。

561

滚滚江河來,源遠流自長。悠悠二千載,桐城果鷹揚。義法今勝昔,學行兩芬芳。鳳兮德不衰,龍也美陽剛。我來自燕趙,撲撲心嚮往。思古徽州道,攬翠浮山上。橘香滿四野,紅葉映冬陽。大千世界裏,頂劄姚劉方。(注:乙丑初冬於桐城客舍。與武漢大學教授劉禹昌先生同席。)

會議期間遊覽天柱山,賦《與香港中文大學楊鍾基先生同遊天柱山,即景》詩:

楊君實多才,溫恭遇老邁。同遊天柱山,影駐金秋色。青巒插紅楓,石呈龍虎態。崖刻泛朱紫,泉拋白練開。蒼松翠柏下,幽谷成險隘。遠眺大江流,茫茫浮雲海。漢武封禪地,劉源抗易代。千載思悠悠,雄風宛然在。

會議結束後,宿於合肥,賦《潛山縣遊天柱山記》《題墨竹有序》等詩。其前一首云:

雲飛天柱外,風生神谷中。重巒障疊翠,峰林競奇容。臥龍對伏虎,鸚鵡傍石松。懸崖垂白練,幽澗水淙淙。微雨滌楓葉,夕照滿山紅。修竹可倚人,迎客有僧鐘。黃花紛披後,壁雕字縱橫。幾聲蒼鷹叫,引我望太空。(注:已有"即景",嫌其未盡,又專記之。八五年十一月作於合肥客舍。)

10月,賀北大同學聶文郁教授新作,賦《〈曹植詩解譯〉問世》詩:

聶老有新作,解詳陳王篇。義法晦聞師,考證得真詮。

素樸斯為美,精確逾前賢。皓皓天中月,清清石上泉。梯航後學者,風格悚我先。遙望西寧市,青海自淵淵。忝在同門裏,夫豈不拳拳。知音千載下,相與共歡顏。(**注**:矗文郁教授,余北大老同學也,德高望重,著述淵雅。前有《元結詩解》,今又見《曹植詩解譯》矣,詩以美之。八五年十月。)

是月,又為山東陽谷縣"水滸紀念館"賦《武二精神——為山東陽穀縣"水滸紀念館"題詩》詩:

陽穀春秋地屬齊,桓公稱霸會諸姬。舅氏輔翼周天子,九合一匡世所稀。雄風未泯傳後代,山東好漢常濟濟。唐有大將秦叔寶,宋傳武二行者衣。拳打猛虎稱神勇,橫掃奸頑如卷席。聚義水泊真造反,攘臂叱吒風雷急。我欲因之登泰岱,舉頭紅日白雲低。滔滔渤海連直魯,鬱鬱靈秀今勝昔。(**注**:八五年十月作於保定。)

初冬,為羅城美專賦《羅城美專撰辭校歌兩首》。

按,詩後注:八五年初冬,以其校長巢蔚民之請而作也,兩首任擇其一。巢為畫家,亦能詩,余於汨羅屈子祠中識之。此歌詞未知其果錄用否? 後無消息。

11 月 27 日,為 86 年中國古代文學專業研究生入學考試出試題一套。

86 年中國古代文學研究生(中國文學史專業)入學考試題:

一、中國文學史

1. 中國古代文學的浪漫思想發生較早,試就散文、韻文方面各舉出其代表人物,通過他們的作品予以說明。

2.《詩經》中《國風》的某些篇章是以愛恨分明著稱的,試就所知以對。要著重它們的語言藝術性。

3. 在中國散文發展史上"語錄問答"體是怎麼成長起來的? 他們在寫作手法上有什麼特點? 對於後代的影響如何?

4. 西漢的政論文大家甚多,說出產生它的歷史條件,而以賈誼的創作成就為例證。

5. 唐代的"邊塞詩",何以膾炙人口? 王昌齡、王之渙等人的作品流傳至今,其故安在?

6. 甚麼叫做"章回小說"? 能詳細介紹一下它們成書的過程嗎? 譬如《水滸傳》《三國演義》的此類情況是否可以說明問題?

(六題答五為完卷,每題 20 分)

魏際昌　85.11.27

11 月 31 日,特請河北師院夏傳才先生為門下弟子方勇、李金善講授《詩經》。

講授內容主要為夏先生所著《詩經的語言藝術》,為期一周有餘。

是月,賦《為河北大學研究生學會會刊題辭》詩:

博學詳說之,所以返其約。文理須參互,自古已昭昭。養夫浩然氣,剛大不飄搖。五四三為本,教學做有道。太行渤海間,毓秀天下曉。愛我碩士群,祖國稱瑰寶。(**注:**八五年十一月,此會創刊未成,遂不果用。乞請者古代文學研究生方勇也。)

是月,學校統戰部再通知填寫"文化大革命"中被抄物資,文物、家具、圖書等,魏先生自己估價 4760 元,其中文物估 4010 元。

　　據吳占良《魏際昌傳》載。

是年,《回憶二十年代在吉林的讀書生活》一文發表於吉林市政協文史資料研究委員會編《吉林教育回憶》(江城日報社)。

公元一九八六年　七十九歲

1 月,學校批准賠償查抄物資折款共 1553 元。

　　據吳占良《魏際昌傳》載:"1986 年 1 月,學校批准賠償查抄物資折款共 1553 元。本來魏先生夫婦已不寄予任何希望,沒想到還得到了部分賠償,兩位先生說大出意外。"

20 日,應邀出席"俞平伯先生從事學術活動六十五周年紀念會"。

　　19 日上午十時,由弟子方勇陪同,乘火車抵北京。下午二時,登門訪中國社會科學院文學研究所陸永品先生,預邀其出席方勇、李金善二生之碩士學位論文答辯會。晚,下榻社科院招待所。20 日上午,遊故宮。下午,參加"俞平伯先生從事學術活動六十五周年紀念會",由中國社科院文學所舉辦。出席者有俞平伯、胡繩、王力、呂淑湘、鍾敬文、啟功、林庚、蔡儀、錢鍾書、吳世昌、潘荻等近 200 人。俞平伯先生為魏先生就讀北大時之教師,先生今應邀出席紀念會,誠為喜不自勝,遂賦《俞平伯先生學術活動六十五周年》詩以寄慨:

　　　　憶昔三二年,紅樓講《花間》。絮絮而切切,琳琅暖心田。

古且為今用,淵源自有天。新詩冠京華,朋輩多碩彥。家學亦稱顯,纘述宗曲園。考據實成癖,經、史兩眷眷。戲曲格律細,小說見地鮮。松濤飛翠影,老梅暗香傳。四化風雷動,文明驚太玄。師在不言老,拼搏應向前。(**注**:一九三二年,平伯師在北大漢花園文學院講授《花間集》一年,余學習詞選自此始。五四運動後,新文化運動大興,先生亦為此中健者,白話詩尤擅勝場。當時大家如胡適之、宗白華等無不推許。八六年一月二十日記。)

是月,在《承德師專學報》第 1 期發表《唐六如評傳》一文。又在古城蓮池之旁老人大學作《虎年說虎》演講。

    按,《河北大學履歷表》成果欄中《唐六如評傳》後注:"承德師專學報,1986.1"

2 月 22 日下午為河北大學中文系 86 級中國古代文學專業碩士研究生洛保生、孫興民、賈東城舉行入學考試。

    所出試題:一、中國古代文學的浪漫思想,發生較早,試就散文、韻文方面,各舉出其代表人物,通過他們的作品予以說明。二、《詩經》中《國風》的某些篇章,是以愛憎分明著稱的,試就所知以對。要著重它們的語言藝術性。三、在中國散文發展史上"語錄問答"體,是怎麼成長起來的?它們在寫作手法上有什麼特點?對於後代的影響如何?四、西漢的政論文大家甚多,說說產生它的歷史條件,即以賈誼的創作成就為例証。

5 月,出版專著《桐城古文學派小史》。於《河北大學學報》第 2 期發表《徐文長論》一文。

5月4日為河北大學中文系86級中國古代文學專業碩士研究生洛保生、孫興民、賈東城舉行入學復試考試。參加復試考試的還有中文系主任李離,劉崇德擔任復試記錄。

　　為三人出試題:一、為洛保生所出試題:1."詞者詩之餘"怎麼解釋?柳永的詞,有什麼不良的影響?2.為什麼說《尚書》是中國第一部散文專著?它有什麼特點?3.試申論一下《三國演義》中的"桃園弟兄"。4.蘇軾說韓愈"文起八代之衰,道濟天下之溺",是怎麼回事?5.唐宋的古文八家都是什麼人?盡量說明他們在創作上的成就。二、為孫興民所出試題:1.《文心雕龍》給中國南北朝以前的文學和作品解決了什麼問題?2.元好問是誰?他的詩文有什麼特殊的成就?3.為什麼說韓非是法家思想的集大成人物?舉其主張以對。4.李白的思想是哪一家的?試言其體現於作品中的代表論點。5."語錄文"的代表著作是哪幾種?舉例說明。三、為賈東城所出試題:1.有關韓非的法家思想?2.《文心雕龍》的主要成就?3.唐宋八家的代表作品?4.元好問的寫作藝術及其愛國思想?5.試論《三國演義》中的"桃園弟兄"。

6月22日,為弟子方勇、李金善舉行碩士學位論文答辯會。

　　是日下午的答辯會,河北大學副校長汪培棟、社科所所長孫振篤、中文系主任謝質彬、副主任李離皆出席,姚奠中先生(山西大學)擔任答辯委員會主席,劉禹昌先生(武漢大學)、陸永品先生(中國社科院)、熊任望先生(河北大學)、胡人龍先生(同上)擔任委員。答辯順利通過,魏先生喜而賦《方勇、李金善古代文學研究班畢業》詩:

　　　　大方小李雙豐收,三年學罷得全優。自是青年能拼搏,

亦緣老夫教不休。尊師敬業好榜樣，創新開拓苦追求。青出
於藍古常言，經世致用今所厚。江山代有才人出，各領風騷
數百秋。（**注**：方、李二生，余所親授者也。品學兼優，引以為慰。
答辯委員姚奠中、劉禹昌兩教授，及陸永品副研究員，同有此感。八
六年六月。）

吳占良《魏際昌傳》載："1986 年 6 月 20 日至 24 日，魏先生的研
究生方勇、李金善畢業答辯，魏先生與中文系李離主任約請了姚奠
中、劉禹昌、陸永品、胡人龍四先生為答辯委員。姚先生 20 日下午
自杭州到保定，22 日全天答辯。23 日，魏先生陪同姚先生等到易縣
清西陵遊，晚，魏先生請姚先生到家中，以家宴相待。姚先生對魏先
生藏書大感興趣，家中四圖書，南書房北壁線裝涵芬樓版廿四史（有
書箱），東壁整櫃明清版書，西壁為印本，中為大書案。明板書一一
展閱，當魏先生出示明末清初傅山批點崇禎本《唐詩紀事》時，連連稱
歎，說：'傅青主，我們山西人奉為神，何況是青主父子批點本，太珍
貴了。'"

是年仲夏，賦《唐山地震十周年》詩以寄感慨：

鳳凰山下彩雲歸，極目樓臺上翠微。喧囂市聲浮碧野，
川流車馬似龍飛。漫道地虎能肆虐，十年浩劫一風吹。只緣
中華好兒女，終使城市再生輝。斷瓦殘垣留陳跡，臂紗點點
綻餘悲，嵯峨巨碑沖天立，栩栩石雕萬古垂。拼搏精神終須
大，四化初功此最美。滄海桑田稱巨變，今人不識丁令威。
（**注**：一九七六年夏初唐山地震，今已十年。）

7 月，賦《給湖北大學張國光教授》詩以敘友情：

唯楚有才，張子可愛。金玉其心，豪情永在。下筆千言，倚馬可待。問鼎稗官，《水滸》開泰。聖歎外書，頂禮膜拜。最是評選，絢麗多彩。義理辭章，考據成派。益我匪淺，高誼深懷。夏日濃蔭，斜坐樓臺。遙望江州，撫掌稱快。（**注**：湖大張國光教授，鑽研《水滸》有年，選注聖歎外書及其詩文多種，掃數惠寄，謝之以古體十韻。八六年七月於河大。）

8 月初，應邀參加連雲港《鏡花緣》小說研究會，賦《祝賀連雲港市〈鏡花緣〉學術研究會勝利召開》詩：

鏡花水月立紅亭，色相從來不是空。《山海》古經先有本，談神說怪任縱橫。松石原自多憂患，窮愁轉使義憤生。對立當代發奇想，喜笑怒駡筆如風。乾嘉盛世究何在？百醜紛然須揭訟。萬馬齊喑由禁錮，士子避入樸學中。緬懷漢唐真文物，博大精一賦攸同。錦心繡口尊才女，鼓吹平等破洪蒙。聊以解嘲抒積悃，雅俗共賞稱淹通。鵬飛五行三界外，道法李祖其猶龍。爰念海州諸君子，惠儂匪淺使攀登。待到開拓有成果，還報京兆老柁工。（**注**：八六年八月之初，連雲港召開《鏡花緣》小說研究會，余奉邀參加。）

中秋節，賦《八六年中秋節，校統戰部召開民主黨派茶話會，有懷海外僑胞》詩。

10 月,參加鞍山市唐代文學會遼寧分會之年會,賦《在鞍山市唐代文學會遼寧分會四屆年會上》《美姜健群》《遊千山遇雨書所見》諸詩。其《遊千山遇雨書所見》詩云:

> 瀟瀟秋雨潤青巒,飄飄金葉逐風散。叢林深處澗水湧,白雲舒卷走泥丸。龍泉古剎匆匆過,一綫天峰帶霧看。黃冠擔水拽短褐,士女張蓋玉橋間。葫蘆小巧人工鏃,藤杖觚棱助登攀。興盡回車燈搖影,勝似翻山越嶺還。(注:八六年十月十日於鞍山市勝利賓館,時在唐代文學會遼寧分會之年會中也。主其事者,副會長遼寧大學教授孟慶文、鞍山師專中文系主任姜健群兩同志。)

是月,河北省社科聯頒發"積極從事學會工作和學術活動,成績優異,被評為優秀工作者"。

11 月,保定市人民政府頒發"在精神文明建設中作出優異成績,被評為先進工作者"榮譽證書。

初冬,完成《李煜和他的詞》一文。賦《紀念孫中山先生誕辰一百二十周年》詩:

> 一百二十年,偉哉歷史篇。革命先行者,僉曰孫逸仙。天下為公器,"知難"是真詮。救國多方略,大道爭民權。狐鼠一旦休,禹甸卿雲現。聯俄亦聯共,反帝反封建。果然紅旗定,解放暖心田。北望燕京門,南瞻紫金山。十億炎黃胄,

淩屬更無前。中華終須大，飛龍橫九天。(**注**:中山先生誕辰為一八六六年十一月十二日,此詩作於丙寅初冬,民革省市委領導之所命也。)

冬月,完成論文《晚明"公安三袁"合論》。賦《丙寅冬月,保定老人大學教職同仁茶敘於蓮池書院君子長生館》《拜讀〈蓉城詩稿〉》等詩。其前一首云:

　　君子壽而康,笑話蓮池旁。品茗思陸羽,吟詩傲子昂。會友遊於藝,教學喜相長。"三老"人稱羨,結合重在養。紅梅淩積雪,古柏浴冬陽。鶴唳玄天上,聲聞非一方。(**注**:座談教學收穫,由宮副校長及我主持,與會者計三十餘人。)

公元一九八七年　八十歲

元旦,參加校黨委統戰部召開之新年聯歡會,賦《八七年元旦放言(五言十二韻)》詩云:

　　生活大舞臺,古往到今來。歷史難重演,變遷以時代。安定皆所欲,團結笑顏開。日月雙暉麗,卿雲生靄靆。河山終無恙,紫氣入我懷。不可乘風去,且駐黃金臺。青蓮亦飄逸,莊生齊物態。藝術象外象,文章倚天裁。氤氳飛彩筆,激灩逞妙才。真能放童心,卻它老與衰。冬梅淩積雪,古柏英姿在。相祝壽而康,百福是吾儕。(**注**:在校黨委統戰部召開之新年聯歡會上。)

2月,王氣中教授寄贈先生所著《藝概箋注》,附《讀〈紫庵詩草〉有言》云:"《詩草》敍事抒懷,令我低徊想見其為人。燕趙慷慨悲歌,邯鄲風流自賞,大丈夫顧不當如是邪?"先生回贈《給南京大學老教授王氣中先生》詩:

南都王氣老,衡文伉儷來。頤養仁者壽,鬱鬱乎松柏。桐邑添佳話,浮山采雲開。溫溫不露已,靄靄育英才。論詩主性靈,物我一天籟。情與景交溶,偕飛六合外。飄逸似莊周,神俊過李白。仰瞻石頭城,六朝全粉在。桃李溢芬芳,濟濟滿樓臺。獨恨識荊晚,攀附力未逮。寵賜有華章,晶瑩當永懷。花發梅柳日,江春屬吾儕。(注:八五年十一月安徽桐城舉辦"桐城派"文學研討會,得與王老相識,其後互有音問。)

3月,戲賦《八十初度自紀口號》詩:

行年到八十,其樂不可支。欣逢舜禹日,祖國太康時。夫婦能偕老,兒孫各適志。弄筆學文史,教讀差有知。及門人三、五,敬業亦尊師。俯仰無愧作,修己正堅持。為謝諸君子,梅花天地蒔。春風本浩蕩,況是解枯枝。(注:八七年三月二十二日於保定古城。)

是月17日,保定詩社成立,賦《保定詩社成立獻賦》組詩以祝之。其二首云:

天保定爾,畿輔南疆。幽燕故國,華夏金湯。軒轅曾角逐,陶唐望帝鄉。巍巍乎其有成功,皇皇兮先祖之光。

吾社誕生,樂府會友。濟濟一堂,聲應氣求。揚鞭奔四
化,雙建迄未休。喜見朋輩齊吟詠,社會主義慶萬有。(八七
年四月十七日於保定蓮池)

於《河北大學學報》第 2 期發表《喜見傅山批點汲古閣崇禎本〈唐詩紀
事〉殘卷有記》一文。

4 月,增定並油印《紫庵詩草》。

先生將《紫庵詩草》在原 84 年編定的九十首基礎之上擴充至一百
五十餘首,仍名《紫庵詩草》,於一九八七年四月付諸油印。

5 月,受邀到湖北天門參加首屆公安派文學討論會,其碩士研究生孫興
民陪同與會,會議期間賦《奉邀重到天門學習鍾、譚評選之〈詩歸〉》詩:

再到天門拜鍾譚,念念不出《詩歸》篇。豈只晚明稱巨
制,至今彪炳在人間。推敲字句衡文細,提綱挈領月旦專。
稽古鉤沉成大道,拾遺補闕豈等閒!開拓境界誰比得,協力
同心渡險關。抗爭七子敢突進,繼武三袁卻輕淺。文猶史也
此是矣,賢希聖兮未枉焉。功居毛傳鄭箋上,義理辭章兩周
全。融會貫通意深遠,曷可一般論評選。(河北大學魏際昌一
九八七年紅五月於古荊襄之天門)

春夏之交,受邀為中華詩詞學會成立大會籌備委員,賦《熱烈祝賀中華
詩詞學會成立大會勝利召開》詩:

中華古稱詩之邦,興觀群怨功用多。況值今朝說四化,

溫柔敦厚是木鐸。周代采風貴宣洩,三百篇成喜突破。孔云不學無以言,滾滾黃河有逝波。滔滔江水寧沉寂,屈原獨步作楚歌。美人香草實浪漫,熱愛其君守湘鄂。漢唐宋元益雄偉,樂府花間曲令博。李杜蘇辛與關馬,洋洋灑灑大吟哦。優良傳統應繼承,推陳出新須琢磨。剿襲摹擬夙所鄙,抒發性情見真我。總會誕生誠盛事,天下騷人慶結合。某亦逐逐群賢後,揮動彩筆美山河。(**注**:余被邀為本會之籌備委員,代表河北省出席,故有此詩。八七年春夏之交於保定。)

初夏,保定城鄉建設委員會召開美化環境會議,隨遊琅琊山,賦《點綴琅琊山設想》詩:

美化琅琊山,人工奪自然。突出英烈頂,光輝麗九天。亭臺三五座,可以憩遊瞻。碑板宜瑰瑋,崖刻色更鮮。盤旋貴石階,莫惜失廟垣。佳木已蔥蘢,深容見幽泉。詩中多畫意,取景識飛巖。金龜似匍匐,巨鶩沖霄漢。積思能廣義,共賦建設篇。歸來識貝錦,山花滿胸前。(**注**:保定城鄉建設委員會召開美化環境會議,觀察西郊之琅琊山有所規劃,余亦同行,略書想法。八七年初夏。)

是夏,孫女魏彩霞考取河北大學外文系,喜賦《長孫女小霞考取河北大學外文系,喜而有賦》詩:

綠竹生孫事有因,乃祖曾是跨竈人。三代大學稱高等,兩世教授豈不尊!出身寒門能勤奮,家傳詩書好論文。霞兒今且攻外語,彌補吾等所未申。厥父習工近技術,風氣趨時已新新。修齊治平今非昔,溫良恭儉須遵循。猶望數年卒業後,負笈遠洋上青雲。斤斤樂道北平魏,秦皇島側水深深。(八七年盛夏於保定古城。)

9 月 1 日,任河北燕趙詩詞協會籌備組組長。

吳占良《魏際昌傳》載:“1987 年 5 月 31 日,中華詩詞學會在北京全國政協禮堂成立。會長錢昌照(1899-1988)、常務副會長周一萍、秘書長王普慶。魏際昌先生偕詩友劉章等與會,被選為常務理事。會間,魏先生與中華詩詞學會溝通,表示我們河北也要儘快成立協會。回河北後,魏先生積極組織籌畫,在河北省委領導的關懷下,在省委宣傳部、統戰部、省文聯的支持下,於同年 9 月 1 日成立了河北燕趙詩詞協會籌備組,組長魏際昌,副組長由省文聯副主席浪波等兼任。通過籌備組與全省詩詞界取得聯繫,經兩個月的醞釀、商榷,1987 年 11 月 23 日河北燕趙詩詞協會於河北省會石家莊市成立。魏先生在成立大會上代表籌備組作了工作報告,介紹了協會的發起及籌備經過,還有對中華詩詞的認識,並有賀詩之作。”

9 月,編定油印《紫庵詩草續編》。

先生匯輯一九三八年秋至一九七六年秋之舊作凡一百十餘首,編訂為《紫庵詩草續編》,於一九八七年九月油印以傳。

是月,三十八軍入駐保定,賦《三十八集團軍駐保定》詩。

按,詩後注:八七年秋九月。

11 月 23 日,河北燕趙詩詞協會成立,被推選為會長。

據吳占良《魏際昌傳》,魏先生在此次會議上做了籌備工作的報告,被推選為會長,夏傳才等被推選為副會長,會刊暫定為《燕趙詩詞》。"河北省燕趙詩詞協會自 1988 年出版會刊,並開展了《詩神》學院詩詞專修班。魏先生寫出了《中華詩詞發展小史提綱》於會刊連載兩年,國內許多詩人和學員新作亦在會刊發表,對普及中華詩詞教育功莫大焉!"

公元一九八八年　八十一歲

從河北大學光榮離休。

1 月,從河北大學榮休。夫人于月萍也從河北大學退休。

按,見 1999 年河北大學人事處《河北省事業單位離休人員增加離休費審批表》。

1992 年 2 月 1 日,于月萍寫給武尚仁的信中說:"我從 1938 年春開始,即從事教書生活,至 1988 年退休,整整當了 50 年窮教員,出發點是為養活自己及家庭而已。但國難當頭,顛沛流離,奔波於大江南北。圖書衣物,屢經散失,從未想到著書立說。解放以後調到大學來,為教學需要,編了兩部講義,一部是《中國古代通史》,52—58 年教學發給學生;另一即這部是《中國古代圖書簡史》,80—85 年教學用,均是打印本。58 年至 79 年,受不公正對待,在圖書館幹了 20 年,所以能教中國書史這門新課。這種講義,除教課外,一般知識分子,不讀這種圖書目錄書。不如'大千世界'一類奇聞招來讀者。而且我退休後,這門課已無人教,所以只能束之高閣。"

是月,傅璿琮、許逸民等主編《楚辭鑒賞集》(人民文學出版社 1988 年

1 月)出版,收錄先生所賞析文章。

黃筠為此書所作簡介云:"書中收屈原作品《離騷》《九歌》《九章》以及宋玉、賈誼、淮南小山作品共二十三篇的賞析文章,撰稿人有馬茂元、周振甫、魏際昌、褚斌傑、蔣維森、霍松林、王達津等。主要是對所選楚辭作品的藝術形式、寫作技巧進行專門性的分析和探討,一般均能做到重點突出,分析深入,在學術研究的基礎上,對作品的思想內涵、藝術特色、審美情趣,做出深入淺出的闡釋。"

7 月 12 日,致趙逵夫一函。

逵夫老弟:

函悉。汨羅會,以未能晤談為憾!

如今學會風氣不正,歪門斜崇太多,我已經有了"自知之明",老了,不想再生閑氣! 你看,說"太陽自己即分陰陽,並且是男生殖器官的象徵",說"路漫漫其修遠兮"之"修"為"靈修",說"女嬃為母親"、"嬋娟乃侍妾",把屈子糟蹋成了"淫人""狂夫",這還像話嗎? 可是會務主持者"好好先生"居多,任其信口雌黃,上下氾濫。所以兩年以後的屈會(將在貴陽開),我已不想參加了。

吾弟功夫深、業務專,理宜後來居上,代表西北研究屈原之學術界爭鳴,主持正論,以樹視聽,否則前途將不堪設想矣! 差強人意的是毛慶等同志,尚能中流砥柱,嚴肅認真地對待問題,使之不至從流而下(但兩湖矛盾之舊痕仍在作怪,喜歡做學會官的人,所在多有)。真的,這不是牢騷,秭歸會後,朕兆已露。所可喜者,會中徐敏同志與我同行,遇事得其支持,頗用欣慰。

我雖年逾八秩,雜活仍多,今後當努力擺脫一些,留有餘地,整理點兒東西了。如古代散文發展、古典詩詞創作,和學術活動回憶之類(研究生尚未帶,最後一批須明年答辯,中華詩詞學會、河北省燕趙詩詞協會的工作也很纏手)。尚望不遺在遠,有以相助。

　　耑復,即頌

夏綏。

　　鄭文、匡復兩先生,便中請帶候。

魏際昌

88. 7. 12

初夏,湖北大學張國光教授寄來《古典文學論爭集》,賦《湖北大學教授張國光先生〈古典文學論爭集〉問世》詩以賀之:

　　　　吾儕有傑士,問學敢突破。睥睨彼權威,凌厲此立卓。
俯仰貫今古,另闢蹊徑多。《水滸》飛妙論,新義騰《三國》。
聖歎與宗崗,並使顯嵯峨。也談《紅樓夢》,不埋沒高鶚。遂
使批注家,縱橫入小說。豈是殘叢語,文藝大綜合。香生鄂渚
裏,灑灑玉珠落。綠樹喜濃蔭,紫燕樂穿梭。(**注**:國光張教授,
博學多聞,敢於論爭,又且視野開拓,俯仰即是。同輩每歎其敏給,一
有新作,必蒙見貽,詩以謝之。一九八八年初夏於保定河大之紫庵。)

是年夏,到湖南汨羅參加"中國屈原學會"第二屆年會,賦《在"中國屈原學會"第二屆年會上緬懷屈(靈均)任(弼時)兩賢》《敬頌任弼時同志》諸詩。其中前一首吊古詠今:

　　　　"劉郎"三度入汨羅,故友把手話楚歌。屈子廟中又膜
拜,只緣詩王愛祖國。洞庭浩淼龍飛躍,蒲艾生香綠滿坡。
登臨更使鰓生喜,先烈任公有鄉落。叱吒風雷鬧革命,功在

578

人間亦煊赫。俯仰天地稱奇偉,日月雙輝誰比得?衡嶽紫氣
衝霄漢,湘水洋洋逝遠波。耄年猶瞻靈秀地,觸發拙筆美山
河。濟濟吾儕應奮起,鑽研深化莫蹉跎。古為今用非細事,
精神物質兩負荷。(戊辰夏月八十一叟魏際昌於汨羅詩鄉。)

8 月,作《喜讀〈戰地詩抄〉有序》詩:

《戰地詩抄》,北大老校友劉秉彦同志之抗敵舊作也。戎馬書生,
忠貞不二,讀之使人肅然生敬。詩以頌之,五古十二韻。

　　　　戎馬一書生,抗敵冠長纓。忠貞昭日月,義勇鬼神驚。
藜藿充饑腹,寒光照野營。轉戰冀中地,關山任縱橫。救民
於水火,殺賊有令名。強虜終授首,祖國戢侵凌。紅旗舉更
高,驅除美蔣兵。東風蘇勁草,天下遂底定。解甲治封疆,高
歌以休整。允文亦允武,儒將自錚錚。回首五十載,北大之
菁英。前事不可忘,吾輩重師承。

按,劉秉彦係原河北省委書記。

8 月 19 日,《桐城古文學派小史》出版,河北教育出版社成占民致函一封。

魏先生:

您好! 您的著作《桐城古文學派小史》出版發行,已同讀者見面,
特向您表示衷心的祝賀!

寄去樣書 20 本,請收。前已告出版社服務部,將您自己訂的 200
本郵去,不知收到否? 這 200 本,其中 100 本按國家規定優惠價格,其
餘平價。這次從您的稿酬中扣除,待會計辦好後把餘款匯去,放心。

容後去保定拜見先生。

致

安康!

成占民

1988. 8. 19

吴占良《魏際昌傳》載："民國初年,直隸蓮池書院,張裕釗、吴汝綸弟子在世者尚多,若賀濤、劉若曾、高步瀛、常堉璋、鄧毓怡、賈恩紱、樊榕、劉春霖、馬其昶、姚永概、李剛己,趙衡、柯劭忞、吴闓生、尚秉和、谷九峰、劉際堂、武合之、邢贊亭、吴士湘、步芝村、王篤恭及再傳弟子張宗瑛、李子建、劉世衡、賀葆真、賀培新叔侄皆倡桐城古文,廣刊吴汝綸、賀濤、吴闓生、張宗瑛、趙衡、李剛己等文集,並得徐世昌等主政者支持,而與北京大學胡適及學者章炳麟等,但無聲氣相通,且新學與舊學有敵對之勢,批評桐城古文者多,甚至以'桐城謬種、選學妖孽'稱之。連碩儒王樹枬私下都有桐城古文太乾淨之論,以致桐城派作家林紓被排擠出北京大學,可見此風之盛。正基於此,胡適站在一種學派和重鄉賢學術的角度,讓通曉明清散文的研究生魏際昌(北大本科有《袁中郎評傳》之作)研究桐城古文學派,也是自然而然的事情。今魏先生《桐城古文學派小史》有 1937 年北大研究院時稿本、1961 年改寫本、1981 年供研究生班及本科四年級專題課所用的油印本、1983 年《河北大學學報》本及 1986 年《桐城古文派小史》定稿本(即 1988 年河北教育出版社初版本)等。"

於《河北大學學報》第 3 期發表《"靈"的飛揚與"色"的絢麗——美在〈屈賦〉之我見》一文。

初秋,於北京政協大禮堂遇周谷城先生,喜賦《迎周谷城老會長》二首、《美周谷城會長》諸詩。其前首之一讚云:

> 春秋其代序,日月永恆在。大千萬籟發,人間律呂懷。最是我中華,雅頌早安宅。鳳鳴岐山上,龍吟東海外。周公三吐哺,孔氏詩教來。精神有傳統,境界待我開。道家垂無為,儒者講仁愛。翁既主壇坫,韻語必澎湃。引領望京兆,未敢言老邁。黽勉效馳驅,燕趙亦多才。(**注**:八八年秋初於北京政協大禮堂,葉蓬、趙品光兩理事同會,研究生孫興民伴我。)

初秋,於北戴河休養,欣賦《戊辰初秋,欣逢老友運亨同志同休養於北戴河,有感》詩。

按,詩後注:紫庵魏際昌戊辰秋九月於河北省老幹部休養所。

9月,攜夫人于月萍與河北大學同事顧隨女兒顧之京教授及其碩士研究生孫興民、賈東城等一行去西安、四川等地進行研究生畢業訪學考察,魏先生與夫人先行返保。

中秋節,賦《八八,中秋節》詩以頌新時代:

> 古城秋色鬱金香,浩蕩薰風入紫陽。四化大業正騰飛,一國兩制破天荒。開放搞活誰比得,改革步武正堂堂。鴻雁來歸雲漢裏,港澳比肩頌聲揚。喜聞臺省也決議,探親返里可還鄉。舉杯共祝中秋節,皓月當空須同賞。

10月,河北大學頒發"執教滿五十周年"榮譽證書。

初冬,參加保定市委招待會,會上賦《高歌強化治理整頓》詩。

按,詩後注:戊辰初冬,教師節前夕,保定市委招待會上有作。

公元一九八九年　八十二歲

3月1日,讀葉蓬《杜鵑聲聲》詩集,賦《讀〈杜鵑聲聲〉》詩以賀之:

　　吾友作"杜鵑",聲聲喚人間。雖非最強音,丹心一片傳。九天春雲展,四野綠田田。冬梅餘香在,楊柳傍清泉。石莊堅如鐵,蓬蓬葉自鮮。快馬輕刀去,縱橫新詩壇。(**注**:名詩人葉蓬之所著也。葉長於"詩話",亦善編纂,現為河北省燕趙詩詞協會副會長兼秘書長,卓著勳勞。八九年三月一日。)

是年春,讀《漢書·地理志》,賦《贊我河北,九州之基》詩:

　　悠悠往古,茫茫大地。乾元統天,華夏之基。《禹貢》九州,首重幽冀。惟此金湯,雄踞北極。四塞之國,形勢優異。東臨渤海,太行障西。南依黃河,北枕陰崎。蕩蕩平原,梨棗飛蜜。水路暢達,魚鹽興利。靈秀所鍾,載生炎帝。教民稼穡,熟食無饑。軒轅繼起,揮戈除敵。逐鹿大戰,中原統一。造形文字,養蠶織衣。有指南針,方向不迷。國都常設,冕旒未移。賢聖輩出,豪傑永寄。餘裔紛紛,遍走華夷。(**注**:八九年春讀《漢書·地理志》有感。)

5 月,賦《恭祝雲南省詩詞學會成立大會勝利召開》詩:

　　滇池洱海掛南天,清波渺渺勢高遠。更是昆明多麗景,
重巒疊翠大觀前。靈秀所鍾人飄逸,鏗鏘歌調自古傳。今日
詩家喜集結,中華又增藝術篇。洋洋盈耳擬韶樂,燁燁奪目
追屈原。北地風光怎比得,斟酌工尺願學焉。莫道辭賦是小
技,唐漢以此誇丕顯。格律聲色開境界,神理氣味有真詮。
(**注**:八九年端午前一月,雲南同道索句。)

**5 月 22 日,在保定芙蓉賓館會議室為弟子洛保生、孫興民、賈東城舉行
碩士學位論文答辯會。**

　　是日下午的答辯會,河北大學中文系主任崔建平、副主任黃建國
出席,夏傳才先生(河北師院)擔任答辯委員會主席,熊任望先生(河
北大學)、李令媛先生(河北大學)、顧之京先生(河北大學)擔任委員。
答辯順利通過。

6 月 8 日,賦《己巳端午,首都詩人修禊陶然亭,有懷屈子》詩:

　　薰風解慍入京華,碧樹長柯陰萬家。緬懷靈均高陽氏,
應偕河伯走冀察。好色弗淫傳《離騷》,怨悱不亂媲《小雅》。
《九歌》神吟曷飄逸,天人合一花自發。常恐皇輿之敗績,亦
哀生民多喑啞。外交成功大連衡,美政首在明治法。忠君愛
國誰比得,橘德堅貞最為嘉。縱橫宇宙垂千古,光奪日月是
奇葩。蒲艾生香世歆羨,角黍供奉遍水涯。浩浩文史此為
祖,詩王彪炳我華夏。(**注**:此會因首都發生"六四"停開。一九八
九年六月八日,紫庵。)

是年仲夏,賦《讀〈陋齋詩選〉》詩。

按,詩後注:彭永生同志,湘人也,謙虛誠懇,以《詩選》見貽,乃謝之如上。八九年仲夏。

初秋,為已故華鍾彥教授遺著撰寫《〈東京夢華之館論稿〉序言》。其序云:

爰念三十年代初,鍾彥與予俱以學文受知於吉林雙陽高亨晉生先生,先生獨許鍾彥為"雋才可以大成"於東北大學,鍾彥亦潛心經史不自寬假。

九一八後,走避日寇,吾人又相將入關攻讀中國文學於北京大學。此中名流學者浸多,胡(適)、錢(玄同)、周(作人)、馬(裕藻)諸師,嘉惠益深,鍾彥遂識為學之道,愈有抱負。

本科卒業,在我繼續學習中國文學史於北大研究院時,鍾彥以學冠儕友、班輩居前,已任教於遷至北平之東北大學非一歲矣。人以為榮,而鍾彥戚戚於東北之淪喪也。

鍾彥邃於聲韻訓詁之學,而以之津梁典籍識其大者,並不釘餖文物拘拘於箋注之為。如說孔子未曾刪《詩》、辯《史記》亦非"官書",論證精闢,別有見地,非只踵事增華而已。

其論詩之創作以"情意"為主,認為格律不宜過嚴,否則束縛思想不便抒發,因之主張以平聲十四部之"詞韻"代替舊為三十部之"詩韻",甚至將"侵"、"覃"二部分別併入"真"、"寒"二部,使之成為十二部,以寬其用。法良意美,解放之至。

同道之中,鍾彥更有"絕學"動人聽聞,則律絕近體古詩之朗誦是也:聲調鏗鏘,頓挫有方,使人心領神會,恍如面對作者,誠哉乎其為"誦"也,彼"唱"(詩)者又何與焉!

大抵鍾彥之文以樸實說理勝,而熔經鑄史,古為今用,有的放矢,意在革新,微觀昇華於宏觀,義理與考據偕行,其特色具在《論稿》之中,可按驗也,難於備言。

尤足為吾人所矜式者,是鍾彥之學行也:坎坷半生,履險如夷;澹泊寧靜,不慕榮利;而殫力於教學、科研工作,樂此不疲。循循善誘,溫恭遇人,以故蜚聲中州,桃李芳菲,使人緬懷不已也。

己巳初秋,魏際昌於保定河北大學之紫庵。

仲秋,賦《中秋望月·懷遠·速歸》詩。

按,詩後注:盼望臺胞響應號召,完成祖國統一大業久矣。"佳節倍思",每屆中秋輒遠望之,迨"心誠則靈"者乎?八九年秋。

重陽節,參加河北燕趙詩詞協會在元氏縣封龍山舉辦詩會,即興作《登封龍山小賦》。

是月,在"燕趙詩協第二屆常務理事擴大會"上致開幕詞。

是月賦《建國四十周年獻歌》詩:

建國四十年,雄飛宇宙間。文明五千載,締造恍我先。古既為今用,舊貌換新顏。"四化"尤淩厲,雙建史無前。物阜人自豐,康強誰不羨?瑞靄騰東海,崑崙生紫煙。歐風空肆虐,美雨也徒然。一揮金猴棒,談笑掃毒涎。么么幾小丑,跳蕩等疥癬。九州雷霆下,粉碎遺腥羶。躍德亦觀兵,通濟講友善。是社會主義,大公利元元。高舉慶功杯,躬身禮群賢。乾坤賴旋轉,共樂舜禹天。

公元一九九〇年 八十三歲

3月,保定詩詞楹聯學會成立,被推選為會長,賦《祝賀保定詩詞楹聯學會成立》詩:

　　春雷震後百花開,萬紫千紅此中來。保陽燦爛今勝昔,雙建文明遍地栽。蓮池學府弦歌急,大慈高閣真經在。風和日麗庶政清,物阜年豐人康泰。浪漫詩聲傳四野,旖旎聯語美長街。玄禽斜飛滹沱河,狼牙綠被滿山柏。唱罷楮墨走龍蛇,抒情寫意好快哉。某雖老邁未伏櫪,此傍驊騮馳金臺。(注:庚午春三月,余被選為會長。)

4月,賦《冉莊詩會頌地道戰遺址》詩:

　　維此冉莊,抗戰多方。地道長城,殺伐用張。悠悠數載,戰果輝煌。倭寇喪膽,奸偽逃亡。顧瞻遺址,構築非常。曠古鑠今,形象飛揚。平原要塞,固若金湯。公輸瞠目,孫武歎賞。遙想當年,擊鼓其鏜。同仇敵愾,妙算有章。協力挖掘,日積月將。胝手胼足,氣吞太行。曲徑通幽,鄰村守望。三十華里,縱橫莫當。鍋臺炕面,馬槽碾房。神出鬼沒,狙擊難防。龍藏虎臥,燕穿鶴翔。火力交叉,陷阱疊障。指揮有所,給養設倉。生產自救,不畏強梁。碧血丹心,燕趙兒郎。慷

慨悲歌,北國之光。平凡偉大,忠貞昭彰。率教子孫,永矢弗
忘。(**注**:八十三叟、燕趙下士有懷,九十年代暮春。)

5 月,"中華詩詞會"成立三周年,於青島賦《昌言"中華詩詞會"成立三
周年》詩:

> 詩教三年已有成,紛紛結設走寰瀛。溫柔敦厚斯為美,
> 興觀群怨發正聲。剿襲摹擬夙所鄙,信口信腕抒性靈。錦繡
> 河山金湯固,華夏民族日月恒。鏗鏘絢麗九天上,浩然之氣
> 貫蒼溟。仲尼《春秋》大一統,《橘頌》守土有屈平。《滿江
> 紅》傳岳武穆,文山《正氣》震元廷。烈烈紅旗風雷動,社會
> 主義我獨興。謂語同道諸君子,愛國精神好繼承。(**注**:青島
> 黃海路省療養院燈下。)

5 月 28 日,到貴陽參加中國屈原學會第四屆年會暨貴州省古典文學學
會首屆學術討論會,賦《漢俳六闋聯吟》《辱承歇浦包君厚愛,寵之以
詩,自謙忒甚,原韻申謝詩》《貴陽雜詠三首》諸詩,並為周建忠《當代
楚辭研究論綱》作序一篇。其第二首云:

> 海上明月光,清清入貴陽。詩騷本比肩,鸞鳳共翔翔。
> 吟詠吾儕事,律呂叶宮商。田聖人將笑,苦則實敢當。天磨
> 成鐵漢,莫作依帳郎。靈均浩氣在,千古溢芬芳。(**注**:燕人魏
> 際昌於貴陽屈原年會上,時年八十有三。)

又按,《漢俳六闋聯吟》詩後注:"祝'中國屈原學會第四屆年會暨
貴州省古典文學學會首屆學術討論會'勝利召開,八十三叟魏際昌庚

午端節口占於本屆大會上。"

又，《當代楚辭研究論綱》序後記："庚午年端午節於貴陽之中國屈原學會第四屆年會上，時年八十有三。"

9 月，亞運會在北京舉行，喜賦《迎亞運 頌祖國》詩：

中華雄風震九洲，亞運聖火傳金甌。長城逶迤排雲去，盼盼吉祥樂悠悠。花團錦簇燕京美，桂馥菊秀慶年收。團結友誼齊進步，攀高陟頂關馳驟。剛健婀娜好兒女，龍騰虎躍顯身手。當仁不讓冠軍奪，必也射手君子求。會友以藝真曠代，協和萬邦我獨優。鼓角通天無涯際，謳歌十億富春秋。文明古國此是矣，烈烈紅旗昭宇宙。（**注**：國慶前一日於河大中文系，一九九〇年。）

初秋，撰寫《緬懷顧羨季先生》一文。其文云：

五十年代初，余與顧羨季先生同執教於天津師範學院（河大前身）之中文系，開古代文學課，合作無間甚相得也。先生光風霽月、敦厚溫柔，長余八歲，余每尊稱之為顧老，亦以其為北大同門也（先生先余數屆畢業於外文系），先生亦昵呼余為魏兄。先生教學多方，博雅淵深而善於取譬，談笑風生、使人解頤。嘗願學焉而慚才有未逮，課外談敘尤多裨益。……

羨季先生平生以馮至老為摯友，詩文交流唱和極多。羨季先生及門之高弟子甚多，如周汝昌、郭預衡、史樹青諸君子，均業有專長為當代名流，而其尤著者則加拿大籍之葉嘉瑩女史也。因頌之以詩云：

悠悠顧老，師友無間。溫柔敦厚，步武前賢。

教亦多術,芳菲滿園。翰墨飛香,守以清寒。

名溢齊魯,盡瘁幽燕。我之懷矣,旨在追遠。

庚午初秋,八十三叟魏際昌合十於河大之紫庵

9月2日,學界為顧隨先生逝世30周年舉行紀念會,6日撰寫《顧隨先生紀念會序》一文。

10月國慶,賦《喜見十一屆亞運會在北京勝利召開 【越調】(天淨沙)小令一束》組詩:《迎賓》《亞運村》《田徑場》《游泳館》《體操地》《賽艇湖》《武術廳》《勝利》。其中《迎賓》詩云:

團結友誼進步,長城逶迤萬古,盼盼吉祥漫晤。和樂展舒,中華德業不孤。(注:國慶四十一周年走筆於保定河北大學。)

是月,於《社科縱橫》上發表《〈詩〉〈偽詩〉:荀、屈兩賦的淵源試探》一文。

11月21日,致毛庆一函。

是年,被民進河北省委評為"省優秀會員",頒發榮譽證書。

是年,論文《譚略論天門鍾、二氏評選〈古詩歸〉之藝術手法及其創見》收入張國光、李心餘、歐陽勛主編《竟陵派文學研究論集》,中國社會科學出版社。《回憶二十年代的吉林教育》一文載吉林省政協文史資料委員會編《吉林百年》(下卷),吉林人民出版社。

公元一九九一年　八十四歲

1月元旦,賦《九一年元旦走筆獻瑞》詩:

　　　保陽開泰輔畿南,喜見中華燦爛天。雄飛宇宙珠峰小,
力阻狂瀾海河宴。夙稱文明五千載,洋風汗漫羞比肩。造福
塵寰為人類,和平建議忭我先。笑它制裁空喧叫,豈知商賈
樂懋遷。改革開放終須大,紅梅香飄億萬年。

1月20日,致毛庆一函。

毛慶賢弟:

　　新年吉祥。春節在邇,學篆祝福乙聯寄上,以博一粲。

　　有事相詢:

　　1. 湖南今年端午節的"屈原學術討論擴大會",是否作為我會換
屆後的一次例會?

　　2. 如果不是,你們參加不? 接到了邀請信沒有? 聽說是省長點頭
也要大鬧龍舟呢。

　　3. 他們要我支持,出席會議,並代邀國外專家如日本之伊藤一郎、
香港之楊鍾基等。

　　4. 武漢之"章華臺"東湖構建,今年端午前能否竣工開幕? 如能
兩省聯合舉行,豈不更好?

　　嘯虎秘書長同此不另。

魏際昌

91. 1. 20

17 日—22 日，日本東京大學院中國文學專攻博士、東京學芸大學教授高橋稔之被邀來河北大學作中國古代說話文學之研究，魏先生主持學術活動。

吳占良《魏際昌傳》載：“1991 年 4 月 17 日至 22 日，日本東京大學院中國文學專攻博士、東京學芸大學教授高橋稔之被邀來河北大學作中國古代說話文學之研究，先與中文系方勇取得聯繫，由副校長王培棟出面接待宴請。中文系主任崔建平，古代文學研究室主任顧之京參與會見。魏先生主持學術活動，座談、參觀、交流著作。高橋與魏先生探究中國小說及屈原辭賦，與雷石榆先生研討日本文學史，與熊任望先生研求書法，與方勇交流先秦小說起源、莊子寓言等，方勇的愛人張瑜擔任翻譯。高橋教授贈魏先生所著《中國說話文學的誕生》、論文《燕丹子研究》，魏先生回贈以《桐城古文學派小史》及有關屈原與楚辭研究論文多種。高橋贈魏先生漢詩：‘一燕飛來保定東，絮絲飄轉桃花紅。氣揚忽忽忘時過，何望（期）歸日迫匆匆。’雷石榆、熊任望先生均有唱合。”

6 月 12 日，由弟子方勇陪同，抵湖南岳陽出席“國際屈原學術討論會”。期間除參加學術活動外，還遊覽了汨羅屈子祠、洞庭君山等。19日返保定。賦《辛未端午岳陽國際屈原學術討論會上，獲識蘇聯漢學家費德林老夫婦》《岳陽樓懷古》《君山雜詠 口占竹枝詞三首》（《車行洲上》《湘夫人墓》《茶香飄蕩》）諸詩。其中第一首頌揚了俄國朋友對中俄文化交流作出的貢獻：

院士七十八，耄年再訪華。漢語聲朗朗，體魄仍碩大。始知矍鑠者，早為外交家。夫人亦昂藏，博士索菲亞。愛戀

金婚久,伉儷飛奇葩。崇敬毛主席,郭老嘗師法。文明稱古
國,寰瀛可獨誇。屢道辭賦美,屈原走天涯。荏苒五十載,滄
桑付史話。有人此有土,豐富羨華夏。中俄重攜手,世界燦
雲霞。願借端午酒,祝公壽永遐。

是月,參加天津屈原學術研詩會,賦《頌屈‧懷古‧鑠今——在天津屈
原學術討論會上》詩三首。其二云:

> 緬懷靈均高陽氏,應偕河伯到天津。《九歌》神詠真飄
> 逸,神人合一大道生。常恐皇輿之敗績,惟願斯民多康寧。
> 內政功在明法治,外事連衡功垂成。慍於群小遭誹謗,傷哉
> 懷襄逐詩聖。怨悱不亂媲《小雅》,美人香草曠代新。(八十
> 四叟魏際昌於津沽客舍。)

初秋,完成《屈原的巫風和神思》一文。

重陽節,保定市領導登門看望,賦《重九秋高氣爽,保定市領導來舍看
望,蓋余教學已逾五十年矣。詩以申謝,五古十韻》詩:

> 教學大中小,五十年去了。東西南北風,吹得頭白早。
> 有容德乃大,無欺心不老。黃華滿瑤圃,桂香飄嫋裊。儒者
> 杏壇高,釋家蓮臺妙。精義各千秋,只緣敷演好。青青子衿
> 樣,鬱鬱耄耋茂。扶我山桃杖,篤篤保定道。額手望九天,敬
> 謝諸領導。

初冬,賦《辛未初冬,雪夜得瑞增書記〈踏莎行〉詞譽我夫婦,愧不敢

當,特以〈竹枝詞〉五首謝之,並預祝其九二年元旦康樂》詩五首。其中二首云:

> 阨於陳蔡仲尼歌,浩然之氣子輿奪。伈伈睍睍非吾徒,
> 狂狷濟濟紅似火。
>
> 文猶史也須密察,書以道事兩司馬。溫柔敦厚稱詩教,
> 春秋大義在筆伐。

年末,賦《辛未歲抄竹枝詞四首》。其四云:

> 皚皚積雪滿關山,蒼蒼松柏帶笑看。爭春豈顧三冬日,
> 行見鬱鬱楊柳顏。(**注**:八十四叟魏際昌於河大校園。)

是年賦《河大民盟總支建制五十周年紀念頌言》詩七首。

按,詩後注:八十四叟魏際昌於河大中文系。

是年,孫女魏彩霞於河北大學外語系畢業後留校任教。

1991年12月14日,于月萍寫給武尚仁的信中說:"彩霞今年畢業後,已留在外文系搞教學。但不願幹,一心嚮往到大城市考研究生,出國。可是學習又不勤奮,經常出去給人搞翻譯,教外文,家務很少出力。所以我就倒楣了,一老一小,費心費力。年近80,還得裏裏外外一把手,彩霞跑跑腿而已。"

1992年3月13日,于月萍寫給武尚仁的信中說:"大孫女雖從十歲起(3—6歲也由我們看養)即由我們供養,91年畢業又留校教書,但她不安心在保定河大教書,一心嚮往大城市和外國,可是除學點外文外,又無其他專業,也攪得我們心緒不寧。"

公元一九九二年　八十五歲

3月13日,于月萍致武尚仁一函,提到了魏先生身體狀況。

　　于先生在信中说:"糖尿病新藥,這裏未注意,子明現仍服'消渴丸'維持,注射胰島素一日三次嫌麻煩,服'達美康'又頭暈,有反應。尿糖經常在3-4個加號,食甜食就是(-)號,但他難徹底禁絕,感覺良好為准。老了,不以為意了。"

5月1日,致李廣超一函。

9月,新學期伊始,賦《九二之秋,中文系迎新,口占"竹枝"六首》詩:

　　　　九二金秋又迎新,桂香菊秀是良辰。青青子衿開口笑,老夫撫掌亦歡欣。

　　　　喜見同為河大人,學文首都南大門。自古燕趙多奇士,激昂慷慨守乾坤。

　　　　博學審問知須真,修齊治平天下聞。第一篤行即實踐,未敢河漢不語君。

　　　　教學相長有明訓,敬業根本在樂群。仲尼當日無常師,樂育英才子輿云。

　　　　勝利歸來誇世運,澳星勁射環宇震。科技最為生產力,鄧老諄諄告吾人。

　　　　而今"四化"正精進,改革開放日日新。偉哉中華好兒女,闢地動天驚鬼神。

　　　(**注**:八十五叟魏際昌於河大之紫庵。)

594

7月,參加河北大學學術討論會,賦《魏翰西先生自臺灣回河北高陽省親,遇我於河大,呼為宗兄,有感口占》詩:

　　戰國三家說魏氏,子夏曾為文侯師。仲尼之學大一統,天下歸仁誰不知? 伉儷耄年省故里,高陽父老樂桑梓。翰墨橫飛驚四座,竹蘭素描發人思。我亦因之懷故里,白山黑水入夢疾。(**注**:魏金教授少我五歲,遇之於河大學術討論會上,伉儷並能書畫。九二年七月。)

是年秋,賦《壬申之秋,耄年教師獻言》詩:

　　仲尼無常師,子輿樂英才。教學須相長,自古稱士懷。文章以時作,經濟逐代開。《洪范》先言富,《大學》半理財。貨殖端木賜,貿遷陶朱泰。有人此有土,無私必無猜。九殿鳴戰鼓,四海騰瑞靄。鳳兮金音落,麟呼玉趾踩。黃華秋色豔,月桂香溢外。舉杯邀明月,皓首惟膜拜。殊榮豈盡有,竊比老彭在。(**注**:周總理昔日云"做到老,學到老,改造到老",否則跟不上形勢了。黨和人民已經使我們老有所養,老有所樂了,可是老有所為呢? 書此自省。一九九二年。)

10月國慶,賦《國慶重九遠眺》詩:

　　四十三周年,祖國慶乾元。卿雲飛渤海,太行生紫煙。億兆齊歡笑,遐邇開盛筵。頂禮今舜禹,四化賦新篇。豐收喜大有,開發多資源。建設兩文明,城鄉並璀璨。極目望世界,和平促懋遷。朋友遍天下,反對逞霸權。社會主義好,紅旗我高懸。華夏金湯固,帶礪頌河山。風雷空震盪,淩厲已無前。舉杯祝萬壽,炎黃幸福園。(**注**:八十五叟魏際昌於河北大學之紫庵。)

12 月 2 日,將所藏傅山硃筆親批明版《唐詩紀事》共 21 本贈送"山西博物館",此書後來不知下落。

于月萍於 1994 年 1 月 11 日寫給武尚仁的信中說:

子明 80 年在開封大學給研究生答辯,認識一位原山西大學教授姚奠中,從此互為研究生答辯,有來往。姚還是上屆全國政協委員,來保定時過目過子明的古版書。九二年冬,他寫信介紹一位謝啟源先生,同他的侄兒於 92 年 12 月 2 日黃昏來我家,並贈《傅山全書》一部、"傅山博物館顧問聘書"一本,攜姚奠中親筆信求子明所藏傅山硃筆親批明版《唐詩紀事》一部共 21 本(係子明 50 年代購於天津),並說回去後,要藏傅山博物館並複印一份相贈。子明因姚奠中早有求此書藏傅山博物館之請,礙於情面,允以此書贈傅山博物館。謝啟源 12 月 2 來第一次,丟下兩千元,並拿走 21 冊此書。第二天又來一次,又丟下 1000 元。第三天上午第三次來,又丟下 1000 元,共丟下 4000 元。並滿口應承回去後,複印補編《傅山全書》並將有關書法寄來。可去後一年多,卻杳無音信。九三年春,一位鑒賞文物的歷史系教授,問及此書,說可價值 6 萬元以上。傅山一片藥方即值 200 元,並問及此書(他過去看過)。我們答以如上情況,他說要打官司,要回來。

以上是詳細過程,現擬托你在太原的熟人問一問,此書是否已交傅山博物館? 這是一部海內孤本,若公家收到,也該給個收據,登登山西日報。我懷疑是落入私人手中,高價倒賣。如此,我將投函山西日報、山西省委、教委舉報此事。如由傅山博物館收藏,也該給我們一紙收據,屬於有獎捐贈。子明已於 88 年《河北大學學報》上撰文登載此書傅山親筆批的内容,每冊書前都有"魏際昌"的圖章,無法抵賴。

以上囉囉嗦嗦,就是托你問傅山博物館是否已收到"魏際昌收藏傅山親筆硃批明版《唐詩紀事》"? 不須你親自去,寫封信,托托你的熟人就可以了。你既身體不佳,不煩親自奔走。你在太原的侄兒輩不少,輾轉托人走走傅山博物館,我想是可以瞭解到的。根據我上述詳情,到博物館要求索閱這部書,即可瞭解到了。

于月萍於 1994 年 1 月 24 日寫給武尚仁的信中說:

查我前函所提謝啟源(即以 4000 元取走子明藏書者),係"中國山西傅山書法研究會副會長",該會地址為"太原市勁松路 17 號(碑林公園)"。他給子明帶來的《傅山全書》,係山西人民出版社出版,題為"三晉文化叢書之一",編委中無謝啟源其人。我認為,他拿去的 21 冊傅山親批明版《唐詩紀事》,或者交"傅山書法研究會"? 此人頭銜除上述副會長外,尚有"山西省青年書法家協會副主席""中國書法函授大學山西總分校副校長""山西青年聯合會常委",並且到美國去展覽過傅山書法作品。我們原料此人不該騙取珍貴文物歸私囊,但從 92年 12 月 2 日至 4 日來三次,攜書物去後,卻如泥牛入海,不復行複印此書資料以補《傅山全書》之不足,給我們寄來之諾言,一去無音信,也無對 21 冊古書之收條,或任何報導,實不合情理。

現在社會上騙子不少,我們打算向《山西日報》詢問此事,不知你以為可否? 補足該書實價已不可設想,不過揭揭騙子,打擊其高價倒賣之事而已。所以須先探明這部古書的下落,才能下手。在你精力許可時,求太原熟人,順便探詢一下。

于月萍於 1994 年 3 月 9 日寫給武尚仁的信中說:

姚奠中身為大學教授,又是上屆全國政協委員,由他寫信介紹來的謝啟源,又是身份不低的人。92 年 12 月 2 日之事,一年多後仍無下文,自食其言。九三年秋,子明寫信給姚奠中說明這件事,而他回信反噬,說當日錢物各自交清,"你們是共產黨員,不能食言而肥"。子明去信說四千元未動,願錢物兩還。接姚回信後,始知此事一定是個人私吞,轉手倒賣了。他可能現尚未脫手。此物專家鑒定是上 10 萬,至少可賣幾萬元。因是海內孤本,世界只此一份,於是我們才給姚某寫信。接他回信後,才想公於山西日報。太原既有傅山博物館,又有傅山碑林。又有姚某所介紹的謝某當副會長的傅山書法研究會。如這些公有場所都無傅山這部親批善本書,就肯定是他們私吞了。別人勸我們上告法院,我們考慮年老路遠,無力打官司,所以才委托你在太原熟人代為詢查。如為私人私吞轉手高價倒賣,我定要向山西日報及山西省委寫東西揭發此事。

12 月 10 日,致陳文增一函。

文增吟弟經理左右:

屢荷厚愛,錫以華章又寵以五言長篇,古道熱腸,使某嘖嘖歎賞。

弟蓋詩詞、書法、企業三者並能,而又樸實虛心,愛國愛民之通人也。應益自淬勉勵成大器,有厚望焉。也有和韻五古一首,題曰:"冬梅映雪"回贈曲陽定瓷陳總,蓋賦而興又比也,暇當效顰,筆之於書以博一粲。

順頌

冬祺

魏際昌

1992. 12. 10

是年賦《禮贊福建鄭成功先賢,五古一首十二韻》詩:

　　南安大豪傑,人稱延平王。赤心張漢幟,義勇守海疆。
父子不同科,兄弟亦參商。靈均馨獨清,水戰說周郎。曾駐
崇明島,提師入鎮江。馳騁金陵下,聲威震北方。鼓浪破臺
灣,揆一拱手降。"珍寶爾持去,土地屬我皇。"金廈益鞏固,
與民共休養。羞煞洪招討,三桂更無良。縱橫二十載,華胄
好榜樣。彪炳在史冊,千古享蒸嘗。(**注**:八十五叟魏際昌於保
定河北大學之紫庵。)

公元一九九三年　八十六歲

3 月 12 日,以弟子方勇為二十四世祖南宋遺民方鳳整理文集,喜而賦
《禮贊浦江南宋遺老方鳳先賢並柬其裔孫方勇碩士》詩云:

　　浦陽說古郡,春秋早有名。仙華毓靈秀,黃胄傳飛昇。
迨及元入統,佳域釀紛爭。南人遭歧視,儒生最蹭蹬。宋末
之遺逸,理學為正宗。忠貞多不二,修養似天縱。賢者稱方
鳳,謝翱亦同行。創立月泉社,攘臂對刀叢。從者以千數,揮
淚思杭京。不食異代祿,安貧樂蒿蓬。詩文留千載,後世沐
清風。裔孫曰方勇,二十四代承。執筆頌祖德,繩繩始發聲。
最難在輯佚,矻矻未常空。纘續固應爾,士也古道興。(**注**:八
十六叟魏際昌於河北大學)

又賦《為方勇賢棣頌其廿四代祖方鳳處士(竹枝詞五首)》詩云：

一

浦陽乃古郡,春秋舊有名。仙華毓靈秀,代不乏菁英。

二

迫及元入統,朝野賤儒生。南人尤尷尬,無地以容身。

三

月泉結詩社,丹心懷上京。數以千百計,抆淚臨西風。

四

起義雖未果,藜藿矢忠誠。不念異代祿,方鳳沐清風。

五

裔孫繼祖德,緝補竟全功。遂令吳越地,至今喜傳頌。

4月28日,于月萍、魏先生致武尚仁函,談及子女问题。

尚仁：

4月19日函,4月27日晚始收到。老病殘年,彼此一樣。人到老年,多愛回首往事,但我在反思一生時,則是恨多於悔。

對鐵華,實在獎譽過度了。這孩子自十三四歲便離開父母住校。5歲時即開始和我們流亡南方,乞食各地,幼年失學。解放時,不到14歲,離家住校(我們52年才在天津有了家)。受極左思潮影響,殃及自身。59年畢業於北京工業學院,已由積極分子降為"崽子",發配山西。"文革"中,幾乎被打死,至使性情乖戾,不通人情,哪裏談得上"出類拔萃"？與思明相比,實在是此一時彼一時罷了！思明清華大學畢業,留任北京,"帝鄉"之地,人人欣羨,想不到"文革"遭害,影響至今。人生三分德才,七分機遇,"趕上這一撥了",就算遇上機遇了,趕不上,也就完了。鐵華雖然生了三個孩子,只能在保定中學念書,普通大學報考，去年老二未達標，只上個自費生，今年老三又希望不大。全國重點大學，竟不敢問津，志大才疏，不考個大學，就業無門，實必出此罷了。

思明孩子小，可到 21 世紀入大學，想那時，我們這一輩均已作古，國家經濟教育情況，可能比現在好多了。又在"帝鄉"人人仰望之地，條件優越。事情就得這樣對比，就好了！我們現在，比過去逃亡四方，"文革"抄家，住"牛棚""掃地出門"，實在又是天壤之別。老來只圖個"安定"而已！

張述祖的愛人楊復林，春節後在天津去世。他在保定有一個兒子，夫婦、岳母住述祖的房子。述祖在津，另有住房。留美的兒子已取得"綠卡"，入美國籍了，母喪回來幾天。另一女兒在東北，不是鞍山就是大連。聽說述祖到東北他女兒處去了，他計畫將來到美國去養老，他法文不錯，有資本。對比王述祖，我們不更是無地自容了嗎？但是，各有千秋。我們活得踏實，有所不為，有所不取，不與不正之風同流！

你打算來保，我們非常歡迎，但是，八十高齡的老人，如無人陪伴上下火車，實令人擔心。是否選擇思明有假的時候，父子同來？思明曾在天津來家住過，那時還是春風得意，我們已遭難了。多年不見思明，真想見見他，五一、五二連放兩天假，能來嗎？可千萬別一個人上火車，以防萬一！

此致

敬禮！

彩霞五八在京考"托福"，五一不回來。

月　萍

子　明

1993.4.28

5 月 10 日,致函夏傳才先生,提出了对"詩經學會籌委會"的一些看法与建议。

夏公:

　　你好,"詩經學會籌委會"的通知已收到。這裏的校、系領導和熟人有一些看法,不能不讓閣下知道,老朋友麽,應該言無不盡:

　　1. 高教改革的新精神。"211 希望工程"是:學術活動亦須是實事求是,針對性強的。我省乃毛公的故鄉,理宜名召大號地催化,閣下先行一步,大家讚賞。不過,"淨耍老頭子"恐怕不行,應該讓中青年上來打頭陣,起碼是"老中青"三結合,"以老帶中",今觀給我校的通知,一個中年也沒有,引為遺憾。

　　2. 既曰"籌備",便應該有個"籌委會"可設正副主任主持其事,先定會長恐非慣例("中華詩詞學會""中國屈原學會"都籌備了近二年始開成立大會,選出正副會長及常務理事,全國性的學術會都是這樣,未可草率行事)。閣下先充個"籌備主任"還不行麽?(會長也跑不了,一笑)

　　3. 像熊、顧兩位,閣下打算怎樣安排? 還有李竹君哪(他們都準備了文章)。請能補個通知給方勇同志,在河大中文系,他是研究先秦文學的中年骨幹,學校很是重視。別忘了我們這裏是省裏唯一的綜合性大學。還有,很奇怪,怎麽籌備人員中沒有老陸(永品),你們不是老同學麽。"寧缺一屯,莫少一人"。

　　4. 另外是:通知單裏開列的那些人,尤其是關於國際友人的,閣下有把握讓他們必到嗎? 這可不是開玩笑的事,有關"國譽"、"省譽"呢! 盤子開的大了些。譬如會費就嫌多,一般的學校就報銷不了,我是答應"捧場"的,論文也早就有了,《關於詩的釋名及毛傳訓詁》的,約一萬餘言,準備打印。

看到了葉蓬秘書長沒有,怎麼一直沒信? 咱們本年的《燕趙詩詞季刊》什麼時候付印? 閣下也是副會長,該問問啦! 譬若經費有了著落沒有? 我托你向他催問我的"詩詞小史"手稿,緣何不退? 等等。"受人之托,忠人之事",越是老朋友越應該互相照應,不是嗎? 佇立俟復,問嫂夫人好。

紫　銘

93. 5. 10

6月9日,在河北大學大澡塘洗澡時,不慎滑倒,醫院診斷為輕度腦震盪,導致視物重影,聽聲變音。

因當時家中尚無洗澡設備,全校亦僅有一處公共大洗澡塘,先生家屬復不在身邊,恒獨自一人前往澡身,而此次腳穿泡沫拖鞋,不慎滑倒,遂致此傷。6月9月,弟子方勇等送其進河北省職工醫院(在保定),診斷為輕度腦震盪。方勇也輪流在醫院值班陪牀,據方生回憶,此時先生實際上處於輕微昏迷狀態,神志有些不清,但與之談《詩經》(方勇正在寫作關於《詩經》的論文,即將出席在石家莊舉行的"《詩經》國際學術研討會暨詩經學會成立大會"),先生則倒背如流,弟子益感高山仰止、景行行止。自此之後,先生的身體狀況急轉直下,精神恍惚,直至去世。

于月萍6月30日寫給武尚仁的信中說:

你和思明5月18日的來信早已收到。只因我連續接待幾批遠人,美國的妹妹、妹丈與女兒又於6月12日至14日轉來保定看我,所以勞累不堪。子明又於6月9日在校內澡堂洗。(寫至此,停筆,並接到你的來信及全家和彩霞的照顧。)

情況既已由彩霞傳達,即不多贅。

603

自14日上午,送走我從美國回來的妹妹一家三口,當日晚子明即由老幹部處辦理住院。彩霞陪牀一夜。15日回京,我即每天白日到醫院陪牀,由一位青年教師陪夜。三夜後,即從6月18日起,我即一人連軸轉,日夜待在醫院,幸而醫院離家步行不到20分鐘,我每早五點半出來買牛奶,回家燒開,再帶回醫院,其他時間食住在醫院,夜間托人看家。醫院伙食尚可,早晚小米粥,中午米飯、花卷、包子、餃子等。食堂送飯到病房,事先選好飯菜,省去我在家買菜燒飯之勞,反正是一樣!

鐵華在忙於搞畢業班設計,曉東七月七至九日高考,彩虹忙於準備期考,他們7月14日才放假。鐵華來醫院看看而已!媳婦九二年已退休,但繼續看自行車,日夜倒班,來看過兩次,子孫如此而已。你看表面現象兒孫不少,一子三孫子孫女,但實際上除了負擔之外,一切全靠學校學生同事幫忙。

子明在醫院第一周昏睡、少食,服藥、輸液、餵飯、喂水均靠我侍候,基本吃流質。第二周,頭眼疼痛減輕些,但仍言頭昏頭痛,不能下牀。醫生說,作了CT,腦內無出血、積水,無腦震盪、病灶。上周五上午,又作了腦電圖、腦血流圖,從心理上解除了摔壞腦子的顧慮!近三天來,可以穿衣下牀,扶牀走動了,但仍離不開人,但病情好轉。基本原因是糖尿病加重,入院四五天後,才重點注射胰島素,日三次。輸液打針治眼、及頭痛。尿糖已由+++減至目前的±或-號。只是體弱不能出屋,說加餐飲慢慢恢復。

……

月　萍

93.6.30早

604

八一前夕,完成《關漢卿戲曲藝術特色及其思想》一文(此文為一九九三年國際元曲討論會會議論文)。

8月,印發《漢魏六朝賦》《唐代邊塞詩》講稿。

9月教師節,應邀參加民革委保定市召開之九三年教師節大會,賦《九三年教師節感言,蓋予病後第一次參加社會活動也》《病後奉邀參加民革委保定市召開之九三年教師節大會,感而放言申謝》等詩。其前一首云:

自古太始立於一,四個堅持需真知。紅透專深遵大道,授業解惑事孔亟。共國富裕非虛語,解放發展生產力。春華秋實充宇宙,炎黃子孫今勝昔。循循善誘講無私,樂育英才世無匹。忠貞愛國有傳統,赤幟高懸驚天地。指日小康呈祥瑞,溫恭諸子好棲息。我雖耄耋未昏瞶,也榜詩家謝師績。

(**注**:信口放言,語錄體也,在保定市民革招待會上作。)

中秋,參加保定民革市茶話會,即興賦《中秋·國慶·毛主席百年誕展謹獻聯綿竹枝詞五支》詩。其中二首云:

菊花兒黃丹桂香,金秋燦爛雁高翔。主席誕辰已百年,緬懷大業享蒸嘗。

建國四十四周年,河山無恙樂安康。天下為公傳統美,遠來近悅仁者邦。

(**注**:八十五叟魏際昌口占於九三年中秋保定民革市茶話會上。)

10 月,參加天津語文學會等主辦的"屈原與中國傳統文化研討會"。

郝志達、王錫三主編《源頭與憑藉:尋求近真的屈原》中《東方詩魂——屈原與中國傳統文化》一文載:"中國屈原學會副會長魏際昌教授在'屈原與中國傳統文化研討會'上說:'我們不能起古人於地下,但誦其詩,讀其書,不知其人可乎? 我們應該還他一個歷史的屈原,要還他一個歷史時期,以及當時的道德標準、社會情況、社會意識,這是歷史唯物主義的態度。'"

公元一九九四年　八十七歲

2 月春節,賦《笑在群芳後》詩為好友祝福:

丹心終未改,繡出萬年春。笑在群芳後,風流自有真。

(**注**:甲戌新春元日,為依群詩翁祝福,並及合府吉祥。)

4 月 24 日,于月萍、魏先生致函武尚仁。

尚仁:

信早收到,拖延遲復為憾。

來條子明代釋,但不曉出處,似為一傳記。因眼力不濟,不便翻遍史傳。近來春寒反復,氣溫常上下差十幾度,感到不勝應付。冬裝脫了又穿、穿上又脫,近日才較穩定。老人實難適應,所以益感不適。

山西事,因懶於費心,一直未辦。姚、謝二人鑽我們書生氣的空子,巧言令色,找個大便宜。但國家文物,既不准私人倒賣,諒他們也無法大價出手,會等我們死後,捐出去撈一把。昨天又有一位歷史系教授來,鼓吹我們和他們打官司,可惜我們無此精力和興趣了！等天暖後精神好些再說罷,但也無心"打官司"玩,如此教授所言。此教授係官僚後代,又是袁世凱的孫女婿,家中藏很多文物,均為國家級銅器。他多年來深知子明解放後在京、津、西安等地收買一些銅錢、瓷器、古書等,可多數已於"文革"中被抄丟失。此人常來詢問下落,在我們,已認為是"舊時王謝堂前燕,飛入尋常百姓家"的在"肅反"、"反右"運動中那些藏家出手的殘餘之物了,所以未加重視。以至叫山西姚、謝二人撿了便宜。咱們頭腦中,實缺少商人細胞。

　　三弟當了律師,這個專業目前很火紅,尤其是經濟法方面。離休以後,仍可開事務所。不知他有幾位兒女？都獨立了吧？等我有興趣打官司時,一定請他幫忙。

　　我這裏很孤寂,子孫"堅壁清野",無一人說實話。鐵華患乙肝多年,脾氣反常。他三個子女均各幹各的,一個也受不了。可不如你一個思明了。停筆,祝

　　安！

月　萍

子　明

94. 4. 24

5 月,完成中國屈原協會第六屆年會論文《〈九歌・湘夫人〉讀解》。

11 月,《關漢卿戲曲散論》一文發表於首屆元曲國際研討會組委會編《首屆元曲國際研討會論文集》(河北教育出版社)。

公元一九九五年　八十八歲

2月,參加保定市延安精神研究會周年大會,賦《乙亥新春,高歌康樂七言古風一束——在保定市延安精神研究會周年大會上》詩。其中二首云:

莫道書生只坐談,須知貨殖有專篇。端木陶朱成名久,市場經濟喜在先。《洪範》五福首曰富,《大學》十章半財編。

春風綠被大保定,三陽開泰外貿聯。黃金臺上尋樂毅,逐鹿城裏覓軒轅。某雖老悖渾無似,也學賈島種詩田。

(注:紫庵魏際昌保定延安精神大會上獻言,時年八十有八。)

是年春,為山東龍口市文聯副主席曹堯德《屈子傳》作序一篇。

3月,參加同事熊任望教授在保定古蓮花池康樂廳(藻詠樓)舉辦的老年人書法展。賦詩三首,其一云:

乙亥三月為任望老友書法展覽高歌聯綿竹枝詞三首。魏際昌,時年八十有八。

任望遠祖有熊氏,高陽苗裔是屈原。忠貞愛國大一統,靈秀所鍾代代傳。追步張旭非等閒,鐵劃銀鉤玉龍蟠。下筆有神吞河嶽,保府方家觀止焉。書如其人說淡泊,善誘循循走泥丸。蒼松歲歲不知老,晚霞猶赤半邊天。

吳占良《魏際昌傳》載:"熊任望(1925—2010)教授,江蘇靖江人,南京大學畢業,初在中央音樂學院、河北文化學院、河北戲曲學校任文學史課,1973 年調入河北大學中文系。魏先生做中文系資料員,因學校對魏先生傳說較多,'國民黨少將' '雙料右派' 等,熊先生除借書外,與魏先生沒有私下的交往,但佩服魏先生的學識,說魏先生是' 活字典' 。魏先生恢復名譽後,兩位先生才交往。作為晚一代的教師,熊先生聽魏先生課,講述屈原課,得到魏先生的支持。"

5 月 15 日,致時任保定市社科聯副主席張吉明一函。

吉明副主席同志:

不知道是誰送來的大著《回聲》,我已拜讀一過,頗有感觸,也雜談一下:

(一)看了卷首的肖像及作者簡介,即令人有英姿勃勃、意氣煥發、文筆精潔、輕刀快馬之感,同居一市,幾乎失之交臂。

(二)"回聲"者,反彈之音也,有響必應,無物不動,此乃大千世界之天籟,芸芸眾生之共相。特"月有圓缺,人分智愚",自然究非世事,所謂"夫物之不齊,物之情也"耳。

(三)吾輩雖非"通靈寶玉",究勝"氓之蚩蚩",矧居為庸中佼佼者乎!某癡長八十有八矣,學劍不成,學書膚淺,以視君之允文允武、有為有守,必跨世紀之人物,實為汗顏。

(四)直哉史魚,董狐有筆,有的放矢,發而必中,乃吾國政治批評、生活誘導之優良傳統。《左氏傳》之"君子曰",《資治通鑒》之"臣光曰",夫人而知之,近代之魯迅雜文則集其大成者矣。

(五)君之特色乃在於生於治世,共產黨員,戎馬生涯二十春秋,居然有如椽之筆,深文周納,宣教赫赫,使人折服。殆又與出身於農民烈士之家庭影響深遠,不無關係。

"陳言"絮絮,出辭敗鄙倍,誼屬同志,恕其唐突,致以革命敬禮!

魏際昌

95 年 5 月 15 日

6 月 15 日,致吳占良一函。

占良會長老弟:

你好,特還"字債",沒別的事,有工夫來玩。再問好。

老夫

魏紫銘

95. 6. 15

是年秋,賦《禮贊保定市中國書畫展覽會開幕式》詩:

乙亥金秋在保陽,丹青掩映好風光。蓮池花開迎佳客,
康樂廳中翰墨香。燕趙諸賢揮彩筆,出神入化走玄黃。龍飛
滄海乾坤大,虎躍崑崙日月長。圖騰拜物自然美,大千世界
本無疆。錦繡江山發秀氣,琅環福地壽而昌。

7 月 12 日,致函河北大學出版社社長堅強。

堅強兼社長同志道席:

昌之《詩文選集》,已按學校規定程式提請准予出版,其事業經兩
年,迄無下文。"俟河之清",人壽幾何? 念我行年已八十八歲,值此反
法西斯戰爭勝利 50 周年之際,亦擬有所表示(身為歷史的見證人嗎?
從"九一八"到"八一五"),所以舊事重提,希望校領導予以成全。不

勝迫切,待命之至。致以

革命的敬禮!

復原選集目録及稿樣代表(全集 50 萬字)。

離休教授魏際昌

九五、七、十二

吳占良《魏際昌傳》載:"自 1993 年起,魏先生開始整理自己學術成果,準備出版《紫庵詩文選集》,並委托老學生楊國久編校,書稿送河北大學出版社二年未果。……《紫庵詩文選集》沒能出版,與于先生後來處理藏書有一定關聯,以至于先生說了'都沒用'。即便如此,魏先生還是關心著學校的前景,以九十高齡,寫出《河北大學建設重點大學七年規劃》(今手稿尚存),獻給學校參考,愛國、愛校,令人感佩!"

8 月 1 日,致校黨委領導一函。

校黨委領導同志:

由中國《詩經》學會等三單位共同主辦的"《詩經》國際學術討論會"定於□月之 9 日至 14 日在北戴河召開(昌係該學會發起人之一及首席顧問),奉邀參加,可否准予出席。敬候批示(須有青壯年同志一人偕行),即頌

夏祺

附該會邀請柬及通知夏會長親筆信共三紙如後。

離休老教師

魏際昌

95. 8. 1

10 月，完成《辨言蠻夷華夏和屈原的宗族及江漢文化》一文。

是年，參加河北太行文化交流促進會成立大會，被選為名譽會長，賦《在河北太行文化交流促進會成立大會上獻賦》十四首。其中二首頌揚了河北悠久的歷史文化：

> 悲歌慷慨燕趙士，荊軻易水訣不歸：風蕭蕭兮壯士去，壯烈犧牲果不回。未以成敗論英雄，《刺客列傳》第一位。子長《史記》之特色，至今彪炳見精神。《項羽本紀》《陳涉世家》，孔子亦得以壽世，《弟子列傳》以輔之。吾輩豈可不矜式，江山代有才人出，等閒視之乃無知！史實最雄辯，當實事求是。"一個個臺階地上，摸著石頭過河嘛"，我們鄧老有昭示。

> 劉秀發兵捕不道，冀北走國敗王朗。鄧禹吳漢馬武勇，岑彭耿弇亦非常。諸將請即位，稱號趙州旁。立業在河北，定都歸洛陽。光武為人頗寬厚，不矜不虧亦安詳。大夥不怯先士卒，論功行賞郤謙讓。帝座難下嚴子陵，嗣皇多能有明章。敬師隆漢學，桓榮馬鄭興家邦。

> （注：一九九五年，"河北太行文化交流促進會"在易縣舉行成立大會，我抱病扶杖出席，被選為名譽會長。）

是年，賦《學者抒懷》詩，對青年提出殷切期望：

> 青山雖老，白頭尚在，樂有所為不吃閒飯，以文會友，熱愛青年，自己的心情完全可以下列這首詩作代表。

> 八十八周歲，祖國好璀璨。卿雲飛東海，紫氣生南天。

緬懷諸先烈，未忘創業難。頂禮今舜禹，四化賦新篇。豐年
稱大有，開發多資源。建設兩文明，城鄉喜並肩。極目望世
界，和平促貿遷。耀德亦觀兵，反對逞霸權。中英談判好，香
港即璧還。東瀛不再戰，戴罪贖災難。青年發朝氣，凌厲實
無前。美哉我家邦，騰飛宇宙間。華夏金湯固，炎黃幸福圜。

公元一九九六年　八十九歲

6 月，致曹堯德一函。

是年夏天，身體變得衰弱，視力模糊。

吳占國《魏際昌傳》載："1996 年夏天始，魏先生身體明顯弱了下
來，有時白天、晚上分不清，吃飯掉東西，脖子加了圍巾，有求題字者，
必有人輔助。如為保定題'富成閣'三大字，即由吳占良手執先生手
腕，找定位置，幾近盲書而成，而小字則由吳占良代筆。但先生思維敏
捷，待客依然如故。生活中，苦了魏夫人于月萍先生，保姆和學生都是
鐘點工，大小事還是于先生操持。"

11 月 24 日，吳占良去拜訪魏先生。

吳占良《柳齋日記》載："1996 年 11 月 24 日。……後到魏際昌先
生處。魏先生正在整理李鴻章硃批明版白文本《史記》。魏先生說到
曾藏有傅山批明刻《唐詩紀事》，21 冊，由山西大學姚奠中介紹，被山
西傅山書法研究會副會長謝某某以四千元騙去，曾給姚寫信問詢，並
向四川大學的法律學某教授及周慶基先生說，準備打官司，後怕由此
傷了性命，故不了了之。書中有傅青主眉批 2000 餘字，魏先生曾為之

寫文,發表于《河北大學學報》。"

是年,《桐城古文學派與蓮池書院》一文於河北省博物院《文物春秋》第 3 期發表(署名魏際昌、吳占良)。

是年,應吳占良所請,作《跋王重三論文後》一文。

吳占良《魏際昌傳》載,先生於文中敘曰:"冀州吳占良先生,博雅君子也。家學淵源,敏而好古,對於後期之桐城古文學派及其作者,尤多資料,一日持所藏清代末年蓮池書院王重三院長之論文《獸草》等三篇相遺,曰:'請能為之跋。'"

公元一九九七年　九十歲

1 月 2 日,吳占良陪客人去拜訪魏先生。

吳占良《柳齋日記》載:"1 月 2 日。上午到直隸總督署,陪衡志義到河大魏先生與周先生處。在魏先生家,魏先生示明嘉靖版《史記》,上有李鴻章砂批數十處,且品相較好,是合肥李鴻章收藏,1954 年魏先生自天津勸業場訪得。"

1 月 4 日,吳占良接到于月萍先生電話,談及魏先生身體問題。

吳占良《柳齋日記》載:"1 月 4 日。8 點,于先生(月萍)來電話,說魏先生身體不好,且河大近二日鍋爐壞了,二人正在'受罪'。並談到白文《史記》,說如果可能的話,可以出讓,說河大也正考慮收購。這是于先生第一次打電話,也難為了他們,他們對待事是相當認真、仔細的。"

1月9日,吳占良去看望魏先生。

吳占良《柳齋日記》載:"1月9日。到河大看望魏先生、熊先生、趙先生。在魏先生家,與魏先生、于先生及其孫女彩霞長談。"

7月1日,香港回歸。先生欣然賦《喜相逢古風——為香港回歸同胞團聚放歌》詩以示慶祝:

同胞同胞歡迎你,金甌固,普天喜。海外漂泊年復年,歡慶回歸聚一起。塞北鐵馬秋風,江南杏花春雨。壯麗山河任遊賞,東海碧波連天。西疆雪山接地,寥廓大地隨來去。

同胞同胞歡迎你,淚盈盈,笑嘻嘻。撫今追昔感慨深,千言萬語發心底。往事依稀如夢,前景無限絢麗。歲月流逝心未老,親誼長青不謝。坦途協力開闢,大好時光切珍惜。百年離愁今宵盡,故國久違存知己。地老天荒情永在,同心同往長相依。

是年致黃中模一函。

中模教授賢棣史席:

久違了,你好。每一念及四、五年前同遊湖南之往事,便想見英儁才華,非同小可,而某則"老夫耄矣,無能為也已!"慚愧慚愧! 前日,偶檢舊卷,屈原學會召開之"楚辭與苗文化討論會"之論文。我還開著天窗,沒有交卷,真是該打(雖已打印,並未散發),那麼,請與湯老研究,怎麼處理? 今即寄上原稿(印得太差,校對也差),老棣你瞧著辦吧。

新春在邇,拜個早年。祝福老棣諸事吉祥,闔府康樂!

北燕魏際昌時年九十歲

公元一九九八年　九十一歲

1 月 28 日,吳占良登門給魏先生拜年。

據吳占良《柳齋日記》載,魏先生与他談及與史樹青先生在瀋陽中正大學交往,說史先生是陳垣弟子,好古,詩作得好。

4 月 22 日,吳占良去看望魏先生,録魏先生口述。

吳占良《柳齋日記》載:"前數日,魏先生由 1 單元 101 室搬到 3 單元 201 室,條件是交回天津的三間房子。搬家前,二十四史和部分瓷器藏品由天津人拉走,于先生說轉給了學生。惜書信等當廢品賣掉。"

4 月 28 日,吳占良去看望魏先生,鑑賞日本畫家紅魚山水軸。

據吳占良《柳齋日記》載。

9 月 9 日,由吳占良引薦,河北省博物館副館長王金科、副研究員康煜應約至魏先生寓所,鑒賞魏先生藏明版《史記》。

吳占良《柳齋日記》載:"此版《史記》40 冊,書品大,有朱文收藏印'合肥李氏集虛草堂印',風格類徐三庚,批語行書,有《集王聖教序》筆致,確是李氏手筆。另有朱文'學士齋記',浙派平實一路,書中有硃文眉批多處,應為明版無疑。魏先生本擬捐贈,省博物館給獎金 4 萬元,因王金科認為批語非李鴻章手筆,作罷,魏先生不悅。時魏先生目力大衰,尚能聽出吳占良聲音,期間由吳占良為雙方溝通。當時夫人于月萍先生眼白內障手術第八天,出院第二天,目力極好。"

9月10日,教師節,河北大學中文系教授熊任望先生拜望魏先生夫婦,互道珍重。

11月13日,吳占良登門看望魏先生。

　　吳占良《柳齋日記》載:"時先生已昏睡一天。于先生說:'子明恐怕過不了這個冬天。'于先生尊魏先生囑咐,贈吳占良《桐城古文學派小史》稿本,有魏先生題記。稿本為白話文,與魏先生出版本差異甚大。魏先生曾說,出版本是改寫而成。于先生說:'學生治學中,今以方勇為最好。'"

12月6日,受山西傅山研究專家林鵬先生之囑,吳占良到魏先生家,查找魏先生《喜見傅青主批崇禎版〈唐詩紀事〉有記》一文,該文曾載於1987年《河北大學學報》,遍尋未得。

　　據吳占良日《柳齋日記》載,吳占良至魏先生弟子李金善家,問詢論文如何查閱。後至河北大學中文系資料室,由河北大學詹福瑞教授的夫人幫助複製,寄林鵬先生和姚國瑾先生。

公元一九九九年　九十二歲

是年春,先生住進保定地區二醫院治療。

　　吳占良《魏際昌傳》載:"1999年春,魏先生至保定地區二醫院(今保定市第一中心醫院）治療。大家都明白,恐怕魏先生將老於醫院了,河北大學中文系也安排了青年教師值班照顧。”

3 月,吳占良去醫院看望魏先生。

　　吳占良《魏際昌傳》載:“1999 年 3 月,吳占良至京拜望傅振倫先生,傅先生亦臥病家中,但囑吳占良一定轉達對魏先生的問候。回保定後,吳占良到醫院看魏先生,與雇傭的中年男護工自病牀抱起先生,靠在枕頭上,轉述了傅先生的慰問。魏先生很詼諧地說:‘這個老東西! 還不忘問我。’隨即是哈哈大笑,笑意留在臉上很長時間。5 月 8日,傅先生逝于北京。”

6 月 1 日凌晨 4 時,先生仙逝。河北大學成立魏先生治喪委員會,發佈訃告與悼辭。

魏際昌先生治喪委員會

　　主　　任:吳家驤

　　副主任:詹福瑞、溫慶華

　　委　　員:王俊祥　孫洪濤　張玉柯

　　　　　　　何廣才　華築信　雷玉亮

　　　　　　　俞湯揚　吳鐵榜　韓成武

　　　　　　　哈明虎　李　慶　馬　季

河北大學訃告

　　原中國屈原學會常務副會長、中華詩詞學會常務理事、河北省燕趙詩詞協會會長、保定詩詞協會名譽會長、中文系教授、研究生導師魏際昌先生因病醫治無效,於一九九九年六月一日晨四時在保定逝世,享年九十二歲。根據家屬意見,喪事從簡。

618

魏際昌先生熱愛社會主義，信仰共產主義，於八十五歲高齡加入中國共產黨。他忠誠黨的教育事業，幾十年來奮鬥在教學科研第一線，為中文系建設做出了重大貢獻。

魏際昌先生永垂不朽！

河北大學

魏際昌先生治喪委員會
通知

魏際昌先生遺體告別儀式定於六月三日上午在保定殯儀館舉行，參加告別儀式者，請於三日上午八時二十分在原車隊門前集合。

沉痛悼念魏際昌先生

原中國屈原學會常務副會長、中華詩詞會常務理事長、河北省燕趙詩詞協會會長、保定詩詞楹聯學會名譽會長、中文系教授、研究生導師魏際昌先生因病醫治無效，於 1999 年 6 月 1 日淩晨 4 時在保定逝世，享年 92 歲。根據家屬意見，喪事從儉。

魏際昌先生生於 1908 年 2 月 22 日，祖籍河北撫寧縣。4 歲隨祖父學習"四書"，1914 年考入吉林省第一模範小學學習，1923 年考入吉林第一師範學校初中、高中部學習，1929 年以優異成績考入吉林大學中文系，"九一八"事變，吉林大學被迫解散，轉入北京大學中文系學習，1934 年畢業。同年考入北京大學研究院中文系攻讀碩士學位，隨胡適先生學習中國古代文學，1937 年研究生畢業並取得碩士學位。

"七七"事變以後，逃亡到南方，從天津經山東到南京。在南京，參加戰地服務訓練班。不久，隨戰地服務訓練班經由江西到湖北武漢。1938 年武漢淪陷，轉到湖南，擔任湖南省教育廳第一民眾教育館館長，大力宣傳抗日。長沙大火,隨教育館由長沙遷到永順,在永順繼續進行抗日宣傳活動。1941 年任湖南省第八中學校長,1942 年任廣東女子文理大學教授。日本投降後,擔任吉林省教育廳主任秘書,不久到東北大學任教授。1949 年到天津師範學院(河北大學前身)中文系任教授至今。

魏際昌先生熱愛社會主義,信仰共產主義,於 85 歲高齡加入中國共產黨。他忠誠黨的教育事業,幾十年來奮鬥在教學科研第一線,為中文系建設做出了重大貢獻。他一生撰寫並出版了一大批學術論著,尤其是他的學術專著《桐城古文派小史》和關於楚辭研究的一系列論文,在學術界引起積極反響。魏先生教書育人,桃李滿天下。他培養的研究生都已成為各個部門的業務骨幹,有的已經成為海內外知名專家、博士生導師。此外,他參加籌建了中國屈原學會、河北省燕趙詩詞協會、保定詩詞楹聯學會,對推動學術研究的發展作出了突出貢獻。

魏際昌先生永垂不朽!

河北大學

魏際昌先生治喪委員會

1999 年 6 月 1 日

此後河北大學治喪委員會或于先生陸續收到學術團體或個人的唁函。

中國屈原學會 、湖北社科院文研所唁函云:"驚聞噩耗,不勝悲愴。此乃學會巨大損失,我全體會員特向貴校及先生夫人、兒女致以深切衰悼與慰問。"

河北師範大學教授 、語文周報社名譽總編劉憲章唁函云:"驚悉魏際昌先生仙逝,萬分悲痛,致深深的衰悼! 先生的謝世,是河北和中國教育界、學術界的重大損失! 先生熱愛社會主義、忠誠黨的教育事業,教書育人,為人師表,德高望重,是我輩的楷模。先生離開了我們,他的光輝業績,高尚的品德,崇高的精神將永世長存!"

南京大學中文系郭維森教授唁函云:"驚悉魏際昌先生辭世,不勝哀悼!魏老德高、望高、壽高,平易近人,循循善誘。我曾多次追陪左右,深受教益。今哲人已逝、風範猶存。我輩後生當繼先生遺志,宏揚祖國優秀文化傳統,忠誠黨的教育事業,即是對先生的最好紀念!"

崔玉蓉、王振明唁函云:"驚悉紫銘先生仙逝,奈咫尺天涯未能赴保哀悼,只得按捺悲痛不安心情,遙禱先生一路平安。我等在河大校園得遇先生已近半個世紀,雖忝稱忘年交但實為師生誼。曾同為淪落人,又齊步從頭越。因緣際會,深知先生學識淵博深邃,教澤廣披,盡瘁於教育事業。先生為人真直坦蕩,應世待人,忠誠可親,音容笑貌永存。我等懷念中,先生信仰共產主義,矢志不渝,終生無怨、無悔、無憾,光明磊落,永為我等做人典範。孰料竟溘然離去,雖謹此致唁,實難撫懷念心情之萬一。紫銘先生千古!"

柳青、戴真致函於夫人吊唁云:"尊敬的老大姐!六月初我和戴真同到成都的妹妹家住了一個多月,今天回漢後,才知道我們最崇敬的魏老去世的消息。我萬分悲痛,我僅以這遲到的哀悼之情,向老大姐問候!並以最真摯的懷念之情向已離世的魏際昌教授三鞠躬!安息吧!我最崇敬的老師!忘年之交的老友!!!我在1983年設計演出《九歌》時認識了幾位楚學專家,其中魏老對我幫助最大,我多次書信中向他老人家請教,他都非常耐煩地回函講解。他在武漢觀看了《九歌》的演出後,曾發表了肯定《九歌》舞美設計的評論,當時他以為設計者是個男性。楚學專家的認可與肯定,對我這個晚輩,實在是最大的鼓舞。在一次座談會後,領導向魏老介紹這是設計者柳青,他笑了起來,'呵!我以為柳青是個男同志!'以後在書信中經常以此為笑談!魏老是著名的學者,德高望重的專家!他卻沒有一點學者的架子,這一點對我這個晚輩拙才者,印象最深! 他的《桐城古文學派小史》專著,最初曾邀我為他畫插圖。我趁去北京出差的機會,曾到保定您的家中去洽談此事。您二老熱情地接待我,並陪我到保定公園遊玩、吃飯。我離開保定時,是您二老親自送我到火車站,這一切一切都使我久久感到不安,二老的盛情使我終生難忘。回漢後,我經常向我的老伴和女兒們談及此事,我告訴他們,我結識了二位河北大學的教授,這是我非常珍惜的忘年交。《桐城》專著我畫的插圖雖然未採用,但保定之行,二老的盛情卻永遠留在我的腦海中! 九十年代後,我在研究所的撰稿任務繁重,離休後我和老伴的健康狀況不佳。又有女兒們的瑣事纏身,所以對二老疏於問候,只是春節時以賀卡問候。知道魏老的耳朵不靈了,又不便於打電話問候,但心中還是經常記掛著高齡的二老。現在想起來,我又後悔不及了,本來我有去保定探望魏老的設想,但現在已悔之晚矣! 您已是高齡人了,望您多多保重,永永遠遠地祝福您!"

河北大學韓成武教授有《悼魏際昌先生》詩:

哀樂催悲淚,天人共悼時。吟壇失巨伯,健筆憶先師。

引路音容在,答恩行跡遲。蒼茫無所顧,吾道竟何之。

受業弟子方勇特撰祭文云:

維公元一九九九年,歲次己卯,孟夏之月,受業弟子方山子,謹以清酌時羞,致祭於恩師紫庵魏際昌先生之靈曰:

嗚呼! 先生天縱聰明,四歲始讀四書。一生寄情墳典,惟以篇什自娛。口不絕吟於六藝之文,手不停披於百家之編。設帳授徒，承其指畫，多有法度可觀；以詩會友，多司洛社之盟，每為耆英所敬重。愚忝門下，始覩典型之在眼前；數載之後，乃知學問之有門徑。詎意一旦大雅云亡，幽明永隔，悲曷可言！惑莫予解兮蔽莫予揭，頑莫予頑兮錯莫予糾，則予將何所適從？所幸教誨猶響耳際，風範仍在目前。但願悲慟於此時，而報師恩於久遠也。敢獻俚詞，用佐薄奠。靈其有知，惟祈鑒此。哀哉，尚饗！

六年後，弟子方勇始搜集整理先生遺文，經過十五年的努力，編成《紫庵文集》十一冊，2021 年由人民出版社出版發行。

先生遺稿，唯《桐城古文學派小史》（河北教育出版社 1988 年）得於生前出版發行，還有部分單篇詩文見於報刊雜誌，如《紫庵詩草》《紫庵詩草續編》及許多單篇論文亦曾油印以贈師友。或如《明清文學》《漢魏六朝賦》等，雖然曾經油印，而留存者僅見一本，且多有殘毀；或如《中華詩詞發展小史》，雖然曾於《燕趙詩詞》連載，而該刊流傳不廣，經過長期訪求方才尋得。然此類論著不過三分之一而已，其大量論著僅存手稿，殘損嚴重，又多零散，更無體系可言。先生生前曾擬出版《魏際昌詩文選集》，由楊國久編校，已擬定編目，有先生寫給校領導信件記載此事，然即此信件所載篇目，亦頗有不可得見者。則其散亂亡佚之多，亦可以概見。

先生既歿，方勇教授慨然以纂修先生文集為己任，通過各種渠道搜輯先生遺稿，詮次條理，部別類居，自二〇〇五年至二〇二一年，歷時十六年，乃成《紫庵文集》。其中方門弟子孫廣、崔志博總領其事，詳覽數百萬言，以考其文義順序，合頁為篇，併篇為部，又率領方門眾弟子予以校對整理，用力尤多。先生門人孫興民為人民出版社編審，親任責任編輯，全力支持《紫庵文集》出版事宜；冀州吳占良亦多方訪求遺稿,並作《魏際昌傳》。參與校理者,皆方門弟子,博士及博士後有吳劍修、方達、周鵬、金鑫、唐笑琳、張耀、揣松森、張泰、徐宏勤、王若詩、田鵬、王澤宇、何雪莉、胡聖傑、黃鋒、袁朗、李小白、劉潔等,碩士有鄭瑾、丁文豹、馮劍輝、李果、李明、周智鵬、胥廣斌、陳甜、張琳、肖澤惠、蔡欣池、方舒銘、李曉宇、張澤心、孫鐵方、陳雨晴、尹蘇伊等。要而言之,此書之成,方勇教授主持其事,躬親校理、校勘全部文字,孫廣、崔志博為輔佐,孫興民、吳占良百般協助,而方門眾弟子皆積極參與其中。

附魏先生家人履歷

妻子于月萍,1916 年 1 月生,北京師範大學歷史系畢業,天津師範學院、河北大學歷史系教授,2005 年 10 月 8 日於北京去世,享年90 歲。

兒子魏鐵華:1935 年生,1959 年畢業於北京工業學院(現北京理工大學)火炮系,畢業後分配至太原機械學院任教,1982 年調入華北電力大學機械系任教授,中國機械學會常任理事,高級會員。2005 年去世。

長孫女魏彩霞:1970 年生,1991 年本科畢業於河北大學外文系,1997 年碩士畢業於北京對外經濟貿易大學。現旅居加拿大。

次孫女魏彩虹:1973 年生,1996 年畢業於華北電力大學電力電腦專業,現旅居加拿大。

孫子魏曉東:1974 年生,1997 年畢業於華北電力大學電力系統及其自動化專業,現任職於華為技術有限公司北京研究所,高級工程師。